国家社会科学基金项目
“考古新资料与秦汉文学研究新视野”（11BZW028）

荔园国学丛书

主编／景海峰

考古新资料与秦汉文学研究新视野

李　立　著

科学出版社
北京

内 容 简 介

本书尝试利用考古新资料，包括考古发现的文学文本文献和非文学文本文献，以及与丧葬制度有关的一切物质文化形态，与秦汉文学研究相结合，进一步丰富、扩展和开辟秦汉文学研究的对象、视野和领域，并尝试将个案研究置于历史脉络和轨迹中，站在中国古代文学整体构成形态的高度，从发生与发展的历史角度去审视和思考，观照其在文学史上的意义，以期对秦汉文学传统形态和固有模式有所补充、发现、创新和突破。

本书适合古代文学、先秦文学领域的研究者及学生阅读。

图书在版编目(CIP)数据

考古新资料与秦汉文学研究新视野/李立著. —北京：科学出版社，2018.4

（荔园国学丛书/景海峰主编）

ISBN 978-7-03-057075-8

I. ①考… II. ①李… III. ①中国文学－古代文学史－文学史研究－秦汉时代 IV. ①I209.32

中国版本图书馆 CIP 数据核字（2018）第 065187 号

责任编辑：郭勇斌 周 爽 / 责任校对：王晓茜 樊雅琼
责任印制：师艳茹 / 封面设计：黄华斌

科学出版社 出版
北京东黄城根北街 16 号
邮政编码：100717
http://www.sciencep.com
天津市新科印刷有限公司 印刷
科学出版社发行 各地新华书店经销
*
2018 年 4 月第 一 版 开本：720×1000 1/16
2018 年 4 月第一次印刷 印张：33
字数：580 000

定价：168.00 元

（如有印装质量问题，我社负责调换）

从 书 序

深圳大学的国学研究始于 1984 年，在新一轮的国学热潮兴起之前，已着先鞭。

那是在改革开放的春天，伴随着深圳经济特区的建设，1983 年 9 月即诞生了特区的第一所大学——深圳大学，并在建校的第二年便成立了国学研究所。当时，国学一词并不流行，国学之说尚有禁忌，为什么会用这个概念来命名一所人文学术研究机构？这就要从它的创办人汤一介先生说起了。汤先生时任北京大学哲学系教授，也是中国哲学教研室的主任，他在 80 年代初赴美访学时，接触到了海外中国文化研究的许多新信息和新理念，这在当时封闭的状况下是有很多新鲜感和强烈刺激的，也由此产生了许多新的想法。在他与夫人乐黛云教授一起回国之后，恰逢深圳大学正在筹办，于是应张伟校长的邀请，乐先生出任了中文系的主任，并创办了比较文学研究所，而哲学系暂不能成立，只好先办一个偏重中国哲学的研究机构，这便是国学研究所，由汤先生主持。国学一名，当时的人们并不熟悉，但具有家学渊源的汤先生却不陌生，民国时期的北大即有国学门，办有《国学集刊》，而矗立其间的"台柱子"便是他的父亲汤用彤先生。所以，当时用了国学之名，究诸原委，实有其缘，是不是有先见之明，就另当别说了。

国学研究所成立之后，恰是当时国内的文化大讨论如火如荼之时，在汤先生的带领下，国学所的同仁们投入其中，做了很多具有开创意义的工作。举其要者：一是创办了大型的国际性学术集刊《中国文化与中国哲学》，先后出版 4 辑，发文百余篇，在国内外学术界产生过广泛影响；二是召开了第一次全国东西方文化比较研究协调会议，集中了一批中心城市的知名学者制定规划，对 80 年代后期国内"文化热"的兴起起了重要的作用；三是与当时的国家教委古籍整理工作委员会联合举办了两届国际"中国学"研讨班，为全国 30 余所高校培训了 100 多名从事比较文化和汉学研究的青年教师；四是较早和海外的学术界建立了联系，特别是与香港的几所高校有了密切的交往；五是在古籍整理方面，参加了广东高校"岭南丛书"大型项目，并在古籍整理的电子化方面做了一些奠基性的工作。这些活动的开展，在当时都是借了改革开放的东风，在国内具有一定的拓荒意义，起到了引领风气的作用。国学所在深圳大学建校之初的 80

年代，也为学校的文科建设，特别是传统学术研究的积累，为提升学校的学术声誉，作出了重要的贡献。

到了 90 年代，随着市场经济的全面展开，在商业大潮的冲击下，高校的人文学术遭遇了寒流，传统学科一蹶不振，深圳大学的国学研究也一度沉寂了下来，几乎陷于停顿。正所谓斗转星移、时事难料，在学院内部的传统文化研究遇到顿挫、文史哲学科陷于生存困境之时，在市场经济活力的冲击和挟裹下，此时在社会上却悄然兴起了一股国学潮，传统文化在社会上有了复苏的迹象，国学理念也渐渐为社会大众所接受和熟知。这个翻转本身就很有戏剧性，而 90 年代中期以来的国学热，伴随着中国经济的腾飞和大国地位的显豁，则演绎出了一场波澜壮阔的剧情，锣鼓铿锵、人腾马跃、各色粉墨、正谐相随，一幅好不热闹的场景，实为近代以来所罕见。

经过了 20 年的发展，国内的国学热，潮涨潮落，几度翻腾，浪花相逐，亦泡沫堆积，呈现出了远比最初的时候要复杂得多的面相，可以说是五光十色，令人眼花缭乱。到了今天，对国学的理解和国学之研究早已不是往昔的景象了，也已不具有解释的统一性，其边界宽泛得已经让人无话可说；无处不在的国学、无人不谈的国学，五花八门的杂乱样子，又几乎让人不忍置喙，不知从何处落脚了。清代学者凌廷堪（1755—1809 年）在论及天下学术变迁之大势时，有谓："学术之在天下也，阅数百年而必变。其将变也，必有一二人开其端，而千百人哗然攻之；其既变也，又必有一二人集其成，而千百人靡然从之。夫哗然而攻之，天下见学术之异，其弊未形也；靡然而从之，天下不见学术之异，其弊始生矣。当其时亦必有一二人矫其弊，毅然而持之。及其变之既久，有国家者，绳之以法制，诱之以利禄，童稚习其说，耄耋不知非，而天下相与安之。天下安之既久，则又有人焉，思起而变之，此千古学术之大较也。"（《校礼堂文集》卷 23）而当此时刻，国学作为一种时代的表征和映照学术潮流之走向的标尺，是处在"将变""既变"之际邪？抑或已经有了一点"天下相与安之"的苗头呢？这是需要我们去认真思考的问题。当然，如何认识、如何判断之，或者采取怎样的态度、怎样的行动来对待之，这是见仁见智的事情，不必强求一律，更没有必要摆出一副唯我独尊的架势来，判断权完全掌握在每个人的手中。

作为高校的国学研究，当然有它的学术持守，不能随波逐流；有它的学科规范，不应漫越无度；有它的独特责任，不必包打天下。做自己应该做的、做自己能够做的、做自己必须做的，是从事文史哲等传统文化研究和教学工作的高校教师的职责，也是时代所赋予的任务。深圳大学人文学院集中了文史哲三个学科门类的人马，在国学研究所和国学本科实验班的基础上，又于今年新成立了国学院，隶属于学校，挂靠在学院，实行一体两牌的互动机制，凸显出国学研究的平台性、基础性和融合性，以国学来寻求人文学科之间的内在交融和体制创新，以博雅教育为宗旨，努力为人文学科的发展与繁荣创造新的增长点。根据我院现有的学科优势和师资特色，新的国学学科架构，以教学为基础，以科研为导向，以社会服务为目标，努力寻求国学建设的突破口和国学发展的新路径，强调融合文史哲不同学科之间的力量，以凝聚起人文基础学科的创造力和吸引力，为提高深圳大学文科建设的水平作出应有的贡献。正是本着这样的想法和目标，我们在学校领导和相关机构的大力支持下，申报了“以国学为平台的人文基础学科融合与创新”项目，得到中央财政支持地方高校发展专项资金的资助。作为该项目的具体实施计划之一，我们编选了这套“荔园国学丛书”，集中收入我院教师在国学研究方面的新著，以贡献予社会。

深圳大学地处南国，荔子飘香，别号荔园。每年的六月份，荔枝成熟，挂满枝头，又是一年丰收时，也恰临毕业季。校园里，行将走入社会的学子们，身穿蓝袍，穿行于红荔绿荫之间，构成了一副最美的图画。我们的“荔园国学丛书”正是伴随着这样的校园美景一同诞生的，愿它像学子们一样，带着成熟，带着希望，走遍天涯。

景海峰

2017 年 6 月 5 日于荔园

目　　录

下编 考古新发现汉画像图像文献资料与汉代文学研究

Contents

上　编

考古新发现秦汉时期简牍铭刻文献资料与秦汉文学研究

绪　论

20 世纪以来考古发现的秦汉时期简牍铭刻文献资料极为丰富。有学者根据考古发现的大量的简牍铭刻文献资料，提出了“重写学术史”的意见，或以近百年学术史的发展来论证考古新发现对学术创新和新学科创立的巨大作用和影响。本书认同学术界的上述观点和认识，但同时也承认考古发现的简牍铭刻文献资料所存在的某些局限性，以目前所见的单一性和零碎性特点，似乎还无法形成系统性、整一性和全局性的研究。另外，从文学研究的角度看，考古发现的秦汉时期简牍铭刻文献资料或可区分为两类，一类属于文学文献资料，另一类则是非文学性质的文献资料，上述两种类型的文献资料在秦汉及中古文学研究中所起到的作用和意义是不同的，而对上述文献资料的理解和认识，恐怕也是一个漫长的过程。有鉴于此，我们的目的就是借助和利用考古发现的文学文本文献和非文学文本文献，以及考古发现的一切物质和精神文化形态，与秦汉及中古文学研究相结合，以丰富、扩展和开辟秦汉及中古文学研究的对象、视野和领域。正是基于这样的学理思考和认识，本书确立了考古新发现秦汉时期简牍铭刻文献资料对秦汉及中古文学已有研究和已知认知的补充、深入与拓展的思想和研究路径，以期对秦汉及中古文学传统形态和固有模式有所补充、发现、创新和突破。并尝试在此基础上将“个案”研究置于历史的脉络和轨迹中，站在中国古代文学整体构成形态的高度，从发生、发展、演变的历史角度去审视和思考，进而给予文学史意义上的定位和定性研究，从而推动秦汉及中古文学研究不断深入。

第一章　北京大学藏秦简《公子从军》与“秦文学”研究的新探索

本章主要以北京大学（简称北大）藏秦简《公子从军》简文为研究对象，围绕“秦简《公子从军》与‘秦文学’研究的新探索”展开具体的研究工作，其中“秦文学”的时间范围特指“公元前3世纪20年代前后”历史阶段，这一概念的提出及意义，本章第一节有所讨论。2010年初，北京大学得到香港冯燊均国学基金会捐赠，入藏了一批从海外回归的珍贵秦简牍。据《北京大学藏秦简牍概述》介绍，这批简牍初入藏时被淤泥包裹，黏为一束，外覆黑色塑料膜。另有15枚竹简和2枚木牍散落在外，置于另一容器中。经揭剥、清理，共取得竹简762枚（其中约300枚为双面书写）、木简21枚、木牍6枚、竹牍4枚、木觚1枚。同时清理出的还有骰子1枚、算筹61根及竹简残片若干。这批秦简共10卷，其中“卷一”是一篇类似书信的文献，以一位“妻子”的口吻写给“从军”的丈夫“公子”，整理者题名为《公子从军》。目前，《公子从军》简文红外影像照片尚未完全公布，仅有三枚竹简刊于武汉大学简帛研究中心主办的《简帛》第八辑和北京大学出土文献研究所编撰的《北京大学藏秦代简牍书迹选粹》中。[①]朱凤瀚《北大秦简〈公子从军〉的编连与初读》首次公布了简文全文。[②]该文在参考“室内发掘”数据和大致文意的基础上，对竹简作了初步的编连与分段，并对大部分字句作了简单的注释。由于尚未见到简文全部照片，本章关于《公子从军》的研究，即以朱凤瀚首次公布的简文释文为基础，不对简文文字做出进一步的释读。此可注意的是，伺简文公布以后，文字释读或有异议，抑或影响简文文意的理解及简文内容的认识。是故，本章的研究亦为阶段性的工作，其结论或待后来研究的进一步补充和修正。

---

① 武汉大学简帛研究中心主办：《简帛》第八辑，上海：上海古籍出版社，2013年；北京大学出土文献研究所编：《北京大学藏秦代简牍书迹选粹》，北京：人民美术出版社，2014年。

② 朱凤瀚：《北大秦简〈公子从军〉的编连与初读》，武汉大学简帛研究中心主办：《简帛》第八辑。

目前学术界的研究，主要集中在汉简牍文献私记资料方面，且多以释文和内容考释为主，而秦简牍文献私记资料的研究，尤其文学文本意义上的研究极不充分。[②]上述情况更突显出北大藏秦简《公子从军》研究的迫切性。

第二节 《公子从军》简文释文与编连及叙述特点

对于《公子从军》简文及其所属北大藏秦简的研究，首次出现的是2012年第6期《文物》杂志上刊发的有关简报和初步研究的论文，上述内容包括这批简牍的室内发掘情况、整体面貌、主要内容和部分科技检测结果，并公布了部分简牍的照片和释文，其中也包括《公子从军》简文的大致情况。[③]其后，于2013年10月出版的武汉大学简帛研究中心主办的《简帛》第八辑刊布了《公子从军》“014”“016”“021”号简照片，并刊发了朱凤瀚《北大秦简〈公子从军〉的编连与初读》一文。该文在参考“室内发掘”数据基础上对简文作了初步的编连与分段，并对大部分字句作了注释。[④]

一、《公子从军》简文原释文、编连和分段

《北大秦简〈公子从军〉的编连与初读》根据竹简提取时的记录和各层

呈现出民间书信（家信）体散文独特的俗文学特点，而对于“秦文学”来说，更填补了民间书信（家信）体散文研究的空白，弥足珍贵。另外，上述秦汉简牍文献私记资料叙述简洁，体式特殊，感情丰富，内容真实，用词素朴，具有极为鲜明的现实主义文学创作特点，其以文学意义和价值为目的的相关研究亟待展开和深入。

① 按：如李均明《秦汉简牍文书分类辑解》、中国简牍集成编辑委员会《中国简牍集成》、杨芬《出土秦汉书信汇校集注》等重要著作和研究成果均已出版和面世，为秦汉时期民间书信体散文研究奠定了基础。参见李均明《秦汉简牍文书分类辑解》（北京：文物出版社，2009年），中国简牍集成编辑委员会编《中国简牍集成》（兰州：敦煌文艺出版社，2001年），杨芬《出土秦汉书信汇校集注》（武汉大学2010年博士学位论文）。

② 按：目前学术界汉简牍文献私记研究较为充分，具体研究情况或可参见如下论文。马怡：《居延简〈宣与幼孙少妇书〉——汉代边吏的私人通信》，《南都学坛（人文社会科学版）》2010年第3期；杨芬：《读敦煌汉简〈儿尚与杨掾书〉》，张德芳主编：《甘肃省第二届简牍学国际学术研讨会论文集》，上海：上海古籍出版社，2012年；邬文玲：《敦煌汉简〈侯普致左子渊书〉校读》，张德芳主编：《甘肃省第二届简牍学国际学术研讨会论文集》，2012年；何有祖：《天长汉墓所见书信牍管窥》，武汉大学简帛研究中心主办：《简帛》第三辑，上海：上海古籍出版社，2008年；朴宪群、蔡万进：《天长纪庄木牍及其价值》，《光明日报》2007年6月15日；王冰：《天长纪庄汉墓〈贲且致谢孟书〉牍考释》，武汉大学简帛研究中心主办：《简帛》第六辑，上海：上海古籍出版社，2011年；庄小霞：《简牍所见汉代私人书信致送信息试探：以天长纪庄汉墓书信木牍为中心》，张德芳主编：《甘肃省第二届简牍学国际学术研讨会论文集》，2012年。

③ 北京大学出土文献研究所：《北京大学藏秦简牍概述》，《文物》2012年第6期。

④ 按：关于《公子从军》简文的具体情况，请参阅朱凤瀚《北大秦简〈公子从军〉的编连与初读》（《简帛》第八辑）一文或其他学者的研究论文。

照片所反映的情况，对竹简的堆积状况作了几点推断，并依据大致文意对各简的编连次序推拟如下：012—010—007+009—008—005+006—004—024—025—015—014—013—016—020—021—019—017—018—022—023—026。[①] 据此，《公子从军》[②]简文释文如下：

喝 □□上产□□中心不乐，为此悲书，以啓公子，愿相图虑，同□□唯（012）□弗□□□□□，牵有齎（赍）公子絠（绁）小幂一，公子有弗肯□有□（010）……之人，公子从（纵）不爱牵之身，独不䫤（怀）虖（乎）。公子何之不仁（009），孰为不仁，爱人不和，不如已多，爱人不䫤（怀），如南山北坏，坏而隄之。爱（008）心运运，沖□（005）非也，牵死即行。吾富最天下，嚋（寿）过彭则（祖），谒报使者（006）。

……利之，多言不用，如多耕而弗种（004）……鉚欲人勿智（知）也，季须直为此书奊詾（024）蘩（蒌）女，军中及舍人之所，蘩（蒌）女弗欲也，死即行，吾不死蘩（蒌）女不能两见。视（025）不尝苦，犹版载也。更上更下，产为材士，死效黄土，安所葬此象徭之下（015）。南山有鸟，北山直（置）罗，念思公子，毋柰（奈）远道何。安得良马从公子，妟累□（014）□，何伤公子北（背）妾。□□絈枝瞀（茂）长者听之干……之边，从叔（淑）死之（013）。

妻牵未尝敢得罪，不中公子所也。公子从军，牵送公子钱五百，谓公子自以买（016），勿言邦孰智（知）之。堂下有杞，冬产能能。先为不仁，□公子所强入公子之故不媚（020）□牵非爱此也，直欲出牵之所者（着），以傅公子身也。公子从军，牵送公子，回二百（021）□里，公子不肯弃一言半辞以居牵。牵去公子西行，心不乐，至死不可忘也。

牵（019）闻之曰朝树梌樟，夕楬其英。不仁先死，仁者百尝，交仁等也俱死（017）……问公子……子曰……公子取（018）□，母数公子不仁，卜车万负。牵非敢必朢公子之爱，牵直为公子不仁也。有虫（022）西蜚，翘翻其羽，一归西行，不智（知）极所。西

---

① 朱凤瀚：《北大秦简〈公子从军〉的编连与初读》，武汉大学简帛研究中心主办：《简帛》第八辑，第3页。

② 简文以简体字行文，其中有些难写字或缺字以“□”代替，“（ ）”中为今字。如需了解简文原貌，请参看所引著作。

行东思，沂□□□公子□□□□（023）……若（026）。

《公子从军》简文上述编连或许存在一些问题，有可能导致简文分段和文意的理解受到一定影响。吴佳在其论文《北大藏秦简〈公子从军〉考释及文学价值研究》中认为：《北大秦简〈公子从军〉的编连与初读》将004号简排在006和024号简之间，并作为第二小节的第一句，其根据是竹简的提取记录和各层照片均显示004号简与005+006号简（005号简是006号简残断的简端部分）“彼此确近于在同一平面上且大致呈并列状态，相互应该不会太远”。这样编连存在的问题是，004号简在文意上与上下脱节，导致释读困难。故《北大秦简〈公子从军〉的编连与初读》只能笼统地认为“联系上下文，开头几句话似乎是讲公子在外要注意不要有言行不检点之事”[①]。

我们认为，由于《公子从军》简文所隶属的卷册保存状态较差，难以完全按照其自然堆积状况推测其编连顺序，应该辅以“从文意入手”的手段，是故004号简的位置值得再行推敲。如此，尝试将004号简与005+006号简位置互换，调整于008号简之后，构成“008—004—005+006”排列形式。则上述简文即成如下文句组合：“……孰为不仁，爱人不和，不如已多，爱人不䰟（怀），如南山北坏，坏而陨之。爱（008）……利之，多言不用，如多耕而弗种（004）……心运运，沖□（005）非也，牵死即行。吾富最天下，𠱾（寿）过彭刞（祖），谒报使者（006）。”

二、《公子从军》原编连和分段的调整及基本内容释读

根据重新调整，《公子从军》简文或呈现如下行文：

> 啺 □□上产□□中心不乐，为此悲书，以啓公子，愿相图虑，同□□□唯□弗□□□□□，牵有齎（赍）公子緥（绁）小帬一，公子有弗肯□有□……之人，公子从（纵）不爱牵之身，独不䰟（怀）虖（乎）。公子何之不仁，孰为不仁，爱人不和，不如已多，爱人不䰟（怀），如南山北坏，坏而陨之。爱……利之，多言不用，如多耕而弗种……心运运，沖□非也，牵死即行。吾富最天下，𠱾（寿）过彭刞（祖），谒报使者。
>
> ……鉌欲人勿智（知）也，季须直为此书奊詢纛（嫠）女，军

① 按：吴佳《北大藏秦简〈公子从军〉考释及文学价值研究》为笔者指导的硕士学位论文，该论文的选题已纳入本课题研究范围之内，在引用上述内容时，该论文尚在撰写和研究之中，并未答辩，因此所引内容并未公开发表。

中及舍人之所，蘩（蒌）女弗欲也，死即行，吾不死蘩（蒌）女不能两见。视不尝苦，犹版载也。更上更下，产为材士，死效黄土，安所葬此象徥之下。南山有鸟，北山直（置）罗，念思公子，毋柰（奈）远道何。安得良马从公子，娄累□□，何伤公子北（背）妾。□□絈枝瞀（茂）长者听之干……之边，从叔（淑）死之。妻牵未尝敢得罪，不中公子所也。

公子从军，牵送公子钱五百，谓公子自以买，勿言邦孰智（知）之。堂下有杞，冬产能能。先为不仁，□公子所强入公子之故不媚□牵非爱此也，直欲出牵之所者（着），以傅公子身也。

公子从军，牵送公子，回二百□里，公子不肯弃一言半辞以居牵。牵去公子西行，心不乐，至死不可忘也。牵闻之曰朝树梌樟，夕楬其英。不仁先死，仁者百尝，交仁等也俱死……问公子……子曰……公子取□，毋数公子不仁，卜车万负。牵非敢必望公子之爱，牵直为公子不仁也。有虫西蜚，翘翻其羽，一归西行，不智（知）极所。西行东思，沂□□□公子□□□□……若。

如此，《公子从军》简文或作如下分段处理：第一段从“喝□□上产□□中心不乐”至“谒报使者”，主要阐述“牵”写信的意图；第二段从“釦欲人勿智（知）也”至“不中公子所也”，主要抒发“牵”对“公子”的思念之情，并提醒“公子”要对爱情忠贞；第三段从“公子从军，牵送公子钱五百”至“以傅公子身也”，主要表现“牵”叮嘱“公子”如何使用“钱五百”的事情；第四段从“公子从军，牵送公子，回二百□里”至简文文末，主要描写“公子”西行之事及表达“牵”对“公子”的深情。

据此，《公子从军》简文释文虽然尚存某些商榷之处，但简文内容却可大致明了。文中表达了“牵”对“公子”的爱及由此引发的一系列情感纠葛和矛盾。简文开篇似有缺轶，先云“为此悲书”，似乎说明作为“妻子”的“牵”将这篇文字称为“悲书”，而书写“悲书”的原因，是“以啓公子，愿相图虑”，说明“牵”与“公子”已有前嫌，“牵”希望通过这封“悲书”让“公子”有所省悟。至于前嫌的原委，“悲书”没有明说，但从“公子从不爱牵之身，独不誋虖。公子何之不仁，孰为不仁，爱人不和，不如已多，爱人不誋，如南山北坏，坏而隄之”诸文看，似乎与“公子”有关，是“公子何之不仁”而导致“不爱牵之身”，故而反问公子“独不誋虖”。然而，即便如此，“牵”还是记挂“公子”，希望远行在外的“公子”要注意“蘩女”，似乎叮嘱“公子”不要接近“虆女”，并说一直“念思公子”，恨不得“安得良马从公子”。接着又以回忆的口吻提到“公子从军”时“送公子钱五百”，希望“公子”留备自用；又回忆当时“牵送公子”以至“回二百口里”，而“公子”却“不肯弃一言半辞以居牵”。到最后，“公子”西行而去，“牵”东归而思，由此带来的伤心，令“牵”达到“至死不可忘”的地步。

三、《公子从军》以“牵”为叙述主体的第一人称叙述特点

《公子从军》简文主要表现了“牵”对“公子”的埋怨和指责，并将这样的诉说称为“悲书”，体现了以“牵”为叙述主体的叙事特点。简文中这个叙述主体除自称为“牵”之外，间又以“吾”代之，文中又有“妻牵”的自谓，尤其“何伤公子北妾”句中“妾”的贱称，都显示出“牵”以妻子身份进行的第一人称叙述。如此，其叙述对象“公子”就应该是“牵”的丈夫，“公子”有可能是“牵”对丈夫的爱称或尊称，根据简文内容，似乎也存在带有挖苦色彩的戏称的可能。

《公子从军》简文如上叙事特点和叙述形式，在以往以女性为叙述主体的秦汉诗篇中有较为充分的表现。如《史记·项羽本纪》“正义”引《楚汉春秋》所载虞姬“和项王歌”：“汉兵已略地，四方楚歌声。大王意气尽，贱妾何聊生。”①《玉台新咏》所载徐淑《答秦嘉诗》：“妾身兮不令，婴疾兮来归。沉滞兮家门，历时兮不差。旷废兮侍觐，情敬兮有违。君今兮奉命，远适兮京师。悠悠兮离别，无因兮叙怀。瞻望兮踊跃，伫立兮徘徊。思君兮感结，梦想兮容辉。君发兮引迈，去我兮日乖。恨无兮羽翼，高飞兮相追。长吟兮永叹，泪下兮沾衣。”②《汉书·西域传》所载乌孙公主细君“歌”：“吾家嫁我兮天一方，远托异国兮乌孙王。穹庐为室兮旃为墙，以肉为食兮酪为浆。居常土思兮心内伤，愿为黄鹄兮归故乡。”③值得注意的是，以“妾”为贱称的第一人称叙述形式，也是情景对话中女性自述的惯常形式。即如《史记·晋世家》所言：“重耳谓其妻曰：‘待我二十五年不来，乃嫁。’其妻笑曰：‘犁二十五年，吾冢上柏大矣。虽然，妾待子。’”④

① 张守杰：《正义》，司马迁：《史记》卷七，北京：中华书局，1959年，第324页。
② 徐陵编，吴兆宜注，程琰删补，穆克宏点校：《玉台新咏笺注》卷一，北京：中华书局，1985年，第32页。
③ 班固著，颜师古注：《汉书》卷九十六下，北京：中华书局，1962年，第3903页。
④ 司马迁：《史记》卷三十九，第1657页。

第三节　《公子从军》文学意义上的思考和估量

关于北大藏秦简《公子从军》历史和文学价值，有学者已给予较为明确的认识。[①]只是缘于客观条件等原因，目前学术界对《公子从军》文学意义和价值的研究还不充分，在某些具体认识上还存在犹豫、模糊及至混乱的情况。对此，我们能够明确提出如下意见。

一、《公子从军》最有可能是一封私记性质的书信

在关于《公子从军》简文性质问题的讨论上，朱凤瀚《北大秦简〈公子从军〉的编连与初读》给予了“未必是真实书信”的判断。需要指出的是，上述认识本身既模糊又矛盾，因为“未必是真实书信”仍然是书信，其借助书信的形式而行文，因此其文本形式本身仍然是书信。

值得注意的是，“未必是真实书信”的判断，显然是一种比较稳妥的做法，因为从书写格式上进行比较，《公子从军》简文书信性质的判断根据不足。目前所见考古发现时代背景与《公子从军》相近的秦简牍文献私记，首推云梦睡虎地 4 号墓木牍所见两篇私记性质的书信。[②]将上述两篇私记与汉简牍文献

---

① 朱凤瀚《北大秦简〈公子从军〉的编连与初读》中认为：“《公子从军》这篇简文，虽文字多有残缺，但其内容仍大致可以获知，是用一种文学形式，用写实的笔法，表述了女主人公牵对其夫君‘公子’又恨又爱的心情。”“而且，在以往传世和出土文献中的秦人文献，极少像《公子从军》这类题材与具文学笔法的，所以这篇作品对于更全面地了解秦人的民间文学发展水准及语言特征也是难得的资料。”（朱凤瀚：《北大秦简〈公子从军〉的编连与初读》，武汉大学简帛研究中心主办：《简帛》第八辑，第1-10页）按：朱凤瀚《北大秦简〈公子从军〉的编连与初读》一文，曾对《公子从军》于史料学上的意义有过初步的评价，虽然这种评价碍于论文属于简文“编连”和“初读”的性质而过于简略，但毕竟是首次从历史和文学意义上给出的价值判断，其中还有一些观点值得参考，姑且引述如下：“《公子从军》虽未必是真实书信，带有一定的文学色彩，但正如上文所言，依然是现实主义的风格，故其所反映出来的秦国军士在出征、宿营、供给等方面的情况，包括在军中的人际关系等，也都是极为珍贵的。”“还应该提到的是，在这篇简文中，通过牵的口气所讲出的人生观、生死观、宗教信仰也都是了解当时秦国民众思想与精神生活的第一手资料。”

② 按：上述两篇书信，其一为“黑夫与惊”的家信，其二为“惊”的家信。“黑夫与惊”的家信引录如下：“二月辛巳，黑夫、惊敢再拜问中（衷）母毋恙也？黑夫、惊毋恙也。前日黑夫与惊别，今复会矣。黑夫寄益就书曰：遗黑钱，毋操夏衣来。今书节（即）到，母视安陆丝布贱，可以为禅裙襦者，母必为之，令与钱偕来。其丝布贵，徙钱来，黑夫等直佐淮阳，攻反城久，伤未可智（知）也。愿母为黑夫用勿少。书到，皆为报，报必言相家爵来未来，告黑夫其未来状。闻王得苟得毋恙也。辝相家爵不也？书衣之南军毋……不也？为黑夫、惊多问姑姊、康乐季须、故术长姑外内……为黑夫、惊多问东室季须苟得毋恙也？为黑夫、惊多问婴泛季事可（何）如？定不定？为黑夫、惊多问为夕阳吕婴、匽里闻误丈人得毋恙……矣。惊多问新负妴得毋恙也？新负勉力视瞻丈人，毋与……勉力也。”又，“惊”的家信引录如下：“惊敢大心问衷母得毋恙也？家室外内同……以衷母力毋恙也？与从军，与黑夫居，皆毋恙也。……钱衣，愿母幸遗钱五、六百，䌹布谨善者毋下二丈五尺。……用垣柏钱矣，室弗遗，即死矣。急！急！急！惊多问新负妴皆得毋恙也？新负勉力视善两老……。惊远家故，忠教诏妴，令毋敢远就若取新（薪），衷令……闻新地城多空不实者，且令故民有为不如令者实……为惊视祀，若大发（废）毁，

文内容，“牵”之“伤怀”有五：

伤怀一，“公子从（纵）不爱牵之身，独不謉（怀）虖（乎）”；

伤怀二，“公子何之不仁，孰为不仁，爱人不和，不如已多，爱人不謉（怀），如南山北坏，坏而隄之”；

伤怀三，“安得良马从公子，㞷累□□，何伤公子北（背）妾”；

伤怀四，“公子从军，牵送公子，回二百□里，公子不肯弃一言半辞以居牵”；

伤怀五，“牵非敢必望公子之爱，牵直为公子不仁也”。

总结上述“伤怀”内容，或皆在“不爱”和“不仁”。关于“不仁”，前句有“公子何之不仁”。或云：“‘仁’之义在此当同于《说文》所云‘仁，亲也’，是指彼此亲密之意。《韩诗外传》卷四云：‘爱由情出谓之仁’。”[①]然，简文又云“牵非敢必望公子之爱，牵直为公子不仁也”，则“仁”在简文中似乎并不能简单释为“彼此亲密之意”。其实，“牵”已在简文中明确指出了“不仁”的意思，其云“孰为不仁，爱人不和，不如已多”，或以为此句意为相爱之人不能和谐相处，彼此不顺从的甚多。[②]显然，“牵”认为其与“公子”夫妻之情出现了“不爱”和“不仁”的问题。

从简文看，“不爱”是单向的，指“公子”对“牵”的爱；“不仁”则是双向的，这种“不谐和”“不顺从”双方都有，即如“牵”所言“妻牵未尝敢得罪，不中公子所也”[③]。由此而论，“牵”认为其与“公子”夫妻之情所出现的问题，是“公子”已经不爱，而双方又无法和谐相处，“牵”也检讨自己，认为不能顺从“公子”并非有意而为，“未尝敢得罪”似乎透露出性格所使然等复杂原因。

综上而言，“牵”清楚地知道其与“公子”的夫妻之情已经出现严重问题，此一分别，或为永绝，如此才伤痛感怀，所谓“中心不乐”即为此。是故，“牵”才“为此悲书，以啓公子，愿相图虑”。据此而论，“牵”之“为此悲书”，当然与叙述生活琐事之私记存有天壤之别，但其又是传寄给“公子”的文字，

① 朱凤瀚：《北大秦简〈公子从军〉的编连与初读》，武汉大学简帛研究中心主办：《简帛》第八辑，第5页。

② 按：朱凤瀚《北大秦简〈公子从军〉的编连与初读》此句释读如下：此处之“爱人”应是指相互有情爱之人。和，谐和。如《左传·宣公十二年》“有律以如己也”，杜预注：“如，从也。”《说文》：“如，从随也。”已，甚也，见《诗经·唐风·蟋蟀》“无已大康”毛传，又见《汉书·西南夷两粤朝鲜传》“然已勤矣”颜师古注。“不如已多”，是彼此不顺从的甚多，即多不相和谐。见：朱凤瀚《北大秦简〈公子从军〉的编连与初读》，武汉大学简帛研究中心主办：《简帛》第八辑，第5页。

③ 按：朱凤瀚《北大秦简〈公子从军〉的编连与初读》对此句释读如下：中，《管子·四时》“不中者死”，尹知章注：“中，犹合也。”《淮南子·原道》“动静不能中”，高诱注：“中，适也。”所，在此本应是作动词前边的前置宾语用（如“所欲”“所好”），现省去后边的动词。这句话是说：自己并非敢于得罪公子，非故意不能合乎公子之所欲。见朱凤瀚：《北大秦简〈公子从军〉的编连与初读》，武汉大学简帛研究中心主办：《简帛》第八辑，第8页。

所以仍然具有私记的表征，故以为《公子从军》简文实乃以私记之名而行“悲书”之实的文本形式。

三、《公子从军》“为此悲书”所反映的文本创作实践活动

关于《公子从军》以私记之名而行“悲书”之实的认识，或将进一步促使我们对《公子从军》“为此悲书”文本创作实践活动给予关注。从《公子从军》内容上考察，其伤怀情感的表达还仅仅是一个方面，甚或不是主要的方面。如前所述，简文开篇四句已交代了《公子从军》作为“悲书”的创作动机，那就是“以啓公子，愿相图虑”。“啓”同“啓”，或云“上告、陈述之意”[①]。值得注意的是，“啓”的“上告”“陈述”意义多用于公文或下对上的告白。细察简文“为此悲书，以啓公子”文意，当是以《公子从军》这篇“悲书”而“啓公子”的意思，所以“啓”作为动词不是陈述给公子，而是开启即“启悟公子”的意思，只有这样理解，才能与后句“愿相图虑”意义相合。《说文》：“虑，谋思也。”[②]“虑”谓斟酌思考之意。《荀子·大略》云：“能思索，谓之能虑。”[③]又，“先事虑事，先患虑患。先事虑事谓之接，接则事优成；先患虑患谓之豫，豫则祸不生。事至而后虑者谓之后，后则事不举；患至而后虑者谓之困，困则祸不可御”[④]。这里“虑”的对象是“事”或“患”，强调不论“事”或“患”都要“先虑”，“后虑”则会被动和不利。《说文》：“图，画计难也。”[⑤]《左传·隐公元年》：“姜氏何厌之有？不如早为之所，无使滋蔓，蔓难图也。”[⑥]故，“图”为谋划、对付的意思，其对象似乎也多指棘手或难为之事。《战国策·燕三》“燕秦不两立，愿太傅幸而图之”[⑦]即此。据此联系简文“愿相图虑”，其“图虑”之前是“相”字，表明“牵”要求与“公子”相互“图虑”，也是多为对方“图虑”的意思。显然，这种“愿相图虑”的事情绝不是“伤怀”这样简单，而应该是由“公子”的“不爱”和双方的“不仁”而引发的与婚姻联系在一起的事情。

据此而论，《公子从军》简文的核心内容，是“牵”抒发伤怀情感并进一步表达“愿相图虑”的意愿。因此，其创作目的是“以啓公子”而挽回其与

① 朱凤瀚：《北大秦简〈公子从军〉的编连与初读》，武汉大学简帛研究中心主办：《简帛》第八辑，第5页。
② 许慎：《说文解字》卷十，北京：中华书局，1963年，第217页。
③ 王先谦：《荀子集解》卷十九，国学整理社辑：《诸子集成》第二册，北京：中华书局，1954年影印本，第328页。
④ 王先谦：《荀子集解》卷十九，国学整理社辑：《诸子集成》第二册，第325页。
⑤ 许慎：《说文解字》卷六，第129页。
⑥ 左丘明传，杜预集解：《春秋左传集解》卷一，上海：上海人民出版社，1977年，第6页。
⑦ 刘向集录，范祥雍笺证，范邦瑾协校：《战国策笺证》卷三十一，上海：上海古籍出版社，2011年，第1786页。

“公子”的婚姻，“以啓公子，愿相图虑”一句，揭示了“牵”希望凭借这篇“悲书”使“公子”有所启悟，而对婚姻所遇到的问题有所图虑的愿望。

基于上文的讨论，在《公子从军》“为此悲书”创作实践活动中，“牵”作为叙述主体，其“伤怀之情”只起到一个“引子”作用，“以啓公子”则是“手段”，最后希望达到“愿相图虑”即解决问题的目的。因此，在《公子从军》“悲书”创作实践分析中，能够发现“作者”在文本的行文与叙述形式，以及题旨与创作目的等方面所进行的有意识的思考、斟酌与选择。正是从这个意义上看，“以此悲书”之“悲书”的明确和提出，似乎是一种文本意义上的行文与叙述形式的人为选择的产物。

四、《公子从军》文本创作实践活动导致其文学价值的确立

学术界已有学者为《公子从军》文学文本性质给出了明确的答案，但在具体认识上又存在犹豫、模糊乃至混乱的情况。①上述情况出现的原因，除了“文学性”并非主要讨论问题之外，还在于对《公子从军》“文本创作实践活动”认识不够或较少触及。显然，在对“《公子从军》‘为此悲书’所反映的文本创作实践活动”进行如上讨论的基础上，《公子从军》文学文本性质的明确已不容犹疑，在此基础上，其文学特点就不应该“带有一定的文学色彩”这样模糊和简单，而是缘于其文学创作意义上的艺术构思和艺术表现。据此而论，《公子从军》是“作者”以“悲书”为文本形式，以“牵”为叙述主体，围绕婚姻问题抒发伤怀情感，并进一步表达“愿相图虑”意愿的书信体散文作品。

其艺术特点或表现在如下几个方面。

（1）简文中“牵”字出现 13 次，且有 9 次以主语形式出现，而且这种情况越至文末越发频密，如简文最后一段多达 5 次。“牵”以主语形式出现于文中，反映出以“牵”为叙述主体的叙述特点，但又呈现出与之不同的叙述特色。联系《诗经・卫风・氓》的叙述形式，全诗六章，“我”字五现，并分布于一、二、四、六章，同样展现出频密的呈现形式，并构成第一人称的叙述特点。然而，或限于诗歌形式，“我”皆非以主语形式出现，而是多作宾语，由此构成的是一种由怨恨而形成的排他性叙述，叙述中“我”与“尔”构成对立和隔阂，因此也带有怨愤而冷漠的叙述特点。与之相比，《公子从军》以

① 按：朱凤瀚《北大秦简〈公子从军〉的编连与初读》云：“《公子从军》是北大藏秦简中的一篇文学作品性质的文献。”又云：“《公子从军》虽未必是真实书信，带有一定的文学色彩。”“所以这篇作品对于更全面地了解秦人的民间文学发展水准及语言特征也是难得的资料。”武汉大学简帛研究中心主办：《简帛》第八辑，第 1、10 页。

“牵”为“主语”的叙述，“牵”字本身在叙述中即带有来自叙述者和接受者的自爱与他爱意蕴，前者带有“牵”缘于爱的矫情、暧昧和自信，后者则体现出“牵”以“悲书”而“以啓公子”的意愿。显然，这样的叙述形式缘于书信体散文体式而形成，更为重要的则是由作者根据文本创作目的和题旨及叙述主体之情感需求而决定。

（2）简文基本以四言句式为主，间或散体长句，不仅句式多样，而且句型丰富。诚如简文中较完整的句子：“中心不乐，为此悲书，以啓公子，愿相图虑”，“公子从军，牵送公子，回二百□里，公子不肯弃一言半辞以居牵”，“牵去公子西行，心不乐，至死不可忘也”，“牵闻之曰朝树梌樟，夕楬其英，不仁先死，仁者百尝”，“有虫西蜚，翘翾其羽，一归西行，不智极所”，等等。上述文句，构句自然，行文流畅，韵律谐和，间又急切，而至朗切上口，皆有一吐为快、一气呵成之妙。值得注意的是，上述文句大都以四言句式为主，但又有五言、六言乃至更长句式间之，整齐又富于变化。除此之外，简文还间或运用设问句、反问句、判断句、比喻句等句型，诚如“公子何之不仁，孰为不仁，爱人不和，不如已多”“爱人不譝，如南山北坏，坏而隄之”“安得良马从公子，峕累□□，何伤公子北妾”“牵非敢必塱公子之爱，牵直为公子不仁也”，等等。这种多种句型的运用，是与简文叙述内容和特定情感结合在一起的，使得设问、反问、判断、比喻等句型，都能更为贴切及至恰如其分地表达情感，从而增强情感的表现力和感染力。

（3）简文选字用词颇为讲究、老道。从今天的角度看，除了时代或地域色彩之外，简文在选字用词上堪为精准而洗练，亦见出干练、直爽、泼辣而脆朗的用字遣词的个性和习惯。诚如“以啓公子”句中“啓”字的运用，其“启悟公子”的意思与后句“愿相图虑”意义相合，堪为上佳表现。再诚如“愿相图虑”句中“图”与“虑”字运用。《诗经·小雅·雨无正》有“弗虑弗图”句，《说文》：“虑，谋思也。”而“图，画计难也”。前者重在“谋思”，后者是在“谋思”基础上的“筹划”。两相比较，简文“图虑”构文，循《诗经》用例却又变化之，既构成四言句式而与前三句相合，又达到以“图”为重的意义表达的目的，而与全篇题旨相合。再诚如“公子从不爱牵之身，独不譝虖”句中“从”字的运用，“从”当为“纵”字简写。《诗经·郑风·子衿》：“青青子衿，悠悠我心。纵我不往，子宁不嗣音？”“青青子佩，悠悠我思。纵我不往，子宁不来？”显然，简文“公子从不爱牵之身，独不譝虖”句，乃化用《子衿》诗句而来。“纵”字在语言实践中带有独特的情感内涵和句型特点，由其组成的句型因“先抑后扬”的反问而内含强烈的情感色彩和泼辣张扬的个性特点，进而与“牵”干练直爽的性格特点相得益彰。

（4）简文行文中又见引诗、俗语。诚如“南山有鸟，北山直罗”句，或谓见于唐陆广微《吴地记》所引《越绝书》“幼玉”与“韩重”故事中“南山有鸟，北山张罗。鸟既高飞，罗当奈何”诗句。①揣摩简文文意，此处引诗极为妥帖，也见出“牵”对“公子”深厚情感和不能随“公子”远行的无奈，因为引诗后面五句，恰是“牵”由引诗而引发的内心独白：“念思公子，毋奈远道何，安得良马从公子，旹累□□，何伤公子北妾。”再如“牵闻之曰朝树梌樟，夕楬其英”句，以“牵闻之”而道出后面两句的俗语性质。依此而论，再如“富最天下，嗃过彭則”“孰为不仁，爱人不和，不如已多”“爱人不詖，如南山北坏，坏而隄之”等句，都有可能是当时流行的俗语。上述引诗和俗语，于文中或巧妙化用，不着痕迹；或信手拈来，恰切得体，堪为典范。

（5）简文行文以叙述为主，间又议论和抒情，但叙述缺少主线，导致议论和抒情随着叙述的杂乱和多变而呈现出絮叨和繁复的特点。联系《诗经·卫风·氓》于叙事、议论、抒情方面的特点，或有共同之处。究其原因，即在于上述文本皆以婚姻受到挫折的女性角度出发，在叙述主体即为婚姻当事者或受害者时，其囿于情感的不舍、痛苦、希冀，进而失望、无奈，综合一体，自然构成如上特色。显然，这是一种具有“本色”特点的叙事、议论和抒情形式，而具备这种特点的文学作品，似乎只有在民间文学的“本色式”的文学创作中才能呈现出精彩的展现。

（6）简文以“牵”为主语的第一人称叙述形式，不论这篇“悲书”的作者与“牵”是何种关系，“牵”的形象已然于这种叙述过程中确立起来，并呼之欲出。“牵”的形象的这种确立形式，也决定了这一形象的表现特点，那就是本色与艺术的完美结合：从本色和素朴的情感和欲求出发，而至文本整体叙述过程中获得艺术的熔炼与升华。显然，这是一位战国晚期秦地已婚女人的形象，在这个形象身上具备了这样几个特点：她具有家庭财产的支配权和自有金钱；她熟悉家庭以外的社会生活和经济活动并具有经验；她渴望丈夫的爱并在与丈夫的情感交流中表现了细腻与缠绵的一面；她坚守与丈夫的夫妻关系，即使发现问题也绝不退缩；她热爱并尊重丈夫但也敢于责难，从而展现出坚韧而刚强的一面。我们从这个形象身上所发现的最大特点，是这个形象在生活与情感上的自主性与独立性，似乎正是这种自主性与独立性导致其与“公子”的矛盾与隔阂，但也是这种自主性与独立性，纵使“送公子，

① 朱凤瀚《北大秦简〈公子从军〉的编连与初读》云：“与这两句诗相近的诗句见于唐陆广微〈吴地记〉所引〈越绝书〉，记夫差小女幼玉愿与书生韩重为偶，‘不果，结怨而死，夫差思痛之，金棺铜椁，葬阊门外。其女化形而歌曰：“南山有鸟，北山张罗。鸟既高飞，罗当奈何。”’今本〈越绝书〉无此文字。牵引这两句诗，显然是藉此抒发与公子远隔，且又怨公子变心之悲伤心情。”武汉大学简帛研究中心主办：《简帛》第八辑，第7-8页。

回二百口里”而不为所难。显然，“公子”的“不爱”和“不仁”而致她受的伤害，是她的情感而不是她的生存和生活。

第四节　《公子从军》在文学发展史上的意义和价值

“公元前3世纪20年代前后秦文学”在以往文学史视域中极其模糊，而目前所知考古发现文献资料则能够在一定意义上弥补上述缺憾和不足。基于此，《公子从军》对“公元前3世纪20年代前后秦文学”的意义与价值，便成为最需要关注的重要问题。对此，至少在如下两个方面值得进一步思考和估量。

一、《公子从军》“为此悲书”之“悲书”或具文体学价值

关于《公子从军》以私记之名而行“悲书”之实的认识，或将引发关于“悲书”是否具有文体学意义的思考，因为如此认识“悲书”，就已经将“悲书”附加上了文体学意义。“悲书”是“悲”与“书”缘于伤怀情感的自由组合？还是同样缘于伤怀情感而对固有文本样式及创作活动的有意选择？抑或是对缘于伤怀情感而以“悲书”为名的自由创作？显然，上述情况应该是秦汉文学研究中从未触及过的问题，且后面两个问题都将涉及“悲书”的文体学意义和价值。

汉乐府诗有古辞《悲歌行》，诗云：“悲歌可以当泣，远望可以当归。思念故乡，郁郁累累。欲归家无人，欲渡河无船，心思不能言，肠中车轮转。”此“悲歌”亦即伤怀之歌。其所感伤者，是由于“远望”而引起“当归”的念头，于是思念故乡之情油然而生，但当归不能归，因为“欲归家无人，欲渡河无船”。值得注意的是，乐府古辞《悲歌行》所表现的欲归而不能归所构成的矛盾、痛苦和无奈，以及由此而引发的伤怀之情，同样在《公子从军》中藉由“牵”对“公子”“未尝敢得罪，不中公子所也”的夫妻情感中表现出来，只是前者是“悲歌”，后者是“悲书”而已。

《汉书·地理志》云：“赵、中山地薄人众，犹有沙丘纣淫乱余民。丈夫相聚游戏，悲歌慷慨。”[①]《史记·项羽本纪》云：“于是项王乃悲歌慷慨。”[②]则“悲歌”自古就有，且与“忼慨”相连。考项羽“悲歌慷慨”与“自为诗”

---

① 班固著，颜师古注：《汉书》卷二十八，第1655页。
② 司马迁：《史记》卷七，第333页。

联系在一起，而《汉书·高帝纪》云“上乃起舞，忼慨伤怀，泣数行下”，仍然与其自歌联系在一起。是故，这里的“悲歌”似乎就是伤怀之歌。

《史记·刺客列传》言荆轲事迹云：“至易水之上，既祖，取道，高渐离击筑，荆轲和而歌，为变徵之声，士皆垂泪涕泣。又前而为歌曰：风萧萧兮易水寒，壮士一去兮不复还！复为羽声忼慨，士皆瞋目，发尽上指冠。”[①]荆轲所“歌”即是伤怀之歌，这种伤怀之歌之所以能够引起观者和听者情绪上的变化，是因为音调的变化，即用不同的音调重复歌唱，初“为变徵之声”而“复为羽声忼慨”。

上述情况或说明，古“悲歌”或有内容与歌唱方式上的两个特征，前者是伤怀悲歌而后者是变调而歌。所谓“悲歌忼慨”即谓此。据此而论，“悲歌”缘于“伤怀”的内容和情感，或为“变徵之声”，音调低沉而至情感悲哀，但“复为羽声”之后，却转为高亢而至情绪激越。因此，“悲歌忼慨”展现了藉由音乐调式的突变而至歌唱表现方式的变化，亦即音乐叙事意义上的叙述方式的变化。

能否将《公子从军》之“悲书”与“悲歌”联系起来考察，或“悲书”创作在内容和叙述方式上借鉴了“悲歌”特殊内容和叙事特点，则无法给出明确的认识。上述问题的提出亦需要更多学理意义上的根据，但北大藏秦简《公子从军》中作为叙述主体的“牵”能够“为此悲书”，却不论“悲书”何指？其所反映的文本创作实践活动，都已经带有文体学意义和文学意义上的文学创作的行为特点，为“公元前3世纪20年代前后秦文学”研究提供了文学文本形式和写作经验。

二、《公子从军》女性书写与叙述或具文学发展史意义上的价值

《公子从军》“为此悲书”表现出一种写作的行为，但缘于文本缺少墓葬考古情况为依托，导致这种行为变得异常复杂，即表现如下两个方面：“牵”与叙述者的关系问题；“牵”与叙述者和抄写者的关系问题。

《公子从军》以“牵”为主语叙述形式，似乎可以作为“牵”是文本叙述者的根据，那么，“牵”作为叙述者是否同时也是抄写者？这是值得关注的问题。然而，还存在另一种可能，那就是“牵”是委托者，《公子从军》是代写的产物。如此，就会出现两种情况：一种情况是代写者具有较大的写作自由度，其根据“牵”的要求行进第一人称叙述，如此，代写者也同时具有叙述者性质；另一种情况可能与之相反，代写者只是抄写者，其根据“牵”的

① 司马迁：《史记》卷八十六，第2534页。

叙述完成书写工作，因此，“牵”仍然是文本的叙述者。

对上述情况的可能性进行分析，我们倾向于“牵”与叙述者具有同一性，“牵”就是叙述者的认识。依据如下：①《公子从军》中“牵”字出现 13 次，且有 9 次以主语形式出现，反映出以“牵”为叙述主体的第一人称的叙述特点。②简文第二段出现“妻牵”称谓，明显带有自称和自述的性质和特征。③《异苑》载有《秦世谣》，以“吾”自称而形成自述的叙述特点，如“开吾户”“饮吾酒”“唾吾浆”“飧吾饭”“张吾弓”；《公子从军》则为“吾富最天下”“吾不死蘖女不能两见”，两相比较，“吾”字虽用法不同，但都带有第一人称叙述特点。④《公子从军》简文中有“何伤公子北妾”句，句中“妾”是自谦的贱称。这种用法在《史记·项羽本纪》所载虞姬《和项王歌》、乐府古辞《东门行》、徐淑《答秦嘉诗》中同样出现，后者皆以“妾”为自谦的贱称，并呈第一人称叙述形式。

至于“牵”作为叙述者是否也同时是抄写者，本书认为存在这种可能性。依据如下：①如果《公子从军》是代写者根据“牵”的要求进行第一人称叙述的产物，说明代写者不仅具有较强的书写能力和较高的构文能力，还具有相当程度的以女性角度进行叙事、议论和抒情的能力，如此全面的能力具备，或存在各种客观因素的制约。②如果是第三种情况，则同样说明作为叙述者的“牵”仍然具有相当程度的以女性角度进行叙事、议论和抒情的能力，而具备这种能力的人也应该具有与之相应的书写能力和构文能力。③从传世文献相关载记可知，两汉时期社会地位较高的女性往往具备相当程度的书写能力和构文能力，如伏生女儿对《尚书》的传译，班昭对《汉书》的续写和讲读等。[①]而从考古所见秦汉简牍文献中，亦可见社会生活中普通妇女具备读写能力的事例。[②]如前所述，从《公子从军》内容看，“牵”拥有私房钱，还可能自有产业并参与经济活动。因此，其读写能力的具备应该是可以预见的事情。

---

① 按：关于“伏生女儿对《尚书》的传译”问题，叶山《卒、史与女性：战国秦汉时期下层社会的读写能力》有如下论述：“其他值得一提的，还有西汉初年时伏生的女儿：当时伏生已经九十岁，口齿不清，但是他的女儿在《尚书》被人们遗忘之前，将父亲的话传译了出来。”又云：“似乎所有这些女性都曾经在家里学习读书写字，而这些家庭似乎都保存着儿女都可以学习读书写字的传统。”亦可参考该文注释 2。叶山：《卒、史与女性：战国秦汉时期下层社会的读写能力》，武汉大学简帛研究中心主办：《简帛》第三辑，第 381 页。

② 按：秦汉简牍文献中普通妇女具备读写能力的事例较多，此处不做赘述，叶山《卒、史与女性：战国秦汉时期下层社会的读写能力》对此有所讨论，但引述简牍文献尚不充分。其最后观点引述如下，以供参考：“尽管已婚妇女不可以单独立户，汉代仍然在某些情况下允许妇女立户，并且认可按照遗嘱进行的财产分割。”“根据这些复杂的规定，似乎女性户主也要像男性一样报告家庭经济和成员的状况。这样她们就不得不提供上文谈到的自占这种文件。另外，如前所述，张家山 247 号墓中的律令很有可能是由一位女性抄录的，这样，女性也可能作为商人从事贸易。”“简而言之，尽管一些资料是间接的，我仍然相信有足够的证据表明，在秦汉时期——即中国的帝国建立初期，至少下层社会的某些女性拥有基本的读写技能。”见叶山：《卒、史与女性：战国秦汉时期下层社会的读写能力》，武汉大学简帛研究中心主办：《简帛》第三辑，第 382 页。

基于上面的讨论，或可得出如下认识：作为文学文本的《公子从军》的作者的问题，以“牵”已婚女性的身份、地位和特点，其文学意义上的“女性作者”“女性书写”或“女性叙述”的意义和价值，将会成为“公元前3世纪20年代前后秦文学”及至其后的汉唐文学重要的文学现象和研究内容。另外，如果《公子从军》简文是代写的产物，“牵”兼具委托者和叙述者身份，其作为叙述者便呈现两种情况：其一，代写者只是抄写者；其二，代写者具有较大的写作自由度。值得注意的是，如果是后者，则意味着问题的性质已经从文学意义上的“女性作者”与“女性书写”转变为第三者的写作实践，这样的写作实践虽然呈现为代写性质，但缘于其较大自由度而与文学意义上的文本创作实践并无本质区别。综上而论，联系《公子从军》简文遣词造句颇为讲究、老道，堪为精准而洗练的特点，甚可与张家山汉简《奏谳书》比照而论，或可开启进一步研究的视域。

第五节　结论：弥补了“公元前3世纪20年代前后秦文学”研究的不足

（1）在《公子从军》“悲书”创作实践分析中，能够发现作者在行文与叙述形式及题旨与创作目的等方面所进行的有意识的思考、斟酌与选择。故而“以此悲书”之“悲书”的明确和提出，可以认为是一种文本意义上的“行文与叙述形式”的人为选择的产物。《公子从军》是“作者”以“悲书”为文本形式，以“牵”为叙述主体，围绕婚姻问题抒发伤怀情感，并进一步表达“愿相图虑”意愿的书信体散文作品。

（2）《公子从军》塑造了一位已婚妇女形象。这一形象在传统秦文学中前所未见，但却能够在《诗经》中的女性形象中发现其相类者。这一形象的确立使《诗经》以来的女性文学形象群体更为丰富和充实。

（3）对《公子从军》以私记之名而行“悲书”之实的认识，或将引发关于“悲书”是否具有文体学意义的思考。其所反映的文本创作实践活动，都已经带有文体学意义和文学意义上的文学创作特点。

（4）《公子从军》文学意义上的“女性作者”“女性书写”或“女性叙述”意义和价值，将会成为“公元前3世纪20年代前后秦文学”重要的文学现象和研究内容。《公子从军》如果是代写的产物，则意味着问题的性质已经转变为第三者的写作实践，这样的写作实践虽然呈现为代写性质，但缘于其较大自由度而与文学意义上的文本创作实践并无本质的区别。

第二章 秦汉简牍文献所涉女性内容与女性文学生态问题的新观察

本章主要围绕“秦汉简牍文献所涉女性内容与女性文学生态问题的新观察”展开研究工作，其问题的缘起则由第一章而来。如前所述，北大藏秦简《公子从军》是一篇私记性质的书信体散文作品，其作为私记的书信体式，决定了简文内容所具有的历史文献性质，这就使得简文中作为已婚妇女的“牵”的身份、地位和特点等情况，具有了“秦汉时期文学生态问题”研究的意义和价值。更难能可贵的是，在考古新发现的秦汉时期简牍文献中，还出现了数则有关已婚女性内容的珍贵文献，并涉及已婚女性的商业活动、钱财往来、婚姻和情感生活等方面的内容。将上述文献联系起来考察，或可在一定意义上再现秦汉时期妇女生活状态，从而在文学生态问题上为秦汉文学女性形象研究提供帮助。本章研究所涉及考古发现的文献资料包括北大藏秦简《公子从军》、张家山汉简《奏谳书》及新、旧居延汉简中的相关文献。上述简牍文献资料主要来源如下：北京大学出土文献研究所《北京大学藏秦简牍概述》；朱凤瀚《北大秦简〈公子从军〉的编连与初读》；荆州地区博物馆《江陵张家山三座汉墓出土大批竹简》；张家山汉墓竹简整理小组《江陵张家山汉简概述》；江陵张家山汉墓整理小组《江陵张家山汉简〈奏谳书〉释文（一）》和《江陵张家山汉简〈奏谳书〉释文（二）》；张家山二四七号汉墓竹简整理小组《张家山汉墓竹简[二四七号墓]》；陈直《居延汉简研究》等。[①]

① 北京大学出土文献研究所：《北京大学藏秦简牍概述》，《文物》2012年第6期；朱凤瀚：《北大秦简〈公子从军〉的编连与初读》，武汉大学简帛研究中心主办：《简帛》第八辑，第3页；荆州地区博物馆：《江陵张家山三座汉墓出土大批竹简》，《文物》1985年第1期；张家山汉墓竹简整理小组：《江陵张家山汉简概述》，《文物》1985年第1期；江陵张家山汉墓竹简整理小组：《江陵张家山汉简〈奏谳书〉释文（一）》，《文物》1993年第8期；江陵张家山汉墓竹简整理小组：《江陵张家山汉简〈奏谳书〉释文（二）》，《文物》1995年第3期；张家山二四七号汉墓竹简整理小组编：《张家山汉墓竹简[二四七号墓]》，北京：文物出版社，2006年；陈直：《居延汉简研究》。

第一节 问题的缘起及研究的意义

在秦汉考古新发现的简牍文献中，有以已婚女性为主并涉及商业活动、钱财往来、婚姻和情感生活等方面的内容。诚如北大藏秦简《公子从军》中女主人公所具有的对金钱和家庭财产的支配权利；张家山汉简《奏谳书》“临菑狱史阑”与“杜泸女子”案例中所触及的情与法、情与礼的矛盾；居延汉简“男子张宗责居延甲渠收虏燧长赵宣”和“女子齐通耐所责秦恭鼓事”案例中所涉及的已婚妇女与他人的财物纠纷，以及被社会所承认的诉讼主体地位和对私有财物有权主张的权利等，都能够从侧面反映出秦汉时期不同阶层女性的生存和生活形态，并以传世文献所罕见的鲜活内容而为秦汉文学女性生态问题研究带来新的观察。综上而言，目前所见秦汉简牍文献所涉及的女性内容，虽然还没有达到极为丰富的程度，但相关文献资料也颇具典型性和代表性，为秦汉时期女性文学生态问题的进一步考察和研究提供了条件，奠定了基础。

以北大藏秦简《公子从军》为例。《公子从军》中的女主人公具有家庭财产的支配权和自有金钱，熟悉家庭以外的社会生活和经济活动并具有经验，并有可能具备在上述社会生活和经济活动中所需要的基本能力，包括识字与书写能力、构文能力，以及与之相应的沟通和交际能力。而在上述能力的养成过程中，可能还接触到传统诗文、民间流传歌谣、谚语、俗语等文学文本，并可能在书写与叙事方面具有更高水平。另外，以《公子从军》女主人公为比照对象，联系其他新发现简牍文献中有关女性文献资料，则能够进一步对以秦汉文学妇女儿童问题相关研究为宗旨的秦汉时期女性文学生态问题的考察和研究提供帮助。

再以张家山汉简《奏谳书》为例。自20世纪80年代中期开始的《奏谳书》研究，主要集中在释文与内容解读方面，为《奏谳书》进一步研究奠定了基础。[①]20世纪90年代以后，学术界开始关注《奏谳书》中的法律内容，对秦汉法律制度进行了探索和研究，同时，研究呈现出多元化的发

① 代表性研究成果如下。荆州地区博物馆《江陵张家山三座汉墓出土大批竹简》（《文物》1985年第1期），江陵张家山汉墓整理小组《江陵张家山汉简〈奏谳书〉释文（一）》（《文物》1993年第8期）、《江陵张家山汉简〈奏谳书〉释文（二）》（《文物》1995年第3期），李学勤《〈奏谳书〉解说（上）》（《文物》1993年第8期）、《〈奏谳书〉解说（下）》（《文物》1995年第3期），彭浩《谈〈奏谳书〉中的西汉案例》（《文物》1993年第8期）、《谈〈奏谳书〉中的秦代和东周时期的案例》（《文物》1995年第3期）等论文。

展趋势。[①]值得注意的是，张家山汉简《奏谳书》具有丰富的文学价值，而其所涉及的女性案例，则反映了秦末汉初特定历史时期的女性，尤其是社会底层普通女性的生存和生活状态。在《奏谳书》二十二则议罪案例中，尚有“临菑狱史阑”与“杜泸女子”两则案例触及情与法、情与礼的矛盾，其主人公的女性性别及婚姻与情感经历，无疑为其史学史料转化为文学史料确定了可能和条件；另有“女子媚逃亡”案例，案例中作为女奴的主人公“媚”，利用当时律令对自己的权益进行申辩和保护的行为和所表现出的胆识，在目前所见传世文献及相关文学创作中都极为罕见，是秦末汉初特定历史时期女性文学生态问题研究不可多得的珍贵资料。

再以居延新简《女子齐通耐所责秦恭鼓事》及走马楼吴简“寡嫂”和“孤兄子”相关简文为例。居延新简《女子齐通耐所责秦恭鼓事》是一篇已婚女性涉及诉讼事件的散文作品，为汉代已婚妇女社会地位及女性生活和生存状态的研究提供了例证，亦为汉代文学中女性形象的研究拓展了视野。走马楼吴简关于“寡嫂”和“孤兄子”相关简文的研究，如果与汉画像表现妇女儿童的画像结合起来，则能够为汉晋文学尤其汉乐府“孤儿”诗篇创作的研究提供区域社会有关妇女儿童生存状态和相关民俗的文献资料，进而能够将上述研究引向深入。

一个时代文学生态问题的考察和研究，既是这个时代文学研究的基础，其本身也是广义的文学研究的一部分。如果从阶段性时间概念的角度审视文学的产生与发展，文学的历史阶段性面貌就成为考察与研究的对象。然而，不论是这种历史阶段性的研究还是历时性的考察，文学生态问题都会以前提和基础的形式存在而无法回避，并决定和制约着文学研究的深度和广度。不可否认，就目前所知，与中国古代其他历史阶段的文学研究相比较，秦汉文学研究在深度和广度方面尚需进一步深入和扩展的主要障碍，除了相关文学文献不足而需要进一步发掘、发现之外，更为重要的还是对上述历史时期或上述历史时期不同历史阶段文学生态的零碎而模糊的了解和认识。显然，以北大藏秦简《公子从军》、张家山汉简《奏谳书》及居延汉简为代表的所涉女性内容的相关简牍文献的出现，能够对这种缺憾有所弥补，并带动或促进秦汉及中古文学研究不断深入。

---

① 其中代表性研究成果，如：丁邦友《张家山汉简所载汉初物价初探》（《山东师范大学学报（人文社会科学版）》2009 年第 5 期）、张淑一《张家山汉简所见汉代婚姻禁令》（《史学集刊》2008 年第 3 期）、程政举《〈奏谳书〉所反映的先秦及秦汉时期的循实情断案原则》（《法学评论》2007 年第 6 期）、金菲菲《〈史记·陈涉世家〉“失期”考》（《首都师范大学学报平（社会科学版）》2011 年增刊）等论文。

第二节 《公子从军》与公元前3世纪20年代前后女性生活情况考察

根据北大藏秦简《公子从军》简文释文及文意释读，能够发现简文中含有大量珍贵的原始信息，而从史料学角度看，如下三个方面问题的考察和研究，或将导致《公子从军》成为特定历史时期“秦文学”女性文学生态问题考察和研究的珍贵文献。

一、《公子从军》透露出秦汉时期“军市”情况及“嫠女”信息

北大藏秦简《公子从军》简文中出现“釐女”。“釐”即“嫠”，“釐女”即“嫠女”。从简文“吾不死釐女不能两见”看，“牵”不希望“公子”接近或与“嫠女”往来。值得注意的是，上述有关“嫠女”的前后文中，出现“军中及舍人之所”诸文，似乎透露出“嫠女”与“军中”有关。

考“嫠”与“孀”“寡”同义。《宋本玉篇》：“嫠，寡妇也。”[①]《诗经·小雅·鱼丽》：“鱼丽于罶。”《毛传》云：“丽，历也。罶，曲梁也，寡妇之笱也。”[②]《尔雅》则云：“嫠妇之笱谓之罶。”[③]《左传·襄公二十五年》载云：“崔子曰：‘嫠也何害？先夫当之矣。’遂取之。”[④]《左传·昭公十九年》载云：“初，莒有妇人，莒子杀其夫，已为嫠妇。”[⑤]则“嫠”或“嫠妇”当指死去丈夫的女人。

另外，新发现吴简中有“寡弟大女”“寡姊大女”“寡女弟”等称谓，通常谓年纪较大妇女，可能是因为丈夫殁去没有子女而归宗于本家。[⑥]因此，古代妇女称“寡”者，也可能与没有子女有关。[⑦]

---

① 陈彭年：《宋本玉篇》，北京：北京市中国书店，1983年，第69页。
② 郑玄笺，孔颖达正义：《十三经注疏·毛诗注疏》，上海：上海古籍出版社，2013年，第859页。
③ 徐朝华：《尔雅今注》，天津：南开大学出版社，1987年，第178页。
④ 左丘明传，杜预集解：《春秋左传集解》卷十七，第1022页。
⑤ 左丘明传，杜预集解：《春秋左传集解》卷二十四，第1441页。
⑥ 徐畅《走马楼简中的成年待嫁女与未成年已嫁女》中认为：“她们因夫亡而归宗，和兄弟生活在一起，年纪大不打算再嫁者，一般情况下保留‘寡’的身份，而如果有意再嫁，或许和唐代相似，官方会容许她们保留‘弟（姊）小女’（女弟）的身份，在户籍上看来与成年未嫁女‘弟（姊）小女’无甚区别。”但也有夫亡而仍在夫家生活的情况，“但如果本人有意愿再嫁，官方似乎也容许其不注为‘寡’，而保留‘中女’身份”。具体情况，参见徐畅：《走马楼简中的成年待嫁女与未成年已嫁女》，卜宪群、杨振红主编，中国社会科学院简帛研究中心，中国社科院历史所秦汉魏晋南北朝室编：《简帛研究二〇〇七》，桂林：广西师范大学出版社，2010年，第262-276页。
⑦ 徐畅《走马楼简中的成年待嫁女与未成年已嫁女》之三“对吴简中成年待嫁女和未成年已嫁女的统计分析”注释⑥阐述如下意见：“《唐大历四年（769）沙洲敦煌县悬泉乡宜禾里手实》（S.514）‘安大

新发现吴简所述情况，虽然见于汉唐出土文献并牵涉户籍标注事宜，但有关“寡”的认识或许能够对《公子从军》简文中“嫠女”的认识有所帮助。简文中“嫠女”或为“嫠女子”的简称，要在强调身份为“嫠”的女子。睡虎地秦简《封诊式·封守》即有“子大女子某，未有夫”简文。[①]“大女子”似指成年女子，“未有夫”意为其是成年未嫁女。反观“嫠女”之“嫠女子”，可能是指那些死去丈夫且没有子女或未嫁人且没有子女的成年女子。

根据《公子从军》“军中及舍人之所，嫠女弗欲也，死即行，吾不死嫠女不能两见”简文，这些“嫠女”可能经常出现在“军中”及“舍人之所”，故“牵”警告“公子”不要招惹她们。《商君书·垦令》有“令军市无有女子”语。[②]《汉书·魏相丙吉传》《后汉书·蔡遵传》皆有“为军市令”载记。[③]知“军市”至汉时仍存，而彼时“军市”是否有“女子”则不得而知。《汉书·冯唐传》云：“李牧之为赵将居边，军市之租皆自用飨士，赏赐决于外，不从中覆也。”又云：“今臣窃闻魏尚为云中守，军市租尽以给士卒，出私养钱，五日一杀牛，以飨宾客军吏舍人，是以匈奴远避，不近云中之塞。”[④]看来古代“军市”或主要出现在边鄙地区，其主要功能或是在官方预算之外以供“宾客军吏舍人”之需。显然，上述情况与《公子从军》简文相关载记相联系，或为补充而发现更为丰富的信息。

需要指出的是，传世文献所载“军市”中有“女子”的情况比较模糊，上引《商君书·垦令》“令军市无有女子”本身语焉不详，或有学者将其与齐桓公“女闾”和勾践“输有过寡妇于山上”联系起来，但因证据不足或资料本身的传说或故事性质等原因而争议颇大。[⑤]然而《公子从军》相关简文所透露的信息，却可以作为先秦、秦汉时期“军市”中有“嫠女”的证据，其史料学意义颇为重要。

忠户’，同为户主亡叔的寡妻，叁拾柒岁者身份是‘中女’，肆拾肆岁者身份是‘寡’，而该户最后一行壹拾贰岁的‘妹仙仙’，当是肆拾肆岁的寡妻张氏之女，此承孟宪实先生提示。或许有没有子女在‘寡’身份确认过程中有重要影响。”徐畅：《走马楼简中的成年待嫁女与未成年已嫁女》，卜宪群、杨振红主编，中国社会科学院简帛研究中心、中国社科院历史所秦汉魏晋南北朝室编：《简帛研究二〇〇七》，第271页。

① 睡虎地秦墓竹简整理小组：《睡虎地秦墓竹简》，北京：文物出版社，1990年，第149页。

② 严万里校：《商君书》，国学整理社辑：《诸子集成》第五册，第4页。

③ 班固著，颜师古注：《汉书》卷七十四，第3143页；范晔撰，李贤等注：《后汉书》卷二十，北京：中华书局，1965年，第738页。

④ 班固著，颜师古注：《汉书》卷五十，第2314页。

⑤ 按：《战国策·东周·周文君免工师藉》有：“齐桓公宫中七市，女闾七百，国人非之。”（刘向集录，范祥雍笺证，范邦瑾协校：《战国策笺证》卷一，第33页）《太平御览·独女山》引《吴越春秋》：“独女山者，诸寡妇女淫佚犯过，皆输此山上。越王将伐吴，其士有忧思者，令游此山上，以喜其意。”（李昉等编，夏剑钦等校点：《太平御览》卷四十七，上海：上海古籍出版社，1994年，第528页）王书奴《中国娼妓史》引明徐树丕：“女闾七百，齐桓征其夜合之资，以佐军需，皆寡妇也。”再引《吴越春秋》“越王勾践输有过寡妇于山上，使士之忧思者游之，以娱其意”为证。（王书奴：《中国娼妓史》，上海：上海书店，1992年，第31、37页）

二、《公子从军》女主人公对社会经济活动具有很高的熟悉程度

北大藏秦简《公子从军》简文中还涉及财富和金钱的问题，一处是“牵”言“吾富最天下”；一处是因“公子从军”而“送公子钱五百”。从简文行文细节看，前者强调“吾”，后者明言是“牵送公子钱五百”，似乎是“牵”有意表明对上述财富和金钱所具有的占有性。细考简文，“吾富最天下”的下文是“嚋过彭則”。前句言“富”而后句言“寿”，又都以极言称之，显然带有比喻和夸张的性质，与事实不一定相符，倒是“牵送公子钱五百”确凿而真实，说明“牵”具有包括金钱在内的财产和这种财产的支配权。

上述财富和金钱的属性或存在两种情况，一是夫妻共同所有，二是“牵”个人所有。从简文所提供的信息看，上述“钱五百”有可能是“牵”自己的私房钱，因为从简文“谓公子自以买”看，这些钱是给“公子”留作“自用”的，并不在“从军”所有花费的预算之内。正因为如此，“牵”才担心“公子”接受这些钱而伤了自尊或被他人嘲笑，故叮嘱其“勿言邦孰智（知）之”。上述情况或说明，在《公子从军》简文背景时代，已婚女人不但具有包括金钱在内的夫妻财产的支配权，还可能积攒一些自己的私房钱。

简文并没有进一步说明“钱五百”来源情况，但从“堂下有杞，冬产能能”看，“牵”可能自有生业，而且收益不错。因此，“钱五百”可能是“牵”通过某些经济活动所得，且可能并非其全部收入。由此而知，“牵”自言“吾富最天下”虽有夸张，但似乎并非虚言。值得注意的是，居延汉简中多有边塞妇女索债的简文记录，动辄“钱百”至“钱千”。如“女子王恩等责候史徐光隧长王根钱四百卌”（EPT52・201）。“史晋史偃再拜言甲渠侯遣令史延赍居延男子陈护众所责钱千二百女子张宜春钱六百”（EPT56・73AB）。[①]上述简文中的女子都是作为“债主”身份出现的，说明她们自有金钱并可能以此放债。又，居延汉简有“□共平宗（宣）马直十千，令宣偿宗，宣立以□钱千六百付宗”简文。[②]简文中“宣”可能是“禹”的妻子，曾向“宗”借马而马猝死，此马值“钱十千”，而“宣”仅偿还“千六百”。简文透露作为“禹”的妻子的“宣”由于参与经济活动而欠债，其偿还的“千六百”大概就是“宣”的自有金钱。[③]虽然居延汉简所反映的时代要晚于北大藏秦简，但这种已婚女人

① 上述简文资料转引自赵宠亮《居延新简〈女子齐通耐所责秦恭鼓事〉残册复原与研究》，武汉大学简帛研究中心主办：《简帛》第五辑，上海：上海古籍出版社，2010年，第412页。
② 陈直：《居延汉简研究》，第297页。
③ 按：简文资料中“宣”的身份为何存在疑问。简文明确“收虏燧长赵宣”，简文又云“妇名宣”，似为“赵宣”之妻。是故，简文下文“宣”或指“收虏燧长赵宣”之妻“宣”。

具有包括金钱在内的财产支配权和私房钱的情况，时至汉代仍然存在。

从上引居延汉简简文例文看，事件中“女子”所涉金钱数额大都在“钱百”至“钱千”之间，第一则“女子王恩”是“钱四百卌”，第二则“女子张宜春”是“钱六百”，第三则“宣”欠债“钱十千”但仅偿还“钱千六百”，其余则无力偿还，似乎说明“宣”只有“千六百”的现钱。值得注意的是，上述情况虽与《公子从军》“牵送公子钱五百”在数额上存在出入，但差异不大，似乎反映出秦汉时期女子所持有私房钱的大致情况，或就在“钱百”至“钱千”上下，不至更多。

上述金钱的数目相当于一个什么概念值得关注。里耶秦简中有十数枚木牍载记“阳陵卒”所欠官府钱的情况，涉及赀钱的数目在“钱百”至“钱千”不等，最多至“钱万”①。有学者对上述欠债情况进行研究，进而得出“阳陵卒”每日劳作所抵“钱”为“六钱”、日口粮钱为“二钱”、月口粮钱（30 日）为“六十钱”的估量。据此而论，《公子从军》“牵送公子钱五百”或相当于“阳陵卒”八个月的口粮钱。②如果以当时一石粟价三十钱算，则至少能够购买十六石粟粮，可供普通戍卒八个月的口粮。

再相比较里耶秦简中有涉及追捕逃犯或其他犯法者而给予赏金的简文，例如，“钱三百五十”“卅五年八月丁巳朔癸亥少内沈出以购吏养城父”；“购钆五百七十六一人”；“□出钱千一百五十二购隶臣于捕戍卒”③。其中赏金最少者为“钱三百五十”，最多者为“钱千一百五十二”，后者恰是“购钆五百七十六一人”的倍数，似乎说明“钱五百”可能是一个基数，其上下浮动情况或与追捕的人数及犯罪的严重程度有关，而皆以“钱五百”为考量的出发点。

云梦睡虎地 4 号墓出土木牍有时间背景为秦王政二十四年的私记文献，其中一则是名为“惊”的戍边士兵写的家信，内容是索要钱和做衣服的布料，其中索要钱的数目即为“五、六百”④。秦时戍边士兵自备武器、口粮和衣服，“惊”在信中既然同时索要做衣服的布料，那么“钱”的用途就可能与武器或口粮有关，信中又说道“室弗遗，即死矣”，并使用了三个“急”字，故推

① 按：里耶秦简中有十二枚木牍载记十二名男子欠赀钱或赎钱的情况，关于上述简文研究，请参阅马怡：《里耶秦简选校》，中国社会科学院历史研究所学刊编委会编辑：《中国社会科学院历史研究所学刊》第四集，北京：商务印书馆，2007 年；马怡：《里耶秦简中几组涉及校券的官文书》，武汉大学简帛研究中心主办：《简帛》第三辑。

② 关于里耶秦简十二枚简牍所涉及的十二名“阳陵卒”具体欠债情况，所欠钱数与当时金价、物价之关联，以及戍卒口粮钱的估量，可参阅马怡：《秦简所见赀钱与赎钱——以里耶秦简“阳陵卒”文书为中心》，武汉大学简帛研究中心主办：《简帛》第八辑。

③ 叶山：《解读里耶秦简——秦代地方行政制度》，武汉大学简帛研究中心主办：《简帛》第八辑。

④ 按：云梦睡虎地 4 号墓出土木牍中名为“惊”的私记文献，在第一章注释中已录，简文引自李均明：《秦汉简牍文书分类辑解》，第 113-114 页。

测可能是口粮告急。联系里耶秦简“阳陵卒”月口粮钱（30日）为“六十钱”的估量，“惊”在信中索要的钱“五、六百”至少可购买半年或大半年的口粮。可得《公子从军》中的“钱五百”同样是一个基数。

综上而论，从《公子从军》“牵送公子钱五百”的数量上看，可谓不多不少，似乎是当时从军者一个救急的量，反映出“牵”对丈夫的细心、关心和爱心；从另一个角度看，“钱五百”又可能是战国末至秦汉时期以金钱衡量事物价值的一个处于较高位置的基数，它可能以约定俗成的形式存在于社会生活及经济活动之中，如无参与其中定不具备此种经验，这又反映出“牵”对当时社会生活及经济活动具有很高的熟悉程度。

三、《公子从军》女主人公在文学生态研究中定性评价

根据北大藏秦简《公子从军》简文所提供的信息，借助其他简牍文献资料，对于“牵”的认识和了解或有如下两个方面值得关注：①前文所引居延汉简女性债务事例，其涉及金钱数目，大致在“百”至“千”之间。[①]上引居延汉简中的女子均已婚，其身份或为戍边军士的妻子，而在居延新简《女子齐通耐所责秦恭鼓事》中，“齐通耐”可能就是事件中“烽燧燧长”的妻子。据此联系《公子从军》中的“牵”，从其给予公子“钱五百”的数目看，与居延汉简军士妻子所放债的数目大体相当。上述情况至少说明，与居延汉简军士妻子相比，“牵”的经济能力至少与其相当，而从其“吾富最天下”的说辞看，其经济能力和富有程度或超过这些军士妻子。②如前所述，包括《公子从军》在内的这批竹简应该出自墓葬之中，除《公子从军》之外，尚有《从政之经》《道里书》等具有类似性质和类型的文献。有学者根据这批竹简中《里程简册》（即《道里书》）提出这批竹简的主人应该是一位南郡的基层官吏的认识。[②]值得注意的是，《公子从军》则是作为妻子的“牵”写给丈夫“公子”的“悲书”，写这封“悲书”的时间当在“牵”远送“公子”之后，因为夫妻二人存在情感纠葛，作为丈夫的“公子”又似乎有失于先。显然，一件写有夫妻恩怨的私密“悲书”不太可能出自一个无关原委的普通官员墓葬之中，

① 按：居延汉简中多有边塞妇女索债的简文记录，动辄“钱百”至“钱千”。如：“女子王恩等责候史徐光隧长王根钱四百卌。”（EPT52·201）“史晋史偃再拜言甲渠候遣令史延费居延男子陈护众所责钱千二百女子张宜春钱六百。”（EPT56·73AB）（上述简文资料转引自赵宠亮：《居延新简〈女子齐通耐所责秦恭鼓事〉残册复原与研究》，武汉大学简帛研究中心主办：《简帛》第五辑，第412页）又，居延汉简有“□共平宗（宣）马直十千，令宣偿宗，宣立以□钱千六百付宗”简文。（上述简文资料转引自陈直：《居延汉简研究》，第297页）简文中“宣”为“禹”的妻子，曾向“宗”借马而马猝死，此马值“钱十千”，而“宣”仅偿还“千六百”。

② 辛德勇：《北京大学藏秦水陆里程简册的性质和拟名问题》，武汉大学简帛研究中心主办：《简帛》第八辑，第21页。

因此推断这件“悲书”的持有者应该就是当事者，也就是“悲书”中被称为“公子”的人。简文中的“牵”很可能是这位秦代基层官吏的妻子。

综上而论，北大藏秦简《公子从军》简文中“牵”的身份可能是一位秦基层官吏的妻子，另从简文“牵送公子钱五百”和“吾富最天下”等说辞所包含的信息看，“牵”不但有自己的私房钱，还可能参与某些经济活动，与居延汉简所见戍边军士的妻子和居延新简所见“烽燧燧长”妻子相比，“牵”的经济能力、富有程度和社会地位恐怕要高出许多。

第三节　张家山汉简《奏谳书》案例与汉初女性情感生活情况考察

张家山汉简《奏谳书》“临菑狱史阑”简文属于《奏谳书》第三则，描述了一件已婚男女以诈伪行为“出关”而受到“黥为城旦”的法律惩罚案件。[①]此案件涉及汉初女性婚姻问题，其特殊案情所透露出的成年男女爱情婚姻生活和情与法的矛盾，值得进一步深思和讨论。《奏谳书》“杜泸女子”简文载于《奏谳书》后部，属于《奏谳书》第二十一则。据考，简文所述案件发生于西汉初年。[②]案情涉及已婚女子在为丈夫守丧期间与他人“和奸”而被“婆母”告发的事件。

一、《奏谳书》“临菑狱史阑”“杜泸女子”简文释文与案情内容

张家山汉简《奏谳书》“临菑狱史阑”简文释文如下：

> 十年七月辛卯朔癸巳，胡状、丞憙敢潚（谳）之刻（劾）曰：临菑（淄）狱史阑令女子南冠缴（缟）冠，详（佯）病卧车中，袭大夫虞传，以阑出关。今阑曰：南齐国族田氏，徙处长安，阑送行，取（娶）为妻，与偕归临菑（淄），未出关，得，它如刻（劾）。南言如刻（劾）及阑。诘阑，阑非当得取（娶）南为妻也，而取（娶）

① 按：1983年底至1984年初，在湖北江陵张家山M247、M249、M258三座西汉早期墓葬中发现了大量竹简，其中以M247最多，达1000多支。（参见：荆州地区博物馆《江陵张家山三座汉墓出土大批竹简》，《文物》1985年1期）上述竹简包括如下内容：《历谱》《二年律令》《奏谳书》《脉书》《算数书》《盖庐》《引书》《遣策》。（张家山二四七号汉墓竹简整理小组编：《张家山汉墓竹简[二四七号墓]》，“前言”）其中题名为《奏谳书》者共有竹简228支，其性质或是议罪案例的汇编。（参见李学勤：《简帛佚籍与学术史》，南昌：江西教育出版社，2001年，第183页）上述竹简所载案例共二十二则，其中三则是较为典型的以女性为主并涉及女性婚姻和情感生活等内容的案例。

② 李学勤：《简帛佚籍与学术史》，第219页。

以为妻，与偕归临菑（淄），是阑来诱及奸，南亡之诸侯，阑匿之也，何解？阑曰：来送南而取（娶）为妻，非来诱也。吏以为奸及匿南，罪，毋解。诘阑：律所以禁从诸侯来诱者，令它国毋得取（娶）它国人也。阑虽不故来，而实诱汉民之齐国，即从诸侯来诱也，何解？阑曰：罪，毋解。问，如辞（辞）。鞫：阑送南，取（娶）以为妻，与偕归临菑（淄），未出关，得，审。疑阑罪，毄（系），它县论，敢潚（谳）之。人婢清助赵邯郸城，已即亡，从兄赵地，以亡之诸侯论。今阑来送徙者，即诱南。吏议：阑与清同类，当以从诸侯来诱论。或曰：当以奸及匿黥舂罪论。十年八月庚申朔癸亥，大（太）仆不害行廷尉事，谓胡啬夫潚（谳）狱史阑，潚（谳）固有审，廷以闻，阑当黥为城旦，它如律令。①

张家山汉简《奏谳书》“临菑狱史阑”简文有“十年七月辛卯朔癸巳”的时间交代，其“十年”当为“汉高祖十年”，即公元前197年。此时间应该是案件的奏谳时间而非发生时间，但相信案件发生的时间与之不远。

“临菑狱史阑”案件发生在一个巨大的时代背景之下。《汉书·高帝纪》云：“十一月，徙齐楚大族昭氏、屈氏、景氏、怀氏、田氏五姓关中，与利田宅。”②《史记·刘敬传》对此有更为详细的记载，其云：“刘敬从匈奴来，因言：‘匈奴河南白羊、楼烦王，去长安近者七百里，轻骑一日一夜可以至秦中。秦中新破，少民，地肥饶，可益实。夫诸侯初起时，非齐诸田，楚昭、屈、景莫能兴。今陛下虽都关中，实少人。北近胡寇，东有六国之族，宗强，一日有变，陛下亦未得高枕而卧也。臣愿陛下徙齐诸田，楚昭、屈、景，燕、赵、韩、魏后，及豪桀名家居关中。无事，可以备胡；诸侯有变，亦足率以东伐。此彊本弱末之术也。’上曰：‘善’。乃使刘敬徙所言关中十余万口。”③

依据汉高祖九年“徙六国后及地方豪强名家居关中”的法令，“临菑狱史阑”案件中的“南”所属“齐国族田氏”族群迁往长安居住，而“阑”负责遣送工作，但二人在路上结为夫妻，且一路相伴西行入关。然而，不幸的是，这样的婚姻却随着迁徙行程的结束而面临一个尴尬局面：“阑”作为“临菑狱史”必须返回“临菑”交差，而“南”又不能随“阑”而返。如此，这对新婚夫妇必须在分离和同返之间做出抉择。若选择后者，其代价则是触犯有关

① 张家山二四七号汉墓竹简整理小组编：《张家山汉墓竹简[二四七号墓]》，第93页。
② 班固著，颜师古注：《汉书》卷一下，第66页。
③ 司马迁：《史记》卷九十九，第2719-2720页。

法律。[1]不幸的是，他们选择了后者：到了关中以后，“阑”让“南”戴上“缴冠”，假装生病躺卧在车中，又借用“大夫虞”的通行凭证“出关”，不料却在出关时被发现，遭到逮捕。

张家山汉简《奏谳书》“杜泸女子”简文释文如下：

故律曰：死夫（？）以男为后。毋男以父母，毋父母以妻，毋妻以子女为后。律曰：诸有县官事，而父母若妻死者，归宁卅日；大父母、同产十五日。敖（敖）悍，完为城旦舂，铁颛其足，输巴县盐。教人不孝，次不孝之律。不孝者弃市。弃市之次，黥为城旦舂。当黥公士、公士妻以上，完之。奸者，耐为隶臣妾。捕奸者必案之校上。今杜泸女子甲夫公士丁疾死，丧棺在堂上，未葬，与丁母素夜丧，环棺而哭。甲与男子丙偕之棺后内中和奸。明旦，素告甲吏，吏捕得甲，疑甲罪。廷尉㲄、正始、监弘、廷史武等卅人议当之，皆曰：律，死置后之次；妻次父母；妻死归宁，与父母同法。以律置后之次人事计之，夫异尊于妻，妻事夫，及服其丧，资当次父母如律。妻之为后次夫、父母，夫、父母死，未葬，奸丧旁者，当不孝，不孝弃市；不孝之次，当黥为城旦舂；敖（敖）悍，完之。当之，妻尊夫，当次父母，而甲夫死，不悲哀，与男子和奸丧旁，致次不孝、敖（敖）悍之律二章。捕者虽弗案校上，甲当完为舂，告杜论甲。

今廷史申繇（徭）使而后来，非廷尉当，议曰：当非是。律曰：不孝弃市。有生父而弗食三日，吏且何以论子？廷尉㲄等曰：当弃市。有（又）曰：有死父，不祠其家三日，子当何论？廷尉㲄等曰：不当论。有子不听生父教，谁与不听死父教罪重？㲄等曰：不听死父教毋罪。有（又）曰：夫生而自嫁，罪谁与夫死而自嫁罪重？廷尉㲄等曰：夫生而自嫁，及取（娶）者，皆黥为城旦舂。夫死而妻自嫁、取（娶）者毋罪。有（又）曰：欺生夫，谁与欺死夫罪重？㲄等曰：欺死夫毋论。有（又）曰：夫为吏居官，妻居家，日与他男子奸，吏捕之弗得，□之，何论？㲄等曰：不当论。曰：廷尉、史议皆以欺死父罪轻于侵欺生父，侵生夫罪重于侵欺死夫，□□□□□□□与男子奸棺丧旁，捕者弗案校上，独完为舂，不亦重虖（乎）？

[1] 按：上述说法并不意味着“阑”留在“关内”不返“临菑”就不触犯相关法律。根据汉初中央政府与各诸侯国之关系，“阑”也没有权利和资格留在中央政府所辖地域。

敎等曰：诚失之。[1]

此案大致情况是：杜泸女子“甲”的丈夫病死，“甲”在与婆母“素”夜间守丧时，与男子“丙”在棺后房中发生性关系，被婆母“素”发现，“素”在第二天将“甲”告官，“甲”被捕。杜县官吏对此案疑不能决，遂报请廷尉。廷尉等卅人讨论此案，最后得出意见，应以“不孝”和“敖悍”定“甲”罪，前者的刑罚是“弃市”，后者是“完为舂”，最后判为“完为舂”。有一姓“申”的廷史，因徭役而没有参加廷尉的讨论，回来看到案件的处理后，提出反对意见。他的观点是，以“不孝”和“敖悍”定“甲”罪是正确的，但在量刑时，缘于所侵害的对象的不同而应该有所差异，故以“完为舂”论“甲”量刑过重，廷尉等亦觉得“申”的意见有道理，承认对“甲”量刑过重。

二、《奏谳书》“临菑狱史阑”案件是发生在大背景下的爱情悲剧

《奏谳书》“临菑狱史阑”案例中作为当事者的女主人公，是“齐国族田氏”而名为“南”的女子，男主人公是官为“临菑狱史”而名为“阑”的男子。案例中“南”是否受到法律的惩处并不清楚，仅从“南”私自出关或私返原属地的情况看，其已违法。“临菑狱史阑”简文所载“南”与“阑”案件是一件发生在大背景下的小事件，但是对于普通人来说，这个小事件却毫无疑问地带有人生大悲剧性质。

汉初，徙齐楚大族于关中的具体情况如何，已不得而知，但从传世文献相关载记中仍然能够发现某些细节情况。《汉书·地理志》云：“汉兴，立都长安，徙齐诸田，楚昭、屈、景及诸功臣家于长陵。”[2]汉长陵，即汉高祖陵寝，其所在地原本为秦咸阳县，汉初改为渭城县，属右扶风。[3]此地至唐时，尚有“长陵故城”，在县东北三十里。[4]或云：“初，汉徙关东豪族以奉陵邑，长陵、茂陵各万户，其余五陵各千户，皆属太常，不隶于郡。”[5]据此，当时“以奉长陵”的“万户”移民中，或包括“齐诸田”。联系《奏谳书》“临菑狱史阑”案例，“南”及其家族或即在上述“万户”迁徙移民之中，如此，“阑”作为负责护送和迁徙事务的官员，其所执行的也应当是“以奉长陵”的“齐诸田”的护送和迁徙事务。

---

① 按：文中所引“杜泸女子”简文释文，据张家山二四七号汉墓竹简整理小组编的《张家山汉墓竹简[二四七号墓]》引录。题目为研究者根据简文内容所加。具体情况请参阅张家山二四七号汉墓竹简整理小组：《张家山汉墓竹简[二四七号墓]》，第 108 页。

② 班固著，颜师古注：《汉书》卷二十八下，第 1642 页。

③ 李吉甫撰，贺次君点校：《元和郡县图志》卷一，北京：中华书局，1983 年，第 12 页。

④ 李吉甫撰，贺次君点校：《元和郡县图志》卷一，第 13 页。

⑤ 李吉甫撰，贺次君点校：《元和郡县图志》卷一，第 13 页。

根据《奏谳书》简文，“阑”于“临菑”为官，其与“南”进入关中之后，又打算“偕归临菑”，所以“南”与“阑”当时的“出发地”可能也在“临菑”。“临菑”，古为齐之都，秦立为县，汉因之，属齐郡。[①]考汉时“临菑”至“长陵”所在咸阳县，直线距离九百一十公里，“南”与“阑”的行程可谓名副其实的长途跋涉。以后来汉武帝封禅为例，其“三月”至嵩高山“礼登中岳太室”，“四月”而“还至奉高”，此行之前，先于“来年冬”乃“北巡朔方”，估计从“朔方”返回之后即“东行”，故推测汉武帝此行始于“二月”而终于“四月”，至少用了两个月的时间。[②]值得注意的是，汉武帝此番封禅行程由西至东，虽然与“南”及“阑”的行程方向相反，路程却大致处于同一直线之上，只是其终点“奉高”尚距“临菑”的直线距离一百四十公里左右。由此可知，“南”与“阑”此番行程路途之遥远和时间之漫长。令人感怀和叹惋的是，“南”与“阑”的嫁娶行为，正是发生在这一遥远而漫长的旅途之中。由此或可确信，“南”与“阑”所生之情当为真情，其嫁娶之事当是以真情为纽带和基础。

上述认识有来自简文中三个方面的依据：①当事者“阑”两次说明“取（娶）为妻”，第一次是被捕获后的供词，第二次是回答“胡县”县廷的“诘问”，并进一步强调“来送南而取（娶）为妻，非来诱也”。“阑”如此强调“取（娶）为妻”的目的，显然是洗脱“来诱”的罪名，也有强调双方婚姻自愿和合法的意图。②根据简文“胡状、丞憙敢谳之”，“南”与“阑”遭捕获之地为“胡县”。《汉书·地理志》颜师古注云“湖，有周天子祠二所。故曰胡，武帝建元年更名湖。”，属“京兆尹”[③]。或在今河南灵宝西，位于函谷关内。[④]据此判断，“南”与“阑”折返“临菑”的行为有两种可能：一是二人到了咸阳长陵之后，再折返东行至函谷关出关而被捕；二是二人入关之后即折返出关。上述两种情况都有可能，如果是后者，说明“阑”负责遣送的工作并没有完成，或将罪加一等，但简文所提供的信息并不支持这种意见，所以二人应该是抵达迁徙地之后而折返。这样一来，他们不但需要承担“违法”的风险，还要承受近千公里漫漫长途的困苦。是什么支撑“南”与“阑”上述行为，答案似乎只能是夫妻情感。③从“胡县”县廷议案情况来看，官员认为“阑”的行为或涉及“诱”与“奸”罪。所谓“诱”是指引诱或协助中央政府所辖地域民众逃往诸侯国。《奏谳书》“临菑狱史阑”案例中引述另

① 李吉甫撰，贺次君点校：《元和郡县图志》卷十，“临淄条”，第273页。
② 参：《史记·孝武本纪》《汉书·郊祀志》相关载记。
③ 班固著，颜师古注：《汉书》卷二十八上，第1544页。
④ 张家山二四七号汉墓竹简整理小组编：《张家山汉墓竹简[二四七号墓]》，“奏谳书”注释[二]，第93页。

一件案例可为说明，其云“人婢清助赵邯郸城，已即亡，从兄赵地，以亡之诸侯论”①。而“奸”则指以诈伪的方式犯罪。联系《奏谳书》“临菑狱史阑”案例，“阑”的诈伪行为表现为“令女子南冠缴（缟）冠”“详（佯）病卧车中”和“袭大夫虞传以阑出关”三项。②即此，当判定“阑”何罪？“胡县”官员无法定谳，而作为“廷尉”的“大仆不害”则以“黥为城旦”罪定谳，知“廷尉”认为“阑”所犯之罪是“奸”而非“诱”③。这里需要指出的是，虽然《奏谳书》“临菑狱史阑”案例中没有说明“胡县”官员为什么对“阑”所犯的罪出现异议导致无法定谳，但“廷尉”的定谳直接否定“诱”罪，说明“廷尉”不认为“阑”的行为是引诱或协助“南”逃往诸侯国。由此推断，“廷尉”定谳的依据，应该主要考虑到了“南”与“阑”的嫁娶行为是基于双方情感和自愿的婚姻。以此推之，“胡县”官员对“阑”所犯罪出现异议的原因也当如此。

三、《奏谳书》“杜泸女子”案例的本质是情与礼的矛盾

《奏谳书》“杜泸女子”案例虽不复杂，却因涉及“和奸”问题而变得敏感。今天的学者认为这种“敏感”在“杜县官吏对此案疑不能决”时即已发生，而此案惊动朝廷，引来高层官员的讨论，即是这种“敏感”的进一步表现，国家需要从政府的层面对这一“敏感”案件给出明确的意见，以正视听。或云“秦对‘淫泆’防禁颇严。睡虎地简中的秦始皇二十二年（公元前 227 年）南郡守腾文书，强调法律的目的在于‘去其淫僻，除其恶俗’，谴责‘乡俗淫泆之民不止’。《秦始皇本纪》所载三十七年会稽刻石，更特别提到‘防隔内外，禁止淫泆，男女絜诚’。看女子甲一案居然惊动朝廷，汉初对这方面

---

① 按：有学者认为《奏谳书》“临菑狱史阑”案例中所引“人婢清助赵邯郸城”这一成案，即是所谓的“比”。“案例中值得注意的是引用了人婢清以亡之诸侯论的成案，这叫做‘比’。《汉书·刑法志》注云：‘比，以例相比况也。’《奏谳书》这类案例汇编也可能与此有一定关系。”（参见李学勤：《〈奏谳书〉初论》，《简帛佚籍与学术史》，第 208 页）还有学者认为：“诱罪的含义简单，即禁止诸侯国来人引诱汉民逃往诸侯国，所谓‘禁从诸侯国来诱。’法律做如此规定，当是为了贯彻汉高祖九年迁徙六国后及地方豪强家居关中的诏令。”（高恒：《秦汉简牍中法制文书辑考》，北京：社会科学文献出版社，2008 年，第 351 页）值得注意的是，从“人婢清助赵邯郸城”成案看，“诱”罪主要指“引诱”或“协助”的一方，不论其是否“从诸侯国来”，只要其“引诱”或“协助”逃往诸侯国，都构成“诱”罪。所以，在“胡县”某些官员看来，“人婢清”与“阑”虽然各自来历不同，但“引诱”和“协助”逃往诸侯国却是一致的，都属于“诱”罪。

② 按：关于“奸”罪，高恒《秦汉简牍中法制文书辑考·〈奏谳书〉注释》中有如下梳理：“战国魏李悝著《法经》中‘轻狡’罪。汉《贼律》篇中有‘欺谩、诈伪’，《令丙》有‘诈自复免’等罪，都是以诡作方式犯罪。至魏新律始将这类犯罪归入一篇，名《诈伪律》（见《晋书·刑法志》）。《唐律》因袭此制。《唐律·诈伪》篇所列罪名，无不是以诡诈狡猾方式的犯罪。在论到古代律典中的《诈伪律》时，《唐律疏议》云：‘《诈伪律》者，魏分《贼律》为之。’若进一步探讨，汉《贼律》中的诈伪等罪，实由原来的‘轻狡’、‘奸’罪演进而来的。”参见高恒《秦汉简牍中法制文书辑考》，第 351 页。

③ 按：“诱”与“奸”罪的惩罚不同，对于“阑”来说，“奸”只是“黥为城旦”，如果是“诱”罪，或比之更重。

的防范并未有所松动"①。上述意见不无道理。

此案并不复杂，所犯也仅是男女"和奸"而非杀人越货的重罪，但杜县官吏却疑不能决，更惊动朝廷引来廷尉等众人的讨论，虽得出结论，却又因"量刑过重"而被推翻。这一过程本身埋藏着很深的值得探讨的问题：此案"和奸"之名最为明确，汉律亦有关于"和奸"的律文，但此案从"议罪"到"定罪"都集中在"不孝"和"敖悍"之上，与"和奸"无关。

此案从"和奸"之事"发"，却以"敖悍"之罪"论"，原因何在？以简文推断，似为"和奸"之具体律文所困。如《二年律令·襍律》云："诸与人妻和奸，及其所与者皆完为城旦舂。其吏也，以强奸论之。"②此条律文明确"与人妻和奸"，此"人妻"当特指"生人"之妻。《二年律令·收律》云："若为人妻而弃、寡者，皆勿收。"③这里，夫死为"寡"，被休为"弃"，"人妻"则非后二者。《二年律令·亡律》云："取人妻及亡人以为妻，及为亡人妻，取及所取，为谋者，智其请，皆黥为城旦舂。"④这条律文明确提出：娶别人（生人）妻及逃亡女子为妻、嫁于逃亡人为妻、夫妻双方及知情的媒人，皆黥为城旦舂。显然，这里的"人妻"同样指"生人妻"。《奏谳书》"杜泸女子"简文中"女子甲"是在"夫公士丁疾死"后与"男子丙"发生性关系的，准确地说，这时的"女子甲"已非"人妻"而是"寡者"。是故，按律文"女子甲"不能构成"和奸"罪。

既然"女子甲"的行为不能构成"和奸"罪，那么以何种刑名定罪，就成了两级执法者的难题。廷尉议罪所据刑律主要有二，其一为"不孝"；其二为"敖悍"。值得注意的是，"不孝"和"敖悍"的具体内涵，在法律上都难以明确规定。晚辈对长辈、妻对夫的不敬或伤害等行为，皆可构成不孝。"敖悍"一方面针对已婚之妇，另一方面又局限于妻对夫，更为独特。以《二年律令·贼律》为例，律文"妻殴夫，耐为隶妾"。"妻悍而夫殴笞之，非以兵刃也，虽伤之，毋罪。"⑤上述律文所述皆属于"敖悍"性质，其中"妻"的行为对象皆是"夫"，但其行为皆与"奸"无关。值得注意的是，对于"女子甲"一案来说，罪名一旦确定，量刑也就相对容易了，然而问题也就出在这里，后来主张减刑的"廷史申"恰恰发现了这方面的问题。简单地说，被"廷史申"发现的问题就是量刑时"生人"与"逝者"区别的问题。"廷史申"议罪的主要观点即是"欺生人罪重于欺死人罪"，上述观点亦为廷尉等所接受。

① 李学勤：《简帛佚籍与学术史》，第219页。
② 张家山二四七号汉墓竹简整理小组编：《张家山汉墓竹简[二四七号墓]》，第34页。
③ 张家山二四七号汉墓竹简整理小组编：《张家山汉墓竹简[二四七号墓]》，第32页。
④ 张家山二四七号汉墓竹简整理小组编：《张家山汉墓竹简[二四七号墓]》，第31页。
⑤ 张家山二四七号汉墓竹简整理小组编：《张家山汉墓竹简[二四七号墓]》，第13页。

以此观之，对于“杜泸女子”一案，廷尉不以“和奸”而以“不孝”和“敖悍”定罪，既现出官府对这一案件“定性”时的尴尬和无奈，也反映出对“女子甲”的“行为”必欲惩罚和治罪的决心。从此案可知，案例中“女子甲”的“行为”并没有触犯当时的法律，与法无犯，却与礼有违。案例所反映的是情与礼而非情与法的矛盾。

四、《奏谳书》“临菑狱史阑”“杜泸女子”案例史料学意义和价值

上文所讨论的张家山汉简《奏谳书》“临菑狱史阑”“杜泸女子”案例触及情与法、情与礼的矛盾，其主人公的女性性别及婚姻与情感经历，无疑为其史学史料转化为文学史料确定了可能和条件。

（一）“临菑狱史阑”案例能够成为相关文学研究的参照

如前所述，“临菑狱史阑”所描述的“南”与“阑”案件是一件发生在大背景下的小事件，但是对于普通人来说这个小事件毫无疑问地带有人生大悲剧的性质。“南”与“阑”因情生爱，因爱结为夫妻，又因为夫妻之实而必欲“偕归”，导致触犯法律而以悲剧作结。这对夫妻的苦命和悲催令人叹惋。从“南”的角度看，其作为女性所遭受的打击和摧残可能更为严重。作为一个确实发生的法律事件中的人物，“南”的行为和遭遇或带有更多的可供进一步研究的内容和信息，能够从侧面反映出西汉初期于某些大背景下不同阶层女性在精神、情感、婚姻等方面存在的情况和生活形态，并作为特定时代的产物成为相关文学研究的参照。值得注意的是，如果联系另外两则分别名为“符”和“媚”的女性奴婢逃亡案例，或更具文学史料学之意义和价值。①

---

① 按：“女子符逃亡”案例属于《奏谳书》第四则，题名为笔者所拟，简文中有“十二月壬申”的时间交代，据考，其所在年当为汉高祖十年，即公元前197年，说明这是发生在汉高祖十年的案件。其简文如下：“胡丞憙敢潚（谳）之，十二月壬申，大夫荊诣女子符，告亡。符曰：诚亡，詐（诈）自以为未有名数，以令自占书名数，为大夫明隶，明嫁符隐官解妻，弗告亡，它如荊。解曰：符有名数明所，解以为毋恢人也，取（娶）以为妻，不智（知）前亡，乃后为明隶，它如符。诘解：符虽有名数明所，而实亡人也。律：取（娶）亡人为妻，黥为城旦，弗智（知），非有减也。解虽弗智（知），当以取（娶）亡人妻为论，何解？解曰：罪，毋解。明言如符、解。问解：故黥劓，它如辤（辞）。鞫（鞫）：符亡，詐（诈）自占书名数，解取（娶）为妻，不智（知）其亡，审。疑解罪，毄（系），它县论，敢潚（谳）之。吏议：符有[名]数明所，明嫁为解妻，解不智（知）其亡，不当论。或曰：符虽已詐（诈）书名数，实亡人也。解虽不智（知）其请（情），当以取（娶）亡人为妻论，斩左止（趾）为城旦。廷报曰：取（娶）亡人为妻论之，律白，不当潚（谳）。”（简文引自张家山二四七号汉墓竹简整理小组编：《奏谳书》，《张家山汉墓竹简[二四七号墓]》，第 94 页）另一则“女子媚逃亡”案例属于《奏谳书》第二则，简文中“十一年”当是汉高祖十一年，即公元前196年，题名为笔者所拟，简文如下：“十一年八月甲申朔丙戌，江陵丞骜敢潚（谳）之。三月己巳大夫禒辤（辞）曰：六年二月中买婢媚士五（伍）点所，贾（价）钱万六千，迺三月丁巳亡，求得媚，媚曰：不当为婢。媚曰：故点婢，楚时去亡，降为汉，不书名数，点得媚，占数复婢媚，卖禒所，自当不当复受婢，即去亡，它如禒。点曰：媚故点婢，楚时亡，六年二月中得媚，媚未有名数，即占数，卖禒所，它如禒、媚。诘媚：媚故点婢，虽楚时去亡，降为汉，不书名数，点得，占数媚，媚复为婢，卖媚当也。去亡，何解？媚曰：楚时亡，点乃以为汉，

上述三则案例奏谳时间皆在汉高祖十年至十一年间，案件发生的时间也当在上述时间范围之内，但案件当事人行为的时间背景，却可以前溯至秦始皇时期及其后楚汉之争年代。显然，上述时代背景下作为庶人的普通女子或生活于社会底层的女性奴婢，她们在精神、情感、婚姻等方面的生活情态，在生活上所遭受的奴役，在精神上所遭受的摧残，在婚姻上所遭受的屈辱，为了爱情婚姻及至人身自由所做出的努力和奔波，以及由此而带来的法律指控和自己顽强的抗争，所有这一切在目前所见的传世文献中均少有触及，其历史和文学史料学之意义和价值无法估量。

（二）“杜泸女子”案例能够与汉代民间社会现实生活和习俗风尚联系起来

已婚女子于为夫服丧期间的性行为，法无所论，但官府必欲治罪，说明上述行为在社会道德层面上已遭谴责。综观“杜泸女子”案例，以“不孝”和“敖悍”定罪，在法律的层面上不免牵强，但在道德层面上未尝不可。应该说，真正困扰各级官员的正是这一点，“廷史申”的“再议”能够为众人所接受，恰恰也是因为这一点。此案经过疑罪、议罪、定罪、再议罪，罪名由“和奸”到“不孝”和“敖悍”，量刑由“弃市”到“城旦舂”再到“减刑”，实乃一波三折。这样的定罪和量刑，于“女子甲”来说可谓幸事，而于政府、法律和社会道德层面来说，则未免尴尬和无奈，其以法的名义构成的惩戒与防范的作用，呈现出牵强而必欲治罪的特点。

基于此，我们发现《奏谳书》“杜泸女子”案例能够发生，或许存在情感和社会生活两个方面的基础。因为根据案情可知，当事者的行为并非强迫或偶然，而这个案例以汉制议罪程序，到了“廷尉”的级别，至少经历了三级政府部门，又被作为议罪、定罪和量刑的“参考”收进《奏谳书》中，由此或可推测，汉初社会生活中与这一案例相似的事件可能并不少见。据此而论，恐怕这就是时人在相关著述中所说的“淫僻”和“恶俗”的社会现象，再联系北大藏秦简《公子从军》中“嫠女”的情况及相关信息，上述推断或可为确。

基于此，《奏谳书》“杜泸女子”案例就很自然地与汉初民间社会的现实生活和习俗风尚联系起来，也反映出现实生活和习俗风尚的复杂性与刑律的制定和执行的滞后和困难。以“法”的严苛形式“防范”现实生活和习俗风尚之“淫僻”和“恶俗”，成效难估。两汉时期一直注重移易风俗，其道理或

复婢，卖媚，自当不当复为婢，即去亡，毋它解。问媚：年卌岁，它如辤（辞）。鞫之：媚故点婢，楚时亡，降为汉，不书名数，点得，占数，复婢，卖禒所，媚去亡，年卌岁，得皆审。疑媚罪，它县论，敢潚（谳）之，谒报，属史詹发。吏当：黥媚颜（颜）頯，畀禒，或曰当为庶人。”（简文引自张家山二四七号汉墓竹简整理小组编：《奏谳书》，《张家山汉墓竹简[二四七号墓]》，第92页。）

即在此，“杜泸女子”案例中官府必欲成罪的意图最为明确，最具决心，也从另一个角度证实了上面的推断。

上述认识或有其他资料为证。《汉书·游侠传》所载陈崇弹劾陈遵“过寡妇左阿君置酒歌讴”而“暮因留宿”事，恐怕与《奏谳书》“杜泸女子”案例有某些相似之处。[①]据《流沙坠简》所录“饥念故人即更嫁毋多□”，“羌女自取别之后变尔西迈相见无缘书问疏简”简文，或涉及“女子婚后因思念故人而求再嫁”，以及“男女各自婚后而仍书信往来”之事，也从侧面反映了汉代民间习俗风尚。[②]值得注意的是，两性秘戏或交合的内容，在四川、徐州、陕北等地区的汉画像中也有所反映。[③]这样的内容在汉画像中被毫无顾忌地描绘出来，当有社会传统的习俗风尚为基础（图 2-1）。

图 2-1　四川荥经、德阳、新都两性秘戏或交合画像

① 按：《汉书·游侠传》“陈遵”本传载云：“初，遵为河南太守，而弟级为荆州牧，当之官，俱过长安富人故淮阳王外家左氏饮食作乐。后司直陈崇闻之，劾奏：‘遵兄弟幸得蒙恩超等历位，遵爵列侯，备郡守，级州牧奉使，皆以举直察枉宣扬圣化为职，不正身自慎。始遵初除，乘藩车入闾巷，过寡妇左阿君置酒歌讴，遵起舞跳梁，顿仆坐上，暮因留宿，为侍婢扶卧。遵知饮酒饫宴有节，礼不入寡妇之门，而湛酒溷肴，乱男女之别，轻辱爵位，羞污印韨，恶不可忍闻。臣请皆免。’”班固著，颜师古注：《汉书》卷九十二，第 3711-3712 页。

② 王国维、罗振玉撰，何立民点校：《流沙坠简》，杭州：浙江古籍出版社，2013 年，第 140、165 页。

③ 按：汉画像相关图像，可参阅如下文献。高文、王锦生：《中国巴蜀汉代画像砖大全》第 15 图、第 66 图，澳门：国际港澳出版社，2002 年；高文：《野合图考》，《四川文物》1995 年第 1 期；冯修齐：《桑间野合画像砖考释》，《四川文物》1995 年第 3 期；牛天伟：《由汉画看我国古代的桑树崇拜》，朱青生主编：《中国汉画学会第九届年会论文集》下，北京：中国社会出版社，2004 年，第 43-58 页；《徐州汉画像石》第 67 图右部、第 92 图、第 11 图，南京：江苏美术出版社，1999 年；《绥德汉代画像石》，西安：陕西美术出版社，2001 年，第 66 页；刘玉生：《方城汉画·“秘戏”汉画像石管窥》引图，香港：香港天马图书有限公司，2003 年；中国画像石全集编辑委员会编：《中国画像石全集·四川汉画像石》，郑州：河南美术出版社，济南：山东美术出版社，2000 年。

据此，试图得出秦汉时期已婚女性在情感上具有较高自由度的认识，似乎还颇为复杂和困难。不过，通过上文的讨论和分析，我们看到了两面性的存在：一方面是“俗弥奢淫”，另一方面是针对“俗弥奢淫”的“风俗移易”政治主张和社会运动。上述两个方面互为联系而存在的事实，实际上是现实生活中某种生活存在及对这种生活存在进行某种社会治理或道德与风俗矫正的生活形态的真实反映。如此，这种统一中的矛盾性，也必然在汉代文学中有所表现和反映。宋子侯《董娇娆诗》描写女子“提笼行采桑”的形象（图 2-2），桑女采桑是假，“折花遗所思”才是真，诗歌对桑女娇媚婀娜的描写，融入了更多暧昧的情愫。这样的文学处理在《陌上桑》中同样存在，而且被更为艺术地表现出来。诗中罗敷衣着华丽、桑笼精美，其纤手提笼、娇媚采桑的情态展现，无不为观者的艳羡和使君的垂涎做了铺垫，自然引出下文的缘于“性”的诱惑和抗争。①这种由“性”引发的情与理的矛盾和对立，联系司马相如《美人赋》和阮籍《清思赋》等创作，或可见出汉晋文学创作和文学精神之独特一面。②

图 2-2　东汉至魏晋时期桑女提笼采桑画像砖

① 按：甘肃省嘉峪关市郊区魏晋时期墓葬和嘉峪关市东郊戈壁滩汉代墓葬出土的画像砖上，均有桑女提笼采桑形象（朱启新：《文物物语》引，北京：中华书局，2006 年，第 136 页）。画面中的桑女均手提小笼，穿戴整齐。其中左图桑女的衣着更显华丽，与《陌上桑》《董娇娆诗》中“提笼行采桑”的娇媚描绘颇为一致。画像中的小筐小巧而精美，很符合《董娇娆诗》《陌上桑》中采桑女的身份，完全可以将其与上述诗歌中的“桑笼”划上等号。显然，这样的采桑已经成为一种内含浪漫情怀而外现万种风情的别样“采桑”了。

② 按：司马相如创作《美人赋》的目的，就是要阐明“不好色”的主旨，“不好色”的根源，则是如赋文所说的“心正”。因此，“心正”才是司马相如在《美人赋》中所要表述和阐明的思想。汉末杨修及陈琳、王粲、应玚均有《神女赋》。其中杨修、陈琳、王粲的《神女赋》见于《艺文类聚》，应玚的《神女赋》见于《太平御览》。后者在《太平御览》卷三百八十一中仅引录四句；录于《艺文类聚》（卷七十九）的杨修、陈琳、王粲的《神女赋》也可以肯定并非全文。上述赋文在内容上一般都分为两个层次，前一个层次大写特写神女的至善至美，从而引出两性好合的情感和欲望；后一个层次则转入理性的审慎态度，将两性好合的情感和欲望在犹豫与忍耐中化为无可奈何的惆怅和退缩。王粲《神女赋》“顾大罚之淫愆，亦终身之不灭；心交战而贞胜，乃回意而自绝”诸句，更在情与理的层面上描述了内心的矛盾和斗争，并最后以情胜理（“心交战而贞胜”）的结果而与神女永别。阮瑀、陈琳《止欲赋》和应玚《正情赋》皆为残文，且“止欲”“正情”的篇名已经指出了赋文所要表达的思想。阮籍《清思赋》中恍惚迷离的梦境描绘和梦中对美丽佳人的期待与追求，则别有一番情致和寓意。作者在赋文中揭示了一个道理：贪欲必将玷污人们精神的纯洁，也会阻断人们睿智的思想。如此，势必陷入世俗欲望之中，疯狂追求而不能自拔。解救的方法，即是不以万物累心，释心于纯清，归心于洁净。由此可进一步明确：所谓“清思”即是恬澹而无欲，使自己的“心志”内无杂念而外无侈情，心志正，自然精诚专一。显然，阮籍《清思赋》的主旨与司马相如《美人赋》相同。

第四节 居延汉简案例与汉代西北地域女性社会地位和权利考察

这里的居延汉简包括旧简和新简。上述简牍文献出土历史久远，数量众多，内容丰富，为研究汉武帝至东汉时期居延乃至西北地域戍边军士生活提供了极为真切的文献资料。在上述简牍文献中亦见有反映女性生活的文献资料，能够从侧面或某些方面看到特殊历史背景下汉代女性生活和生存情况，继而发现汉代女性在家庭生活中的地位和作用，以及她们对丈夫和子女的物质和情感关怀，并有利于秦汉文学中妇女儿童问题的研究。

一、居延汉简“男子张宗责居延甲渠收虏隧长赵宣”中女主人公的经济纠纷

居延汉简中有一则“爰书”，姑且名为“男子张宗责居延甲渠收虏隧长赵宣”，其内容和性质涉及一起追债和偿债的法律事件。[①]简文如下：

> ☐书曰：大庸里男子张宗，责居延甲渠收虏隧长赵宣，用马钱凡四千九百五十。妇名宣诣官，□如袭县移故不实，臧二百五十以上，妇延□□□□□□□辟。☐赵氏故为收虏隧长，属士吏张禹，与禹同给，迺永始二年五月中禹病，禹弟宗，自持騂北胡马一匹来视禹，禹死其塞，不害日，宣见月外有野橐驰，□□□□□。☐宗马出塞，逐橐驰行可卅余里，得橐驰一匹，果未到隧，宗马卒僵死，遂以一死马，及所得橐佗归宗，宗不肯使，宣谓宗曰，强使宣行，马幸萃死，不以偿官马也。☐□共平宗（宣）马直十千，令宣偿宗，宣立以□钱千六百付宗，其三年四月中，宗偿肩水府功曹受子元责，宣子渊，从故甲渠候杨君取直，三年二月尽六☐。[②]

由于此段文字缺轶较多，再加上某些文字或释文有误，可能涉及专有名词或地方俗语，故难以准确把握文意。[③]然而所涉事件之前半部分的大致内容

---

① 按：此段文字属于“爰书”的认识，源自陈直《居延汉简研究》，其云：“此为追债之讼词，第一字当为爰书之阙文。”陈直：《居延汉简研究》，第297页。

② 陈直：《居延汉简研究》，第297页。

③ 按：陈直以为这段文字“其大义张宗为债主，赵宣为欠债人，追债马钱四千九百五十。其初因赵宣官收虏燧长，所属士吏张禹，禹病，其弟张宗，骑胡马来探视张禹之病。赵宣见野外有橐驰，借张宗马追

和人物关系等情况似可明了。永始当为西汉成帝年号，永始二年即为公元前15年，“爰书”所述事件的前半部分当发生在这一年。其时“收虏隧长赵宣”所属“士吏张禹”病，其弟“宗”来探视，后“禹死其塞”；时“宣”见外有野橐驼，遂借“宗”马出塞，追逐三十余里而得到一匹野橐驼，返程途中“宗”马猝死，只好将死马和野橐驼送予“宗”，但“宗”并不同意，后对“宗”马进行估值，值“十千”，令“宣”偿还，“宣”立即以“钱千六百”付“宗”。

根据简文，债主为“禹”弟“宗”无疑，但偿债者为“居延甲渠收虏隧长赵宣”，还是名为“宣”的另一位妇女，则因简文缺轶而存在疑问。此名为“宣”的女人的身份也因简文缺轶而疑辨不明。

陈直《居延汉简解要》云：“妇名宣诣官”，或谓“张宗之妇，亦参加诉讼也”[①]。然“宣诣官”不好理解，此句或当为“妇名宣，诣官”断句。故简文中“宣”的身份也有可能是“赵宣”的妻子。简文中首称“赵宣”，后称“赵氏”而不称“宣”，其原因可能与简文下面的“宣”相区别。从另一个角度看，“赵宣”作为“居延甲渠收虏隧长”，可否随意借他人马匹“出塞”追逐野橐驼，尚待推敲。故简文接下来的“宣”或谓“赵宣”的妻子“宣”。

值得注意的是，不论“宣”为“张宗妇”还是“赵宣妇”，其作为妻子，都参与到了丈夫的经济纠纷中，并在这样的纠纷中起着很重要的作用。如果是后者，则“宣”不但参与到了经济纠纷之中，而且这起经济纠纷本身就是她自己造成的。

二、居延新简《女子齐通耐所责秦恭鼓事》女主人公的诉讼主体地位

将居延汉简“男子张宗责居延甲渠收虏隧长赵宣”诉讼案件与居延新简名为“女子齐通耐所责秦恭鼓事”的“爰书”联系起来考察，或见出诸多相同之处。后者简文如下：

> 建武四年三月壬午朔丁酉，万岁候长宪□隧·谨召恭诣治所，先以证县官城楼守衙而不更言请，辞所出入罪反罪之律辨告，乃爰书验问。恭辞曰：上造，居延临仁里，年廿八岁，姓秦氏。往十余岁，父母皆死，与男同产兄良异居。以更始三年五月中，除为甲渠

橐驰，宗马猝死，平偿宗马值十千，赵宣仅付一千六百。延至次年，宗以应得之余欠，转抵子元债，赵宣子赵渊，又向甲渠候杨君取直代偿父债，仍未还清，以至涉讼云云”。又云：此段文字所反映的案情“比较复杂，以此事实，写入现代状辞中，审判员尚须稽合研究。况我辈读二千年上之爰书，字体口语，诸多隔阂，又加以残缺不完，余之释义，是否正确亦未敢自信”。陈直：《居延汉简研究》，第298页。

① 陈直：《居延汉简研究·居延汉简解要》，第298页。

吞远隧长代成则。恭属尉朱卿、候长王恭。即秦恭到隧视事，隧有鼓一，受助吏时尚。鼓常县埠户内东壁，尉卿使诸吏旦夕击鼓。积二岁，尉罢去，候长恭斥免，鼓在隧。恭以建武三年八月中徙补第一隧长。至今年二月中，女子齐通耐自言责恭鼓一。恭视事积三岁，通耐夫当，未□□□□鼓□将，尉卿使执胡隧长李丹，持当隧鼓诣尉治所。恭本不见丹持鼓诣吞远，爰书自证，证知者李丹、孙诩皆知状，它如爰书。建武四年三月壬午朔己亥，万岁候长宪敢言之：官记曰：第一隧长秦恭，时之俱起隧取鼓一，持之吞远隧，李丹、孙诩证知状，验问，具言前言状。•今谨召恭诣治所验……皆知状，恭不服取鼓，爰书。[①]

上述简文作为一件法律意义上的“爰书”，主要涉及一面“鼓”的事情。或云：“建武四年三月十六日，万岁候长接到甲渠候官的文书后，开始调查女子齐通耐所说的燧长秦恭曾从其夫当所在的俱起燧取鼓一面拿到吞远燧事，于是将秦恭验问。秦恭对于取鼓事不服的陈述形成了一份文书（自证爰书）。三天后（十八日），秦恭对于所谓的取鼓事的证词未变。万岁候长于是将验问秦恭的证词上呈给甲渠候官。”[②]然而，细究简文，其所反映的内容似乎没有这么简单。

由于竹简有缺失，加上简文文字有缺轶，整个事件详情有些模糊。因此，需要梳理清楚下面 4 个问题：①“秦恭”为“隧长”的任职情况。“秦恭”于“更始三年五月中”“除为甲渠吞远隧长”，更始三年，亦即建武元年，即公元 25 年。两年后，即“建武三年八月中”，又“徙补第一隧长”。简文云“恭视事积三岁”，或即指“更始三年”至“建武三年”为“吞远隧长”的三年时间。②“秦恭”对鼓的来历的自辩。根据简文“乃爰书验问”而“恭辞曰”，下文“上造，居延临仁里，年廿八岁，姓秦氏”至“它如爰书”，当皆为“秦恭”的辩辞。“秦恭”在辩辞中讲述了其任职“吞远隧长”三年时间里鼓的情况。一方面，“秦恭”指其“到隧视事，隧有鼓一”，又“鼓常县埠户内东壁，尉卿使诸吏旦夕击鼓”。也就是说，在“秦恭”为“吞远隧长”

① 按：居延新简《女子齐通耐所责秦恭鼓事》涉及 7 枚竹简，根据赵宠亮《居延新简〈女子齐通耐所责秦恭鼓事〉残册复原与研究》一文描述，其中 5 枚竹简可能属于同一简册，即编号：EPF22•328、EPF22•329、EPF22•330、EPF22•331、EPF22•332，之后，又寻找到 2 枚竹简，与上述 5 枚竹简在内容上存在联系，即编号：EPF22•556、EPF22•694。并进一步将上述 7 枚竹简做如下编连：EPF22•328、EPF22•330、EPF22•331、EPF22•694、EPF22•556、EPF22•329、EPF22•332。本节所引《女子齐通耐所责秦恭鼓事》简文，即本于上述编连而成。关于居延新简《女子齐通耐所责秦恭鼓事》7 枚竹简发现、释文、编连及复原情况，可参阅赵宠亮：《居延新简〈女子齐通耐所责秦恭鼓事〉残册复原与研究》（武汉大学简帛研究中心主办：《简帛》第五辑）相关介绍和研究。

② 赵宠亮：《居延新简〈女子齐通耐所责秦恭鼓事〉残册复原与研究》，武汉大学简帛研究中心主办：《简帛》第五辑，第 408 页。

的三年时间里，鼓一直在“吞远隧”，即使“属尉朱卿”和“候长王恭”被罢免，鼓在“吞远隧”的情况仍然没有变化。另一方面，“秦恭”对“女子齐通耐”指证其知道鼓的来历的情况，表示“恭本不见丹持鼓诣吞远”。③“齐通耐”对鼓的来历的主张。“秦恭”在辩辞中引述了“齐通耐”对鼓的来历的主张。“齐通耐”指鼓最早在“俱起隧”，后“尉卿使执胡隧长李丹，持当隧鼓诣尉治所”。此“尉卿”可能就是“恭属尉朱卿”，“持当隧鼓”的“当”是“齐通耐”的丈夫，“当隧鼓”即“当”所在“俱起隧”的鼓。“朱卿”为“恭属尉”，故“持当隧鼓诣尉治所”是拿着当所在俱起隧的鼓到了朱卿所在的吞远隧。④“齐通耐责恭鼓事”的时间。根据简文，“女子齐通耐自言责恭鼓一”事，在“今年二月中”，即建武四年二月中，亦即公元 28 年 2 月。可知，“齐通耐责恭鼓事”的时间，是在“秦恭”离开“吞远隧”而“徙补第一隧长”的第二年。

据此，这件诉讼的核心问题似乎可以明确：“女子齐通耐”指“秦恭”为“吞远隧长”时，曾有人至“齐通耐”丈夫“当”所在“俱起隧”取得一面鼓，并带到“吞远隧”，但“秦恭”予以否认，即“不服取鼓”，并自辩“不见丹持鼓诣吞远”。

纵观事件始末，“女子齐通耐”认为“吞远隧”的这面鼓，就是“秦恭”为“吞远隧长”时有人至“俱起隧”拿到的，现在“秦恭”已经“徙补第一隧长”，而其他当事人又被“罢免”，这面鼓就很有可能因无人知晓其来历而成为“吞远隧”的原本财物。这可能就是“齐通耐”在“秦恭”离开“吞远隧”第二年“责秦恭鼓事”的原因。值得注意的是，由于“秦恭”的“不服取鼓”，导致“齐通耐”的指控受到质疑，因此，“齐通耐”的丈夫“当”“尉卿”和“执胡隧长李丹”的“证言”便成为释疑的关键。所见简文恰恰在这部分内容上显得模糊，可能有所脱误或遗失，是故“齐通耐”诉讼的结果无法知晓。或云“最终结果可能是秦恭胜诉”[①]。然而，根据简文中“建武四年三月壬午朔己亥”之“万岁候长宪”引“官记”看，似乎确认了“秦恭”取鼓一事，并有“李丹、孙诩证知状，验问，具言前言状”为证。看来这场关于鼓的诉讼还是“齐通耐”胜诉了。

这里所关注的问题是，从“女子齐通耐”角度看，虽然简文也反映出这面“鼓”与其丈夫“当”或“俱起隧”有关，但她能够“责秦恭鼓事”，说明

① 按：赵宠亮《居延新简〈女子齐通耐所责秦恭鼓事〉残册复原与研究》认为：“由于简册缺失，未能见到最后的处理，所以我们对于最终结果不清楚。但事情应该是已经有了结论，因为从它被发现的地点，也能证明其似乎已经成为档案而被保存起来。而册书缺失的部分似应当包括甲渠候官对该案件的批复等内容。如果秦恭所述不误，那么最终结果可能是秦恭胜诉。”武汉大学简帛研究中心主办：《简帛》第五辑，第 408 页。

“齐通耐”与“鼓”具有直接的权力关系。[①]据此推断：“齐通耐”很有可能是鼓的主人，鼓最初在其丈夫所在的“俱起隧”，后又被“借”至“吞远隧”，所以当“吞远隧长秦恭”离职而它任时，“齐通耐”提出索要“鼓”的权利主张。

第五节　结论：展现了秦汉时期多阶层已婚妇女的群体形象

（1）将居延汉简“男子张宗责居延甲渠收虏隧长赵宣”与“女子齐通耐所责秦恭鼓事”两例诉讼案件联系起来看，在经济纠纷中都有作为“妻子”的女性出现，而且还是以纠纷事件的发生者或主张者的身份出现，说明在上述事件中的妇女具有被社会承认的诉讼主体地位和对私有财物有权主张的权利。[②]其实，北大藏秦简《公子从军》简文中以妻子身份出现的“牵”，虽然没有出现所谓诉讼事件，但从其“吾富最天下”和“牵送公子钱五百”言行中，就已经反映出其以女子身份而对私有财物占有和主张的权利。而在张家山汉简《奏谳书》“女子媚逃亡”案例中，“女子媚”为摆脱自己“奴婢”身份屡次逃亡，在被“原主人”抓获后，面对官府敢于“不当为婢”而申辩，其利用当时律令而对自己权益的申辩和保护行为，令人印象深刻。[③]因此，有证据表明，“妇女具有被社会承认的诉讼主体地位和对私有财物有权主张的权利”，在秦汉时期并非“边塞”这种特殊地域和境遇中的妇女所独有。

（2）如果将北大藏秦简《公子从军》、张家山汉简《奏谳书》，以及居延汉简中所涉及的已婚妇女商业活动、钱财往来、婚姻和情感生活等方面内容的相关文献联系起来考察，能够在时间意义上构成一个从秦代至东汉时期的

① 按：对此，或有疑问。赵宠亮《居延新简〈女子齐通耐所责秦恭鼓事〉残册复原与研究》云：“名为齐通耐的女子，‘自言责’秦恭曾从其丈夫燧取鼓一面，要求其归还所取之鼓。秦恭不服取鼓，于是齐通耐似乎是将告发到甲渠候官。甲渠候官发文要求秦恭所属的万岁部验问此事。而齐通耐的丈夫当有可能就是俱起燧的燧长。虽然我们不清楚，为何讨要作为守御器的鼓不是由燧长，而是由其妻子来做。”武汉大学简帛研究中心主办：《简帛》第五辑，第 412 页。

② 按：赵宠亮《居延新简〈女子齐通耐所责秦恭鼓事〉残册复原与研究》认为，“值得注意的是，齐通耐将秦恭告发，甲渠候官则受理并发文要求查问，则对于该女子的诉讼地位是承认的”。并进一步援引居延汉简中其他女子作为民间借贷主体的相关简文资料，指出：“居延汉简中常见领取廪食、钱物等的人多为边塞吏卒的妻子或母亲；在《候粟君所责寇恩事》册中，候粟君妻子的身影也令人注目。而以上所举简例中的女子作为借贷主体，则显示了边塞女子社会行为的另一面。”武汉大学简帛研究中心主办：《简帛》第五辑，第 412-413 页。

③ 按：高恒《秦汉简牍中法制文书辑考》（第 347 页）关于张家山汉简《奏谳书》“女子媚逃亡”案例有如下认识可供参考，其云：《汉书・高帝纪》载，高祖五年，楚汉战争结束。是年五月下诏：“民前或相聚保山泽，不书名数，今天下已定，令各归其县，复故爵田宅，吏以文法教训辨告，勿笞辱。民以饥饿自卖为人奴婢者，皆免为庶人。”据此诏令，楚时逃亡的奴婢媚，降为汉后应“免为庶人”，不当复为奴婢。该案奴婢的原主人点，卖媚为奴是非法的。所以媚在县廷答辩时一再强调自己是“楚时亡去”，“降为汉”不当复为奴。

颇为完整的时间链条，并在上述时间链条的“秦代”及“秦末汉初”两个“节点”上呈现出其特殊的意义和价值。因为上述两个“节点”恰恰是以往秦汉文学及文学生态问题的考察和研究最为生疏和薄弱之处。北大藏秦简《公子从军》女主人公可能是一位秦基层官吏的妻子，简文中所涉“嫠女”则可能是秦代或秦末汉初夫死未嫁或没有子女的独身女子；居延汉简“男子张宗责居延甲渠收虏隧长赵宣”与“女子齐通耐所责秦恭鼓事”中的女主人公是汉边境基层军官“隧长”的妻子；张家山汉简《奏谳书》“临菑狱史阑”案例中女主人公是“齐国族田氏”名为“南”的贵族女子，“杜泸女子”案例中女主人公则是具有“公士”爵位的男子的妻子，至于“女子媚逃亡”案例中“媚”则是逃亡的女奴。从身份地位上看，上述女性中上有齐地贵族女子，中有秦、汉时期基层官吏或军官的妻子，下有获得爵位的普通庶民的妻子，更有曾以身为奴的女奴和没身“军市”中的“嫠女子”；从地域情况上看，从西北边境到其他内陆地区均有涉及。显然，上述女性已然构成了“秦代至东汉时期时间链条”上的女性形象群体，展现出身份阶层与地域属性方面的代表性特点和典型性特征，在以往秦汉文学研究中绝少触及和涉猎，为秦汉文学及文学生态问题的考察和研究提供了堪称全方位的观察视角。

第三章　汉镜铭文与汉代诗歌散文研究的新视野

本章主要围绕“汉镜铭文与汉代诗歌散文研究的新视野”展开研究工作。有鉴于学术界汉镜铭文研究的现状和存在的问题及缺憾，本章研究的重点主要集中在如下 4 个方面：①汉镜纹饰与铭文之诗（文）画互释艺术格局研究；②汉镜铭文在七言诗起源上的意义和价值研究；③汉镜铭文流行学分析与考察；④著名汉镜铭文考释与文学特点分析。上述 4 个方面的研究或将对目前学术界在汉镜铭文研究中所存在的问题及缺憾有所解决或弥补，并拓展汉代诗歌散文研究的新视野。本章研究资料主要源自中华人民共和国成立以来汉墓考古发掘报告中所涉及的铜镜和铭文，以及《文物》《考古》《中原文物》等刊物中有关汉镜的专题报告或辑要。另外，有如下著作作为重要的文献参考源：罗振玉《汉两京以来镜铭集录》；陈灿堂《西汉龙纹镜》；王纲怀《汉镜铭文图集》；清华大学汉镜文化研究课题组《汉镜文化研究》；林素清《两汉镜铭初探》；王纲怀《两汉镜铭汇编》；冈村秀典《前汉镜铭集释》《后汉镜铭集释》等。[①]另外，本章第三节所涉及的“七言体”和“以七言句式为主的杂言体”镜铭，均以附录形式附于本章之后，以供参考。

第一节　学术史回顾及研究的意义

铜镜及镜铭的著录与研究渊源甚远，早期似可追溯至王黼编纂的《宣和博古图录》。至清，有《西清古鉴》《西清续鉴》等著作，另有私家藏镜谱录，

① 罗振玉：《汉两京以来镜铭集录》《镜话》，《罗振玉学术论著集》第六集，上海：上海古籍出版社，2013 年；陈灿堂：《西汉龙纹镜》，上海：上海古籍出版社，2012 年；王纲怀：《汉镜铭文图集》，上海：中西书局，2016 年；清华大学汉镜文化研究课题组：《汉镜文化研究》，北京：北京大学出版社，2014 年；林素清：《两汉镜铭初探》，“中央研究院”历史语言研究所集刊编辑委员会编辑：《“中央研究院”历史语言研究所集刊》第六十三本第二分册，台北：“中央研究院”历史语言研究所，1993 年；林素清：《两汉镜铭汇编》，《古文字论文集》，台北：台湾编译馆，1999 年；冈村秀典：《前汉镜铭集释》，日本京都大学人文科学研究所：《东方学报》第 84 册，2009 年；冈村秀典：《后汉镜铭集释》，日本京都大学人文科学研究所：《东方学报》第 86 册，2011 年。

如钱坫《浣花拜石轩镜铭集录》、梁廷枏《藤花亭镜谱》等。近代，铜镜及镜铭的著录与研究更为丰富，著名者如罗振玉《古镜图录》《汉两京以来镜铭集录》《镜话》，梁上椿《岩窟藏镜》等。

中华人民共和国成立以后，伴随着考古工作的进展，铜镜出土日益丰富，并与墓葬埋葬情况和科学的考古学描述有机结合，为铜镜及镜铭研究的突破创造了条件。目前学术界关于汉镜铭文文学意义和价值的研究，成绩最为突出的是关于“作为诗歌的汉镜铭文”及“汉镜七言体铭文与七言诗起源”等问题的研究。[①]关于“君忘忘”和“昭明精白”铭文题旨问题和文学意义，在近一段时间引起学术界关注，其突出者当首推李学勤《阿富汗席巴尔甘出土的一面铜镜》《重论阿富汗席巴尔甘出土的汉镜》、李零《读梁鉴藏镜四篇——读汉镜铭文中的女性赋体诗》和蒋文《汉君忘忘镜铭新研》诸篇论文。[②]李零认为西汉“昭明精白”铭文和“君忘忘”铭文皆属于“女性赋体诗”性质，即如“君忘忘”铭文：说话人是对镜鉴容的女子，说话对象是她深爱的夫婿。是故“君忘忘”铭文的性质是一篇表达爱情的女性赋体诗歌。关于上述认识，李学勤在《阿富汗席巴尔甘出土的一面铜镜》中已有近似的表述，但这种意见又在其另一篇论文《重论阿富汗席巴尔甘出土的汉镜》中被否定，主要原因是对“君忘忘”铭文重新做了释读。蒋文《汉君忘忘镜铭新研》则在此基础上有所补充和发明，认为“君忘忘”铭文主旨“是对流连物欲的描写和警醒”，“全铭以镜子的口吻娓娓道来，先描写照镜人，又替照镜人表达了对沉迷物欲不能自拔的自警和无可奈何的自嘲”。纵观上述研究，李零《读梁鉴藏镜四篇——读汉镜铭文中的女性赋体诗》明确了汉镜铭文可能蕴含的丰富而重要的文学价值，据此而论，作为文学资料的汉镜铭文，其于汉代诗学和古代诗歌发展史等方面的意义和价值亟待给予更为准确、新鲜和有利的评估。李学勤对“君忘忘”铭文内容认识的自我否定和蒋文的补充与发明，则进一步揭示了汉镜铭文文学意义和其价值的丰富性与复杂性特征，以及汉镜铭文文学意义和价值的研究当注重铭文释文考释，同时必须以严谨而科学的释读为基础的研究准则。此外，喜见清华大学汉镜文化研究课题组《汉镜文化研究》的出版，这部千万字的汉镜研究巨著对汉镜及铭文的研究，确为成效卓著。

---

① 潘海东、林训涛：《汉镜铭文：完整七言诗成于西汉的确证》，《江西社会科学》2007年第10期；胡淑芳：《汉代铜镜铭文中的七言诗》，《湖北大学学报（哲学社会科学版）》2005年第4期。

② 李学勤：《阿富汗席巴尔甘出土的一面铜镜》，《文博》1992年第5期；李学勤：《重论阿富汗席巴尔甘出土的汉镜》，河南大学历史文化学院编：《史学新论》，郑州：河南大学出版社，2005年；李零：《读梁鉴藏镜四篇——读汉镜铭文中的女性赋体诗》，《中国文化》2012年第1期；蒋文：《汉君忘忘镜铭新研》，复旦大学出土文献与古文字研究中心编：《出土文献与古文字研究》第五辑，上海：上海古籍出版社，2013年。

汉镜铭文本身即是文学资料，对汉镜铭文的研究是汉代文学研究的一个极为重要的方面。因此，相对于汉镜铭文丰富的文学意义与价值来说，上述研究显然是不够的。以《汉镜文化研究》为例，由于其研究的每个方面内容均以独立论文的形式出现，故其相互之间欠缺系统而周密的联系，其中“文学美学篇”共收录5篇论文，涉及文学研究者仅有2篇。上述情况正如孔祥星在其《创新是学术研究的本质：述评近几年汉镜铭文研究》中所论：较之年代学、类型学、艺术史、技术的研究，铜镜铭文本身的研究最为薄弱，“文章不多，有的是对个别字词的考释，有的侧重铭文书法，更有些文章，只是笼统地以铭文大意；发挥或想象其历史背景，似是而非”[①]。相比较而言，核之中国台湾学者林素清《两汉镜铭初探》《两汉镜铭汇编》，日本学者冈村秀典执笔“古镜研究班”系列成果之《前汉镜铭集释》《后汉镜铭集释》《三国西晋镜铭集释》等著作，目前大陆学术界对汉镜及铭文的研究，不论在研究理念还是研究方法上均已落后于中国台湾和日本的学者。

汉镜铭文研究还需要在流行学研究方面获得突破，汉代考古方面在铜镜随葬墓（墓群）被大量发现的情况下，这种研究便成为可能。首先，铜镜首先是生活用品，然后才是随葬品，铜镜的这种双重属性及双重属性之间从属和派生关系，使得现实生活中铜镜的拥有和使用情况能够在铜镜随葬情况中得到某种表现和反映。其次，这种突破性研究应该表现如下：与墓葬考古相联系的铜镜随葬情况的考察与研究，至少包括埋葬位置（逝者头部、手部、脚部、头箱、边箱）的考察与研究、随葬形式（单人葬、合葬墓、夫妻合葬墓）的考察与研究、有铜镜随葬者性别情况的考察与研究、铜镜随葬墓或墓群（包括纪年和非纪年墓）地域情况的考察与研究等，借此考察汉代社会生活中铜镜（不同类型与不同镜铭形式）存在形态与流行情况、拥有与使用情况，从而为铜镜铭文接受和流传情况的考察和研究提供帮助。

综上所述，今所见汉代铜镜大都属于墓葬中的随葬品，但铜镜与其他随葬品的不同之处，是其以鲜明的实用价值和镜背纹饰及铭文，昭示出强烈的来自现实生活的内容、意义和价值。铜镜背面的铭文，多以三言、四言、六言、七言或骚体杂言的形式出现，且用词考究，语句流畅，韵律谐和，富于文采。虽有程式化倾向，但也有特立独行的优秀者，在祝语、格言之外，尚有情丝缠绵的韵文或散体形式，视其为“镜歌”或“散文小品”也不为过。汉镜铭文文学意义和其价值的丰富性与复杂性特征，决定了汉镜铭文研究将进一步拓展汉代文学研究的视野，并将推动汉代诗歌、散文研究走向深入。

---

① 孔祥星：《创新是学术研究的本质：述评近几年汉镜铭文研究》，《中国文物报》2012年6月20日。

第二节 汉镜铭文私人订制现象与诗（文）画互释艺术格局的形成

在汉镜及汉镜铭文的考察与研究中，我们注意到了汉镜铭文所存在的私人订制与铭文创作个性化发展的情况，同时也注意到了铜镜纹饰趋于丰富复杂的演变与诗（文）画互释艺术表现格局渐趋形成的现象。上述问题的研究或将推动汉镜铭文文学意义和价值研究走向深入。

一、私人订制现象的出现与铭文创作个性化和艺术化发展

从河南南阳汉墓铜镜出土情况看，排除大型木椁墓多已被盗而铜镜较少发现的情况，西汉时期墓葬尤其中、小型土坑竖穴墓随葬铜镜较多，这种现象在东汉时期则发生了相反的变化。“南阳西汉早、中期土坑墓中出土铜镜居多”，与大型木椁墓相比，“中、小型土坑墓出土铜镜却比较多”，“这些情况表明，西汉早、中期南阳汉墓中非常重视铜镜的随葬，但到西汉晚期尤其是东汉时期砖室墓中随葬铜镜却没有以前盛行”，而“东汉晚期非常流行的画像镜，在发掘中却很少发现”①。导致上述情况出现的原因，可能有三个方面的因素需要关注：其一是丧葬风俗发生变化；其二是有些墓葬尤其大型墓葬遭受盗扰而随葬情况不明；其三则是经济方面的原因。在上述因素中，第三个方面可能最为重要。西汉晚期至东汉时期，土地兼并现象严重，导致社会矛盾复杂并激化，社会贫富现象突出且贫富差距悬殊，遂致经济条件有限的丧家节约丧葬成本，而致中、小型墓葬随葬铜镜的现象减少。“一般小型墓中由于墓主人经济条件的限制，随葬铜镜的数量较少。”②

上述情况并非仅仅在两汉时期的南阳地域存在。以湖北当阳岱家山81座汉墓③为例，81座汉墓中的67座墓葬能够分为甲、乙、丙、丁、戊5组，其相对应的时代为西汉中期、西汉晚期、东汉早期、东汉中期稍靠后、东汉晚期或后移。其中甲、乙、丙3组共26座墓葬随葬品中均无铜镜，丁、戊2组41座墓葬有铜镜随葬，随葬铜镜仅4面，且分属4座墓葬。上述5组墓葬随

① 包明军、王伟：《南阳市汉墓出土铜镜简介》，《江汉考古》1997年第1期。
② 包明军、王伟：《南阳市汉墓出土铜镜简介》，《江汉考古》1997年第1期。
③ 讨论中所涉及的“湖北当阳岱家山81座汉墓”随葬品、墓葬年代及墓主人身份等情况，参考了湖北省宜昌博物馆《当阳岱家山楚汉墓》（北京：科学出版社，2006年）一书所提供的数据和结论，有关“湖北当阳岱家山81座汉墓”具体情况，请参阅原著。

葬铜镜极少且存在差异，或由墓葬被盗、丧葬习俗、经济条件等因素所致，但经济条件或是一个主要因素，因为“岱家山两汉墓的墓主人身份基本属于贫民，其中2座墓纵然偏大，也只能是贫民中的富有者”，并且“没有较大的贫富差别”。岱家山汉墓随葬品以日用陶器和陶明礼器为主，铜器类很少，其中陶明礼器主要有鼎、盒、仓、灶、井等，以及猪圈、动物，与上文所引南阳东汉时期中、小型墓葬“多以陶质的仓、灶、狗、鸡、圈等模型明器随葬”相同。上述情况或可进一步说明，西汉晚期至东汉时期河南南阳地区“一般中、小型墓葬”在随葬品方面有“铜镜的数量较少”的情况，在湖北当阳岱家山汉墓中同样存在，而上述墓葬主人皆为贫民身份，是故，由贫民身份所招致的经济条件，或是铜镜随葬较少的主因。

反之，具有一定经济条件者，其铜镜随葬情况或呈现另外一番景象。以江苏邗江县姚庄102号汉墓为例。[①]此墓为夫妻合葬墓，男主人卒葬时间为西汉晚期，女主人当在新莽始建国元年以后。此墓虽已被盗，但发掘时随葬品仍然丰富，其中值得注意的是5枚印章，计龟钮铜印3枚、琥珀印1枚、玛瑙印1枚，其中4枚出自“女棺”，包括“虎钮玛瑙印”。如果参照东汉广陵王刘荆墓其妻随葬物中亦出现“虎钮玛瑙印”的情况，虽然邗江县姚庄102号汉墓“虎钮玛瑙印”尺寸较小且印面磨残，但随葬5枚印章且有“虎钮玛瑙印”的情况，仍可说明姚庄102号汉墓男女墓主人非同于一般平民的政治地位和经济条件。值得注意的是，此墓有3面铜镜随葬，1面为“鸟纹四乳镜”，另2面为“铭文镜”，铭文皆为35字，其中1面铜镜铭文即为著名的“君忘忘”铭文。

西汉晚期至东汉时期因墓葬主人经济条件不同而呈现出的铜镜随葬情况的差异，有可能也是现实生活中铜镜使用情况的表现和反映。《盐铁论·国疾篇》云：“一衣十钟。”[②]王仲荦注云：“十钟六十四斛，斛十钱，六百四十钱也。”[③]《盐铁论》“一衣十钟”所指乃汉武帝建元以后事，又云：“常民文杯画案，机席缉蹹，婢妾衣纨履丝，匹庶粺饭肉食。”[④]故“千钟之衣”或指“富者”所穿之衣，一件当值六百四十钱。班固《与弟超书》云：“窦侍中，前寄人钱八十万，市得杂罽十余张。”[⑤]又知高档的毛织品或需要八万钱一件。铜镜亦是服用物品，与“衣”“罽”同属，其中、高档者抑或价

① 讨论中所涉及的江苏邗江县姚庄102号汉墓墓葬形制、随葬品、墓葬年代及墓主人身份等情况，参考了扬州博物馆《江苏邗江县姚庄102号汉墓》（《考古》2000年第4期）一文所提供的数据和结论，有关邗江县姚庄102号汉墓具体情况，请参阅原发掘报告。
② 桓宽撰，王利器校注：《盐铁论校注》卷五，《新编诸子集成》第一辑，北京：中华书局，1992年，第334页。
③ 王仲荦遗著，郑宜秀整理：《金泥玉屑丛考》卷二，北京：中华书局，1998年，第27页。
④ 桓宽撰，王利器校注：《盐铁论校注》卷五，《新编诸子集成》第一辑，第334页。
⑤ 李昉等编，夏剑钦等校点：《太平御览》卷八百一十六引，第284页。

值不菲。铜镜以铜、锡、铅合铸而成，其中含铜量最高。以东汉安帝延光四年铜价为例，其每斤铜合六十钱，至东汉桓帝延熹元年，每斤铜合一百九十钱。[①]虽然铜价并不算高，但铜镜制造工艺复杂，需要制范、铸造、热处理、刮磨、开光，特殊者还包括错金银、镶嵌、镂空、复合、金银锤托、鎏金银、彩绘等，一并下来，恐怕一张高档毛织品的“罽”所不能比。《隶释》引《金广延母徐氏纪产碑》载云：“地一亩直五万五千。”[②]此碑纪年为东汉灵帝光和元年，略知东汉晚期一亩田的价格，或不及一张“罽”的价钱。《续汉书·五行志》引桓帝时京都童谣云：“河间姹女工数钱。”[③]崔寔《政论》云：“客庸一月千。”[④]以后者而论，至少六年傭钱可抵一张“罽”的价钱。以“罽”比“镜”，对于中、高档铜镜来说，湖北当阳岱家山汉墓的“贫民”或无能力消费。是故，西汉晚期至东汉时期铜镜的个人拥有或使用情况，当与个人或家庭的经济条件存在关联，工艺复杂、纹饰繁复、铭文精彩的高档铜镜，或为权贵豪富阶层所拥有。

这种现象或将导致铜镜制作情况发生变化，即在传统的模式化批量生产基础上出现私人订制现象。汉代铜镜制造或可分为两个时期，新莽之前的铜镜制造主要由官方承担，之后私人铸镜开始流行。“在西汉早、中期铜镜铭文中，尚未见有姓氏者，这似乎表明，此时铸镜业主要由从中央到地方的官府所把持，私人铸镜即使有，数量也有限，尚不会公开站出来与官府竞争。从王莽前后开始，情况发生了变化，在‘尚方铭’大量流行的同时，一些仿‘尚方铭’的‘姓氏铭’开始出现。……到东汉时期，‘姓氏铭’与日俱增。……上述种种，都表明东汉时期私人铸镜业十分发达。”[⑤]上述认识及结论的前提，是“姓氏镜”铭文中的“姓氏”与私人铸镜作坊有关，与“尚方镜”铭文中的“尚方作镜”相同，铭文中的“姓氏”预示着铜镜出处。这种认识虽然没有更多的根据为佐证，但不无道理。从西汉时期“尚方镜”铭文看，首句均有“尚方作竟”语，“姓氏镜”亦如此，如“李氏镜”铭文首句亦有“李氏作镜”语。然而，上述铭文中“李氏”所指代的，是私人铸镜作坊的名称，还是铸镜匠师的称谓，则存在异议。“东汉时期的铜镜铭文中，常常铸出匠师姓名和匠师自我称呼。如‘六乳兽纹’镜中的‘张氏’和‘半圆方枚神兽纹’镜中的‘吾’等。”[⑥]

---

① 王仲荦遗著，郑宜秀整理：《金泥玉屑丛考》，第18页。
② 洪适：《隶释·隶续》影印版卷十五，北京：中华书局，1986年，第162页。
③ 司马彪撰，梁刘昭注补：《后汉书志》卷十三，北京：中华书局，1965年，第3282页。
④ 按：王仲荦遗著，郑宜秀整理《金泥玉屑丛考》卷二引，并注云：“生活费月五百文，不在内。”第41页。
⑤ 杨爱国：《汉镜铭文的史料学价值》，《中原文物》1996年第4期。
⑥ 刘祖信，李芳：《荆门馆藏铜镜》，《江汉考古》1990年第4期。

上述讨论还忽视了一个问题，即镜铭中的“姓氏”或“吾”在私人铸镜作坊和铸镜匠师之外，还存在出资作镜者的可能。以“吾作镜”铭文为例，其铭文云：“吾作佳竟自有尚，工师妙像主文章。上有古守辟不羊，服之寿考宜侯王。”[①]铭文中“工师”显然指镜背纹饰的制作者，也就是制作铜镜的“工匠”，如此，前面的“吾”所指代的便只有两种可能，一是私人铸镜作坊，二是出资作镜者。如果是前者，最后一句“服之”则标示出购买此镜的“佩戴者”；如果是后者，“服之”则是自谓。上述两种情况的后一种情况并没有得到学术界的关注。再以“太平镜”铭文为例，其铭文云：“太平元年，吾造作明镜，百湅正铜。照者老寿，作者长生。宜公卿，乐未央。”[②]铭文中“作者”何指？首先应该与私人铸镜作坊无关，其次似乎也不是铸镜匠师，因为以“作者长生”祝语称颂铸镜匠师，不合常理。如此，铭文中“作者”便只能是出资作镜者。总之，铭文“作者长生”应该是对出资作镜者的祝语，此镜可能会赠予他人，故有“照者老寿”的祝语，而先言“照者老寿”，可能是出于对赠与者的尊敬。

上引“太平镜”铭文纪年明确，此镜当铸于三国吴会稽王孙亮太平元年（公元256年），其时上距东汉桓灵时期也就在百年之内，或能反映出东汉或东汉晚期铜镜制作和消费中私人订制现象出现的情况。上引“太平镜”并非孤例，另一件“太平镜”同样能够说明问题。其铭文云：“太平元年，五月丙午，时加日中，□□□□，帝道始夷，吾作明镜，百湅正铜，上应星宿，下辟不祥，服者老寿，长乐未央，三公九卿，五马千羊，君作。”[③]此镜铭文最后“君作”二字，颇为独特。因铭文前面有“吾作明镜”标示出此镜出处，故后面“君作”应为出资作镜者的署名或落款。相同款式镜铭还有“来言镜”铭文以为证：“来言之纪□竟始，湅铜锡去其宰，以之为镜宜孙子，长葆二亲乐毋□，寿币金石西王母。棠安作。”[④]“棠安作”即“作者棠安”。此“作者”与上引“太平镜”铭文“作者长生”的“作者”相同，应该不是制作铜镜的“工师”，而是出资作镜者。

东汉及东汉晚期铜镜制作和消费中私人订制现象的出现，还能够在为庆祝两姓联姻而特别订制铜镜的实例上反映出来。如“合好铭七乳禽兽纹镜”铭文：“二姓好合，□如□□，女贞男圣，子孙充实，姐妹百人，□□□□□夫妇相随，□□□□□□□月吉日，造此信物。”[⑤]根据铭文“造此信物”，知此镜当是见证两姓联姻的信物，铭文有“□□□□□□□月吉日”句，虽然前七字缺轶，然而联系“月吉日”三字，知此句交代了“造此信物”的日期，

① 罗振玉：《汉两京以来镜铭集录》，《罗振玉学术论著集》第六集，第22页。
② 罗振玉：《汉两京以来镜铭集录》，《罗振玉学术论著集》第六集，第25页。
③ 李缙云：《古镜鉴赏》，桂林：漓江出版社，1995年，第74页。
④ 罗振玉：《汉两京以来镜铭集录》，《罗振玉学术论著集》第六集，第17页。
⑤ 李缙云：《古镜鉴赏》，第192页。

且此日期作为“吉日”也当是两姓联姻的日期。据此而论，此镜当是为庆祝两个家族在“某某月吉日”联姻特别订制，非普通意义上的婚庆物品。上述情况或是东汉时期民间社会婚庆习俗的一种反映，两姓联姻，好事者喜欢出资铸造铜镜，书以愿辞，分赠两族，以为信物。

综上而言，在铜镜制作工艺提高与数量增多，以及使用范围扩大而带来消费市场繁荣的情况下，铜镜私人订制现象的出现，或是东汉时期高档铜镜制作和消费的必然产物。值得注意的是，东汉及东汉晚期铜镜制作和消费中私人订制现象的出现，由于“个人出资”的原因，势必带来两个方面的新变：一是缘于高档铜镜使用和消费群体富裕的经济条件，或将导致具有一定文化修养和文学素养的“出资人”参与镜铭订制或创作；二是由此带来镜铭订制或创作的个性化发展和文学水准的提高，从而一方面导致镜铭程式化传统的被突破，另一方面则促成镜铭由嘏辞祝语的形式向着诗歌或散文小品的转化和发展。

二、两汉时期铜镜纹饰趋于复杂的演变态势与铭文的联系

春秋战国时期的铜镜镜背纹饰，始出现花叶和禽兽，但有铭文装饰的铜镜则没有发现。湖北云梦睡虎地秦墓出土一件狩猎纹镜，“在勾连雷纹的地纹上饰握剑持盾的武士与猛兽格斗”，或为目前所见较早的铜镜人物形象纹饰。[①]铜镜形制、纹饰、铭文在西汉晚期以后发生变化的事实，已为学术界所明确。以湖北荆门汉代铜镜为例，“新莽时期的铜镜艺术风貌与西汉一脉相承，只是在镜的装饰工艺等方面较西汉有所发展”。而“东汉时期的铜镜，保持前期的部分特征，以自己的风格不断发展。装饰工艺上，乳丁纹、柿蒂纹得以发展；规矩纹出现简化的趋势；新出现了半圆方枚，方枚的每枚一铭文。还出现了反相对称直铭和边上饰铭文的现象”[②]。再以河南南阳地区汉镜为例。“南阳在西汉早期，继续流行战国式铜镜，而且主要是楚式镜。”“到西汉中期很快被星云纹镜及日光镜、昭明连弧纹镜等铭文镜所取代。”“从西汉晚期开始，神兽镜、规矩镜盛行，铭文中出现了大量神仙，谶纬之说。”“到了东汉晚期，各类题材的画像镜及变形四叶纹镜和直行铭夔凤纹镜的出现，并且有可能一直延续到三国时期。”[③]这种区域范围内汉镜变化情况具有普遍性意义，“东汉早期主要是承袭新莽时期的铜镜纹饰，并有一定变化，……纹饰中反映升仙思想的仙人、神兽更加流行，规矩纹镜非常盛行”。“东汉中期乳丁纹禽兽纹镜、连弧纹镜、浮雕状兽纹镜增多，规矩纹镜开始简化。到东汉晚

---

① 李缙云：《古镜鉴赏》，第56页。
② 刘祖信、李芳：《荆门馆藏铜镜》，《江汉考古》1990年第4期。
③ 包明军、王伟：《南阳市汉墓出土铜镜简介》，《江汉考古》1997年第1期。

期，出现了方枚神兽镜和画像镜。”[①]

西汉时期铜镜纹饰进一步丰富和发展，伴随而来的是铭文装饰现象的增多和神人及普通人物形象的出现。“到西汉晚期，铜镜纹饰中出现了神人神兽纹、规矩纹等。”[②]2007 年榆林学院陕北历史文化博物馆征集到一面“彩绘人物柿蒂花仙鹤镜”，此镜纹饰最大特点是在外区所构成的“八个小区”中均有人物形象刻画：“每个小区人物，身着彩色衣袍，姿态依稀可见。有的侧立拱手作揖，有的似在拜谒坐谈。每组柿蒂花从中间花蕊伸出四个白色花蕾，花的左右两侧各立一只仙鹤，姿态不一，栩栩如生。”[③]陕西西安红庙坡西汉墓出土西汉早期“连弧纹彩绘人物画像镜”，即在“朱色地上，绘有人物、奔马和花树等，为出行、狩猎等情形”[④]。“彩绘柿蒂花仙鹤镜”人物形象“大腹便便，雍容高贵”，与“神人”或“羽人”形象迥异，应该属于写实性质的人物形象。遗憾的是，上述铜镜均没有铭文装饰，无法将人物形象与某种设定的寓意或语意联系起来。

西汉铜镜纹饰中神人神兽与铭文装饰并存的现象，似乎预示着双方于存在形态上的因果关系现象的生成。前者构成一个图像展示，后者则将这种图像叙述转化为语言叙述。广州西汉前期墓出土的“蟠虺纹镜”，有铭文“常与君，相驩幸，毋相忘，莫远望”。铭文将镜与照镜者的关系设定为镜与君的关系，再以镜拟人，将这种关系比拟成为“男女”的“情人”或“爱人”关系，以此表达“相驩幸”而“毋相忘”的情感。值得注意的是，上述情感与镜背纹饰似乎关系不大。此镜纹饰“由地纹和主纹组合而成。地纹为大圆涡状云纹和斜短线纹构成，主纹饰四组蟠虺纹，其身躯主段为大 C 形，两端有与此相反的小 C 形”。

然而，从西汉时期出现的“四神规矩镜”铭文和镜背纹饰上看，铭文与纹饰之间已经存在联系。以 1987 年发现于广西钟山的西汉规矩镜为例，其铭文云：“新有善铜出丹阳，炼冶铜锡清而明，尚方内□□□场，巧工□之成文章，左龙右虎掌四静，朱雀玄武顺阴阳，子孙备具居中央，长保二亲如侯王，千秋万岁乐未央。”[⑤]铭文中“左龙右虎掌四静”，在甘肃庆阳市博物馆所藏“四神规矩镜”铭文中作“掌四彭”[⑥]。在罗振玉《汉两京以来镜铭集录》“尚方镜”和“李氏镜”铭文中作“掌四旁”和“居左右”[⑦]。而在另一则“四

① 李缙云：《古镜鉴赏》，第 72-73 页。
② 李缙云：《古镜鉴赏》，第 67 页。
③ 吕静：《西汉彩绘人物柿蒂花仙鹤镜》，中国汉画学会、河南博物馆编：《中国汉画学会第十三届年会论文集》，郑州：中州古籍出版社，2011 年，391 页。
④ 李缙云：《古镜鉴赏》，第 179-180 页。
⑤ 莫测境：《广西钟山发现西汉规矩镜》，《考古》1992 年第 9 期。
⑥ 许俊臣、刘得祯：《庆阳博物馆藏汉代四神规矩镜》，《文物》1987 年第 6 期。
⑦ 罗振玉：《汉两京以来镜铭集录》，《罗振玉学术论著集》第六集，第 18、20 页。

神规矩镜”铭文中作“备四方”[①]。显然，上述“四静”“四彭”“四旁”应该都有“四方”的意思。青龙、白虎、朱雀、玄武构成了“四方”的空间位置，才导致“子孙备具居中央”的事实。“在这里，人们将‘四灵’所构成的‘东南西北’的地域方位意识转换成‘前后左右’空间位置观念的同时，再将‘四灵’划分为‘纵’与‘横’两个方面，让‘四灵’相应地承担了‘掌四方’和‘顺阴阳’的不同职责和不同作用。……于是，东南西北，上下左右，四方阴阳，全在‘四灵’的保卫、围护下而获得了平安与调顺、稳定与平和的态势。”[②]在上述铜镜纹饰中，往往以“钮座”为中心形成一个方框形的区域，在上述区域内或饰以十二地支铭；方框之外是由规矩纹所区分的四组（细分为八组）区域，分别饰有四神、禽兽、羽人等；再外则是由铭文所构成的圆形铭文带。从上述纹饰组成情况看，由十二地支铭所构成的方框内区与铭文带所构成的圆形外区，带有“天圆地方”的象征意义，四神、禽兽和羽人围绕内区所构成的空间，象征性地实现了“子孙备具居中央，长保二亲如侯王，千秋万岁乐未央”的祈福和祝愿。

东汉时期铜镜纹饰趋于复杂的演变态势，主要表现在由纹饰所构成的图案呈现出图像叙述意义上的故事性特点，但铭文基本承袭传统的内容和格套，变化不大或没有变化，对于纹饰来说，铭文或仅仅起到祈福祝语或画龙点睛的作用。以湖南省博物馆藏东汉中晚期“帆船纹吕氏镜”为例。此镜铭文为“吕氏作镜善毋伤，工或刻之成文章，左龙右虎辟不羊，朱爵玄武顺阴阳，八子九孙居中央，家当大八千万”[③]。上述镜铭在内容上基本承袭西汉时期规矩镜铭文的传统，固守“欣羡神仙”“渴慕长生”主题，然而与之相配合的纹饰，却围绕着上述主题进一步扩充内容、丰富叙事。两相比较，铭文的祈福祝语或画龙点睛的作用和意义已经颇为明晰。[④]

---

① 李缙云：《古镜鉴赏》，第 69 页。

② 李立：《汉墓神画研究：神话与神话艺术精神的考察与分析》，上海：上海古籍出版社，2004 年，第 284 页。

③ 按：关于此镜纹饰具体情况及镜铭释文，请参阅熊建华《帆船纹吕氏镜小考》，《考古》2001 年第 10 期。

④ 按：此镜主区纹饰中仍有“四灵”图案，但同时增加了“跽坐对奏图”“持盾挥刀图”和“戏虎图”；镜缘纹饰则更为丰富，有“礼兽图”“剽牛图”“山灵图”“水府图”“羽人击鼓御舟图”。上述图案内容丰富，但各自独立构图，相互之间是否存在图像叙述意义上的联系，似乎很难判断。然而，从上述图案内容看，“主区”三个图案的“主角”都是“神人”。如“跽坐对奏图”中“左为鸟喙状人”，右面的“略似羊首”；“持盾挥刀图”则是“兽首人身”，“戏虎图”的“戏虎者”则“跽坐弓身，头上似有冠状饰，手捧不发光的灵芝装饰”。如研究者所论，上述形象及题材，在汉画像中多见，属于汉画像“常见题材”（熊建华：《帆船纹吕氏镜小考》）。值得注意的是，在“持盾挥刀图”与“戏虎图”中皆有“灵芝状物”，应该属于“不死药”一类的仙药。仔细考察图案中的“神人”形象，或长发飘扬，或双臂有类似羽状的刻纹，应该是“羽人”无疑。如此，上述图案应该与“羽人仙药”内容有关，三个图案联系起来，则表现了一幅羽状仙人嬉戏游乐的情景。显然，这样的情景是作镜者或铜镜所有者所向往和欣羡的，并以主区纹饰的形式附加了“目的性”的性质和意义。从这个角度看镜缘纹饰，其图案所展示的内容应该与主区纹饰存在关联，尤其“水府图”和“羽人击鼓御舟图”中“帆船”和“羽人云舟”形象的刻画，表现出“羽人”在“渡河”的寓意，自然与主区纹饰的“目的性的性质和意义”构成联系。总之，上述铜镜纹饰以主区和镜缘纹饰相配合，构拟了一幅“扬帆渡水”而“归向仙界”的图像。

东汉时期铜镜纹饰趋于复杂的演变态势，还表现在区别于传统的神仙羽人内容的历史故事纹饰的出现，这种内含着丰富内容的故事性纹饰，似乎已经无法以铭文的形式做出与图像叙述相对称的铭文叙述了。以上海市博物馆藏东汉时期“吴王伍子胥画像镜”为例。此镜主区纹饰分为4组成为4个独立画面，虽然所涉人物较多，但其图像叙述的中心和重点应该是“伍子胥”和“越王勾践”，因此，由4个画面所构成的叙事链条，能够拼接成一幅“伍子胥”和“越王勾践”历史故事。[①]值得注意的是，此镜铭文为：“吾向里柏氏作竟四夷服，多贺国家人民，胡虏殄灭天下复，风雨时节五谷孰，长保二亲得天力，传告后世乐无极兮。”上述镜铭在东汉时期已成格式化，与其相仿者可以举出多例。[②]由此可以看出，“吴王伍子胥画像镜”铭文与此镜主区纹饰已经没有意义上的关联，铭文与纹饰各自承担和表达着自己的作用和意义，似乎互不关涉；但换一个角度看，此镜以4个独立画面组合所完成的图像叙述，其丰富的内涵也是镜铭所无法承载的。

三、汉镜纹饰趋于复杂的演变与诗（文）画互释艺术格局的形成

在东汉时期铜镜纹饰趋于丰富和复杂的演变态势中最值得关注的，是表现歌舞娱乐与神仙羽人内容的纹饰在构图上的完美呈现，更为重要的是，上述铜镜铭文也能够一改传统的内容和格套，用词考究、形式整齐、韵律谐和，并在内容上同样突破了汉镜铭文祈福祝语或画龙点睛传统，而以“镜歌”形式对纹饰构图进行描摹，并在描摹的同时抒发祈福的情感和祝愿。

以四川何家山崖墓出土的神兽镜为例。此镜纹饰呈浮雕画面，分为上、中、下三层：上层画面中间为一龟趺，上立华盖，华盖右侧坐一仙人，前后立有侍者，华盖左侧三人面向仙人，或躬或立；中层画面左右两侧为西王母、

---

① 按：此镜主区纹饰4组画面依次为“一组为一人仰首，大眼圆睁，眉须怒张，右手持一长剑，旁有榜题‘忠臣伍子胥’；一组为美女二人，拱手站立，头戴冠，身着交领宽袖长服及地，身姿秀美，面容姣好。二女子两侧各置一提梁卣，一女子旁有榜题‘王女二人’，另饰有带玉兔的一轮新月；一组两人相对，一人站立，头戴冠，身着长服，一手持节，旁有榜题‘越王’。一人头戴冠，身着长服而坐，身后侧有便面两扇，旁有榜题‘范蠡’；一组为一人头戴冠，身着宽领长服，坐于屏障之中，旁有榜题‘吴王’”。此镜4组纹饰6位人物组成4个独立画面，依据外缘铭文“起始点”的确定，4个独立画面的顺序应该是“忠臣伍子胥画面”“王女二人画面”“越王范蠡画面”“吴王画面”，其中“忠臣伍子胥画面”与“越王范蠡画面”呈横向相对状，“王女二人画面”与“吴王画面”呈纵向相对。关于此镜纹饰具体情况，请参阅李缙云：《古镜鉴赏》，第207页。

② 如“青盖镜”铭文：“青盖作镜四夷服，多贺国家人民息。胡虏殄灭天下复，风雨时节五谷孰。长保二亲得天力。”“青盖作镜四夷服，多贺君家人民息。胡虏殄灭天下复，风雨时节五谷孰。长保二亲得天力。”“青盖作镜四夷服，多贺国家人民息。胡虏殄灭天下复，风雨时节五谷孰。长保二亲得天力，传告后世乐无亟。”“驺氏作镜四夷服，多贺国家人民息。胡虏殄灭天下复，风雨时节五谷孰。长保二亲得天力，传告后世乐无亟兮。”“青羊镜”铭文：“青羊作竟四夷服，多贺国家人民息，胡虏殄灭天下复。风雨时节五谷孰，传告后世得天福。”“张氏镜”铭文：“张氏作镜四夷服，多贺君家人民息。官至三公得天福，子孙备具孝且力。”“龙氏镜”铭文：“龙氏作竟四夷服，多贺君家人民息。胡克除灭天下复，风雨时节五□□。官位尊显蒙禄食，长保二亲乐无已。”罗振玉：《汉两京以来镜铭集录》引。

东王公坐于龙虎座和鹿背之上；下层画面中央立一株两相交缠的神树，树的两侧各坐有两名仙人。此镜铭文云："余造明[镜]，□□能容，翠羽秘盖，灵鹅台杞，调刻神圣，西母东王，尧帝赐舜二女，天下太平，风雨时节，五谷孰成，其师命长。"[①]从镜背浮雕画面和铭文内容上看，画面构图所表现的情境与铭文所描述的内容相一致。此镜人物没有榜题，但铭文有"西母东王，尧帝赐舜二女"语，或已揭示镜中人物的身份，龙虎和鹿是西王母和东王公的"脚力"，二人坐于龙虎座或骑于鹿背之上的造型或画面，在汉画像中颇为常见。神话传说中娥皇、女英死于"江湘之间"而为湘山之神，始皇帝渡江，至湘山祠，使刑徒伐湘山树。故下层画面"神树"下的"两名仙人"当是娥皇和女英。上层画面中端坐华盖下的仙人或即尧，舜当在站立的"三人"之中。

此镜铭文或可分为三个层次：第一层为前两句，江苏沭阳出土东汉神兽镜有"众神见容"语，意为雕刻的神人神仙清晰明确而神采奕奕。据此，前两句中的第二句"□□能容"或即为"众神能容"，意即镜中诸神能够展现容貌，如此，则是吉祥的事情。第二层为中间 5 句，即"翠羽秘盖，灵鹅台杞，调刻神圣，西母东王，尧帝赐舜二女"，是对镜背浮雕画像的整体描绘和形象刻画。第三层为后 4 句，既然"众神能容"，必然带来"天下太平，风雨时节，五谷孰成，其师命长"的吉祥和福寿。上述铭文除"尧帝赐舜二女"外，皆为整齐的四言，韵脚谐和，实为完整而漂亮的四言"镜歌"。从铭文与浮雕画面相互之间的关系上看，该铭文既承袭了镜铭"祈福祝语"的传统，又增加了对画面的描绘和具体形象的刻画。铭文以祈福祝语上承中间 5 句收尾的形式，既强调了祈福祝语的重要性，又突出了中间 5 句为铭文主体部分的重要作用，体现出创作上缘于铜镜浮雕画面而进行构思的艺术考量。显然，将这种艺术考量视为"诗"与"画"两种艺术形式相结合的艺术创造，应该是合适的。

再以江苏沭阳出土东汉神兽镜为例。[②]此镜镜背纹饰分为内区和外区两部分。内区纹饰有 4 组，第 1 组刻画袖手端坐肩生双翼的神人，其左侧一翼龙，右侧一翼虎；第 2 组同样刻画肩生双翼而端坐的神人，其左侧一兔首羽人持杵捣药，右侧一凤鸟；第 3 组还是刻画肩生双翼而端坐的神人，左侧一朱雀，右侧一翼兽；第 4 组刻画"弹琴""击鼓""吹竽"的乐舞画面。外区纹饰则刻绘"羽人骑虎""羽人骑朱雀""羽人骑龙""羽人骑龟""羽人捧日""羽人捧月"和"羽人驾游舫"的画面，其中"羽人驾游舫"画面的刻画尤为生动形象：一艘长船，两头高翘，中有舱，后有挂舵。舱前有三羽人，前两羽人

① 按：关于四川何家山崖墓出土神兽镜镜背纹饰解读与铭文释读，请参阅绵阳博物馆：《四川绵阳何家山 1 号东汉崖墓清理简报》，《文物》1991 年第 3 期；霍巍：《四川何家山崖墓出土神兽镜及相关问题研究》，《考古》2000 年第 5 期。

② 按：江苏沭阳出土东汉神兽镜镜背纹饰解读与铭文释读，请参阅尹增淮：《江苏沭阳出土东汉神兽镜》，《考古》1993 年第 12 期。

蹲坐持桨，正奋力划水。后一羽人立身持篙，正撑船。舱后一羽人，欠身挥臂，似在对前面呼喊。船前波浪滚滚。

此镜铭文云："吾作明镜，幽湅三商，周刻无祀，□□万昌，白牙□琴，众神见容，□□□□，福禄具从，富贵安乐，子孙益昌，服士呈公卿，男师命长，大吉羊。"上述铭文基本是整齐的四言，韵脚谐和，实为完整而漂亮的四言"镜歌"。铭文中有"白牙□琴"语，似谓"伯牙鼓琴"事。广东英德出土的东汉神兽镜浮雕画面中，其镜钮上方三人，"中间一人头戴高冠，长须，仰首右视，肩有披带飘拂，身穿广袖通肩服。双膝上置一琴，趺坐于云端，双手作弹琴状，似为伯牙鼓琴"[①]。此镜中的鼓琴者则"头戴用漆布做的头饰，顶部束带状物三条，穿右衽内衣，身后两条缨带高飘起，膝前横一具弦琴，衣袖高挽，正在双手弹琴，身子微向左仰"[②]。从服装上看，江苏沭阳东汉神兽镜与广东英德东汉神兽镜不同，但上述装束上的差异并不能否定其形象为"伯牙鼓琴"。再者，"仙人鼓琴"是汉画像神仙构图的常见题材，其"神仙"的本质是画像所要表现的主要意图，至于是否是"伯牙"并不重要。如此，此镜铭文有"白牙□琴"语，而镜背浮雕同样刻画出"弹琴""击鼓""吹竽"的乐舞画面，诗与画相配，表现出仙界的娱乐生活。

从此镜镜背纹饰内区与外区纹饰内容上看，"内区"纹饰重在表现静态的仙人和仙界，外区纹饰则重在表现动态的行进和趋向。上述画面构图特点或是内区与外区纹饰内容既有区别又有联系之意图的反映，表现出以内区之"仙人"和"仙界"为方向和终点的行进和趋向。值得注意的是，这种由画面构图特点所表现出来的意义或意图，还能够在此镜铭文与外区的"羽人驾游舫"画面上得到印证。此镜铭文有"众神见容，□□□□"语，其后面四字缺轶，但从前句来看，其文意当与"众神"有关。因后句缺轶，故"众神见容"意义难测，但从字面意思看，似有二解：或谓目睹"众神"之"容貌"，或谓得到"众神"之"接纳"，不论何解，联系前句"白牙□琴"，其"远赴仙界"而"目睹仙容"之意大致不会有错。如此，自然带来"福禄具从""富贵安乐""子孙益昌"的善果。此镜外区构图中"羽人驾游舫"画面值得注意，上述画面构图在广东英德出土的东汉神兽镜镜缘处图案中亦有表现，且在构图内容和构图形式上颇为接近，如"尖船首，有中舱、后舱。舱前有两羽人匍匐作划船状。中舱置一案几，后面坐一戴高冠羽人。舱后有一羽人掌舵"[③]。上述情况说明，"羽人驾游舫"画面所反映的内容，具有某种普遍性意义。山东苍山县城前村东汉元嘉元年画像石墓题记中，有"从儿刺舟，渡诸母"诸语，

① 陈松南：《广东英德出土一件汉末神兽镜》，《文物》1992年第8期。
② 尹增淮：《江苏沭阳出土东汉神兽镜》，《考古》1993年第12期。
③ 陈松南：《广东英德出土一件汉末神兽镜》，《文物》1992年第8期。

亦可为证。[①]将此镜铭文与镜背纹饰联系起来，同样能够看到诗（文）画相互配合的艺术表现。

此镜铭文被置于镜背纹饰外区和内区画面之间，这种情况在上文所引湖南博物馆藏东汉中晚期“帆船纹吕氏镜”中同样存在，即铭文被置于主区纹饰与镜缘纹饰之间，主区纹饰中有“四灵”和“仙人”活动的画面，镜缘纹饰中则同样出现了“羽人击鼓御舟”画面。显然，上述镜铭与纹饰的安排具有明显的图像设计上的特点，并非随意而为，其诗（文）画两种艺术形式互为表里共同表达成仙永生愿望和期盼的意图甚为明朗。

第三节　汉镜铭文七言镜歌在七言诗起源研究中的意义

汉镜铭文中存在着数量可观的七言体形式，其特点是整齐的七言句式，从用韵、结构及在音顿和节奏等方面与传统的七言诗并无二致。从这个意义上说，汉代七言体铜镜铭文即是完整的七言诗，称其为“七言镜歌”毫不为过。汉镜铭文七言镜歌出现的时间，可以追溯至西汉时期，其在七言诗起源问题的研究中具有重要意义。

一、汉镜铭文七言镜歌具备七言诗的基本特征

在研究者所掌握的汉镜铭文资料中，完整的七言体形式的铭文，以铭文首句为题，可以分为 12 类：“善铜铭”“新兴新起铭”“尚方铭”“青盖铭”“青羊黄羊三羊铭”“姓氏铭”“新银铭”“吾作铭”“角王巨虚铭”“湅冶铜华铭”“来言铭”“凤凰铭”，共 49 则镜铭。[②]在研究者所掌握的汉镜铭文资料中，尚有以七言句式为主而间以其他句式的杂言体形式铭文，以铭文首句为题，上述铭文可以分为 16 类：“善铜铭”“新兴新起铭”“始建国铭”“尚方铭”“青羊黄羊三羊铭”“姓氏铭”“吾作铭”“角王巨虚铭”“湅冶铜华铭”“照貌铭”“朱爵玄武铭”“熹平铭”“初平铭”“建宁铭”“桼言铭”“福熹铭”，共 43 则镜铭。[③]完整的七言体镜铭，已经具备七言诗的基本特征。尝试以下面 4 则七言体镜铭为例做进一步讨论。[④]镜铭如下：

---

① 李发林：《山东苍山元嘉元年画像石墓题记试释》，《中原文物》1985 年第 1 期。

② 按：上述供研究的 12 类 49 则七言体镜铭，见本章附录。

③ 按：上述供研究的 16 类 43 则以七言句式为主间以其他句式的杂言体镜铭，见本章附录。

④ 上述 4 则七言体镜铭，见莫测境：《广西钟山发现西汉规矩镜》，《考古》1992 年第 9 期；王建伟：《四川渠县出土汉代神兽铜镜》，《考古》1993 年第 3 期；莫测境：《钟山县出土东汉、唐、宋铜镜》，《考古》1988 年第 7 期；罗振玉：《汉两京以来镜铭集录》引。

（1）新有善铜出丹阳，炼冶铜锡清而明，尚方内□□□场，巧工□之成文章，左龙右虎掌四静，朱雀玄武顺阴阳，子孙备具居中央，长保二亲如侯王，千秋万岁乐未央。

（2）青盖作竟四夷服，多贺君家人民息。胡虏殃灭天下复，风雨时节五谷孰，长保二亲得天力。

（3）青盖作镜真大好，上有仙人不知老，渴饮玉泉饥食枣，浮游名山采芝草，长保二亲国之保。

（4）青盖明镜以发阳，揽睹四方昭中央。朱鸟玄武师子翔，左龙右虎辟不详。子孙备具居中英，长保二亲乐未尝。

上述 4 则七言体镜铭具有如下特点：①整齐的七言句式。②注意到了用韵。第 1 则除“明”“静”外，皆押“昂”韵；第 2 则复杂一些，第 1、3、4 句押“乌”韵，第 2、5 句则押“衣”韵，富于变化；第 3、4 则句句叶韵，一韵到底。从上述 4 则七言体铭文用韵情况看，用韵趋于整齐，间有变化，或句句叶韵，一韵到底。后者与曹丕《燕歌行》用韵特点相同。③句数讲究，以奇数句为主。在上述 4 则七言体镜铭中，第 1 则由 9 句构成，第 2、3 则由 5 句构成，第 4 则由 6 句构成，表现出奇数句为多的特点。[①]④音顿、节奏与传统七言诗相同。上引七言体镜铭文在音顿、节奏上基本呈现出“上四下三”特点，即奇数尾（三字尾）。上述特点也是后世传统七言体诗歌的重要特征。据此，有理由认为，从文体学意义上看，上述完整的七言体镜铭应该纳入七言体诗歌范畴，名其为“七言镜歌”或更为合适。

汉代七言体镜铭产生的时间可以追溯至西汉早期。在上文所引七言体镜铭中，“湅冶铜华镜”和“尚方镜”铭文出现的时间可能最早，或在西汉早期就已出现，其中“尚方镜”与带有“新”字铭的七言体形式铭文在西汉中晚期流行于世，而民间私家铸镜作坊仿“尚方铭”的七言体“姓氏铭”，亦可能出现于西汉晚期，在东汉时期大行于世。

以河南南阳出土铜镜为例。南阳西汉早期铜镜纹饰主要是连弧纹和蟠螭纹，与连弧纹相配的铭文有“昭明”“日光”“清华”三种铭文形式，与蟠螭纹相配的铭文有“大乐富贵”铭文形式。在上述铭文中只有“清华”铭文形式呈现为七言句式或以七言句式为主的杂言体句式。如南阳出土“清华连弧纹镜”，

① 按：考察供研究的 49 则完整的七言体镜铭，奇数句铭文 29 则，偶数句铭文 20 则，表现出奇数句为多的特点。值得注意的是，今所见汉代文人七言诗，如张衡《四愁诗》和曹丕《燕歌行》，皆由奇数句构成，前者 7 句，后者 15 句。从 49 则完整的七言体镜铭看，在 29 则奇数句铭文中，“七句式”铭文出现 3 则，但呈现出以“五句式”为主的特征，在 20 则偶数句铭文中“四句式”和“六句式”最为突出。

其镜背“圆钮，柿蒂纹钮座，钮座外围一周斜短线纹及一周凸弦纹带。其外为一周内向八连弧纹带。连弧纹之间有一些简单的纹饰，再外区为两周短斜线纹夹一周铭文带”。铭文以“清治铜华清而明”为首句，共6句，除第2句和尾句分别是八言和三言外，其余皆为七言句式。其铭文云：“清治铜华清而明，以之为镜因置文章，延年益寿去不羊，皇天毋灵如日光，千秋万岁乐未央，善氏平。”值得注意的是，上引南阳“连弧纹镜”七言体镜铭形式，在上海博物馆藏西汉“连弧纹镜”写作“湅冶铜华清而明，以之为镜因宜文章，延年益寿去不羊，与天毋亟日月光，长乐”[①]。根据上海博物馆藏西汉“连弧纹镜”铭文，上引南阳“连弧纹镜”铭文首句首字“清”当为“湅”字，第2句“置”当为“宜”字。又据西汉“连弧纹镜”之“湅冶铜华清而明，以之为镜宜文章，以延年而益寿，老不祥”铭文。[②]则“以之为镜因宜文章”当作七言句“以之为镜宜文章”。是故，西汉时期“清华连弧纹镜”七言体镜铭应写作：“清冶铜华清而明，以之为镜宜文章，延年益寿去不羊，与天毋亟日月光，千秋万岁乐未央。”“在西汉早、中期铜镜铭文中，尚未见有姓氏者，这似乎表明，此时铸镜业主要由从中央到地方的官府所把持，私人铸镜即使有，数量也有限，尚不便公开站出来和官府竞争。”[③]因此，“湅冶铜华镜”也当由官府最早制造。

《通典·职官》载：“秦置尚方令，汉因之。后汉主作手工作、御刀剑、玩好器物及宝玉作器。”[④]《史记·绛侯周勃世家》载：“条侯子为父买工官尚方甲楯五百被可以葬者。”《集解》引如淳云：“工官，官名也。”《索隐》云：“工官即尚方之工，所作物属尚方，故云工官尚方。”[⑤]“尚方镜”以“尚方作镜”为铭文首句，能够说明其铜镜制作的官方背景。是故，“尚方镜”七言体镜铭亦当出现于西汉早期，并于西汉中晚期流行于世。如河南南阳西汉墓出土的“尚方四神规矩镜”。此镜圆形，圆钮，柿蒂纹钮座，钮座外大方格内填十二地支铭，每字之间用带一圆座的小乳丁相隔，外区填以T、V、L纹，四方八极内配以青龙、仙鹤、朱雀、骑兽仙人、白虎、独角兽、玄武、羽人及小鸟。再外区为铭文带，其铭文为：“尚方作镜真大好，上有仙人不老，渴饮玉泉饥食枣，浮游天下敖四海，寿如金石之国保。”[⑥]

有云“宦者蔡伦为尚方令，监作祕剑及诸器械，莫不精工坚密，为后代法”[⑦]。是故，官方制作的铜镜纹饰精美，铭文考究，质量上乘，故而引发民

① 李缙云：《古镜鉴赏》引，第176页。
② 李缙云：《古镜鉴赏》引，第62页。
③ 杨爱国：《汉镜铭文的史料学价值》，《中原文物》1996年第4期。
④ 杜佑：《通典》卷二十七，北京：中华书局，1988年，第759页。
⑤ 裴骃：《集解》，司马贞：《索隐》，司马迁：《史记》卷五十七，第2079页。
⑥ 包明军、王伟：《南阳市汉墓出土铜镜简介》，《江汉考古》1997年第1期。
⑦ 郑樵撰，王树民点校：《通志二十略·职官略第四》，北京：中华书局，1995年，第1113页。

间仿作，遂导致“尚方镜”大量流行。这种情况具体发生于何时已经很难准确判断，但已存在的事实是，与“尚方铭”相配的规矩镜在西汉晚期盛行起来。从河南南阳铜镜出土的情况看，“从西汉晚期开始，神兽镜、规矩镜盛行”①。而从湖北荆门铜镜出土情况看，“新莽时期的铜镜艺术风貌与西汉一脉相承，只是在镜的装饰工艺等方面较西汉有所发展，纹饰中，规矩纹及乳丁纹是此时流行纹饰”②。如河南南阳西汉墓出土七乳神兽侯氏镜。此镜圆形，圆钮，柿蒂纹钮座，钮座外饰两周细弦纹，内填铭文“长乐无边，事宜酒食”。每字之间用一带圆座的乳丁相隔。其外为一周凸弦纹，主题纹饰青龙、朱雀、仙人追白虎及瑞兽。主纹带的外区为铭文带，其铭文为：“侯氏作竟大毋伤，巧工刻之成文章，左龙右虎辟不羊，朱鸟玄武顺阴阳，子孙备具居中央。”③

西汉晚期铜镜制作方面的一个最大变化，是私人铸镜的出现，上述情况恰恰是在仿制“尚方铭”七言体形式的铭文中反映出来的。“从王莽前后开始，情况发生了变化，在‘尚方铭’大量流行的同时，一些仿‘尚方铭’的‘姓氏铭’开始出现。”④与此同时，带有时代色彩的“新”字铭的七言体形式铭文亦大量流行于世。如现藏于上海博物馆的始建国天凤二年四神规矩纹镜。此镜圆形，圆钮，圆钮座，座外方框。其外又有双线方框，内有十二乳丁纹间以十二地支铭。双线方框外为规矩纹，将内区分为 4 组，分别饰有四神、羽人、乳丁等纹饰，并与十二地支铭相对应，即青龙配瑞兽，白虎配禽鸟，朱雀配羽人，玄武配蟾蜍。外区为铭文带一圈，其铭文为：“始建国天凤二年作好镜，常乐富贵庄君上，长保二亲及妻子，为吏高迁位公卿，世世封传于毋穷。”⑤再如现藏于中国国家博物馆的四神规矩镜，其铭文为完整的七言体形式：“新有善铜出丹阳，和以银锡清且明，左龙右虎掌四彭，朱爵玄武顺阴阳，八子九孙居中央，刻具博局去不羊，家常大富宜君王。”⑥

二、汉镜铭文七言镜歌中“七言”带有文体学意义

汉镜铭文七言镜歌并非铭文“始作者”随意而为，而是带有明确的“七言构句”和“七言句成篇”意识的创作行为，七言镜歌中的“桼言”即“七言”，其于铭文中的意义已经附带了文体学意义上的“七言”或七言诗内涵，因此，汉镜铭文七言镜歌的创作行为，应该视为文体意识明确的“七言”或

① 包明军、王伟：《南阳市汉墓出土铜镜简介》，《江汉考古》1997 年第 1 期。
② 荆门市博物馆：《荆门馆藏铜镜》，《江汉考古》1990 年第 4 期。
③ 包明军、王伟：《南阳市汉墓出土铜镜简介》，《江汉考古》1997 年第 1 期。
④ 杨爱国：《汉镜铭文的史料学价值》，《中原文物》1996 年第 4 期。
⑤ 李缙云：《古镜鉴赏》引，第 180 页。
⑥ 李缙云：《古镜鉴赏》引，第 184 页。

七言诗创作行为。

七言体“尚方镜”铭文首句往往采用自夸的“赞语”成句，如“尚方作竟佳且好”“尚方作竟真大好”“尚方作竟大毋伤”等，表现出官方制作的“尚方镜”在质地和纹饰等方面的上乘质量，也说明“尚方镜”的制作过程在材料选用、模范制作、纹饰雕刻、铭文撰写、浇筑开光等工序上的规范程序和严格要求。“尚方镜”铭文首句常见的“尚方作竟自有纪”的“自有纪”，就是对此而言。《说文》：“纪，别丝也。”故“纪”的初意是理丝而出头绪，由此引申出“纲纪”“法度”“规定”等意义。“尚方作竟自有纪”，是“自有一套铸镜的程序和要求”而“与别家不同”的意思，这其中就包括铜镜选材和制作情况、镜背纹饰设计和雕刻情况及吉祥象征意义等方面内容。如“尚方镜”镜铭：“尚方作竟自有纪，良时日。家大富。九子九孙各有喜，位至三公中常侍。上有西王母东王公，山人子乔赤由子□。”[①]其中“自有纪”的“纪”的内容，已在铭文中反映出来。铸镜的时日即“良时日”；镜背纹饰有东王公、西王母和宋子桥、赤松子；吉祥意义指家大富、各有喜、至三公。再如“来言镜”镜铭：“来言之始自有纪，湅治铜锡去其宰。辟除不羊宜古市，长葆二亲利孙子。”[②]其中“纪”包括：铜镜制作情况；吉祥意义。“尚方镜”能够“自有纪”，说明“尚方镜”在铜镜选材和制作、镜背纹饰设计和雕刻等方面具有独一无二的特点和优越性，故自西汉晚期私家铸镜业发展繁荣以后，类似“自有纪”的铭语，也被私人铸镜者所模仿，搬到了自家所铸铜镜铭文中，如“李氏作镜自有纪”“三羊作竟自有方”“吾作佳竟自有尚”“蔡氏作竟自有意”“青龙作竟自有常”等，其中“自有方”“自有尚”“自有意”“自有常”在意义上当与“自有纪”相仿。

汉镜铭文七言镜歌中与“纪”相联系的还有如下铭语，如“来言之纪□竟始”“桼言之纪造镜始”“令名之纪七言止”[③]。“来”为“桼”之误，“来言”即“桼言”。“桼言”即“七言”，铭文“桼言之纪”即“七言之纪”，意思是用“七言”所描述的“纪”。

西汉时期已出现“七言”，上述“七言”即是七言诗。《汉书·东方朔传》云：“朔之文辞，此二篇最善。其余有《封泰山》，《责和氏璧》及《皇太子生禖》，《屏风》，《殿上柏柱》，《平乐观赋猎》，八言、七言上下，《从公孙弘

① 汉“尚方镜”镜铭，引自罗振玉《汉两京以来镜铭集录》，《罗振玉学术论著集》第六集，第17页。
② 汉“来言镜”镜铭，引自罗振玉《汉两京以来镜铭集录》，《罗振玉学术论著集》第六集，第16页。
③ 按：“来言镜”镜铭为，“来言之纪□竟始，湅铜锡去其宰，以之为镜宜孙子，长葆二亲乐毋□，寿幣金石西王母。棠安作”。“桼言镜”镜铭引自许建强《安徽寿县东津柏家台两座汉墓的清理》（《江汉考古》1992年第4期），全铭释文如下：“桼言之纪造镜，始仓龙居左虎在右，辟去不羊，宜古市，长保二亲和孙子，寿敝金石先王母，宜□。”“令名镜”镜铭见王勤金、李久海、徐良玉：《扬州出土的汉代铭文铜镜》（《文物》1985年第10期），全铭写作：“令名之纪七言止，湅冶铜华去无宰，铸成错刀天下喜，安汉保□世毋有，长□日进宜孙子。”

借车》，凡刘向所录朔书具是矣。”[①]注云：“八言、七言诗，各有上下篇。”[②]崔骃即作有《七言诗》，其云：“鸾鸟高翔时来仪，应治归德合望规，啄食楝实饮华池。”[③]汉代还出现了以“七言”名篇的《七言》。如《后汉书·杜笃传》载笃：“所著赋、诔、弔、书、赞、《七言》、《女戒》及杂文，凡十八篇。”[④]《后汉书·崔琦传》载琦“所著赋、颂、铭、诔、箴、弔、论、《九咨》、《七言》，凡十五篇”[⑤]。今传杜笃《京师上祀篇》“窈窕淑女美胜艳，妃戴翡翠珥明珠”二句，即为完整七言句，或是其所作《七言》中的句子。[⑥]以“七言”名篇的《七言》，还见东方朔《七言》“折羽翼兮摩苍天”一句[⑦]；刘向《七言》“博学多识与凡殊”“时将昏暮白日午”“朅来归耕永自疎”“结构野草起屋庐”“宴处从容观诗书”“山鸟群鸣我心怀”6句。[⑧]说明上述以“七言”名篇的《七言》在西汉时期亦已出现。上述《七言》皆以七言成句，又表现出以“七言句成篇”的特点。从刘向《七言》6句看，除最后一句外，其余5句，句句用韵，或出自同一篇《七言》。“汉人七言率句句用韵。”[⑨]故从“七言构句”而“七言句成篇”且“句句用韵”等特点看，以“七言”名篇的“《七言》”，或即“七言”，亦即七言诗。显然，上述七言体形式，其文体学意义上的排他性特征，在西汉时期既已明确。

由此联系汉镜铭文七言镜歌中“桼言之纪”的“七言”，应该与西汉时期出现的“七言”联系起来看待，以“七言”释名，应该与西汉时期出现的“七言”即七言诗同指。如此，上引“来言之纪□竟始”“桼言之纪造镜始”“令名之纪七言止”3句铭文，便可作如下理解：第一句“来言之纪□竟始”，“来”是“桼”之误，“来言”即“桼言”，“□”所缺当是“自”字，全句意为“用‘七言’所描述的‘纪’是从这面铜镜表现出来的”。第二句“桼言之纪造镜始”，意为“用‘七言’所描述的‘纪’从制作这面铜镜时就表现出来了”。第三句“令名之纪七言止”，“令名”即“美好的名声”，指铜镜；“七言止”或即“止于七言”的意思，全句意即“只有用‘七言’才能将这面铜镜的美好名声描述出来”。

由上述镜铭释读情况看，“七言”是铜镜“纪”的最佳代言者，只有“七言”才能将“与别家不同”的包括铜镜选材和制作、镜被纹饰设计和雕刻，

① 班固著，颜师古注：《汉书》卷六十五，第2873页。
② 班固著，颜师古注：《汉书》卷六十五，晋灼注语，第2873页。
③ 逯钦立辑校：《先秦汉魏晋南北朝诗·汉诗》卷五，北京：中华书局，1983年，第171页。
④ 范晔撰，李贤等注：《后汉书》卷八十上，第2609页。
⑤ 范晔撰，李贤等注：《后汉书》卷八十上，第2623页。
⑥ 杜笃：《京师上祀篇》，逯钦立辑校：《先秦汉魏晋南北朝诗·汉诗》卷五，第165页。
⑦ 逯钦立辑校：《先秦汉魏晋南北朝诗·汉诗》卷一，第101页。
⑧ 逯钦立辑校：《先秦汉魏晋南北朝诗·汉诗》卷二，第115页。
⑨ 逯钦立辑校：《先秦汉魏晋南北朝诗·汉诗·杜笃·京师上巳篇》，“案语”，第165页。

以及吉祥象征意义等内容的"纪"描述出来，显示出作者是有意选择七言体形式来创作镜歌的。

三、汉镜铭文七言镜歌构成了七言诗演变重要环节

在对七言诗起源问题的研究中，关于七言诗最初是怎样产生的问题，学术界早已取得较为一致的意见，认为七言诗的起源与五言诗一样，都经历了一个由民间歌谣到文人仿作，再被引入文坛的历程，而可靠的完整的七言歌谣在汉以前似还没有，完整的七言歌谣在汉代始被发现，汉代文人七言诗创作始于张衡《四愁诗》及曹丕《燕歌行》，上述作品逐句叶韵，带有鲜明的民歌味道，说明汉代文人七言诗创作实践具有仿效民歌的痕迹，且这种创作实践始于东汉晚期。值得注意的是，联系汉镜铭文七言镜歌的存在情况，这样的认识是否符合七言诗形成、发展、演变的实际情况，则需要进一步讨论。汉镜铭文七言镜歌在西汉早期既已出现的事实，说明句式整齐且逐句叶韵的七言诗，在西汉早期既已出现，并在西汉中晚期及东汉时期得到进一步发展。两汉时期应该是七言诗成型期和发展期，而在描述七言诗由民间歌谣到文人仿作的发展、演变轨迹时，不能忽视或无视七言镜歌的存在。

从西汉时期"尚方镜"官方制作背景上看，西汉时期流行的"铜华镜""尚方镜"和带有"新"字铭的七言镜歌，其"始作者"应该是具有官方背景且具备相当文化素养和文字掌控能力的专业人士。上述七言镜歌与今所见汉代文人七言诗最大的不同，在于前者"诉愿"而后者"抒情"。抒情的七言诗，其情感一定是诗性的个性化展现；诉愿的七言镜歌，其所表达的愿景，恰恰带有必须摒弃个性化的情感藩篱而追求典型化和涵盖性的普适化倾向。显然，这种差异性决定了七言镜歌与汉代文人七言诗的不同。

上述情况说明，汉镜铭文七言镜歌在以"七言构句"而"七言句成篇"且"句句用韵"等特点上，与七言诗是相同的，但在内容的表现上存在差异。上述差异性的存在，或有其作为镜铭的原因，但更深层次的原因或不在此。汉镜铭文七言镜歌的存在，说明两汉时期的七言诗可能存在多种形式，七言镜歌有别于七言体形式的"歌谣"或"谣谚"，也与文人的七言诗不同。汉镜铭文七言镜歌已经构成七言诗形成、发展和演变轨迹上的重要环节，具有重要的意义和价值。

四、汉镜铭文七言镜歌可能源于早期的祝语或嘏辞

汉镜铭文七言镜歌在内容上体现出祈福特点和祝语性质，其渊源或可追

溯至商周时期神祇祭祷仪式中的祝语或嘏辞。是故，由汉镜铭文七言镜歌溯源问题的研究，势必引出对上述祝语或嘏辞于后世流变问题的探讨，并在这样的探讨中进一步发现战国时期流行的“七言体短语”在七言诗起源问题研究中的重要地位。

“祝”本为“告神之辞”，“嘏”则为“祝传神意之语”，其内容缘于“人事”且包含“侯”或“禳”两个方面。是故，祝语或嘏辞在内容上也区别为祈福或祝福之语和避祸或禁忌之辞。从其发展演变上看，前一方面在商周青铜器铭文中已有所表现，汉镜铭文应该承续而来；后一方面则在战国时期具有格言和警句色彩的散体短语中表现得最为充分。值得注意的是，上述两个方面在后世的发展演变中都出现了七言体形式，只是前一方面至汉镜铭文始见于七言镜歌，后一方面则在战国时期的散体短语中出现了带有格言和警句色彩的七言体形式，并往往以“诗”的面目流传于世。

《礼记·礼运》载：“祝以孝告，嘏以慈告。”《集解》云：“祝，谓飨神之祝辞也。嘏，谓尸嘏主人之辞也。祭初飨神，祝辞以主人之孝告于鬼神；……而主人事尸之事毕，则祝传神意以嘏主人，言‘承致多福无疆于女孙孝’而致其慈爱之意也。”[①]祝语与嘏辞，前者祈福而后者降福，在“福祥”这一点上是相同的。值得注意的是，具有这种“福祥”意义的祝语或嘏辞，在商周青铜器和汉镜铭文中都有所表现，且以汉镜铭文最为典型，显然是祝语或嘏辞由神祇祭祷意义而向着普通生活意义转化和演变的产物。前者如出土于山西天马—曲村北赵64号西周宣王时期墓葬的“楚公逆编钟”铭文“楚公逆其万年寿，用保厥大邦。永宝”[②]。再如出土于河南南阳的春秋早期晚段墓葬的“申公簋”铭文：“宇其眉寿万年无疆，子子孙孙永宝用之。”[③]后者如“角王巨虚镜”铭文：“角王巨虚日有熹，延年益寿去忧事。长乐万世宜酒食，子孙贤，家大富。”再如“湅冶铜华镜”铭文：“湅冶铜华清而明，以之为镜因宜文章，延年益寿去不羊，与天无亟日月光，长乐。”将二者相比较，汉镜铭文在以祝语或嘏辞的形式承续商周青铜器铭文传统的同时，也实现了由散体短语向韵文短语的转变，同时伴随着诗歌化的演变。

《战国策·秦三》载有“范雎答秦王问”文字，其中范雎引“诗”云：“木实繁者披其枝，披其枝者伤其心。大其都者危其国，尊其臣者卑其主。”[④]上述四句之首句，《吕氏春秋·博志》引作“果实繁者木必庳”[⑤]。可知上述

① 孙希旦撰，沈啸寰、王星贤点校：《礼记集解》卷二十一，北京：中华书局，1989年，第594页。
② 李夏廷、张奎：《天马—曲村遗址北赵晋侯墓地第四次发掘》，《文物》1994年第8期，邹芙都：《楚系铭文综合研究》引，成都：巴蜀书社，2007年，第33页。
③ 邹芙都：《楚系铭文综合研究》引，第40-41页。
④ 《战国策·秦三》，刘向集录，范祥雍笺证，范邦瑾协校：《战国策笺证》卷五，第314-315页。
⑤ 《吕氏春秋》卷二十四，国学整理社辑：《诸子集成》第六册，第313页。

名为“木实繁”的七言诗在战国时期颇为流行。其实，《吕氏春秋·博志》引“果实繁者木必庳”句时，尚有另外两句，三句依原书引录顺序为：“凡有角者无上齿，果实繁者木必庳，用智褊者无遂功。”[①]上述三句皆为完整的七言句式，在构句形式上与“木实繁”相同，但并未叶韵，故而称其为七言体短语或者更为恰当。值得注意的是，与上引“木实繁”“凡有角”相近似的七言体短语形式，在《逸周书·周祝解》中亦存在，如：“叶之美也解其柯，柯之美也离其枝，枝之美也拔其本。”再如：“维彼幽心是生包，维彼大心是生雄，维彼忌心是生胜。”[②]

上引《逸周书》两则七言体短语皆载于“周祝”篇中，其渊源或与“祝”有关。依《周礼》，“祝”有“大祝”和“小祝”。前者“掌六祝之辞，以事鬼神示，祈福祥，求永贞”。但“大祝”之“六祝之辞”既有“祈福祥”“求永贞”的“年祝”“吉祝”，也有“弥灾兵”“远罪疾”的“化祝”“筴祝”。后者“掌小祭祀将事侯、禳、祷、祠之祝号，以祈福祥，顺丰年，逆时雨，宁风旱，弥烖兵，远辠疾”[③]。同样包含“吉”与“凶”两个方面。即如《周礼》贾公彦《疏》所云：“祈福祥、顺丰年、逆时雨，三者皆是侯。宁风旱、弥烖兵、远辠疾，三者即是禳。”[④]从《逸周书·周祝解》所录“叶之美”三句看，其于内容上的最大特点，是重在指出事物发展到一定程度之后必然会引发某些意想不到的变化，而且这种变化，又往往导致“凶”或“恶”的结果。在这一点上，《战国策·秦三》所载“木实繁”同样如此。《吕氏春秋·博志》所引“凡有角”也具有相同的特点，只是稍有变化，前一句“凡有角者无上齿”在《大戴礼记·易本命》引作“四足者无羽翼，戴角者无上齿”[⑤]。显然，“凡有角者无上齿”具有格言性质，它将“含齿者不戴角而戴角者不含齿”的本质揭示出来。如此，“叶之美”三句中后两句的至理名言的意义便也不言自明了。总之，如果从“吉”与“凶”两个方面来考察，上述七言体短语都是从“凶”的角度或层面入手，借助强调事物向着相反方向变化的必然性，对人们提出警示，具有预警的作用和意义。从这个意义上看，上引“木实繁”“凡有角”“叶之美”等七言体短语形式，其渊源与汉镜铭文相同，皆可上溯至神祇祷祠之祝辞。

总之，战国时期七言体短语形式的存在，提示我们在七言诗起源问题的研究中，一方面需要注意汉镜铭文七言镜歌在七言诗的形成、发展、演变轨迹中所处的重要地位，另一方面还需要看到缘于战国时期七言体短语的存在，

① 《吕氏春秋》卷二十四，国学整理社辑：《诸子集成》第六册，第313-314页。
② 黄怀信：《逸周书校补注译》，西安：三秦出版社，2006年，第387、392页。
③ 郑玄注，贾公彦疏：《周礼注疏》卷二十九，上海：上海古籍出版社，2010年，第953、970-971页。
④ 郑玄注，贾公彦疏：《周礼注疏》卷二十九，第971页。
⑤ 方向东：《大戴礼记汇校集解》卷十三，北京：中华书局，2008年，第1319页。

从而需要将七言诗形成的时间上溯至更早的历史阶段。

第四节 汉墓铜镜随葬情况考察与汉镜铭文流行学分析

现实生活中铜镜拥有和使用情况，对汉镜铭文文学意义和价值的研究具有重要意义。然而，由于生活中铜镜拥有和使用情况在传统文献载记中极不充分，致使上述情况的研究无从进展。铜镜首先是生活用品，然后才是随葬品，铜镜随葬品的属性是缘于其以生活用品随葬形成的。上述情况在汉镜铭文中被鲜明地表现出来，汉镜铭文皆属祝语性质，所涉长寿、福禄、平安、欢乐、神仙诸事，既是日常生活之愿望和期盼，又是逝后“彼岸世界”的愿景。铜镜的这种双重属性及双重属性之间从属和派生关系，使得现实生活中铜镜的拥有和使用情况能够在随葬情况中得到某种表现和反映。基于此，本节尝试根据鲁中南地区 8 个汉墓群铜镜随葬情况，对当时生活中铜镜拥有和使用情况做进一步讨论。[①]

一、鲁中南地区 8 个汉墓群铜镜随葬情况考察

鲁中南地区 8 个汉墓群铜镜随葬情况，即如表 3-1 至表 3-16 所示。[②]

表 3-1 滕州封山汉墓群单石椁（土坑）墓铜镜随葬情况

墓号	墓葬类别	其他主要随葬物品	铜镜类型及铭文	性别
M32	土坑墓	印、铁剑、刀、漆奁、铜镜	四神十二生肖博局纹镜（无铭）	男

① 按：鲁中南地区 8 个汉墓群所承载的文化，既有统一性特征，也表现出几个明显的地域性特点。第一，上述 8 个汉墓群在时间背景上虽然不尽一致，但基本涵盖了西汉早中期至东汉中晚期的墓葬；第二，墓群中墓葬集中分布的情况比较突出，显示出家族茔域的特点；第三，墓葬中打破关系的墓葬多为一男一女，显示出夫妻（妾）的关系；第四，墓主生前身份，根据随葬品和墓葬形制的不同，能够反映出富裕程度上的不同，或为富裕的地主，或为自给自足的平民，虽然在贫富方面存在差异，但似乎并不巨大。还有一些情况必须指出：第一，随葬铜镜是否都具有单一的生活日用品性质，无法准确判断；第二，大部分铜镜被置于逝者头部，但亦有被置于逝者脚下的情况，虽然后者较为少见，但铜镜摆放位置似乎反映出丧葬意义上的不同的功能和作用；第三，铜镜于棺椁中的位置有可能并非铜镜于墓葬中的原位置，棺椁腐朽垮塌有造成铜镜原位置错位的可能。基于上面的考量，本节讨论得出的认识，或为一般意义而言。

② 按：第一，关于鲁中南地区 8 个汉墓群铜镜随葬情况的考察，所据资料均来源于《鲁中南汉墓》一书。具体情况见王守功主编，山东省文物考古研究所编著：《鲁中南汉墓》，北京：文物出版社，2009 年。第二，“有铜镜随葬者”性别判断的依据有三：①发掘报告关于墓主人的性别认定；②发掘报告认定墓主人为男性，其随葬品中伴出“铁剑”，而且上述情况在鲁中南汉墓中呈现出规律性特征，据此将随葬品中有“铁剑”等伴出的墓主人性别推测为男性，并在统计中以“男（铁剑）”“男（戟）”“男（矛）”等标示；③其他情况则以“不明”标示。

续表

墓号	墓葬类别	其他主要随葬物品	铜镜类型及铭文	性别
M36	单石椁墓	椁内：玉璧、玉鼻塞、铜五铢、铜镜	昭明镜（内清光明以召，象夫日月之光）	不明
M54	单石椁墓	椁内：玉璧、铁剑、铜镜	蟠螭纹镜（无铭）	男（剑）
M61	单石椁墓	棺内：铜五铢、货泉、铜镜	日光镜（铭文不详）	不明
M73	单石椁墓	棺内：铜五铢、铜镜	日光镜（见日月之，象夫毋亡）	不明
M84	单石椁墓	棺内：铜半两、铜镜	素面（无铭）	女性

表 3-2　滕州封山汉墓群双石椁墓铜镜随葬情况

墓号	墓葬类别	棺椁葬具	其他主要随葬物品	铜镜类型及铭文	性别
M55	双石椁墓	东椁	椁内：铜五铢		不明
		西椁	椁内：铜五铢、铁剑残段、铜镜	四乳画像镜（无铭）	男（剑）
M59	双石椁墓	南椁	椁内：铁剑、刀、铜镜、玉耳塞	君忘忘镜（君忘忘而先志，爱使心毋者，心沽结而独愁，明知非不可处，志所驩不能已）	男（剑、刀）
		北椁	椁外西端：陶壶		女
M77	双石椁墓	南椁	室内：石饰件、石环、铜五铢、铁刀、铜镜；填土：铁臿	大明镜（□□大明）	男（剑）
		北椁			女

表 3-3　滕州东郑庄汉墓群单石椁（土坑）墓铜镜随葬情况

墓号	墓葬类别	其他主要随葬物品	铜镜类型及铭文	性别
M14	土坑墓	铜镜	素面镜（无铭）	不明
M42	单石椁墓	棺外：陶罐；墓主脚端：铜镜	蟠虺纹镜（无铭）	不明
M93	单石椁墓	墓主头左侧：铜镜	不明	不明
M153	单石椁墓	棺外：陶罐；墓主两腿间：铜镜	蟠螭纹镜（无铭）	不明
M159	土坑墓	棺西侧：陶罐；墓主右脚外侧：铜镜、琀	四龙纹镜（无铭）	不明

表 3-4　滕州东小宫汉墓群单石椁（土坑）墓铜镜随葬情况

墓号	墓葬类别	其他主要随葬物品	铜镜类型及铭文	性别
M26	单石椁墓	陶罐、铜镜	昭明镜（内清）	不明
M80	单石椁墓	陶壶、铜钱、铜镜	四乳四虺镜（无铭）	女
M99	土坑墓	铜镜	蟠虺纹镜（无铭）	女
M115	单石椁墓	椁内：铁削、铜钱、石黛板、铜镜	四乳四虺镜（无铭）	不明

续表

墓号	墓葬类别	其他主要随葬物品	铜镜类型及铭文	性别
M140	单石椁墓	椁内：铜钱、铁剑、铁削、铜镜	不明	男
M219	单石椁墓	椁内：铜钱、铁剑、铁刀、铜镜	星云纹镜（无铭）	男（剑）

表 3-5　滕州东小宫汉墓群双石椁墓铜镜随葬情况

墓号	墓葬类别	棺椁葬具	其他主要随葬物品	铜镜类型及铭文	性别
M78	双石椁墓	东椁	铜钱、铁剑、铜镜	日光镜（见日月之勿夫毋忘）	男（剑）
		西椁			男
M79	双石椁墓	东椁	陶罐、陶壶、铁刀		男
		西椁	铜钱、铜镜	日光镜（见日之光，天下大明）	不明
M108	双石椁墓	南室	椁内：铜钱、铜镜	姓氏镜（王氏作镜四夷服多贺新家人民息胡虏殄灭天下复风雨时节五谷孰长保二亲乐毋够大利兮）	男
		北室	椁内：铁剑		男
M110	双石椁墓	南室	填土：陶罐、铜钱、铜镜	四乳八鸟镜（无铭）	男
		北室	椁内：铜钱、铁剑、石琀		男（剑）
M137	双石椁墓	南室	龛：陶罐；椁内：铜镜	四乳四虺镜（无铭）	女
		北室	椁内：铜钱、铁剑		男
M265	双石椁墓	东室	椁内：铁剑、铜镜	宜子孙镜（长宜子孙）	男（剑）
		西室	龛：陶壶		不明
M323	双石椁墓	南室	椁内：铜剑、铁剑、铜镜	博局纹镜（无铭）	男（剑）
		北室	椁内：铜钱、铜镜	飞鸟镜（无铭）	不明
M351	双石椁墓	东室	椁内：铜钱		不明
		西室	椁内：铜钱、陶鼎、陶罐、铜镜	不明	不明

表 3-6　滕州东小宫汉墓群五石椁墓铜镜随葬情况

墓号	墓葬类别	棺椁葬具	其他主要随葬物品	铜镜类型及铭文	性别
M324	五石椁墓	南室	椁内：铁刀		不明
		中南室	椁内：陶鼎、铁剑、铜镜	五乳五鸟镜（无铭）	男（剑）
		中北室	椁内：铁削、石串饰		不明
		北室	椁内：陶罐、铜钱		不明
		前室南侧	椁内：陶罐、陶鼎、铜钱、铁戟、铜镜	不明	男（戟）

表 3-7　滕州顾庙汉墓群单椁（土坑）墓铜镜随葬情况

墓号	墓葬类别	其他主要随葬物品	铜镜类型	性别
M8	土坑墓	棺内：铜镜	四乳四鸟镜（无铭）	不明
M9	土坑墓	棺内：铁矛、削；墓主头侧：铜镜	四乳羽人禽兽镜（无铭）	男（铁矛）
M10	单椁墓	椁内：陶罐；墓主头侧：铜镜；身侧：铁环首刀、戟	飞鸟镜（无铭）	男（铁环首刀、戟）
M37	单椁墓	椁内：墓主右臂处：铁剑；右手处：铜镜	昭明镜（内清以昭明，光象夫日忽泄）	男（铁剑）
M67	单椁墓	边箱内：陶鼎、陶罐、铜环、铜镜	蟠虺纹镜（无铭）	不明

表 3-8　滕州顾庙汉墓群双椁（土坑）墓铜镜随葬情况

墓号	墓葬类别	棺椁葬具	其他主要随葬物品	铜镜类型及铭文	性别
M7	土坑墓	西棺	棺内：银环、铜镜	吾作镜（吾作佳竟真大工，明如日月不知老，宜子孙）	不明
		东棺	棺内：铜钱		不明

表 3-9　兖州徐家营汉墓群单椁（土坑）墓铜镜随葬情况

墓号	墓葬类别	棺椁葬具	其他主要随葬物品	铜镜类型及铭文	性别
M112	土坑墓		棺内：铁削、石珠、铜镜	四乳四虺镜（无铭）	不明
M284	土坑墓		棺内：铜镦、刷柄、铁刀、铜镜铁支架、铜镜	富贵镜（长富贵，乐毋事，宜酒食，服之顾）	不明
M344	砖椁墓		椁内：铜镜、半两	因锈蚀纹饰不清	女

表 3-10　兖州徐家营汉墓群双椁（土坑）墓铜镜随葬情况

墓号	墓葬类别	棺椁葬具	其他主要随葬物品	铜镜类型及铭文	性别
M218	砖椁墓	北室	椁内：铜镜	蟠螭纹镜（无铭）	不明
		南室	棺内：铁环、铁削、铁刀		女？

表 3-11　曲阜花山汉墓群单石椁墓铜镜随葬情况

墓号	墓葬类别	其他主要随葬物品	铜镜类型及铭文	性别
M10	单石椁墓	铁刀	日光镜（见日之光，长不相忘）	不明
M34	单石椁墓	半两	素面镜	不明
M68	单石椁墓	陶罐、石琀、石鼻塞	尚方镜（尚方作竟真大好，上有仙人不知老，渴饮玉泉饥食枣，浮浮天下敖四海，翡四名山采芝草，长宜子孙兮）	不明
M70	单石椁墓	陶鼎、漆盒、陶盘、金属当卢、车马器	毋相忘镜（久不相见，长毋相忘）	不明
M87	单石椁墓	铁剑、铁刀、铜印	尚方镜（尚方作竟真大巧，上有仙人不知老，□□□□兮）	男（铁剑）

续表

墓号	墓葬类别	其他主要随葬物品	铜镜类型及铭文	性别
M88	单墓	铜五铢、带钩、玉璧、玉璜、玉珠、玉琀、漆奁、漆盒、石耳塞	昭明镜（内清以昭明，光夫日月，心忽不泄兮）	不明
M92	单石椁墓	五铢、石琀、石耳塞	昭明镜（铭文不明）	不明

表 3-12　曲阜花山汉墓群双石椁墓铜镜随葬情况

墓号	墓葬类别	棺椁葬具	其他主要随葬物品	铜镜类型及铭文	性别
M79	双石椁墓	东木棺	铁剑、铁刀、石琀		男
		西木棺	铜五铢、铜镜	四乳四虺镜（无铭）	女
M80	双石椁墓	东木棺	铁剑、铁刀、铜镜	昭明镜（铭文不明）	男
		西木棺			女
M84	双石椁墓	东木棺	铁剑、石耳塞		男
		西木棺	石琀、石眼罩、石肛塞、铜镜（2件：头部、脚下）	博局纹镜（无铭）	女
				昭明镜（内青明以召，象夫日月光不泄）	
M86	双石椁墓	东木棺	铁剑、铁刀、铜钱、铜带钩、铜印、石琀、石耳塞	八连弧云雷纹镜（无铭）	不明
		西木棺			不明

表 3-13　曲阜花山汉墓群三石椁墓铜镜随葬情况

墓号	墓葬类别	棺椁葬具	其他主要随葬物品	铜镜类型及铭文	性别
M58	三石椁墓	东木棺	铁剑、铁刀、大泉五十		男
		中木棺		日光镜（见日月之，象夫毋忘）	女
		西木棺	五铢、石耳塞、石鼻塞	昭明镜（内清以昭明，光夫日之月，心忽忠雍不泄）	女
M83	三石椁墓	东木棺	铁剑、铁刀、石耳塞、石鼻塞		男
		中木棺	石耳塞、石鼻塞、铜镜	昭明镜（内清以昭明，光夫日月）	女
		西木棺	铜五铢		女
M90	三石椁墓	东木棺	铜五铢		女
		中木棺	大泉五十、石耳塞、石眼罩、石鼻塞、玉琀	昭明镜（铭文不明）	男
		西木棺	大泉五十、石琀、石耳塞、石鼻塞、石肛塞	君忘忘镜（君忘忘而先志兮，爱使心臾者，臾不可尽行，心沽结而独愁，明知非不可处，志所驩不能已）	女

表 3-14　曲阜柴峪汉墓群单石椁墓铜镜随葬情况

墓号	墓葬类别	其他主要随葬物品	铜镜类型及铭文	性别
M26	单石椁墓	棺内：五铢、铜镜	规矩纹*镜（无铭）	不明

续表

墓号	墓葬类别	其他主要随葬物品	铜镜类型及铭文	性别
M136	单石椁墓	棺内：半两、铜镜	素面镜	不明
M190	单石椁墓	棺内：铜镜	星云纹镜（无铭）	不明
M203	单石椁墓	棺内：铜镜	四乳四虺镜（无铭）	不明

* 亦称博局纹

表 3-15　嘉祥长直集汉墓群单石椁（土坑）墓铜镜随葬情况

墓号	墓葬类别	其他主要随葬物品	铜镜类型及铭文	性别
M111	单石椁墓	棺内：铁剑、铜镜	昭明镜（内清以昭，光之象夫日月，心忽不泄）	男（铁剑）
M118	单石椁墓	棺内：铁剑、石砚、铜镜	昭明镜（内清明以昭，光而日月）	男（铁剑）
M124	单石椁墓	棺内：五铢、铜镜	昭明镜（内清质□□□□□□□□月而不泄）	不明
M144	单石椁墓	棺内：铁剑、铜镜	四乳八鸟镜（无铭）	男（铁剑）
M198	单石椁墓	棺内：铜盆、铜釜、印、铁刀、铜镜	日明镜（见日之明，长毋相忘）	不明
M212	单石椁墓	棺内：五铢、铜镜	四乳四虺镜（无铭）	不明
M215	单石椁墓	棺内：五铢、石砚、铁刀、铜镜	四乳四虺镜（无铭）	不明
M258	单石椁墓	棺内：五铢、玉珠、铜镜	四乳四虺镜（无铭）	不明
M271	土坑墓	棺内：印、铁刀、铜镜	日光镜（见日之光，长忘相而）	不明
M302	单石椁墓	棺内：铁剑、铜镜	日光镜（内铭：见日之光，天下大明。外铭：清治铜华从为镜，昭察衣服容貌，丝组杂以为信，光乎宜佳人）	男（铁剑）
M321	单石椁墓	棺内：铁剑、铁刀、石砚、铜镜	四乳八鸟镜（无铭）	男（铁剑）
M322	单石椁墓	棺内：五铢、银饰件、铜镜	日光镜（见日之光，天下大明）	不明
M325	土坑墓	棺内：铁剑、铁刀、铜镜	四神博局纹镜（无铭）	男（铁剑）
M337	土坑墓	棺内：五铢、铜镜	昭明镜（内清以昭明，光象夫日月，而不）	不明

表 3-16　嘉祥长直集汉墓群双石椁墓铜镜随葬情况

墓号	墓葬类别	棺椁葬具	其他主要随葬物品	铜镜类型及铭文	性别
M284	双石椁墓	东椁室	棺内：铁剑、铜镜	日光镜（见日之光，长毋相忘，象夫明）	男（铁剑）
		西椁室			不明

总的看来，鲁中南地区 8 个汉墓群有铜镜随葬墓数量并不多，平均仅占 0.04%，说明鲁中南地区 8 个汉墓群数千座墓葬中超过九成的墓葬没有铜镜随葬。具体情况如表 3-17 所示。

表 3-17 鲁中南地区 8 个汉墓群有铜镜随葬墓情况汇总

位序	汉墓群	墓葬数量/个	有铜镜随葬墓/个	百分比/%
1	滕州封山	111	9	0.08
2	滕州东郑庄	198	5	0.03
3	滕州东小宫	370	15	0.04
4	滕州顾庙	88	6	0.07
5	兖州徐家营	350	4	0.01
6	曲阜花山	96	14	0.15
7	曲阜柴峪	245	4	0.02
8	嘉祥长直集	388	15	0.04
总计	8	1 846	72	0.04

二、鲁中南地区 8 个汉墓群随葬无铭文镜、铭文镜及素面或铭文不清镜的考察

鲁中南地区 8 个汉墓群有铜镜随葬墓随葬铜镜共 77 件，其中无铭文镜 34 件，铭文镜 30 件，素面或铭文不清镜 13 件。依据无铭文镜纹饰特点，可归为 13 种类型，其类型、数量及 8 个汉墓群出现（覆盖）情况，如表 3-18 所示。依据铭文镜铭文首句不同而确定其类型，可归类为 10 种类型，其类型、数量及 8 个汉墓群出现（覆盖）情况，如表 3-19 所示。13 件素面或铭文不清镜的具体情况，如表 3-20 所示。①

表 3-18 鲁中南地区 8 个汉墓群无铭文镜类型及数量情况

铜镜类型	封山	东郑庄	东小宫	顾庙	徐家营	花山	柴峪	长直集	总计	地域
四乳画像镜	1								1	1
蟠螭纹镜	1	2			1				4	3
蟠虺纹镜			1	1					2	2
四龙纹镜		1							1	1
四乳四虺镜			3		1	1	1	3	9	5
飞鸟镜			1	1					2	2
四乳四鸟镜				1					1	1
五乳五鸟镜			1						1	1

① 按：无铭文镜类型的命名，根据发掘报告原命名，素面或铭文不清镜的认定，亦根据发掘报告所示；铭文镜的命名和归类，则根据发掘报告所公布的原镜铭文释文并参考汉镜铭文命名的通行习惯和原则而定。

续表

铜镜类型	封山	东郑庄	东小宫	顾庙	徐家营	花山	柴峪	长直集	总计	地域
四乳八鸟镜			1					2	3	2
博局纹镜	1		2			1	1	1	6	5
星云纹镜			1				1		2	2
四乳羽人禽兽镜				1					1	1
连弧云雷纹镜						1			1	1
类型	3	2	7	4	2	3	3	3	—	—

表 3-19　鲁中南地区 8 个汉墓群铭文镜类型及数量情况

铜镜类型	封山	东郑庄	东小宫	顾庙	徐家营	花山	柴峪	长直集	总计	地域
昭明镜	1			1		4		4	10	4
日光镜	1		2			2		5	10	4
君忘忘镜	1					1			2	2
尚方镜						2			2	1
大明镜	1								1	1
姓氏镜			1						1	1
宜子孙镜			1						1	1
吾作镜				1					1	1
富贵镜					1				1	1
毋相忘镜						1			1	1
类型	4	0	3	2	1	5	0	2	—	—

表 3-20　鲁中南地区 8 个汉墓群素面或铭文不清镜情况

铜镜类型	封山	东郑庄	东小宫	顾庙	徐家营	花山	柴峪	长直集	总计
素面镜	1	1				1	1		4
日光镜	1								1
昭明镜						3			3
不清		1	3		1				5
类型	2	2	1	0	1	2	1		13

总结如下。

（1）总体上看，如果忽略素面或铭文不清镜所构成的影响因素，无铭文镜和铭文镜在鲁中南地区 8 个汉墓群随葬铜镜中所占比例大体相当。

（2）关于无铭文镜情况：无铭文镜以“四乳四虺镜”数量最多（9 件），其次是“博局纹镜”（6 件），如果考虑“飞鸟镜”“四乳四鸟镜”“五乳五鸟镜”“四乳八鸟镜”皆以“鸟”构成主纹饰的特点，则上述“鸟纹镜”应该排在第二位（7 件）。然而，从无铭文镜在 8 个汉墓群出现情况即所谓地域覆盖面角度上看，“鸟纹镜”无法与“四乳四虺镜”和“博局纹镜”相比；另外还应该看到，在鲁中南地区 8 个汉墓群随葬无铭文镜中，东小宫汉墓群拥有铜镜类型 7 种，远远高于其他汉墓群。反之，“四乳画像镜”“四龙纹镜”“四乳羽人禽兽镜”于 8 个汉墓群出现情况，则呈现出极为少见的现象。上述情况或者可以与无铭文镜流行的情况联系起来，说明两汉时期的鲁中南地区，无铭文镜的“四乳四虺镜”“鸟纹镜”和“博局纹镜”最为流行，而“画像镜”“龙纹镜”“羽人禽兽镜”等类型的无铭文镜则极为少见，而且上述地域的某些地区在无铭文镜类型上呈现出丰富的流行性特征。

（3）再看铭文镜情况：①“昭明镜”和“日光镜”在数量和地域覆盖面上均最为突出且数值相同，与之相比，其他类型的铭文镜则差距甚大，在类型上所呈现出的区域丰富性特点同样存在。②从铭文镜铭文存在情况看，“昭明镜”皆为“半铭”或“残铭”，“日光镜”中“残铭”情况亦较多见。[①]另外，仅长直集“日光镜”、花山“君忘忘镜”“尚方镜”、东小宫“姓氏镜”和封山“君忘忘镜”5 件为“全铭”的铭文镜。这说明构句完整且语句精美的铭文镜在两汉时期的鲁中南地区极为少见。③“君忘忘镜”在鲁中南地区 8 个汉墓群中的滕州封山和曲阜花山汉墓群出现的情况值得关注。“君忘忘镜”铭文以“君”字起读而借首三字得名。[②]此镜目前见有多件，但品相大都不好。[③]比较起来，封山和花山汉墓群所出则堪称精品。从镜背纹饰上看，“君忘忘镜”

---

① 按：“昭明镜”在汉武帝之前既已出现，在镜背纹饰的整体设计上存在两种类型，一种是以“内清志以昭明”为首句的铭文独立（“单圈”）设置于镜背纹饰之中，构成“昭明”铭文形式；另一种是铭文呈现出“内铭”和“外铭”之别，构成“昭明精白”铭文形式。后一种类型之精美者，如西汉“三叶三龙镜”，其铭文：“内清志以昭明，光辉象夫日月。心忽穆而愿忠，然壅塞而不彻。（内铭）絜精白而事君，窓沄驩之弇明。彶玄锡之流泽，恐疏远而日忘。怀糜美之穷皑，外承驩之可说。慕窈窕之灵泉，愿永思而毋绝。（外铭）”鲁中南地区 8 个汉墓群所见“昭明镜”铭文皆为“单圈”的“昭明”铭文设计形式，在镜背纹饰和铭文设计方面，与上引西汉“三叶三龙镜”无法相比。

② 李学勤：《重论阿富汗席巴尔甘出土的汉镜》，河南大学历史文化学院编：《史学新论》，第 3-6 页。

③ 按：典型者如下。第一，连云港市孔望山吴窑汉墓出土“君忘忘镜”，其铭文云：“为使心之看之不可尽行心沄结而独□则□不可之思志明□不能已君忘忘而先志兮。”（纪达凯：《连云港市孔望山吴窑汉墓发掘简报》，《东南文化》1986 年第 1 期）第二，江苏邗江县姚庄汉墓出土“君忘忘镜”，其铭文释读为：“爱使心（臾）者，（臾）不可尽行，心污结而独愁，明知兆（道）不可处，志所驩（欢），铭第三，阿富汗席巴尔甘墓葬出土“君忘忘镜”，其铭文原作：“心污结而捐愁明知非不可久□□所□不能□君忘忘而光志兮□使心□者其不可尽行。”后释为：“君忘忘而失志兮，憂使心臾（瘐）者，臾（瘐）不可尽行。心汙（闷）结而独愁，明知非，不可久处，志所驩（欢），不能已之。”（李学勤：《重论阿富汗席巴尔甘出土的汉镜》，河南大学历史文化学院编：《史学新论》）第四，梁鉴藏镜“君忘忘镜”：“君忘忘（恍恍）而失志兮，舜（顿）使心臾（瘐）者。臾（瘐）不可尽兮，心污（纡）结而独愁。明知非（彼）不可久处，志所驩（欢），不能已。”（李零：《读梁鉴藏镜四篇——读汉镜铭文中的女姓赋体诗》，《中国文化》2012 年第 1 期）

并没有“画像镜”或“规矩镜”复杂，是故“君忘忘镜”的珍贵之处应该是其独特的“君忘忘”铭文。从这个意义上看，“君忘忘镜”在两汉时期鲁中南地区 8 个汉墓群中的滕州封山和曲阜花山汉墓群出现，并且皆是铭文完整的精品，既说明这种高档铭文镜在两汉时期鲁中南地区平民阶层中亦有流传，也意味着以“君忘忘”为首句的优美而典雅的铭文镜歌，亦在上述地域有着颇高的流行性和接受度。

三、鲁中南地区 8 个汉墓群有铜镜随葬墓中随葬者性别情况考察

鲁中南地区 8 个汉墓群中以单椁（土坑）墓和双椁（土坑）墓为主，随葬铜镜也在上述墓葬最为丰富。发掘报告对上述墓葬中的典型墓葬描述大都较为清楚，对某些单椁（土坑）墓逝者性别给出了明确的认定，双椁（土坑）墓则更典型地呈现出夫妻合葬的特点。上述情况为随葬者性别情况考察提供了条件。具体情况如表 3-21、表 3-22 所示。

表 3-21　单椁（土坑）墓中有铜镜随葬者性别情况

位序	汉墓群	墓葬数/个	总人数/人	有铜镜随葬者		
				男性	女性	不明
1	滕州封山	6	6	1	1	4
2	滕州东郑庄	5	5			5
3	滕州东小宫	6	6	2	2	2
4	滕州顾庙	5	5	3		2
5	兖州徐家营	3	3		1	2
6	曲阜花山	7	7	1		6
7	曲阜柴峪	4	4			4
8	嘉祥长直集	14	14	6		8
总计	8	50	50	13	4	33
百分比/%				26	8	66
					74	

表 3-22　双椁（土坑）墓中有铜镜随葬者性别情况

位序	汉墓群	墓葬数/个	总人数/人			有铜镜随葬者		
			男	女	不明	男	女	不明
1	滕州封山	3	3	2	1	3		

续表

位序	汉墓群	墓葬数/个	总人数/人			有铜镜随葬者		
			男	女	不明	男	女	不明
2	滕州东郑庄	0						
3	滕州东小宫	8	10	1	5	5	1	3
4	滕州顾庙	1			2			1
5	兖州徐家营	1		1	1		1	
6	曲阜花山	4	3	3	2	1	2	1
7	曲阜柴峪	0						
8	嘉祥长直集	1	1		1	1		1
总计	8	18	36			10	4	6
百分比/%						28	11	17
							28	

根据表3-21统计情况，单椁（土坑）墓中有铜镜随葬的男性（包括“推测为男性者”）共13人，占总人数的26%。相比较而言，能够明确的有铜镜随葬的女性极少，但是考虑性别不明者所占比例较大的因素，推断有铜镜随葬者两性所占比例应该大体相当，而是否存在男性多于女性或者相反的情况，则需要进一步考察。对此，双椁（土坑）墓有铜镜随葬者性别情况能够给予佐证：如表3-22所提供的数据，双椁（土坑）墓共18座，涉及36位逝者，有铜镜随葬的男性（包括“推测为男性者”）共10人，女性和性别不明者同样为10人，考虑双方可能存在的误差，两性所占比例或大体相当。

如果将鲁中南地区8个汉墓群有铜镜随葬墓者性别情况的考察，进一步集中于铭文镜上面，具体情况则如表3-23所示。

表3-23　鲁中南地区8个汉墓群铭文镜类型、数量与拥有者性别情况

铜镜类型	男性拥有名单	女性拥有名单	性别不明者拥有名单	总计
昭明镜	3	3	4	10
日光镜	3	1	6	10
君忘忘镜	1	1		2
尚方镜	1		1	2
大明镜	1			1
姓氏镜	1			1
宜子孙镜	1			1

续表

铜镜类型	男性拥有名单	女性拥有名单	性别不明者拥有名单	总计
吾作镜			1	1
富贵镜			1	1
毋相忘镜			1	1
总计	11	5	14	30

从统计结果看，男性与女性在所拥有的铭文镜类型上既有相同点，也存在差异，主要表现为如下 4 种情况：①“昭明”“日光”“君忘忘”类型的铭文镜，在男性拥有名单和女性拥有名单中均出现；②“大明”“姓氏”“宜子孙”类型的铭文镜，仅出现在男性拥有名单中；③“尚方镜”既出现在男性拥有名单中，也在性别不明者拥有名单中出现；④“吾作镜”“富贵镜”“毋相忘镜”仅出现在性别不明者拥有名单中。

需要指出的是，由于性别不明者这一因素的存在，上文 4 种情况中的③④不具典型性。因此，统计结果呈现出的男性与女性在所拥有的铭文镜类型上所存在的差异情况，也就主要反映在“大明”“姓氏”“宜子孙”三种类型铭文镜上。由此可知，鲁中南地区 8 个汉墓群随葬铜镜在铭文镜类型与拥有者性别方面的差异性现象是存在的，只是这种现象是否具有典型性或普遍性特征，则需要根据更多汉代墓葬考古发掘情况做进一步考察。仅就鲁中南地区 8 个汉墓群随葬铜镜的实际情况而言，这种差异性现象存在的意义已经显露出来。

四、鲁中南地区 8 个汉墓群铜镜拥有及铭文镜歌接受情况总结

根据上文对鲁中南地区 8 个汉墓群铜镜与铜镜随葬情况的考察及讨论，对铜镜拥有和使用情况得出进一步认识，并借此对铭文镜歌创作和接受情况做出推测性考量。

（1）以社会平民阶层为衡量尺度，铜镜属于奢侈品范畴，个人或家庭拥有铜镜似乎需要具备一定的经济条件，现实生活中平民阶层可能九成以上的个人或家庭并不具备拥有铜镜的经济条件。质地优良、纹饰精美的铜镜，在平民现实生活中颇为罕见，而构句完整、用词规范精美的铭文镜可能更为珍贵。

（2）铭文镜中的“昭明镜”和“日光镜”可能在平民现实生活中最为流行，借此或者能够说明其“昭明”“日光”一类的铭文镜歌最为人们喜爱且接受度最高。“昭明镜”在汉武帝之前既已出现，在镜背纹饰的整体设计上存在

两种类型，一种是以“内清志以昭明”为首句的铭文独立（“单铭铭铭铭铭”）设置于镜背纹饰之中，构成“昭明”铭文形式；另一种是铭文呈现出“内铭”和“外铭”之别，构成“昭明精白”铭文形式。虽然“昭明镜”具有出现时间早且流行广泛的特点，但是以“内铭”和“外铭”同置镜背纹饰之中而构成“昭明精白”铭文形式的“昭明镜”，可能主要在富裕的社会阶层流行，而在平民阶层中流行的则主要是“单圈”的“昭明镜”。

（3）“君忘忘镜”在鲁中南地区 8 个汉墓群中的滕州封山和曲阜花山汉墓群出现并且皆是铭文完整的精品的事实，说明高档铭文镜及铭文镜歌亦有可能流传至平民阶层。“君忘忘镜”目前见有多件，但品相大都不好。比较起来，滕州封山和曲阜花山汉墓群所见皆堪称精品。①曲阜花山“君忘忘镜”属于 M90 号墓，为三室石椁墓，东、中、西石椁内有三具木棺，中室内为一男性个体，东室和西室各有一女性个体，“根据发掘现场及打破关系观察，该石椁为三室夫妻合葬墓”。“君忘忘镜”被置于西室女性墓主人的头部一侧。②值得注意的是，江苏邗江县姚庄汉墓出土“君忘忘镜”所属 102 号墓，同样是夫妻合葬墓，从铜镜被置于头箱的情况看，此镜或为夫妻共同使用之物。连云港市孔望山吴窑汉墓 M1 号墓“君忘忘镜”被置于漆奁之内，应该是妻子拥有和使用。从上述墓葬所属年代看，曲阜花山 M90 号墓的时代应为王莽时期。③江苏邗江县姚庄 102 号汉墓女主人卒葬时间应该在新莽始建国元年以后。④上述情况能够说明，“君忘忘镜”已经在西汉晚期的夫妻家庭生活中出现，其拥有和使用的家庭可能是比较富裕的家庭，而且可能是被家庭或家族中地位较高的主妇所拥有和使用。从镜背纹饰上看，“君忘忘镜”并没有“画像镜”或“规矩镜”复杂，其主要纹饰是八连弧纹。是故，“君忘忘镜”的珍贵之处应该是其独特的“君忘忘”铭文。显然，这种以“君忘忘”为首句的铭文镜歌，所表达的不论是男女爱人间的绵绵情思，还是对照貌者沉迷物欲不能自拔的谆谆教诲，其以家庭为基础且为女性已婚者所喜爱的接受与流传的现象和过程值得关注。

（4）现实生活中虽然女性是铜镜拥有和使用的主体，但这并不意味着男性要远逊于女性。这种情况在汉代夫妻合葬墓铜镜随葬方面表现得最为充分：属于西汉晚期的宝鸡市谭家村四号墓为夫妇合葬墓，右侧棺男性骨架腹胸部

---

① 曲阜花山出土“君忘忘镜”铭文释为：“君忘忘而先志兮，爱使心臾者，臾不可尽行，心汢结而独愁，明知非不可处，志所驩不能已。”见王守功主编，山东省文物考古研究所编著：《鲁中南汉墓》，第 636 页。

② 按：其中中室男性个体和西室女性个体随葬物品丰富，前者随葬“昭明镜”1 件、铜钱 16 枚，另见有玉琀、石耳塞、石眼罩；后者随葬“君忘忘镜”1 件、铜钱 7 枚，另见有石琀、石鼻塞、石肛塞。东室女性个体仅头部随葬铜钱 14 枚。见王守功主编，山东省文物考古研究所编著：《鲁中南汉墓》，第 607-608 页。

③ 王守功主编，山东省文物考古研究所编著：《鲁中南汉墓》，第 656 页。

④ 印志华：《江苏邗江县姚庄 102 号汉墓》，《考古》2000 年第 4 期。

位放置一长剑，左侧棺女性骨架旁随葬 1 件铜镜。[1]然而，属于西汉晚期的广西合浦县凸鬼岭 M202 夫妻合葬墓，其女棺随葬“昭明镜”，男棺则随葬“精白镜”[2]。江苏邗江县姚庄 102 号汉墓为夫妻合葬墓，共有 3 件铜镜随葬，其中 1 件被置于漆奁中的“铜华镜”虽位于头箱但却紧靠女棺前部，1 件铜镜位于女棺边箱之中且同样紧靠女棺前部，1 件“君忘忘镜”则位于头箱东侧。从上述 3 件铜镜摆放位置看，被置于漆奁中和位于西边箱且紧靠女棺头部的两件铜镜或属于女性墓主人，置于头箱东侧的“君忘忘镜”有可能是夫妻共用之物。

（5）上述情况提示我们应该进一步关注铭文镜类型与拥有者性别方面所呈现出的差异性问题。上述差异性问题应该是铜镜随葬上“性别拥有权”现象的某种表现和反映，虽然这种丧葬意义上“性别拥有权”的内涵可能颇为复杂，但其与生活意义上的“性别拥有权”的关联，则能够得到明确的肯定。缘于此，也就能够通过这种差异性问题发现于现实生活中存在的铭文镜类型与拥有者性别之间的联系，并进一步从地域性风俗或生活习惯的角度来审视这种联系，从而在社会政治的伦理的宗族或家族的层面上，发现镜铭创作和接受过程中所存在的性别因素，以及这种缘于性别因素而对镜铭创作和接受的影响。值得注意的是，随着“男权”在宗族或家族生活中的确立，镜铭在立意、构思和设词上以男性为中心和目的的情况也会出现，势必导致镜铭在创作和接受上同样呈现出以男性为中心的物质和精神欲求的表现和表达。其中绝大多数类型的铭文镜歌皆可归入前者，后者则以“君有行”“昭明精白”“君忘忘”等最为典型。后者与生活意义上的“性别拥有权”之间的关联，又呈现出两个方面的类型，即以“君有行”为代表的表现“妾”与“君”之间特定且明确的夫妻或男女情感的铭文，和以“昭明精白”为代表的表现拟人化的“镜”与“君”的暧昧情感却又性别指向模糊的铭文，并缘于此形成了汉镜铭文镜歌所独具的艺术风格和审美情趣。

第五节　著名汉镜铭文考释与文学特点分析

汉镜铭文往往呈现出一个显著的特点，即摒弃个性化的情感而追求涵盖性的普适化倾向，表达和谐、喜庆、欢爱、福寿的期盼和愿望，带有教化宣传的意义和目的。然而，在目前所见汉镜铭文中，亦发现在内容和构文形式上都颇为奇特的作品，如表现“相思”的“相思毋忘”铭文，表现“青光宜

---

① 张天恩：《宝鸡市谭家村四号汉墓》，《考古》1987 年第 12 期。
② 黄启善、刘悼元、张居英：《广西合浦岭凸鬼岭清理两座汉墓》，《考古》1986 年第 9 期。

佳人”的“宜佳人”铭文，表现励志的“大哉孔子志”铭文，带有“暧昧”情愫的“昭明精白”铭文，以及题旨模糊难辨的“君忘忘”铭文。对于上述铭文的释读，学术界的研究并不充分，而已有的研究观点各异，意见分歧，由此阻碍了对上述铭文作品文学特点的进一步认识和总结。

一、汉镜“相思毋忘”铭文拟人象征艺术手法的精巧运用

罗振玉《汉两京以来镜铭集录》收录汉镜（至建安时期）铭文 137 条，分为 64 类，其中有“相思镜”和“毋相忘镜”铭文。①上述铭文在西汉时期已多见，其“相思毋忘”语意往往相连。如三言体铭文：“长相思，毋相忘，常富贵，乐未央。”②再如四言体铭文：“见日之光，长不相忘”，“见日之光，长毋相忘。”③“愿长相思，久毋见忘。”④“见日之光，服者君卿，千秋万岁，愿毋相忘。”⑤“镜以仙行，服者君卿，所言必当，千秋万岁，长勿相忘。”⑥“愿毋相忘，长乐未央。”⑦

上述“相思毋忘”铭文属于吉语性质，并不只出现在汉镜铭文中。1974 年陕西兴平市南位镇井王村出土一件铜佩钱，其形制由三部分组成，上部为一方形纽，内有圆形穿孔，中部为圆形方孔钱，下部为一圆环。从铜佩钱上述形制看，当属佩戴系挂之物。值得注意的是，铜佩钱正面隶书“日入千金”，背面则篆书“长毋相忘”⑧。作为佩戴或系挂的铜佩钱，上有“长毋相忘”吉语，说明上述吉语所指，是人与钱的“毋相忘”关系，而非人与人的关系。在上述吉语中，钱被拟人化且赋予了与人同样的“主体性”，于是，人与人的“毋相忘”，也就能够被理所当然地移植到人与钱的关系中而不显得突兀和生硬。不可否认，上引汉镜“相思毋忘”铭文，同样具有这种性质和特点，其所表现的是人与镜的“相思”和“毋忘”，镜具有与人相同的“主体性”，因此，作为吉语的“相思”和“毋忘”都是双向的，同时也显示拟人化以后的镜对人的“相思”和“毋忘”。

西汉时期铜镜和铜佩钱“相思毋忘”或“长毋相忘”铭文拟人和象征化的设计与刊刻形式，已经表现出西汉时期吉语表达和刊刻上的某种特点和传统。这种特点和传统在人与物双向“相思”和“毋忘”关系的表达上面，应

① 罗振玉：《汉两京以来镜铭集录》，《罗振玉学术论著集》第六集，第 9-10 页。
② 西汉“带地纹连弧博局五龙镜”铭文，见陈灿堂：《西汉龙纹镜》，第 128 页。
③ 李缙云：《古镜鉴赏》，第 173 页。
④ 陈灿堂：《西汉龙纹镜》，第 90 页。
⑤ 陈灿堂：《西汉龙纹镜》，第 154 页。
⑥ 陈灿堂：《西汉龙纹镜》，第 156 页。
⑦ 杨冬梅、李晓峰：《济南市博物馆藏历代铜镜选粹》，《中原文物》2001 年第 3 期。
⑧ 张文玲：《茂陵博物馆收藏的西汉吉语器》，《文物》2013 年第 7 期。

该借鉴和移植了人与人的相关情感表达上的特点和传统，而且这种特点和传统也在汉代文学创作尤其是诗歌创作上有所表现。如宋子侯《董娇娆诗》:“何如盛年去，欢爱永相忘。”[①]传为李陵所作“古诗”《结发为夫妻》:“生当復来归，死当长相思。”《陟彼南山隅》:“万里遥相思，何益心独伤。随时爱景曜，愿言莫相忘。”《双凫俱北飞》:“愿子长努力，言笑莫相忘。”[②]古绝句《南山一树桂》:“南山一树桂，上有双鸳鸯。千年长交颈，欢庆不相忘。”[③]

值得注意的是，上述汉代文学作品在创作或流传的时间上难以准确认定，但大致归属于东汉时期，有些“古诗”亦可能是后人假托之作。相比较而言，从确切时间上看，如上引“长相思，毋相忘，常富贵，乐未央”铭文所属“带地纹连弧博局五龙镜”，其纹饰所反映的年代或在西汉早期。[④]据此而论，“相思毋忘”等吉语最初在生活器物上表达和刊刻的时间，要早于上文所引文学文本形式。然而，汉乐府《有所思》有“勿复相思，相思，与君绝”句，《上邪》亦有“我欲与君相知，长命无绝衰”句，与“相思毋忘”吉语颇为近似。将二者相比较，乐府民歌则没有铜镜和铜佩钱吉语的程式化特征和装饰性特点，而是富于文学的生命活力和因情而生的情感感染力。

上述情况说明，汉代铜镜和铜佩钱“相思毋忘”一类吉语形式，是对现实生活和民歌作品中早已存在的相关情感表达和文学表现的概括和抽象，并在以日常生活用品为载体的使用过程中形成了规范化和程式化的特点。这种所谓的概括和抽象行为，不失为文学意义上的创作，其价值体现在两个方面：即对“情”的抱持坚守和在“情”的基础上拟人和象征艺术手法的精巧运用。

二、汉镜“宜佳人镜”铭文首创者所表现出的极高文学水准

汉镜“宜佳人镜”铭文在东汉时期颇为流行，其铭文云：“昭明镜兮，象日月光。宜佳人兮，平乐未央。”[⑤]此镜铭文中的“昭明”“象日月光”诸语，在西汉时期“昭明镜”和“日光镜”铭文中常有出现，二者或有承袭关系。如“内清以昭明，光天象夫日月，心□□”[⑥]，“见日之光，美人在旁”，“见日之光，天下大明”[⑦]。两相比较，前者的文学性更强，已经突破四言或五言短语形式，形成韵律谐和的骚体短歌，又加入“兮”字，使得抒情性

① 逯钦立辑校：《先秦汉魏晋南北朝诗·汉诗》卷七，第199页。
② 逯钦立辑校：《先秦汉魏晋南北朝诗·汉诗》卷十二，第338、340-341页。
③ 逯钦立辑校：《先秦汉魏晋南北朝诗·汉诗》卷十二，第343页。
④ 西汉“带地纹连弧博局五龙镜”铭文，见陈灿堂：《西汉龙纹镜》，第128页。
⑤ 罗振玉：《汉两京以来镜铭集录》，《罗振玉学术论著集》第六集，第12页。
⑥ 广西壮族自治区博物馆、合浦县博物馆：《广西合浦县凸鬼岭清理两座汉墓》，《考古》1986年第9期。
⑦ 李缙云：《古镜鉴赏》，第61-62页。

得以增强。

又如下面两则“宜佳人镜”铭文：“清湅铜华以为镜，丝组杂遝以为信，青光兮，宜佳人。”“清湅铜华以为镜，昭察衣服观容貌，丝组杂遝以为信，青光宜佳人。”[①]从镜铭看，“宜佳人镜”或可作为爱情的信物，其镜铭“丝组杂遝以为信”能够透露出一些信息。从汉墓发掘情况看，铜镜一般被置于漆奁内。如连云港市孔望山吴窑汉墓出土“昭明镜”即出自漆奁内：“漆奁圆筒状，无盖。银扣，夹纻胎。直径 22 厘米，高 13 厘米。奁内有七子盒，盒上覆盖铜镜一面。”[②]江苏邗江县姚庄 102 号汉墓女棺漆奁内亦置有铜镜一面。[③]上述置放在漆奁内的铜镜，一般需要包裹丝织品。广西合浦县九只岭东汉墓所发现的“昭明镜”和“日光镜”在“出土时可看到该镜周围有漆片、朽木及丝织品残痕，应该是用丝织品包裹后放入漆木盒中随葬的”[④]。铜镜被丝织品包裹置于漆奁内的随葬方式，可能来源于现实生活中铜镜置放的习惯，“以精美丝织品包裹或盛放铜镜作为信物”赠予“有情人”，或即是镜铭“丝组杂遝以为信”所反映的现实生活情景。如此，铭文的意思就是说，以精美丝织品包裹的铜镜可以作为信物见证我的爱情。

上述“宜佳人镜”或是用来赠送有情人的礼物，与早期“昭明镜”和“日光镜”铭文相比，在承袭传统的同时，更见出变化和发展：①内容上强调“此镜”作为“信”的事实，从而融入“爱”的情感，进而将“镜”与“佳人”，以及“镜”的“青光”与对“佳人”的“爱”融合在一起。②形式上首二句或首三句为完整的七言，最后以三言骚体或五言句收尾，虽然不似上引“宜佳人镜”铭文“昭明镜兮”句式整齐、韵律谐和，但诵读起来悠扬顿挫。前面七言句以叙述为主，收尾的三言或五言句则专于抒情。叙述绵长，抒情却短促直露，两相结合，别见韵味。

从这个意义上说，虽然上述“宜佳人镜”多有发现，其镜铭和纹饰的制作业已程式化，但从镜铭内容和形式两个方面所呈现出的文学水准来看，其“首创者”绝非等闲之辈。上述镜铭广为流行，翻刻抄袭，可见人们的喜爱，也印证了民间对铭文内容的肯定和文学价值的赞赏。

三、汉镜“大哉孔子志”铭文对汉代散文研究视野的拓展

“五灵博局纹铜镜”出土于河南洛阳西汉晚期墓，其铭文释文如下：“大

---

① 罗振玉：《汉两京以来镜铭集录》，《罗振玉学术论著集》第六集，第 12-13 页。
② 纪达凯：《连云港市孔望山吴窑汉墓发掘简报》，《东南文化》1986 年第 1 期。
③ 印志华：《江苏邗江县姚庄 102 号汉墓》，《考古》2000 年第 4 期。
④ 广西壮族自治区文物工作队、合浦县博物馆：《广西合浦县九只岭东汉墓》，《考古》2003 年第 10 期。

哉孔子志也，美哉宣易眉也，乐哉居毋事也，好哉湃人异也，急哉下雨汜也，□哉□□□也，忧哉毛遂使也，莒哉禹母字也。”[①]上述铭文从内容到形式与常见的汉镜铭文不同，且在所见汉镜铭文中少有同例，显得极为珍贵，也更具学术价值。[②]

首句“大哉孔子志也”。“大”通“太”，有至高、至极之意。《说文》：“志，意也。”《毛诗序》云：“在心为志。”即“志向”或“心志”。《史记·屈原列传》云：“其文约，其辞微，其志絜，其行廉。”[③]所谓“志絜”即是志向纯洁且理想高尚的意思。“纯洁”“高尚”亦在“情志”和“理念”上面达到了至高、至极的状态，也就是“大”了。《论语·先进》载“子路曾皙冉有公西华侍坐”而“各言其志”，曾皙“浴乎沂，风乎舞雩，咏而归”的志向获得了孔子的赞赏，发出了“吾与点也”的感叹。上述志向或者可以同样用志向纯洁且理想高尚来指称和概括。

值得注意的是，汉世尊孔，习惯以“大”来形容和赞叹孔子崇高的地位和伟大的贡献。《乙瑛碑》云：“孔子大圣，则象乾坤。”又云：“巍巍大圣，赫赫弥章。”[④]又如《史晨碑》所云：“主为汉制，道审可行，乃作《春秋》，复演《孝经》。删定《六义》，象与天谈。钩《河》摘《雒》，却揆未然。巍巍荡荡，与干比崇。”[⑤]由上而论，孔子其志其业不可不谓“大”矣！

第二句“美哉宣易眉也”。《说文》：“宣，天子宣室也。”“宣室”即“大室”。《易林·小畜·噬嗑》：“方喙广口。”[⑥]《易林·井·恒》作“方喙宣口。”[⑦]“宣口”即“大口”。《尔雅·释器》：“璧大六寸谓之宣。”“宣”通“瑄”，“瑄璧”即“大璧”。故“宣”可释“大”，亦有大而厚的意义。《易林·大有·蛊》：“大口宣唇。”[⑧]“易”原释为“易”字，考铜镜铭文，当为“昜”字。此字或为“扬”字的省写，则“宣易眉”或应作“宣扬眉”，即“大”而“眉梢飞扬”之“眉”。汉代长安流行“广眉”。东汉马廖给明德皇后上疏中引长安谣谚云：“城中好高髻，四方高一尺；城中好广眉，四方且半额；城中好大袖，四方全匹帛。”[⑨]显然，“广眉”亦是“大眉”。又，《西京杂记》云：“文君姣好，眉色如望远山。”[⑩]“远山眉”虽指以黛画眉而色如远山，但“远山如线”亦

---

① 洛阳西汉“五灵博局纹铜镜”铭文释文，见刁淑琴、郑卫：《洛阳西汉五灵博局纹铜镜》，《中原文物》2002年第4期。
② 按：这里以《中原文物》所刊《洛阳西汉五灵博局纹铜镜》所录释文为据，尝试释读如下。
③ 司马迁：《史记》卷八十四，第2482页。
④ 高文：《汉碑集释》，开封：河南大学出版社，1997年修订本，第167-168页。
⑤ 高文：《汉碑集释》，第326页。
⑥ 焦延寿著，尚秉和注，常秉义点校：《焦氏易林注》卷三，北京：光明日报出版社，2005年，第94页。
⑦ 焦延寿著，尚秉和注，常秉义点校：《焦氏易林注》卷十二，第478页。
⑧ 焦延寿著，尚秉和注，常秉义点校：《焦氏易林注》卷四，第144页。
⑨ 《后汉书·马援列传》，范晔撰，李贤等注：《后汉书》卷二十四，第853页。
⑩ 葛洪：《西京杂记》卷二，程荣纂辑：《汉魏丛书》，长春：吉林大学出版社，1992年，第305页。

指“眉梢飞扬”。铭文以“美哉”赞叹“宣扬眉”，说明“宣扬眉”是美眉，而“广眉”和“远山眉”亦是汉代流行的美眉，是故，“宣扬眉”或即“广眉”和“远山眉”的合称。

第三句“乐哉居毋事也”。《说文》云：“居，蹲也。”故“居”有“居处”义，“居处”又可以展示为一种生活形态。《中庸》云：“君子居易以俟命，小人行险以徼幸。”[①]“居易”是一种生活形态，也是一种生活态度。从日常生活角度上看，“居易”的生活态度强调生活的平稳和安全。是故，“居毋事”也就是生活的平安无事或是对平安无事的生活的追求，其要点是重在平安，而“毋事”的事是指危及平安之事，所有危及平安之事都不能出现或发生，就是“居毋事”的期盼，也就是最大的乐了。

“乐毋事”是汉镜常见铭语，从所见铭文看，“乐毋事”铭语已经格式化，或可分为两类，一类是以“常富贵”为首句的铭文，如“长富贵，乐毋事，宜酒食”。“常富贵，乐毋事，日有熹，得所喜。”[②]“长富贵，乐毋事，日有熹，常得所喜，宜酒食。”[③]另一类是以“日有熹”为首句的铭文，如“日有熹，月有富，乐无事，常得意。美人会，竽瑟侍。商市程，万物平。老复丁，复生宁”[④]。“日有熹，得君喜，长富贵，乐毋事。”[⑤]

上述两类镜铭存在联系，除“乐毋事”在两类镜铭中都存在之外，其他还有“日有熹”“常富贵”等，而且上述镜铭所属铜镜有时代可明确者，如“长富贵，乐毋事，日有熹，常得所喜，宜酒食”镜铭所属铜镜出土于河北满城西汉墓，而“日有熹，得君喜，长富贵，乐毋事”镜铭所属铜镜出土于山东临沂金雀山西汉墓。这一情况说明，上述两类镜铭早在西汉时期就已经成为人们生活中最为常见的祝语，是人们对日常生活最普通也是最理想的愿望和憧憬。

那么“乐毋事”中的“毋事”到底何指？根据上引镜铭中其他祝语皆属日常生活类愿望来看，“乐毋事”恐怕也是如此。汉镜铭文中有“无忧患”一类的铭语，显然是“乐毋事”的反语。如“日有熹，月有富，乐毋事，宜酒食。居必安，无忧患，竽瑟侍，心志驩。事乐已，□常□”[⑥]。有“忧患”就是“有事”，故“无事”就是“无忧患”，而“无忧患”必然导致“居安”，所以铭文中“居必安”和“无忧患”是联系在一起的，并构成因果关系。汉镜铭文中又有“忧事”“恶事”“央咎”等铭语，如“角王巨虚日有熹，延年益寿去忧事。长乐万世宜酒食，子孙贤，家大富”。“角王巨虚日有熹，延年益

① 朱熹注，王浩整理：《四书集注·中庸章句》，南京：凤凰出版社，2008年，第23页。
② 罗振玉：《汉两京以来镜铭集录》，《罗振玉学术论著集》第六集，第7页。
③ 李缙云：《古镜鉴赏》，第167页。
④ 罗振玉：《汉两京以来镜铭集录》，《罗振玉学术论著集》第六集，第13页。
⑤ 李缙云：《古镜鉴赏》，第61页。
⑥ 罗振玉：《汉两京以来镜铭集录》，《罗振玉学术论著集》第六集，第13页。

寿去恶事。长乐万世宜酒食，子孙具，家大富。”[①]“袁氏作竟兮真□□，上有东王父、西王母，山人子侨侍左右。辟邪喜怒毋央咎，长保二亲□生久。”[②]从上引镜铭看，“忧事”“恶事”“央咎”即所谓“忧患”的内容，也就是“乐毋事”中的“事”，其性质皆属日常生活中的忧患之事。

显然，上引汉镜铭文“乐毋事”中的“毋事”与“居毋事”中的“毋事”在内涵上是相同的，其所指当是日常生活中发生的忧患之事。上述认识尚有包山楚简卜筮简“戚于躬身与宫室”相关祷祠实践为证。在包山楚简“卜筮祭祷记录”中有三条简文的“贞问因由”涉及“戚于宫室”或“戚于躬身与宫室”，具体情况如表 3-24 所示。

表 3-24　包山楚简卜筮简“戚于躬身与宫室”祷祠实践

简号	贞问因由	祭祷神祇
包山简 210	少有戚于躬身与宫室、外有不顺	饰太、社、宫、行
包山简 229	少有戚于宫室	宫、行
包山简 232—233	少有戚于宫室瘸	宫后土、行、大门

关于上述简文中的“戚”，《包山楚简·考释》云：“读作忧。”[③]从简文“戚于躬身与宫室”看，“躬身”似指“我的身体”，而“宫室”似指“我的家”，亦即室。在包山楚简“卜筮祭祷记录”所录“命辞”与“占辞”中，“躬身”经常出现，据统计共出现 14 次，并有“躬身”与“宫室”并举者。所以，“躬身”与“宫室”虽然内涵并不相同，却存在联系，因包山简 210 除“躬身”“宫室”外，还有“外有不顺”与其并列，所以“躬身”应该指自身即自己身体的情况，“宫室”似指在“宫室”中“居处”的情况，二者皆为“内”，与“外有不顺”的“外”相区别。如此，简文“戚于躬身与宫室”即是与自己身体和居处情况有关的忧患之事。再者，与上引三条简文“贞问因由”构成联系的“神祇”以“五祀”诸神为主。包山 2 号墓随葬有五块木牌，上书户、灶、室、门、行诸字，被认为“五祀木主”[④]。此“五祀”与《礼记·月令》“五祀”相同。孙希旦《礼记集解》引“郑注”云：“此非大神所祈报大事者也，小神居人之间，司察小过，作谴告者尔。”又“自谓”云：“五祀有二，其大者为五行之神，”“其小者为户、灶、门、行、中霤之神，……皆关于饮食起

① 罗振玉：《汉两京以来镜铭集录》，《罗振玉学术论著集》第六集，第 15 页。
② 罗振玉：《汉两京以来镜铭集录》，《罗振玉学术论著集》第六集，第 21 页。
③ 湖北省荆沙铁路考古队编：《包山楚简·包山二号楚墓简牍释文与考释》，北京：文物出版社，1991 年，第 53 页。
④ 陈伟：《包山楚简初探》，武汉：武汉大学出版社，1996 年，第 165 页。

居之至切近者。”[①]据此联系上引三条简文所反映的祷祠实践，当是发生了与自己身体和居处情况有关的忧患之事，于是就向这些“司察小过”的“神祇”进行祷祠，以求禳解而获得平安，其结果即是“居毋事”，自然也就是“乐”。

从这个意义上看，铭文“乐哉居毋事”祝语，应该包含两个方面的内容，一是自己身体健康情况，二是日常生活居处情况，这两个方面的内容既有区别又有联系，其关联性在于二者皆可归属于日常生活范畴和平安无事性质。从包山楚简卜筮简“戚于躬身与宫室”所反映的相关祷祠实践看，这种对日常生活中“居毋事”和“乐毋事”的追求和期盼，渊源有自。

第四句“好哉淠人异也”。《说文》：“好，美也。”特指女子容貌姣好美丽。《战国策·秦策》云：“以文绣千匹，好女百人遗义渠君。”[②]《史记·滑稽列传》云：“是女子不好，烦大巫妪为入报河伯，得更求好女，后日送之。”[③]“淠”或释为“畀”[④]。《诗经·鄘风·干旄》：“彼姝者子，何以畀之。”又二章“彼姝者子，何以予之”。《诗经·邶风·静女》：“静女其姝，俟我于城隅。”注云：“姝，美色也。”[⑤]则“好哉”之“好”或与“姝”同义，如此《鄘风·干旄》“彼姝者子，何以畀之”句，可以作为“好哉淠人异也”的注文，铭文大意为：送给美女的礼物要因人而异不可雷同。

然而，铭文首二句已经涉及女性和女性美，第四句“好哉淠人异也”再次言及，或有重复之嫌，再者“淠人异”与“好哉”在句意通联上也显得有些牵强。“好”或可读为去声字，有“喜爱”“嗜好”意，表示人的爱好或兴趣。《孟子·梁惠王下》云：“庄暴见孟子曰：暴见于王，王语暴以好乐，暴未有以对也。”[⑥]《史记·郦生列传》载：“沛公不好儒，诸客冠儒冠来者，沛公辄解其冠，溲溺其中。”[⑦]《诗经·小雅·小弁》有“有漼者渊，萑苇淠淠”句，《毛传》：“淠淠，众也。”铭文“淠人”之“淠”或为“淠淠”之省，“淠人”即众人。如此，铭文大意为：对于嗜好一类的个人爱好或兴趣来说，每个人都是不一样的。需要指出的是，“淠人”之“淠”或为“淠淠”之省，尚缺佐证。上述意见或仅备一说。

第五句“急哉下雨氾也”。《说文》：“急，褊也。”褊本指衣服狭小，故又引申为心胸狭隘。心胸褊狭，自然性情急躁，故“急”又有紧迫、紧急、迫切的意思。《孟子·尽心上》云：“知者无不知也，当务之为急。仁者无不爱

① 孙希旦撰，沈啸寰、王星贤点校：《礼记集解》卷四十五，第1203-1204页。
② 刘向集录，范祥雍笺证，范邦瑾协校：《战国策笺证》卷四，第246页。
③ 司马迁：《史记》卷一百二十六，第3212页。
④ 刁淑琴、郑卫：《洛阳西汉五灵博局纹铜镜》，《中原文物》2002年第4期。
⑤ 朱熹：《诗集传》卷二，长沙：岳麓书社，1994年，第31页。
⑥ 焦循：《孟子正义》，国学整理社辑：《诸子集成》第一册，第58页。
⑦ 司马迁：《史记》卷九十七，第2692页。

也，急亲贤之为务。”[①]紧迫、紧急、迫切的事情，就需要马上处理、操办或处置，否则就会向“危险”或“危殆”方向转化。是故，“急”又有“危”的意思，合而成“危急”，表示事情危殆而致不平安。安徽天长纪庄西汉墓出土简牍《贲且至谢孟书》有“即事近大急”句。“即”或释为“如果”，“事近大急”即“事情转危”[②]。《说文》：“氾，滥也。”《汉书·武帝纪》：“河水决濮阳，氾郡十六”[③]。又，“滥，氾也”。故“泛滥”往往连用，形容大水凶猛横溢之势。《孟子·滕文公下》：“当尧之时，水逆行，泛滥于中国。”[④]如此，铭文“下雨氾也”即可释为“下雨而致河水泛滥”。大雨而致河水泛滥，凶溢恣肆，决堤溃坝，毁室陷城，确是危急之事。铭文“急哉下雨氾也”即谓此。

“急哉下雨氾也”给汉人带来的惊惧恐慌，在汉代史志中记载得颇为真切，以至于为其时的文学创作提供了咏叹的事例。以汉武帝时期为例。汉武帝建元三年春“河水溢于平原，大饥，人相食”[⑤]。仅过六年，至元光三年夏“河水决濮阳，氾郡十六”[⑥]。而“自河决瓠子后二十余岁，岁因以数不登，而梁楚之地尤甚”[⑦]，从而成为让汉武帝寝食难安的心头之患。“天子既临河决，悼功之不成，乃作《歌》曰：瓠子决兮将奈何？皓皓旰旰兮闾殚为河！殚为河兮地不得宁，功无已时兮吾山平。吾山平兮钜野溢，鱼沸郁兮柏冬日。延道弛兮离常流，蛟龙骋兮方远遊。归旧川兮神哉沛，不封禅兮安知外！为我谓河伯兮何不仁，泛滥不止兮愁吾人。齧桑浮兮淮泗满，久不反兮水维缓。”[⑧]敦煌汉简《风雨诗》也是一首描写风猛雨盛，川河泛溢，而致危急的诗篇，正可以与“急哉下雨氾也”互为印证。其诗云：“日不显目兮黑云多，月不可视兮风非沙。从恣蒙水诚江河，州流灌注兮转扬波。辟柱槇到忘相加，天门俫小路彭池。无因以上如之何，兴章教海兮诚难过。”[⑨]首两句叙述乌云翻滚、天昏地暗、飞沙走石、日月不明；三句“诚江河”和五句“辟柱槇到”或谓洪水暴涨汹涌似大江大河而至墙倾柱倒；而七句“无因以上如之何”则或谓“风雨突如其来，无因而至，使人措手不及”[⑩]，即所谓“急哉

① 焦循：《孟子正义》，国学整理社辑：《诸子集成》第一册，第560页。
② 王冰：《天长纪庄汉墓〈贲且致谢孟书〉牍考释》，武汉大学简帛研究中心主办：《简帛》第六辑。
③ 班固著，颜师古注：《汉书》卷六，第163页。
④ 焦循：《孟子正义》，国学整理社辑：《诸子集成》第一册，第263页。
⑤ 《汉书·武帝纪》，班固著，颜师古注：《汉书》卷六，第158页。
⑥ 班固著，颜师古注：《汉书》卷六，第163页。
⑦ 《史记·河渠书》，司马迁《史记》卷二十九，第1412页。
⑧ 司马迁：《史记》卷二十九，第1413页。
⑨ 按：敦煌汉简《风雨诗》引自肖从礼《敦煌汉简〈风雨诗〉考》，张德芳、孙家洲：《居延敦煌汉简出土遗址实地考察论文集》，上海：上海古籍出版社，2012年。《风雨诗》原简及相关释文，或可参甘肃省文物考古研究所：《敦煌汉简》图版第壹陆玖和释文，北京：中华书局，1991年，第307页。
⑩ 《风雨诗》句意释读，参见肖从礼：《敦煌汉简〈风雨诗〉考》，张德芳、孙家洲：《居延敦煌汉简出土遗址实地考察论文集》。

下雨氾也”。

第六句“□哉□□□也”，因缺铁严重而至句意无解。

第七句“忧哉毛遂使也”。毛遂事迹，《史记·平原君虞卿列传》和《资治通鉴·周纪五》均有载记，内容几无差异。[①]从上述文献所载毛遂事迹看，可分为前后两个部分，即“自荐”和“出使”两部分。铭文“毛遂使也”或即指毛遂事迹中“出使”部分。从文献所载毛遂事迹看，毛遂因“自荐”而获得平原君同意，于是跟随平原君出使楚国并获得成功。如此，铭文又缘何“忧哉”呢？

值得注意的是，毛遂事迹中“自荐”和“出使”两个部分不能截然分开，因为只有“自荐”而获得平原君同意，才会有后面的“出使”和“成功”。将上述两个部分联系起来，“忧哉毛遂使也”的缘由也便呈现出来。据文献所载，当毛遂“自荐”以后，首先是平原君表示怀疑，其“理由”是“夫贤士之处世也，譬若锥之处囊中，其末立见。今先生处胜之门下三年于此矣，左右未有所称诵，胜未有所闻，是先生无所有也。先生不能，先生留”[②]。其次是十九位“有勇力文武备具”的“食客”表示怀疑，但文献中没有明说其怀疑的“理由”，只是描述了“十九人”的“表现”，即“十九人相与目笑之而未废也”[③]。上述情况说明，毛遂“自荐”以后的“申辩”颇为重要，因为上述“申辩”既是“平原君竟与毛遂偕”的根据，也同时是“十九人相与目笑之而未废也”的原因。然而，这种攸关家国大事和个人名誉的“申辩”，却是以一个脱颖而出的比喻来完成的。于是，毛遂的这个“锥子”能否在出使楚国的“囊”中“脱颖而出”，不但平原君和食客表示怀疑，就是上述历史故事的阅读者也会在接受过程中存有疑问，这种情况又如何不使人“忧哉”呢。如此，铭文“忧哉”之“忧”并非愁苦的意思，用“忧患”来概括也不太恰当，准确的应该是忧虑，即在内心和情感上对预设的结果或承诺能否实现的担心。

尾句“苢哉禹母字也”。《说文》：“苢，芣苢，一名马舄，其实如李，令人宜子。”《尔雅·释草》：“芣苢，马舄。马舄，车前。”《诗经·周南·芣苢》：“采采芣苢，薄言采之。”《说文》：“字，乳也。”故“字”有生育繁殖的意思。《易·屯》：“屯如邅如，乘马班如。匪寇，婚媾。女子贞不字，十年乃字。”“字，妊娠也。”[④]又，“虞翻：三失位，变复体离，离为女子，为大腹，故称字。”“故云：字，妊娠也。”[⑤]则铭文“苢哉禹母字也”意为：使禹母得以妊

---

① “毛遂事迹”，见司马迁：《史记》卷七十六；司马光：《资治通鉴》卷五，北京：中华书局，1956年。
② 司马迁：《史记》卷七十六，第2366页。
③ 司马迁：《史记》卷七十六，第2367页。
④ 朱骏声：《六十四卦经解》卷一，北京：中华书局，1953年，第21页。
⑤ 李道平撰，潘雨廷点：《周易集解纂疏》卷二，北京：中华书局，1994年，第100页。

娠怀孕的就是那个芣苢啊。

然而，在有关鲧妻生禹的传说故事中又有“薏苡”。《史记·夏本纪》张守节《正义》引《帝王纪》云：“父鲧妻脩已，见流星贯昴，梦接意感，又吞神珠薏苡，胸坼而生禹。”[①]上述传说故事原载《帝王世纪》，其云：“颛顼生鲧，尧封为崇伯，纳有莘氏女，曰志，是为修已。山行，见流星贯昴，梦接意感，又吞神珠薏苡，胸坼而生禹于石纽。”[②]“芣苢”与“薏苡”并非同物。《后汉书·马援列传》载：“初，援在交阯，常饵薏苡实，用能轻身省欲，以胜瘴气。南方薏苡实大，援欲以为种，军还，载之一车。时人以为南土珍怪，权贵皆望之。援时方有宠，故莫以闻。及卒后，有上书谮之者，以为前所载还，皆明珠文犀。”[③]“苢”又作“苡”，或误以为与“薏苡”同物。“薏苡”大如明珠，传说故事以“神珠薏苡”作为脩已“感生”之物，实为“感生神话”赞美夸饰之辞。据此反观“苢哉禹母字也”铭文，则见出诚实素朴之态。

根据如上释读，洛阳西汉“五灵博局纹铜镜”铭文文学特点，也便能够总结出来。有学者以为“五灵博局纹铜镜”铭文各句首字“多是形容词，形容词后的副词‘哉’来加重语气表示感叹，‘哉’后面的三字则是对前面形容词的解释和展开叙述”[④]。上述意见中关于各句首字的理解或有可商榷之处。铭文各句首字有名词、动词、形容词，而确以形容词居多，但在句中皆名词化了，“哉”作为语助词，当然含有感叹的成分，但所起到的作用主要有二：一是舒缓语气，二是强调和突出前面的名词，并与之一起构成全句的主语，而后半部分的“也字句”则对前面的主语做出解释和判断。

铭文各句首字以“大”“美”“乐”“好”“急”“□”“忧”“苢”领起，再接以语助词“哉”字构成句子的前半部分，最后以“也”字收尾构成句子的后半部分，形成前半句感叹而后半句叙述的构句形式，六言八句，句式齐整，结构一致，前叹后叙，叹中含问，叙中寓答，独具特色。

“叹中含问，叙中寓答”是指铭文每句前半部分以感叹的形式提出一个问题，后半部分则以叙述的形式对上述问题给出答案。相似的构句形式在汉代赋体和史传体散文中都有存在，如《史记·刺客列传》：“惜哉其不讲于刺剑之术也。”[⑤]班固《东都赋》：“时岂泰而安之哉，计不得以已也。”[⑥]从这个角度看，上述镜铭采用了散文体形式，构成了六言八句共48字的精美散文小品。不可否认，这种样式的散文小品，在汉代传统散文文本形式中很少出现。从

① 张守节：《正义》，司马迁：《史记》卷二，第49页。
② 皇甫谧：《帝王世纪》第三，济南：齐鲁书社，2010年，第21页。
③ 范晔撰，李贤等注：《后汉书》卷二十四，第846页。
④ 刁淑琴、郑卫：《洛阳西汉五灵博局纹铜镜》，《中原文物》2002年第4期。
⑤ 司马迁：《史记》卷八十六，第2538页。
⑥ 范晔撰，李贤等注：《后汉书》卷四十下，第1359页。

这个意义上看，洛阳西汉“五灵博局纹铜镜”铭文丰富了汉代传统散文的作品形式，并在散文小品的创作上拓展了汉代文学研究的视野。

洛阳西汉“五灵博局纹铜镜”铭文在内容和形式上还存在一些疑问或未解之谜。铭文八句所咏八事缘何而定？相互之间是否存在联系？创作和设计的用意或宗旨为何？这些问题需要进一步研究和讨论。铭文以“孔子志”为第一事并以“大哉”作赞，显示了铭文作者“尊儒敬孔”的思想观念和价值理念，体现了汉武帝以后社会主流思想对铭文创作和设计的影响。然而，铭文自第二事起，即转入“美丽”“快乐”“爱好”“危急”“忧虑”之“事”，这些皆与“个体生活”密切相关，尤其第八事以“苶苣”所“感”而“叹”禹母“孕生”之事，似有“弄璋”之期盼，既有浓厚的生活气息，又不失幽默和欢快，可见铭文作者缘于生活的民间属性。

如前所述，铭文各句首字是全句的主语，也是全句的重点和中心，而铭文运用“独特的构句形式”的目的，就是为了突出和强调作为主语的首字，并且在事实上达到了上述目的。从这个意义上看，铭文所咏八事或非铭文作者随意而为，其“大哉”“美哉”“乐哉”“好哉”“急哉”“□哉”“忧哉”“苣哉”的赞美或感叹，抑或是铭文所流行的时代和地域的人们在道德观念、思想情感和审美观念上的某种表现和反映。

四、汉镜“昭明精白”铭文因镜设词特点与隐晦缠绵风格

西汉铜镜铭文中有首句为“内清志以昭明”和“絜精白而事君”铭文。上述内容的铭文在罗振玉《汉两京以来镜铭集录》中归类为“昭明镜”和“精白镜”①。上述两类镜铭在铜镜镜背纹饰的整体设计上存在两种类型，一种是以“内清志以昭明”为首句的铭文独立存在于镜背纹饰之中的形式，另一种是铭文呈现出“内铭”和“外铭”之别，以“内清志以昭明”为首句的铭文属于“内铭”，而以“絜精白而事君”为首句的铭文属于“外铭”，上述“内铭”与“外铭”被置于同一镜背纹饰之中。后一种类型铭文虽然呈现出“内铭”与“外铭”之别，但由于同处一面铜镜镜背整体纹饰之中，又在内容上存在关联，故可视为一篇完整的镜铭。如此，取“昭明”“精白”而合之，或可名之为“昭明精白镜铭文”。如西汉“三叶三龙镜”铭文：“内清志以昭明，光辉象夫日月。心忽穆而愿忠，然壅塞而不彻。（内铭）絜精白而事君，窓沄驩之弇明。彶玄锡之流泽，恐疏远而日忘。怀糜美之穷皑，外承驩之可说。

① 罗振玉：《汉两京以来镜铭集录》引，《罗振玉学术论著集》第六集，第13-14页。

慕窈窕之灵景，愿永思而毋绝。（外铭）”[①]上述“昭明精白镜铭文”以六言成句，两句一节，用词考究，韵律谐和，堪称一篇精美绝伦的诗篇，以“镜歌”称之毫不为过。其因镜设词，镜语人言，意象暧昧，格调隐晦，情义缠绵的写作特点和艺术风格，或在目前所见汉代诗歌中无出其右者。然而，目前学术界对上述“昭明精白镜铭文”的研究还极不充分，文字释读尚有可商榷和补充之处，而作为镜歌的文学定位与价值的考虑，或有“女性赋体诗”的意见，亦有进一步讨论的需要。[②]

（一）西汉“三叶三龙镜”铭文“内铭”四句释读

西汉“三叶三龙镜”铭文“内铭”四句，宜以二句为一节，释文如下：

“内铭”第一节“内清志以昭明，光辉象夫日月”。“志”即“质”。“清志”即“清质”。或谓“清质”，是指“造镜之材质是清明之物”[③]。《广雅·释言》：“质，地也。”即“质地”。故“清质”即“清澈的质地”，特指铜镜质地清澈、清纯。是故，“内铭”首句首字“内”即指铜镜而言。《说文》：“昭，日明也。”“昭明”即像日光一样明亮。汉“佳铜镜”铭文：“湅治镇锡清且明，昭于宫室日月光。”[④]“镇”为“铜”之误，“湅治铜锡清且明”即是说“铜锡经过炼治而成质地清澈明亮的铜镜”。《说文》：“光，明也。”又，《说文》：“晖，光也。”是故，“光”与“晖”指明亮之光或光的明亮，“光”与“辉”连用亦如此。乐府古辞《伤歌行》：“昭昭素明月，辉光烛我床。”[⑤]《汉书·李寻传》：“夫日者，众阳之长，辉光所烛，万里同晷。”[⑥]如此，“内铭”第一节意为：铜镜质地清澈而明亮，明亮得就像日月的光辉。

“内铭”第二节“心忽穆而愿忠，然壅塞而不彻”。“忽穆”或作“沕穆”“物穆”[⑦]。贾谊《鹏鸟赋》有“沕穆无穷”句，《索隐》以为“沕穆，深微

① 西汉“三叶三龙镜”铭文，见陈灿堂：《西汉龙纹镜》，第62页。上述“昭明精白镜铭文”尚可举出多例，如西汉“昭明精白重圈铭文镜”铭文：“（内铭）内清质以昭明，光象夫日月，心忽扬而愿忠，然雍塞而不泄。（外铭）洁清白事君，怨之合明，彼玄锡之泽，恐疏远日忘，怀美之穷皑，承驩之可说，慕窔之灵泉，绝而。”（李缙云：《古镜鉴赏》，第176页）汉“纳清质镜”铭文：“（内铭）内（纳）请（清）质以昭明，光晖（辉）象夫日月。心忽（沕）穆而□（愿）忠，然壅塞而不泄。（外铭）絜（挈）精白而事君，惌（患）污驩（秽）之弇明。彼（被）玄锡之流泽，恐疏远而日忘。怀糜（媚）美之穷（躬）□（体），外丞（承）驩（欢）之可说（悦）。慕窔（窈）佻（窕）之灵景（影），□（愿）永思而毋绝。”（李零：《读梁鉴藏镜四篇——读汉镜铭文中的女性赋体诗》，《中国文化》2012年第1期）上述三则铭文中的西汉“三叶三龙镜”铭文，其“内铭”最后一字为“彻”字，可以明确为汉武帝以前作品，在时间上要早于其他两则铭文。再者，此镜“龙纹最是硕大、最为具象”（陈灿堂：《西汉龙纹镜》），确为此类铜镜之精品。缘于此，下面的研究即以西汉“三叶三龙镜”铭文为对象。

② 关于“昭明精白镜铭文”之“女性赋体诗”的认识，参见李零：《读梁鉴藏镜四篇——读汉镜铭文中的女性赋体诗》，《中国文化》2012年第1期。

③ 李零：《读梁鉴藏镜四篇——读汉镜铭文中的女性赋体诗》，《中国文化》2012年第1期。

④ 罗振玉：《汉两京以来镜铭集录》引，《罗振玉学术论著集》第六集，第16页。

⑤ 郭茂倩：《乐府诗集》卷六十二，北京：中华书局，1979年，第897页。

⑥ 班固著，颜师古注：《汉书》卷七十五，第3184页。

⑦ 李零：《读梁鉴藏镜四篇——读汉镜铭文中的女性赋体诗》，《中国文化》2012年第1期。

之貌。以言其理深微，不可尽言也”[①]。《淮南子·原道训》则作“物穆无穷”，高诱注云：“物穆疑当作沕穆。”[②]故“忽穆”有“玄”“幽”“深”的意思。[③]而以“忽穆”状“心”，似有“内心深幽沉稳”意。《说文》：“愿，谨也。”《广雅·释言》：“愿，悫也。”即“诚实笃厚”意。《说文》：“忠，敬也，尽心曰忠。”故“忠”指“尽职尽责”的道德操守。《说文》：“彻，通也。”《小尔雅·广诂》：“彻，达也。”《列子·汤问》云：“汝心之固，固不可彻。”[④]心固不可彻，亦即情不可通，铭文“壅塞而不彻”或即谓“情郁结而不通达”。如此，后两句首句言“心”，而第二句言“情”。前者言“心”之深幽沉稳而诚实忠敬，后者言“情”之郁结凝滞而无法通达明晓。是故，“内铭”第二节意为：我的心虽然深幽沉稳而诚实忠敬，然而我的情却郁结凝滞而无法通达明晓。

（二）西汉“三叶三龙镜”铭文“外铭”八句释读

西汉“三叶三龙镜”铭文“外铭”八句，同样宜以二句为一节，释文如下。

“外铭”第一节“絜精白而事君，窥沄驩之弇明”。“絜”乃“洁”（潔）的异体字。《说文》：“洁，瀞也。”又，“瀞，无垢秽也”。又，汉“昭明镜”铭文中“精白”又或写作“清白”。如“絜天清天白之事天君”，即“絜清白之事君”[⑤]。“精白”与“清白”在意义上或存在差异，但仍然有相同之处。《说文》：“精，择米也。”择米的过程，是去粗取精的过程，故“精”又有质地或内涵之纯粹和洁净的意义。《汉书·贾山传》云：“天下之士莫不精白以承休德。”[⑥]注云：“厉精而为洁白也。”[⑦]是故，“精白”的“洁白”意义，是由“纯粹”和“洁净”而来，是“纯洁”意义上的“洁白”。《盐铁论·讼贤》云：“二公怀精白之心，行忠正之道。”王利器校注引《楚辞·九章》王逸注：“其色精明，内怀洁白。以言贤者亦然，外有精明之貌，内有洁白之志。”[⑧]《盐铁论》中“文学”以“精白”状“心”，以“忠正”言“德”，“精白之心”亦即“洁白之志”，也是从“纯洁”的角度而言。《说文》：“清，澂水之貌。”《释名·释言语》：“清，青也，去浊远秽，色如青也。”故“清”与“浊”相对，本指水之清澈净洁，意味着没有杂质污物。故而，以“清白”形容人的道德质量，在质地或内涵之纯粹和洁净的意义上，“清白”与“精白”是存在相同之处的。据此而论，“絜精白而事君”之“絜”如果释为“洁”（潔），

① 司马贞：《索隐》，司马迁：《史记》卷八十四，第2498页。
② 高诱注：《淮南子》卷一，国学整理社辑：《诸子集成》第七册，第13页。
③ 李零：《读梁鉴藏镜四篇——读汉镜铭文中的女性赋体诗》，《中国文化》2012年第1期。
④ 张湛：《列子注》卷五，国学整理社辑：《诸子集成》第三册，第55页。
⑤ 广西壮族自治区博物馆、合浦县博物馆：《广西合浦县凸鬼岭清理两座汉墓》，《考古》1986年第9期。
⑥ 班固著，颜师古注：《汉书》卷五十一，第2335页。
⑦ 班固著，颜师古注：《汉书》卷五十一，第2335页。
⑧ 王利器：《盐铁论校注》卷五，《新编诸子集成》第一辑，第289页。

就有与“精白”或“清白”重复之嫌。如此，“絜”或读为“挈”，与“携”通，是怀携之义的认识，就显得甚为精当。[1]综上而言，铭文“精白”或“清白”意为在质地或内涵上纯粹和洁净，这种纯粹和洁净是经过“去粗取精”或“去浊远秽”获得的。从这个意义上看，“外铭”首句“精白”或“清白”是与“内铭”首句“内清志以昭明”相呼应的，“精”或“清”对应“清志”，“白”对应“昭明”。因为“内清志以昭明”，所以才能“絜精白而事君”。

“君”本指古代帝王或诸侯，作为称谓，女性又往往用作“丈夫”或“爱人”的称呼。徐淑《答秦嘉诗》：“君今兮奉命，远适兮京师。”汉乐府《有所思》：“何用问遗君，双珠玳瑁簪。”然而，“君”又常作为具有较高身份地位或在品德修养等方面受到敬重之人的尊称。《史记·汲黯传》云：“上曰：君薄淮阳邪？吾今召君矣。顾淮阳吏民不相得，吾徒得君之重，卧而治之。”[2]汉《礼器碑》云：“念圣历世，礼乐陵迟，秦项作乱，不尊图书，倍道畔德，离败圣舆食粮，亡于沙丘。君于是造立礼器，乐之音符。”[3]因为是“尊称”，所以既可以用于男性，也可以用于女性。《尔雅·释亲》：“姑舅在，则曰君舅、君姑。”《史记·外戚世家》：“景帝崩，太子袭号为皇帝。尊皇太后母臧兒为平原君。”[4]此外，还可以成为超越性别意义的泛称。《国语·鲁语下》：“季康子问于公父文伯之母，……对曰：吾闻先姑曰：君子能劳，后世有继。”[5]这里，如果考虑到“昭明精白镜铭文”之因镜设词、镜语人言的特点，此“君”字的意义就不应该局限于“丈夫”或“爱人”的范畴，而应该是具有泛指意义的尊称，相当于今天的“您”，是对铜镜的使用者即“照貌者”的尊称。

“窸”即“怨”[6]。“沄驩”或释为“污驩”，即污秽的意思。[7]然而，将此句放在“外铭”第一、二节之中联系起来考察，上述释义或应该有另一层考虑。“外铭”第二节“彶玄锡之流泽，恐疏远而日忘”上承第一节而来，上述两节在句意上存在因果关联。“窸沄驩之弇明”是“因”，“彶玄锡之流泽”是“果”。如果将“沄驩”释为“污驩”即“污秽”的意思，那么，作为“污秽”的“污驩”何以需要“玄锡”来琢磨？故“沄”释为“污”或有待商榷。值得注意的是，汉“精白镜”铭文中，“沄”或写作“阴”，如“怨阴驩之弇明”[8]。“阴”本指云雾遮挡而至光不明，与“清且明”正好相对。

---

① 李零：《读梁鉴藏镜四篇——读汉镜铭文中的女性赋体诗》，《中国文化》2012年第1期。
② 司马迁：《史记》卷一百二十，第3110页。
③ 高文：《汉碑集释》，第181-182页。
④ 司马迁：《史记》卷四十九，第1977页。
⑤ 上海师范大学古籍整理研究所校点：《国语》卷五，上海：上海古籍出版社，1988年，第202页。
⑥ 李零：《读梁鉴藏镜四篇——读汉镜铭文中的女性赋体诗》，《中国文化》2012年第1期。
⑦ 李零：《读梁鉴藏镜四篇——读汉镜铭文中的女性赋体诗》，《中国文化》2012年第1期。
⑧ 汉“精白镜”铭文：“洁清白而事君，怨阴驩之弇明，焕玄锡之流泽，先疏远而日忘，慎糜美之穷皑，外承驩之可说，慕窔宨于灵泉，愿永思而毋绝。”李缙云：《古镜鉴赏》引，第62页。

是故，“沄驩”或即“阴驩”，即“阴秽”，特指镜面“云雾状物”，因为这种“云雾状物”遮蔽了铜镜的光亮，故而需要“彶玄锡之流泽”使之清明。《隋书·高颎传》云：“独孤公犹镜也，每被磨莹，皎然益明。”[①]“明”是镜铭常用语。如“和以银锡清且明”[②]。铜镜得以“明”，需要琢磨和开光。《淮南子·修务训》云：“明镜之始下型，曚然未见形容。及其粉以玄锡，摩以白旃，鬓眉微豪，可得而察。”[③]玄锡为何物？或“似当依自然科学史专家的结论，释为锡汞为妥”[④]。所谓“粉以玄锡”“摩以白旃”的过程，也就是铜镜获得“清”而“明”的过程，这个过程被铭文的下一句“彶玄锡之流泽”加以概括，而与之相近似的汉镜铭语，还有“焕玄锡之流泽”“假玄锡之流泽”等。[⑤]“外铭”第一节意为：怀携着纯粹和洁净侍奉您，又怨恨阴秽遮蔽了光明。

“外铭”第二节“彶玄锡之流泽，恐疏远而日忘”。关于“流泽”，或谓“古书常见，多指恩泽。这里是以玄锡施镜，赋镜以光，喻此女感荷夫婿之恩”[⑥]。如此，“彶”当释为“彼”，是“被”即“承蒙”的意思。[⑦]“泽”或谓“光润”，与“光亮”同义。《左传·襄公二十八年》：“庆封……献车于季武子，美泽可以鉴。展庄叔见之，曰：车甚泽，人必瘁，宜其亡也。”[⑧]故“流泽”即“流光”。铜镜“粉以玄锡”而“摩以白旃”，而成“清明”如“流光”。后世亦借用“流光似水”形容镜的清澈明亮。庾信《咏镜诗》云：“玉匣聊开镜，轻灰暂拭尘。光如一片水，影照两边人。”如此，“彶”或可释为“假”。汉“精白镜”铭文“假玄锡之流泽”可为证，意为“借玄锡而使之流光明亮”。需要指出的是，“彶”本又作“焕”，如“焕玄锡之流泽”，意为“鲜明得如玄锡般明亮”。“外铭”第二节意为：之所以借助玄锡的恩惠而清澈明亮，是因为唯恐疏远而被日渐淡忘。

“外铭”第三节“怀糜美之穷皑，外承驩之可说”。此二句在江苏盱眙西汉中晚期墓出土“昭明清白重圈镜”铭文中释为“怀美之穷皑，承驩之可说”[⑨]。这里的“怀”有“怀藏”或“怀抱”的意思，但不是将物“藏”或“抱”于胸前，而是“内怀于心”的意思。然而，细观西汉“三叶三龙镜”铭文照片，铭文“怀”或当释为“恒”字。《说文》：“恒，常也。”有“持久

① 魏征等：《隋书》卷四十一，北京：中华书局，1973年，第1181页。
② 汉“善铜镜”铭语，罗振玉：《汉两京以来镜铭集录》引，《罗振玉学术论著集》第六集，第15页。
③ 《淮南子》卷十九，国学整理社辑：《诸子集成》第七册，第337页。
④ 杨爱国：《汉镜铭文的史料学价值》，《中原文物》1996年第4期。
⑤ 杨爱国：《汉镜铭文的史料学价值》引，《中原文物》1996年第4期。
⑥ 李零：《读梁鉴藏镜四篇——读汉镜铭文中的女性赋体诗》，《中国文化》2012年第1期。
⑦ 李零：《读梁鉴藏镜四篇——读汉镜铭文中的女性赋体诗》，《中国文化》2012年第1期。
⑧ 左丘明传，杜预集解：《春秋左传集解》卷十八，第1100页。
⑨ 江苏盱眙西汉墓出土“昭明清白重圈铭文镜”铭文，见李缙云：《古镜鉴赏》，第176页。

不变”的意思。《论语·子路》：“子曰：南人有言曰，人而无恒，不可以作巫医。”[①]故“恒美”即“恒久之美”。

“縻”字，铭文“广下的部分严重变形，比勘它本，相当縻或靡字”[②]。西汉“三叶三龙镜”铭文照片中“縻”字“广”下部分同样模糊不清，但“木”字形却可明辨，故此字非“靡”字，释为“縻”是正确的。[③]或谓“《汉书·王莽传下》‘赤縻闻之’，颜师古注：‘縻，眉也，古字通用’”。是故“縻美读为媚美，是妩媚之义。”[④]又，《广雅·释器》：“縻，饘也。”即“厚粥”。《三国志·魏书·臧洪传》：“主簿启内厨米三斗，请中分稍以为縻粥，洪叹曰：独食此何为！使作薄粥。”[⑤]粥的特点是使米烂糊，故“縻”的常用义是“烂”。《释名·释饮食》：“縻，煮米使縻烂也。”《汉书·贾山传》：“雷霆之所击，无不摧折者；万钧之所压，无不縻灭者。”[⑥]铜镜以含铜、锡、铅的青铜铸成，其铸造过程包括制作陶范或石范，融化青铜材料浇筑等工序。是故，铭文中的“縻”也有可能是对融化青铜材料浇筑工序的描摹，“縻美”是指青铜材料经融化而成镜体之“美”，是对铜镜铸造过程的赞美之辞。因此，“縻美”或者就是“凤凰涅槃”“化蛹为蝶”一类的“美”。

“承欢”，《九章·哀郢》：“外承欢之汋约。”《章句》云：“承君欢颜。”《山带阁注楚辞》：“以承君欢。”值得注意的是，这里的“承”是“顺承”“迎合”的意思。“欢”则是显露于外的兴奋的心情。“说”即“悦”。《战国策·齐策》：“孟尝君不说。”其意为孟尝君因冯谖“矫君命，以责赐诸民”而“为君市义”的“不说”。因此，“悦”的情感是由外物或它事所引发。是故，此句铭文中的“悦”缘于“欢”而来，但上述“欢”与“悦”的情感主体却并非同一个。具体说来，“欢”的“主体”是“君”，而“悦”的“主体”则是“拟人化”的“镜”。故而“外承驩之可说”也就是顺承您的欢乐也使我欢乐的意思。

总之，“外铭”第三节缘于“外承驩之可说”的“外”字，能够明确上述两句是从内和外两个角度进行叙述和抒发情感的，因此上述两句铭文叙述和情感的主体应该是统一的，那就是拟人化的镜。如果上述两句铭文的第一句首字释为“怀”，两句的意思就是对内怀持着縻美的身形，对外顺承着您的欢乐而欢乐。如果第一句首字释为“恒”，则两句的意思就是对内恒久地保持着縻美的身形，对外顺承着您的欢乐而欢乐。

“外铭”第四节“慕窈窕之灵景，愿永思而毋绝”：“慕”是思念，并且

① 刘宝楠：《论语正义》卷十六，国学整理社辑：《诸子集成》第一册，第295页。
② 李零：《读梁鉴藏镜四篇——读汉镜铭文中的女性赋体诗》，《中国文化》2012年第1期。
③ 陈灿堂：《西汉龙纹镜》录引“三叶三龙镜”图片及铭文，第62-63页。
④ 李零：《读梁鉴藏镜四篇——读汉镜铭文中的女性赋体诗》，《中国文化》2012年第1期。
⑤ 陈寿著，裴松之注：《三国志》卷七，北京：中华书局，1959年，第236页。
⑥ 班固著，颜师古注：《汉书》卷五十一，第2330页。

是因为思念而想要得到的意思。《汉书·司马迁传》:“且勇者不必死节，怯夫慕义，何处不勉焉。”[①]“窈窕”本或作“窔窕”，美好貌。“窈窕”可言女子，《诗经·周南·关雎》:“窈窕淑女，君子好逑。”亦可用于男子，汉乐府《孔雀东南飞》:“云有第三郎，窈窕世无双。”“灵景”读“灵影”，指镜中的形象。[②]值得注意的是，《说文》:“灵，巫也。”《九歌·东皇太一》:“灵偃蹇兮姣服。”故“灵”有神奇，灵动，精彩的意思。从这个角度看，“灵影”应该是形容镜中灵动而精彩的形象。汉镜铭文中常有以镜照貌观容的铭语，如“昭皃明镜知人请”“昭察衣服观容貌”[③]。并认为镜中呈现美好或神采奕奕的容貌，能够“辟除不祥”或“延年益寿”，如“光象日月，其志清刚，以视玉容兮，辟去不羊”铭语。[④]所谓“灵影”或即此。

“永思”即“长相思”,“毋绝”即“毋见忘”。上述铭文是汉镜常见祝语，早在西汉时期既已流行。如西汉“连弧四乳四龙镜”铭文:“愿长相思，久毋见忘。”[⑤]需要指出的是,“永思而毋绝”镜语在情感主体方面涉及拟人化的镜和君，所表现的是镜对君的情感要求和期盼。因此，这种情感的抒发者是镜，但落脚点却是君，重在表现拟人化的镜对君的款款深情：愿您永远思念我而不要被您忘却。综上而言,“外铭”第四节意为：思慕您那美好的身影，愿您永远思念而不断绝。

（三）西汉“三叶三龙镜”铭文镜歌文学特点分析

基于此，西汉“三叶三龙镜”铭文（“内铭”与“外铭”）或可译白话文如下：

我的品质清澈纯洁，就像日月般光辉明亮。
我的内心深沉忠敬，却郁结无法使你知晓。
以纯洁的心侍奉您，又怕阴秽遮蔽了明光。
愿永葆明亮和光泽，唯恐疏远而日渐淡忘。
怀持着縻美的身形，顺承你的快乐而快乐。
思慕您美好的身影，愿永远思念而不断绝。

---

① 班固著，颜师古注：《汉书》卷六十二，第 2733 页。
② 李零：《读梁鉴藏镜四篇——读汉镜铭文中的女性赋体诗》，《中国文化》2012 年第 1 期。
③ 汉“佳人镜”铭文：“清湅铜华以为镜，昭察衣服观容貌，丝组杂遝以为信，青光宜佳人。”又如汉“照貌镜”铭文：“昭皃明镜知人请，左龙右虎□天菁，朱爵玄武法列星，八子十二孙居安宁。宜酒食，乐长生。”罗振玉：《汉两京以来镜铭集录》引，《罗振玉学术论著集》第六集，第 13 页。
④ 汉“鎏金规矩神兽纹镜”铭文：“圣人之作兮，取气于五行，生于道康兮，咸有文章，光象日月，其质清刚，以视玉容兮，辟去不羊，中国大宁兮，子孙益昌，黄常元吉有纪刚。”李缙云：《古镜鉴赏》，第 64 页。
⑤ 陈灿堂：《西汉龙纹镜》，第 90 页。

镜歌“内铭”两节四句，构成由镜之质至镜之心再至镜之情的叙述脉络：首节以镜的质地象征镜心，第二节则在镜心基础上升华为人心；首节镜心的描写是状物，具有写实的特点，而第二节人心的描写则是抒情，是在前面状物基础上由心而情的情感抒发和情绪表达。镜歌“外铭”四节八句则在情的上面进一步铺陈演绎，但是情感的抒发却仍然沿用“内铭”的叙述套路：每节首句均以拟人手法由镜而人，再进入第二句情的表达。如此，“内铭”与“外铭”两相结合，由内而心、由镜而人、由实而虚，形成以镜拟人，因镜设词，镜语人言，意象暧昧，格调隐晦，情义缠绵的写作特点和艺术风格。以镜拟人，从而使镜语成为情语；但由于因镜设词，所以情语的着落点是镜而不是人，自然形成拟人化的镜对人即君的情感表达和情语诉说。因此，铭文中的君应该只是对照貌者的尊称，而非特定意义上的爱人的指称。

镜歌上述写作特点和艺术风格很容易被误解，其结果则是将上述拟人化的艺术手法坐实。如此一来，所谓镜语也就成为实实在在的情语，而这种情语所表达的也就自然成为一个女人对她的爱人的款款深情。上述认识似乎存在过度诠释的嫌疑。对此，将“昭明精白镜铭文”与“君有行镜铭文”进行比较，双方存在的差异点或能说明问题。

汉镜铭文中有以“君有行”为首句的铭文作品，如：“君有行，妾有忧，行有日，反毋期。愿君强饭多勉之，卬天大息长相思，毋久。”[①]再如：“（内铭）君行有日反毋时，思简（忿）[忽]，倘（尚）可沮（苴），人□（憨）心成不足思。（外铭）君有远行妾私喜，饶自次，具某止。君征行来，何以为信，祝父母耳。何木毋疵，何人毋友。相思有常可长久。”[②]上述铭文表达了“君行于外”而“妾忧于内”的情思，在“相思毋忘”这一点上与“昭明精白镜铭文”相同。然而，两相比较，二者最大的差异点在于，“君有行镜铭文”预设了君与妾两个人物形象，并以君之行构成情感叙述的由头和始点，进而展开妾之思和妾之愿。显然，“君有行镜铭文”之情语的实现，并非借助拟人化的艺术手法获得。“昭明精白镜铭文”则是以镜拟人并因镜设词，故而拟人化的情语终归为镜语，与“君有行镜铭文”在立意、构思、设词、行文等方面并不相同。

“昭明精白镜铭文”镜歌上述写作特点和艺术风格，在汉赋咏物类作品中同样存在。如汉淮南王刘安《屏风赋》。[③]此赋描写由乔木而屏风的转化过

---

① 罗振玉：《汉两京以来镜铭集录》引，《罗振玉学术论著集》第六集，第9页。

② 李零：《读梁鉴藏镜四篇——读汉镜铭文中的女性赋体诗》引，《中国文化》2012年第1期。

③ 徐坚等：《初学记》卷二十五，北京：中华书局，1962年，第599-600页。“惟斯屏风，出自幽谷。根深枝茂，号为乔木。孤性陋弱，畏金强族。移根易土，委伏沟渎。飘飙危殆，靡安措足。思在蓬蒿，林有朴樕。然常无缘，悲愁酸毒。天启我心，遭遇微禄。中郎缮理，收拾捐朴。大匠攻之，刻雕削斫。表虽剥裂，心实贞悫。均衡器类，庇荫尊屋。列在左右，近君头足。赖蒙成济，其恩弘笃。何惠施遇，分好沾渥。不逢仁人，永为枯木。”

程，因为采用了拟人的写作方法，故而这种由木而器的转化即制作过程，也就附加上了人生际遇的特点和色彩，从而能够借助“屏风”为人服务的器用特点，将这种人生际遇注入了承蒙君恩而“感君惠施”的暧昧情愫。然而，上述情感的生成和表露是借助拟人化的艺术手段来完成的，所以这种情感的落脚点虽然是君，出发点却不是妾，而是拟人化的屏风，与“昭明精白镜铭文”之以镜拟人进而因镜设词的写作特点相一致。

在写作特点和艺术风格上与“昭明精白镜铭文”镜歌相近似的诗歌作品，在汉诗中同样存在。如署名班婕妤的《怨歌行》。[①]又如《艺文类聚》所引“咏香炉”的古诗。[②]再如“咏橘柚”之古诗。[③]上述诗歌皆以物拟人而借物喻人，因物之性而言人之情，且都有“承蒙君恩”而“感君惠施”的暧昧情愫，在写作特点和艺术风格上与“昭明精白镜铭文”镜歌相类同。然而，上述诗歌作品产生的时间或在东汉晚期及以后，且在拟人手法的运用和暧昧意象的营造方面尚显浅白和直露，从而更见出“昭明精白镜铭文”镜歌在汉代诗歌发展史上的重要地位。

综上所述，“昭明精白镜铭文”堪称一篇精美绝伦的诗篇，其以六言成句，两句一节，用词考究，韵律谐和，故以“镜歌”称之毫不为过。其因镜设词，借助情歌形式来表达拟人化的镜对人即君的款款深情，意象暧昧，格调隐晦，情义缠绵，在目前所见汉诗中无出其右者。“昭明精白镜铭文”镜歌写作特点和艺术风格在西汉时期咏物赋中亦有所表现，双方于文学创作上的实践，或在立意、构思和艺术表现等方面存在着相互影响和借鉴之处，但所见汉代咏物诗的创作实践或都晚于西汉“三叶三龙镜”铭文镜歌，又缘于铜镜作为日常生活用品的独特功用而与人们生活的密切关系，“昭明精白镜铭文”镜歌在立意、构思和艺术表现等方面对后代咏物诗创作的深刻影响或自不待言。

五、汉镜“君忘忘”铭文“爱使心臾者”考释与题旨辨析

学术界关于汉镜“君忘忘”铭文女性赋体诗的定性认识存在商榷之处，以为“君忘忘”铭文表现了对流连物欲的描写和警醒的认识也存在偏颇。“君忘忘”铭文并非反对财富的占有，而是不赞成对财物病态的贪婪，铭文带有

---

① 郭茂倩：《乐府诗集》卷四十二，第616页。“新裂齐纨素，鲜洁如霜雪。裁为合欢扇，团团似明月。出入君怀袖，动摇微风发。常恐秋节至，凉飚夺炎热。弃捐箧笥中，恩情中道绝。”

② 欧阳询撰，汪绍楹校：《艺文类聚》卷七十，上海：上海古籍出版社，1999年，第1222页。“四坐且莫諠，愿听歌一言。请说铜鑪器，崔嵬象南山。上枝似松柏，下根据铜盘。雕文各异类，离娄自相连。谁能为此器，公输与鲁班。朱火燃其中，青烟扬其间。顺风入君怀，四坐莫不欢。香风难久居，空令蕙草残。”

③ 逯钦立辑校：《先秦汉魏晋南北朝诗·汉诗》卷十二，第335页。“橘柚垂华实，乃在深山侧。闻君好我甘，窃独自雕饰。委身玉盘中，历年冀见食。芳菲不相投，青黄忽改色。人傥欲我知，因君为羽翼。”

弘扬优良道德品行而进行宣传和说教的目的和意义。

（一）汉镜“君忘忘”铭文释文及题旨研究的学术史回顾与问题的提出

关于汉镜“君忘忘”铭文内容及题旨的认识，学术界意见并不一致，导致歧见出现的原因，主要在于铭文释文有所不同。李零《读梁鉴藏镜四篇——读汉镜铭文中的女性赋体诗》释文如下：“君忘忘（恍恍）而失志兮，舜（顿）使心臾（瘐）者。臾（瘐）不可尽兮，心污（纡）结而独愁。明知非（彼）不可久处，志所驩（欢），不能已。”根据上面的释文，认为首句“君忘忘而失志兮，舜使心臾者”的“说话人是对镜鉴容的女子，说话对象是她深爱的夫婿”。将上述铭文翻译成白话文，即成如下内容：“夫君神志恍惚不得志呀，好像突然得了抑郁症。此病好不了呀，让他独自发愁，心里的疙瘩解不开。我明知那人不可久处，但心里喜欢还是放不下。”[①]

上述关于“君忘忘”铭文内容及题旨的认识存在很大矛盾。既然将镜铭的“说话人”设定为“对镜鉴容的女子”，那么“说话”的对象就一定是其“深爱”的“夫婿”，于是镜铭也就自然被定性为“女性赋体诗”性质，并构成了“对夫君述说”的叙述模式，进而在这种叙述模式中表达了缘于“夫君”的“抑郁症”而生发的苦恼，只是这种苦恼既有因对“夫君”的关心和爱怜而引发的愁绪，也有借此欲摆脱他（“我明知那人不可久处”）却情不由己的矛盾和焦虑。显然，将这种具有强烈个性特点和私密闺情内容的文字作为铜镜铭文，与汉镜铭文大多摒弃个性化的情感倾向相背离，也与汉镜铭文追求喜庆、欢爱、福寿的铭文宗旨和教化宣传目的相矛盾。

上述关于汉镜“君忘忘”铭文内容及题旨的认识，李学勤早在《阿富汗席巴尔甘出土的一面铜镜》一文中就有所表述，认为“君忘忘”铭文“由于现已看到的镜铭仅有两则，文字尚有模糊不清之处，释文未必完全妥当，不过大意已经明了，是一首女子口吻的相思诗，表达出愁思悱恻，怀念所欢的柔情”[②]。然而，上述意见在其接下来的另外一篇论文《重论阿富汗席巴尔甘出土的汉镜》中被否定，主要原因是对“君忘忘”铭文做了新的释读：“君忘忘而失志兮，憂使心臾（瘐）者，臾（瘐）不可尽行。心汙（阏）结而独愁，明知非，不可久处，志所驩（欢），不能已之。”进而认为铭文“大意是哀叹不得志而疲倦，忧伤使内心病痛，这种病痛无法倾诉，只好郁结在心里独自烦愁，明知情势日非，不应长留，但是自己一贯的心意总是去除不了”[③]。

其后，蒋文的《汉君忘忘镜铭新研》一文则在此基础上有所补充和发明，

① 李零：《读梁鉴藏镜四篇——读汉镜铭文中的女性赋体诗》，《中国文化》2012 年第 1 期。
② 李学勤：《阿富汗席巴尔甘出土的一面铜镜》，《文博》1992 年第 5 期。
③ 李学勤：《重论阿富汗席巴尔甘出土的汉镜》，河南大学历史文化学院编：《史学新论》，第 3-6 页。

其铭文释文为："君忘忘（芒芒/茫茫）而失志兮，爱使心臾（欲/慾）耆（嗜）。臾（欲/慾）不可尽行，心汙（纡）结而独愁。明（明）知非不可久处，而志（或作"心"）所驩（欢）不能巳（已）之。"据此，认为"君忘忘"铭文的主旨"是对流连物欲的描写和警醒"，"全铭以镜子的口吻娓娓道来，先描写照镜人，又替照镜人表达了对沉迷物欲不能自拔的自警和无可奈何的自嘲"。蒋文关于汉镜"君忘忘"铭文释文及对铭文内容和题旨的理解，不仅完全否定了"女性赋体诗"的定性认识，还在铭文第二句"爱使心臾（欲/慾）耆（嗜）"之"爱"字的释读上确立了铭文的题旨："总之此字仍当从旧释释为'爱'，如字读。对'爱使心臾耆'这句的理解直接影响对镜铭主旨的把握。'爱'的含义可以包括情爱（对人）、喜爱（对物）二者，只有后者才能与下文之'耆（嗜）'扣死，故可确定本镜铭是针对喜好之物有感而发，所'欲嗜'者是物而非人。"①

蒋文的研究值得肯定之处，是在明确"君忘忘而失志"释文基础上，做出"爱使心臾（欲/慾）耆（嗜）"的释读。"爱"字，或释为"舜"，或释为"憂"②。山东滕州封山 M59 号墓和曲阜花山 M90 号墓所出"君忘忘镜"堪为精品，其铭文清晰可辨，其字当为"爱"字，对此发掘报告亦释为"爱"字。③王刚怀《汉镜铭文图集》所录"君忘忘铭圈带镜"铭文与滕州封山和曲阜花山所出"君忘忘镜"铭文，于上述两字字形相同，亦释为"爱"字。④值得注意的是，将今所见"君忘忘"铭文"爱"字与"武梁祠西壁"画像第三层画面"闵子骞故事"榜题"爱"字相比较，以汉隶写法，前者缺少中间的"心"字，当是铜镜铭文有意缺省。"耆"字，多释为"者"⑤。值得注意的是，东汉早期"四灵博局镜"铭文亦有此字，字形与滕州封山和曲阜花山所出"君忘忘镜"铭文相同，亦与王刚怀《汉镜铭文图集》所录"君忘忘铭圈带镜"铭文相同，重要的是，其铭文中此字下一字明确为"欲"字，二字相连，当为"耆欲"无疑，全句为"居无耆欲"⑥。可知汉镜铭文中有将"嗜"省写为"耆"的成例。以此观之，蒋文将"臾"字读为"欲"是有道理的。

综上而言，蒋文《汉君忘忘镜铭新研》关于"君忘忘"铭文释文，基于

---

① 蒋文：《汉君忘忘镜铭新研》，复旦大学出土文献与古文字研究中心编：《出土文献与古文字研究》第五辑。

② 参见李零《读梁鉴藏镜四篇——读汉镜铭文中的女性赋体诗》、李学勤《重论阿富汗席巴尔甘出土的汉镜》相关释文。

③ 关于山东滕州封山 M59、曲阜花山 M90 号墓出土"君忘忘"铭文镜纹饰及铭文情况，参见王守功主编，山东省文物考古研究所编著：《鲁中南汉墓》，第 61、636 页。

④ 王刚怀：《汉镜铭文图集》，上海：中西书局，2016 年，第 230 页。

⑤ 参见李零：《读梁鉴藏镜四篇——读汉镜铭文中的女性赋体诗》，《中国文化》2012 年第 1 期；李学勤：《重论阿富汗席巴尔甘出土的汉镜》，河南大学历史文化学院编：《史学新论》，第 3-6 页；王守功主编，山东省文物考古研究所编著的《鲁中南汉墓》关于滕州封山 M59、曲阜花山 M90 号墓"君忘忘"铭文释文，第 61、636 页。

⑥ 见：王刚怀《汉镜铭文图集》所录"汉有善铜（起洛阳）铭四灵博局镜"铭文，第 366 页。

其他学者的研究而有所发展，由此而对镜铭内容及题旨的理解比“女性赋体诗”认识更优。然而，上述研究似乎仍然存在辨析和商讨的空间。汉镜铭文中有“耆欲”成例，但不见“臾（欲）耆”用法，二者是否意义相同，蒋文并没有辨析。从其具体论述看，蒋文是以“物欲”指称“臾（欲）耆”，如此，将“爱”与“臾耆”联系起来，铭文“爱使心臾耆”便可以直译为“对物的喜爱会使人心产生欲望”。联系下一句“臾不可尽行”，则是说“这些欲望不可能全部实现”，所以才导致“心汙（纡）结而独愁”。如此而言，汉镜“君忘忘”铭文题旨是倡导“节欲”思想，与“流连物欲”或“沉迷物欲”还有些区别。更为重要的是，汉镜铭文有“居无耆欲”用语成例，其中“耆欲”显然不能简单地用“物欲”来解释，所以“君忘忘”铭文中的“臾耆”似乎也不是缘于“物欲”的“欲望”这样简单。据此联系首字“爱”字，其含义可能也有别于缘于“物”的“喜爱”之“爱”。

（二）汉镜“君忘忘”铭文是对贪婪的生活态度或生活方式的讽刺和批评

上引王刚怀《汉镜铭文图集》所录“汉有善铜（起洛阳）铭四灵博局镜”铭文“居无耆欲”，其“耆欲”所指显然并非普通的物欲，铭文的意思是说：不是不要物欲，而是不要不好的物欲。显然，这种不好的物欲就是铭文所说的“耆欲”。汉镜铭文上述用语形式亦有成例可援。洛阳西汉“五灵博局纹铜镜”有“乐哉居毋事”铭文。[①]汉镜铭文中“居毋事”又常写作“乐毋事”，同时还有“无忧患”一类的镜语，显然是“居毋事”或“乐毋事”的“反语”，其“毋事”的“事”不是普通的事情，而是所谓“忧事”“恶事”“央咎”一类的忧患之事。

在先秦及秦汉的语用实例中“欲”可以作动词，表现对某种欲望的希望和追求，其对象往往是事物的某种状态。《论语·子路》云：“无欲速，无见小利。欲速，则不达；见小利，则大事不成。”[②]借助《论语》“欲速”用语成例，或可对“君忘忘镜”铭文“臾耆”构词形式的理解得到启发。“嗜”同样表现为一种欲望，但却是“成癖”“上瘾”或“欲罢不能”的欲望，而且其对象往往是生活中“酒”“财”“利”“色”一类具有物质属性的事物。是故，铭文“臾（欲）耆”不应该是“耆欲”一词的颠倒所致，而是以动宾词组的形式表示对某种“欲望”的“欲罢不能”的希望和追求。值得注意的是，铭文“臾耆”之前是“使”和“心”字，显然，“心”表现了这种“欲望”的“主体”和“出发点”，而“使”字则突显了“爱”字作为这种“欲望”的“来源”

① 洛阳西汉“五灵博局纹铜镜”铭文释文，见刁淑琴、郑卫：《洛阳西汉五灵博局纹铜镜》，《中原文物》2002年第4期。

② 刘宝楠：《论语正义》卷十六，国学整理社辑：《诸子集成》第一册，第291页。

和“根源”的作用和意义。如此，汉镜“君忘忘”铭文“爱使心臾者”的“爱”字，便成为此句铭文意义的关键字。

值得注意的是，“爱”的意义并不只包括情爱（对人）和喜爱（对物）二者，还与“吝”的意义接近。《孟子·梁惠王上》：“百姓皆以王为爱也，臣故知王之不忍也。”注云：“爱，吝也。”正义曰：“啬于赐予曰爱。”[①]而依晏子的理解，“爱”与“吝”还有区别。《晏子春秋·问下》云：“积多不能分人，而厚自养，谓之吝；不能分人，又不能自养，谓之爱。”[②]依此而论，“爱”与“吝”的共同点是“积多不能分人”，也就是“啬于赐予”，但“爱”还有对“财物”盲目贪爱而不知如何利用的意思，显示出“爱”之于“吝”表现出“愚蠢”的附加情态，是一种不可理喻带有愚蠢色彩的“吝”。这样的“爱”于人而言，或者就是那种“贪婪”的“守财奴”或“吝啬鬼”的形象。由此，将“爱”字还原到铭文原句中，“爱使心臾者”即是说贪婪会导致人心产生欲罢不能的欲望。而首句“君忘忘而失志兮”恰与第二句构成意义上的因果关系。借此联系“君忘忘”铭文下面诸句，铭文的意思便很好理解了。据此而论，汉镜“君忘忘”铭文的题旨，是批评守财奴或吝啬鬼式的生活态度或生活方式。铭文以反面描写和叙述形式，正面劝告世人不要做那样的人，指出那是一种病态的生活态度和生活方式，它会使人迷失心志而欲罢不能。上述情况说明，汉镜“君忘忘”铭文带有为弘扬优良道德品行而进行宣传和说教的目的和意义。

从目前所见“君忘忘镜”纹饰看，主要是八连弧纹。[③]说明“君忘忘镜”虽然纹饰精美，但却没有画像镜或规矩镜复杂，因此，推测“君忘忘镜”的珍贵之处应该是其独特的“君忘忘”铭文。需要指出的是，“君忘忘”铭文所反映的思想和道德认知，并非汉镜铭文所独有，古人早就有关于“啬吝爱”的辨识，并在这种辨识中表达了积极向上的生活观和人生观。从这个意义上看，上文对汉镜“君忘忘”铭文第二句“爱”字的释读和考辨，以及由此而对铭文内容和题旨的总结，还具有社会传统价值观意义上的佐证。

《老子》云：“治人事天莫若啬。”[④]此“啬”或谓“有余不尽用”之意。《韩非子·解老》进一步将“啬”与“侈”对立起来看待，“多费之谓侈”而“少费之谓啬”[⑤]。相对于“侈”来说，“少费”就是“节用”。前文引述晏子关于“吝”与“爱”的辨析文字，实为晏子回答叔向关于“啬吝爱之于行何

① 焦循：《孟子正义》卷一，国学整理社辑：《诸子集成》第一册，第49页。
② 张纯一：《晏子春秋校注》卷四，国学整理社辑：《诸子集成》第四册，第117页。
③ 按：据蒋文《汉君忘忘镜铭新研》附2“君忘忘镜著录信息表”所引14件“君忘忘镜”，1件为“四神规矩纹”，但属于私家藏品，铜镜直径达27.2厘米，另有1件“半圆钮，钮外饰连珠纹”，其余12件“君忘忘镜”皆为“内向八连弧纹”。蒋文：《汉君忘忘镜铭新研》，复旦大学出土文献与古文字研究中心编：《出土文献与古文字研究》第五辑，第576-577页。
④ 王弼：《老子注》第五十九章，国学整理社辑：《诸子集成》第三册，第36页。
⑤ 王先慎：《韩非子集解》卷六，国学整理社辑：《诸子集成》第五册，第101页。

如”问题时所给出的回答。晏子将啬、吝、爱进行了比较，并对“啬之于行”给予肯定，其云：“称财多寡而节用之，富无金藏，贫不假贷，谓之啬。”[①]并进一步说道：“故夫啬者，君子之道；吝爱者，小人之行也。”[②]从晏子的回语看，其关于“啬吝爱之于行何如”问题的思考，与《老子》及后来《韩非子》的思想不但没有抵牾，而且还有所发展和完善。晏子主张的“节用”，与《韩非子·解老》的“少费”在本质上是相同的，但晏子还进一步强调“富无金藏”的思想。所谓“富无金藏”实际上是关于财富如何使用的问题。《颜氏家训·治家》云：“吝者，穷急不恤之谓也。”这与《晏子春秋·问下》“积多不能分人”意义相同。

综上而言，《晏子春秋》中“叔向”提出“啬吝爱之于行”的问题，晏子进一步将三者进行分析对比，说明他们已经将“啬吝爱”作为不同的生活观和人生观来看待。虽然“晏子”对上述观念给出正与反的二分法分析，但“爱”与“吝”相比更具贬义和否定性。《晏子春秋》中“晏子”的回语告诉人们，如果“吝”与“爱”都是“小人之行”的话，那么“爱”还是一种“病态”。显然，这种情况恰恰与“君忘忘”铭文对“爱”的“病态”描述相吻合。

从《老子》“治人事天莫若啬”思想的提出，到《韩非子》将“啬”与“侈”对立起来的解析；从《晏子春秋》“叔向”关于“啬吝爱之于行何如”的疑问，到“晏子”的“君子之道”和“小人之行”的回答，进而再联系《颜氏家训》“吝者穷急不恤之谓也”的论述，可以发现两周时期及至秦汉以降，传统社会缘于财物占有和使用而引发的对生活观和人生观的思考、发展及至成熟的情况。如此，将这种具有“正能量”意义的生活观和人生观以镜铭警语的形式刊刻出来，显然是期望随着铜镜的流行而家喻户晓。

照理说，一种带有道德说教和警示作用和意义的铭文文本，其行文势必以正面说辞为主而行批评、批判之实，语势干脆，措辞强硬，是非鲜明，然而汉镜“君忘忘”铭文并非如此，而是别具一格，值得玩味。“君忘忘”铭文不是简单地对“守财奴”或“吝啬鬼”式的生活态度和生活方式进行批判或讽刺，而是在三个层面上从“正”与“反”两个方面构文：首先描摹这种生活态度和生活方式所具有的病态的精神面貌，即“君忘忘而失志”；然后指出这种精神面貌的“病态”表现，即“爱使心臾者”；最后四句则进一步从反面描述这种病态的生活态度和生活方式对人的情感和心志所带来的伤害。显然，铭文在构文上抛弃了正面道德说教的方法，而是重在形象描摹和情感表现，形象而情绪化地表现了“守财奴”或“吝啬鬼”式的生活态度和生活方式，

① 《晏子春秋·问下》，张纯一《晏子春秋校注》卷四，国学整理社辑：《诸子集成》第四册，第 117 页。
② 张纯一：《晏子春秋校注》卷四，国学整理社辑：《诸子集成》第四册，第 117 页。

以及这种生活态度和生活方式致使人精神和肉体的伤害和积习难改的痛苦。褒贬臧否，不露痕迹，而其劝谏警戒之功效，却又深邃精警。再者，“君忘忘”铭文用词考究而洗练，构文巧妙而精警。首句“失志”当意为心志的迷失，是“志之失”而非“志之无”，为尾句“志所驩”做了铺垫，构成前后照应之势；二句与三句运用顶针手法，连贯而下，顺势引出四句“心汙结而独愁”的形象描述；最后两句以两个否定句构成肯定的语意，突出“病态”的生活态度和生活方式积习难改的恶果，从而达到令人警醒的效果。

（三）汉“君忘忘镜”所属墓葬埋葬情况能够对铭文题旨的认识有所帮助

如果说以往关于汉镜“君忘忘”铭文的研究存在着某些不足或缺憾，那就是上述研究大都以铭文为对象而无涉铜镜所属墓葬等情况。因此，将“君忘忘”铭文的研究与铜镜所属墓葬埋葬情况联系起来，通过这样的考察发现与铜镜构成密切联系的特点，或许能够对君忘忘镜铭文的认识有所帮助。幸运的是，根据我们所掌握的汉代考古资料，目前所见“君忘忘镜”出土实例，除了山东滕州封山 M59 号墓和曲阜花山 M90 号墓之外，尚有连云港市孔望山吴窑 1 号墓和江苏邗江县姚庄 102 号墓。

对上述 4 座有“君忘忘镜”随葬的汉墓进行考察，与“君忘忘镜”构成密切联系的特点，可以总结出如下 3 个方面：①上述 4 件“君忘忘镜”皆出自合葬墓中，其中曲阜花山 M90 号墓和邗江姚庄 102 号墓是夫妻合葬墓。①连云港市孔望山吴窑汉墓 M1 号墓已无骨骼痕迹，但从随葬品漆奁、铜刷柄、玛瑙质耳坠、角质笄、粉团看，合葬的墓主人中当有女性。②上述 4 件“君忘忘镜”于墓葬中摆放位置较为明确地反映了与墓主人的关系，其中 2 件与女性墓主人有关，1 件推测与男性墓主人有关，1 件或为夫妻共同之物。具体说来，曲阜花山“君忘忘镜”属于女性墓主人随葬品。曲阜花山 90 号墓共随葬两面铜镜，其中“君忘忘镜”被置于西室棺内女主人头部，另一件昭明镜被置于中室棺内男主人下肢两脚之间，故此“君忘忘镜”当属于女性墓主人。连云港市孔望山吴窑“君忘忘镜”被置于漆奁之内，与邗江姚庄铜华镜被置于漆奁内的随葬方式相同，应该属于女性墓主人。②滕州封山“君忘忘镜”推测属于男性墓主人。关于滕州封山 M59 号墓的具体情况，发掘报告没有介绍，

---

① 按：曲阜花山所出“君忘忘”铭文镜属于 M90 号墓，其为三室石椁墓，东、中、西石椁内有木棺三具，中室内为一男性个体，东室和西室各有一女性个体，“根据发掘现场及打破关系观察，该石椁为三室夫妻合葬墓。”山东省文物考古研究所、曲阜市文物局：《曲阜花山墓地》，王守功主编，山东省文物考古研究所编著：《鲁中南汉墓》，第 607-608 页。江苏邗江县姚庄汉墓出土“君忘忘镜”所属 102 号墓，同样是夫妻合葬墓。参印志华：《江苏邗江县姚庄 102 号汉墓》，《考古》2000 年第 4 期。

② 按：邗江姚庄被置于漆奁内的“铜华镜”位于女棺内女性墓主人头部，显然是女性墓主人随葬之物。参印志华：《江苏邗江县姚庄 102 号汉墓》，《考古》2000 年第 4 期。

此墓已不见棺痕，但两椁尚见，其中南椁内除了“君忘忘镜”之外，还有铁剑和刀，故推测南椁墓主人为男性，“君忘忘镜”为男性墓主人随葬品。[①]邗江姚庄“君忘忘镜”或为夫妻共用之物。邗江姚庄 102 号墓呈南北向，东侧为男棺，西侧为女棺，3 件随葬铜镜中，1 件铜华镜位于西侧女棺前部，1 件铜镜位于女棺西侧边箱之中且同样紧靠女棺前部，而“君忘忘镜”则位于墓葬头箱东侧。从上述 3 件铜镜的摆放位置看，位于女棺前部和西边箱且紧靠女棺前部的 2 件铜镜当与女性墓主人有关，而位于头箱的“君忘忘镜”显然带有夫妻共用的属性。③上述 4 件“君忘忘镜”所属墓葬中邗江姚庄 102 号墓随葬品极为丰富，珍贵随葬品有金银贴箔彩绘漆面罩、玉猪、玉蝉、玉串饰、金饼等，还有反映社会地位和等级的龟钮铜印、虎钮玛瑙印和琥珀印，说明墓主人生前不但富裕而且具有较高身份地位。另外，曲阜花山 M90 号墓属于夫妻三人合葬墓，中室棺内是男性墓主人，东室棺和西室棺为女性墓主人，在两位女性墓主人的随葬品上，东室棺仅有 14 枚铜钱随葬，而西室棺除“君忘忘镜”外，尚有铜钱、石琀、石耳塞、石鼻塞、石肛塞等，说明拥有“君忘忘镜”的女性墓主人，即使在家庭内部，其生前的生活地位和富裕程度都高于其他女性成员。

据此而论，上述“君忘忘镜”带有着颇为鲜明的家庭色彩，相比较而言，在有“君忘忘镜”随葬的墓葬中其他随葬品也较为丰富，反映出拥有“君忘忘镜”的家庭可能都富裕或较为富裕，但是上述家庭中的成员与“君忘忘镜”的关系存在差异，在家庭中地位较高的男性主人及家庭主妇与“君忘忘镜”关系密切。显然，上述情况或许能够在一定意义上反映出“君忘忘镜”在现实生活中的存在情况，或者能够说明自西汉中晚期起，“君忘忘”铭文就已经被社会上富裕或较为富裕的家庭所拥有，并为上述家庭中的家庭主人尤其家庭主妇所喜爱。

上面的讨论可能影响对“君忘忘”铭文内容和题旨的认识。“君忘忘镜”鲜明的“家庭”色彩及与“男性主人”尤其“家庭主妇”的密切关系，有可能对“君忘忘”铭文的接受情况的认识产生影响，那种以“君忘忘”铭文表达了对“得了抑郁症”的丈夫“不可久处”的矛盾情感的认识，似乎与家庭的和谐氛围相左，也很难为家庭中的“男性主人”尤其“家庭主妇”所接受。如前所述，汉镜铭文中的“君”并非都是泛指，亦有指称“夫君”或“有情人”者，但需要满足一个条件，那就是铭文中构成了明确的“妾与君”叙述关系。铭文预设了“君”与“妾”两个人物形象，并以“君”之“行”构成

① 山东省文物考古研究所、滕州市博物馆：《滕州封山墓地》，附表：封山汉墓墓葬登记表，王守功主编，山东省文物考古研究所编著：《鲁中南汉墓》，第 89 页。

情感叙述的由头和始点，进而展开“妾”之“思”和“妾”之“愿”。与之相比较，“君忘忘”铭文中并没有出现“妾”的形象，也就无法构成“妾与君”的叙述关系。

综上所述，从目前汉代考古所发现的汉“君忘忘镜”看，该镜呈现出较为鲜明的“家庭”色彩及与“家庭主人”尤其“家庭主妇”的密切关系。这种现象在一定意义上反映了“君忘忘镜”在现实生活中的存在情况，以及“君忘忘”铭文的流传与接受情况。上述情况或许能够为汉镜“君忘忘”铭文内容及题旨问题的研究提供帮助。结合汉镜“君有行”铭文在行文与叙述上的特点，“君忘忘”铭文并没有构成“妾与君”的叙述关系，故其“女性赋体诗”的定性认识存在商榷之处，而以为“君忘忘”铭文表现了“对流连物欲的描写和警醒”的认识也存在偏颇。汉镜“君忘忘”铭文并非反对财富的占有，而是不赞成对财物“病态”的贪婪。因此，汉镜“君忘忘”铭文带有弘扬优良的道德品行并进行宣传和说教的目的和意义。从这个意义上看，“君忘忘镜”多出现于“合葬墓”中而带有家庭色彩，以及与家庭主人尤其家庭主妇密切关系的现象，也就不难理解了。

第六节　结论：为传统汉代诗歌散文研究开辟了新的视野

（1）西汉晚期至东汉时期因墓葬主人经济条件不同而呈现出的铜镜随葬情况的差异，有可能是现实生活中铜镜使用情况的表现和反映。上述情况或说明，在铜镜拥有或使用中经济因素的出现，或预示着铜镜制作情况发生变化，即在传统的模式化批量生产基础上出现“私人订制”的现象。这种情况势必带来两个方面的新变：一是导致具有一定文化修养和文学素养的“出资人”参与到镜铭制订或创作中；二是由此而带来镜铭制订或创作的个性化发展和文学水准的提高，导致镜铭程式化传统的被突破，促使镜铭由传统的嘏辞祝语形式向着诗歌或散文小品的转化和发展。

（2）在东汉时期铜镜纹饰演变态势中最值得关注的，是在纹饰完美呈现的同时，铜镜铭文也能够一改传统的内容和格套，以铭文镜歌形式对纹饰构图进行描摹，同时抒发祈福的情感和祝愿，体现出铭文镜歌创作上缘于铜镜浮雕画面进行构思的艺术考量。将这种艺术考量视为诗（文）与画两种艺术形式相互结合的艺术创造，应该是合适的。上述情况无疑为传统题画诗（文）源流问题的研究提供了崭新的思路。

（3）汉镜铭文“七言镜歌”是带有明确的“七言构句”和“七言句成篇”意识的“七言”或“七言诗”创作行为。汉镜铭文“七言镜歌”在西汉早期既已出现的事实，说明七言诗在西汉早期就已经出现，并在西汉中晚期及东汉时期得到进一步发展。因此，在描述七言诗由民间歌谣到文人仿作的发展、演变的轨迹时，不能忽视或无视“七言镜歌”的存在。汉镜铭文“七言镜歌”的渊源或可追溯至商周时期神祇祭祷仪式中的祝语或嘏辞。由汉镜铭文“七言镜歌”溯源问题的研究，势必引出上述祝语或嘏辞于后世流变问题的探讨，并在这种探讨中进一步发现战国时期流行的七言体短语在七言诗起源问题研究中的重要地位。

（4）根据对鲁中南汉墓群铜镜与铜镜随葬情况的考察可知，以社会平民阶层为衡量尺度，铜镜尚属于奢侈品范畴，个人或家庭对铜镜的拥有需要具备一定的经济条件，现实生活中平民阶层可能近九成以上的个人或家庭并不具备拥有铜镜的经济条件，而质地优良、纹饰精美的铭文镜可能更为罕见。铭文镜中的“昭明镜”和“日光镜”可能在平民生活中最为流行，其“昭明”“日光”一类的镜歌最为时人所喜爱且接受度最高。“君忘忘镜”在滕州封山和曲阜花山墓地出现且皆是精品的事实，说明高档铭文镜及铭文镜歌亦有可能流传至平民阶层生活之中。

（5）目前所见著名汉镜铭文作品，堪称精美的诗歌和散文小品，其文学意义和价值将为汉代文学研究带来新的活力。其中“昭明精白铭文”堪称一篇精美绝伦的诗篇，其以六言成句，两句一节，用词考究，韵律谐和；其因镜设词，借助“情歌”形式表达拟人化的“镜”对人即“君”的款款深情，意象暧昧，格调隐晦，情义缠绵，在目前所见汉诗中无出其右者。汉镜“君忘忘”铭文，则带有弘扬优良道德品行而进行宣传和说教的目的和意义，其构文褒贬臧否，不露痕迹，而劝谏警戒之功效，却又深邃精警。总之，对于汉镜铭文作品来说，在以往汉代诗歌和散文研究中从无涉猎，对它们的准确释读和精到诠释，将极大地丰富汉代文学的内容、扩展研究视野。

本章附录

一、供研究的12类49则七言镜铭

1. 第一类：善铜镜

（1）新有善铜出丹阳，炼冶铜锡清而明，尚方内□□□场，巧工□之成

文章，左龙右虎掌四静，朱雀玄武顺阴阳，子孙备具居中央，长保二亲如侯王，千秋万岁乐未央。（莫测境：《广西钟山发现西汉规矩镜》，《考古》1992年第9期）

（2）新有善铜出丹阳，和以银锡清且明，左龙右虎□为□，朱爵玄武顺阴阳，八子九孙治中央，刻具博局去不羊，家常大富宜君王。（周铮：《“规矩镜”应改称“博局镜”》引，《考古》1987年第12期）

（3）汉有善铜出丹阳，和以银锡清且明。左龙右虎主四彭，朱爵玄武顺阴阳，八子九孙治中央。（罗振玉：《汉两京以来镜铭集录》引，《罗振玉学术论著集》第六集）

（4）汉有名铜出丹阳，杂以银锡清且明。左龙右虎主四彭，朱爵玄武顺阴阳，八子九孙治中央。（同上）

（5）汉有善铜出丹阳，用之为镜青如明。八子九孙治中央，千秋万岁辟不阳。（同上）

（6）汉有善铜出丹阳，湅治银锡清而明，巧工刻之成文章。左龙右虎辟不羊，朱鸟玄武顺阴阳。子孙服具居中央，长保二亲乐富昌，寿如金石之侯[王]。（同上）

（7）汉有善铜出丹阳，取之为镜清而明，左龙右虎备四方，朱爵玄武顺阴阳。（李缙云：《古镜鉴赏》引）

（8）新有善铜出丹阳，和以银锡清且明，左龙右虎掌四彭，朱爵玄武顺阴阳，八子九孙居中央，刻具博局去不羊，家常大富宜君王。（同上）

2. 第二类：新兴新起镜

（9）新兴辟雍建明堂，烈于举士比侯王，子孙服具治中央。（罗振玉：《汉两京以来镜铭集录》引）

（10）新兴辟雍建明堂，烈于举士列侯王。将□□尹民□□，诸生万舍左□□。（同上）

3. 第三类：尚方镜

（11）尚方作镜真大好，上有仙人不知老。渴饮玉泉饥食枣，徘徊神山采其艸，寿敝金石西王母。（同上）

（12）尚方作镜真大好，上有仙人不知老。渴饮玉泉饥食枣，浮游天下敖四海，寿如金石为国保。（同上）

（13）尚方作竟大毋伤，左龙右虎辟不羊，朱鸟玄武顺阴阳。子孙备具居中央，长保二亲乐富昌。（同上）

（14）尚方佳竟大毋伤，左龙右虎掌四旁，朱鸟玄武利阴阳。子孙备具居中央，长保二亲乐富昌。（同上）

（15）尚方佳竟大毋伤，巧工刻之成文章。左龙右虎掌四旁，朱鸟玄武利阴阳。子孙备具居中央，上有仙人高敖羊。长保二亲乐富昌，寿如金石为侯王。（同上）

（16）上方作竟佳且好，明而日月世少有，上有仙人赤松子。（同上）

（17）尚方作镜大毋伤，巧工刻之成文章，左龙右虎除不佯，朱鸟玄武顺阴阳，子孙备具居中央，女为夫人男为卿。（李缙云：《古镜鉴赏》引）

（18）尚方佳镜真大好，上有仙人不知老。渴饮玉泉饥食枣，浮游天下敖四海，寿如金石之国保。（包明军、王伟：《南阳市汉墓出土铜镜简介》引“尚方四神规矩镜”铭文，《江汉考古》1997 年第 1 期）

4. 第四类：青盖镜

（19）青盖作镜四夷服，多贺国家人民息。胡虏殄灭天下复，风雨时节五谷孰。长保二亲得天力。（罗振玉：《汉两京以来镜铭集录》引）

（20）青盖作镜四夷服，多贺君家人民息。胡虏殄灭天下复，风雨时节五谷孰。长保二亲得天力。（王建伟：《四川渠县出土汉代神兽镜》，《考古》1993 年第 3 期）

（21）青盖作镜四夷服，多贺国家人民息。胡虏殄灭天下复，风雨时节五谷孰。长保二亲得天力，传告后世乐无亟。（罗振玉：《汉两京以来镜铭集录》引）

（22）青盖作竟自有纪，辟去不羊宜古市。长保二亲利孙子，为吏高官寿命久。（同上）

（23）青盖作竟自有纪，辟去不羊宜古市。□□□□寿命久，保子宜孙得好，为吏高官车生耳。（同上）

（24）青盖明镜以发阳，揽睹四方昭中央。朱鸟玄武师子翔，左龙右虎辟不详。子孙备具居中英，长保二亲乐未尝。（同上）

（25）青盖作镜真大好，上有仙人不知老，渴饮玉泉饥食枣，浮游名山采芝草，长保二亲国之保。（莫测境：《钟山县出土东汉、唐、宋铜镜》，《考古》1988 年第 1 期）

5. 第五类：青羊黄羊三羊镜

（26）青羊作竟四夷服，多贺国家人民息，胡虏殄灭天下复。风雨时节五谷孰，传告后世得天福。（罗振玉：《汉两京以来镜铭集录》引）

6. 第六类：姓氏镜

（27）驺氏作镜四夷服，多贺国家人民息。胡虏殄灭天下复，风雨时节五谷孰。长保二亲得天力，传告后世乐无亟兮。（同上）

（28）许氏作竟自有纪，青龙白虎居左右。圣人周公鲁孔子。作吏高迁车生耳，郡举孝廉州博士。少不努力老乃悔。吉。（罗振玉：《汉两京以来镜铭集录》引）

（29）张氏作镜四夷服，多贺君家人民息。官至三公得天福，子孙备具孝且力。（同上）

（30）张氏作镜宜侯王，家当大富乐未央，子孙修见居中央，长保二亲世世昌，为吏高迁带青黄。（荆门市博物馆：《荆门馆藏铜镜》引“张氏六乳兽纹镜”铭文，《江汉考古》1990年第4期）

（31）吴□作竟时日良，左龙右虎辟不详。二亲备具子孙昌，寿如金石乐未央。（同上）

（32）龙氏作竟四夷服，多贺君家人民息。胡克除灭天下复，风雨时节五□□。官位尊显蒙禄食，长保二亲乐无已。（同上）

（33）龙氏作竟大毋伤，亲有善铜出丹杨。和己昆易清且明，刻画奇守成文章。距虚辟邪除群凶，除子天禄会是中。长宜子孙大吉羊。（同上）

（34）侯氏作竟大毋伤，巧工刻之成文章，左龙右虎辟不阳，七子八孙居中央，夫妻相保如威央。（李缙云：《古镜鉴赏》引）

（35）王氏作竟其大巧，上有仙人不知老，食饮玉泉饥食枣兮。（同上）

（36）后世作竟大毋伤，巧工刻之成文章，左龙右虎辟不羊，朱鸟玄武顺阴阳，子孙备具居中央。（包明军、王伟：《南阳市汉墓出土铜镜简介》引“七乳神兽侯氏镜”铭文，《江汉考古》1997年第1期）

7. 第七类：新银镜

（37）新银治竟子孙具，多贺君家受大福。位至公卿修禄食，幸得时年获嘉德，传之后世乐无极。大吉。（罗振玉：《汉两京以来镜铭集录》引）

（38）新银兹竟子孙具，多贺君家受大福。位至公卿修禄食，幸得时年获嘉德，传之后世乐无极。大吉。（同上）

（39）新银治竟子孙具，多贺君家受大福。位至公卿修禄食，幸得时年获嘉德，传之后世乐无亟。大吉。（同上）

8. 第八类：吾作镜

（40）吾作佳竟自有尚，工师妙像主文章。上有古守辟不羊，服之寿考

宜侯王。（同上）

（41）诈佳境□真无伤，左龙右虎卫四彭，朱□玄武顺阴阳。子孙富贵为侯王，传称万岁乐未央。（同上）

（42）作佳镜哉子孙息，凤凰翼翼在坐则，官位尊𩭥蒙禄食，幸逢时年获嘉德，长保二亲得天力，传之后世乐无极。（姚军英：《河南襄城县出土西汉晚期四神规矩镜》，《文物》1992 年第 11 期）

9. 第九类：角王巨虚镜

（43）角王巨虚辟不详，仓龙白虎神而明，赤鸟玄武之阴阳。国实受福家富昌，长宜子孙乐未央。（罗振玉：《汉两京以来镜铭集录》引）

（44）角王巨虚日有熹，昭明此镜诚快意。上有龙虎四时置，长保二亲乐无事。子孙顺息家富炽，予天无极受大福。（同上）

10. 第十类：湅冶铜华镜

（45）湅冶铜华清而明，以之为镜宜文章。长年益寿去不羊，无亟而日月之光，千秋万世乐未央。（同上）

（46）湅冶铜华清而明，以之为镜宜文章。延年益寿去不羊，无亟而日月之光。（罗振玉：《汉两京以来镜铭集录》引）

11. 第十一类：来言镜

（47）来言之始自有纪，湅冶铜锡去其宰。辟除不羊宜古市，长葆二亲利孙子。（罗振玉：《汉两京以来镜铭集录》引）

（48）来言之纪□竟始，湅铜锡去其宰，以之为镜宜子孙，长葆二亲乐毋□，寿币金石西王母。棠安作。（同上）

12. 第十二类：凤凰镜

（49）凤凰翼翼在镜则，多资□家受大福。□达时年□嘉□，官□□□□□□。□保二亲得天力，传之后世乐无极。（同上）

二、供研究的 16 类 40 则以七言句式为主的杂言体镜铭

1. 第一类：善铜镜

（1）汉有佳铜出丹阳，□刚作镜真毋伤。湅冶镇锡清且明，昭于宫室日月光。左龙右虎主四方，八子十二孙治中央。（罗振玉：《汉两京以来镜铭集

录》引）

（2）新有善铜出丹阳，用以为镜清且明，八子九孙主四彭，朱爵玄武。（李缙云：《古镜鉴赏》引）

（3）新有善铜出丹阳，和已银锡清且明，左龙右虎。（同上）

（4）汉有善铜出丹阳，和以银竟清且明，左龙右虎主。（杨冬梅、李晓峰：《济南市博物馆历代铜镜选粹》，《中原文物》2001 年第 3 期）

2. 第二类：新兴新起镜

（5）新起辟雍盖明堂，汉朝□于凶奴畏。新家□起更立平，天□以下国中安。四夷□□无不□，千秋万岁长乐。（罗振玉：《汉两京以来镜铭集录》引）

3. 第三类：始建国镜

（6）唯始建国二年新家尊，诏书□下大多恩。贾人事市□，酮啬□，更□□□□□官，五谷成孰天下安，有志之士得蒙恩。宜官秩，葆子孙。（同上）

（7）上始建国天凤二年作好镜，常乐富贵庄君上，长保二亲及妻子，为吏高迁位公卿，世世封传于毋穷。（李缙云：《古镜鉴赏》引）

4. 第四类：尚方镜

（8）尚方作镜佳且好，白虎辟邪居中道。家室富昌宜孙子，以为身保。（罗振玉：《汉两京以来镜铭集录》引）

（9）尚方作竟自有纪，良时日。家大富。九子九孙各有喜，位至三公中常侍。上有西王母东王公，山人子乔赤由子□。（同上）

（10）上方作竟佳且好，明而日月世少有，大富贵，宜子孙，大吉阳兮。（同上）

（11）尚方作镜真大巧，上有仙人不知老，渴饮玉泉饥食枣，浮游天下遨四海，新有善铜。（李缙云：《古镜鉴赏》引）

（12）尚方作镜真大好，上有仙人不知老，喝饮黄泉饥食枣，浮游天下敖四海，寿如金石把国保，而兮。（马人权：《安徽颍上县出土四件古代铜镜》，《文物》1986 年第 9 期）

（13）尚方作镜真大巧，寿如大山不知老，曷饮玉泉兮。（杨冬梅、李晓峰：《济南市博物馆历代铜镜选粹》，《中原文物》2001 年第 3 期）

5. 第五类：青羊黄羊三羊镜

（14）黄羊作竟大毋伤，巧工所刻成文章，左龙。（罗振玉：《汉两京以来镜铭集录》引）

（15）三羊作竟□□纪，明而日月□未有。□大富，保（父）母。五男四女凡九子，女宜贤夫，男得好妇兮。（同上）

6. 第六类：姓氏镜

（16）朱氏明镜快人意，上有龙虎三时置。常柔二亲宜酒食。君宜官秩，家大富，枭未央，宜牛羊。（同上）

（17）朱氏明镜快人意，上有龙虎三时置。常柔二亲宜酒食。君宜官秩，家大富，枭未央，富贵昌，与君相保，敝日月光兮。（同上）

（18）李氏作竟自有纪，青龙白虎居左右。神鱼仙人赤松子，八肘相向法古始。□长命，宜子孙，五男四女凡九子。便固章，利父母，为吏高迁。（同上）

（19）蔡氏作竟自有意，良时日，家大富，七子九孙各有喜，官至三公中常侍。上有东王公、西王母，与天相保兮。（同上）

（20）至氏作镜真大巧，上有山人子禹赤诵子，□□辟邪，左有青龙。喜怒无央咎，千秋万岁青长久。（同上）

（21）侯氏作镜自有纪，□大得，宜贾市，出入居官在人右，长保二亲及孙子。（李缙云：《古镜鉴赏》引）

（22）侯氏作竟大毋伤，巧工刻之成文章，左龙右虎辟不阳，七子八孙居中央，夫妻相保如威央。（同上）

（23）蔡氏作竟佳且好，明而月，世少有，刻治今守悉皆在，令人富贵宜孙子，寿而金石不知来兮，乐无极。（同上）

（24）吾向里柏氏作竟四夷服，多贺国家人民，胡虏殄灭天下复，风雨时节五谷熟，长保二亲得天力，传告后世乐无极兮。（同上）

（25）吕氏作镜善毋伤，工或刻之成文章，左龙右虎辟不羊，朱爵玄武顺阴阳，八子九孙居中央，家当大八千万。（熊建华：《帆船纹吕氏镜小考》，《考古》2001 年第 10 期）

7. 第七类：吾作镜

（26）吾作明竟自有纪，除去不羊宜古市，上有东王公西王母，君宜官。（杨琼：《商城县文管会馆藏铜镜选介》，《中原文物》1996 年第 4 期）

8. 第八类：角王巨虚镜

（27）角王巨虚日有熹，延年益寿去忧事。长乐万世宜酒食，子孙贤，家大富。（罗振玉：《汉两京以来镜铭集录》引）

（28）角王巨虚日有熹，延年益寿去恶事。长乐万世宜酒食，子孙具，家大富。（同上）

9. 第九类：湅冶铜华镜

（29）湅冶铜华清而明，以之为镜宜文章，以延年而益寿，老不祥。（李缙云：《古镜鉴赏》引）

（30）清湅铜华以为镜，昭察衣服观容貌，丝组杂遝以为信，青光宜佳人。（罗振玉：《汉两京以来镜铭集录》引）

（31）湅冶铜华清而明，以之为镜因宜文章，延年益寿去不羊，与天无亟日月光，长乐。（李缙云：《古镜鉴赏》引）

（32）清治铜华清而明，以之为镜因置文章，延年益寿去不羊，皇天母灵如日光，千秋万岁乐未央，善氏平。（包明军、王伟：《南阳市汉墓出土铜镜简介》引“清华连弧纹镜”铭文，《江汉考古》1997年第1期）

10. 第十类：照貌镜

（33）昭皃明镜知人请，左龙右虎□天菁，朱爵玄武法列星，八子十二孙居安宁。宜酒食，乐长生。（罗振玉：《汉两京以来镜铭集录》引）

11. 第十一类：朱爵玄武镜

（34）朱爵玄武顺阴阳，八子九孙治中央。照面目，身万全，象衣服，好可观。君宜官秩，保子。（同上）

12. 第十二类：熹平镜

（35）熹平二年正月丙午，吾造作尚方明竟兮。幽湅三商，州刻无亟，世得光明。买人大富贵，长宜子孙，延年兮。（同上）

（36）熹平二年正月丙午，吾造作尚方明竟。广汉西蜀，合湅白黄。自刻无亟，世得光明。买人大富，长子孙，延年益寿，长乐未央兮。（同上）

13. 第十三类：初平镜

（37）初平元年正月戊午日，吾作明竟自有已，除去不羊宜古市，来而东王父西王母，右同赤公子，千秋万年不失志，买者大贵昌。（姚高悟：《湖北沔阳出土的汉代铜镜》，《文物》1989年第5期）

14. 第十四类：建宁镜

（38）建宁二年正月廿七丙午，三羊作明镜自有方，白同清明复多光。买者大利家富昌，十男五女为侯王，父妪相守寿命长。居世间，乐未央。宜

侯王，乐未央。（罗振玉：《汉两京以来镜铭集录》引）

15. 第十五类：桼言镜

（39）桼言之纪造镜始，仓龙居左虎在右，辟去不羊宜古市，长保二亲和孙子，兽敝金石先王母，宜□。（许建强：《安徽寿县东津柏家台两座汉墓的清理》，《江汉考古》1992 年第 4 期）

16. 第十六类：福熹镜

（40）福熹进兮日以萌，食玉英兮饮醴泉，驾文龙兮乘浮云，白虎□兮上泰山，凤凰舞兮见神仙，保长命兮寿万年，周复始兮八子十二孙。（孔祥星、刘一曼：《中国古代铜镜》，北京：文物出版社，1984 年，第 77 页；蒲慕州：《墓葬与生死：中国古代宗教之省思》引，第 213 页）

第四章　汉墓碑文及画像题记与汉代文学研究的新补充

本章研究的对象是汉墓碑文及汉画像题记，并围绕“汉墓碑文及画像题记与汉代散文研究的新补充”展开研究工作。汉墓碑文及画像题记对汉代传统文学形式如诗歌、散文研究所起到的新的补充作用毋庸置疑，随着汉代考古工作的不断进展，汉墓碑文及画像题记的文本实例日渐丰富，为上述文本之文学意义和价值的研究提供了基础和条件。从这个意义上说，汉墓碑文及画像题记的研究将会推动汉代文学研究走向深入。本章关于汉墓碑文研究的主要文献资料来源如下：赵明诚《金石录》；洪适《隶释》；严可均《全上古三代秦汉三国六朝文》；严耕望《石刻史料丛书》；赵万里《汉魏南北朝墓志集释》；北京图书馆金石组《北京图书馆藏中国历代石刻拓本汇编》；赵超《汉魏南北朝墓志汇编》；高文《汉碑集释》；罗新、叶炜《新出魏晋南北朝墓志疏证》；徐玉立《汉碑全集》；刘海宇《山东汉代碑刻研究》等。[①]关于汉画像题记研究的主要文献资料，基本来自中华人民共和国成立以来汉画像石墓考古发掘报告或论文中有关画像题记相关释文。另外，尚有如下著作和论文作为重要的文献参考源：中国画像石全集编辑委员会《中国画像石全集》；济宁地区文物组、嘉祥县文管所《山东嘉祥宋山1980年出土的汉画像石》；李发林《山东汉画像石研究》；杨爱国《幽明两界——纪年汉代画像石研究》；山东省博物馆、苍山县文化馆《山东苍山元嘉元年画像石墓》；王滢《山东江苏汉画像石榜题研究》；顾承银、卓先胜、李登科《山东金乡鱼山发现两座汉墓》；蒋英炬、吴文祺《汉代武氏墓群石刻研究》，等等。[②]本章关于汉画像题

① 赵明诚撰，金文明校证：《金石录校证》，桂林：广西师范大学出版社，2005年；洪适：《隶释》；严可均校辑：《全上古三代秦汉三国六朝文》，北京：中华书局，1958年；严耕望编：《石刻史料丛书》，台北：艺文印书馆，1966年；赵万里：《汉魏南北朝墓志集释》，北京：科学出版社，1956年；北京图书馆金石组编：《北京图书馆藏中国历代石刻拓本汇编》，郑州：中州古籍出版社，1989年；赵超：《汉魏南北朝墓志汇编》，天津：天津古籍出版社，1992年；高文：《汉碑集释》；罗新、叶炜：《新出魏晋南北朝墓志疏证》，北京：中华书局，2005年；徐玉立主编：《汉碑全集》，郑州：河南美术出版社，2006年；刘海宇：《山东汉代碑刻研究》，济南：齐鲁书社，2015年。

② 中国画像石全集编辑委员会编：《中国画像石全集》；济宁地区文物组、嘉祥县文管所：《山东嘉祥宋山1980年出土的汉画像石》，《文物》1982年第5期；李发林：《山东汉画像石研究》，济南：齐

记研究，主要集中于墓室画像题记方面，在相关问题的讨论中亦涉及祠堂、石阙、石表画像题记，为此已将上述画像题记中较为典型的文本形式以附录形式置于本章之后，以供参考。本章关于山东苍山城前村元嘉元年画像题记的研究，亦触及相关画像，亦将该墓部分画像以附录形式置录于本章之后，以供参考。

第一节　墓志墓铭画像题记辨析与学术史回顾

随着近年来各地汉墓考古发掘的深入，新发现的汉代墓葬铭文作品日渐丰富，而作为墓葬铭刻文本形式的“墓志”在汉代是否出现，学术界尚存争议。“碑表立于墓上，誌铭则埋于圹中。此誌铭与碑表之异制也。”[①]从汉代考古发掘情况看，墓志似乎还没有出现。赵翼《陔余丛考》云：“然《南史》，齐武帝裴皇后薨时，议欲立石誌，王俭曰：‘石誌不出《礼经》，起自宋元嘉中颜延之为王球石誌。素族无铭策，故以纪行，自尔以来，共相祖袭。今储妃之重，既有哀策，不烦石誌。’此则墓誌起于元嘉中之明据也。”然，其又引张华《博物志》所载西汉醇儒王史威长之葬铭，以证“西汉时已有墓铭”[②]。《博物志》所载西汉醇儒王史威长之葬铭，已不可考，然汉代墓铭与后世墓志不可同指。墓志的特征是“埋设在墓葬中，专门起到标志墓主的作用；有相对固定的外形形制；有较为固定的铭文文体。不具有以上特征的器物，尽管也是在墓中出土的铭刻，也不应该称作墓志”[③]。但是汉代墓铭（出现于墓室之中）及某些墓室画像题记，以逝者为对象的文字介绍和描述，或可看作后世墓志的滥觞。

汉画像题记涉及逝者情况和家属哀悼之辞，或可视为墓志的早期形态。但上述认识也应该局限于墓室画像题记或墓葬内随葬器物铭文。对此，已有学者明确论之：“墓葬记铭与墓志同样都是中华儿女追悼自己先祖的特殊纪念物。虽然汉代的墓葬记铭，无论采用文字、抑或画像的形式，皆尚未形成一种固定的形制，故不能称作‘墓志’，但从它们在墓葬内标志墓主的作用上看，

鲁书社，1982年；杨爱国：《幽明两界——纪年汉代画像石研究》，西安：陕西人民美术出版社，2006年；山东省博物馆、苍山县文化馆：《山东苍山元嘉元年画像石墓》，《考古》1975年第2期；王滢：《山东江苏汉画像石榜题研究》，《中国汉画学会第九届年会论文集》上，北京：中国社会出版社，2004年；顾承银、卓先胜、李登科：《山东金乡鱼山发现两座汉墓》，《考古》1995年第5期；蒋英炬、吴文祺：《汉代武氏墓群石刻研究》，北京：人民美术出版社，2014年。

① 赵翼：《陔余丛考》卷三十二，上海：上海古籍出版社，2011年，第621页。

② 赵翼：《陔余丛考》卷三十二，第619-620页。

③ 赵超：《古代墓志通论》，北京：紫禁城出版社，2003年，第33页。

跟后来的墓志有相近之处，可以算是墓志的先声。”[①]值得注意的是，上述铭刻文字与后世墓志存在一个共同点，就是都出现在墓室之中而非墓地之上。缘于此，它们在受众、内容及思想情感等方面存在着共同点，即在受众方面都以逝者为对象而不涉及生人，或以此为基础，以逝者口吻或站在逝者角度，叙述生平，表达永生的愿望及与亲人永隔的哀伤。由上而论，墓铭、墓记、墓志一类文本与碑文缘于其载体于墓葬位置的不同，表现出丧葬意义上的作用和功能的差异，并在受众、内容及思想情感等方面形成了相应的特点。

其中，洛阳王窑村出土名为“马姜”的刻石铭文，被学术界定性为墓记并被视为墓志之滥觞的认识就可能存在失误。[②]这一认识及“墓门石记”的说法，或与对“马姜”刻石于墓葬位置考察失误有关，从汉墓考古发掘情况看，墓门石有刻绘图像者，诸如铺首衔环龙虎瑞兽门童武士等，但刻石铭文尚未发现，故以“马姜”刻石铭文为“墓门石记”的说法，同样尚待佐证。[③]“马姜”刻石勒石刻铭的原委，是忧惧“后世子孙”之“不能章明”，因此，此刻石一定是位于墓外而不是墓室之中。缘于“惧后世子孙不能章明”而“刻石铭文”的情况，在汉碑碑文、祠堂画像题记、墓地石阙铭刻中亦见成例。[④]综上而言，“马姜”刻石当是地上之物，其铭文性质与置于墓葬之中的墓记或墓志不同，反倒是与碑文、祠堂画像题记或墓地石阙铭刻类同。据高文《汉碑集释》所述，“马姜”刻石“石质颇粗，磨砻未平”，故而不似碑石，又云其“高 46 厘米，广 58.5 厘米，厚 66 厘米”，从其厚度看，又不似普通的画像石。

---

① 黄佩贤：《汉画与文字题记——汉代墓葬记铭的两种形式》，中国汉画学会、济宁市任城汉文化研究中心编：《中国汉画学会第十四届年会论文集》，西安：三秦出版社，2013 年，第 40-47 页。

② 按：“马姜”刻石铭文：“惟永平七年七月廿一日，汉左将军特进胶东侯第五子贾武仲卒，时年廿九。夫人马姜，伏波将军新息忠成侯之女，明德皇后之姊也。生四女，年廿三而贾君卒。夫人深守高节，劬劳历载，育成幼媛，光□祖先。遂升二女为显节园贵人。其次适高侯朱氏，其次适阳泉侯刘氏，朱紫缤纷，宠禄盈门，皆犹夫人。夫人以母仪之德，为宗族之覆。春秋七十三，延平元年七月四日薨，皇上閔悼，两宫赙赠，赐秘器，以礼殡，以九月十日葬于芒门旧茔。□□子孙，惧不能章明，故刻石纪。”（高文：《汉碑集释》，第 20 页）杨树达《积微居小学金石论丛》亦引此铭文，参见杨树达：《积微居小学金石论丛》卷六，上海：上海古籍出版社，2014 年，第 308 页。

③ 按：上述观点见高文《汉碑集释》；又，杨树达《积微居小学金石论丛》卷六引此铭文作“汉贾武仲夫人马姜墓门石记”。

④ 如：东汉桓帝延熹八年的“鲜于璜碑”之“序文”最后云：“盖铭勒之云，所以彰洪烈，纂乃祖，继旧先，非夫盛德，恶可已哉。于是君之孙魴、仓、九等，乃相与刊山取石，表谥定号，垂之亿载，以示昆苗。”“孔彪碑”之“序文”最后亦有类似的铭语：“是□吏崔□□□王沛等，伏信好古，敢咏显□。乃刊斯石，钦铭洪基。昭示后昆，申锡鉴思。”山东微山两城出土永和六年桓孨祠堂后壁画像题记：“永和四年四月丙申朔廿七日壬戌，桓孨终亡，二弟文山、叔山悲哀，治此食堂，到六年正月二五日毕成。自念悲痛，不受天祐，少终。有一子男伯志，年三岁，却到五年四月三日终，俱归黄泉，何时复会，慎勿相忘，传后世子孙，令知之。”四川成都金牛区圣灯乡猛追村永元九年王君平阙，其阙身正面题记：“永元九年七月己丑楗为江阳长王君平字伯鱼。”阙身侧面题记：“永寿元年孟秋中旬己酉之日，王求人进赵率孝子孟恩仲、恩叔，廉叨悦悔厉□□消荆，斯志颠仆，心怀不宁，发愤修立，以显光荣。惟乾动运川道静贞夫人淑□□川之灵，十六适配，教诲有成，来□□瑛，柬修舅姑，洁以不廞，年逾七十，如□如□，阴阳丧度，三纲离道，明星陨坠，□□□表，寝疾固绡，大命催□，魂灵归□□□。”此阙身侧面题记以“孝子”身份从“家族”角度出发对“夫人”缅怀和哀悼意义甚明，故虽然结尾部分字迹残泐，但“惧后世子孙不能章明”而“刻石铭文”的意图还是清晰的。

考已知汉阙刻石，其厚度往往有与其相类者。[①]而汉代石祠还发现“独石”雕造者。[②]显然，以“马姜”刻石“石质颇粗，磨砻未平”又“近似方形”的特点看，或是阙身石或独石祠石。是故，“马姜”刻石铭文的性质，有可能是阙身画像题记或石祠画像题记。

高文《汉碑集释》载有“马姜”刻石铭文。铭文虽有缺字，且下部残泐，但从现存铭文整体看，内容清晰，铭文最后“故刻石纪”虽有阙文，但亦当是收尾性质的语句。汉碑碑文构文常例既如此。[③]是故，根据“马姜”刻石目前残留铭文，亦能见出原铭整体风貌。但汉碑碑文以上述形式收尾，仅是“序文”的结束，接下来转入韵体的“赞”“颂”“乱”部分，有些碑文在“序文”与“赞”“颂”“乱”部分中间，还有“诔文”部分，而“马姜”刻石铭文是否如此，则无法判断。如果依据上文“马姜”刻石有可能是阙身画像题记或石祠画像题记的判断，则又鲜明地反映出同为墓地刻石铭文之文本之间，缘于载体不同而呈现的在受众、内容及思想情感等方面的差异。

“马姜”刻石铭文以追述的形式，首先交代“马姜”丈夫“贾武仲”出身和卒年及“马姜”出身和家族情况，其次详述在丈夫去世后“马姜”独自抚养四女成人并富贵联姻、宠禄盈门、及至寿终正寝的荣耀一生，最后交代勒石刻铭的原委，即“□□子孙，惧不能章明”。显然，其主要内容和用意仍然是对“逝者”进行褒扬，其间悲悼和哀伤的成分已被弱化，生前的功德和荣显被突出甚或夸耀。究其原因，一方面是“惧后世子孙不能章明”，另一方面还有以家族或宗族的层面荣宗耀祖而褒显张扬的用意。如此，其作为铭文文本的“受众”便不仅是“后世子孙”，而是扩大至“世间社会”了。值得注意的是，“马姜”刻石铭文上述特点，虽然有所呈现但并不充分，而至汉墓碑文，则又进一步发展而至极致，甚或超越家庭和家族的层面而至非血缘的学术兼政治性质的群体或团体，继而成为某种藉由丧悼碑文而行学术癖好，又兼道德操守及政治伦理的告示和宣言。

汉代碑文墓志很早便已进入历史、博物、金石、书法等专业领域相关学者的研究视野。郦道元《水经注》收录碑刻铭文，将其作为地理风貌的一部分，其中涉及不少汉碑的考证。唐代，碑文篇章已为《初学记》及《艺文类聚》所录。至宋，以金石学兴起为契机，碑文研究受到学者重视。以欧阳修

---

① 如山东平邑八埠顶元和三年皇圣卿阙，其阙身石厚57厘米，上有图像和题记。同地章和元年的功曹阙，其阙身石厚 59 厘米，上有图像和题记。成都金牛区圣灯乡猛追村永元六年王文康阙，所存残石厚 39 厘米，上有花纹、动物浮雕和题记；永元九年王君平阙所存残石厚33厘米，上有花纹、动物浮雕和题记。四川好谷乡光合四年冯佑阙，所存石表残石厚42厘米，上有题记。

② 如山东临淄光合六年王阿命祠，即为独石，后部竖立部分正面中间有龛，龛前有平台，其高、宽、厚，均超过普通画像石。

③ 如《武斑碑》“序文”收尾部分即为“故□石铭碑，以旌明德焉”。《郑固碑》“序文”收尾部分“乃刊石以旌遗芳”。

为先驱，其《集古录序跋》录汉至唐碑文之目，目后均附批注。之后，赵明诚《金石录》、王象之《舆地碑记目》等，皆涉汉碑碑文著录和研究。其中，以洪适《隶释》《隶续》最为重要。元明两朝，金石学没落，研究者仅有陶宗仪、杨慎、都穆等，成果甚微。清初，学界兴考据之风，金石学复兴，且所录碑文，不仅为保存，更为考证，因而常对碑文做一定的注解。如顾炎武《金石文字纪》，黄宗羲《金石要例》，叶昌炽《语石》等。其中，王昶《金石萃编》收录先秦至宋碑刻，并效仿洪适《隶释》录碑文全文，附加评论；翁方纲《两汉金石录》集录所见汉碑，后附评论；王念孙《汉隶拾遗》则偏重于文字考据。清末金石之风渐消，然而各地发掘的碑石仍然能够得到保存并研究。西学东渐之后，学者研究碑文时不再将其视为史料或书法作品，碑文的其他研究价值得到了发掘。时至当代，国内学术界关于碑文墓志的研究已经取得较大成绩。[①]与此同时，碑文墓志亦引起日本和西方学者关注，而早期日本和西方学者对中国古代碑文的研究，主要集中在佛教造像碑上。[②]值得注意的是，目前学术界对秦汉魏晋南北朝碑文墓志文献集录与整理工作的持续努力，为碑文墓志研究的进一步深入发展奠定了基础。[③]

---

① 如碑文起源及兴盛问题的探讨：刘勰《文心雕龙·诔碑》已提及碑及碑文之起源，现当代学者对此问题关注不多，多依刘勰说法，稍作拓展。较有代表性的研究成果，如王银忠《蔡邕碑文研究》（山东大学2006年硕士学位论文）、李新霞《汉末碑文研究》（河北师范大学2007硕士学位论文）、李德品《东汉碑铭文研究》（贵州大学2008硕士学位论文）、黄金明《东汉墓碑文兴盛的社会文化背景》（《漳州师范学院学报（哲学社会科学版）》2004年第4期）、任群英《东汉碑铭创作的文学史意义》（《学术论坛》2008年第9期）等。如碑文演变及衰落过程的研究：汉末碑文的演变及衰落过程的研究不为学者们关注，目前关注此问题的学者较少，较有代表性的研究成果，如黄金明《汉魏晋南北朝碑诔文研究》（北京：人民文学出版社，2005年），其基本观点认为灵帝之后碑文已经开始走向衰落，而不是始于曹操的禁碑。或认为碑文走向衰落的内在原因是东汉清议之风转向清谈。如碑文文体学研究：从文体学角度研究碑文，刘勰《文心雕龙》开此风气，后有元代学者潘昂宵等，当代褚斌杰、陈平原等均有碑文文体的论述。此外，程章灿《论"碑文似赋"》（《东方丛刊》2008年第1期）、《从碑石、碑颂、碑传到碑文——论汉唐之间碑文体演变之大趋势》（《唐研究》第13卷，北京：北京大学出版社，2007年）两篇论文值得关注。前者提出碑文赋化始于汉代的观点，指出这些"似赋"的碑文具有较高的文学欣赏价值，是文学自觉意识不断加强的产物，碑文的赋化恰恰是文学自觉的表现。后者主要研究汉代碑文到唐代碑文的文体变化及其特征，认为汉代碑文的体格可以分为雅颂和传记两种，冢墓碑以传记为体而功德碑以雅颂为体。东汉中后期，受文学作品中生命主题不断增强的趋势影响，碑文开始向碑传转化。至魏晋南北朝，碑文开始摆脱集体碑文的特点，向个体碑文转化，在这个过程中，碑文的抒情更加个人化，文学性不断增强。至唐代，开始出现杂文化倾向，此时的碑文，篇幅开始逐渐增大，与此同时，碑文也开始出现小品文化的倾向。如蔡邕碑文研究：此方面的研究以高长山《蔡邕文学活动综论》（东北师范大学2003年博士学位论文）为代表，其将蔡邕碑文与刘邵《人物志》做对比，探讨蔡邕在人物品评方面的标准及其文学显现。

② 按：这方面具有代表性的研究成果，如大村西崖《支那美术史：雕塑篇》（东京：巧艺社，1920年）、常盘大定和关野贞《支那佛教史迹》（东京：佛教史跡研究会，1925年）、松原三郎《中国佛教雕刻史研究》（东京：吉川弘文馆，1961年）等著作。需要提及的还有法国学者谢阁兰、法占、拉狄格《中国考古调查团调查图录》，记录了中国四川地区的石碑和史迹，对汉石碑研究颇具价值。另外，值得关注的还有荷兰学者高延《中国的宗教制度》（1892年）对丧葬石碑和纪念性石碑的研究，伊沛霞《东汉石刻碑铭》（《哈佛亚洲学报》1980年第2期）以汉代石刻铭文作为原始资料对汉代社会史和地方精英社会关系的研究。

③ 按：高文《汉碑集释》的出版，为汉碑研究提供了极大便利。严耕望编辑的《石刻史料新编》、《石刻史料丛书》也是碑文研究的重要文献。秦汉魏晋南北朝碑文墓志集录的重要著作还有：赵万里《汉魏南北朝墓志集释》《北京图书馆藏中国历代石刻拓本汇编》《洛阳出土历代墓志辑绳》（北京：中国社会科学出版社，1991年）、赵超《汉魏南北朝墓志汇编》《洛阳新获墓志》（北京：文物出版社，1996

综上而言，学术界关于汉代碑文墓志等铭刻文献的研究确已取得巨大成绩，而相关文献集录与整理工作的持续努力，又为碑文墓志等铭刻文献相关研究的深入和发展创造了条件。需要指出的是，在古代碑文著录及研究著作中，就已经将碑文视为文学作品而加以研究和著录，如刘勰《文心雕龙》已将碑文作为一种文体加以讨论，萧统《文选》同样录有碑文作品。只是时至当代，碑文墓志等铭刻文献文学意义和价值的研究并非学术界所关注的对象，以至于传统汉代散文研究中少有关于碑文墓志等铭刻文献意义和价值的讨论，并直接影响到秦汉及中古文学之散文和赋体文学发展演变轨迹和脉络的整体把握和全面描述。因此，本书认为结合新出土的汉代碑文墓志等铭刻文献资料，汉代碑文墓志文学意义和价值的研究，将是秦汉及中古文学研究的重要内容。

在汉代考古发现墓葬铭刻文献中，有以记铭形式出现的榜题和题记。榜题是以“榜”的形式出现在画面之中，起到对画像中人物形象或构图内容的提示或简介的作用，而题记则往往被置于画像旁边或单独出现，其文字也比榜题丰富，行文多以散句出现，偶有整齐的四言体形式，间或叶韵，或韵散结合，内容上大都以丧家身份对逝者、墓葬建造、墓葬或祠堂画像内容加以介绍和描述，其间还涉及孝义等道德思想和生离死别之亲情的表达，在情感上呈现出更丰富复杂的特点。

汉画像题记即属于汉代文学文献资料。目前考古发现的汉画像题记数量丰富，且出现了罕见的长篇作品。[①]目前学术界关于汉画像题记研究，基本囿于释文、内容考释和与画像关系的比较研究方面。[②]李发林、巫鸿等对《元嘉

年）、《新中国出土墓志·陕西》（北京：文物出版社，2000 年）、《新中国出土墓志·河南（壹）》（北京：文物出版社，1994 年）、《新中国出土墓志·河南（贰）》（北京：文物出版社，2002 年）。关于新出土或上述著述漏收的墓志，在罗新和叶炜《新出魏晋南北朝墓志疏证》中皆有收录和补漏。

① 按：已知较为著名的长篇题记作品，如山东苍山县城前村汉画像石墓出土《元嘉元年画像题记》、山东嘉祥宋山出土《东汉永寿三年画像题记》、河南南阳许阿瞿画像石墓出土《许阿瞿画像题记》、山东邹城东汉汉安元年墓地出土《邹城汉安元年祠堂画像题记》等。上述四篇画像题记的文学意义与价值各具特色。《元嘉元年画像题记》虽然以散文形式创作，但行文多四言句式，偶有叶韵，其所表现的由“长就幽冥”而引发的决绝式的情感置于对画像构图喜悦而欢快的叙述中，呈现出汉代墓葬题记类散文极为独特的审美特征。《东汉永寿三年画像题记》以韵散相间的形式表达父母兄弟之间的骨肉深情，由于其属于墓地祠堂记铭的性质，故其叙述中带有道德说教的现实内容，而其对“生命彼岸”之“生活图景”的描绘，又呈现出悲情浪漫的艺术特点。《许阿瞿画像题记》的最大特点，是与画像构图形成最为完美的结合，题记的赞体风格和忧伤情感，与画像构图所表现的“许阿瞿”作为主人公无忧无虑的童年生活画面，构成绝妙的配合。

② 按：《东汉永寿三年画像题记》由《山东嘉祥宋山 1980 年出土的汉画像石》（《文物》1982 年第 5 期）最早刊出，李发林《山东汉画像石研究》、赵超《山东嘉祥出土东汉永寿三年画像石题记补考》（《文物》1990 年第 9 期）亦有释文和内容考释。《塔梁子崖墓墨书画像榜题》释文及研究，有王子今、高大伦《中江塔梁子崖墓壁画榜题考论》（《文物》2004 年第 9 期）和宋治民《四川中江县塔梁子 M3 部分壁画考释》（《四川文物》2005 年第 5 期），由于塔梁子 3 号崖墓发现较晚，学术界对榜题释文及相关研究还没有深入展开。《邹城汉安元年祠堂画像题记》于 2013 年 4 月 3 日被发现，共 605 个字，是目前所见汉代墓室题记文字最多者。关于此题记的研究，目前仅见胡新立《邹城新发现汉安元年文通祠堂题记刻石》（《中国汉画学会第十四届年会论文集》）释文和介绍。《许阿瞿画像题记》由《南阳

元年画像题记》的研究颇具文学意义上的启发性。[①]《元嘉元年画像题记》由《山东苍山元嘉元年画像石墓》一文最早公布。[②]其后，方鹏钧、张勋燎《山东苍山元嘉元年画象石题记的时代和有关问题的讨论》做过进一步研究，认为这篇题记实际上是一篇韵文。[③]李发林《山东苍山元嘉元年画像石墓题记试释》对铭文做了进一步考释，并对题记语言特点和作者情况给出总结和推断。上述研究已经触及文学意义和价值的问题，但遗憾的是论文重点是题记的释文和内容考释，而对写作特点的总结仅仅点到为止，而且对题记作者的认识也过于武断，根据不足。值得注意的是，巫鸿在《礼仪中的美术：巫鸿中国古代美术史文编》中尝试将该题记与墓室画像进行对比，并试图通过这种比较揭示画像所蕴含的关于生命与死亡的意义和情感，进而指出“这样的对死亡或大限的理解与把死亡简单地看成肉体功能的终止大相径庭。准确地说，在这里死亡或大限意味着一个过渡性的‘礼仪过程’，将今生和来世连接成一个灵魂转化的完整故事。我们因此可以把这种表现方式称作‘过渡性叙事’”。上述讨论的文学意义和价值是巨大的，因为这种借助“图像”和“题记”所表现出来的“过渡性叙事”本身，又可以转化为故事性的文学叙事，而魏晋南北朝志怪小说所辑录的生命复活故事，恰恰可以看作这种由“图像”和“题记”所表达的“过渡性叙事”到故事性文学叙事的发展和演变。

需要指出的是，汉画像题记最大的特点，是文字与画像构图相联系，构成文字与图像相融合的文本形式。这种独特的文本形式在以往汉代文学研究中都没有涉及过，故而其与传统图像文学创作方式在秦汉时期发展与演变意义上的研究，将极具文学史意义和价值。

第二节　汉墓碑文展示了汉代散文研究值得关注的思想内容和艺术情趣

汉碑基本上可以分为丧葬性石碑（墓碑）、纪念性石碑和祭祀性石碑三类，墓碑在汉碑中数量最大；纪念性石碑在内容上最为复杂，但以赞颂个人政绩、

发现东汉许阿瞿墓志画像石》（《文物》1974 年第 8 期）最早公布，香港城市大学中国文化中心黄佩贤《汉画与文字题记——汉代墓葬记铭的两种形式》（《中国汉画学会第十四届年会论文集》）一文有所讨论，认为这是“图像与文字结合的汉代墓葬记铭的一个佳例”。

① 李发林：《山东苍山元嘉元年画像石墓题记试释》，《中原文物》1985 年第 1 期；巫鸿著，郑岩、王睿编：《礼仪中的美术：巫鸿中国古代美术史文编》，郑岩等译，北京：生活·读书·新知三联书店，2005 年。

② 山东省博物馆、苍山县文化馆：《山东苍山元嘉元年画像石墓》，《考古》1975 年第 2 期。

③ 方鹏钧、张勋燎：《山东苍山元嘉元年画象石题记的时代和有关问题的讨论》，《考古》1980 年第 3 期。

功德为主；祭祀性石碑与神祇祭祷有关，目前所见数量不多，且以旌铭山川神祇为主。从汉碑分类情况看，墓碑的文学意义和价值最值得关注。首先，墓碑碑文的受众不是逝者而是活着的人，故碑文一旦树立，其作为文学文本的性质既已生成，其接受对象的文学意义上的广泛性和非确定性特征亦随之形成；其次，墓碑碑文属于集体性创作，表达了群体性的价值观和思想情感，与传统散文的个人化和个性化特征存在差异；再次，墓碑碑文构文形式极具艺术价值，散韵结合，散体的“序”或韵体的“铭”“颂”“乱”皆为经典；最后，墓碑碑文书体形式并非随意而为，当与群体的艺术审美情趣和美学追求紧密相连，抑或与包括逝者在内的群体的人格修为追求相一致，故而墓碑碑文区别于其他散文文本形式的最大艺术特点，是它的文本内容与书体形式的完美自然的结合与表现。

一、“群体性叙述”是汉墓碑文叙事意义上的主要特点

汉墓碑文的叙述对象是逝者，从碑文叙述者与叙述对象的关系上看，汉墓碑文“群体性叙述”主要表现为两种形式：即具有血亲关系与非血缘关系的“群体性叙述”。对目前所见较有代表性的《鲜于璜碑》《郑固碑》《鲁峻碑》《武斑碑》《衡方碑》《赵宽碑》《娄寿碑》《祝睦碑》（包括《祝睦后碑》）撰文立碑情况进行考察，有逝者之孙、弟、门生、故吏等不同，而《武斑碑》则为“同岁郎署”的“同僚”。上述撰文立碑者群体，或有不同身份“参杂”情况，但仍然表现出以某种身份为主或某种身份群体为主的特点，故而能够对上述碑文“群体性叙述”叙述主体给出明确的概括。①如表 4-1 所示。

表 4-1　碑文“群体性叙述”叙述主体情况

碑名	撰文立碑者	“群体性叙述”叙述主体
《鲜于璜碑》	逝者之孙	以后世子孙组成的“子孙群体”为叙述主体
《郑固碑》	逝者之弟	以“弟述其兄”和“子述其父”组成的“家族群体”为叙述主体
《鲁峻碑》	逝者之门生	以“门生”为主体组成的“门生群体”为叙述主体
《祝睦后碑》	逝者之故吏	以“故吏”为主体组成的“属官群体”为叙述主体
《武斑碑》	逝者之同僚	以“同僚”为主体组成的“同僚群体”为叙述主体

① 按：《赵宽碑》碑文涉及逝者三个儿子的情况，其中“次子”早亡，“长子”为“郡行事”，但其他情况再无介绍，而“叔子讳璜”则“缵修乃祖，多才多艺，能恢家祚业，兴微继绝，仁信明敏，壮勇果毅，匡陪州郡，流化二城，今长陵[令]。”似为碑文撰立者。然而即便如此，其叙述的角度，仍然以“三子”为出发点，并强调“昭示来今”“作式后昆”，还是以“子孙群体”作为叙述主体。

汉墓碑文“群体性叙述”确立的前提是获得源于家族血缘或历史传统的授权。以较为典型且具有某种代表性的《景君碑》《武斑碑》《衡方碑》《娄寿碑》为例。《景君碑》撰文立碑者，是逝者生前“属吏”。此碑开篇有“惟汉安二年仲秋□□”铭语，或为碑石刻立时间。[①]然而，碑阴三列人名之后的铭文，又云：“圣典有制，三载已究。当離墓侧，永怀靡既。”故碑石也可能是守丧结束时所刻立。如此，《景君碑》也可能刻立于东汉质帝本初元年（公元146年）的秋天。《景君碑》碑阴有上中下三列各18行铭文，所列内容皆为官职、籍贯、名字，凡五十四人，皆为逝者生前故吏属官。碑文前有“故吏诸生”语，或谓“从前的属吏”和“学生”[②]。然碑阴又云“竖建□碁，惟故臣吏。慎终追远，谅闇沈思”。只提“故吏”而没有“诸生”，且碑文中又有“臣子”和“臣吏”的称谓，故前句“故吏诸生”中“诸生”或为虚指，此处的“故吏”又当是“属吏”的意思。如此，《景君碑》当是北海相景君生前“属吏”所撰立，故碑文“序”中以半段文字详述立碑缘由：“上世群后，莫不流光□于无穷，垂芬耀于书篇。身殁而行明，体亡而名存。或著形象于列图，或觳颂于管弦。后来詠其烈，竹帛叙其勋。”将逝者与“上世群后”相提并论，实际上是将撰文立碑的“故吏诸生”归类于为“上世群后”之“詠其烈”而“叙其勋”的“后来者”群体之中，并得以“名分”的确立和认同。如此，“故吏诸生”为“景君”的铭诔行为，也就理所当然地纳入“后来詠其烈”“竹帛叙其勋”的传统成俗之中。对此，碑文不惜以“非常理”的方式改变“故吏诸生”与逝者之间的关系。碑文中“故吏诸生”又自称“臣子”或“臣吏”[③]。在“主官”与“属吏”的上下级关系中，叠加上了“父”与“子”、“君”与“臣”的关系和属性。如此，这些“故吏诸生”为逝者守孝三载，也就有传统可循而非“越礼过情”的行为了。[④]

《武斑碑》撰文立碑者，是逝者生前“同署为官”的“同僚”。武斑举孝廉，除敦煌长史，于东汉冲帝永嘉元年（公元145年）病卒。两年后由“金

---

① 李檣《秦汉刻石选译》之《景君碑》“题记”云：“碑刻于东汉顺帝汉安二年（公元143年）八月。”李檣：《秦汉刻石选译》，北京：文物出版社，2009年，第63页。

② 李檣：《景君碑》译文，《秦汉刻石选译》，第77页。

③ 如碑文云：“奈何朝廷，夺我慈父。”“臣子欲养，明府弗留。”“不永麋寿，弃臣子兮。”“竖建□碁，惟故臣吏。”

④ 按：对“故吏诸生”为“景君”守孝三载“越礼过情”行为的批评，可见《汉碑集释》之《景君碑》注引吴玉搢《金石存》云：“圣人制礼，过不及皆非所宜。三年之丧，惟父母用之，下此以渐而杀，无敢紊焉，顾汉人制服，多有相反者。元初间，始听大臣及两千石行三年丧。至建光元年复禁不许。肃宗时，越骑校尉桓郁以母忧乞身，诏公卿议。皆以郁身为名儒，学者之宗，可许之。乃听以侍中行服。后其子焉为太子太傅，以母忧自乞，听以大夫行丧。是三年之丧，固不得尽人行之矣。而繁阳令杨君，则以叔父薨去官，荆州刺史度尚以从父忧去官，郃阳令曹全以同产弟忧去官，则有何也？且更可异者，三年之丧，在位卿大夫不得致之于亲，而故吏故民又往往用之于其长，如此碑云，行三年服者八十七人，《费凤》之故吏戚忠，縗麻扶杖，魏元丕之，故吏严较等，不远万里，断制縗裳，高颐之臣吏黎庶，縗絰坟侧，其越礼过情有如此者。”高文：《汉碑集释》，第74-75页。

乡长河间高阳史恢等”倡议撰立此碑。根据碑文“追惟昔日，同岁郎署”，知《武斑碑》撰文立碑者皆与逝者生前有过同署为官的经历，当是“同僚友好”。据此，因“同岁郎署”经历和“同僚友好”身份而撰文立碑，其缘由自然与《景君碑》的“故吏属官”不同，其碑文云：“咸□为自古在昔，先圣与仁。□□兴替，□□人存，生荣死哀，是为万年。伊君遗德，□孔之珍。故□石铭碑，以旌明德焉。”上述铭语虽然阙字较多，但大意仍可明了。“咸□为自古在昔”句：“咸”，《隶释》作“感”，《汉碑集释》从《金石萃编》作“咸”。“咸”下一字，《汉碑集释》以为是“以”字。《诗经·商颂·那》：“自古在昔，先民有作。温恭朝夕，执事有恪。”《诗集传》云：“称曰自古。古曰在昔。昔曰先民。”①故“自古”与“在昔”皆为“先世”的意思。此句意为世人皆以为在古代的时候。“先圣与仁”句：“圣”，《说文》“通也”。指才智过人，诸事皆通之人。《诗经·邶风·凯风》：“母氏圣善，我无令人。”《诗集传》：“圣，睿。”②如《庄子·胠箧》：“绝圣弃知，大盗乃止。”③后，圣的内涵由智慧而转向道德，道德智慧至高无上的人，被称为圣人。“先圣”即谓“古代的圣人”。汉碑习惯以“圣”谓孔子。《乙瑛碑》“孔子大圣，则象乾坤”，“巍巍大圣，赫赫弥章”。又以“先圣”敬称孔子，《乙瑛碑》“能奉弘先圣之礼”④。然，汉碑又称孔子为“近圣”，《礼器碑》：“孔子近圣，为汉定道。”⑤“近圣”与“先圣”或有区别，后者包括孔子，但也涵盖孔子以前的圣人。此句意为古代的圣人们赞许有仁德的人。“□□兴替，□□人存”句：“兴替”往往指历史意义上的朝代兴衰盛败，其意如“兴废”，《汉书·匡衡传》云：“三代兴废，未有不由此者也。”⑥据此，前句言“兴替”，后句言“人存”，“兴替”二字与“三代”意义上的历史相连，则“人存”二字就应该与“仁”和“德”相应，而且后文还有“伊君遗德”“以旌明德”铭语，显然与前文相照应，所以“□□兴替，□□人存”二句虽然阙字较多，但大意还是可以钩沈出来的，那就是朝代虽有兴替，仁德却永存。“伊君遗德，□孔之珍”句：前句“遗德”对应后句“珍”字。“孔”前阙字，或谓“亦”字。⑦则此句意为：“您遗留的仁德，将成为珍贵的遗产。”综上，由“金乡长河间高阳史恢等”倡议撰立《武斑碑》，是由于如下考量：世人皆以为古代的圣人赞许仁德之人，虽然朝代兴亡盛衰，但仁德永存于世。只有这样的人才能生荣死哀，成就永恒。您遗留

① 朱熹：《诗集传》，第281页。
② 朱熹：《诗集传》，第23页。
③ 王先谦：《庄子集解》卷三，国学整理社辑：《诸子集成》第三册，第60页。
④ 《乙瑛碑》，《隶释》作《孔庙置守庙百石孔龢碑》，碑文见洪适：《隶释》卷一，第18页。
⑤ 《礼器碑》，《隶释》作《鲁相韩勑造孔庙礼器碑》，碑文见洪适：《隶释》卷一，第19页。
⑥ 班固著，颜师古注：《汉书》卷八十一，第3342页。
⑦ 或云“□孔之珍”借用《诗·小雅·正月》“亦孔之将”“亦孔之炤”句式。见李檣：《武斑碑》注释，《秦汉刻石选译》，第92页。

下来的仁德，将是最为珍贵的遗产。所以今天勒石铭碑，用以表彰您的德行。

《衡方碑》主人衡方官终步兵校尉，卒于东汉灵帝建宁元年（公元 168 年）二月五日，并于是年九月十七日葬。碑文有“于是海内门生故吏，□□□，采嘉石，树灵碑，镌茂伐，祕将来”铭语，知撰文立碑者乃逝者生前“门生故吏”。是故，碑文从“门生故吏”角度阐述了撰文立碑之缘由，其云：“盖《雅》《颂》兴而清庙肃，《中庸》起而祖宗□。故仲尼既殁，诸子缀《论》，《斯干》作歌，用昭于宣。谥以旌德，铭以勒勋。”[①]碑文“《雅》《颂》兴而清庙肃，《中庸》起而祖宗□”二句的理解，关乎下面文意的领会，故而至关重要。[②]“颂者，宗庙之乐歌，《大序》所谓美盛德之形容，以其成功，告于神明者也。”[③]与作为“燕飨之乐”的“雅”并不相同。《诗经·周颂》首篇便是《清庙》，乃祭祀周文王的乐歌，故铭文“雅”“颂”实乃连用而已。《清庙》首句云“於穆清庙，肃雍显相。”意思是说“在那肃美清静的祖庙，人们都能恭敬和谐地祭祀文王”[④]。以此联系碑文“《雅》《颂》兴而清庙肃”，则意为祭祖的颂歌被传唱，肃穆恭敬而和谐的祭祖传统就能够保持下来了。《中庸》传为孔伋所作。《礼记·中庸》“正义”引郑《目录》云：“孔子之孙子思伋作之以昭明圣祖之德。”[⑤]朱熹则谓“子思子忧道学之失其传而作也”。此“道学”上承尧舜禹而来，圣圣相承，而至孔子，“虽不得其位，而所以继往圣，开来学”[⑥]。是故，碑文“《中庸》起而祖宗□”或谓“《中庸》被创作，祖宗所创立的道学就能够承载下来而发扬光大了”。联系碑文的下面两句，则前两句是“因”，而后两句则是“果”，“是故仲尼既死，《论语》就被他的弟子们编撰出来；宣王成室，诗人就创作《斯干》之歌以述其事”[⑦]。接下来的“谥以旌

---

① 《衡方碑》碑文见洪适：《隶释》卷八，第 90-91 页。另，高文《汉碑集释》有载，第 307-323 页。

② 按：对于碑文“《雅》《颂》兴而清庙肃，《中庸》起而祖宗□”二句的理解，李樯《秦汉刻石选译》之《衡方碑》“译文”云：“雅、颂的音乐兴起，而祭祀的礼仪严肃。《中庸》著作成了，而祖宗之德更加昭明。”上述译文与碑文原意出入较大。

③ 朱熹：《诗集传》卷十九，第 257 页。

④ 《诗集传》云：“此周公既成洛邑而朝诸侯，因率之以祀文王之乐歌。言於穆哉此清静之庙，其助祭之公侯，皆敬且和，而其执事之人又无不执行文王之德，既对越其在天之神，而又骏奔走其在庙之主。”朱熹：《诗集传》卷十九，第 257 页。

⑤ 高文：《汉碑集释》注引，第 320 页。

⑥ 朱熹《中庸章句序》云：“夫尧、舜、禹，天下之大圣也。以天下相传，天下之大事也。以天下之大圣，行天下之大事，而其授受之际，丁宁告戒，不过如此。则天下之理，岂有以加于此哉？自是以来，圣圣相承，若成汤、文、武之为君，皋陶、伊、傅、周、召之为臣，既皆以此而接夫道统之传，若吾夫子，则虽不得其位，而所以继往圣，开来学，其功反有贤于尧、舜者。然当是时，见而知之者，惟颜氏、曾氏之传得其宗。及曾氏之再传，而复得夫子之孙子思，则去圣远而异端起矣。子思惧夫愈久而愈失其真也，于是推本尧、舜以来相传之意，质以平日所闻父师之言，更互演绎，作为此书，以诏后之学者。”朱熹注、王浩整理：《四书集注》，第 15 页。

⑦ 按：《诗经·小雅·斯干》序云“《斯干》，宣王考室也”。笺云：“考，成也。”疏云：“宣王成室之时，与群臣燕乐，诗人述其事以作歌，谓作此诗。”然，《斯干》是否述宣王成室之歌，已不可考。朱熹云：“旧说，厉王既流于彘，宫室圮坏，故宣王即位，更作宫室，既成而落之。今亦未有以见其必为是时之诗也。或曰，《仪礼》下管《新宫》，《春秋传》宋元公赋《新宫》，恐即此诗。然亦未有明证。”故以为“此筑室既成，而燕饮以落之，因歌其事”。朱熹：《诗集传》卷十一，第 142-144 页。

德，铭以勒勋”两句承上启下，既是对前句的总结，又回归碑文主题。由上而知，《衡方碑》撰文立碑的目的，即是“旌德”和“勒勋”，而以“门生故吏”的身份为逝者“旌德”和“勒勋”，其所依理据则是“仲尼既殁，诸子缀《论》，《斯干》作歌，用昭于宣”的传统。显然，《衡方碑》中的“门生故吏”已将他们撰文立碑的行为与孔门弟子辑纂《论语》和《斯干》作者赋诗言事相提并论。

《娄寿碑》撰文立碑者，既非逝者门生，也不是故吏属官，而是与逝者具有相同的道德追求和人生理念的同道之人。根据碑文，娄寿是以处士高人而名重地方。《隶释》尚载有名为“娄寿碑阴”的文字，并判断“知为娄君碑阴决矣”[①]。上述文字中人名可见者 54 人，漫灭者 4 人，共 58 人，当是参与撰文立碑之事者。上述人物身份可分为两类，一类是官员，一类是处士。其中自称处士者 29 人，其他“官职”之上皆自称“故”。可知参与《娄寿碑》撰文立碑者大多是“处士”，而“官员”也非逝者生前故吏属官。上述人等之所以参与撰文立碑之事，碑文已有所交代，其云：“是以守道识真之士，高尚其事。乡鄙州邻，□亲爱怀。”[②]说明上述人等或是“高尚其事”的“守道识真之士”，或是“□亲爱怀”的“乡鄙州邻”，他们都有一个共通点，那就是与逝者具有相同的道德追求和人生理念。是故，《娄寿碑》当为与逝者“同道之人”所撰立。或许正是这个缘故，与其他汉墓碑文不同，《娄寿碑》并无撰文立碑缘由的载记信息，仅云“国人乃相与论惪处谥，刻石作铭”[③]。缘何如此，或即在“同道之人”这一点上。如前所述，《娄寿碑》当为与逝者具有相同道德追求和人生理念之人所撰立，故其碑阴所载 58 人，皆可视为与逝者“同道之人”。是“相同的道德追求和人生理念”将他们联结成为一个群体，而从“是以守道识真之士，高尚其人”碑文看，这个群体已将这种“道德追求和人生理念”视为“传统”，并有意识地共同承担继承和光大传统的道义和责任。显然，这种道义和责任正是《娄寿碑》撰文立碑的缘由。

综上，《郑固碑》《鲜于璜碑》《赵宽碑》撰文立碑者皆是逝者血亲，而《景君碑》《武斑碑》《衡方碑》《娄寿碑》《鲁峻碑》撰文立碑者则是“属官”“同僚”“门生故吏”“同道之人”或“门生”，对上述碑文撰文立碑之缘由情况进行总结并以图表的形式展示出来，即如表 4-2 所示。

① 洪适：《隶释》，第 104 页。
② 引文为《娄寿碑》碑文，见洪适：《隶释》卷九，第 103 页。
③ 按：据欧阳修《集古录》（卷三），其曾于宋仁宗景佑、宝元间“按图求碑”并在南阳谷城访见娄寿墓及立于墓侧的石碑。而至翁方纲《两汉金石录》（卷十六），则云“碑石尚在”，但“泐蚀几无字矣”。高文《汉碑集释》以宋拓华氏真赏斋旧本为底本，已非足本，且“碑首缺 48 字”。《娄寿碑》缺少撰文立碑缘由的载记信息，是否因为碑文阙字较多的缘故，已不能明辨。故论者所论，乃以目前所见文本为本。

表 4-2 碑文撰文立碑之缘由

碑名	撰文立碑者	缘由
《郑固碑》	逝者之弟	至德不纪，则钟鼎奚铭，昔姬公□武，弟述其兄。综□□，□□行，于蔑陋，独曷敢忘。（碑文）
《鲜于璜碑》	逝者之孙	盖铭勒之云，所以彰洪烈，纂乃祖，继旧先，非夫盛德，恶可已哉。（碑文）
《赵宽碑》	逝者之子	深惟皇考，懿德未伸，盖以为垂声罔极，音流管弦，非篇训金石，孰能传焉。（碑文）
《景君碑》	属官	上世群后，莫不流光□于无穷，垂芬耀于书篇。身殁而行明，体亡而名存。或著形象于列图，或設颂于管弦。后来詠其烈，竹帛叙其勋。（碑文）
《武斑碑》	同僚	咸□为自古在昔，先圣与仁，□□兴替，□□人存。生荣死哀，是为万年。伊君遗德，□孔之珍。故□石铭碑，以旌明德焉。（碑文）
《衡方碑》	门生故吏	仲尼既殁，诸子缀《论》，《斯干》作歌，用昭于宣。（碑文）
《娄寿碑》	同道之人	是以守道识真之士，高尚其事。（碑文）
《鲁峻碑》	门生	追惟在昔，游夏之徒，作谥宣尼。（碑文）

对此，有如下几个方面的情况值得关注。

（1）上述碑文主人大都具有某种群体翘楚而能够聚合群体的资历和能力。①碑文主人大都具有相同的晋身资格。上述碑文除《娄寿碑》外，《景君碑》《武斑碑》《衡方碑》《鲁峻碑》《祝睦后碑》碑文主人皆具有“举孝廉”的晋身资格，说明上述碑文主人是从朝廷正常的选官举荐渠道进入仕途的，也说明他们在家乡和地方上，声誉良好，品行规范，术业专攻，堪为榜样。②碑文主人大都具有地方乃至中央政府的行政经历。《景君碑》《衡方碑》《鲁峻碑》《祝睦后碑》的碑文主人均长期值守地方，先为属吏，后为地方或封国首长。另一方面，《衡方碑》和《鲁峻碑》碑文主人均官至中央政府，实为中央政府部门主要行政主管，更具有地方行政首长与中央部门长官的任职资历。显然，上述行政经历势必导致碑文主人人脉丰富，同僚广泛，徒属众多，其影响力不可小觑。这一点从《衡方碑》“海内门生故吏”称呼中即可见一斑。③碑文主人大都具有丰富的行政管理经验。《景君碑》《衡方碑》《鲁峻碑》《祝睦后碑》的碑文主人均长期值守地方，累积了丰富的行政操作和地方治理经验，而《衡方碑》和《鲁峻碑》碑文主人均官至中央政府，更导致其丰富的官场历练和管理经验。《武斑碑》碑文主人的仕途经历虽然较为简单，但其在“文”“武”两个方面均有履历，前者大致属于经学点校和研究方面，后者“敦煌长史”，乃太守属官，辅佐太守掌一郡兵马，碑文称其“到官之日，□疠吏士，哮虎之怒，薄伐□□”。可谓文武双全。《娄寿碑》碑文主人以避世为务，但有生“七十有八”而“朝夕讲习，乐以忘忧”，其坚韧而持久的追求和坚持令人钦佩。④碑文主人均在其各自的人生中取得了公认的成绩。《景君碑》《衡方碑》《鲁峻碑》《祝睦后碑》碑文主人丰富的行政管理经验，与他们优秀的任职业绩联系在一起，这种情况在他们各自碑文的叙述中已有充分交代。《武斑碑》碑文主人在“文”“武”两个方面均有建树，碑文虽有夸张之嫌的溢美之词，但不至毫无底线。而《娄寿碑》碑文主人虽无官职，但其人格品行、术业专攻、道德修养，及至“高位厚禄”而“固不动心”的性情品格，已为“守道识真者”所“高尚”。⑤上述碑文主人已经具备了两汉时期尤其东汉中晚期求仕者及中低级官员晋身仕途与仕途经历的标准路数和典型特征。故而，核之以上述碑文主人凭借丰富的行政管理经验而取得的业绩和成绩，成为某一群体的翘楚或楷模已成必然，其“领袖”地位和意义已然出现。

(2)上述碑撰文立碑者大都以拥戴者或门徒的角色而与逝者构成群体性的联系。①撰文立碑者在身份特征上呈现出某种“趋同性”特征。上述碑文撰文立碑者虽然身份层次多有不同，但以撰文立碑行为的个案层面而从参与主体角度上看，则存在某种“单纯性”和“趋同性”特点。从参与主体角度看，大致呈现出如下情况：《景君碑》《衡方碑》《祝睦后碑》撰文立碑者均以逝者生前“属官”为主。[1]《武斑碑》撰文立碑者当以逝者生前“同僚”为主。[2]《鲁峻碑》撰文立碑者当以逝者生前“门生”为主。[3]《娄寿碑》撰

① 按：《景君碑》碑文主人曾官至“益州太守”和“北海相”，而从碑阴所录54位丧葬之事参与者官职情况看，当皆为逝者生前“属官”。《衡方碑》碑文仅有“于是海内门生故吏”及文末“门生平原乐陵朱登字仲希书”透露出撰文立碑者的情况。考逝者以“孝廉”入仕时，或在青年时期，官至“步兵校尉”才十天，即于任上罹病而殁，享年六十有三，故推断逝者或具四十余年的仕途经历。而据碑文所述，逝者曾两任“太守”，又曾任职“京兆尹”，已是官秩二千石的高阶官吏。以此观之，碑文称“海内门生故吏”实不为过，而上述“门生故吏”亦当以逝者生前“属官”为主。《祝睦后碑》碑文有“故吏王堂等”诸语，故其撰文立碑者当为逝者生前“故吏”。值得注意的是，上述“王堂等人”以“三年礼阕”乃“相与刊勒金石”，其遵行“三年丧礼”的行为，或者能够说明“王堂等人”当为逝者生前“属官”。

② 按：《武斑碑》碑文主人仕途简单，或因早逝所致。《金石录》载《汉武氏石阙铭》云：“开明子宣张仕济阴，年二十五，曹府君察举孝廉，除敦煌长史，被病云殁，苗秀不遂，呜呼哀哉！士女痛伤。”从武氏家族石阙铭文看，武斑当因病早逝。又据《金石录》所载《汉吴郡丞武开明碑》，武开明“建和二年十一月十六日遭疾卒”，“寿五十七”。知其生于东汉和帝永元四年（公元92年）。武斑乃武开明长子，假设武开明在20岁得子，以武斑卒于冲帝永嘉元年（公元145年）的时间看，武斑或在34岁左右离世。以逝者武斑短暂的仕途经历及地方属官的任职历程，其广纳门生或延揽属官似不可能，故《武斑碑》撰文立碑者当为昔日共事的同僚，而碑文“追惟昔日，同岁郎署”亦能说明问题。

③ 按：《鲁峻碑》碑文有“于是门生汝南干□、沛国丁直、魏郡马萌、勃海吕图、任城吴盛、陈留诚屯、东郡夏侯弘等”诸语，又，碑阴刻名字者42人，其中自称“门生”者37人。是故，《鲁峻碑》撰文立碑行为的参与主体是逝者生前的“门生”。或云汉时以亲授业者为弟子，转相传授者为门生。是故，“门生”与“授业者”是“授业”关系，只是这种关系与“弟子”有别。《后汉书·杨厚传》云：“（杨厚）修黄老，教授门生，上名录者三千余人。”杨厚当卒于汉桓帝永兴元年（公元153年），享年八十有二。故其“修黄老”而“教授门生”时，当已经年近七十。故其“教授门生”行为，或其“弟子”所为，上述“上名录者三千余人”当都是“门生”而非“弟子”。然而，或存在依附权贵而非“授业”的“门生”关系。赵翼《陔余丛考》云：“《郅寿传》，寿为京兆尹，时大将军窦宪贵盛，使门生赍书有所请，寿即送诏狱。《杨彪传》，黄门令王甫，使门生于郡界中辜榷财物七千余万，彪发其奸。宪，权臣；甫，阉寺，岂有学术教人？而亦有门生，盖即后世拜门生之陋习也。”《后汉书》所载“黄门令王甫”事，发生在东汉灵帝光和年间。知东汉晚期，权贵亦可延揽“门生”，故“门生”与“主人”之间亦可在“授业”之外存在“政治”关系。据《鲁峻碑》，鲁峻“治《鲁诗》，兼通《颜氏春秋》”，并有“学为偯宗，行为士表”美誉，又举孝廉，官至九江太守，太尉长史，御史中丞，司隶、屯骑校尉，可谓学术与政治双合，学脉与政脉兼得。故其“门生”或已非“授业”这样单纯，或兼有政治依附关系在内。

文立碑者当是具有与逝者生前相同的道德操守和人性追求的“同道之人”①。②撰文立碑者以“趋同性”身份特征构成了与逝者的群体性联系。如前所述，上述碑的撰文立碑者在身份特征上呈现出某种“趋同性”特征。于是，上述碑文即在事实上呈现出“属官”“同僚”“门生”“同道之人”与“逝者”之间的关系和联系，而且这种关系和联系是以“群体性”为特点而实现的。③撰文立碑者与逝者的群体性联系体现着单向性特点和单向性叙述特征。需要指出的是，上述碑的撰文立碑者与逝者之间的关系和联系，缘于碑文主人的逝者身份而具有鲜明的“单向性”特点，是从“属官”“同僚”“门生”“同道之人”角度并以上述群体为出发点而构建这种关系和联系的。如此，从碑文叙述角度上看，自然形成碑文叙事意义上的“单向性叙述”特征，并依托这种叙述特征形成以“群体”为出发点的“单向性群体性叙述”形式。

据此，做出如下总结：汉墓碑文“群体性叙述”得以形成的前提，是需要获得某种“授权”。体现着血亲关系的叙述形式，其叙述者与叙述对象的血缘关系即是被法律和传统承认的“权利”，但即便如此，以“逝者之弟”为叙述主体的《郑固碑》，仍然需要以“昔姬公□武，弟述其兄”的“传统”为其“权利”作佐证。据此可知，“授权”对汉墓碑文非血亲关系叙述形式来说是何等重要。不论是体现着血亲关系的叙述形式，还是非血亲关系的叙述形式，其群体性叙述主体均注重撰文立碑之缘由的确立，而且这种缘由皆具有缘于历史的历时性色彩，并因此成为某种历史意义上的“传统”。在这一方面，又以非血亲关系的叙述形式最为突出，这种叙述形式实际上已将上述墓碑撰文立碑者的“行为”纳入历史的传统之中，并以被历史和传统所验证的“事实”而作为叙述正当性的“授权”。

二、汉墓碑文“群体性叙述”中“群体性价值观”认同情况考察

汉墓碑文“群体性叙述”得以形成的前提，是获得某种“授权”。“授权”一旦被确立，碑文“群体性叙述”也便随之得以确立。如此，从碑文参与主体视角考察碑文关于逝者“人格品行”“人生榜样”“政绩与操守”三个方面内容的论述，则能够对碑文“群体性叙述”中价值观认同情况有所了解和把握。下面尝试以《景君碑》《武斑碑》《衡方碑》《娄寿碑》《鲁峻碑》《祝睦后碑》为例予以考察。

---

① 按：据《娄寿碑》碑阴，其撰文立碑者共 54 人，但“身份”简单，一为“故吏”25 人，一为“处士”29 人。碑文云“娄寿”曾祖父和祖父尚为官，而至其父则“安贫守贱，不可营以禄”。至逝者更“荣且溺之耦耕，甘山林之杳蔼”。是故，撰文立碑的“故吏”绝非逝者生前的“同僚”或“属官”。从这个角度看，上述撰文立碑者虽有“故吏”与“处士”之别，但都具有与逝者相同的道德操守和人性追求，并由此构成与逝者的联系。

（一）碑文关于逝者“人格品行”内容的论述

根据碑文关于逝者“人格品行”内容的论述，尝试对其“主要特点”做出梳理和归纳，从而能够从碑文参与主体角度予以观照。具体情况如表 4-3 所示。

表 4-3　碑文关于逝者“人格品行”内容的论述

碑名及参与主体	人格品行（碑文原文）	主要特点	关注视角
《景君碑》 属吏	①受质自天，孝弟渊懿 ②帅礼蹈仁 ③根道核艺，抱淑守真 ④皛白清才，剋己治身 ⑤寔渘寔刚，乃文乃武	①本质天然，具有孝悌的美德 ②按照礼和仁行事 ③以道为根本，怀抱美好，坚守本真 ④洁白清亮的才德，克己修身 ⑤刚柔相济，文武兼备	①天资纯美 ②遵礼行仁 ③守道贵真 ④克己修身 ⑤文武兼备
《武斑碑》 同僚	①慈惠宽□，孝友玄妙 ②苞罗术蓺，贯洞圣□ ③博兼□□，耽综典籍 ④□思□纯，求福不回 ⑤清声美行，闸形远近	①慈爱宽厚恩惠，讲究孝顺和友爱 ②苞罗学术和道艺，能贯通透彻 ③博学兼顾，嗜爱总聚典籍 ④思想纯正，不违先祖之道 ⑤清美的名声和美行，传播远近	①遵礼行仁 ②博学多艺 ③经典通才 ④秉持传统 ⑤声誉名望
《衡方碑》 门生故吏	①天资纯懿，昭前之美 ②少以文塞，敦庞允元 ③长以钦明，躭诗悦书	①天资纯美，堪与前代相辉映 ②少时富有文思，厚道守信用 ③长后威仪表备，耽于诗书经典	①天资纯美 ②厚道守信 ③德才兼得
《娄寿碑》 同道之人	①童孩多奇，岐嶷有志 ②捥发传业，好学不厌 ③不攸廉隅，不饬小行 ④温然而恭，慨然而义 ⑤善与人交，久而能敬	①童蒙多奇，好学有志 ②承传家学，勤奋不辍 ③不修小节，不治小行 ④温和恭敬，慷慨好义 ⑤与人为善，持久恭敬	①天资纯美 ②承传家学 ③随性自然 ④遵礼好义 ⑤友善恭敬
《鲁峻碑》 门生	①体纯龢之德，秉仁义之操 ②博览群书，无物不栞 ③学为偄宗，行为杢表	①具有纯和的德行和仁义的操守 ②博览群书，博闻强识 ③学为儒宗，行为士表	①遵礼行仁 ②博学多艺 ③声誉名望
《祝睦后碑》 故吏	①怕然执守，躬洁冰雪 ②□然清皓，渐心於道 ③通神达明，无物不览	①恬淡操守，冰清雪洁 ②清净皓洁，以道为本 ③通神达明，无物不览	①无欲贵真 ②守道贵洁 ③博学贵通

上述关注视角呈现出纷乱复杂的状态，如果从“类别”的方面进行考察，就有规律可循。对关注视角进行归纳概括，其基本内容大致涉及如下 6 个方面：①天资禀赋；②道德修为；③术艺经典；④声誉名望；⑤德才能力；⑥家学传统。在此基础上，以上述 6 个方面的内容为“类别”，将关注视角纳入其中，即可进行如下归类。具体情况即如表 4-4、表 4-5 所示。

表 4-4　碑文“关注视角”归类情况（1）

碑名	参与主体	关注视角	类别
《景君碑》	属吏	①天资纯美 ②遵礼行仁 ③守道贵真 ④克己修身 ⑤文武兼备	①天资禀赋 ②③④道德修为 ⑤德才能力

续表

碑名	参与主体	关注视角	类别
《武斑碑》	同僚	①遵礼行仁 ②博学多艺 ③经典通才 ④秉持传统 ⑤声誉名望	①道德修为 ②③术艺经典 ④家学传统 ⑤声誉名望
《衡方碑》	门生故吏	①天资纯美 ②厚道守信 ③德才兼得	①天资禀赋 ②道德修为 ③德才能力
《娄寿碑》	同道之人	①天资纯美 ②承传家学 ③随性自然 ④遵礼好义 ⑤友善恭敬	①天资禀赋 ②家学传统 ③④⑤道德修为
《鲁峻碑》	门生	①遵礼行仁 ②博学多艺 ③声誉名望	①道德修为 ②术艺经典 ③声誉名望
《祝睦后碑》	故吏	①无欲贵真 ②守道贵洁 ③博学贵通	①②道德修为 ③术艺经典

表 4-5 碑文“关注视角”归类情况（2）

碑名	参与主体	天资禀赋	道德修为	术艺经典	声誉名望	德才能力	家学传统
《景君碑》	属吏	①	②③④			⑤	
《武斑碑》	同僚		①	②③	⑤		④
《衡方碑》	门生故吏	①	②			③	
《娄寿碑》	同道之人	①	③④⑤				②
《鲁峻碑》	门生		①	②	③		
《祝睦后碑》	故吏		①②	③			
碑文“类别”存在情况		3	6	3	2	2	2
		3	11	4	2	2	2

据此，可得出如下认识。首先，从“故吏”“同僚”“门生”“同道之人”4 类参与主体角度看，“道德修为”覆盖上述碑文，并在上述碑文中以出现 11 项为最，说明“道德修为”是上述碑文 4 类参与主体关注度最高的“类别”；其次，是“术艺经典”及“天资禀赋”，值得注意的是，与上述两个“类别”相联系的参与主体差异不大。

如果将上述碑文所涉“道德修为”具体内容依据某种“倾向性”做进一步概括，其具体情况即如表 4-6 所示。

表 4-6　碑文所涉“道德修为”的“倾向性”

碑名	参与主体	关注视角（道德修为）	倾向性
《景君碑》	属吏	②遵礼行仁 ③守道贵真 ④克己修身	②儒家伦理道德修养 ③道家伦理道德修养 ④儒家伦理道德修养
《武斑碑》	同僚	①遵礼行仁	①儒家伦理道德修养
《衡方碑》	门生故吏	②厚道守信	②儒家伦理道德修养
《娄寿碑》	同道之人	③随性自然 ④遵礼好义 ⑤友善恭敬	③道家伦理道德修养 ④儒家与任侠好义精神 ⑤儒家伦理道德修养
《鲁峻碑》	门生	①遵礼行仁	①儒家伦理道德修养
《祝睦后碑》	故吏	①无欲贵真 ②守道贵洁	①道家伦理道德修养 ②道家伦理道德修养

据此，可得出如下认识。①《武斑碑》与《衡方碑》集中体现了对“儒家伦理道德修养”的关注，而《祝睦后碑》则集中体现了对“道家伦理道德修养”的关注。②《景君碑》与《娄寿碑》则表现出上述两种伦理道德修养的兼有和并容。③《娄寿碑》则兼具儒家伦理道德修养和行侠好义之精神。

（二）碑文关于逝者“人生榜样”内容的论述

根据碑文关于逝者“人生榜样”内容的论述，尝试将相对应的历史人物排列出来。然后对上述历史人物所属“历史时期”“任职”“主要事迹”情况做进一步考察，具体情况如表 4-7 至表 4-13 所示。

表 4-7　碑文关于逝者“人生榜样”论述中所涉及的历史人物

碑名	参与主体	人生榜样（碑文原文）	历史人物
《景君碑》	属吏	①黄朱邵父，明府三之	①黄霸、朱邑、信臣
《武斑碑》	同僚	①君幼□颜闵之懋质 ②长敷斿夏之文学	①颜回、闵损 ②子游、子夏
《衡方碑》	门生故吏	①遵尹铎之橥，保鄣二城 ②参国起按，斑叙□□ ③将继南仲、邵虎之轨，飞翼轸之旌 ④寻李广之在边，恢魏绛之和戎 ⑤有单襄穆英谟之风	①尹铎 ②管仲 ③南仲、召虎 ④李广、魏绛 ⑤单襄公、单穆公
《娄寿碑》	同道之人	①荣且溺之耦耕，甘山林之杳蔼	①长沮、桀溺
《鲁峻碑》	门生	①比纵豹产，化行如流 ②有黄霸召信臣在颍南之歌 ③乐於陵灌园之契	①西门豹、子产 ②黄霸、召信臣 ③於陵仲子
《祝睦后碑》	故吏	无	无

表 4-8 《景君碑》涉及的历史人物历史时期、任职、主要事迹情况

碑名及参与主体	历史人物	时期	历史人物主要任职	历史人物主要事迹
《景君碑》故吏	黄霸	西汉	河南太守丞、扬州刺史、颍川太守、丞相	为官清廉，外宽内明，政绩突出，被作为“循吏”的代表
	朱邑		初任桐乡啬夫，后升任卒史，昭帝时为大司农丞，宣帝时任北海太守，后升任大司农	廉洁公正，待人宽厚，举荐贤才
	信臣		初为上蔡长，升任零陵太守，后为南阳太守	为人勤力有方略，好为民兴利，务在富之，躬劝耕农，出入阡陌，止舍离乡亭，稀有安居时。兴修水利。平帝时民众为其立祠

表 4-9 《武斑碑》涉及的历史人物历史时期、任职、主要事迹情况

碑名及参与主体	历史人物	时期	历史人物主要任职	历史人物主要事迹
《武斑碑》同僚	颜回	春秋	孔门弟子	谦逊好学，以德行著称
	闵损			勤奋刻苦，尊礼行孝
	子游			博览群书，胸襟广阔，礼乐教化
	子夏			博学笃志，传授五经，才思敏捷

表 4-10 《衡方碑》涉及的历史人物历史时期、任职、主要事迹情况

碑名及参与主体	历史人物	时期	历史人物主要任职	历史人物主要事迹
《衡方碑》门生故吏	尹铎	春秋	晋卿赵鞅家臣，为晋阳宰	薄赋轻徭，与民生息
	管仲	春秋	曾任齐国宰相	善于治国，富于智慧，法家代表人物
	南仲	西周	周宣王时卿士	佐宣王中兴，平定玁狁，《诗经·常武》
	召虎	西周	周宣王时卿士	兴衰拨乱，平定淮夷，《诗经·江汉》
	李广	西汉	景帝武帝时边郡太守、将军	抗击匈奴
	魏绛	春秋	晋悼公时司马	提出和戎之策
	单襄公	春秋	周王大臣	预知政治走向
	单穆公	春秋	周王大臣	辅佐朝政

表 4-11 《娄寿碑》涉及的历史人物历史时期、任职、主要事迹情况

碑名及参与主体	历史人物	时期	历史人物主要任职	历史人物主要事迹
《娄寿碑》同道之人	长沮、桀溺	传说中的人物	隐逸之士	耦而耕，避世隐居，洁身自好

表 4-12　《鲁峻碑》涉及的历史人物历史时期、任职、主要事迹情况

碑名及参与主体	历史人物	时期	历史人物主要任职	历史人物主要事迹
《鲁峻碑》门生	西门豹	战国	魏邺县令	西门豹治邺，清廉刻苦，不谋私利
	子产	春秋	郑国政治家	整顿田制，宽猛相济，不毁乡校，庶人议政
	黄霸	西汉	河南太守丞、扬州刺史、颍川太守、丞相	为官清廉，外宽内明，政绩突出，被作为“循吏”的代表
	召信臣	西汉	初为上蔡长，升任零陵太守，后为南阳太守	勤力有方略，为民兴利，务在富之，躬劝耕农，兴修水利，民众为其立祠
	於陵仲子	战国	齐国思想家，隐士	不入污君之朝，不食乱世之食

表 4-13　碑文历史人物出现次数总计情况

碑名	参与主体	历史人物	传说	西周	春秋	战国	孔门弟子	西汉
《景君碑》	属吏	黄霸						●
		朱邑						●
		信臣						●
《武斑碑》	同僚	颜回					●	
		闵损					●	
		子游					●	
		子夏					●	
《衡方碑》	门生故吏	尹铎			●			
		管仲			●			
		南仲		●				
		召虎		●				
		李广						●
		魏绛			●			
		单襄公			●			
		单穆公			●			
《娄寿碑》	同道之人	长沮	●					
		桀溺	●					
《鲁峻碑》	门生	西门豹				●		
		子产			●			
		黄霸						●
		召信臣						●
		於陵仲子				●		
历史人物出现次数总计			2	2	6	2	4	6
历史人物总计			2	2	6	2	4	4

据此，尝试得出如下认识：碑文所涉及的历史人物以春秋时期为最，如果将“孔门弟子”考虑进去，则属于春秋时期的“历史人物”更多，其次是西汉时期。碑文所涉及的历史人物有如下几点值得关注。①总体上看呈现出三类人物：即以“道德修养”和“经术承传”为标榜的孔门弟子；以“避世隐居”和“洁身自好”为著名的隐士高人；以“循吏”和“能吏”为代表的

职业官吏；②在上述历史人物中，后者即“职业官吏”在“人数总和”方面最为突出；③在上述历史人物中，西汉时期的“黄霸”与“信臣”出现两次。碑文所涉及的历史人物在“主要事迹”方面各有不同，上述不同当与碑文对碑文主人生平事迹的认识和评价有关，但从参与主体角度看，上述历史人物无疑又与参与主体同样存在密切联系，这种联系即表现在参与主体与历史人物之间存在着某种价值体系的关联因素和关注因素，如表现在人生观、道德观、价值观、职业观等方面的认同和一致性。

（三）碑文关于逝者“政绩与操守”内容的论述

根据碑文关于逝者“政绩与操守”内容的论述，对其要点做出梳理和归纳。具体情况如表 4-14 所示。上述要点毫无疑问是碑文主人在“政绩与操守”上面所表现出来的最为突出的特点。然而，上述要点的总结和提出者却是撰文立碑者，因此又势必带有撰文立碑者的群体的倾向性。从这个意义上说，如果将上述要点视为某种政治观的表现，那么这种政治观既是碑文主人曾经的为官行为的政治和行政实践，同时也为撰文立碑者群体所认同，并成为带有群体性性质的政治观。如此，有理由从参与主体角度出发，以上述要点为根据而对这种政治观的“群体性认同”情况，以“关注点”的形式给予明确的总结。具体情况如表 4-15 所示。不可否认，从“关注点”角度能够发现撰文立碑者缘于碑文主人曾经的政治和行政实践而引发的具有“群体性认同”特点的政治观。而对上述政治观之特点进行总结，势必需要进一步结合碑文主人生前为官的具体情况而做更进一步析理。如碑文主人终其一生的为官经历可能存在不同阶段和时期，并掺杂着“中央”“地方”“边塞”乃至“行政”或“学术”的不同为官经历，上述情况无疑又会直接影响撰文立碑者政治观之“群体性认同”情况。基于上述考量，尝试以“关注点”为基础，结合“碑文主人”为官经历，而对撰文立碑者政治观之“群体性认同”情况，以特点的形式做出更为确切的观照。具体情况如表 4-16 所示。

表 4-14 碑文关于逝者“政绩与操守”论述的“要点”

碑名	参与主体	政绩与操守（碑文原文）	要点
《景君碑》	属吏	①兴利惠民，强衙改节 ②夙宵朝廷，建策忠谠 ③分明好恶，先以敬让 ③蓄道修德，□祉以荣	①兴利惠民，抑强扶弱 ②夙夜在公，进谏善言 ③善恶分明，敬让为先 ④蕴蓄道德，繁荣福祉
《武斑碑》	同僚	①领校秘鄣，研□幽微，追昔刘向，辩贾之过，比□万矣 ②哮虎之怒，薄伐□□。□□□□，□□□并，百姓赖之	①校对深奥的典籍，专研高深的哲理，堪比刘向班固贾逵 ②劝勉吏士，鼓舞士气，出兵征讨，百姓依赖，地方安宁

续表

碑名	参与主体	政绩与操守（碑文原文）	要点
《衡方碑》	门生故吏	①遵尹铎之轨，保鄗二城，参国起按，斑叙□□，□本肇末，化速邮置 ②将继南仲、邵虎之轨，飞翼轸之旌，操参□□□，绥来王之蛮 ③寻李广之在边，恢魏绛之和戎，戎戢士佚，费省巨亿，怀□□□，□静有绩 ④修清涤俗，招拔隐逸，光大茅茹 ⑤陨霜剿奸，振滞起旧。存亡继绝，恩降《乾》《泰》，威肃《剥》《坤》 ⑥夙夜惟寅，祎隋在公。诏选贤良，招先逸民，君务在宽	①遵循春秋时尹铎做法，保障即丘、胶东二城；推行管仲的行政措施，参国起按，限制官权 ②遵循南仲和邵虎的做法，安抚蛮人 ③寻找李广当年在边塞的做法，遵循魏绛和戎的主张，收藏干戈，休息兵卒，节省军费 ④招纳隐逸，举荐贤才 ⑤启用旧人，存亡继绝 ⑥招选贤良，法务宽大
《娄寿碑》	同道之人	①遁世无闷，恬佚净漠。徲徕衡门，下学上达，有朋自远。冕绅莘莘，朝夕讲习，乐以忘忧 ②郡县礼请，终不回顾。高位厚禄，固不动心 ③粗絺大布之衣，粝楷蔬菜之食。蓬户茅宇，棬枢瓮牖。乐天知命，榷乎其不可拔也	①遁世无问，讲道修德 ②耻于为官，羞于厚禄 ③粗衣粝食，随顺自然
《鲁峻碑》	门生	①敬恪恭俭，州里归称 ②比纵豹产，化行如流 ③□残酷之刑，行循吏之道。统政□载，穆若清风。有黄霸召信臣在颖南之歌 ④蠲细举大，榷然疏发。不为小威，以济其仁，弸中独断，以效其节。案奏□公，弹绌五卿	①恭敬俭约 ②向西门豹、子产那样治理属地，风气大变 ③去除酷刑，遵守礼法 ④弃小抓大，干脆利落；不搞权术，善于仁行；决断专行，有节有制；秉公执法，弹劾强权
《祝睦后碑》	故吏	①化行如风，民应如草 ②退身衡明，童冠翔集。耽经乐术，潜神默记，与欲殊好 ③七政錧鎋，佐辅升枢。功冠帝庭，懿德逴优	①善行教化，移风易俗 ②钟情经术，热爱生活 ③政绩卓著，厚德远播

表 4-15　碑文关于逝者“政绩与操守”论述“要点”的“关注点”

碑名	参与主体	要点	关注点
《景君碑》	属吏	①兴利惠民，抑强扶弱 ②夙夜在公，进谏善言 ③善恶分明，敬让为先 ④蕴蓄道德，繁荣福祉	①兴利惠民 ②夙夜在公 ③扬善惩恶 ④恭敬礼让
《武斑碑》	同僚	①校对深奥的典籍，专研高深的哲理，堪比刘向班固贾逵 ②劝勉吏士，鼓舞士气，出兵征讨，百姓依赖，地方安宁	①典籍经术 ②安边抚民
《衡方碑》	门生故吏	①遵循春秋时尹铎做法，保障即丘、胶东二城；推行管仲的行政措施，参国起按，班叙□□ ②遵循南仲和邵虎的做法，安抚蛮人 ③寻找李广当年在边塞的做法，遵循魏绛和戎的主张，收藏干戈，休息兵卒，节省军费 ④招纳隐逸，举荐贤才 ⑤启用旧人，存亡继绝 ⑥招选贤良，法务宽大	①保障繁荣 ②分类管理 ③安抚和戎 ④任用贤良 ⑤恢复传统 ⑥法务宽大

续表

碑名	参与主体	要点	关注点
《娄寿碑》	同道之人	①遁世无问，讲道修德 ②耻于为官，羞于厚禄 ③粗衣粝食，随顺自然	①重道修德 ②淡泊名利 ③随顺自然
《鲁峻碑》	门生	①恭敬俭约 ②向西门豹、子产那样治理属地，风气大变 ③去除酷刑，遵守礼法 ④弃小抓大，干脆利落；不搞权术，善于仁行；决断专行，有节有制；秉公执法，弹劾强权	①恭敬勤俭 ②尊礼尚法 ③有度有节 ④襟怀磊落
《祝睦后碑》	故吏	①善行教化，移风易俗 ②钟情经术，热爱生活 ③政绩卓著，厚德远播	①善行教化 ②钟情经术 ③政绩突出

表 4-16　碑文关于逝者“政绩与操守”论述“关注点”所体现的特点

碑名	参与主体	关注点	特点
《景君碑》	属吏	①兴利惠民 ②夙夜在公 ③扬善惩恶 ④恭敬礼让	●作为地方主政官员： ①注重民生，主张公平 ②忠于职守，积极主政 ③强调“敬让为先”的为官之德，但是非分明
《武斑碑》	同僚	①典籍经术 ②安边抚民	●作为主管典籍校勘的官员： ①注重学术学问的深邃和精湛 ●作为边塞地方长官： ②注重边塞安定和百姓安宁
《衡方碑》	门生故吏	①保障繁荣 ②分类管理 ③安抚和戎 ④任用贤良 ⑤恢复传统 ⑥法务宽大	●作为地方主政官员： ①强调地方的建设和繁荣 ②推行分类管理的行政措施 ●作为边塞地方长官： ③主张战和相用以和为主 ●作为中央官员： ④注重举荐贤才、招选贤良 ⑤强调推行“法务宽大”的宽松政策
《娄寿碑》	同道之人	①重道修德 ②淡泊名利 ③随顺自然	●作为避世的隐士： ①注重讲道修德 ②推崇淡泊名利 ③喜欢随顺自然
《鲁峻碑》	门生	①恭敬勤俭 ②尊礼尚法 ③有度有节	●作为地方主政官员： ①注重勤俭简约 ②主张尊礼守法，强调法治
《鲁峻碑》	门生	④襟怀磊落	●作为中央官员： ③强调作风雷厉风行，但节度有制 ④强调不擅权术，公而无私
《祝睦后碑》	故吏	①善行教化 ②钟情经术 ③政绩突出	●作为地方主政官员： ①为政强调教化，主张移易风俗 ②作为官员注重经术学习，热爱生活

据此，可对上述碑文参与主体政治观的特点得出如下认识。

（1）上述碑文参与主体政治观的特点具有某些相同之处：①对于“作为

地方主政官员”来说，在强调有所作为和注重民生问题及地方建设与繁荣方面，具有某种普遍性；②在边塞问题上，注重攻与守、战与和的平衡。

（2）上述碑文参与主体政治观的特点，在差异性上面表现得更为明显，或者更鲜明地呈现出不同的侧重点，在“作为地方主政官员”这一点上，《景君碑》倡导“循吏”作风，而《祝睦后碑》则侧重于“教化”，至于《衡方碑》则强调“分类管理”的行政手段；而在“作为中央官员”上面，《衡方碑》重视“举荐贤才”和“法务宽大”，而《鲁峻碑》则重在“雷厉风行”的行事风格和“不搞权术”的为官品德。

（3）在政治观上，《娄寿碑》与《衡方碑》参与主体还体现出与“官府”或“中央政府”的不合作或抗衡的特点，具体表现在：《娄寿碑》以“长沮”“桀溺”相标榜而体现出不合作或躲避的政治态度，《衡方碑》缘于肯定了碑文主人已经被“中央政府”否定的某些“政绩”，而在事实上构成了与“中央政府”相左的政治观。

三、汉墓碑文“群体性叙述”所反映的官僚阶层政治观和价值观

上文围绕着以属吏为叙述主体与出发点的群体性叙述所做的讨论，无法掩盖不同性质的“群体性叙述”在“人格品行”“人生榜样”“政绩与操守”诸方面差异性的存在，上述情况事实上已经通过具体的叙述形式而构成了各自的叙述表达，如果将这种叙述表达与叙述内容联系起来，这种不同性质的叙述形式便以其鲜明的道德色彩和政治内涵，而具有“政治性叙述”特点。从这个意义上看，汉墓碑文“群体性叙述”政治意义和思想价值，既具有丰富性特征，也呈现出独特性色彩。

（一）更鲜明地表现出东汉晚期社会中低层精英群体的价值观和政治理想

汉墓碑文“群体性叙述”形式在“人格品行”方面皆对“个体”的“道德修为”给予强烈关注，并在这方面表现出极为鲜明的共性特点，其中以“属吏”为叙述主体与出发点的“群体性叙述”最为典型，也能够对这种叙述形式所表现的政治意义和思想价值给出颇为明晰的判断：①在蹈行儒家“礼”与“仁”的同时，似乎还更强调对“道”的坚守和对“真”与“洁”的偏爱，相反，对“欲”表现出克制态度。说明这一叙述群体在“人格品行”方面注重自身的修为锻炼，强调以“礼”和“仁”为本，强调克制“私欲”从而达到“真”和“洁”的理想状态。上述情况或许就是对“道”的秉持和坚守。②在“人生榜样”方面更为关注本朝或历史上著名的“循吏”和“能吏”，上

述情况又是与这一叙述群体在“政绩与操守”方面的诉求构成某种一致性特征，说明以“属吏”为叙述主体与出发点的叙述群体，其“政治观”具有鲜明的“正面”和“开明”的色彩，强调“为政”的“规矩”及与“兴利”和“惠民”相联系。③这种“群体性叙述”向人们展示了带有内在关联性与和谐性特点的人生观、政治观、业绩观，并借助碑文这种特殊形式而进行了综合性的表达：以儒家传统的道德规范作为人性基础，再以道家传统的守道、求真、贵洁的思想作为辅佐，并以节制私欲作为底线，如此，才能做到古代“循吏”和“能吏”所达到的兴利惠民的政绩和业绩。④在这种“群体性叙述”中隐含着参与者渴望“提携”和“拔擢”的政治愿望，带有鲜明的政治功利性，我们并不排除这种政治功利性在碑文其他“群体性叙述”中存在的可能性，但显然以“属吏”为叙述主体与出发点的“群体性叙述”在这方面表现得最为充分和强烈，并由此而展现出东汉晚期中低级官僚阶层的政治生态。

以“属吏”为叙述主体与出发点的“群体性叙述”堪为东汉晚期官僚阶级中低级官吏的道德表白和政治宣言。其参与者，大都属于掾吏范围，职级较低。因此，上述碑文群体性叙述的特点，自然带有东汉晚期中低级官吏尤其低级官吏的色彩。上述情况或者意味着处于官僚阶级底层而缺少政见表达机会的掾吏阶层，渴望借助碑文形式表达自己的道德观和政治观。

（二）囿于体制之内但又蕴含着矛盾、抗衡及至游离的力量

汉墓碑文“群体性叙述”实际上是由碑文叙述主体的群体性特点决定的，从这个意义上看，碑文“群体性叙述”等同于“群体性”的“政治叙述”。这种“政治叙述”的参与者们，似乎已经具备了具有相同或相近的道德理想和政治追求并具利害关系的政治群体或政治团体的性质。他们希望借助为碑文主人撰文立碑的机会，以群体或团体的形式做出道德表白和政治宣言，从而确立碑文主人精神遗产之继承者的身份、地位和权利，以期在自身的道德评判上得到更大范围的社会认同，在官僚社会的多层次政治视野中得到更为深远的影响和关注。上述情况使我们有理由认为，在东汉晚期的政治生态中，存在着多种层次和多样性质的政治或政治与学术融合的群体或团体，这种群体或团体具有自己的“领袖”人物、道德理想和政治追求，他们囿于体制之内，但又存在着矛盾、抗衡或游离的现象和内在动力。

将汉墓碑文“群体性叙述”置于东汉晚期的社会政治背景中考察便会发现，上述碑文所反映的“政治层面下矛盾、抗衡或游离的力量”实际上是东汉晚期独特的政治生态的表现和反映。汉时门生非谓弟子而是转相传授者，故著名经师的门生可达数千人，而非经师的人藉权势地位亦可招纳门生，“于

是依势趋利者，并不必以学问相师，而亦称门生”[①]。这是门生藉由学术联系而至政治依附关系之始。与门生不同，属吏本身即具有政治依附性。《景君碑》撰文立碑者乃“故吏诸生”，而碑文却以“臣子”自称。“观史策所载，属吏之于长官已有君臣分谊，降及后世，若行之不变，未有不成党援门户、背公向私者”，而“降及东汉，气节相矜，並至有甘以身殉者”[②]。而至结党为政，变学谊为政脉。虽遭党锢之祸，但风气尤盛。

（三）以非官方话语权的建立而呈现出个体意识自觉的文化属性

清人赵翼论“碑表”功用时说：“秦、汉以来，始作文褒讃功德，刻之于石，亦谓之碑。”[③]然而，“褒讃功德”或非汉墓碑文主要功能。从汉墓碑文“群体性叙述”角度看，碑文的本质实际上涉及“话语权”问题，汉墓碑文“群体性叙述”参与者通过这种方式完成“自我认知”“自我肯定”和“自我立名”的行为。这种行为最大的特点就是从自我出发，藉由“逝者”而最终回归自我。这种隐匿着强烈的自我特点的“群体性叙述”，事实上已经在“官方”话语形态之外，以其“群体性”的“政治叙述”而构建起某种群体性的话语系统。

汉碑之源，“刘勰则谓宗庙有碑，树之两楹，事止麗牲，未有勋绩。后代自庙徂坟，以石代金。司马温公谓古人勋德，多勒铭鼎钟，藏之宗庙，其葬则有丰碑以下棺耳”[④]。汉碑继承了古代钟鼎勒铭勋德之功能，同时，又藉由碑石不同于钟鼎的独特性而将这种功能扩大化，汉人以墓碑铭勒逝者勋德即如此，问题在于这种扩大化的行为已经超越传统而呈现出“普遍性”和“随意性”特点。《左传·襄公十九年》载臧武仲论“铭”云：“夫铭，天子令德，诸侯言时计功，大夫称伐。”[⑤]此言天子、诸侯、大夫皆可铭勒，而铭勒内容不同，惟大夫可自伐其功。显然，汉代墓葬碑文虽然以家族或与逝者关系密切之人所撰立，但在“自伐其功”这一点上仍然有传统可循，只是碑文主人的身份更为泛化，既有高级官吏，更多则是中下级官员，还包括仕途之外的各方人士。同时，其“功伐”的“由来”和“认定”，也由传统的“周天子”或“中央政府”而降至“家族”或者与逝者存在某种关联的“群体”和“团体”。如此，汉墓碑文由“群体性叙述”而演化的“政治性叙述”自然呈现出脱离传统政治的集权性和权威性，而下降至民间社会的带有个体化

① 赵翼：《陔余丛考》卷三十六，第722页。
② 赵翼：《陔余丛考》卷三十六，第270页。
③ 赵翼：《陔余丛考》卷三十二，第618页。
④ 赵翼：《陔余丛考》卷三十二，第618页。
⑤ 左丘明传，杜预集解：《春秋左传集解》卷十六，第954页。

色彩的群体或团体的层面。从这个意义上说，这种由“群体性叙述”而演化的“政治性叙述”，必然带有囿于体制之内但又蕴含着矛盾、抗衡及至游离的力量，而且是源发于社会政治结构底层的力量。因此，东汉以后魏晋时期推行丧葬礼仪改革，不论是禁止厚葬，还是反对私立墓碑，其深层次的原因或目的，应该是政治层面上对这种“蕴含着矛盾、抗衡及至游离的力量”进行抑制的考量。[①]

上述情况说明，汉墓碑文“政治性叙述”所带有的囿于体制之内但又蕴含着矛盾、抗衡及至游离的力量，在东汉晚期乃至魏晋时期已经呈现出足以令传统政治警觉和必须遏制的发展态势。显然，这是一种在“官方”话语形态之外而“规模呈现”的“非官方”的“群体性”话语系统。这种话语系统以自我认知、自我肯定和自我立名为目的和宗旨的行为，已经呈现出个体意识“自觉”的文化属性。因此，汉墓碑文“政治性叙述”所带有的囿于体制之内但又蕴含着矛盾、抗衡及至游离的力量，又在文化形态上表现为一种文化力量。

有学者以为“汉碑表现了儒家作为正统的意识形态后的影响，到汉末时，这种意识形态已经渗透到政治、知识、经济、社会和文化等各方面，同时，士阶层又以统治阶级而出现。汉碑正是在这个剧变的环境中兴起”[②]。然而，从我们所讨论的碑文看，其所呈现的还有另外一种情形。诸如《景君碑》《祝睦碑》，不论逝者还是撰文立碑者，都是囿于体制之内的中下层官吏，而不是“反传统”的“异端人物”。《景君碑》诔文部分既赞美逝者“孝弟渊懿，帅礼蹈仁”的一面，又强调逝者具有“根道核艺，抱淑守真”的一面。《祝睦后碑》云逝者“君龀鬈入学，修《韩诗》《严氏春秋》”，以儒家经典为学，却又“怕然执守，躬洁冰雪”而“渐心于道”。《祝睦碑》则

---

① 按：魏晋时期推行丧葬制度改革，倡导节葬和禁立私碑，或可参考如下文献载记。《三国志·武帝纪》：“十年春正月，……令民不得复私仇，禁厚葬，皆一之于法。”沈约《宋书·志第五·礼二》：“汉献帝建安末，魏武帝作终令曰：‘古之葬者，必在瘠薄之地，其规西原上为寿陵。因高为基，不封不树。《周礼》，冢人掌公墓之地，凡诸侯居左右以前，卿大夫居后。汉制亦谓之陪陵。其公卿大臣列将有功者，宜陪寿陵。其广为兆域，使足相容。’魏武以送终制衣服四箧，题识其上，春秋冬夏日有不讳，随时以敛。金珥珠玉铜铁之物，一不得送。文帝遵奉，无所增加。”又：“汉以后，天下送死者奢靡，多作石室石兽碑铭等物。建安十年，魏武帝以天下雕弊，下令不得厚葬，又禁立碑。”又：“晋武帝咸宁四年，又诏曰：‘此石兽碑表，既私褒美，兴长虚伪，伤财害人，莫大于此。一禁断之。其犯者虽会赦令，皆当毁坏。’”沈约《宋书·裴松之传》：“松之以世立私碑，有乖事实，上表陈之曰：碑铭之作，以明示后昆，自非殊功异德，无以允应兹典。大者道勋光远，世所宗推，其次节行高妙，遗烈可纪。若乃亮采登庸，绩用显著，敷化所莅，惠训融远，述詠所寄，有赖镌勒，非斯族也，则几乎僭黩矣。俗弊伪兴，华烦已久，是以孔悝之铭，行是人非；蔡邕制文，每有愧色。而自时厥后，其流弥多，预有臣吏，必为建立，勒铭寡取信之实，刊石成虚伪之常，真假相蒙，殆使合美者不贵，但论其功费，又不可称。不加禁裁，其弊无已。”“诸欲立碑者，宜悉令言上，为朝议所许，然后听之。庶可以防遏无徵，显彰茂实，使百世之下，知其不虚，则义信于仰止，道孚于来叶。”

② 王静芬：《中国石碑——一种象征形式在佛教传入之前和之后的运用》，毛秋瑾译，北京：商务印书馆，2011年，第63页。

更为明了："君惟老氏，名遂身退，色斯翻翔，纡精衡门。"上述人物生前均以"孝廉"举荐，入仕前以儒学为业，但入仕后却又表现出较为浓重的道家思想，呈现出儒道兼修而互补的思想境界。上述情况说明，他们不是从老庄思想中找到"反正统""反神学""反潮流"的"思想武器"，而是从老庄思想中找到儒家理想人格的某种补充，即在儒家理想人格所恪守的群体性关系原则之外，获得个体意义上的有关"性"与"情"的滋养和慰藉。

是故，从某种意义上说，汉墓碑文呈现出个体意识"自觉"的文化属性。这种文化属性代表着某种有别于"官方"的文化特点，带有个性化和源自民间的力量，并在"官方"话语形态之外建立起某种群体性的话语系统。从这个意义上看，是否可以这样认为：东汉晚期丧葬礼仪中撰文立碑风气的兴起和兴盛，预示着社会政治和思想界中脱离统治文化和主体思想的力量的形成，这或是一种具有游离于轴心倾向的政治力量和文化思潮。

四、汉墓碑文"群体性叙述"依托于仪式功能所形成的艺术特点

碑的出现与典礼仪式有关。这种典礼仪式包括神祇祭祷仪式、朝廷典礼仪式和丧葬葬礼仪式。汉代墓碑的兴盛同样与汉代丧葬礼仪的发展具有直接关系。就目前所见，汉代墓碑或藉由葬礼和墓祭两种丧葬礼仪而存在。考《景君碑》"八十七人"留守墓园三年，所谓"陵成宇立，树列既就"，皆为"慎终追远"之故。[①]是故"撰文立碑"当是"三载巳究"而行"墓祭"的内容。《鲜于璜碑》撰文立碑者是碑文主人的孙辈诸人，故其立碑的时间是在碑文主人逝后。根据碑文所载，鲜于璜卒于东汉安帝延光四年（公元125年），此碑立于东汉桓帝延熹八年（公元165年），相距整40年。参考碑文颂辞"神有识兮营壇场"句，似昭示立碑时间有人为考量。鲜于璜孙辈诸人在祖父去世四十年时设"壇场"墓祭，而《鲜于璜碑》的"撰文立碑"正是墓祭仪式的一部分。"私谥"违礼，故为逝者"私谥"当有"仪式"以正视听。《鲁峻碑》云门生故吏"三百廿人"举行了"昭告神明"的"仪式"，并在这种"仪式"上公开"忠惠父"谥名。碑文附"铭"亦有"凡百君子，钦谥嘉乐"句。说明《鲁峻碑》的"撰文立碑"与"私谥"都是在祭祷逝者"仪式"中举行的，是"仪式"的内容。《后汉书》载云：陈寔卒，"海内赴者三万余人"而"共刊石立碑，谥为文范先生。"[②]亦可为证。如此，汉墓碑文"群体性叙述"

---

① 按：《论语·学而》云："曾子曰：'慎终追远，民德归厚矣。'"刘宝楠《论语正义》："孔曰：慎终者，丧尽其哀；追远者，祭尽其敬。"又："远，犹久也。""言凡父祖已殁虽久远，当时追祭之也。"刘宝楠：《论语正义》卷一，国学整理社辑：《诸子集成》第一册，第13页。

② 范晔撰，李贤等注：《后汉书》卷六十二，第2067页。

便能够依托于仪式功能而形成自己独特的艺术个性。

据此而论，汉墓碑文作为文本形式的“发表”过程，实际上是文本在仪式上的展示过程。这种文本展示过程至少包括三个方面的内容：①作为文本载体的石碑形象的确立；②字体与间架结构及布局的书势情况；③碑文内容包括碑文所附韵辞部分的情感表达和文学表现。值得注意的是，上述三个方面内容在碑文作为文本形式的展示过程中，并非各自独立而是以“三位一体”形式做出综合性的“和谐表现”。

上述情况意味着汉墓碑文作为文本形式的展示过程，必须基于某种达成一致的美学理想，并呈现出某种具有共识意义的审美品位，而且这种美学理想和审美品位又必须与碑文所塑造的碑文主人公的人格精神相谐和。以《裴岑纪功碑》为例。碑文载记敦煌太守裴岑以郡兵三千人击败北匈奴呼衍王之事。此碑书势，康有为以为“古茂雄浑”。方朔《枕经堂金石书画题跋》则云：“文笔叙事简古，字在篆隶之间，雄劲生辣，真有率三千人擒王俘众气象。”[①]碑文“古茂雄浑”“雄劲生辣”书势，与碑文主人公“斩馘部众”“克敌全师”的功业相得益彰。《孔谦碑》言碑文主人“幼体兰石自然之姿，长膺清少孝友之行”。而此碑书势，杨守敬称以“淳厚”，康有为称以“丰茂”[②]。人品与书势在“醇真”与“丰腴”上面和谐相当。《鲜于璜碑》言碑文主人“温故知机”“燀光笃实”，而其碑文总体风格则“丰厚凝重”。或云：“书法结构谨严，字身宽扁，用方笔，丰厚凝重，端庄遒劲，含蓄沉著。”[③]碑文主人勤奋、博学、笃厚的人品，与碑文丰厚、端庄、含蓄的书品默契相合。《郑固碑》言碑文主人“忠以卫上”“清以自修”。杨守敬《平碑记》论其书势则“古健雅洁”[④]。其“忠”与“清”的人品与“古健”而“雅洁”的书势和谐相配。

总体上看，汉墓碑文呈现出规矩而优雅、厚重而淳朴的美学追求和艺术风格。这是由碑文主人与撰文立碑者的政治身份、道德修养、人格品行及文化传统所决定的。“丧葬型石碑表达了对逝者孝敬的感情，……但是最重要的是，它们将个人提升为儒家宣扬的文化及道德的楷模。以碑来纪念的人大多数属于士阶层或地方精英。歌功颂德的言辞不仅赞美逝者的声望，而且是提高石碑出资者名声的修辞策略，对象是有着相似社会背景的受众。受歌颂者、出资者和观众都来自于汉代新兴的士阶层。他们是受惠者，也是正统的代言

① 李樯：《裴岑纪功碑·题记》引，《秦汉刻石选译》，第60页。
② 李樯：《孔谦碑·题记》引，《秦汉刻石选译》，第175-176页。
③ 高文：《汉碑集释》，“鲜于璜碑”题解，第284页。
④ 李樯：《郑固碑·题记》引，《秦汉刻石选译》，第195页。

人。他们的品位和价值观塑造了石碑的外观和审美趣味。”[①]上述论断值得肯定之处，是看到了碑文主人及撰文立碑者的“品位”和“价值观”与石碑的“外观”和“审美趣味”之间的联系，但遗憾的是没有指出这种联系的个性化同时又是“和谐表现”的独特情况。从所见汉墓碑文书体形式上看，缘于书写者的不同而形成不同的艺术特点和风格。碑文书势所呈现出来的艺术特点和风格，首先是一种书法意义上的美学体现，值得注意的是，这种呈现出不同艺术特点和风格的书势艺术表现形式，似乎还潜藏着超出书法艺术的内容。当我们注意到汉墓碑文叙述形式所呈现的带有个性化的艺术特点和风格时，尝试思考，这种个性化的艺术特点和风格是否还与碑文“内容”存在着某种基于美学意义上的“和谐表现”的问题。

汉墓碑文“内容”与“书势”的“和谐表现”代表了一种时代的审美品位。汉墓碑文前有序言，后有韵辞。“蔡邕譔《郭有道》、《陈太丘碑》，皆有序冠篇，而末乱之以铭。”[②]考《鲁峻碑》《尹宙碑》“序”后有“铭”；《景君碑》“序”后有“乱”；《武斑碑》《郑固碑》《孔宙碑》《武荣碑》《张寿碑》《衡方碑》《夏承碑》《孔彪碑》《赵宽碑》“序”后有“辞”；《鲜于璜碑》“序”后有“颂”；《费凤别碑》“序”后有“诗”；《张公神碑》“序”后有“歌”；《李翊夫人碑》“序”后有“叹”。上述铭、乱、辞、颂、诗、歌、叹，虽然名称各异，但皆为韵辞，或三言、四言、骚体，以之为“碑歌”甚为恰切。[③]其中《景君碑》前有“序”，中有“诔”，末有骚体式“乱”辞。[④]《鲜于璜碑》“序”后之“颂”，前四言十二句，后骚体六句。[⑤]《张公神碑》“序”后之“歌”，则为九章六十一句“长歌”[⑥]。《李翊夫人碑》“序”之“叹”，则

---

① 王静芬：《中国石碑——一种象征形式在佛教传入之前和之后的运用》，第 75-76 页。

② 赵翼：《陔余丛考》卷三十二，第 622 页。

③ 按：关于“碑歌”的认识，或可参阅李立《楚汉浪漫主义文学发展史：战国秦汉浪漫文学经典文本研究》第六章第一节“汉代墓葬碑铭附诗碑歌的出现与传统送葬挽歌的变体式发展”部分的讨论，北京：中国社会科学出版社，2013 年。

④ 《景君碑》骚体式“乱”辞：“考积幽穸，□□□兮。□□□□，翔议郎兮。再命虎将，绥元元兮。规策矩谟，主忠信兮。羽卫藩屏，抚万民兮。□□□□，恩□□兮。宜参鼎𫐐，□干祯兮。不永麋寿，弃臣子兮。仁敷海外，著甘棠兮。□石勒铭，□不亡兮。”洪适：《隶释》卷六，第 73 页。

⑤ 《鲜于璜碑》“序”后之“颂”：“於铄我祖，膺是懿德，永惟孝思，亦世弘业。昭哉孝嗣，光流万国，秩秩其威，娥娥厥额，此宜蹈鼎，善世令王。如何夙陨，丁此咎殃。国无人兮王庭空。士罔宗兮微言丧。王机怅兮嘉谋荒。旌洪德兮表元功。阐君灵兮示后萌。神有识兮营壇场。”（高文：《汉碑集释》，第 285-286 页。）

⑥ 《张公神碑》“序”后之“歌”：“綦水汤汤扬清波。东流□折□于河。□□□□□朝歌。县以洁静无秽瑕。公□守相驾蜚鱼。往来悠忽遂熹娱。佑此兆民宁厥居。出自綦□□□□。松柏郁茂兰公□。□神往来乘浮云。种德收福惠斯民。家饶户富无□贫。畺界家静和睦□。朝歌荡阴及犁阳。三女所处各殊方。三门鼎列推其乡。时携甥幼归候公。夫人□□□容□。□□□□饗□觞。穆风屑兮起坛旁。乐吏民兮永未央。鹿呦呦兮□□庭。文乐乐兮□□□。饮清泉兮□□□。见□伏兮不骇惊。惟公德兮之所宁。上陵庙兮助三牲。天时和兮甘露泠。日番□兮无亏倾。□□蜚兮朱鸟棲。□□荣兮鸣喈喈。鵕鹈勦兮乳徘徊。给御卵兮献于西。惟公德兮之所怀。池水□兮钓台粲。四角楼兮临深涧。鱼炭炭兮踊跃见。振鳞尾兮游盱盱。时钓取兮给烹献。惟公德兮之所衍。栗萧井兮粟铺陈。新美萌兮香苾芬。蕙草生兮满园田。竞苕茗兮给万钱。惟公德兮之所□。门堂郁兮文耀光。公神赫兮坐东方。明暴视兮俨卬卬。夫人□女兮

为骚体“长诗”[①]。《费风别碑》“序”后之“诗”则“散文”接以“韵语”，更为独特。[②]值得注意的是，与碑文散体序文相比，上述铭、乱、辞、颂、诗、歌、叹，皆重在抒情，故在便于情感抒发方面，碑文以韵辞的形式作结，最为合适。另一方面，上述铭、乱、辞、颂、诗、歌、叹，其整齐而叶韵的构句形式，更适合于以“唱”或“诵”的形式来表达，从这个意义上看，汉墓碑文所附韵辞，或是在丧葬或墓祭典礼仪式中以“唱诵”形式来表现的。

据此而论，汉墓碑文“内容”与“书势”的“和谐表现”，还应该包含碑文以“唱诵”形式而进行的“有声表达”。正是这种“内容”“书势”与“唱诵”融为一体的碑文表达形式，构成了汉墓碑文“群体性叙述”依托于仪式功能而形成的独特的艺术个性。

第三节　考古新发现的著名汉画像题记考释与艺术特点分析

根据载体的性质，汉画像题记可分为四类，即墓室画像题记、祠堂画像题记、石阙画像题记、石表画像题记，又缘于载体不同，而在文本形式、叙述者、叙述对象和叙述内容及情感等方面存在差异，并呈现出不同的艺术特

列在旁。陈君处北兮从官□。车骑骆驿兮交错重。乘輗轺兮驾蜚龙。骖白鹿兮从仙僮。游北岳兮与天通。玄碑既立双阙建兮。□□□□大路畔兮。亭长阍□□扞难兮。列种槐梓方茂爤兮。天下远近□不见兮。公神日著声洞徧兮。□□乾巛传亿万兮。”洪适：《隶释》卷三，第42页。又，铭文中有些难写字以“□”代替，如需了解铭文原貌，请参看所引著作或原碑拓片。

① 《李翊夫人碑》“序”之“叹”：“阴阳分兮钟律滋，星月列兮有四时。神宓设兮万姓熹，寿十二兮九九期。五三末兮衰在姬，秋发兮春华殆。周公九兮成称灾，靡黄发兮盖夭胎。世有皇兮气所裁，赴鸿渊兮逝不来。凤延颈兮泣交颐，鹓頵悲兮涕陨零。寐耿耿兮摧伤情，彼苍天兮朔神灵。憧切剥兮年不荣，兰茝亡兮丧芝英。谁不切兮作偯声，畴匹号兮鸣嚶嚶。杞之至兮感动城，陟四极兮升天庭。曰司命兮致不平，飞蠭蠚兮害仁良。魂魄孤兮独茕茕，陈礿祠兮返所生。幽不见兮存厥荆，嗟日遐兮适窅窅。”见洪适：《隶释》卷十二，第143、144页。

② 《费风别碑》“序”后之“诗”：“君讳凤，字伯萧，梁相之元子，九江太守之长兄也。世德袭爵，银艾相亚。恢遐祖之鸿轨，拓前代之休踪，邈逸越而难继，非群愚之所颂。仁义本於心，慈孝著於性。言不失典术，行不越矩度。清洁皦尔，泥而不滓，恤憂矜厄，施而不记。由近及远，靡不覆载。故能阐令名而云腾，扬盛声而风布。践郡右职，三贡献计，辟州式部，忠以卫上。汉安二年，吴郡太守东海郭君以君有逶迤之节，自公之操，年卅一，举孝廉，拜郎中，除陈国新平长。神化风靡，惠以流下。静而为治，匪烦匪扰。乾乾日稷，矜此黔首。功成事就，色斯高举。宰司委职位，思贤以自辅。玄懿守谦虚，白驹以逐阻。丹阳有越寇，浸□□□□，命君讨理之，试守故鄣长，盖危乱有不让。乂畏此之罪罟。□□而□牧，爰止其师旅，鴥若飞鹰鶬，虓若夫虓虎。强者绥以德，弱者以仁抚。简在上帝心，功训而特纪。轓輿与宰堂邑，基月而致道。视□□□□，遂据亏卿尹。中表之恩情，兄弟与甥舅，樢与女萝性，乐松之茂好。闻君显令名，举宗为欢喜。不悟奄忽终，藏形而匿景。耕夫释耒耜，桑妇投钩莒。道阻而且长，望远泪如雨。英马循大路，搴裳而涉洧，悠悠歌黍离，黄鸟集亏楚。惴惴之临穴，送君於厚土。嗟嗟悲且伤，每食□不绝。夫人笃旧好，不以存亡改。文平感渭阳，悽怆益以甚。诸姑咸辟踊，爰及君伯姊。孝孙字元宰，生不识考妣。追惟厥祖恩，蓬首斩缞杖。世所不能为，流称於乡党。见吾若君存，剥裂而不已。壹别会无期，相去三千里。绝翰永忼慨，泣下不可止。”洪适：《隶释》卷九，第109页。

点和审美情趣。墓室画像题记的叙述者是逝者的亲人，由于叙述对象单一，遂至叙述内容集中而情感丰富，行文或以亲人亡没时间领起，但又不拘泥于此种形式，内容以亲人亡没过程的叙述和哀伤情感的抒发为主，而上述两个方面又往往紧密结合，叙述中怀有浓重的情感，再以叙述推动情感的抒写和演进，间而夹杂着以情感为底蕴的议论，形成叙述紧凑简洁，情感哀伤浓烈的特点。墓室画像题记往往以短句为主，以四言句式为多，间或叶韵，亦有使用骚体形式者。墓地祠堂画像题记在内容上趋于丰富，叙述对象往往由单纯的逝者而加入了"生人"，并由单一的哀悼缅怀而融入了更为丰富复杂的内容。下面即以目前所见较为典型的墓地祠堂和墓室画像题记为例，考察其多样性的文本形态和丰富多彩的艺术特点。

一、叙述朴实情感细腻关怀备至温暖动情的抒情散文

山东嘉祥宋山出土东汉永寿三年祠堂画像题记：

永寿三年十二月戊寅朔，廿六日癸巳，惟许卒史安国，礼性方直，廉言敦笃，慈仁多恩，注所不可。禀寿卅四年遭祸。泰山有剧贼，宦土被病，佪气来西上。正月上旬，被病在床，卜问医药，不为知闻，闇忽离世，下归黄湶，古取所不勉，寿命不可諍。鸣呼哀载。蚤离父母三弟，其弟婴、弟东、弟强与父母并力奉遗，悲哀惨怛。竭孝行殊义笃，君子憙之。内脩家、事亲顺、勑兄弟、和同相事。悲哀思慕，不离冢侧。草庐蝕容，负土成坟，徐养凌柏。朝莫祭祠，甘珍嗞味嗛设，随时进纳，省定若生时。以其余财造立此堂。募使名工：高平王叔、王坚、江胡、戀石，连车菜石县西南小山阳山。涿癘摩治，规柜施张，褰帷反月，右有文章。调文刻画，交龙委虵，猛虎延视，玄蝯登高，师熊嘷戏，众禽群聚，万狩云布。台阁参差，大兴舆驾。上有云气与仙人，下有孝友贤仁，遵者俨然，从者肃侍，煌煌濡濡，其色若倕。作治连月，功扶无亟，贾钱二万七千。父母三弟，募不竭思，天命有终，不可复追。帷倅刑伤，去留有分。子无随没寿，王无扶死之臣。恩情未反，迫褾有制。财幣霧隐藏。魂灵悲瘾，奈何涕泣双并。传告后生，勉脩孝义，无辱生生。唯诸观者，深加哀悯。寿如金石，子孙万年，牧马牛羊诸僮，皆良家子，来入堂中，但观耳，无得涿画。令人寿，无为贼祸，乱及孙子。明语贤仁四海土，唯省此书无忽矣。易以永寿三年十二月十六日大岁在

癸酉成。[①]

嘉祥宋山祠堂画像题记后部有“牧马牛羊诸僮，皆良家子，来入堂中，但观耳，无得涿画”诸语，推断此画像石当来源于墓地祠堂壁石，如此，嘉祥宋山题记是祠堂画像题记。

墓地祠堂画像在内容上与墓室画像存在差异，主要表现在祠堂画像缘于“观看”的原因而增加了道德说教的内容。从嘉祥宋山祠堂画像题记中也能看到，其中“孝义”内容和相关思想，是墓室画像题记较少出现的。除此之外，嘉祥宋山祠堂画像题记有如下特点：①叙事性强，除首尾的时间叙事外，题记对祠堂或墓葬建造等情况的描述，条理清楚，可谓面面俱到；②情感丰富，主要是以“第三者”口吻表达“安国”病逝而对兄弟、父母所带来的伤痛，表现出家庭及家族兄弟之间、父母子女之间浓重的亲情关系，至为感人；③注重细节描写，尤其在祠堂、墓地的建造过程和祭祀、供养等方面的描写，达到了细致入微的程度；④文句整齐，基本四言句式，叶韵，用语平实，但准确而生动，又不失文雅规矩。

值得注意的是，嘉祥宋山祠堂画像题记在生命彼岸的生活图景描绘上，显得甚为简单。究其原因，或为题记在这一部分的描写采取了抽象或概括的叙述方式。从题记的相关段落看，其形象有“交龙”“猛虎”“玄猿”“狮熊”，有“台阁”，有“舆驾”，有“云中仙人”，有“友人”“侍者”，涉及瑞兽、楼阁、建筑、车马、神仙、朋友、仆人等，已经具备了图像构图中生命彼岸的生活图景所应具备的形象要素。上述情况说明，题记所属祠堂画像在生命彼岸生活图景的描绘上应该是全面和充分的，只是题记对于上述画像的文字描述过于简单罢了。显然，生命彼岸生活图景并不是题记所要表现的主要内容，而孝义和亲情才是所要强调和表达的重点。题记如此构文，应该与作者对待生命与死亡的理性而又达观的思想和情感分不开。题记既有对生命死亡、阴阳两隔的悲痛，也有天命有终、不可复追的通识，但却不见缘于生命早逝、下归幽泉的无奈。尤其值得注意的是，题记更注重逝者亲人的情感表现和表达，既展现了对亲人逝去的痛惜情感，更表现了这种情感的巨大承受力量和对健在亲人的顾惜之情，读来使人动情和温暖。

总之，嘉祥宋山祠堂画像题记将孝义和亲情作为叙述重点，既包括父母、子女、兄弟之情，也包括社会行为和道德修养等方面的评价；既针对家庭或

① 按：关于山东嘉祥宋山出土的东汉永寿三年祠堂画像题记的研究，请参阅济宁地区文物组、嘉祥县文管所《山东嘉祥宋山 1980 年出土的汉画像石》（《文物》1982 年第 5 期）；李发林《山东汉画像石研究》；赵超《山东嘉祥出土东汉永寿三年画像石题记补考》（《文物》1990 年第 9 期）。本书释文录自中国画像石全集编辑委员会所编《中国画像石全集·山东汉画像石》第 108 图“图版说明”（第 38 页），所录铭文有改动，如需了解铭文原貌，请参看所引著作或原碑拓片。

家族之内的亲人，也面向家庭或家族之外的后生或良家子；既有概括而笼统的叙述，更注重通过细腻的情感、细致的言行和无微不至的关怀而表现和表达，堪称画像题记体抒情散文，其对世俗生命情怀的情感抒发，为秦汉俗文学创作增添了风采。

二、构思巧妙情感浓烈且又不失幽默风趣的散文小品

河南浚县姚厂村延熹三年（公元160年）画像题记：

惟汉永平兮！
延熹三年，十二月六日，丙申上旬，时加亡亲。
天为人父，地为人母。
蚤失天年，下归蒿里。
□苦舍陌，诸君看老，孰忘蒿里。
生日甚少，死日甚多。
恶诸君长，绝不复见。
何乎！①

河南浚县姚厂村延熹三年画像题记于构文上最为独特之处，是首句以骚体句式“惟汉永平兮”领起，中间则以整齐的四言句式叙述和抒情，最后以“何乎”这种诘问加感叹的句式收尾。

题记明确纪年是“延熹三年”，故首句“永平”并非年号。首句以“惟汉永平兮”领起，与下句“时加亡亲”构成鲜明而强烈的情感落差，极度渲染在世道永泰平康时亲人亡故的遗憾、哀伤和悲痛。显然，上述四句的叙述主体是在世的亲人，而叙述的对象则是“亡亲”。

接下来的两句转为有关生命归属的讨论，既然“天为人父”而“地为人母”，那么“蚤失天年，下归蒿里”也就有如回归“天父”“地母”的“怀抱”，自是生命本性所使然。

上述关于生命本质和本性的讨论缘何而发，意欲何为？仅以题记上述两句而论，则不能明了。值得注意的是，接下来的三句，承“下归蒿里”而来，虽然句意颇难琢磨，但以尾句“何乎”看，上述文句似乎是以“恳求”甚或“命令”的形式表达“绝不复见”的态度。从这个意义上看，上述文句的叙述主体明显发生了转换，即由“生人”而转换成“亡亲”，是以“亡亲”的视

① 高同根：《简述浚县东汉画像石的雕像艺术》，《中原文物》1986年第1期。亦可参见：杨爱国《幽明两界——纪年汉代画像石研究》第二章“纪年汉代画像石的发现与研究”所录画像石及题记释文，第60页。

角和口吻对活着的亲人即“诸君”表达了“绝不复见”的“恳求”和“命令”，意为：自身不幸，早失天年，下归蒿里。而世道艰难，诸君看老，不免如此。所以生日甚少，死日甚多。恳请诸君，尽享天年，长葆青春，不再复见。如此建议，意下如何！

据此而论，这是一篇经过精心设计而情感浓烈且又不失幽默风趣的题记类散文小品。

三、句式整齐情感哀伤用词准确叙述流畅的抒情小赋

河南南阳东关建宁三年（公元170年）许阿瞿墓画像题记：

惟汉建宁，号政三年。
三月戊午，甲寅中旬。
痛哉可哀，许阿瞿身。
年甫五岁，去离世荣。
遂就长夜，不见日星。
神灵独处，下归窈冥。
永与家绝，岂复望颜。
谒见先祖，念子营营。
三增仗火，皆往吊亲。
瞿不识之，啼泣东西。
久乃遂逐，当时复迁。
父之与母，感□□□。
□子五月，不□晚甘。
羸劣瘦□，投财连篇。
冀子长哉，□□□□。
□□□此，□□土尘。
立起□埽，以快往人。[①]

南阳许阿瞿墓画像题记行文特点，表现在句式整齐而叶韵，情感哀伤而浓烈，用词准确而考究，叙述流畅而富于变化。题记在内容上可分为三个部分，前七句是第一部分，主要描述“许阿瞿”夭折的情况，首句述“许阿瞿”病逝的年份，以“惟汉建宁，号政三年”称之，接着以“三月戊午”交代月

① 中国画像石全集编辑委员会编：《中国画像石全集·河南汉画像石》第202图“图版说明”，第70页。

份，再以“甲寅中旬”明确日期。[①]其年、月、日的表述颇具特点，在所见其他汉画像题记中甚为少见。这种将“年号”与“年份”，“月份”与“干支”，“干支日”与“旬期”相组合或叠加的叙述方式，一方面囿于四言句式的要求使得句式整齐，另一方面也缘于这种叙述方式而将“建宁三年三月十八日”的重要性和敏感性突显出来，为下面的叙述和抒情进行铺垫。

如此，接下来的五句，融抒情于叙事之中。“痛哉可哀”表达了既“痛”且“哀”、由“痛”而“哀”的情感变化。“痛”为“心痛”。《说文》“痛，病也。”心之痛，有如心之病而引发的痛楚。“痛”是身心的感觉和感受，“哀”则是藉由“痛”而引发的悲情。下句“许阿瞿身”则点明了“痛”而“哀”的原因。高文《汉碑集释》“许阿瞿画像石左方墓志”关于“身”的释读故为正确，而题记“身”的用词更具文学意义上的精彩。《说文》：“身，躳也。”《释名·释形体》：“伸也，可屈伸也。”能活动有生气的“躯体”谓“身”。《礼记·祭义》引曾子的话说“身也者，父母之遗体也”。[②]故而“身”又与“父母”相联系。显然，题记以“身”用词，意在强调“痛哉可哀”者，是“许阿瞿”仅仅“年甫五岁”之“身”。是故，下句“去离世荣”承上而来，谓“许阿瞿”年仅五岁之“身”就离开了“人生”如草木花卉一般的“繁荣”和“生长”[③]。这正是其父母“痛哉可哀”的原因。如此，接下来三句便以叙述为主，描述“年甫五岁”的“许阿瞿”之“身”去离世荣的悲情结局。

题记中间四句为第二部分。此四句文意颇为难解。或以为“这是许阿瞿父母梦见刚刚死去的幼子不识亲人，四处游荡，啼哭不止”的情景。[④]然而揣摩四句文意，上述认识或可商榷。此四句上承前七句而来，在描述“许阿瞿”病逝及“遂就长夜”之后，应该是就“病逝之前，父母携其祭拜宗祠，祈求祖先佑护情况”的回忆。四句之首句“谒见先祖，念子营营”。《说文》“念，常思也。”《释名·释言语》：“黏也，意相亲爱，心黏着不能忘也。”“营营”，高文《汉碑集释》引《广雅·释训》“营营，往来也。”又，《诗·小雅·青蝇》：“营营青蝇。”传云“营营，往来貌”[⑤]。以此释读“念子营营”，颇不合文意。《诗》“营营青蝇”句，《说文》引作“謍謍青蝇”，言“謍謍，小声也”[⑥]。以此观之，此二句是说“父母携子拜祭宗祠，在祖先面前长时间地祈祷，希

① 考东汉灵帝建宁三年三月，应为“丁酉”，故题记中“三月戊午”的“戊午”或有误。“甲寅”即“三月十八日。”

② 孙希旦撰，沈啸寰、王星贤点校：《礼记集解》卷四十六，第1226页。

③ 按：高文《汉碑集释》以为“世荣”谓“人世之荣华”。“荣华”本谓草木花开，重在表现植物蓬勃生机和茂盛之势。题记“年甫五岁”上承“许阿瞿身”，故“去离世荣”乃缘此而来，意为“许阿瞿”年仅五岁就停止了蓬勃生长和茂盛成长的机会。

④ 见：河南博物院“每周一品”之“许阿瞿”画像石介绍。

⑤ 高文：《汉碑集释》，第355页。

⑥ 许慎：《说文解字》三上，第54页上。

望在祖先的保佑下病情有所好转”。四句之第二句“三增仗火，皆往吊亲”。高文《汉碑集释》释为：“二增仗人，皆往吊亲。”并云：“增”借为“层”，“层”即“曾祖”之“曾”。杖，字亦作仗，杖人，老人也。“人”或释为“火”，细审非是。[①]考，《汉碑集释》“二增仗人”释读极是，然其意义，或依赖下句“皆往吊亲”句意的理解。这里的“吊”乃“慰问”“安慰”意。是“慰生”而非“吊死”。《庄子·山木》有云：“孔子围于陈蔡之间，七日不火食，大公任往弔之。”[②]故“吊”后之“亲”，谓“许阿瞿”及其“父母”。题记此句意为：家族长辈皆来慰问。如此，四句之第三句“瞿不识之，啼泣东西”，即谓：“许阿瞿”已不识家族长辈，啼哭不止。四句之尾句“久乃遂逐，当时复迁”。高文《汉碑集释》释为“久乃随逐，当时复□”。考原画像石，高文所释为确。“逐”或借为“逝”字，不确。“随逐”当描述“许阿瞿”拜祭宗祠时，继“啼泣东西”后的“举止”。“复”后之字模糊不清，释为“迁”未免牵强，联系“啼泣东西”“久乃随逐”，“当时复□”或谓病情有所恢复、好转。

题记后六句为第三部分。题记此部分缺轶较多，根据目前释文情况看，此部分至少表达了两层意思：前四句在文意上上承第二部分，进一步回忆五年来“父母”对“许阿瞿”无微不至的关怀和照顾；最后两句照应第一部分文意，述说失去爱子的悲哀和镌刻画像的用意。“羸劣瘦□”句，《说文》“羸，瘦也”。《史记·扁鹊传》有“形羸不能服药”语。[③]“形羸”是指形体瘦弱，故题记此句中的“羸”似指“许阿瞿”体质瘦弱。又，《说文》“劣，弱也。”《后汉书·顺帝纪》云：“年老劣弱不任军事者。”[④]其“劣弱”与“年老”并举，意为体质低下而衰弱少力。据此，题记“羸劣瘦□”句虽然“瘦”后之字辨识不清，但根据其他三字，仍然能够明晰其意，此句似乎是说：“许阿瞿”生下来就体质羸劣，身体瘦弱。缘于此，其父母“投财连篇”，希望“许阿瞿”身体情况有所改观。这里“财”谓“财物”，包括衣食和金钱，而联系下句“冀子长哉”句意，则“投财连篇”之“财”似乎主要指衣食方面的投入。先秦文献中“财”往往指“财物”。《墨子·辞过》云：“厚作敛于百姓，暴夺民衣食之财以为宫室。”[⑤]又，《尚贤下》云“则王公大人之亲其国家也，不若亲其一危弓、罷马、衣裳、牛羊之财与。”[⑥]汉人仍以“财”谓“财物”。山东嘉祥出土“东汉永寿三年画像石题记”有“以其余财，造立此堂”语，其“财”或包括财物与金钱，但后文又云“财币”，

① 高文：《汉碑集释》，第354-355页。
② 王先谦：《庄子集解》卷五，国学整理社辑：《诸子集成》第三册，第124页。
③ 司马迁：《史记》卷一百五，第2794页。
④ 范晔撰，李贤等注：《后汉书》卷六，第252页。
⑤ 孙诒让：《墨子闲诂》卷一，国学整理社辑：《诸子集成》第四册，第18页。
⑥ 孙诒让：《墨子闲诂》卷一，国学整理社辑：《诸子集成》第四册，第40页。

则“财”当专指“财物”[①]。陕西西安出土的“初平四年朱书陶瓶镇墓文”亦有“今后曾财益口”语，“曾财”与“益口”对举，即为“财物”与“人口”对称。[②]

总之，题记第三部分以“许阿瞿”父母的口吻回忆了“许阿瞿”生前的情况及为人父母的无奈之举，“许阿瞿”甫生下来就体质羸弱，其父母有愧于此，所以尽其所能为其提供衣食上的照顾和将养，期冀他能够长大。尽管如此，还是不尽人愿，惭愧自责的父母便只好造坟立碑，镌刻画像，让他在来世快乐生活吧。

综上而论，河南南阳许阿瞿墓画像题记，句式整齐，用词准确，叙述流畅，情感哀伤细腻而至情真意切，以抒情小赋而论，在东汉时期已见传统抒情小赋创作中堪为精品。

四、言辞恳切情怀哀怨名为“归来”的骚体招魂诗歌

陕西绥德四十里铺汉画像墓画像题记：

哀贤明而不遂兮，嗟痛淑雅之失年。
天日日而下降兮，荣名绝而不信。
精浮游而□獐兮，魂瑶而东西。
恐精灵而迷惑兮，歌归来而自还。
掾兮归来无妄行，卒遭毒气遇凶殃。[③]

陕西绥德四十里铺汉画像题记或为传世文献中罕见的“招魂辞”。

丧礼中的“招魂”仪式，《礼记·曲礼下》谓“复”，其云：“崩，曰‘天王崩’；复，曰‘天子复’矣。”[④]关于“复”的仪式，《礼记·礼运》云：“及其死也，升屋而號，告曰：‘皋某复！’然后饭腥而苴孰，故天望而地藏也。”[⑤]《仪礼·士丧礼》亦云：“复者一人，以爵弁服，簪裳于衣，左何之，扱领于带；升自前东荣、中屋，北面招以衣，曰：‘皋——某复！’三。降衣于前。

① 济宁地区文物组、嘉祥县文管所：《山东嘉祥宋山1980年出土的汉画像石》，《文物》1982年第5期；李发林：《山东汉画像石研究》；赵超：《山东嘉祥出土东汉永寿三年画像石题记补考》，《文物》1990年第9期。

② 陕西西安出土“初平四年朱书陶瓶镇墓文”释文，参见唐金裕：《汉初平四年王氏朱书陶瓶》，《文物》1980年第1期；陈直：《汉初平四年王氏朱书陶瓶考释》，《考古与文物》1981年第4期。

③ 榆林市文管会、绥德县博物馆：《陕西绥德县四十里铺画像石墓调查简报》，《考古与文物》2002年第3期。

④ 孙希旦撰，沈啸寰、王星贤点校：《礼记集解》卷五，第127页。

⑤ 孙希旦撰，沈啸寰、王星贤点校：《礼记集解》卷二十一，第587页。

受用箧，升自阼阶，以衣尸。复者降自后西荣。”[①]郑玄注云：“始死时呼魂辞也。”孔颖达进一步解释称：“复，招魂复魄也。人命终毕，精气离形，臣子罔极之至，犹望复生，故使人升屋，北面，招呼死者之魂，令还复身中，故曰复也。若漫招呼，则无的指，故男子呼名，妇人呼字，令魂识知其名字而还。”[②]作为“招魂”的“复”礼，不只针对“天子”，普通人亦有“复”的仪式。《墨子·非儒下》载：“其亲死，列尸弗敛，登堂窥井，挑鼠穴，探滌器，而求其人矣。”或云“此非丧礼之复”，“盖谩语也”[③]。以《仪礼·士丧礼》无载而言“非丧礼之复”，恐不确。《墨子·非儒》明言“亲死列尸弗敛”而“求其人矣”，即孔颖达所谓“犹望复生”。故“登堂窥井，挑鼠穴，探滌器”皆为丧礼内容，只是这种“丧礼”或是庶民之礼。

据上而论，“复”是为逝者招魂，其目的是冀生命回复，即将“魂魄”找回来。[④]故《礼记集解》引“高氏閌”云：“今淮南风俗，民有暴死，使数人升其居屋及于路旁徧呼之，有苏活者，岂复之遗意与？”[⑤]这种“招魂复魄”式的“复活”事件，在甘肃天水放马滩 1 号秦墓出土简文中亦有发现，其是否有“招魂辞”则不得而知。[⑥]《楚辞》有《招魂》和《大招》，或谓招“生魂”之辞，或难明辨。然，考察招“生魂”与“死魂”之辞，其形式和内容或有基本的通则。《礼记·丧大记》孔颖达疏云：“三号者，一号于上，冀神在天而来；一号于下，冀神在地而来；一号于中，冀神在天地之间而来。每号则云：‘皋某复矣！’”[⑦]而拉祜族“叫谷魂”辞，甚至在形式和内容上亦与传统招魂辞近似。[⑧]

---

① 陈戍国点校：《仪礼》第十二，长沙：岳麓书社，1989 年，第 230 页。

② 孙希旦撰，沈啸寰、王星贤点校：《礼记集解》卷五引，郑玄注，孔颖达疏，第 127 页。

③ 孙诒让：《墨子闲诂》卷九，国学整理社辑：《诸子集成》第四册，第 178 页。

④ 按：拉祜族“祭祀歌”中亦有类似“招魂”的古歌。据《拉祜族民间文学集成》之《找魂歌》“附记”所言：“通称《讨福歌》，内容是向厄莎天神祈求赐福，希望病人延年益寿。但要从厄莎那里找回失去的灵魂，又要驱鬼逐魔，以保病者安宁，所以也叫‘找魂歌’。”关于拉祜族“找魂歌”歌辞及“附记”，参见云南拉祜族民间文学集成编辑委员会编：《拉祜族民间文学集成》，北京：中国民间文学出版社，1988 年，第 202-212 页。

⑤ 孙希旦撰，沈啸寰、王星贤点校：《礼记集解》卷四十三，“丧大记第二十一之一”，第 1133 页。

⑥ 甘肃天水放马滩 1 号秦墓出土简文：“卅八年八月己巳，邸丞赤敢谒御史：大梁人王里□□曰丹□：今七年，丹刺伤人垣雍里中，因自刺殹。弃之于市，三日，葬之垣雍南门外。三年，丹而复生。丹所以得复生者，吾犀武舍人，犀武论其舍人□命者，以丹未当死，因告司命史公孙强。因令白狗（？）穴屈出丹，立墓上三日，因与司命史公孙强北出赵氏，之北地柏丘之上。盈四年，乃闻犬犻鸡鸣而人食，其状类益、少麋、墨，四支不用。丹言曰：死者不欲多衣（？）。市人以白茅为富，其鬼受（？）于它而富。丹言：祠墓者毋敢嗀。嗀，鬼去敬走。已收腏而釐之，如此□□□□食□。丹言：祠者必谨骚除，毋以□淪祠所。毋以羹沃腏上，鬼弗食殹。”按：上引简文或名曰“墓主记”，引自李学勤《放马滩简中的志怪故事》（李学勤：《秦简研究》，《简帛佚籍与学术史》，第 167-168 页）。关于甘肃天水放马滩秦墓竹简，亦可参见甘肃省文物考古研究所、天水市北道区文化馆《甘肃天水放马滩战国秦汉墓群的发掘》，《文物》1989 年第 2 期；何双全《天水放马滩秦简综述》，《文物》1989 年第 2 期。

⑦ 孙希旦撰，沈啸寰、王星贤点校：《礼记集解》卷四十三引，孔颖达疏，第 1133 页。

⑧ 按：拉祜族称“叫谷魂”为“扎哈枯”，“扎”即“谷种”，“哈”即“魂”，“枯”即“叫”。其辞云：“去年撒下的谷种，在大地上生根。谷子打完了，今天要领你回去了。扎哈，扎哈你回来！山上你不要在，田里你不要在，路边地角你不要在，老鼠会把你吃掉。扎哈，扎哈你回来！竹林里你不要在，

据此而言，陕西绥德四十里铺汉画像题记与古“复”礼“皋某复”之“招魂辞”存在差异：首先，这是招“死魂”而非“生魂”之辞；其次，这是“召唤”灵魂沿着正确的道路而“归来”即回归“生命彼岸”，实为“引魂”性质。值得注意的是，这种以“召唤”灵魂回到“彼岸世界”为目的而具有“引魂”或“送魂”性质并以韵语形式出现的“古歌辞”，在目前所见汉民族传世文献中却很少载记。如此，更见出陕西绥德四十里铺汉画像题记于民俗学及文学意义上的珍贵性和独特价值。

题记首句以“贤明不遂”“淑雅失年”而痛悼逝者夭年早失的不幸。第二句则描写这种不幸导致天日无光、荣名不再，进一步渲染逝者夭年早失而带来的悲哀之情。第三句叙述视角一转，由抒写逝者夭年早失的悲情，转向对逝者灵魂能否顺利归处的关注。“精浮游而□獐兮，魂瑶而东西”句，“精”即指逝者灵魂。“浮游”谓自适自在地往来。《离骚》：“欲远集而无所止兮，聊浮游以逍遥。”《章句》云：“用以自适也。”[①]或谓：“姑且上下浮遊，徜徉自适而已。”[②]《庄子·在宥》：“浮遊不知所求，猖狂不知所往。”注云：“自得所求也。”[③]“獐”即“障”。“瑶”即“摇”，《说文》“动也。”此句言：自适自在的灵魂遭到了阻塞和遮蔽，致使灵魂摇摆不定而不知行进的方向。第四句句意承上句而来，言：由于担心逝者灵魂迷惑混乱，所以唱起“归来”歌希望灵魂自己回来。第五句是第四句句意的进一步引申，“掾”，《说文》：“缘也。”“缘”，《说文》：“衣纯也。”《广雅·释诂四》：“缘，循也。”此句言：遵循着“归来”歌声不要肆意妄行，才能免遭毒气和凶殃。

如此，题记白话翻译如下：

哀叹贤明的生命不顺遂啊，悲悼淑雅的人儿英年早逝。
像荣耀的太阳日日下降啊，荣名断绝而不再令人确信。
自适自在的灵魂被阻塞啊，摇摆不定不知行进的方向。
担心你的灵魂迷惑混乱啊，唱起归来的歌希望你回来。
循着歌声啊请你不要妄行，这样才能免遭毒气和凶殃。

题记以“骚体”成篇，“降”“獐”“妄”“殃”叶韵，利于歌唱或唱诵。

牛路上你不要在，小雀小鸟会把你吃掉。扎哈，扎哈你回来！顺着谷壳的指引你回来。小鸟小雀的话你不要听，看着谷壳走回来。你的福气在囤子上，回到家同我们一起吃，吃不完用不尽，吃到箩底又冒起。河有九十九条，房有九十九梅。扎哈扎哈你回来！水牛骡马的话你不要听，猪叫鸡叫你不要怕。囤箩有九十九个，仓库有九十九梅，吃完一碗添一百碗。回来！回来！不要再跑，好好在家。”见云南拉祜族民间文学集成编辑委员会编：《拉祜族民间文学集成》，第217-218页。

① 王逸注，洪兴祖补注：《楚辞章句》卷一，长沙：岳麓书社，1994年，第33页。

② 游国恩：《离骚纂义》，北京：中华书局，1980年，第333页。

③ 郭庆藩：《庄子集释》第十一，国学整理社辑：《诸子集成》第三册，第175页。

题记五行十句，前四行“兮”字皆处于首句句末，中间皆以“而”相连，构成“三二”句式，与《离骚》开篇诗句极为相似。然而，最后一行却一改上述构文程式，将“兮”字前移，以“掾兮”为诗句开头。这样一来，此行文句叙述的重点，也随之前移，由整句而集中到“掾”字一字之上，构成强调“循着歌声啊”的高亢的叙述效果。同时，也缘于趋于高亢的叙述效果导致情感抒发更加强烈。

在传统楚歌中，类似的句式形式亦能找到同例，如传为“楚狂接舆”所唱之歌：“凤兮凤兮，何德之衰！往者不可谏兮，来者犹可追也！已而已而，今之从政者殆而！”①传为“项羽”所唱之歌：“力拔山兮气盖世，时不利兮骓不逝。骓不逝兮可奈何。虞兮虞兮奈若何。”②前者首句，通过“兮”将“凤”字突兀出来，形成类似振聋发聩的情感震撼作用。后者将“虞兮”叠用，突出极度哀伤继而无奈的情感表达。值得注意的是，在传统楚歌中，类似的句式形式并不多见，或仅出现在情感激烈或情绪喷张的创作实践中。“楚狂接舆歌”是“接舆过孔子”而不等孔子下车即唱此歌，及至“孔子下，欲与之言”，则接舆已“趋而去”③。即如《集解》所谓：“（楚狂接舆）佯狂而来歌，欲以感切孔子也。”④而“项羽垓下歌”则是“项王军壁垓下”而“夜闻汉军四面皆楚歌”乃“悲歌忼慨”的产物。⑤

以此观之，陕西绥德四十里铺汉画像题记的创作和唱诵过程，也当与“情感激烈或情绪喷张”的生活瞬间有关，或者就是逝者丧葬礼仪中的招魂仪式，是招魂仪式中所唱诵的“招魂诗歌”。值得注意的是，题记第四句“歌归来而自还”，第五句“掾兮归来无妄行”，知“归来”正是这首“招魂诗歌”歌名。此歌当名为《归来》。

五、结句灵活韵律谐和且刻画准确的民谣风格送亲歌

自山东省博物馆和苍山县文化馆《山东苍山元嘉元年画象石墓》一文发表以来，已有40年，其中对该墓题记的研究，业经学者们不断努力，不论在文字释读还是文意理解等方面，均已取得了巨大成绩。⑥总的来看，虽然分歧

① 司马迁：《史记·孔子世家》，第1933页。
② 逯钦立辑校：《先秦汉魏晋南北朝诗·汉诗》卷一，第89页。
③ 司马迁：《史记·孔子世家》，第1933页。
④ 裴骃：《集解》，司马迁：《史记》卷四十七，第1933页。
⑤ 司马迁：《史记·项羽本纪》，第333页。
⑥ 关于山东苍山元嘉元年画像石墓题记研究，参见山东省博物馆、苍山县文化馆：《山东苍山元嘉元年画象石墓》，《考古》1975年第2期；方鹏钧、张勋燎：《山东苍山元嘉元年画象石题记的时代和有关问题的讨论》，《考古》1980年第3期；李发林：《山东苍山元嘉元年汉画像石墓题记试释》，《中原文物》1985年第1期；王恩田：《苍山元嘉元年汉画像石墓考》，《四川文物》1989年第4期；赵超：《汉代画像石墓中的画像布局及其意义》，《中原文物》1991年第3期；杨爱国：《山东苍山县

减少、共识增多，但是仍然在题记释文、断句、文本形式和性质等方面存在一些疑问需要解决。需要指出的是，苍山元嘉元年画像题记在内容上涉及画像构图情况是毋庸置疑的，但认为题记整体内容是对画像的解释的认识，未免低估了题记的意义和价值。更为重要的是，题记明确表达了“送亲”主旨，其叙述形式呈现出“仪式化”特点和“移动叙事”色彩，趋于齐整而独具结句特点的句式形式，又与民间流行的“春歌”近似，再加上密集的押韵方式，已经呈现出“仪式歌”的文本特征和性质。

（一）题记与画像已经构成了一种独特的依存或伴生关系

根据山东省博物馆和苍山县文化馆《山东苍山元嘉元年画象石墓》一文所公布的题记拓本及其他学者释文，题记释文如下：

（第 1 行）元嘉元年八月廿四日立郭毕成以送贵亲魂零有知柃哀子
（第 2 行）孙治生兴政寿皆万年薄疎郭中画观后当朱爵
（第 3 行）对游栗扟人中行白虎后凤皇中直柱隻结龙主守中□
（第 4 行）辟邪央室上硖五子轝僮女随后驾鲤鱼前有白虎青龙车后□
（第 5 行）被轮雷公君从者推车乎梩冤厨上卫桥尉车马前者功曹后主薄亭
（第 6 行）长骑左胡使弩下有深水多鱼者从儿刺舟渡诸母使坐上小车軿驱驰
（第 7 行）相随到都亭游徼候见谢自使后有羊车橡其暮上即圣鸟乘浮云
（第 8 行）其中画橡家亲玉女执尊杯桉柈局秫稳杭好弱儿堂硖外君出游车
（第 9 行）马道从骑吏留都督在前后贱曹上有虎龙衔利来百鸟共□
（第 10 行）至钱财其硖内有倡家生汻相和仳吹庐龙爵除央鷮噣鱼
（第 11 行）堂三柱中□□龙□非详左有玉女与扟人右柱□□
（第 12 行）请丞卿新妇主待给水将堂盖涊好中氐枼□□
（第 13 行）包末有盱其当饮食就夫仓饮江海学者高迁宜
（第 14 行）印绶治生日进钱万倍长就幽冥则决绝闭旷之后
（第 15 行）不复发

上述释文基本反映了目前学术界关于苍山城前村元嘉元年画像石墓题记释文的最大共识，但仍然在“薄疎”“栗”“与”“涊”“氐”等释文及释义方面存在较大争议，其中“薄疎”二字的释读，对理解题记的文体形式似乎最为关键。

城前村画像石墓二题》，《华夏考古》2004 年第 1 期；巫鸿《礼仪中的美术：巫鸿中国古代美术史文编》之“超越‘大限’——苍山石刻与墓葬叙事画像”有关山东苍山城前村东汉元嘉元年画像题记释文及注释。

关于“薄疎”，方鹏钧和张勋燎《山东苍山元嘉元年画像石题记的时代和有关问题的讨论》一文最早以“簿”释“薄”，但将“簿疎”释为“簿书”，恐不确。赵超《汉代画像石墓中的画像布局及其意义》一文以为“薄疎”即“簿疏”，“簿即簿书”，“疏为逐条记录”，并引《汉书·苏武传》颜师古注“疏谓条录之”以为证。显然，上述意见已较方鹏钧和张勋燎关于“薄疎”释读更为明确，但“簿书”或专指钱谷出纳的账簿及官府各种文书记录，故题记将“簿”与“疏”连用，其意则不甚明了。巫鸿《礼仪中的美术》以为“‘簿’的意思是‘名单’、‘罗列’，‘疎’即‘疏’，意思与‘薄’相近”，如此，“簿疏”二字“可释作‘罗列’、‘解释’或‘列举’”。上述意见的最大问题是以为“簿”与“疏”意义相近，而题记以两个近义词连用，则少有成例。

题记中的“簿”当为名词，意为用于书写或登录的载体。《史记·张释之冯唐列传》“上问上林尉诸禽兽簿”可为证。[①]“疎”亦写作“疏”。《说文》：“疏，通也。”并由此引申出“条陈”和“注疏”意义。如此，题记“簿疏郭中画”直译为在簿上逐条记录墓中画像。值得注意的是，这个“用于书写或登录的载体”的“簿”，与今天的本子相同，只是汉时以竹简或木牍的形式出现。战国秦汉墓中常有书写或登录随葬品的“衣物疏”，其大都以简册的形式出现，故而推断题记中的“簿”或就是指这种简册，与“衣物疏”相同，只是“画像疏”罢了。

既然题记“簿疏”的“疏”是“登录”的意思，也就说明题记对画像的描述是“逐条”进行的，上述情况恰与题记描述部分出现“后当”“中直柱”“室上硖”“堂硖外”“堂硖内”“堂三柱”“堂盖”等标示墓室内部建筑名称的词语相吻合，进一步说明题记对画像的描述是以墓室不同建筑部分所承载的画像为单位而进行的。

需要指出的是，苍山城前村元嘉元年画像题记在内容上涉及画像构图情况，是毋庸置疑的，但认为题记整体内容是对画像的解释的认识，则未免低估了题记的意义和价值。[②]将题记与相对应的画像构图相比照，题记的文字叙述与画像的图像叙述并不能完全吻合，有相同之处，但差异的地方也很明显。更为重要的是，题记还明确表达了“生者”缘于“逝者”生发的一些理想和愿望。从这个意义上看，并不能简单地将题记看做对画像的解释的文字。题

① 司马迁：《史记》卷一百二，第2752页。

② 按：目前学术界对山东苍山城前村画像题记的认识，主要倾向于题记是对画像解释的观点。如李发林认为“该墓所出的二石题记，共计15行，328字，主要是记录汉画像石内容的”（李发林：《山东苍山元嘉元年画像石墓题记试释》，《中原文物》1985年第1期）。巫鸿认为题记对墓内画像的描述有章可循，其顺序依次是：后室后壁；后室中直柱；后室顶盖；前室西侧室上方；前室东壁龛上方；前室东壁龛内；墓门横梁正面；墓门横梁背面；墓门立柱；前室顶盖。“此段题记是目前所发现对汉代墓葬建筑和画像进行系统解释的唯一文字资料。”（巫鸿著，郑岩、王睿编：《礼仪中的美术：巫鸿中国古代美术史文编》上卷，第214页）

记本身有开头，也有结尾，体现出鲜明的文本构文形式，是一篇完整的文学文本形式。题记与画像，相辅相成，双方围绕着同一个内容和题旨，以各自不同的叙述手段和叙述方式，共同完成相得益彰的图文叙述。显然，题记与画像已经构成了一种独特的依存或伴生关系：合则同璧，分亦两辉。①

（二）题记的画像描述部分呈现出用韵特点及三七言混合的句式结构

根据该墓原发掘报告，题记与墓室内部建筑对应情况如下：

（主室后壁）观后当朱爵对游羐扗人

（前室南壁中柱）中行白虎后凤皇

（前室北中立柱）中直柱隻结龙主守中□辟邪央

（于墓中无对应位置）室上砄五子轝僮女随后驾鲤鱼前有白虎青龙车后□被轮雷公君从者推车乎梩冤厨

（前室西壁横额）上卫桥尉车马前者功曹后主薄亭长骑左胡使弩下有深水多鱼者从儿刺舟渡诸母

（前室东壁横额）使坐上小车軿驱驰相随到都亭游徼候见谢自使后有羊车橡其䡛上即圣鸟乘浮云

（前室东壁）其中画橡家亲玉女执尊杯桉柈局秫稳杭好弱儿

（墓门楣石正面）堂砄外君出游车马道从骑吏留都督在前后贱曹上有虎龙衔利来百鸟共□至钱财

（墓门楣石背面）其砄内有倡家生汻相和仳吹庐龙爵除央鳊噣鱼。

（墓门左中右立柱）堂三柱中□□龙□非详左有玉女与扗人右柱□□请丞卿新妇主待给水将

（于墓中无对应位置）堂盖恣好中氐枼□□包末有盱

由于基本能够明确该墓内部构造与该墓画像已非“原配”，故题记中标示墓内建筑名称的词语与该画像石所处墓内位置不能完全吻合。缘于此，依据题记本身所提供的信息，题记与墓室内部建筑或可成如下对应情况。②

① 按：目前所见《中国画像石全集·山东汉画像石（三）》共收录城前村汉墓画像11幅，即墓门左、右立柱正面画像，墓门门楣正面、背面画像，前室西壁、东壁门楣正面画像，前室东壁画像，后室室顶画像、前室北中立柱正面画像、墓门中立柱正面、背面画像。（中国汉像石全集编辑委员会编：《中国画像石全集·山东汉画像石（三）》引图一〇〇至一一〇，第88-97页）其中精彩画像如：墓门左、右立柱画像，墓门门楣正面和背面画像，前室东壁画像，前室东壁门楣正面画像，前室西壁门楣正面画像等，请参阅本章附录二。又，《中国画像石全集·山东汉画像石（三）》“图版说明”均有上述画像构图情况描述，参见《中国画像石全集·山东汉画像石（三）》“图版说明”，第34-37页。

② 按：上述题记与墓室内部建筑对应情况，有几个问题需要说明。①依据杨爱国《山东苍山县城前村画像石墓二题》关于“室上石央”的研究，题记明确指出前室为“堂”，故“室上石央”中的“室”当指“后室”。据此，题记从“观后当”至“室上石央”三段文字，当是对“后室”画像的描述。基于此，

（后室后壁）观后当朱爵对游要扯人中行白虎后凤皇

（后室立柱）中直柱隻结龙主守中□辟邪央

（后室门楣）室上硖五子轝僮女随后驾鲤鱼前有白虎青龙车后□被轮雷公君从者推车乎梩冤厨

（前室西壁横额）上卫桥尉车马前者功曹后主薄亭长骑左胡使弩下有深水多鱼者从儿刺舟渡诸母

（前室东壁横额）使坐上小车軿驱驰相随到都亭游徼候见谢自使后有羊车橡其䡖上即圣鸟乘浮云

（前室东壁）其中画橡家亲玉女执尊杯桉柈局秫稳杭好弱儿

（墓门楣石正面）堂硖外君出游车马道从骑吏留都督在前后贱曹上有虎龙衔利来百鸟共□至钱财

（墓门楣石背面）其硖内有倡家生汻相和仳吹庐龙爵除央鴼噣鱼。

（墓门立柱）堂三柱中□□龙□非详左有玉女与扯人右柱□□请丞卿新妇主待给水将

（前室顶）堂盖恣好中氐枼□□包末有盱

上述文字属于题记的画像描述部分，因其内容集中且独立，可视为题记的一个独立部分。在目前学术界关于苍山城前村元嘉元年画像石墓题记断句方面的研究中，分歧意见主要集中在这一部分。原《发掘报告》公布了题记拓本照片，并在画像构图描述中引述相应的题记内容，但有所省略。及李发林《山东苍山元嘉元年画像石墓题记试释》首度引述题记释文，并在画像构图与题记内容相对应的基础上，对题记进行分段处理和断句。之后的研究者基本承续此种研究套路。至方鹏钧和张勋燎《山东苍山元嘉元年画象石题记的时代和有关问题的讨论》，首次提出“题记是一篇韵文”的意见，并在句式构成的规律上总结出“序言为四言，结语和其余部分为三、七言混合结构”的结论。①

“中直柱”当属于“后室”立柱。②关于题记“中行白虎后凤凰”句，该墓原发掘报告将其与该墓“前室南壁中柱”画像相对应，但如果“室上石央”中的“室”是“后室”，则题记此句所对应的画像石也一定位于“后室”，属于后室的画像。③该墓原发掘报告将题记“观后当朱爵对游要扯人中行白虎后凤皇”文字，与该墓两块具有独立画面的画像石相对应，但从题记上下文之行文看，应当属于同一块画像石的同一个画面。

① 按：上述研究所得出的意见和结论，虽然遭到了王恩田《苍山元嘉元年汉画像石墓考》的否定，如其认为“题铭并非诗词歌赋，而是叙事散文，除开头的‘寿皆万年’以前有六言四句以外，并不存在如《讨论》所划分的那种整齐的‘三、七言混合结构’”。但后续研究者，如赵超《汉代画像石墓中的画像布局及其意义》、杨爱国《山东苍山县城前村画像石墓二题》、巫鸿《礼仪中的美术：巫鸿中国古代美术史文编》之“超越‘大限’——苍山石刻与墓葬叙事画像”等有关题记研究，在题记整体尤其中间部分文字断句上，基本呈现出了“三、七言混合结构”的句式构成，只是诸家对叶韵问题避而不论。上述情

需要指出的是，苍山元嘉元年画像石墓题记的画像描述部分所体现的用韵和句式形式，是题记本身的特点，这种特点的出现并非后世断句所致，应该与作者创作题记时的主观意图有关，故在题记整体研究中应该被正视和肯定。①基于此，结合诸位研究者对题记画像描述部分释文及断句研究，题记画像描述部分做出如下句读：

观后当，朱爵对游栗扯人，中行白虎后凤皇。

中直柱，隻结龙，主守中□辟邪央。

室上砄，五子轝，僮女随后驾鲤鱼，前有白虎青龙车，后□被轮雷公君，从者推车，乎梩冤厨。

上卫桥，尉车马，前者功曹后主薄，亭长骑左胡使弩，下有深水多鱼者，从儿刺舟渡诸母。

使坐上，小车軿，驱驰相随到都亭，游徼候见谢自使，后有羊车橡其䡖，上即圣鸟乘浮云。

其中画，橡家亲，玉女执尊杯桉柈，局秫稳杭好弱儿。

堂砄外，君出游，车马道从骑吏留，都督在前后贱曹，上有虎龙衔利来，百鸟共□至钱财。

其砄内，有倡家，生汻相和仳吹庐，龙爵除央鳾噣鱼。

堂三柱，中□□龙□非详，左有玉女与扯人，右柱□□请丞卿，新妇主待给水将。

堂盖恣，好中氏，枼□□包末有盱。

总结题记的画像描述部分行文特点，其用韵和句式特点值得关注：①题记的画像描述部分在句式上呈现出较为规整的三言与七言结体的句式结构，

况说明，苍山城前村元嘉元年画像石题记画像描述部分“三、七言混合结构”的句式构成特点，已基本为后续研究者所接受，所存分歧也只是缘于个别文字释文、释读而引发的字义分歧，而导致不同句读意见的出现。王恩田《苍山元嘉元年汉画像石墓考》所提出的否定意见并不具备有力的理据：第一，认为“题铭并非诗词歌赋而是叙事散文”意见，已见武断之嫌。事实上，散文文体形式并非“题记”一类铭刻文的专用文体，已发现的汉画像题记大都以散体形式构成，但也有整齐的韵体形式，并与“诗歌”无异。第二，题记“三、七言混合结构”句式构成特点，并非因为“断句”有误而人为造成，其“中直柱”“室上砄”“堂砄外”“堂砄内”“堂三柱”等皆以三言构成，并形成以三言起句的句式特点无法否认。第三，用韵现象同样是题记中自然存在的情况，王恩田《苍山元嘉元年汉画像石墓考》也承认这一点，只是强调“不能称为通篇韵文，也不存在什么用韵规律”。

① 按：诸位学者在题记的画像描述部分释文及断句意见分歧情况大致如下，“观”字以“薄疎郭中画观”成句，还是“观后当”成句；“轝”字以“五子轝，僮女随后驾鲤魚”成句，或以“五子与僮女，随后驾鲤魚”成句；“前室顶”文字部分因字迹残泐，并有阙文及释读争议，导致句读分歧。上述差异情况，请参阅诸家具体研究的论文或著作。

并形成了具有汉代用韵特点的押韵特征。[1] ②题记这种句式构成特点的形成，与画像石于墓中"双重身份"有关，即画像石既是图像构图的载体，又是墓室建筑的一个特殊部位，当题记对画像内容进行"登录"时，自然会将标示这个"特殊部位"的"词语"置于每一段落之首，从而形成"中直柱""室上硖""堂硖外""堂硖内""堂三柱"这样的以三言句式为首句的句式构成形式。其他如"上卫桥""使坐上""其中画"三段文字，虽然没有出现标示墓室内部不同建筑部位的词语，但能够明确为前室西壁与东壁"横额"及东壁画像，且以前三字断句于整体文意不致有误或引发歧义，说明其以三言句式为首句的句式构成形式同样存在。上述情况说明，题记在画像描述部分所体现的"以三言句式为首句"而"三、七言结体"的句式结构，是题记本身在句式构成上的特点，这种句式特点的出现，应该与作者创作题记时的主观意图有关。

（三）题记画像描述部分以民间流行的"舂歌"形式创作

苍山城前村元嘉元年画像题记的画像描述部分所呈现出的用韵和句式特点，导致有些学者将题记的文体形式视为"韵文"或"歌谣"[2]。但上述意见或招致反对或泛泛而论，均没有进一步讨论和肯定，甚为遗憾。值得注意的是，与这种句式特点相似并用韵的文本形式，在《荀子·成相篇》中已出现，并以"成相辞"名之。何谓"相"？或谓"相乃乐器，所谓舂牍"[3]。然而《礼记·曲礼》云："邻有丧，舂不相。"则"相"或与"乐器"无关。郑玄注云："相，送杵声。"[4]"成相"或是"伴杵声而歌"的意思。以此观之，所谓"舂不相"就是"舂而不歌"。《汉书·外戚传》载云："高祖崩，惠帝立，吕后为皇太后，乃令永巷囚戚夫人，髡钳衣赭衣，令舂。戚夫人舂且歌。"[5]此即"伴杵声而歌"即"舂而歌"的实例。史载戚夫人所歌，则为："子为王，母为虏，

① 按：方鹏钧和张勋燎《山东苍山元嘉元年画象石题记的时代和有关问题的讨论》在这方面的研究和讨论甚为细致，文章认为"整个题记是一篇韵文，每句长短不等，有三言、四言和七言三种句法。序言为四言，结语和其余部分为三、七言混合结构。其用韵规律是：四言的隔句押韵，七言的每句用韵，三言的，如果是单独一句则末字不入韵，如果是两句连续出现，则第二句末字必入韵；每段一韵或转韵"。并在四个方面表现出来：第一，麻韵字与鱼、虞、模等韵字相押；第二，豪韵字与尤韵字相押；第三，庚韵字与阳韵字相押；第四，真部、文部、元部的界限不清。而"上述四个题记用韵的特点，都表现出是两汉时期用韵的特征。尤其是其中的前三点，即麻未与鱼分，豪未与尤分，庚未与阳分，都是到了东汉末期已经比较少见，而绝不见于三国以后，带有尤其明显的下限标志，说明其时代不可能晚到西晋"。参见方鹏钧、张勋燎：《山东苍山元嘉元年画象石题记的时代和有关问题的讨论》，《考古》1980年第3期。

② 按：巫鸿认为山东苍山城前村东汉元嘉元年画像题记"其行文具有民谣风格"，但就此没有进一步讨论，而"民谣风格"也是就题记整体文本形式而言。参见巫鸿著，郑岩、王睿编：《礼仪中的美术：巫鸿中国古代美术史文编》上卷，第214页。

③ 王先谦：《荀子集解》卷十八，国学整理社辑：《诸子集成》第二册，第304页。

④ 孙希旦撰，沈啸寰、王星贤点校：《礼记集解》卷四，"曲礼上第一之四"，第80页。

⑤ 班固著，颜师古注：《汉书》卷九十七上，第3937页。

终日舂薄暮，常与死为伍！相离三千里，当谁使告女？”[①]其句式同样以三言句为首句，呈“三三五五”句式形式，与《荀子》所载“成相辞”及山东苍山县城前村画像题记画像描述部分颇为相似。

这种“伴杵声而歌”的“舂歌”形式，至两汉时期仍然存在。如《左传》所载“宋城者讴”：“睅其目，皤其腹，弃甲而复，于思于思，弃甲复来。”[②]《逸周书·周祝解》：“陈五刑，民乃敬。教之以礼民不争，被之以刑民始听。”[③]《乐府诗集》所载“琴歌”：“百里奚，初娶我时五羊皮，临当相别时烹乳鸡，今适富贵忘我为。”[④]《史记》所载“赵民谣”：“赵为号，秦为笑，以为不信，视地之生毛。”[⑤]《异苑》所载“秦世谣”：“秦始皇，何强梁。开吾户，据吾床。饮吾酒，唾吾浆。飧吾饭，以为粮。张吾弓，射东墙，前至沙丘当灭亡。”[⑥]云梦睡虎地秦简《为吏之道》所见“韵文八首”等。[⑦]

根据上述文献所载成例，这种“舂歌”形式在句式上均以三言句式为首句或首二句，并呈现出三言与四言、或者三言与七言结体的句式特点。需要指出的是，这种句式和用韵特点的形成，应该与“舂”的劳动动作所形成的独特节奏有关。这种“舂歌”形式具有两个“原生”特点，即“以杵声为节”和“伴杵声而歌”。“杵声”不仅起到“节”的作用，其“以杵为节”的特殊性，还决定了歌的独特的句式形式。

藉由上述讨论，或可得出如下认识：将苍山元嘉元年画像题记的画像描述部分与古代流行的“舂歌”进行比较，双方在用韵特点和句式形式等方面颇为相近。据此而论，苍山元嘉元年画像题记的画像描述部分当是运用民间流行的“舂歌”形式进行创作的。

（四）题记整体上的特点或将说明其“送亲”功用和“送亲歌”性质

民间流行的“舂歌”因其“以杵声为节”和“伴杵声而歌”，而具有依节而歌的特点。缘于此，苍山城前村元嘉元年画像题记的画像描述部分是否也具有这种特点？上述问题的进一步讨论，只能回到题记本身，通过题记本身所提供的信息和线索，寻求更为合理的解释乃至答案。因此，有必要将题记的画像描述部分还原至题记的前言和结语之中，题记全貌如下：

---

① 班固著，颜师古注：《汉书》卷九十七上，第3937页。
② 逯钦立辑校：《先秦汉魏晋南北朝诗·先秦诗》卷一，第10页。
③ 黄怀信：《逸周书校补注译》，第385页。
④ 逯钦立辑校：《先秦汉魏晋南北朝诗·先秦诗》卷二，第27页。
⑤ 逯钦立辑校：《先秦汉魏晋南北朝诗·先秦诗》卷三，第39页。
⑥ 逯钦立辑校：《先秦汉魏晋南北朝诗·先秦诗》卷三，第45页。
⑦ 如：“凡戾人，表以身，民将望表以戾真。表若不正，民心将移乃难亲。”

[前言]

元嘉元年，八月廿四日，立郭毕成，以送贵亲，魂零有知，柃哀子孙，治生兴政，寿皆万年。薄疎郭中画：

[画像描述部分]

观后当，朱爵对游栗扐人，中行白虎后凤皇。

中直柱，隻结龙，主守中□辟邪央。

室上硖，五子轝，僮女随后驾鲤鱼，前有白虎青龙车，后□被轮雷公君，从者推车，乎梩冤厨。

上卫桥，尉车马，前者功曹后主薄，亭长骑左胡使弩，下有深水多鱼者，从儿刺舟渡诸母。

使坐上，小车軿，驱驰相随到都亭，游徼候见谢自使，后有羊车橡其䡖，上即圣鸟乘浮云。

其中画，橡家亲，玉女执尊杯桉柈，局秫稳杭好弱儿。

堂硖外，君出游，车马道从骑吏留，都督在前后贱曹，上有虎龙衔利来，百鸟共□至钱财。

其硖内，有倡家，生汻相和仳吹庐，龙爵除央鷁噣鱼。

堂三柱，中□□龙□非详，左有玉女与扐人，右柱□□请丞卿，新妇主待给水将。

堂盖葱，好中氐，枼□□包末有盱。

[结语]

其当饮食，就夫仓，饮江海。学者高迁宜印绶，治生日进钱万倍。长就幽冥则决绝，闭旷之后不复发。

从苍山城前村元嘉元年画像题记整体内容看，呈现出在已知题记从无出现过的两个特点：①题记明确表示了“送亲”题旨。题记“前言”部分“立郭毕成”“以送贵亲”两句，前句是“事功”而后句则是目的，“立郭毕成”是因，而“以送贵亲”是果。题记的画像描述部分叙述“郭中画”的文字，描绘了一幅动静相谐的“郭”中生活图景。这幅生活图景的“主角”即是“贵亲”，而题记“结语”部分的最后以“闭旷之后不复发”作为总结和交代，进一步表述送亲之事完成以后的祝愿。显然，题记通过画像描述部分叙述了“贵亲”在“彼岸世界”的美好生活，再通过“结语”部分表达“逝者”和“生人”各处本位，逝者往生而生人发达的祝愿和理想。上述情况说明，题记的主旨是“送亲”，题记对画像的描述，只是“送亲”的内容，而非目的。②题记呈现出由后而前再由下而上的移动叙述特点。题记具有完整而富于规律性的叙事顺序，体现出移动叙述特点，即由“后室”画像开始而至“前室”画像结束，呈现出“后室—前室—墓门—前室顶”的由后而前再由下而上的叙事顺序。

值得注意的是，题记的移动叙事特点与画像内容并无关联，也就是说，题记并非按照画像内容所体现的内在逻辑关系进行叙述。如此，便引发出题记上述叙事特点缘何而成的疑问。对此，题记前言部分“观”字的断句研究或能给予启发。目前“观”字断句研究主要有三种观点。①我们认为“观后当”的结句形式与题记整体内容最为符合，也与题记的叙述形式最为贴切。“观”是“请看”的意思，题记接下来的都是“观”的内容，而题记这部分内容“后当”“中直柱”“室上硖”“其中画”“堂硖外”“其硖内”“堂三柱”“堂盖”等标示墓室建筑部位名称的词语，恰与“观”构成直接的关联。这说明“观”的“顺序”决定了题记叙述的“顺序”。题记“结语”部分“闭旷之后不复发”所反映的正是“观”的结束。需要指出的是，题记中“观”所反映的“行为”可能存在真实或虚拟两种形式，但是这种“行为”却是始终存在的。据此而论，题记由后而前再由下而上的叙述顺序，当与题记“观”的“行为”相关联。因此，题记中“观”的“行为”不论是真实还是虚拟，题记的叙事本身都将带有缘于“行为”的移动叙事特点。不可否认，题记在叙事意义上的这种特点，与题记“送亲”主旨相吻合。

综上而言，苍山城前村元嘉元年画像题记在内容上的两个特点，均非孤立存在，而是具有互为因果的联系。题记的主旨是“送亲”，首先以“立郭毕成，以送贵亲”点明题旨；然后以“家亲”为叙述对象描绘其在彼岸世界的生活图景，交代送亲的结果；最后以“闲旷之后不复发”结束送亲的“行为”，完成移动叙事。

---

① 按：关于“观”字，大致有三种断句形式。①“薄疎郭中画观”句，以李发林《山东苍山元嘉元年画像石墓题记试释》为代表，其中王恩田《苍山元嘉元年汉画像石墓考》一文释“观”为“馆”，“画观”即“画馆”；②“薄疎郭中，画观后当”句，见方鹏钧和张勋燎《山东苍山元嘉元年画像石题记的时代和有关问题的讨论》一文；③“薄疎郭中画，观后当”句，见杨爱国《山东苍山县城前村画像石墓二题》一文。综观上述意见，以“薄疎郭中画观”为句的最大问题，是“薄疎”与“画观”在意义的表述上存在障碍。如前所述，“薄疎”即“薄疏”，有“罗列”“登录”的意思，于句中是动词。“画观”之“观”，巫鸿以为“其衍生的意义有‘展示’、‘呈现’或‘出现’”，因此“画观的意义可释为‘展示其画像’。”显然，上述释读导致“薄疏”与“画观”在意义上重复。至于王恩田以为“薄疎”意为“雕刻”，“画观”即“画室”，则“薄疎”与“画观”在语意表达上存在错误。按：既以“画观”结句，上述诸家对“观”字意义的认识亦存在可商榷之处。《说文》以“谛视”释“观”，则“观”为动词。然而题记以“画观”成文，则“观”为名词。《尔雅·释宫》云：“观谓之阙。”《礼记·礼运》：“昔者仲尼与于蜡宾，事毕，出游于观之上，喟然而叹。”故作为名词的“观”，本指宫门两边可用于瞭望的建筑。然而，“观”与“阙”在意义上的区别即在于前者还有“观看”的意思。即如《礼记·礼运》孔疏引孙炎云：“宫门双阙，悬法象，使民观之处。”是故，作为名词的“观”又有“所观之景”的意义衍伸出来，并在内涵上侧重于“景象”的“欣赏”意义。如此，“画观”之“观”，即所谓“景观”之“观”，“画观”亦即“画中景观”，即“由画像所表现出来的景象”。基于此，“薄疏廓中画观”句，“薄”有“少”或“轻微”的意义，“疎”即“疏”，则此句意为“简略地介绍廓中画像所描绘的景观”。

将苍山元嘉元年画像题记文本特征与内容上的送亲主旨和叙事意义上的移动叙事特点联系起来考察，或将提示我们注意到其是否墓室画像题记的问题？上述铭刻文字送亲主旨和移动叙事特点，趋于齐整的句式和“春歌”结句形式，再加上密集的押韵方式，已经呈现出“仪式歌”的文本特征，使我们有理由将上述铭刻文字与传统葬礼送亲仪式上的祝辞联系起来。对此，题记“以送贵亲”所带有的非丧家的第三方叙述特征或可做进一步佐证。

题记中“贵亲”的“亲”当指“父”“母”或“父母”，“贵”有尊贵的意义。王恩田《苍山元嘉元年汉画像石墓考》云：“贵亲，《孟子·万章下》：‘用下敬上谓贵亲’。《玉篇》：‘贵，高也，尊也。’死者生前曾是官吏，这是子孙对他的尊称。”[①]查，今本《孟子·万章下》谓“贵贵”而非“贵亲”。不知作者所据为何？值得注意的是，在汉代丧葬题铭中很少出现“贵亲”的用语成例，且以第一人称称呼直系亲属为“贵亲”者更为少见。汉碑实例中往往以“大君”称“父”[②]。此“大君”既有“自称”亦有“他称”；或他称“大君”则自称“亡考”。又，汉代碑刻题铭中对直系亲属之逝者，或直接以“父”“母”“兄”称谓。如山东肥城市栾镇村建初八年祠堂后壁画像石题记“孝子张文思哭父而礼”[③]。山东东平石马出土立柱画像题记“元始二年五月中母不幸，元始三年五月中父不幸，居摄二年二月中治，三年四月中□服”[④]。《鲜于璜碑》“父君不豫，弃官奉丧”。《郑固碑》“奉我元兄”等。

据此，再回到题记“以送贵亲”句。“贵”相对于“贱”，主要指等级和地位高。《老子》云：“故贵以贱为本，高以下为基。”《荀子·荣辱》亦云：“使有贵贱之等，长幼之差。”古人习惯将地位显赫的人、公主或没有官职的贵族称为“贵人”“贵主”“贵游”，其“贵”皆指地位高，而题记“贵亲”亦当如此。只是题记中“贵亲”的叙述语气带有非丧家的第三方的口吻特征，不太像自家子孙以第一人称出发的称谓。[⑤]而且从“贵亲”“家亲”在题记中所表现的具体用语环境看，重在恭敬意义的表达，恭敬有余而亲情不足，不似丧

---

① 王恩田：《苍山元嘉元年汉画像石墓考》，《四川文物》1989年第4期。

② 如《孔彪碑》：“未出京师，遭大君忧。”《郑固碑》：“年七岁而夭，大君夫人所共哀也。”高文《汉碑集释》注云：“章炳麟《文例杂论》云：《堂溪典嵩高山石阙铭》有云，大君讳协字季度。《两汉金石记》曰：必堂溪典之先人也。”又引《三国志·蜀志·蒋琬传》云：“钟会与琬子斌书曰：欲奉瞻大君公侯墓，当洒扫茔坟。奉祠致敬，愿告其所在。斌答书曰，亡考亡于涪县，遂安厝之。”（高文：《汉碑集释》，第224页）

③ 王思礼：《山东肥城汉画象石墓调查》，《文物参考资料》1958年第4期。

④ 杨爱国：《幽明两界——纪年汉代画像石研究》，第36页。

⑤ 按：从题记的“叙述对象”和“接受者”的角度考察，题记的“叙述对象”是“亲”，但“接受者”却不是“亲”而是“亲”在世的“子孙”。也正是由于上述原因而导致颇多疑问的出现，即如有学者所说“‘以送贵亲’这句话实在不像墓主家属的口气”，因此“此题记可能不是墓主家属计划要刻的，而是修墓的画工、刻工中好事者主动为之”。（李发林：《山东苍山元嘉元年画像石墓题记试释》，《中原文物》1985年第1期）显然，由“以送贵亲”这句话而引发上述疑问是必然的，然而，将上述疑问归结为“好事者主动为之”的认识，不免不近情理。

家子弟的语气和用语，倒是具有丧葬文书惯用词语的味道。

上述问题的敏感性在于它将导致对题记的性质重新作出思考。①史载传统丧葬仪式中有“虞乐安神”的“虞祭”。《礼记·檀弓下》载：“葬日虞，弗忍一日离也。是日也，以虞易奠。”②在虞祭仪式中有“祝号”环节。《周礼·春官宗伯》载云：“丧祝，掌丧祭祝号。”注云：“丧祭，虞也。”③“祝号”内容为何？不得而知。然而，虞祭的目的和意义是“安神”并使之“虞乐”。即所谓：“虞以安神，葬日即虞，不忍一日离亲之神也。”④亦即《释名·释丧制》所云：“既葬，还祭于殡宫曰虞，谓虞乐安神使还此也。”是故，安慰祝福逝者或即虞祭仪式中“祝号”的内容。联系苍山元嘉元年画像题记，题记在内容上并无逝去亲人的哀伤和痛苦，反而带有某种以欣赏为特征的兴奋和憧憬的情感，所表现的正是安慰祝福的内容。

相近似的丧葬仪式，在其他民族丧葬习俗中亦有存在。在傣族丧葬习俗中，“死者的女儿还要以《送别歌》的形式吟唱《送别歌》，是表示孝子送已故的父母上金山银山投宿，去实现生前的愿望”⑤。再如基诺族亚诺寨的习俗，“在人死后一年时要举行送魂，要把死者鬼魂送到自己祖先发源的地方。具体的做法是：死者家属带着一只鸡、米、瓜菜、荆介、芋头和衣服、帽子、筒帕等东西到卓巴家，然后把鸡、饭菜煮熟，用一只芭蕉树皮做托盘，内装上述的各种食物，由死者的亲人抬着，肃立于卓巴家门口，请白腊泡念经道：‘你死了，今天我们杀鸡送你，把你送到祖先居住的地方去。你走吧，不要留恋这里，你走吧。’然后历数死者鬼魂从卓巴家开始出发所经过的各个地方的名字，山川、河流的名字，直到到达的终点”⑥。

值得注意的是，这样的送魂仪式都有韵语形式的“歌辞”以表现“送魂”的内容和过程。⑦这些名为“送别歌”“开路歌”“送魂歌”的“送亲歌”，皆

---

① 按：已有学者对题记提出“已经后人改造”的疑议，或谓“对照题记可知，该墓已经后人改造，内中随葬品有南朝特点，似为当时人所为”。（杨爱国：《幽明两界——纪年汉代画像石研究》，第56页）。该书第三章“纪年汉代画像石反映的地域特色”关于“山西离石马茂庄左元异墓与山东苍山城前村墓画像石的图像比较”讨论中，亦有关于苍山城前村墓及画像的论述。显然，虽然能够肯定“改造后的墓室所用画像石都是原墓所有”，但是否“原位”已不能肯定。由此带来的问题自然波及到“题记石”上，既然该墓画像石是否“原位”已不能肯定，那么“题记石”的来源与位置同样成为疑问，缘于此，对“题记石”上的文字能否以“题记”来指称同样成为疑问。

② 孙希旦撰，沈啸寰、王星贤点校：《礼记集解》卷十，第260页。

③ 郑玄注，贾公彦疏：《周礼注疏》卷三十，第987页。

④ 孙希旦撰，沈啸寰、王星贤点校：《礼记集解》卷十，“注”，第260页。

⑤ 胡绍华编著：《傣族风俗志》，北京：中央民族大学出版社，1995年，第169页。

⑥ 陈平：《基诺族风俗志》，北京：中央民族学院出版社，1993年，第63-64页

⑦ 如：普米族丧葬习俗中有“给羊子”仪式，意谓让羊将死者的灵魂带到祖先居住的地方去。同时，还要唱一首《给羊子调》：“起来，醒来了，把眼睛睁开，你的九代子孙，给你牵来了绵羊，你的七代儿女，给你祭供绵羊。今晚啊今晚，你的远亲近邻，你的老庚朋友，你的熟人老表，给你祭供绵羊。这只绵羊啊，是九群羊子中挑选的，是九群羊子的头羊，它的头象岩石一样坚硬，它的角象钢刀一样锋利，它的眼睛象星星一样明亮，它的心脏象火山一样雄壮，它的血液象大海一样沸腾。请收下这只羊吧，它是你最好的伙伴，它是你的带路人，你要跟着它，一步不离地跟着它，才能到达祖先的地方，才能见到

在葬礼上以“唱”或“诵”的形式呈现出来，因此，其叙述对象和接受者是逝者和逝者在世的亲友。在此联系苍山城前村元嘉元年画像题记“以送贵亲”的表述形式，以及“柃哀子孙”“学者高迁宜印绶”“治生日进钱万倍”等涉及在世子孙和亲友的情感和祝福内容，同样说明题记叙述对象和接受者是逝者和逝者在世的子孙及其他亲友。[①]题记所表现的送亲主旨和非丧家的第三方的叙述特点，应该是题记以“第三方”替代“丧家”作为叙述主体的叙述形式的反映，是仪式化的叙述特点和叙事痕迹的体现。

综上所述，山东苍山元嘉元年画像题记可能不属于“画像题记”。上述铭刻文字的主旨是“送亲”，其叙述形式所呈现的仪式化特点和移动叙述色彩，能够将上述铭刻文字与传统葬礼中“送亲”仪式上的“祝辞”联系起来。题

你的祖先。”“还要向死者念祷安魂词，让死者心魂安平，说一番劝慰的好话，让死者收下羊心，高高兴兴地离开人间。”（殷海涛：《普米族风俗志》，北京：中央民族大学出版社，1993 年，第 90-93 页）毛南族有为逝者“开路”的仪式：“孝男或孝女将一枚硬币打穿一个小洞眼，用细棉线穿好，放于死者的舌下，让线头露出嘴外，以便入棺时取出来。同时用麻绳将死者的两只脚母趾并绑起来。这是说，在道师‘开路’之前，不让死者的灵魂到处乱跑。”“‘开路’是请神把死者的灵魂带到阴府，请天仙把死者的灵魂带上天堂。此时，孝男把死者被捆绑的母脚趾解开（意思让他撒腿跟祖神和天仙们去），道士念唱《开路科仪》：‘此时正利时，缈缈飘香烟，儿披麻戴孝，执幡在灵前。灯火亮堂堂，父（母）归西为仙，喊天天不应，儿女泪涟涟。斋席已办成，此时把路开。叫声你土地，请把耳来听，你在哪安身，你在哪里沉？天下路多多，上哪条寻问？天下几大洲，上哪洲去请？告声你土地，千人万人请，慢去领别筵，先进我家门。……若土地未回，我再喊三声，一念你土地，有请百二人。若有人喊你，我家先去请，先到我家来，慢去领别情。告声你土地，劳烦你老人，跑遍天地间，去把众神请。出门要骑马，烟斗当拐棍，天黑不见路，点灯来照明，打符筶去请，撒白米去问。香根点在前，木星把你引，水浅趟过去，水深用船乘，石板来架桥，让你好通行。先叫众天仙，还有众家神，有的在庙衙，也烦你去请，个个都请到，不要漏一名。地炮响三声，邀你带进门。……’”（蒙国荣、谭贻生、过伟编著：《毛南族风俗志》，北京：中央民族学院出版社，1988 年，第 125-128 页）布依族也有相同的习俗，但“送魂”的歌辞内容却不同。“魔公有一部‘开路书’，书中有的是五言体，有的是七字句，都很压韵，近万行，一直要念唱到第二天天亮出殡。其内容是从开天辟地起，叙述日月的形成，万物的来源，布依族的来历，各种节日的起因等，最后叫死者带上自己生前戴过的斗笠，披过的蓑衣，用过的镰刀、锄头、扁担，若死者是男性，还要叫他带上自己用过的犁耙，若是女性，就叫她带上自己用过的纺纱车、织布机等。接着，一程一程地送死者出门。每送一程，魔公就要提醒死者说已到什么地方，这样一直要把死者送回其祖先迁来的地方。”（汛河编著：《布依族风俗志》，北京：中央民族学院出版社，1987 年，第 95 页）傈僳族为逝者“开道”仪式名为“玛甲玛”，“就是请‘尼扒’手拿三支箭射出去，边射边要说：‘你不要走（箭的）上面，也不要走下面，一定走中间的路，中间的路才是你祖先曾经走过的，你应该赶快回到祖先那里去，和他们团聚’。又说：“你死后要保佑我们在世的人不要死，也不要生病，生男孩要生九个，女孩生七个，庄家要丰收，家畜要成群，保佑我们生活富裕，让幸福的源泉都流到我们这里，遇到诉讼时我们能得胜，械斗时，我们不会被箭射中，而使敌人中箭。”“也杀猪祭死者，杀猪时，把猪血涂到两把刀上，由两个人执刀绕死者房屋走三圈，边走边大声吼叫，为的是要死者快回到祖先住的地方去，因为路途遥远，吼叫着赶跑那些阻止死者灵魂前往的一种专吃死者灵魂的叫做‘马牙’的毒虫。”（斯琴高娃、李茂林编著：《傈僳族风俗志》，北京：中央民族大学出版社，1994 年，第 82-83 页）

① 按：关于题记“以送贵亲”中“送”字的意义，有不同理解。李发林将“立廓毕成，以送贵亲”理解为“石室全部修建成功了，这是用来送给尊贵的亲人的”（李发林：《山东苍山元嘉元年画像石墓题记试释》，《中原文物》1985 年第 1 期）。巫鸿认为“题记后半部分很明显是将墓室看做死者去往彼世界的交通工具，因此，‘送’应更准确地理解为‘送出’、‘送走’”（巫鸿著，郑岩、王睿编：《礼仪中的美术：巫鸿中国古代美术史文编》上卷，“注释④”，第 215 页）。需要指出的是，从题记整体内容上无法看出“将墓室看做死者去往彼世界的交通工具”的意思。而题记第二段所描绘的恰恰是逝者在“彼世界”的“生活图景”，而这种“生活图景”的描述又是与墓室建筑结构联系在一起的，说明“墓室”即是逝者归去的“终点”，“墓室”承载了画像所构拟的象征景象，“墓室”与“画像”已整合为一体。这样，“送”字所表达的意思，既不是将修建成功的墓室送给逝去的亲人，也不是以墓室为交通工具而送走去世的亲人，而是在彼岸世界生活的地方（墓室）已经修建好了，可以将逝去的亲人送到那里去了的意思。

记趋于齐整的句式形式和“春歌”的结句特点，再加上密集的押韵方式，已经呈现出“仪式歌”的文本特征。

六、藉由民间“私诅”并以“毒言”为形式的诅祝文

山东金乡鱼山汉画像石墓画像题记：

诸敢发我丘者，令绝毋户后。
疾设不详者，使绝毋户后。
毋谏买人，毋效狸人，使绝毋户后。
毋攻毋记，身已下冢，罪赦毋。
毋为谕，毋背毋考，必罪天不利子孙。
教人政道，勿使犯磨，□罪，天利之。
居欲孝思贞廉，率众为善，天利之。
身礼毛肤，父母所生，慎毋毁伤，天利之。
分率必让厚，何绝永强。
卿晦灾卿，阳得见车。
博劳道旁，蛇鼠□当道。
秉兴头天，居高视下，莫不谨者。①

按照目前山东金乡鱼山汉画像石墓画像题记释文形式，其十二行内容，明显地分为 5 个层次，即：首三行为第一段；第四至五行为第二段；第六至八行为第三段；第九至十一行为第四段；尾行自成一段。

第一段在内容上警告色彩最为鲜明和强烈，故皆以“绝毋户后”作为惩罚，是惩罚的最高级别。《说文》：“绝，丝断也。”故“绝”的反义词是“继”，都指前后承续的有和无。这里，“毋”的意义与“绝”相近。是故，“绝毋”与“户后”连用，意指“户”与“后”的断绝和无有。故其意义的强调有二，即“断”与“无”。从目前所见传世和出土文献看，秦律中不见“户律”篇名，但“汉律”中已见。②说明汉代社会生活中“户”的重要性。从张家山汉简《二年律令》看，从“关内侯”至“庶人”皆有“田宅”授予，并规定“不幸死者，令其后先择田，乃行其余。它子男欲为户，以为其田予之。其已前为户

---

① 顾承银、卓先胜、李登科：《山东金乡鱼山发现两座汉墓》，《考古》1995 年第 5 期。
② 按：“汉《户律》篇名，见于《晋书·刑法志》和《唐律疏议》。但均未载该律具体条目。《唐律疏议》卷十二对于《户律》篇名自汉至唐的变更，有如下说明：‘汉萧何承秦六篇，加厩、兴、户三篇。迨于后周皆名户律。北齐以婚事附之名为婚户律。隋开皇以户在婚前改为户婚律。’从这一说明中可以看出汉《户律》可能不包括婚事的规定。”高恒：《秦汉简牍中法制文书辑考》，第 145 页。

而毋田宅，田宅不盈，得以盈，宅不比，不得”①。据此，“户”与“田”“宅”等财产相连，“户主”逝后，其“后”或其他“子男”皆有权继承上述“田”“宅”。是故，“户”之“主”与“后”的关系，又是财产的承传关系。从这个意义上看，“立户”与“置后”是社会生活中“自然人”最为基本和最为重要的权利的确立和体现，甚而带有“人格”意义上的超越物质财富的社会道德评判和估量于其中。②题记云导致“绝毋户后”的“行为”有三：其一“诸敢发我丘者”；其二“疾设不详者”；其三“毋谏买人，毋效狸人”。从“诸敢发我丘者”看，三种行为当均指破坏墓葬及有损墓中逝者之事。“疾设不详”句，“详”当为“祥”，或指在墓中做出对逝者或逝者家族不祥之事。“毋谏买人毋效狸人”句，“买”与“狸”当为“埋”字，“埋人”或“逝者”别称，此句意为不要对逝者进行侮辱或损害。

第二段在内容上承续前段而来，同样涉及警告和惩罚，但从“罪赦毋”和“必罪天不利子孙”看，其警告和惩罚的力度比“绝毋户后”低，所以推断导致“罪赦毋”和“必罪天不利子孙”的“行为”，也逊于导致“绝毋户后”的行为。考“毋攻毋记，身已下冢”句，后句言“身已下冢”，则前句或指“冢上”的行为，故“攻”和“记”当指对“冢上”建筑的破坏行为。“毋为谕，毋背毋考”句，“谕”当即“偷”字，以此观之，此句当涉及墓中随葬之物的偷盗行为。值得注意的是，盗墓行为在汉代传世文献中已有载记，且惩罚严厉。③而从出土汉简相关法律文献看，“发冢”已与“私铸钱”等之，足见现象之严重，且“发冢”与盗取冢中随葬品及至逝者衣物的“贩卖”行为相关联，但官方惩处力度较弱，更见出这种现象于社会上的普发性的特点。④

第三段三句皆以“天利之”作结，显然属于“正面”说辞，其内容皆可归入儒家伦理道德的范畴，而导致“天利之”的“行为”，似乎仍然由“发冢”“毁墓”诸事引申，故说教对象并无改变。“教人政道，勿使犯磨，□罪”句，

---

① 张家山二四七号汉墓竹简整理小组编：《张家山汉墓竹简[二四七号墓]》，第52页。

② 按：根据法律规定，并非所有人都应具有“立户”和“置后”的权利。睡虎地秦简有战国时期魏国《户律》条文，其载云：“廿五年闰再十二月丙午朔辛亥。□告相邦；民或弃邑居野，入人孤寡，徼人妇女，非邦之故也。自今以来，叚（假）门逆吕（旅），赘婿后父，勿令为户，勿鼠（予）田宇。三菜（世）之后，欲士（仕）士（仕）之，乃（仍）署其籍曰：故某虑赘婿某叟之乃（仍）孙。”律文规定：“经营商贾和客店的、给人家做赘婿的，都不准立户，不分给田地房屋。不仅如此，赘婿在三代以后，才允许做官，并且还要在薄籍上写明该人是已故某闾赘婿的‘耳孙’。”高恒：《秦汉简牍中法制文书辑考》，第145-146页。

③ 按：《淮南子·氾论训》云“今人所以犯囹圄之罪，而陷于刑戮之患者，由嗜欲无厌，不循度量之故也。何以知其然？天下县官曰：发墓者诛，窃盗者刑。此执政之所司也。”见高诱注：《淮南子》卷十三，国学整理社辑：《诸子集成》第七册，第230页。

④ 按：《居延新简》有云“建武六年七月戊戌朔乙卯，甲渠鄣守候敢言之：府移大将军莫府书曰：奸黠吏民作使宾客私铸作钱，薄、小不如法度，及盗发冢、公卖衣物于都市，虽知莫谴，苛百姓患苦之。书到，自今以来独令县官铸作钱，令应法度，禁吏民用得铸作钱及挟不行钱，辄行，法。诸贩卖发冢衣物于都市，辄收没入县官、四时言犯者名状。谨案，部吏毋犯者，敢言之”。见《新简》E·P·F22：37、38、39，转引自高恒：《秦汉简牍中法制文书辑考》，第201-202页。

"政道"即"正道"。《史记·货殖列传》云："夫纤啬筋力，治生之正道也，而富者必用奇胜。"[①]故这里"正道"的意义当与"邪道"相对应。"犯磨"似无解。或即"摩"。"犯摩"或即汉代俗语，亦即今"犯糊涂"。故"□罪"或即"获罪"。全句意为：教人走正道，不要让人犯糊涂而获罪。如此，此句即与下句"居欲孝思贞廉，率众为善"在意义上相互连通，即是"正道"所指。"身礼毛肤，父母所生，慎毋毁伤"句，"礼"即"体"。"慎毋毁伤"是指不要对墓中逝者有所侵害。

第四段三句句意隐晦、模糊。然而，此段每句似乎"前者"是"因"而"后者"是"果"，很有俗语、格言或谶语的性质。值得注意的是，根据题记整体文意和叙述特点，第一、二段是警告和惩罚，第三段是利诱和劝说，第四段也应该承上而来，在意义上应该仍然属于利诱和劝说的性质，只是如第二段般有所改变或转折。

至此，第五段句意或已明了。"头天"即"头顶之天"。"秉兴头天，居高视下"意即"人在做，天在看"，所以"莫不谨者"。

诅祝，《周礼》云"掌盟、诅、类、造、攻、说、禬、禜之祝号。"注云"八者之辞，皆以告神明也。"[②]知"诅祝"职责是掌管八类向神明祷告之辞并负责向神明祷告（祝号）。然而在具体应用上，"诅"与"祝"似有区别。《左传·昭公二十年》载"晏子"的话说："民人苦病，夫妇皆诅。祝有益也，诅亦有损。聊、摄以东，姑、尤以西，其为人也多矣！虽其善祝，岂能胜亿兆人之诅？"[③]《左传·襄公十七年》载："宋皇国父为大宰，为平公筑台，妨于农收。子罕请俟农功之毕，公弗许。筑者讴曰：'泽门之皙，实兴我役。邑中之黔，实慰我心。'子罕闻之，亲执朴，以行筑者，而抶其不勉者，曰：'吾侪小人，皆有阖庐以辟燥湿寒暑。今君为一台而不速成，何以为役？'讴者乃止。或问其故？子罕曰：'宋国区区，而有诅有祝，祸之本也。'"[④]是故，"诅"与"祝"之"祝号"，亦应存在区别，前者祈求神明降灾罹祸，而后者则祈求神明降福得祥。[⑤]

---

① 司马迁：《史记》卷一百二十九，第 3282 页。
② 郑玄注，贾公彦疏：《周礼注疏》卷三十，第 991 页。
③ 左丘明传，杜预集解：《春秋左传集解》卷二十四，第 1460 页。
④ 左丘明传，杜预集解：《春秋左传集解》卷十六，第 937-938 页。
⑤ 按：这种情况在其他民族传统祭祀歌中普遍存在，也说明"诅祝"之"祝号"或是以唱诵的形式出现的。如拉祜族《开山祝祷词》："啊，山神、水神、河神、石头神，我给你献上大米和蜂蜡烛，请你答应我开垦这块山地。啊，这个地方的神啊，收下我亲手奉上的贡献。从今后我的家人要开垦这块地，啊，保佑我们一家大人小孩，保佑我们不要受刀斧伤害，不要杀死我，不要惩罚我们。啊，保佑我们吧，保佑庄稼长得好，保佑这块土地大丰收。保佑我们吧，保佑这块土地肥沃，别让我家人分离，别碰伤我的孩子。我给你献上这些贡品，两对蜂蜡也是给你的。我们要是种辣椒，别人看到辣椒挂满枝，我们要是种谷子，别人看到谷穗沉甸甸，他们会说我交了好运气，让所有的头人们，为我得的好运而高兴。啊，天上的神灵，地下的神灵，都来保佑我们，都来庇护我们这块土地。"拉祜族《退灾祝词》："啊，伟大的地神，这块地上的谷子已受到病害，我给你献上亲手做的供品，还有我做的一对蜂烛。和我最好的大米，我都放在地头地角，啊，伟大的地神，请你原谅我。我的谷子受到病害，我给你献上两对蜂蜡烛，

值得注意的是，仅以《周礼》所载“诅祝”所执掌的“盟、诅、类、造、攻、说、禬、禜”八种祷告形式来说，其“祝号”作为专有名称，是与“诅祝”及“大祝”“小祝”“丧祝”“甸祝”“女祝”这样的官方及专职神职人员联系在一起的，而民间社会生活中亦当存在着“私诅”或“私祝”行为。对此，《论衡·言毒篇》有所揭示，其云：“太阳之地，人民促急；促急之人，口舌为毒。故楚越之人，促急捷疾，与人谈言，口唾射人。则人脉胎肿而为创。南郡极热之地，其人祝树树枯，唾鸟鸟坠。巫咸能以祝延人之疾，愈人之祸者，生于江南，含烈气也。”又云：“南越之人祝誓辄效。”[①]这里，王充将“口唾射人”与“诅祝之事”混为一谈，皆以“毒”究之，不免谬误。然其云“能以祝延人之疾愈人之祸”及“其人祝树树枯”之事，则透露了汉代民间“私诅”“私祝”之俗。

睡虎地秦简《封诊式》有“毒言”篇，载有因“毒言”而引起的一则案例，值得关注。其云：“某里公士甲等廿人诣里人士五丙，皆告曰：‘丙有宁毒言，甲等难饮食焉，来告之。’即疏书甲等名事关谍北。讯丙，辞曰：‘外大母同里丁坐有宁毒言，以卅余岁时薯。丙家节有祠，召甲等，甲等不肯来，亦未尝召丙饮。里节有祠，丙与里人及甲等会饮食，皆莫肯与丙共桮器。甲等及里人兄弟及它人智丙者，皆难与丙饮食。丙而不把毒，毋它坐。”[②]据此资料再联系《论衡·言毒篇》所述“楚越之人”及“南郡极热之地”之“诅祝之事”，似可断定秦汉时期民间生活中“私诅”“私祝”之俗确已存在，并见出如下几个方面的认识：①民间似以“毒言”作为诅祝之辞的称呼。②善为“毒言”者，当非职业神职人员，如巫觋一类，但人们相信其具有某种殊于他人的神秘特性，且这种特性具有某种家族性特征。故“丙”之“外大母”善为“毒言”，“甲等”亦相信“丙”同样善为“毒言”。③民间相信“毒言”的“效力”和“威力”，故颇为畏惧。即如《论衡·言毒篇》所谓“南越之人祝誓辄效”。故而“毒言”亦非随意制作，而官府已有所检控，但从“丙”之“外大母”为“毒言”而“以卅余岁时薯”看，对随意“毒言”者的惩罚只是“外迁”，也从侧面反映出秦汉时期民间“私诅”“私祝”现象较多存在的事实。

我是普通人，这个地方的神啊，我诚心，你有威灵。请你把病害收走，请收下我亲手做的供品，我们除了吃穿一无所有，请原谅我们，我诚心，你有威灵。请把瘟疫带到天涯海角。不要把它放在田头地角。我有诚心，你有威灵，啊，我一定遵守自己的许诺。”拉祜族《驱鬼》：“哈！魔鬼躲在家里，我绝不放过！妖气藏在家里，我决不轻饶！哈！哈！哈！山上山下不颠倒，河水沟水不倒流，魔鬼休来作怪！哈！将你压在七座大山下，淹在七条大河下，关在深渊井底下，压在白石头底下，压在黄石头底下，魔鬼你休来作怪！哈！撵！撵！撵！打！打！打！魔鬼休想躲在家，魔鬼休想再回转！撵出寨墙寨外，撵出黑山草坎！”云南拉祜族民间文学集成编辑委员会编：《拉祜族民间文学集成》第 213-216、219-220 页。

① 王充：《论衡》，国学整理社辑：《诸子集成》第七册，第 223 页。

② 李均明：《秦汉简牍文书分类辑解》，第 233 页。

综上所述，秦汉时期民间生活中或将致人不利的诅祝之辞称为“毒言”。上述“毒言”并非出自专职神职人员，而是民间“私诅”的产物。山东金乡鱼山画像石墓画像题记以“天”为最高神明，以“天降惩罚”为最后威慑，以“断子绝孙”为最终警告，显然属于能够致人不利的诅祝之辞，而在家族墓葬墓室画像中题刻这类诅祝之辞，已属“私诅”性质，故称其为“毒言”或当之。

据此而论，山东金乡鱼山汉画像石墓画像题记，是一篇藉由“私诅”形式出现并以“毒言”为其特殊形态的诅祝文。作为诅祝文，其汉代民间俗文化与俗文学的属性、意义和价值，确定了其在汉代民间风俗文化和文学研究中的不可多见的范本性质和较高的文学地位。作为汉代民间以“毒言”为其特殊形态的诅祝文，其用辞准确而直白，思想冷酷而犀利，语气强硬而坚定，行文历练而洁净，能够从侧面反映出汉代民间俗文学文本写作与文学构思创作的现状和水准；而其叙述及内容明晰而丰富，既有惩罚性的警告，又有利诱性的劝说，还有突出儒家伦理道德的说辞，更足以见出汉代民间文学形态受到社会主体思想和主流文化影响的烙印。

第四节　结论：拓展了汉代散文与诗歌研究的视域和价值

（1）汉墓碑文“群体性叙述”所带有的囿于体制但又蕴含着矛盾、抗衡及至游离的力量，在东汉晚期乃至魏晋时期已经呈现出足以令传统政体得以警觉和必须遏制的发展态势。这是一种在官方话语形态之外而“规模呈现”的“群体性”话语系统。这种话语系统以自我认知、自我肯定和自我立名为目的和宗旨的行为，已经呈现出个体意识之自觉的文化属性。东汉晚期丧葬礼仪中撰文立碑风气的兴起，预示着社会中脱离统治文化和主体思想的力量的形成。这或是一种游离于“轴心”的政治力量和文化思潮。

（2）汉墓碑文作为文本形式的发表过程，实际上是文本在仪式上的展示过程。这种展示过程至少包括三个方面的内容：作为文本载体的石碑形象的确立、字体与间架结构及布局的书势情况、碑文内容的情感表达和文学表现。上述三个方面的内容在碑文展示过程中是以“三位一体”的形式做出综合性的表现。这种表现必须基于某种达成一致的美学理想，并呈现出某种具有共识意义的审美品位，而且这种美学理想和审美品位又必须与碑文所塑造的主人公的人格精神相谐和。

(3) 汉画像题记行文多以散句出现，偶有整齐的四言体形式，间或叶韵，或韵散结合，内容上大都以“丧家”身份对逝者、墓葬建造情况、墓葬或祠堂画像内容加以介绍和描述，其间还涉及孝义等道德思想和生离死别之亲情的表达，在情感上更呈现出丰富复杂的特点。汉画像题记以多样性文本形态和题旨内容，既拓展了汉代文学研究的视域，也丰富了汉代文学的价值。

本章附录

一、供研究的汉代祠堂、石阙、石表画像题记

（一）祠堂画像题记

（1）江苏铜山县汉王乡东沿村永平四年（公元61年）画像题记：“建武十八年腊月子日死，永平四年正月，石室直五千，泉二莒少郎所为，后子孙皆忌之。”①

（2）山东肥城栾镇村建初八年（公元83年）祠堂后壁画像题记：“建初八年八月成，孝子张文思哭父而礼，石值三千，王次作，勿败□。”②

（3）山东微山两城永和二年（公元137年）祠堂侧壁画像题记：“永和二年大岁在卯，九月二日，□乡广里泱□昆弟男女四人，少□□□，复失慈母，父年（下缺）时经有钱刀自足，思念父母，弟兄悲哀，乃治冢作小食堂传孙子，石工刑□□□□□财弗直万（下缺）。”③

（4）山东微山两城永和六年（公元141年）桓孨祠堂后壁画像题记：“永和四年四月丙申朔廿七日壬戌，桓孨终亡，二弟文山、叔山悲哀，治此食堂，到六年正月二五日毕成。自念悲痛，不受天佑，少终。有一子男伯志，年三岁，却到五年四月三日终，俱归黄泉，何时复会，慎勿相忘，传后世子孙，令知之。”④

（5）山东鱼台建康元年（公元144年）文叔阳食堂画像残石题记：“建康元年八月乙丑朔，十九日丁未，寿贵里文叔阳食堂。叔阳故曹史行亭市掾，

① 王黎琳、李银德：《徐州发现东汉画像石》，《文物》1996年第4期；杨爱国：《幽明两界——纪年汉代画像石研究》引，第37页。

② 王思礼：《山东肥城汉画象石墓调查》，《文物参考资料》1958年第4期；杨爱国：《幽明两界——纪年汉代画像石研究》引，第41页。

③ 傅惜华编：《汉代画象全集》初编，北京：巴黎大学北京汉学研究所，1950年，图129；杨爱国：《幽明两界——纪年汉代画像石研究》引，第50页。

④ 山东省博物馆、山东省文物考古研究所编：《山东汉画像石选集》，济南：齐鲁书社，1982年，图351；杨爱国：《幽明两界——纪年汉代画像石研究》引，第51页。

乡啬夫、廷掾、功曹、府文学掾。有立子三人，女宁，男弟叔明，女弟思，叔明早失春秋，长子道士立□□，直钱万七，故曹史市掾。”①

（6）山东滕州姜屯元嘉三年（公元 153 年）赵寅祠堂画像题记：“元嘉三年二月廿五日，赵寅大子植卿为王公，次和更立，负土两年，佚坟相扉若□，有孙若此，孝及曾子。植卿惟夫刻心念，始增龙（垄）成坟，不肩一毋，独扉石，直克义，以示祠匽（后），石柿传存，相仿其孝。”②

（7）山东曲阜徐家村延熹元年（公元 158 年）画像石墓石柱画像题记：“延熹元年十月三日，始作此藏堂，□为□相皆，□□□丞使工五万，又食九万，共直钱□□万，即□□日，□此田买如，以十一月七日葬妇。此藏中车马□□龙蛇马牛皆食大仓。”③

（8）安徽宿县褚兰镇宝光寺熹平三年（公元 174 年）邓季皇祠堂后壁画像题记：“熹平三年十二月乙巳朔，廿一日乙丑，新广里，邓季皇，年七十四，薄命蚤离明世，长入幽冥，悲哉伤心，子男伯宗无兄弟持服……丰，造立石宫，垒墓□目十二□……氏之□尽矣，上人马皆食……山林饮湖泽，他如律令。”④

（二）石阙画像题记

（9）山东平邑八埠顶章和元年功曹阙画像题记：“故南武阳功曹、乡啬夫、文学掾平邑君□□□卿之阙，卿□□□□□□□困苦，天下相感，□□仟□□□三□观朝廷□□明君□直任人□□二□来□道，以为国三老，□□□□，章和元年二月十六日□子□文学叔□□石工□□□乡啬□□□□□□□□□□□伯□廷直□□四万五千。”⑤

（10）四川成都金牛区圣灯乡猛追村永元九年（公元 97 年）王君平阙阙身侧面题记：“永寿元年孟秋中旬己酉之日，王求人进赵率孝子孟恩仲、恩叔，廉切恍悔厉□□消荆，斯志颠仆，心怀不宁，发愤修立，以显光荣。惟乾动运，川道静贞，夫人淑□，□川之灵，十六适配，教诲有成，来□□瑛，束脩舅姑，洁以不廊，年逾七十，如□如□，阴阳丧度，三纲离道，明星陨坠，□□□表，寝疾固绡，大命催□，魂灵归□□□。”⑥

---

① 杨爱国：《幽明两界——纪年汉代画像石研究》，第 52 页。
② 杨爱国：《幽明两界——纪年汉代画像石研究》，第 58 页。
③ 山东省博物馆、山东省文物考古研究所编：《山东汉画像石选集》，图 160-162；杨爱国：《幽明两界——纪年汉代画像石研究》引，第 60 页。
④ 王化民：《宿县宝光寺汉墓石祠画像石》，《文物研究》第 8 辑；杨爱国：《幽明两界——纪年汉代画像石研究》引，第 63 页。
⑤ 刘敦祯：《山东平邑县汉阙》，《文物参考资料》1954 年第 5 期；王相臣、唐仕英：《山东平邑县皇圣卿阙、功曹阙》，《华夏考古》2003 年第 3 期；杨爱国：《幽明两界——纪年汉代画像石研究》引，第 43-44 页。
⑥ 按：王君平阙阙身正面文字如下，“永元九年七月己酉犍为江阳长王君平君字伯鱼”。见高文主编：《中国汉阙》，北京：文物出版社，1994 年，第 92 页。

（11）山东莒县东莞村东汉灵帝光和元年（公元178年）石阙画像题记：“惟光和元年八月十日□□琅琊东莞□孙熹年六十四故世□□故□□诸曹掾□县主簿□□升离□□情意□此大门阙□□归于□千秋万岁□□□□□□□□山□□□□□□□□有刻□□□者游魂□无不□其□□□□□□□□□□□□□□□孙□东□命行事承□□升太知播惠康□□□□□□□□□□□□□永无疆。”①

（三）石表画像题记

（12）北京西郊石景山上庄村汉幽州书佐秦君石阙墓表题记：“维乌微乌，尚怀反报。回况□人，号为四灵。君臣父子，顺孙弟弟。二亲薨没，孤悲惋惋。鸣号正月，□□思慕。□□长□五内。力□天命，年寿□永，百身莫□。欲厚显祖，□无余日。□焉匪爱，力则回于制度。盖欲章明孔子孟母四□之贤行，上□比奉□圣□□以后昭示日永为德俭人日记人□□承仙□，敢述情徽，足斯石，示有表仪。孝弟之述，通于神明，子孙奉祠，欣肃填焉。”②

二、山东苍山城前村元嘉元年画像石墓部分画像

（墓门左右立柱画像）

（墓门楣正面画像）

① 刘云涛：《山东莒县东莞出土汉画像石》，《文物》2005年第3期。
② 按：汉幽州书佐秦君石阙墓表左侧面刻“乌还哺母”隶书四字，下面即隶书七行题记。见高文主编：《中国汉阙》，第73页。

（墓门楣背面画像）

（前室东壁画像）

（前室东壁门楣正面）

（前室西壁门楣正面）

第五章　汉墓告地策及陶瓶朱书与汉晋小说研究的新启示

本章以汉墓出土告地策与陶瓶朱书为研究对象，围绕“汉墓告地策及陶瓶朱书与汉晋小说研究的新启示”展开具体的研究工作。由于中华人民共和国成立以来汉墓考古发掘中所见告地策及陶瓶朱书等简牍墨（朱）书文献极为丰富，致使本章研究所据文献资料来源复杂，但基本呈现如下三个层次：①重要汉墓《发掘报告》中所涉“告地策”“镇墓文”“劾鬼文”一类简牍墨（朱）书释文或“陶瓶朱书”释文；②由《文物》《考古》《考古学报》《考古与文物》《中原文物》等期刊发表的相关专题论文，或相关汉墓《发掘报告》中所涉“告地策”“镇墓文”“劾鬼文”一类简牍墨（朱）书释文或“陶瓶朱书”释文；③由《简帛》《出土文献》《简帛研究》《出土文献研究》等期刊发表的相关学术论文所引录的“告地策”“镇墓文”“劾鬼文”一类简牍墨（朱）书释文或“陶瓶朱书”释文。其次，《江陵凤凰山西汉简牍》《长沙东牌楼东汉简牍》《墓葬与生死：中国古代宗教之省思》等专著亦为重要文献源。[①]同时，尚有如下专题论文亦为重要文献源：《曹氏朱书罐考释》《东汉永寿二年镇墓瓶陶文考略》《汉初平四年王氏朱书陶瓶》《宝鸡市汉墓发现光和与永元年间朱书陶器》《汉初平四年王氏朱书陶瓶考释》《长沙马王堆二、三号汉墓发掘简报》《江陵凤凰山十号汉墓简牍初探》《湖北江陵凤凰山十号汉墓出土简牍考释》《大通上孙家寨汉简释文》《尹湾汉墓简牍》《尹湾汉墓简牍综论》《汉代徐胜买地铅券简介》《扬州甘泉山出土东汉刘元台买地砖券》。[②]另外，

① 湖北省文物考古研究所编：《江陵凤凰山西汉简牍》，北京：中华书局，2012 年；长沙市文物考古研究所、中国文物研究所编：《长沙东牌楼东汉简牍》，北京：文物出版社，2006 年；蒲慕州：《墓葬与生死：中国古代宗教之省思》，北京：中华书局，2008 年。

② 禚振西：《曹氏朱书罐考释》，《考古与文物》1982 年第 2 期；蔡运章：《东汉永寿二年镇墓瓶陶文考略》，《考古》1989 年第 7 期；唐金裕：《汉初平四年王氏朱书陶瓶》，《文物》1980 年第 1 期；王光永：《宝鸡市汉墓发现光和与永元年间朱书陶器》，《文物》1981 年第 3 期；陈直：《汉初平四年王氏朱书陶瓶考释》，《考古与文物》1981 年第 4 期；湖南省博物馆、中国科学院考古研究所：《长沙马王堆二、三号汉墓发掘简报》，《文物》1974 年第 7 期；弘一：《江陵凤凰山十号汉墓简牍初探》，《文物》1974 年第 6 期；裘锡圭：《湖北江陵凤凰山十号汉墓出土简牍考释》，《文物》1974 年第 7 期；国家文物局古文献研究室、大通上孙家寨汉简整理小组：《大通上孙家寨汉简释文》，《文物》1981 年第 2 期；连云港市博物馆等编：《尹湾汉墓简牍》，北京：中华书局，1997 年；连云港市博物馆、

尚有“告地策”（八则）和“陶瓶朱书”（十则）简牍铭刻文献，亦是作者于本章研究的重要参考资料，一并以“附录”形式置于本章之后，以供参考。

第一节　问题的缘起及研究的意义

在汉代墓葬随葬遣策、简牍、陶瓶、陶罐之上，常见有以“官府文书”形式书写的文字，学术界或以“告地策”及“陶瓶朱书”称之。[①]告地策常见于西汉墓随葬遣策中，其内容和作用类似人口迁移证明文件，而陶瓶朱书则常以朱书或墨书于瓶体或罐体之上，多见于今河南、陕西、江苏等地东汉墓葬中，学术界又有“劾鬼文”“镇墓文”“解除文”等称谓，其内容以祈求或佑护逝者顺利到达彼岸世界而平安生活为主，涉及对恶鬼的弹劾、自身罪孽的解除、神灵的祈愿等复杂内容。上述两类文本形式不仅在已知传世文献中较少出现，即使在出土秦汉碑刻及简牍文献中也较少见到，更被排除在传统文学文体形式之外，没有纳入文学研究视域之中，故其文学价值和意义少有触及。[②]更为重要的是，上述文本形式构文目的，是要为逝者解决死后迁徙他处所需处理或面对的系列问题，因此在内容上再现了汉人所构想的生命彼岸世界的真实面貌，恰是以往传世文献绝少触及的东西，为秦汉魏晋生命复活类型志怪小说相关问题研究提供了新的资料并进而引发新的认识。

名为“墓主记”的简牍文献资料最初披露在《甘肃天水放马滩战国秦汉

中国文物研究所编：《尹湾汉墓简牍综论》，北京：科学出版社，1999 年；鲁波：《汉代徐胜买地铅券简介》，《文物》1972 年第 5 期；蒋华：《扬州甘泉山出土东汉刘元台买地砖券》，《文物》1980 年第 6 期。

① 按：田天《江苏邗江胡场五号汉墓木牍的再认识》（清华大学出土文献研究与保护中心编，李学勤主编：《出土文献》第三辑，上海：中西书局，2012 年）认为“告地策”之名“最早由黄盛璋提出”。并说：“他所定义的‘告地策’是一种模拟真实文移的‘告地下的文移’，为了与遣册区别，故定名为‘告地策’。”黄盛璋：《关于江陵凤凰山 168 号汉墓的几个问题》，《考古》1977 年第 1 期。

② 按：从“文学文本”及“文学创作”角度研究上述文本形式，其所具有或体现出来的特征值得关注。以所谓“镇墓文”为例：首先，镇墓文具有一定的写作格式，一般说来具备四个层次，第一层次交代“时间”“丧家”“逝者”的情况；第二层次交代“地下”主管的“官员”情况；第三层次是镇墓文的主要内容，包括对罪责的赦免、对恶鬼的警告、对逝者和生人平安的祷告和祈求等，内容丰富，差异较大，其原因，可能缘于丧家不同的政治和经济地位而决定的对逝者和生人的不同的要求；第四层次交代必须执行的法律效力。值得注意的是，上述四个层次在镇墓文的具体创作中又可能出现不同的减省情况。其次，镇墓文语言准确，平实，简洁，具有政府文告的语言特征。此外，镇墓文句式整齐，多以四言句出现，第一层次和第二层次多呈散体化的叙述句式，而第三层次则往往采用叶韵的四言句式。上述情况是否巫者在解除仪式上“说唱”形式在镇墓文行文和句式上的反映，则需要进一步研究。有学者已经注意到了镇墓文的上述情况，认为“巫在作法术时，要演唱。后汉曹娥的父亲盱，就‘能弦歌为巫祝。’北周甄鸾《笑道论》，讥笑道士的驱鬼之文，就是‘词义无取，有同俗巫解奏之曲。’所谓解奏之曲，正是指巫在作法术时唱奏之曲。讴唱乃是巫在迷信活动中所经常采用的形式。镇墓文带有韵文的特点，应是这类作品出自巫祝之手的一个明显的标记”（王光永：《宝鸡市汉墓发现光和与永元年间朱书陶器》，《文物》1981 年第 3 期）。需要指出的是，“说唱”与“歌唱”并不相同，镇墓文在句式上所体现出的韵文特点，也可能与“诵”或“唱诵”有关。参见李立：《楚汉浪漫主义文学发展史：战国秦汉浪漫文学经典文本研究》第六章第五节关于镇墓文的讨论，第 487-488 页。

墓群的发掘》一文中。[①]同时又有何双全《天水放马滩秦简综述》对上述简文做进一步介绍。[②]其后，李学勤《放马滩简中的志怪故事》将《墓主记》明确为“志怪故事”，并将简文中的纪年释为“卅八年八月己巳”，明确这一纪年相当于“秦昭王三十八年”，认为“原简报中称作《墓主记》的几支简，觉得所记故事颇与《搜神记》等书的一些内容相似，而时代早了五百来年，有较重要的研究价值”[③]。自此，关于《墓主记》的研究，则主要围绕竹简年代、《墓主记》篇名和性质而展开进一步讨论。[④]

在上述研究中，以李学勤和陈侃理关于《墓主记》文学意义和价值的研究最为重要。李学勤首先将《墓主记》定性为“志怪故事”，并在此基础上与《搜神记》两则复活故事联系起来，如此，《墓主记》于魏晋志怪故事发展演变脉络上的意义和价值也便凸现出来。陈侃理的研究显然是在李学勤研究的基础上的进一步拓展，其意义和价值即在于进一步确证了与《墓主记》同类的“复生故事”在战国秦汉时期并非孤例，魏晋志怪故事中的生命复活故事的源头，或可上溯至战国晚期或秦汉时期。

学术界关于放马滩秦简《墓主记》的研究，尚存在某些问题或局限。《墓主记》的研究多以文字考释为重，而文学意义和价值并没有得到更多学者的关注乃至肯定，涉及者也基本停留在“浅尝辄止”的境地。将《墓主记》与《泰原有死者》进行比较研究，其重点也是由上述复活故事探讨秦的“葬俗”和“祭俗”问题，对文学及文学史意义和价值方面的考量仅一带而过，并非研究重点。更为重要的是，将《墓主记》与《搜神记》等志怪小说联系起来，从生命复活故事的产生、发展、演变的理路和脉络上进行深入细致的研究，则还没有出现。将《墓主记》与《搜神记》相关复活故事进行比较，双方的差异点不但存在，

① 甘肃省文物考古研究所、天水市北道区文化馆：《甘肃天水放马滩战国秦汉墓群的发掘》，《文物》1989年第2期。

② 何双全：《天水放马滩秦简综述》，《文物》1989年第2期。

③ 李学勤：《放马滩简中的志怪故事》，《文物》1990年第4期。

④ 按：如胡平生和李天虹《长江流域出土简牍与研究》（武汉：湖北教育出版社，2004年）根据放马滩墓出土器物的辨识而认为此墓当是汉墓。持相同观点并明确为“志怪故事”者，还有程少轩《放马滩简式占古佚书研究》（复旦大学2011年博士学位论文）。而甘肃省文物考古研究所编的《天水放马滩秦简》（北京：中华书局，2009年）则在沿用“志怪故事”意见的同时，将放马滩墓的时代确定为“早至战国中期，晚至秦始皇统一前”这一时间段，而“1号墓的下葬时代约在公元前二三九年以后”，如此，放马滩秦简也就被认为是战国时期秦的竹简。王辉《〈天水放马滩秦简〉校读记》（《简帛》第六辑）则认为以“志怪故事”为标题颇为不妥，应“以《丹》或《丹记》作为标题，并进一步认为这些简文即是“墓主日者丹自记其经历”的文字。以《丹》为标题，在孙占宇《放马滩秦简〈丹〉篇校注》（简帛网2012年7月31日）中亦袭用。其后，日本学者海老根量介在《放马滩秦简抄写年代蠡测》（《简帛》第七辑，上海：上海古籍出版社，2012年）中虽然沿用“志怪故事”意见，但在放马滩竹简时代问题的研究上有所突破，认为放马滩秦简是“秦代钞本”而非“战国秦的钞本”，为《墓主记》作为“志怪故事”的文学性研究提供了新的启发。需要指出的是，《墓主记》作为“志怪故事”的文学性研究获得重要进展的，是陈侃理《秦简牍复生故事与移风易俗》（《简帛》第八辑）的发表，此文在李零《北大秦牍〈泰原有死者〉简介》（《文物》2012年第6期）基础上，将《墓主记》的题名改为《丹》，并从“复生故事”的角度与《泰原有死者》进行比较，得出“《泰原有死者》和《丹》无疑是这类复生故事中迄今所知最早的例子”的结论。

而且其差异性颇为鲜明和巨大。《墓主记》与《搜神记》复活故事所存在的差异点，涉及两个方面的问题，一个是生命如何复活的问题，一个是生命复活的“地上”或“地下”的问题。上述两个问题互相关联，前者体现为于“地上”的“招魂复魄”式的生命复苏，后者则呈现为在“地下”世界中“灵魂”与“形体”的“再度结合”式的生命复活。《墓主记》与《搜神记》复活故事差异点的存在，应该是不同的生命信仰的反映，说明与《墓主记》不同的生命信仰，为《搜神记》复活故事的情节构成，提供了文学意义上的意识、经验和资料上的准备。由此引出秦汉时期人们的生命信仰发生变化的事实。

我们认为秦汉以来以神仙信仰为标志的个体生命如何延续和走向的思考，其本质和核心是个体生命存在空间的问题。汉代墓葬形式中“室墓”制度的形成，显示出人们以墓葬为载体而寻求构建“地下生活空间”的事实。墓葬既是承载逝者的真实的空间实体，又是逝者永恒生命再次居处的虚拟世界。告地策和陶瓶朱书就为了解这种虚拟的空间世界及上述观念在两汉时期的发展与演变，提供了最为直接的文献资料。由于告地策与陶瓶朱书均涉及逝者如何顺利抵达彼岸世界并获得平安生活的内容，故将二者联系起来考察，则能够再现两汉时期生命观的发展与成熟的演变轨迹。更为重要的是，上述文本形式的构文目的，是要为逝者解决死后迁徙他处所需处理或面对的一系列问题，因此在内容上再现了汉人所构想的生命彼岸世界的真实面貌，恰是以往传世文献绝少触及的东西，为秦汉魏晋志怪小说相关问题研究提供了新的资料并能够引发新的认识。

综上而言，一方面，学术界在考察放马滩秦简《墓主记》与《搜神记》生命复活类型志怪小说发展演变的问题时，恰恰忽视了告地策与陶瓶朱书在上述研究中的意义和价值，致使上述研究仅仅停留在单纯的文本意义的讨论中，而缺乏社会文化层面的基础和前提。另一方面，告地策与陶瓶朱书中的某些文本形式，已见“冥婚”或“仙解”等内容，其富于故事性的叙述，或可视为后世复活小说的早期形态，其在放马滩秦简《墓主记》与《搜神记》复活小说发展演变的脉络中具有重要地位，应该给予文学史意义上的定位和评价。如洛阳李屯东汉墓出土涉及“冥婚”内容的陶瓶朱书、长沙东牌楼出土东汉时期涉及“仙解”内容的覃超人形木牍、甘肃高台骆驼城出土前凉时期涉及“冥婚”内容的木牍等简牍文献。[①]上述文献资料在具体内容上虽然与

① 按：关于洛阳李屯东汉墓出土“冥婚”内容的陶瓶朱书，可参见洛阳市文物工作队：《洛阳李屯东汉元嘉二年墓发掘简报》，《考古与文物》1997 年第 2 期；黄景春：《从一篇东汉镇墓文看我国冥婚习俗》，《湖北民族学院学报（哲学社会科学版）》2009 年第 6 期。关于长沙东牌楼出土东汉时期覃超人形木牍，可参见长沙市文物考古研究所、中国文物研究所编：《长沙东牌楼东汉简牍》。关于甘肃高台骆驼城出土“冥婚文书”，可参见刘乐贤：《“生死异路，各有城郭”——读骆驼城出土的一件冥婚文书》，《历史研究》2011 年第 6 期；曹国新：《骆驼城出土珍贵文物》，《丝绸之路》1999 年第 3

《墓主记》存在差异，但在表现手法上却能够运用想象或幻想的艺术表现方式构拟出与“人间世界”相并行的“地下”或“神仙”世界，并以个体生命在上述不同“空间”的切换或往来而展开富于故事性的叙述。从这个意义上看，上述简牍文献与放马滩秦简《墓主记》一样，都可以归为复活类型的志怪故事，其背后所蕴藏的生命信仰，与魏晋时期复活类型的志怪小说及后世戏曲小说中跨越生死两界的爱情故事情节存在关联。

如前所述，当我们从文学的视角和意义上审视放马滩秦简《墓主记》的时候，相关学者看到了其与《搜神记》复活类型志怪小说的联系，并能够确认其与上述志怪小说文学史意义上的渊源关系，但却忽视了《墓主记》与《搜神记》志怪小说所呈现的生命观的不同，而后者所呈现的生命观，恰恰在汉代墓葬考古中得到充分的体现。从这个意义上说，《搜神记》复活类型志怪小说是两汉时期生命观“新变”的产物，这种“新变”正体现在秦汉以来丧葬制度的变革上，即考古学意义上的汉代“室墓”制度的形成上面。从这个意义上看，前文所提及的洛阳李屯东汉墓出土涉及“冥婚”内容的陶瓶朱书、长沙东牌楼出土东汉时期涉及“仙解”内容的覃超人形木牍、甘肃高台骆驼城出土前凉时期涉及“冥婚”内容的木牍等简牍墨（朱）书文献，正可以弥补从放马滩秦简《墓主记》到《搜神记》发展演变所构成的“缺环”，其文学史意义上的价值极为丰富和重大。从生命文化角度看，汉代室墓制度的核心问题，即是以地下墓葬为载体的生命彼岸世界的营造和逝者于上述世界的重生。汉代室墓制度于生命信仰上的变化，又可以在战国时期荆楚墓葬制度中发现其渊源，从战国至秦汉以来华北、山东地区与荆楚南方地域墓葬制度的演变中，可以看到《墓主记》复活故事、《庄子至乐》“髑髅复活”故事、汉墓告地策及陶瓶朱书“冥婚”与“仙界”故事、《搜神记》复活类型志怪小说存在发展演变意义上的直接根据和深层根源。正是缘于《墓主记》的发现及对汉代墓葬制度的审视，启发我们关注战国秦汉及中古文学中“后生命文学叙事”于文学史意义上的发展演变的问题。

第二节　告地策与陶瓶朱书文本形式及内容特点

汉墓出土告地策常见于随葬遣策中，其内容和作用类似人口迁移证明文

期；赵雪野、赵万钧：《甘肃高台魏晋墓墓券及所涉及的神祇和卜宅图》，《考古与文物》2008年第1期；何双全、狄晓霞：《甘肃省近年来新出土三国两晋简帛综述》，《西北师大学报（社会科学版）》2007年第5期；刘卫鹏：《甘肃高台十六国墓券的再释读》，《敦煌研究》2009年第1期。

件，而陶瓶朱书则常以朱书或墨书书于瓶体或罐体之上，学术界又有“劾鬼文”“镇墓文”“解除文”等称谓，其内容以祈求或佑护逝者顺利到达彼岸世界而平安生活为主，涉及对恶鬼的弹劾、自身罪孽的解除、神灵的祈愿等复杂内容。告地策与陶瓶朱书既是文学文本文献，又承载了人们关于生命未来走向的思考和生命彼岸的构想，因此，将告地策与陶瓶朱书联系起来考察，更具学术价值和意义。

一、告地策与陶瓶朱书文本实例及陶瓶朱书名称的厘定与疑问

在关于告地策文本性质的认识上，学术界的观点基本趋于明晰和一致，认为这是逝者前往地下的通行文书，其格式往往模仿实际使用的官文书，从已知资料看，文书的格式并不固定，但内容构成相对稳定。①从本章附录一所录告地策文本实例看，其文本形式因注重格式而呈现出稳定性特点，如均将时间置于文本开头部分，然后是文书的签发者和签发对象，接下来是文书的内容，最后以“如律令”或“敢告主”作结。②

陶瓶朱书大都书于陶瓶或陶罐之上。据吴荣曾《镇墓文中所见到的东汉道巫关系》介绍，至 20 世纪 80 年代初，包括传世和发掘所得，这类朱书陶瓶大概在 30 多件，其中有纪年者约占 2/3，而以东汉桓、灵时期最多。③再据王育成《南李王陶瓶朱书与相关宗教文化问题研究》截至 20 世纪 90 年代中期统计，包括“完残以及同文者皆计算在内”，这类朱书陶瓶总数超过 100 件，其中 10 件是“解除文与道符同见”④。而从随葬有朱书罐的曹氏墓看，其墓形制简单，随葬品较少，应属社会底层或贫民阶层墓葬。⑤据此而论，这类朱书陶瓶在东汉时期墓葬考古发掘中似乎并不罕见，也说明其所承载的巫术形式和信仰内容，在东汉陕西、河南、山西、甘肃、山东、江苏等地的民间丧葬习俗中曾经普遍存在。⑥

---

① 按：田天《江苏邗江胡场五号汉墓木牍的再认识》（清华大学出土文献研究与保护中心编，李学勤主编：《出土文献》第三辑）引述黄盛璋的意见：“告地策的基本作用是使死者至地下登报户籍。”（参见：黄盛璋《关于江陵凤凰山 168 号汉墓的几个问题》，《考古》1977 年第 1 期）又引述日本学者大庭脩的意见：这类文献是逝者前往冥府的通行证，其文体形式是汉代发给国内旅行者的身份证明书，即棨、传类文体。（参见大庭脩：《前往冥府的通行证》，《汉简研究》，桂林：广西师范大学出版社，2001 年，第 247-248 页）并进一步论述：“其内容大部分为证明墓主人的身份，说明其携带的财产与奴婢的数量。”又按：供研究的“告地策”文本形式，见本章附录一。

② 按：田天《江苏邗江胡场五号汉墓木牍的再认识》对“告地策”内容做总结如下：记录墓主人身份及随行人口数目；记录墓主人所携牲畜、车马及其他随葬品概况；说明墓主人及其全家免于赋税徭役；说明墓主人与其奴婢使用此文书的目的是为了迁徙。田文见清华大学出土文献研究与保护中心编，李学勤主编：《出土文献》第三辑，第 300 页。

③ 吴荣曾：《镇墓文中所见到的东汉道巫关系》，《文物》1981 年第 3 期。

④ 王育成：《南李王陶瓶朱书与相关宗教文化问题研究》，《考古与文物》1996 年第 2 期。

⑤ 禚振西：《陕西户县的两座汉墓》，《考古与文物》1980 年第 1 期。

⑥ 按：供研究的的陶瓶朱书文本形式，请参阅本章附录二所录。

目前学术界对陶瓶朱书的命名颇为复杂，或有“劾鬼文”“解除文”“镇墓文”等称谓，也有以“朱书”“陶书”或“陶文”称之。从目前所见文献载记情况看，对陶瓶朱书文本形式的发现、关注和著录，或可追溯至20世纪初。“1916年扬州张丹斧，在凤翔曾得熹平二年（公元173年）两陶瓶，印入《艺术丛编》之艺术类征中，为朱书陶瓶著录之始。”①或云“1916年，罗振玉《古明器图录》收录一件永和元年的朱书陶瓶。同年，日本出版的《书道全集》，也著录了好几件陶瓶的图像和录文。和罗氏差不多时候，邹安在其《艺术丛编》中也著录了一件熹平元年的陶瓶”②。其时，在著录这种陶瓶及陶瓶朱书时，既已遇到对这种独特的文本形式进行命名的问题。

罗振玉曾以“镇墓文”为陶瓶朱书文本形式命名。③上引“王氏陶瓶朱书”有“以神瓶震郭门”语，“震”即“镇”字，“震郭门”即“镇墓门”的意思。而从目前所见墓葬发掘实际情况看，这种朱书陶瓶往往出现于墓门附近，如上文所引东汉永寿二年朱书陶瓶即位于“墓门口的东南角”④。宝鸡市五里庙1号墓中随葬的光和与永元年间的朱书陶瓶，也是“斜倒在墓室门内”⑤。联系“王氏陶瓶朱书”之“以神瓶震郭门”语，知上述墓葬中朱书陶瓶出现于墓门附近的位置，很有可能就是其在墓葬中的原位。如此，既然“神瓶”能够起到镇守墓门的作用，其文本形式称为“镇墓文”也是顺理成章的事情。然而，从陶瓶朱书文本实例看，其内容及主旨颇为丰富，单以“镇墓文”名之，尚有笼统之嫌，故又有“劾鬼文”或“解除文”称谓。所见河南洛阳东郊史家湾东汉永寿二年陶瓶朱书及江苏高邮邵家沟汉代遗址出土木牍文字，均被称为“劾鬼文”。其原因即在于其“内容多是某年、某月某人死亡，天帝使者告死者之家或丘丞墓伯，为死者解适，为生人除殃之类的吉利话。但专门讲‘劾厌杀鬼’的却极为罕见。”“故应称为劾鬼文。”⑥然而，“核厌杀鬼”本身又是“解”的内容，所以将其称之为“解除文”也有它的理据。

陶瓶朱书文本形式名称的厘定之所以出现如此复杂的情况，主要原因在于陶瓶朱书内容庞杂，但落实到“个案”上面，其内容又可能存在较为单纯的情况。如此，便给陶瓶朱书文本性质和主旨等问题的认识带来困难。

---

① 陈直：《汉初平四年王氏朱书陶瓶考释》，《考古与文物》1981年第4期。

② 吴荣曾：《镇墓文中所见到的东汉道巫关系》，《文物》1981年第3期。

③ 按：吴荣曾在《镇墓文中所见到的东汉道巫关系》（《文物》1981年第3期）一文中认为“罗氏不仅搜集和著录这类朱墨书文字，而且还对文字内容做了初步的研究，并把这类文字定名为镇墓文”。并进一步引述罗振玉《贞松堂集古遗文》及《古器物识小录》中的论述：“东汉末叶，死者每用镇墓文，乃方术家言。皆有天帝及如律令字，以朱墨书于陶瓿者为多，亦有石刻者，犹唐之女青文也。”“汉人冢墓中往往有镇墓文，或书铅券上，或书陶器上。”

④ 蔡运章：《东汉永寿二年镇墓瓶陶文考略》，《考古》1989年第7期。

⑤ 王光永：《宝鸡市汉墓发现光和与永元年间朱书陶器》，《文物》1981年第3期。

⑥ 蔡运章：《东汉永寿二年镇墓瓶陶文考略》，《考古》1989年第7期。

仅从上引陶瓶朱书文本实例看，综合其内容，不外如下几点：①镇守冢墓，使冢墓安稳；②为逝者解适去咎，罪谪去除，央咎远离；③为生人除殃赐福，曾财益口，千秋万岁；④诅咒地下恶鬼，远离墓冢；⑤死生相异，不得相仿。①值得注意的是，在具体到个案中，很少有上述内容俱在者。从已发现陶瓶朱书看，大都以其中几项甚或一项内容为主而构文。这种情况也就构成了不同的陶瓶朱书在内容上具有不同的侧重点的特点。缘于此，根据不同侧重点的内容而核定其文本形式名称，就自然出现同为陶瓶朱书而在名称上存在差异的情况。从这个意义上看，将陶瓶朱书冠以“劾鬼文”“解除文”“镇墓文”等名称，都存在笼统或以偏概全的问题。

二、陶瓶朱书解移殃咎的性质与政府文书的形式特征

陶瓶朱书具有解移殃咎的咒语类祝辞性质，其文本形式仍然借用官府文书或文告的形式，只是文书发布者是“天帝”“黄帝”或它们的“使者”，文书接收者除了阴间官府各级官吏之外，还包括相关神祇和可能威胁逝者或墓冢安稳的恶鬼。②

（一）“解”是陶瓶朱书最主要和最核心的内容

陶瓶朱书“劾鬼文”“解除文”“镇墓文”等名称，均与“解”有关。③在陶瓶朱书文本形式中，“解”或单独或与“适”字相连成“解适”一词出现。

---

① 按：有学者对“镇墓文”内容作出如下总结，“镇墓文一般包括以下几个内容。一是纪年月日。二是天帝使者告死者之家或丘丞墓伯，为死者解适，为生人除殃。三是说死生异路，死人魂归泰山。接受冥间官吏的管束。四是说利生人或后世子孙之类的吉祥话。有的镇墓文中，还讲东、南、西、北或青帝、白帝之类有关阴阳五行的话”。参见吴荣曾：《镇墓文中所见到的东汉道巫关系》，《文物》1981 年第 3 期。

② 按：这里没有触及陶瓶朱书之作者问题，从镇墓文的角度看，其与巫术解除仪式的密切关系和联系，决定了文本作者是“巫者”而不是“丧家”。根据如下。第一，镇墓文承袭政府公告的形式，说明镇墓文创作的由衷是希望其具有政府公告的效力，故镇墓文的创作也就应该由具有象征“政府”属性的特殊人物来完成。显然，一般的逝者家属即使是现实的政府的官员，但也不具备“象征”上述“政府”的条件。第二，镇墓文的内容具有“法律”的效力，其“法律”效力的来源，一般是“上天”的最高统治者“天帝”，故其“执行者”是作为“天帝”代表的身份出现的，即“天帝使者”。镇墓文“法律”效力的执行地，是“地下”，作为以“天帝”代表身份出现的“天帝使者”，需要到“地下”执行镇墓文所规定的法令，故这个“天帝使者”又称为“天地使者”。如此而论，镇墓文是以“上天”的最高统治者“天帝”的“名义”而“发表”的，又是以“天帝使者”或“天地使者”的“名义”来执行或落实的。显然，缘于镇墓文的上述特点，镇墓文便象征性地具备了正统的法律的地位和意义，而一般的逝者家属没有能力也不具备资格赋予镇墓文上述地位和意义。第三，缘于此，镇墓文的创作亦即炮制过程，只能是进行巫术解除仪式的巫者。见李立：《楚汉浪漫主义文学发展史：战国秦汉浪漫文学经典文本研究》，第 486-487 页。

③ 按：陶瓶朱书内容庞杂，但“解”应该是最为核心的内容。上文所引陶瓶朱书多有“解”字出现，如陕西宝鸡五里庙汉墓出土光和年间陶瓶朱书的“解之”“解去”；陕西长安县南李王村汉墓出土陶瓶朱书的“主别解张氏”“解佳裹草别蜀”；被称为杨氏和加氏“镇墓文”的“为死者解适”“别解地下”等。

“解”为解除或解脱；“适”读为“谪”，“解适”即解除逝者罪谪的意思。对此，学术界已有较为详尽的讨论，而且没有出现大的争议。[①]然而，纵观“解”在战国秦汉时期祷祠活动中的应用情况，却发现学术界对“解”及“解适”的认识仍然不够细致和深入，并自然影响到对陶瓶朱书性质和主旨的认识。

“谪”有“罪”“过”“咎”诸义。《说文》：“谪，罚也。”《玉篇·言部》：“谪，罪也，过也。”《国语·周语中》：“秦师必有讁。”韦昭注云：“讁，犹咎也。”[②]望山楚简“卜筮祷祠记录”有“南方又（有）敓与讁”句。[③]“敓”，简文整理者疑当为“祟”字。[④]“讁”或义训“灾祸”，同于“祟”[⑤]。按“谪”当为“咎”或“殃咎”，与“祟”在意义上尚有差异。葛陵卜筮祭祷简中有“文君与谪，解于太”句。[⑥]其中“谪”亦当义训为“咎”或“殃咎”，故简文下云“解于太”，意即祈请太将上述殃咎解移。《史记·封禅书》载云：“古者天子常以春解祠。”[⑦]《索隐》云：“谓祠祭以解殃咎，求福祥也。”[⑧]

从葛陵卜筮祭祷简所载祷祠实践看，“谪”作为“殃咎”往往与“解”的祠祭行为联系起来，说明陶瓶朱书中“解”和“解适”有其存在的宗教祠祭背景，但有两个问题需要辨析清楚。①一方面，“谪”所表示的意义当然包括

① 按：对此，吴荣曾《镇墓文中所见到的东汉道巫关系》（《文物》1981年第3期）一文有较为清楚的阐释。其云：“所谓解适、除适，即解除罪谪之意。《汉书·陈胜传》：‘适戍之众’，颜注：‘适读曰谪，谓罪罚而行也。’可知‘解适’之‘适’，乃‘谪’之假借，谪是罪过或惩罚之意。《诗毛传》：‘适，过也’，《说文》：‘谪，罚也’，《通俗文》：‘伐罪曰谪’。”“镇墓文中把‘死者解适’和‘生人除罪过’相对应，‘适’当作谪字解释是毫无问题的。”“解的意思是解除或解脱，即通过对鬼神祭祀而除去凶灾者。《史记·封禅书》：‘古者天子常以春解祠。’《索引》：‘谓祠祭以解殃咎，求福祥也。’解祠之‘解’，已带有宗教术语的成分。东汉时民间迷信活动之中就有所谓‘解除’者。王充曾揭露和谴责当时社会上所流行的种种迷信，其中就包括解除这一项，《论衡》有《解除》一篇。他说：‘世信祭祀，谓祭祀必有福；又然解除，谓解除必去凶。’而且还指出：‘解除之法，缘古逐疫之礼也……世相仿效，故有解除。’他以为解除是从逐疫演化而来，这是很有道理的。大傩即属于逐疫之礼，在东汉时仅作为古礼的残余而存在，但是从逐疫转化而成的解除，东汉时民间则极为流行。为死者安葬入土时要举行解除，这和汉人忌讳破土不无关系。王充说当时‘缮治室宅，凿地掘土’之后就须‘解谢土神’。晋人所作的《江氏家传》，也陈述了当时人对于动土的迷信看法：‘土者民之主，用播殖、筑室、营都、建邑，皆有明制，著古经典，而无禁忌犯害之文。唯末俗小巫乃有此言，巫书乃禁入地三尺……’自汉以后，人们受迷信影响认为动土是对土神的渎犯。修建坟墓要动土，便得罪了地下神祇，在有的镇墓文中有‘葬犯墓神墓伯’之说，因此死者家属就得设法为死者解除罪谪。”

② 上海师范大学古籍整理研究所校点：《国语》卷二，第60-61页。

③ 望山楚简卜筮祷祠记录第77号简，见陈伟等：《楚地出土战国简册[十四种]》，北京：经济科学出版社，2009年，第273页。

④ 望山楚简卜筮祷祠记录第76号简“注释”，见武汉大学简帛研究中心、河南省文物考古研究所编著：《楚地出土战国简册合集》二，北京：文物出版社，2013年，第282页。

⑤ 葛陵卜筮祭祷简甲三356简“注释”引于成龙训释，见武汉大学简帛研究中心、河南省文物考古研究所编著：《楚地出土战国简册合集》二，第84页。

⑥ 葛陵卜筮祭祷简甲三300、307简，见武汉大学简帛研究中心、河南省文物考古研究所编著：《楚地出土战国简册合集》二，第39页。

⑦ 司马迁：《史记》卷二十八，第1386页。

⑧ 司马贞：《索隐》，司马迁：《史记》卷二十八，第1386页。

“当事者”自身的罪过，但更多地是指“当事者”自身以外的殃咎；另一方面，当“解”字单独使用时，其对象变得更为宽泛，既包括“罪谪”，也涵盖其他的“殃咎”。如“初平四年王氏陶瓶朱书”有“文他央咎，转要道中人”语，其中“央咎”即指危及逝者的灾祸，而非逝者自身的“罪谪”。再如“阳嘉二年曹氏朱书罐”有“天帝使者，谨为曹伯鲁之家移央去咎，远之千里”语，其中的“央咎”同样不是逝者自身的“罪谪”。上引陕西宝鸡五里庙汉墓出土光和年间陶瓶朱书“解之”之前的文字缺轶较多，但仍有“神”“凶”“怨”诸字，说明“解”的对象是地下“凶神”所带来或招致的殃咎，而非逝者自身的罪谪。②“解”除了有“解除”意义外，从“咎”或“殃咎”角度看，“解”的目的是断绝“殃咎”与当事者的关系或联系，故在祠祭实践上“解”还表现为将这种关系或联系分开或分离的作用和意义。包山楚简卜筮祷祠记录有“思攻解于不辜”语。关于解，有学者引《广韵·卦韵》“解，除也”为训。[①]然，《说文》：“解，判也。”《国语·周语中》：“若七德离判，民乃携贰。”韦昭注“判，分也”[②]。故“解”还有分离、分开的意思。从“殃咎”角度看，“解”不是将“殃咎”“解除”，而是将其与当事者的关系或联系分离开来。对此，已见陶瓶朱书是从三个方面予以表现的，即着意“断绝”逝者与生人、“殃咎”、恶鬼的联系。这说明，人们相信与“殃咎”等事物的关系或联系是无法解除掉的，只能予以分开并使其远离或切断发生关系或联系的各种渠道和可能。陶瓶朱书中所谓“移央去咎，远之千里”即是“解”的“结果”，而前述朱书陶瓶往往发现于墓门旁侧的现象，可能即与阻挡“殃咎”危及逝者有关，也当是缘于“解”形成的。

（二）“解”包含着“分”与“移”两种行为和愿望

“解”是将“殃咎”与当事者分离开来或使之远离，而“移”则是将“殃咎”移走或移于他处或他人。这种情况或者反映出作为祠祭活动的“解”包含着“分”与“移”前后相衔接的两种行为和愿望。

上引东汉阳嘉二年曹氏朱书罐有“谨为曹伯鲁之家移央去咎，远之千里”文字，而初平四年王氏陶瓶朱书则出现“文他央咎，转要道中人”语。前者对于“殃咎”既有“移”又有“去”，后者则是将“殃咎”移至他人身上。显然，这种“移”的前提是将其与当事者分离或阻隔，故其祠祭的行为和愿望仍然是“解”。包山楚简和葛陵卜筮祭祷简都出现“移”字，或作“迻”。从

---

① 陈伟等：《包山2号墓简册·卜筮祷祠记录》注引，《楚地出土战国简册[十四种]》，第99页。
② 上海师范大学古籍整理研究所校点：《国语》卷二，韦昭注，第50页。

葛陵卜筮祭祷简前后简文看，其“逡”的对象是“祟”[①]。《史记·封禅书》云：“祝官有祕祝，即有菑祥，辄祝祠移过于下。”[②]这种“移灾”或“移恶”的祠祭行为在孝文帝即位时已被取缔。[③]然而，根据陶瓶朱书“文他央咎，转要道中人”语，说明这种祠祭行为在汉代民间还在流行，并延伸到丧葬活动中。

“解”作为传统祠祭活动，其以“神瓶（罐）”为载体而辅以“神药”“符箓”“朱书”的形式，已经说明这种祠祭行为在汉代丧葬仪式中掺杂了更多的巫术成分，但其所具有的诅祝性质，仍然没有偏离这种祠祭活动的传统。上引《史记·封禅书》“祕祝”所执掌者是“祝官”，其借以“祝祠”而使“移过于下”，其“祝祠”仪式即包括具有诅祝性质的祝辞。[④]王充《论衡·解除篇》云：“世信祭祀，谓祭祀必有福；又然解除，谓解除必去凶。”[⑤]前者表现为“祈福祥”，而后者则侧重“弥殃咎”，二者是联系在一起的。即如司马贞《索隐》所谓“祠祭以解殃咎，求福祥也。”[⑥]葛陵卜筮祭祷简有“解于太”语，又有“亡（无）咎，又（有）敚（祟），见于太”语，再有“忻（祈）福于太”语。[⑦]此“解”“见”“祈”的对象，前二者当为“咎”，后者为“福”。似乎不论“福”与“咎”都与“太”有关系，“太”既可以“赐福祥”，也可以“弥殃咎”[⑧]。陶瓶朱书中亦出现“丘丞墓柏地下二千石”“蒿里君墓”“黄墓主墓”“天帝使者”“墓左”“墓右”“主墓狱史”“墓门亭长”等构想中的地

---

① 武汉大学简帛研究中心、河南省文物考古研究所编著：《楚地出土战国简册合集》二，《葛陵楚墓竹简》之卜筮祭祷简甲三209简，第23页。按：对此“逡”字有不同释读，沈培以为当释为“移去”“移除”，逡某某之敚，是移去某贞人所得之祟。参见武汉大学简帛研究中心、河南省文物考古研究所编著：《楚地出土战国简册合集》二，《葛陵楚墓竹简》之卜筮祭祷简甲三209简注释，第79页。

② 司马迁：《史记》卷二十八，第1377页。按：张守节《正义》云：“谓有灾祥，辄令祝官祠祭，移其咎恶于众官及百姓也。”

③ 按：孝文帝下诏曰：“今祕祝移过于下，朕甚不取。自今除之。”参见《史记》卷二十八，第1380页。

④ 按：《周礼·大祝》云：“大祝，掌六祝之辞，以事鬼神示，祈福祥，求永贞。”又云“掌六祈，以同鬼神示”。又云“作六辞，以通上下、亲疏、远近”（郑玄注，贾公彦疏：《周礼注疏》卷二十九，第953、956页）。《周礼·小祝》所谓“掌小祭祀将事侯、禳、祷、祠之祝号，以祈福祥，顺丰年，逆时雨，宁风旱，弥烖兵，远辠疾”（同上，第970-971页）。《周礼·女祝》所谓“掌王后之内祭祀，凡内祷祠之事。掌以时招、梗、禬、禳之事，以除疾殃”（同上书，卷八，第270页）。

⑤ 王充：《论衡·解除篇》，国学整理社辑：《诸子集成》第七册，第245页。

⑥ 司马贞：《索隐》，司马迁：《史记·封禅书》，第1386页。

⑦ 参见陈伟等：《葛陵1号墓简册·卜筮祭祷》“零151”“甲三3”“甲一7”诸简，《楚地出土战国简册[十四种]》，第400-401页。

⑧ 按：战国楚简卜筮祭祷简中有关于“解”的解除实践的载记，而上述“解”往往与“攻”连在一起，成“攻解”。有学者认为“攻”即“责让”（李学勤：《竹简卜辞与商周甲骨》，《郑州大学学报（哲学社会科学版）》1989年第2期），或以为专掌解除的人（陈伟等：《楚地出土战国简册[十四种]》，第99页）。上述意见的差异，并不能影响对“攻解”的理解。从包山、望山楚简卜筮祭祷记录和天星观楚简有关“解”的简文所录“解”的对象看，有“人禹”“盟诅”“不辜”“岁”“兵死”“水上”“溺人”“下之人不壮死”“渐木立”“强死”“日月”“二天子”“云君”等，大都可归为“非正常死亡者”和“自然神祇”之类，而以前者为多。据此而论，“解”或“攻解”可能是一种传统的巫术形式，其主要以“非正常死亡者”为对象，“非正常死亡者”或能够为生人带来灾祸或不好的影响，故需要专门的巫觋对其进行“责让”而将上述灾祸或影响予以“解除”，而“责让”之咒语或文辞，或即解除文（李立：《楚汉浪漫主义文学发展史：战国秦汉浪漫文学经典文本研究》，第483-484页）。显然，联系汉墓陶瓶朱书文本实例，上述认识可能存在偏颇。

下官吏，以及“游光、地柱、南组、北斗、三稆、七星”等星宿神祇。上述地下官吏和星宿神祇都是丧家出于为逝者解移“殃咎”的目的而祠祭的对象，它们的作用与葛陵简的“解于太”“见于太”“祈福于太”相同。从这个意义上看，陶瓶朱书文本形式，其性质实为解移“殃咎”而祈福的诅祝类的祝辞。[①]

（三）陶瓶朱书大多以“政府文书”或“文告”形式出现

对此，已有学者进行了研究，认为镇墓文中“常用‘谨告’‘移’‘令’等字眼，文末则用‘急急如律令’或‘如律令’作为结束语。这是仿效官府文书的文体”。然而，又说道“多数的文句押韵合辙，却又和文书不同”[②]。以较为典型的东汉初平四年王氏朱书陶瓶文本形式为例，该陶瓶朱书内容可以清楚地分为5个方面：

[文告时间]初平四年十二月己卯朔十八日丙申，直危。

[文告发布者和发布事由]天帝使者，谨为王氏之家，后死黄母，当归旧阅。

[文告接收者]兹告丘丞墓柏地下二千石，蒿里君墓，黄墓主墓。

[文告内容]故夫人决曹尚书令王氏冢中。先人无惊无恐，安隐如故。今后曾财益口，千秋万岁，无有央咎。谨奉黄金千斤两，用填冢门。地下死籍削除，文他央咎，转要道中人。和以五石之精，安冢墓，利子孙，故以神瓶震郭门。

[文告效力]如律令。

从上文解析情况看，该文本形式有文告发布的“时间”“发布者”“接收者”和“发布事由”，并以“文告内容”作为重点强调的事项；最后又以“文告”所具有的“法律效力”作结。故将这种文本形式视为“仿效官府文书的文体”的认识是正确的。至于这种文本形式呈现出多数的文句押韵合辙的情况，或许缘于其祝辞性质，可能在丧葬活动中需要由巫人唱诵出来。

从已见陶瓶朱书文本实例看，在诸如“文告时间”“文告发布者和发布事

① 按：从传统巫术信仰之解除仪式的角度看，汉代流行的镇墓文只是解除文之一种，而这种解除文在战国时期的荆楚地域就已经流行，其中是否包括镇墓文或类似于镇墓文的“责让文辞”，则需要考古发现的进一步补充和研究。依据传统巫术信仰之解除仪式，“责让文辞”的对象是“非正常死亡者”，但在目的和意义上涵盖逝者与生人。据此而论，镇墓文是为了“解除”逝者“罪责”而“祈福”的带有诅祝和祈求特点的文辞形式，其所指向，既有逝者，也有生人。见李立：《楚汉浪漫主义文学发展史：战国秦汉浪漫文学经典文本研究》，第484页。

② 吴荣曾：《镇墓文中所见到的东汉道巫关系》，《文物》1981年第3期。

由”“文告接收者”“文告内容”“文告效力”5个事项中，有些“事项”呈现“缺轶”状态，如“文告时间”“文告发布者和发布事由”，但后3个事项则保持一定的稳定性。以南李王陶瓶朱书为例。其中“游光、地柱、南组、北斗、三稆、七星”即以所祈祷神祇身份出现，属于为逝者解移殃咎而赐福的“文告接收者”；接下来“主别解张氏，后死者白伍重复。敀持鈆人、人参、雄黄，解隹襄草别焉，以代生人之名”诸文字，则是解移殃咎的具体内容；最后再以“急如律令”作结，用以强调法律效力。

上述情况或说明，陶瓶朱书文本形式虽然几乎每篇都不完全一样，但其最为基本或核心的“事项”则会保持一定的稳定性，如“能够解移殃咎并赐福的神祇”“解移殃咎并赐福的内容”及“法律效力”诸“事项”。显然，这种情况实际上是陶瓶朱书文本形式在内容上呈现稳定性的表现和反映。

综上而言，从目前所见较为典型的陶瓶朱书文本形式看，这类文字是借助“政府文告”的形式承载为逝者解移“殃咎”而祈福的内容，并以逝者顺利抵达彼岸世界平安生活为其宗旨和目的。从这个意义上看，陶瓶朱书在文本形式上与告地策并没有显著的区别。

三、告地策及陶瓶朱书在内容与行文特点上的比较研究

这里选择六则较为典型的告地策和陶瓶朱书为代表：江陵凤凰山西汉墓168号墓竹牍、江陵毛家园木牍、江苏邗江胡场5号汉墓文告牍、汉初平四年王氏陶瓶朱书、延熹四年解除文、南李王陶瓶朱书，从“文书发布者”“文书接收者”“当事者”“文书发布事由”及“内容”5个方面就内容与行文特点进行比较，具体情况即如表5-1、表5-2所示。

表5-1 告地策内容与行文特点

比较事项	江陵凤凰山西汉墓168号墓竹牍	江陵毛家园木牍	江苏邗江胡场5号汉墓文告牍
文书发布者	江陵丞	建卿畴	广陵宫司空长前丞
文书接收者	地下丞	地下主	土主
当事者	市阳五夫夫遂	泗阳关内侯官大夫精	广陵石里男子王奉
文书发布事由	迁徙地下	徙移	致移
内容	①大奴良等廿八人 ②大婢益等十八人 ③轺车二乘、牛车一两 ④駲马四匹、駵马二匹、骑马四匹 ⑤可令吏以从事	①属臣 ②马牛 ③此家复不事 ④可令吏受数以从事	①世有狱事事已复 ②卌八年狱计承书从事

表 5-2 陶瓶朱书内容与行文特点

比较事项	汉初平四年王氏陶瓶朱书	延熹四年解除文	南李王陶瓶朱书
文书发布者	天帝使者	黄帝	无
文书接收者	①丘丞墓柏地下二千石 ②蒿里君墓 ③黄墓主墓	①丘丞墓伯地下二千石 ②墓左墓右主墓狱史 ③墓门亭长	①游光 ②地柱 ③南组 ④北斗 ⑤三稆 ⑥七星
当事者	故夫人决曹尚书令王氏	平阴偃人乡苌富里锺仲游妻	张氏
文书发布事由	①谨为王氏之冢 ②后死黄母，当归旧阅	薄命蚤死，今来下葬	解
内容	①先人无惊无恐，安隐如故 ②今后曾财益口 ③千秋万岁，无有央咎 ④地下死籍削除 ⑤文他央咎，转要道中人 ⑥以五石之精，安冢墓，利子孙 ⑦以神瓶震郭门	①自买万世冢田，贾值九万九千，钱即日毕，四角立封 ②中央明堂皆有尺六桃券钱布□人 ③时证知者先□曾王父母□□氏知也 ④自今已后不得干扰生人	①后死者白伍重复 ②豉持鈆人、人参、雄黄，解佳襄草别罚，以代生人之名

考察表 5-1、表 5-2 具体“比较事项”之同异，可得出如下意见。

相同之处：①王氏陶瓶朱书有“当归旧阅”语，汉广陵王胥所自作“歌”亦有“蒿里召兮郭门阅”语，延熹四年解除文也说“薄命蚤死，今来下葬”。可知告地策与陶瓶朱书相同，都以发往地下世界具有政府文移特征的“文书”为文本形式；②告地策与陶瓶朱书的“当事者”都是“逝者”，因此，二者在内容上的关联之处，就表现在都要为逝者解决死后迁徙他处所需处理或面对的系列问题。

相异之处：①在“文书发布者”与“文书接收者”方面，陶瓶朱书为神话传说中的神祇，告地策则是官府中的官吏。②与之相应，在“文书接收者”方面，告地策中出现的“官吏”都具有“地方行政主管”的职级特征，并在职级上往往与“文书发布者”具有对等的特点；陶瓶朱书则比较复杂，或为神话传说中的神祇或神物，更典型的则是地下阴间的主管官吏或“墓葬所在地”的“管理者”。两相比较，陶瓶朱书中的“文书接收者”与“文书发布者”并不具备“职级对应”的特点，其只是被动地接受和执行“神界主宰者”或他们的“使者”的“命令”或“指令”。③缘于此，在“文书发布事由”及“内容”方面，告地策更类似人口迁移证明这种单纯的官府文书，陶瓶朱书则以“命令”或“指令”的形式和特点，而带有宗教诅祝的性质。因此，陶瓶朱书的内容，便形成以“墓中生活”为中心和目的而寻求“殃咎”解移和祈福的特点。

基于上面的比较，告地策在内容与行文方面反映出如下特点。

（1）文书的发布者往往以现实生活中真实的地方行政设置和官职阶级出现，其接收者也具有对等的职官阶级的身份，这是地上阳世官方发往地下阴间官方的文书。江陵凤凰山西汉墓 168 号墓竹牍，其性质即是“江陵丞”发往“地下丞”的文书。据《汉书·地理志》，“江陵”属“南郡”。又云：“今之南郡、江夏、零陵、桂阳、武陵、长沙及汉中、汝南郡，尽楚分也。”而“江陵，故郢都，西通巫、巴，东有云梦之饶，亦一都会也”①。“南郡”为秦所置，汉初因之。②江陵，乃楚郢都所在。秦吏制郡、县设丞，掌佐守。西汉因之。故简文中“江陵丞”当指江陵县县丞，为江陵县令主要佐官，是地上阳世官吏。从官方文移职级对等的角度看，简文中的“地下丞”或指江陵县辖区之“地下丞”。但简文末还有“敢告主”语，此“主”或即“土主”的简称，江苏邗江胡场 5 号汉墓文告牍即云“敢告土主”。“土主”当指地下阴间主管。或云：“敢告主”之主是“地下阴间的最高统治者”，简文末“敢告主”语，意为“江陵丞请地下丞将这件事转告给地下阴间的最高统治者”③。从这个意义上看，简文“地下丞”并不能认为是“江陵县辖区之地下丞”，其于“土主”而言，当是地下“土主”的属官。

（2）文书的发布者在职掌职责方面有时与文书所述内容相对应，亦即文书发布者或是文书内容所述事件的主管官员，其从职掌职责的层面向地下阴间官府发出公文以解释事件。江苏邗江胡场 5 号汉墓文告牍，其性质同样是地上阳世官方发往地下阴间官方的文书，然而，虽然文书接收者是“土主”，发布者却是“广陵宫司空长前丞”④。由于此句简文有阙文，故简文中官吏名称的释读出现分歧，或为“宫司空”和“丞”，然而秦汉封泥中亦有“宫司空丞”印，故此句也可能指“宫司空”属官“丞”⑤。“司空”为西周所置，称为“东官司空”。《后汉书·百官志》云：“本注曰：掌水土事。”⑥另，《汉书·百官公

① 班固著，颜师古注：《汉书》卷二十八下，第 1665-1666 页。

② 《通典》云：“秦置南郡。汉高帝改为临江郡，景帝改为临江国，后复故。”杜佑：《通典》卷一百八十三，第 4864 页。清人缪荃孙《元和郡县图志阙卷逸文》云：“江陵县，秦分郢为江阳县，二县俱立。景帝三年改江阳为江陵，以郢併之。”李吉甫撰，贺次君点校：《元和郡县图志》，“阙卷逸文”卷一，第 1050 页。

③ 湖北省文物考古研究所编：《江陵凤凰山西汉简牍》，“注释”，第 182 页。

④ 按：此句简文或释为“广陵宫司空长□丞”，见田天：《江苏邗江胡场五号汉墓木牍的再认识》，清华大学出土文献研究与保护中心编，李学勤主编：《出土文献》第三辑，第 296 页。

⑤ 关于秦汉“宫司空印”和“宫司空丞印”封泥，田天《江苏邗江胡场五号汉墓木牍的再认识》（清华大学出土文献研究与保护中心编，李学勤主编：《出土文献》第三辑）引，田文并注释如下：相关资料可见孙慰祖：《古封泥集成》，上海：上海书店出版社，1994 年；周晓陆、路东之、庞睿：《秦代封泥的重大发现——梦斋藏秦封泥的初步研究》，《考古与文物》1997 年第 1 期，第 35-49 页。梁勇对相关资料有所搜集，此不赘引，参梁勇：《试论“大匠宫司空”》，《徐州师范大学学报（哲学社会科学版）》2010 年第 1 期，第 69-73 页。

⑥ 《后汉书·百官志》亦云：“凡营城起邑、浚沟洫、修坟防之事，则议其利，建其功。凡四方水土功课，岁尽则奏其殿最而行赏罚。凡郊祀之事，掌扫除乐器，大丧则掌将校复土。凡国有大造大疑，谏诤，

卿表》有“左右司空”“水司空”[1]。前者为“少府”属官，后为“水衡都尉”属官。“少府”职掌“山海池泽之税，以给共养”；“水衡都尉”则“掌上林苑”。总观其职责，仍属水土之事。战国楚简多见“宫后土”“宫地主”称谓，又有“后土”“地主”“野地主”之称，二者相对应，“宫”即“室”。[2]以此看“宫司空”，其职掌职责，或与宫室房屋之事有关，即如“水司空”所云。然而，江苏邗江胡场 5 号汉墓文告牍内容，是关于“广陵石里男子王奉世”之“狱事”，故有学者以为“广陵宫司空长、丞应与监狱及刑徒管理相关”[3]。查《简明古代职官辞典》“司空”条③云：“主管囚徒之官。”[4]但不知以何为据。《后汉书·百官志》注引应劭《汉官仪》云：“绥和元年，罢御史大夫官，法周制，初置司空。议者又以县道官狱司空，故复加‘大’，为大司空，亦所以别大小之文。”[5]《太平御览》引《环济要略》言“司空”有“械监百工”之责。[6]则“司空”或有刑徒管理职责，即如“宫司空”“水司空”或有职掌刑徒从事宫室或水土营建等方面的职责。值得注意的是，据此而论，邗江胡场 5 号汉墓文告牍发布者，实际上可能是主管逝者“广陵石里男子王奉世”生前“狱事”的官员，这封“告地下官吏书”是负责逝者生前“狱事”的官员发往地下阴间的文书。

（3）文书在内容上大都记述逝者往生地下阴间时随行人口及携带财产情况，有的或将上述情况分门别类地详细列出，而且在项目和数量上能够与墓葬随葬遣册所记相对应，又能够与随葬物品基本或完全相吻合。江陵凤凰山西汉墓 168 号墓竹牍“告地下官吏书”详述逝者“市阳五夫夫隧”去往地下阴间时的随行人口和所携带的财产，即“大奴良等廿八人”“大婢益等十八人”“轺车二乘”“牛车一两”“騶马四匹”“駠马二匹”“骑马四匹”。考察 168 号墓竹牍所记随葬器物与出土物件，均能对应，且多处相符。如简文载“大奴”15 人，加上“男田者”4 人，共 19 人；而出土实物则少 2 人，实为 17 人，值得注意的是，尚有简文无载“木片俑”15 件，无法辨出性别。知竹牍所述“大奴良等廿八人”并非虚指。再如简文所载“美人女子十人，大婢”，“养女子四人，大婢”，“田者男女各四人，大奴大婢各四人”，共 22

与太尉同。世祖即位，为大司空，建武二十七年，去‘大’。”范晔撰，李贤等注：《后汉书》第二十四，第 3561-3562 页。

① 班固著，颜师古注：《汉书》卷十九上，第 731、735 页。

② 关于战国楚简“宫后土”“宫地主”的讨论，可参阅陈伟《包山楚简初探》第六章“卜筮与祷祠”第三节“神祇系统”部分。

③ 田天：《江苏邗江胡场五号汉墓木牍的再认识》，清华大学出土文献研究与保护中心编，李学勤主编：《出土文献》第三辑，第 297 页。

④ 孙永都、孟昭星编：《简明古代职官辞典》，北京：书目文献出版社，1987 年，第 163 页。

⑤ 范晔撰，李贤等注：《后汉书》志第二十四注，第 3562 页。

⑥ 李昉等编，夏剑钦等校点：《太平御览》卷二百八，第 86 页。

人；出土实物则多出 4 人，共 24 人。知竹牍所述“大婢益等十八人”同样并非虚指。再如简文所载“轺车二乘”“牛车一两”“马十匹”，出土实物则“安车”“轺车”“牛车”各一，“木马”10 件，“木牛”4 件，与简牍所述基本相符。[①]总之，江陵凤凰山西汉墓 168 号墓竹牍所载逝者随行人口及携带财产情况，是可以与随葬遣册所记和墓中随葬物件相对应的。上述情况说明，168 号墓竹牍内容并非虚构或虚指，其项目和数量均有随葬物件为依托，且有据可查。

（4）文书在行文上出现“自言”“自致”等用语，意在强调随行人口及携带财产情况属于逝者“自述”，逝者则以“自持文移”的形式转赴阴间，意味着阴间相关官员自可对其“自述”予以检查核实。如前所述，江陵凤凰山西汉墓 168 号墓竹牍内容并非虚构或虚指，其项目和数量均有随葬物件为依托，且有据可查。上述情况提示我们注意到文告牍所述逝者“狱事”的真实性问题，简文“事已”，其意应为逝者生前的“狱事”已经“完结”，从而并不影响逝者顺利抵达阴间并被阴间所接收，即简文所谓“遣自致移栺（诣）穴”[②]。由上可知，告地策在“逝者生前身份”的描述及曾与官府发生关系的“事项”如“狱事”等方面的内容，都是真实且有效的。然而，在“随行人口及携带财产情况”方面，则多以“自言”冠之。对于“自言”二字，或以为“自”字在居延汉简中也有，其字形与竹牍基本相同，因而不能释为“少”字，而“自言”一词“在居延汉简中尚较多见，而且汉代人名中没有叫做‘自言’的，因而‘自言’不可能是死者的名字”[③]。江陵毛家园木牍亦有“自言”一词，简文释读为“自言以家属臣、马牛徙”。从文意看，“自言”当与“自述”同。显示出告地策从官方角度出发对公文接收一方的独特的叙述形式。缘于此，从叙事的视角看，告地策中的逝者是以“叙述对象”即“第三者”身份出现的，这就为告地策中出现“自致”“徙”“移”等表示逝者迁移或迁徙行为的词语的出现找到了合理的解释。以江苏邗江胡场 5 号汉墓文告牍为例，简文“遣自致移栺（诣）穴”，意为遣发逝者广陵石里男子王世奉自带文移转赴地下阴间。再以江陵毛家园木牍为例，简文“自言以家属臣、

① 按：江陵凤凰山西汉墓 168 号墓简文所载内容与出土物相对应情况，请参阅《江陵凤凰山西汉简牍》（第 201-205 页）附录“一六八号墓简文内容与出土物对照表”所列具体项目及数量。

② 按：关于简文“事已”释义，或谓“可能指王已死亡”，此说或有误，或当为“狱事已完结”，因为逝者生前“狱事”完结，才能成为一个“正常”的人，才能够顺利被阴间所接收。关于“穴”字释读，尚存在异议。据田天《江苏邗江胡场五号汉墓木牍的再认识》所述，简文中“穴”字与秦汉简牍中的“穴”字差异较大，而此字释为“穴”，则简文此句即“自己携带文书前往墓穴”，这样的用法和说法同样少见于先秦秦汉文献。或有将此字释为“地”字，但在字形上尚有距离。关于上述问题，可参见田天《江苏邗江胡场五号汉墓木牍的再认识》及相关注释，田文见清华大学出土文献研究与保护中心编，李学勤主编：《出土文献》第三辑。

③ 湖北省文物考古研究所编：《江陵凤凰山西汉简牍》“注释”，第 182 页。

马牛徙”句，意为逝者泗阳关内侯官大夫精自述以家属臣和牛马一起迁徙地下阴间，而简文“可令吏受数以从事”则意为可命令主管官员予以检查核实并安排工作。

基于此，陶瓶朱书在内容与行文方面反映出如下特点。

（1）与告地策不同，陶瓶朱书的发布者往往是“天帝”或“黄帝”这类上天或神界大神，有时又在具体文书中以其“代理人”即“使者”的身份出现。缘于此，陶瓶朱书并非如告地策属于政府间的文移，而是上天或神祇世界的主宰者发往地下阴间的“命令”或“指令”，所以陶瓶朱书在行文上带有“命令”口吻，经常使用“告”“兹告”“呈下”一类词语。

（2）与告地策不同，陶瓶朱书接收者虽然仍然以地下阴间政府官员身份出现，但其特点是官名之前大都冠以“丘”“墓”“地下”“蒿里”等表示地下阴间的名词，以与阳世官府相区别。以延熹四年解除文为例，其地下官吏依次为“丘丞”“墓伯”“地下二千石”“墓左”“墓右”“主墓御史”“墓门亭长”名称，王氏朱书陶瓶上出现的地下官吏名称前三位同样是“丘丞”“墓柏”“地下二千石”，其后则是“蒿里君墓”“黄墓主墓”[①]。从上述地下官吏排列顺序看，先是地下州郡之高级主管官员，然后是县之乡、亭低级官吏，中间或杂以监察或刑狱官员。另一方面，从“墓左”“墓右”及“蒿里君墓”“黄墓主墓”看，又是以管理墓葬为主职的低级官吏名称。显然，陶瓶朱书所出现的地下阴间官府官吏体系，以比拟地上阳世官府官吏体系为主，但又掺杂编造出来的官吏。上述官吏体系的特点，突出州郡与乡亭两级，更强调与墓葬直接管理的关系，从而形成从上至下逐级排列而庞杂臃肿的情形。

（3）与告地策不同，陶瓶朱书在内容上呈现出事项多样而内容庞杂的特征，由于上述情况皆由逝者于地下世界的生活而引发，因此，陶瓶朱书所呈现出的内容，主要是围绕逝者如何在地下世界获得安稳丰足的生活而展开，诸如逝者于地下世界赖以生活的“冢田”和“金钱”的购买和携带，代替逝者劳作的“铅人”的随行，以及如何使“冢墓安稳”“殃咎解除”“佰鬼远离”

---

① 按：关于陶瓶朱书中所见地下官吏情况，已有学者予以论述，如陈直《汉初平四年王氏朱书陶瓶考释》云：“汉人在一区冢围之内，假设各官吏之名，与生人官衔相类，例如张叔敬陶文云：‘三丘王墓，墓左墓右，中央墓主，冢丞冢令，主冢司命，魂门亭长，冢中游徼等，敢告移丘丞墓柏地下二千石，东冢侯，西冢伯，地下击犆卿，秏（蒿）里伍长等’，所说最为具体。又永寿二年陶瓶，初平二年陶瓶，望都二号墓所出中山刘公买地券，亦皆有丘丞墓柏地下二千石等语，与本陶文吻合。”（陈直：《汉初平四年王氏朱书陶瓶考释》，《考古与文物》1981年第4期）吴荣曾《镇墓文中所见到的东汉道巫关系》云：“汉人以为在地下也有由冥吏所构成的地下官僚体制。见于镇墓文中所说的‘地吏’，将其名称抄录于后：地下二千石、冢丞冢令、丘丞墓伯、陌上游缴、主墓狱史、陌门卒史、墓皇墓主、西冢公伯、东冢侯、西冢伯、墓门亭长、魂门亭长、蒿里君、蒿里父老、中蒿长。所谓地下二千石、冢丞冢令，大约相当于汉制的郡守和县之令丞。亭长、父老、伍长则相当于汉的乡里小吏。其他还有游缴、狱史、卒史等，表明汉人所构想出的地下阴曹，除一般官吏外，还有从事于刑狱和镇压的法官和武吏。”（吴荣曾：《镇墓文中所见到的东汉道巫关系》，《文物》1981年第3期）

“不得干扰生人”，等等。

（4）值得注意的是，与告地策不同，陶瓶朱书在内容上所表现出的上述诉求，既非地上阳世主管官员以公文形式的说明，也没有来自逝者“自述”的内容，而是“天帝”“黄帝”或通过它们的“使者”，以“命令”或“指令”的形式，向地下世界的各级官吏、神祇和其他可能威胁逝者生活的恶鬼发出的“通告”。而且这种“通告”具有法律意义上的权威性和神界最高主宰的不可违背性的双重叠加的特点，从而显示出了其无可怀疑和更改的绝对性特征。

综上所述，由于告地策与陶瓶朱书均是借用“官府文书”形式，以官府命令的行政手段，完成虚拟或构想的以逝者为对象的死后迁徙他处所需处理或面对的系列问题，因此，二者在性质和作用上具有相同之处。从“文书发布事由”及“内容”方面看，告地策是解决逝者迁移的问题，即逝者如何顺利地由阳世而至阴间的问题；陶瓶朱书则更进一步，是解决逝者到了阴间之后如何平安生活的问题，即逝者如何解移殃咎、墓冢安稳、无扰生人、千秋万岁的问题。如此，或可做如下认识：告地策的实质性作用，即如一份迁移证明文件，它将以地方官府的官方角度，给予逝者即将迁入地的同级地方政府以官方证明，证明作为迁入者的逝者在自身财产状况、法律事务及赋役方面的合法性。陶瓶朱书则类似一种迁移告诉文件，因此它的实质性作用是试图借助天神或最高神祇的力量，在迁移事项完成以后，希望解移殃咎而获得福祥。

第三节　告地策与陶瓶朱书反映了生命信仰和生死观的新变

在“后生命时期”之“彼岸世界”观念和信仰的构拟与构建过程中，两汉时期是最为重要的历史阶段。有关“后生命时期”之“彼岸世界”得以确立的空间视域、政制架构、行政体制、人文要素，都在这一历史阶段中出现并趋于丰富。告地策与陶瓶朱书为上述认识中的某些缺轶及模糊之处的补充和进一步明晰提供了帮助。陶瓶朱书文本形式一方面不拘泥于书写格式，几乎每篇都不一样；另一方面又在最基本或核心的事项上保持一定的稳定性。这种情况既反映了其在东汉晚期存在形态的实际情况，也揭示了其与西汉时期告地策存在联系的可能性。由于告地策与陶瓶朱书均涉及逝者如何顺利抵达生命彼岸平安生活的内容，故将告地策与陶瓶朱书联系起来考察，能够再现两汉时期生命信仰与生死观发展与成熟的演变轨迹。

一、汉及汉以前生命信仰和生死观问题的省思与意见

学术界关于汉及汉以前生命信仰和生死观诸问题的讨论，尚存进一步省思之处。

首先，从考古学角度看，汉代墓葬制度的变化始于汉武帝时期室墓制度的形成。[①]这种墓葬制度的出现，反映出人们生命观念的变化，简单地说，它的目的是在地下构建一个与逝者生前一样的生活空间。从这个意义上看，“后生命时期”的“彼岸世界”的构拟，应当与这种墓葬制度的形成存在密切联系。然而，上述情况并非意味着人们关于“后生命时期”个体生命存在空间的思考，即由传统的多样性变为单一性。根据蒲慕州的研究，这种“后生命时期”的“彼岸世界”的构建，萌生于先秦时期“黄泉”观念而肇始于汉代墓葬制度的改变，于是，构建一个与逝者生前一样的生活空间以为逝者在“彼岸世界”生活的理想和愿望，即以社会习俗的形式而于东汉时期流行起来。根据我们所掌握的资料，这种社会流俗呈现出更为复杂的面貌，它的流行似乎并不排斥在早期不同民族和地域文化中所存在的生命转化信仰，反而以多种方式兼容或并存的形式存在于社会之上。

以四川简阳鬼头山崖墓三号石棺右侧板“天门”画像为例（图 5-1）。目

---

① 按：有学者认为室墓制度是汉代丧葬制度即“汉制”的主要内容。而室墓的确立时间，大致在西汉中期。这样的认识也与汉武帝时期是“周制”与“汉制”转变时期的观点相吻合。关于汉代墓制转变的问题，一种观点认为“商周秦汉的埋葬习俗，可以汉武帝前后为界限，分为两大阶段。前一阶段即通常所谓的‘周制’，‘汉制’是后一阶段的典型形态”。而基于考古学意义上的“汉文化”即体现出如下4个方面的特征：家族茔地的兴起；多代合葬一墓的新葬俗；模拟庄园经济的模型明器的发达；墓室壁画和画像石反映的“三纲五常”道德观和“天人感应”的世界观。另一种观点认为：汉代的丧葬制度来源有三：承周制、袭秦制、融楚俗。在考古方面表现为以下6点。①墓域制度，主要是家族墓的出现。②封树制度，主要指封土、墓碑、祠堂、墓阙、石像生之制。③正藏与外藏椁制度。④棺椁制度，主要承周制，但不断简化。⑤明器制度。以洛阳地区为例，呈现出三次大转变：一是西汉早期到西汉中期，仿铜陶礼器向模制生活明器仓、灶、碗、罐转变；二是西汉中晚期至新莽时期，模制生活明器井、樽和祭典器案、盘、耳杯的出现；三是东汉中期至晚期，模制生活明器的大量流行和家禽家畜俑、奴仆俑的大量出现。⑥墓葬形制。竖井墓道向斜坡墓道发展，单室向多室发展，券顶向穹窿顶发展。再有一种观点认为：室墓制度是“汉制”的最主要内容，而室墓制度的特征主要体现在如下几个方面：墓葬本身由竖穴式变为横穴式，即进出墓葬的方向由纵向变为横向；墓室空间的扩大，由椁内空间的开通到椁消失，出现高大的拱、券顶，直至出现穹窿顶；祭祀空间的确立；方坟向圆坟的转化；有意识地安排随葬品的摆放位置；仓、灶、井、侧的模制生活明器组合。基于上述意见，有学者对“汉制”进行了总结，认为“作为一种丧葬文化，‘汉制’的核心思想有两个方面：一是体现孝道，二是帮助死者升仙”。并以此为基础而总结出“汉制”的主要特征：①厚葬的盛行。②家族墓、夫妻同穴合葬墓、多代合葬墓的流行。③开通型墓替代封闭型墓。④生活实用器、明器替代礼器成为随葬品的主要内容。⑤墓内、外祭祀空间的确立。祭祀空间的确立是室墓成立的一个重要标志，一般将祭祀用品置于棺木的前方，即有前堂、后室的置于前室，仅有一个墓室的置于墓道或甬道与墓室相接处。⑥帛画、壁画、画像石（砖）等墓葬装饰。壁画墓大约出现于西汉中期偏晚，东汉时期流行，画像石墓在河南地区大约兴起于西汉中晚期，流行于东汉时期。画像砖墓首先出现于西汉中期或稍晚的河南地区，而从西汉中晚期开始，以上几种类型的墓葬装饰都已经出现。参俞伟超：《汉代诸侯王与列侯墓葬的形制分析》，《先秦两汉考古学论集》，北京：文物出版社，1985 年；俞伟超：《考古学中的汉文化问题》，《古史的考古学探索》；蒋晓春：《三峡地区秦汉墓研究》，成都：巴蜀书社，2010 年；韩国河：《秦汉魏晋丧葬制度研究》，西安：陕西人民出版社，1999 年，第 50-70 页；黄晓芬：《汉墓的考古学研究》，长沙：岳麓书社，2003 年。

前所见鬼头山崖墓三号石棺画像共四幅，即石棺前挡板带有“□鸟”榜题的凤鸟画像，后挡板带有“伏羲”“女娲”“玄武”榜题画像，右侧板带有“天门”“太仓”“白虎”榜题的画像和左侧板带有“日月”“先人骑”“先人博”榜题的画像。[①]将上述画像联系起来考察，画面中藉由“太仓”“双阙”“骑行”“博戏”等构图要素，构成一幅“彼岸世界”的“生活图景”。左侧板“博戏”与“骑行”构图，其人物形象皆刻画为头戴羽冠，背生羽翼，而榜题则为“先人”，似乎意在表明已经羽化成仙的“先人”。从这个意义上看，鬼头山崖墓三号石棺画像描绘了故去的“先人”成仙以后在“天上世界”的生活情境。再以山东临沂金雀山 9 号汉墓出土帛画为例（图 5-2）。从帛画构图情况看，逝者所生活的地方在“仙山”脚下或被“仙山”怀抱，说明逝者生活的“彼岸世界”位于仙山之中。[②]

图 5-1　四川简阳鬼头山崖墓三号石棺右侧板“天门”画像

图 5-2　山东临沂金雀山 9 号汉墓帛画（右侧为帛画上部局部放大）

① 关于四川简阳县鬼头山东汉崖墓三号石棺四幅画像具体构图情况，请参看内江市文管所、简阳县文化馆：《四川简阳县鬼头山东汉崖墓》，《文物》1991 年第 3 期；罗二虎：《汉代画像石棺》，成都：巴蜀书社，2002 年，第 71-74 页；中国画像石全集编辑委员会编：《中国画像石全集·四川汉画像石》，第 96、97、98、99、100 图及“图版说明”。

② 按：从金雀山 9 号汉墓帛画构图看，其构图层次异常清晰，“日轮”与“月轮”下面是“山峦”，构成第二个层次；“山峦”下面是“房屋”和房屋中的“主人”，并构成第三个层次；接下来是表现日常生活的第四个层次和象征吉祥的“龙穿壁”第五个层次。显然，上述五个层次的前四个，在构图内容上形成了“天空”“山野”与“家园”的空间构想，而且每一个空间构想既呈现出相对的独立性，又体现出相互“包容”的关系，亦即“山野”在“天空”之下，而“家园”又在“山野”之中的逻辑关系。马王堆帛画在构图上相对复杂一些，但“日轮”与“月轮”呈现左右相对并置于画面最上层，和以“龙穿壁”为“承托”的构图形式是相同的，说明帛画“龙穿壁”以上的部分，象征“天空”与“家园”的逻辑关系仍在存在。关于金雀山汉墓帛画构图情况，请参见刘家骥、刘炳森：《金雀山西汉帛画临摹后感》，《文物》1977 年第 11 期。

从已知考古发现看，以“天门”为主要构图内容的画像或带有“天门”榜题的鎏金铜牌，主要出现于东汉时期的四川和重庆地区，甘肃地域也有发现。①上述情况提出的问题是，这些“天门”榜题与传世文献中所载“天门”是否存在关联。②如果答案是肯定的，那么这种以“天门”为代表的“彼岸世界”观念，是否可以视为早期先民以“天域”为“生命转生空间”的“转生模式”在后世发展和演变的产物。显然，同样的思考也适用于山东临沂金雀山 9 号汉墓出土帛画“仙山”构图与古代东夷族“人死之后灵魂归山”观念之间的关系。对此，我们或许可以得出这样的认识：汉代去古未远，早期先民带有地域性的“生命转生”信仰于两汉时期可能仍然具有生命力，其在某些传统地域的流行依然存在甚至强盛，又可能伴随着文化的延展而流传至其他地域，并在发展与演变中与新的信仰形式融合或并存。

其次，既然早期先民带有地域性的生命信仰于两汉时期可能仍然具有生命力，又可能与新的信仰形式融合或并存，那么也就意味着在生命延续和走向的空间构想上，可能存在着“多重叠合”现象，亦即“地下”“水中”“山间”和“天域”有可能全部或部分“叠合”在一起。能否将这种“叠合”视为一种“整合”的产物，尚需更为充分的讨论，问题是这种“多重空间”的“叠合”如何在观念中以构想的形式体现出来？又如何借助实体叙述呈现出来？其相互间的关系和联系是并列还是具有主次之分，抑或是以模糊的状态呈现出来？

值得注意的是，汉画像为上述问题的讨论提供了不可多得的视觉资料。汉画像门楣画像中以“出行”为内容的画面，在构图上主要呈现出三种形式，其一是单纯的车马出行；其二是在画面的两端即画面车马队伍的“前”“后”刻绘“迎宾”和“送行”的形象；其三是画面中间刻绘“房屋”或“楼阁”而左右“车马”向着中间的“房屋”或“楼阁”行进。③如下面三幅图所示（图 5-3、

---

① 据何志国《东汉天门图像源流和类型初探》一文介绍：“东汉时期天门图像主要发现于四川、重庆地区。天门图像的确定在于铭文。目前至少发现 14 例在阙形造型四周标有“天门”榜题铭文出现的鎏金铜牌、石棺和墓门之上。其中，以鎏金铜牌数量最多，主要发现于重庆巫山东汉墓葬，甘肃成县也有发现。此外，加拿大安大略博物馆收藏鎏金铜牌可能来自重庆巫山，因为特征与后者相似。此外，简阳鬼头山崖墓出土三号石棺，“天门”榜题铭文位于双阙之上；长宁县七个洞 4 号崖墓墓门右侧刻一重檐单阙，阙右刻一人形，人下方有“赵是天门”榜题。见何志国：《东汉天门图像源流和类型初探》，《图像的表征——中国汉画学会第十五届年会论文集》，北京：人民美术出版社，2015 年内部交流版，第 150 页。

② 按：传世文献所见“天门”载记，较早有《九歌》之《大司命》“广开兮天门”。《淮南子·原道训》有“经纪山川，蹈腾昆仑，排阊阖，沦天门”语，高诱注云：“天门，上帝所居紫微宫门也。”另，《论衡·道虚篇》云：“如天之门在西北，升天之人，宜从崑崙上。”《神异经·西北荒经》云：“西北荒中有二金阙，高百丈，金阙银盘，圆五十丈。二阙相去百丈，上有明月珠，径三丈，光照千里。中有金阶，西北入两阙中，名曰天门。”

③ 山东苍山县城前村汉墓前室东壁门楣画像，引自《中国画像石全集·山东汉画像石》第 104 图；山东莒县沈刘庄汉画像石墓门楣画像，引自《中国画像石全集·山东汉画像石》第 133 图。陕西神木大保当

图 5-4、图 5-5）。上述三种画面构图的叙述意图是明确的，画面中“迎宾”和“楼阁”，既突出和强调了出行队伍“出行”的形象内涵，又昭示和表现了以“迎宾”和“楼阁”作为“目的地”的象征意义。

图 5-3　山东苍山县城前村汉墓前室东壁门楣画像

图 5-4　山东莒县沈刘庄汉画像石墓门楣画像

图 5-5　陕西米脂官庄汉墓门楣画像

再以陕西神木大保当第 11 号墓墓门左右立门画像为例（图 5-6）。其“右门柱”画像上层为一座“双层楼阁”，楼阁正面是两扇粉红色的门扉，门微启，门右侧墙上勾绘井字图案，似为窗牖，檐下左右各有一仙子，上举双臂，身躯弯曲，右侧仙子有上翘的短尾，脸涂红彩，楼内有二人对坐。大保当第 11 号墓墓门“左门柱”上半部分残损，从大保当第 23 号画像石墓墓门画像左右对称的构图形式上看，不排除“左门柱”上半部分画面亦是“双层楼阁”

墓门画像，见王炜林等：《陕西神木大保当第 11 号、第 23 号汉画像石墓发掘简报》，《文物》1997 年第 9 期；其左右门立柱画像，亦可参阅《中国画像石全集·陕西、山西汉画像石》第 215、216 图。

的可能。[①]将“双层楼阁”置于门柱之上，其于设计上的意图显然是将其视为逝者于“彼岸世界”居住的房屋的象征。

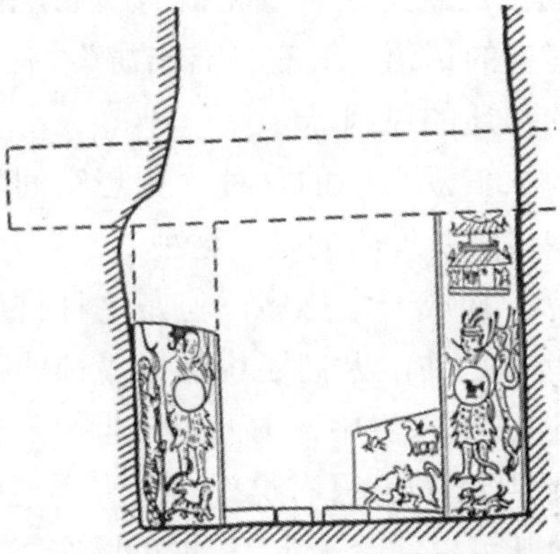

图 5-6　大保当第 11 号墓墓门画像

这里的问题是，这种“逝者于彼岸世界居住的房屋”所处“空间”的“属性”问题，因为图像构图要素中没有出现明确的“属地”指向，即使画面中有“仙子”且“右侧仙子有上翘的短尾”，也无法明确其“天域”的“属地”属性，因为上述形象也可能是缘于吉祥的要求而添加的形象，就如“朱雀”和“凤鸟”的形象。然而，可以明确的是，上述画像是以墓室建筑部位为载体，并与具体建筑部位的性质和功能相互关联的，由画像所构成的“空间”，是依托墓室建筑而构拟的。墓室建筑是真实的存在，而画像所反映的“空间”则是建立在这种“实体存在”之上的“虚拟构想”。二者既存在关联性又各自相对独立的客观现实，决定了双方都具有对方的属性特征。这就意味着对于“实体存在”的墓葬来说，一旦其于事实上确立起来，其实用性功能也随即附加上了“彼岸世界”的属性和色彩；而对于画像及与其他随葬物所构成的“虚拟构想”来说，其所表现的“虚拟叙述”也自然具有了以“实体存在”为标示的基础和依托。这便构成了二者“实”与“虚”相互融合的文化现象。显然，所谓“模糊性”可能正是这种文化现象的本质特征。

以前文所引“山东苍山县城前村画像题记”为例。题记“前言”云“立郭毕成，以送贵亲”。句中“郭”字在释读上或有二解，其一为“椁”字，即为“墓室”代指，二句意为“墓葬建筑的工程已经完成，逝去的贵亲可以进入里面安居了”；再者，“郭”即“廓”字，意为“城”，则二句意为位于“彼岸世界”的城郭都已经修筑完毕，逝去的贵亲可以到那里生活了。如果将上

① 按：文中关于陕西神木大保当第 11 号墓墓门左右门柱画像构图内容释读，主要参考了中国画像石全集编辑委员会编：《中国画像石全集·陕西山西汉画像石》，第 215、216 图“图版说明”，第 58 页。

述二解视为两种叙述，则前者为“实写”而后者则为“虚构”；前者“实写”依凭墓室建筑而存在，后者“虚构”则藉由墓室内部画像表现出来。上述两个方面是结合在一起的，这就是这则题记既有“长就幽冥则决绝，闭旷之后不复发”这样决绝而写实的话语，又有“君出游”“有倡家”这种逝者居家欢乐而又畅游城郭郊外的描述的原因。

最后，即便如此，人们观念中的这种“构想空间”却又能够在“位置”意义上取得明确的共识。需要说明的是，这种“位置”的“坐标”是“人世”，其以“人世”为“坐标”构成一个排序，但是这种排序并非空间而是属性意义上的排序。在“人世”之外，人们还构想出“神的世界”和“仙的世界”及“死后世界”。在上述三个世界中，前两个“世界”在后世出现整合而融合在一起，形成“神仙世界”，并且只有这个“世界”能够超越“空间”和“属性”存在，即表现在它既可以在“天上”，也可以在“人间”。问题是“生人”成仙即可以进入这个世界，“逝者”是否具有同样的权利？当“生人”成仙尚且需要某种机缘、藉由或服食仙药的磨炼等异常苛刻的条件的时候，普通人藉“死后”而“成仙”也就在事实上成为一种幻想式的“愿景”。

上述情况或提示我们注意到，上文所引蒲慕州关于汉代墓葬制度变革与人们丧葬观念转变之关联的如下论述：“从墓葬形制和随葬品内容自战国以来的改变，我们可以推论，这些都代表了一种集体意识的改变，这改变就是人们开始希望提供给死去的亲人一个与其生前所生活的世界更相似的环境。”[①] 联系学术界关于汉代室墓制度变革形式及内容表现，或许可以明确，建立在这种墓葬制度之上的生命观，实际上是期盼生命可以在另一个“空间”以“重新开始”的形式“继续延续”。因此，与人世间一样，“成仙”仍然是这种“后生命时期”生命形式的最高欲求。从这个意义上看，“成仙”及相关画像中一切与“仙”有关的图像符号，或仅是图像艺术的附加式叙述，而所有类似的叙述，其实质或都可以归结为一种美好而浪漫的期望。

再以前文所引山东苍山县城前村画像题记为例。题记“结语”所云“长就幽冥则决绝，闭旷之后不复发”是与“前言”的“立郭毕成，以送贵亲”两句相呼应的，上述文句形成了这样的叙述：墓室建筑的工程已经完成，逝去的亲人可以进入里面安居了，一旦关闭墓门，封闭墓道，生人与逝者就将阴阳两隔不复再见。上述情况表明，所有关于逝者的一切叙述，其叙述者和叙述的出发点都是生人，在这样的叙述中，一方面表现了生人面对“个体生命”结束时的冷静而理性的思考，另一方面也表现了基于这种思考而形成的恐惧和无奈的精神和情感，以及由此而生发的寻求精神慰藉与情感解脱的愿

① 蒲慕州：《追寻一己之福——中国古代的信仰世界》，台北：麦田出版社，2004年修订版，第206页。

望和冲动。这便意味着如下观念有可能形成：人们愿意相信逝者的生命和生活将会在“另一个世界”重新开始，虽然这个“世界”完全依据生人的经验塑造出来，却是融合了生活与信仰之双重经验的产物。如此，它也就成为基于现实生活又高于现实生活的最为理想的世界。当“神仙”和“神仙生活”已经成为世俗社会最高追求目标的时候，其也必然会成为“死后世界”的终极理想。于是，上述三个世界的关系，便以“人的世界”与“死后世界”能够分别与“神仙世界”相互连通却又各自决绝的形式呈现出来。

由此而论，人们观念中的“神仙世界”以其来自“神”与“仙”的权威性和绝对性而凌驾于“人的世界”和“死后世界”之上，并构成了“上”与“下”和“主”与“从”的尊卑主从关系，而“人的世界”与“死后世界”却以生人与逝者相互决绝的形式构成了对等而永隔的存在态势。至于上述两个世界能否相互往来、沟通和联系，至少在两汉时期已经出现肯定的证据。因此，两汉时期上述三个世界的观念和信仰，又可以肯定为这种观念和信仰在后世的丰富和发展奠定基础，唐宋传奇至明清小说中“地下世界”构想的丰富和完善就是最有力的证明。

二、告地策与陶瓶朱书的补充和启示

通过诸多学者的研究及我们所掌握的资料，关于汉及汉以前生命延续与走向诸问题，或许能够理顺出一个比较明晰的认识：个体生命如何延续与走向的思考，其本质和核心是“后生命时期”个体生命存在空间的问题。早期先民或将“水中”“山间”“天域”作为“生命转化”的“彼岸世界”，其生命的空间视域似乎还没有延展至“地下”。汉以前虽然出现了“黄泉”一类有关“地下”的想法乃至概念，但似乎仍然是建立在灵魂升天而体魄入地的观念中，故其关于“地下”的想法与概念更多地呈现于直观而感性经验之上。时至两汉时期，“后生命时期”之“地下世界”似乎是在战国时期楚文化基础上更为清晰地构建出来。虽然这样的信仰尚与传统观念并存，但是它具有与时俱进的强劲的流行性，并在后世的发展中逐渐成为一种主流观念和主体信仰。

上述认识已经明确地标示出，在“后生命时期”之“地下世界”观念和信仰的构拟与构建过程中，两汉时期是最为重要的历史阶段。有关“后生命时期”之“地下世界”得以确立的空间视域、政制架构、行政体制、人文要素，都在这一历史阶段中出现并趋于丰富。需要指出的是，告地策与陶瓶朱书为上述认识中尚存的某些缺轶及模糊之处的补充和进一步明晰提供了帮助，由于它们的内容均表现在试图解决逝者往生彼岸世界时所需要面临的问题，所以将它们联系起来考察，能够再现两汉时期生命观发展与变化的情况。

（1）告地策以“政府间往来文书”作为其自身文本形式，其行政效能与法律威权的确立与实现，在于观念中另一个可以与“人间世界”比拟的“地下世界”的存在和运行。因此，即使这个“地下世界”是以构想的形式出现在观念之中，但其于观念意义上的客观存在和法律与行政意义上的有效运行，则是明确的事实。显然，它是依据人们已有的经验构拟出来的客观存在，并在诸如文化要素、经济生活、乡约习俗、行政行为、法律规范等社会构成上体现出了某种一致性和互通性特点。从这个意义上看，其所谓“构拟出来的客观存在”，既是人们生命观和死亡观的体现，也具备观念中的物理属性特征。

（2）目前所见告地策一类文献，其时间背景大都在西汉时期。以江苏邗江胡场 5 号汉墓出土文告牍为例，其所属木椁墓当为西汉时期。湖北荆州江陵凤凰山汉墓出土木牍和竹牍，其所属 10 号墓和 168 号墓，皆在西汉文景时期。[①]据此，是否可以这样认为，这种“具备观念中的物理属性特征”的“地下世界”，早在西汉前期人们的观念中就已经出现，并作为一种文化现象和风俗习惯而表现在某些地域的丧葬仪式中。

（3）从目前所见陶瓶朱书看，其在文本形式上与告地策并没有本质上的不同，不同者表现在文书的发布者与内容。从文本实例看，观念中“逝者”到“地下世界”涉及生活上的两个方面，即物质生活与精神生活，前一方面属于物理的世界而后一方面属于信仰的世界。显然，就一般经验而言，物理世界的问题需要来自物理世界的官府所构成的社会组织来解决，而信仰世界的问题自然需要来自神祇世界的神鬼来解决。这样的经验来自现实生活，就如同“个体”于现实生活中同样需要面对社会组织与神祇信仰一样。如此，陶瓶朱书提示我们注意到这样的情况：“神祇信仰”同样被植入人们所构拟的“地下世界”之生活中。

（4）上述情况还提示我们注意，将告地策与陶瓶朱书联系起来考察，上述文献资料已经在空间意义上描绘出在“人间世界”之外的“地下世界”，

---

① 按：据《江陵凤凰山西汉简牍》有关 10 号墓年代的考证，其云：“根据 10 号墓所出的 1 号木牍，可以进一步推定这座墓葬的绝对年代。1 号木牍背面有‘四年后九月辛亥平里五大夫张偃敢告地下主’之文。四年后九月辛亥显然是墓主死去或下葬的日期。据《二十史朔闰表》，在《简报》指出的墓葬年代的上下限内，景帝四年和武帝建元四年都有后九月。武帝建元四年的后九月为辛未朔，该月不可能有辛亥日。景帝四年的后九月为甲辰朔，初八日为辛亥。所以木牍所记的四年没有问题是景帝四年。这就是 10 号墓绝对年代。”关于 168 号墓年代问题，其竹牍有“十三年五月庚辰”语，“这句话的年月前没有年号，知为汉武帝元鼎三年创始年号之前的纪年。汉初纪年中超过十三年的，只有汉文帝初元为十六年。因此，十三年五月当为汉文帝十三年五月。汉初使用‘颛顼历’，汉文帝十三年五月初一为戊辰，因而五月庚辰为五月十三日”。湖北省文物考古研究所编：《江陵凤凰山西汉简牍》，第 137、182 页。

而且在这两个世界之间构筑了以“政府行政”与“神祇信仰”为特色的沟通与联系的渠道。对于后一方面来说，这种联通往往是“主宰神祇”或由他们的“使者”来实现和完成。这些“使者”常冠以“天帝使者”“黄神北斗”“黄神越章”“皇帝使者”“天帝神师”一类的名字。[①]有学者认为这些“使者”是“天帝”委派到“地下世界”传达命令的，言外之意，是这些“使者”只是在传达命令时直接由“天上”来到“地下”，而且这种情况到了东汉或更晚的时候发生了变化，他们作为“使者”的身份被方士或巫觋所取代。[②]我们认为上述认识存在问题。早在秦汉时期就已经出现了“天神或地祇在人间有其使者或代表，这些使者或代表往往以上述神祇的名义作用于人事”这样的观念。[③]反观“天帝使者”“黄神北斗”“黄神越章”“皇帝使者”“天帝神师”

① 按：上述名称引自蒲慕州《追寻一己之福——中国古代的信仰世界》之第七章“神灵与死后世界”，见蒲慕州：《追寻一己之福——中国古代的信仰世界》，第211页。

② 按：此处有必要将吴荣曾在《镇墓文中所见到的东汉道巫关系》一文中关于“黄神越章”的讨论引录如下，以供参考和进一步讨论。其云：“按照汉人的迷信观念，宇宙间除了人间和地下之外，还存在一个上天。天帝是天上的君主，具有主宰人间和幽冥的权力。有的镇墓文中以天帝的名义向地下官吏发号施令。甚至由天帝直接下令，如说：‘天帝下令，移前洛东乡……’。不过绝大多数都是天帝派遣使者去执行有关的任务，如说：‘天帝使者告丘丞墓伯’，‘天帝使黄神越章’，‘天帝神师黄越章’，‘天帝神师使者’。黄神越章即天帝使者，也可称为神师黄神越章。由于镇墓文中常用同音字代替，故有时把‘天帝’讹为‘天地’。有时也把黄神称为‘黄帝’，而‘黄帝’又往往误为‘皇帝’。”“在传世的汉印中，有不少的黄神印，例如：天帝神师、黄神之印、黄神越章、黄神使者印章、黄神越章天帝神之印、天帝使者、天帝杀鬼之印。这类黄神越章印，当时是作为驱鬼镇邪的神灵之物。1960年，江苏高邮东汉遗址中出土一方木简，上书：‘乙巳日死者鬼名为天光，天帝神师已知汝名，疾去三千里，汝不即去，南山□□令来食汝，急如律令。’这是目前仅见的一件东汉时劾鬼文实物资料。同址还出土一朱书文陶罐，字迹多泐，中有‘玉池坤神’等语。当和上述木简一样，皆为厌劾邪魔之物。再就是发现‘天帝使者’封泥一方。显然，这些东西是方士和巫觋作法之后所遗留下来的。当时在劾鬼文中总是以天帝使者、天帝神师、黄神的名义，去对妖鬼进行诛罚。所以在简牍背面须用泥封之，并加盖上相应的如天帝使者之类的印。”“东汉时方士或巫觋劾鬼时都必须假借神灵的名义，主要是打出天帝使者或天帝神师的旗号。因而执行这项法术的人，实际上成为天帝使者或神师的化身或代理者。晋南北朝时期，道教称为‘天师道’，道士称为‘天师道士’。北魏道士寇谦之，诡称尝遇真人成公兴、太上老君，‘授谦之为天师’。劾鬼之神起初为天帝神师黄越章，后来执行这项法术的人也渐渐被人看作为天师了。东汉末年已把‘天帝神师’简化为‘天师’。”吴荣曾：《镇墓文中所见到的东汉道巫关系》，《文物》1981年第3期。

③ 甘肃天水放马滩秦简《志怪故事》对上述认识提供了依据，考天水放马滩秦简《志怪故事》中有“司命史公孙强”诸语，其前后简文释读为“丹所以得复生者吾犀武舍人犀武论其舍人尚命者以丹未当死因告司命史公孙强因令白狗穴屈出丹立墓上三日因与司命史公孙强北出赵氏”。上述文字两见“司命史公孙强”，前一处前有“告”字，或可释为“告知”“告诉”。（按：关于“告”字的释读存在不同意见，姜守诚《放马滩秦简〈志怪故事〉考释》中以为释为“告知”“告诉”为佳，并罗列了诸家观点，其文云：“简文‘告’字，前引李学勤译文中训作‘祷告’，孙占宇援引《书·金縢》孔传、《仪礼·乡饮酒礼》郑玄注也认为是指祷告、请求。前引李零译文则曰‘告给’。结合我们对公孙强身份的推定，及其与犀武之关系，我们认为将‘告’译为‘告知’、‘告诉’较为中性、合理，且符合秦汉简牍文书中‘告’字的用法。”姜守诚：《放马滩秦简〈志怪故事〉考释》，杨振红、邬文玲主编，中国社会科学院简帛研究中心、中国社科院历史所战国秦汉室编：《简帛研究二〇一四》，桂林：广西师范大学出版社，2014年，第146页）如此，其“告”的对象“司命史公孙强”便应该“实有其人”。这样的理解也与简文下文“因与司命史公孙强北出赵氏”在语意上相合。（按：关于简文中“司命史公孙强”的认识，同样存在不同意见。李学勤在《放马滩简中的志怪故事》一文中并没有对“公孙强”给出解释，而只是对“司命”和“司命史”作出如下解释：“‘司命’，神名。《周礼·大宗伯》：‘以槱燎祀司中、司命。’‘司命史’，司命属下之史，犹如令有令史。”（李学勤：《简帛佚籍与学术史》，第169页）上述认识无疑将“公孙强”框定在“上天”之“神祇”的行列。姜守诚《放马滩秦简〈志怪故事〉考释》在解释“告”字时顺便触及到“公孙强”，认为：“‘告’字，在秦汉简牍文书中既可用于上级对下级，也可用于平级、平辈之间。根据文意分析，我们认为公孙强并非是犀武的属吏或舍人，而或是

诸名字，他们以“天帝”的“使者”自居，是“天帝”在“人间世界”的“代表”，他们与“地下世界”的联系是通过“人间世界”来完成和实现的。上述情况也能说明，告地策与陶瓶朱书一类文献所构建的“人间世界”和“地下世界”是可以通过神祇而统合起来的，上述两个世界在神祇的主宰下构成了个体生命由有限到无限的空间观念和时间走向。

（5）由上面的讨论自然引出如下问题，有学者认为：“与这批地下世界官僚组织相对的另一个机构，就是‘天庭’。其中的主人，常以‘天帝’之名出现。”“问题是此处的天庭到底在何处？没有适当的资料可以说明。”“在这样的情况中，所谓的‘天帝’到底是否与官方宗教中所拜祭的‘天’有任何关系，都是相当可疑的。”[①]需要指出的是，观念中的“天帝”或“黄帝”位于“上天”，这也是传统宗教信仰体系中既定的存在，很难想象人们于生命观的构想中再创造出不在“天上”的“天帝”及由它们所领导的神祇世界。而重要的问题是，借助陶瓶朱书能够发现在人们观念中的“地下世界”同样存在一个“神祇世界”和“神祇群体”，至于其是否能够与“人间世界”中的“神祇世界”相提并论，恐怕还存在很多模糊之处，而能够明确的是，这个“地下世界”中出现的“神祇”异常庞大和复杂，带有其自身的特点。[②]如神祇来源复杂，既有官方信仰中的神祇，但似乎更多地来自民间信仰，并带有强烈的地域性，体现出鲜明的家族性或族群性特征；神祇性质及属性复杂多样，既有天神，也有地祇，外加神人、人鬼、星宿、祥物，其中天神较少，地祇

仅为后者所信奉或供养，故二人交流时用‘告’字是合理的。”（姜守诚：《放马滩秦简〈志怪故事〉考释》，“注释⑤”，杨振红、邬文玲主编，中国社会科学院简帛研究中心、中国社科院历史所战国秦汉室编：《简帛研究二〇一四》，第146页）姜守诚“公孙强并非是犀武的属吏或舍人”的否定意见不知从何而来，而其“或是仅为后者所信奉或供养”的认识，又显得模糊和矛盾。“信奉”的对象应该是“神祇”，而“供养”的对象既可以是“神祇”也可以是“实有之人”，如“公孙强”乃“实有之人”，“犀武”将这个作为“司命史”的“人”供养起来，既与前论“公孙强并非是犀武的属吏或舍人”相矛盾，也于理无据。是故，“司命史公孙强”当为“司命”在“人间”的“使者”。“公孙强”以“司命史”的“身份”参与了“丹所以得复生”之事。

① 蒲慕州：《追寻一己之福——中国古代的信仰世界》，第211-212页。

② 上文所引南李王陶瓶朱书，其开篇即书“游光”“地柱”“南组”“北斗”“三稆”“七星”诸名字。（按：南李王陶瓶朱书释文，引自王育成：《南李王陶瓶朱书与相关宗教文化问题研究》，《考古与文物》1996年第2期；该墓葬及陶瓶情况，参见臭安志、马志军：《长安县南李王村汉墓发掘简报》，《考古与文物》1990年第4期）另，江苏邗江胡场五号汉墓棺室之内出土“神灵名位牍”，隶书七列九十九字34位“神灵”。分别为：江君、上蒲神君、高邮君大王、满君、盧湘氾君、中外王父母、神魂；仓天、天公；大翁、赵长夫所□、淮河、堬君、石里神杜、城阳□君；石里里主、宫春姬所□君□、大王、吴王、□王、氾□神王、大后垂；宫中□池、□□神杜；当路君、荆主、奚丘君、水上、□君王、□杜、宫司空、杜；邑、塞。（所引江苏邗江胡场五号汉墓出土“神灵名位牍”释文，见扬州博物馆、邗江县图书馆：《江苏邗江胡场五号汉墓》，《文物》1981年第11期。另，田天《江苏邗江胡场五号汉墓木牍的再认识》一文关于“神灵名位牍”释文存在差异，兹引录如下：江君、仓天、上蒲神君、天公、高邮君大王、满君、盧湘氾君、中外王父母、神魂；大翁、赵长夫所挬、淮河、堬君、石里神杜、城阳莑君；石里二主、宫春姬石之君挬、右王、吴王、氾扬神王、大后垂、宫中菜氾、□□神社；当路君、荆主、奚丘君、水上、宫君王、□杜；宫司空、杜、□邑、塞。参见田天：《江苏邗江胡场五号汉墓木牍的再认识》，清华大学出土文献研究与保护中心编，李学勤主编：《出土文献》第三辑，第292页）

和人鬼较多，屡见凶神和厉鬼。[①]这里的问题是，上述“神祇”能否以一个“群体”面目出现，或是这个“群体”的某一个部分？它们是否也出现在“人间世界”的神祇群体之中？它们与“人间世界”和“地下世界”构成怎样的关系和联系？上述问题的存在及问题所涉及的多种可能性，有可能是由告地策和陶瓶朱书所反映的生命观及生命信仰尚不成熟的表现。

（6）即便如此，我们必须在如下一系列问题上保持清醒的认识：①告地策与陶瓶朱书在性质及墓葬功用等方面都存在差异，基于此，关于汉人生命观及生命信仰的研究，能否建立在以上述文献资料互补和整合的基础上，则需要更为慎重的考量。②告地策与陶瓶朱书缘于所属墓葬的地域性而带来的区域性特点，将导致上述文献资料所反映的生命观及生命信仰的区域性存在。这种区域性存在是否具有更广泛意义上的流行性，或将需要更广泛意义上的墓葬发掘所得为前提。③从目前已知汉墓发掘情况看，告地策与陶瓶朱书存在墓葬时间相对集中且历史阶段相距较远的情况，二者在内容及行文上具有的相同点似可证明其承传演变之关系，但是如果将这种关系延展至生命观和生命信仰之上，则需要更深入的研究。

综上所述，墓葬制度是生命信仰的反映。汉代墓葬制度中室墓制度的形成，既是“中国葬制史上一个划时代变革的开始”，也标志着与上述墓葬制度相联系的关于生命信仰的“集体意识”的转变。这种转变的核心思想，在告地策与陶瓶朱书中得以清晰呈现出来。汉人相信“人”的生命和生活在“人间世界”结束以后，还会延续到由“地下世界”所构建的“彼岸世界”中。这种变革所带来的巨大的思想和文化上的价值和意义，就是在人们关于生命存在形式的信仰中，与“人间世界”具有密切联系的由“地下世界”所构建的“彼岸世界”的出现。从此，这个神秘且存在着太多未知的“彼岸世界”，便成为所有人都必须面对而无法回避的“空间”，它为汉晋及以后相关文学创

① 按：以南李王陶瓶朱书为例，依据王育成《南李王陶瓶朱书与相关宗教文化问题研究》（《考古与文物》1996年第2期）一文研究，其中“游光”为“厉鬼”；“地柱”为“蚩尤与共工”乃“凶神”；“南组”为“南极老人星与南斗的合称”；“北斗”指“北斗君”主“乳死”“白死”“币死”“星死”之“四鬼”；“三稆”为“三种嘉禾”；“七星”为“二十八宿之星宿”主“衣裳文绣”及“急兵守盗贼”。其排列顺序大致为：厉鬼、凶神、星宿、祥物，不知是否有据。再以江苏邗江胡场五号汉墓“神灵名位牍”34位“神灵”为例，按照简文原来排序，呈七列：①江君、上蒲神君、高邮君大王、满君、盧湘氾君、中外王父母、神魂；②仓天、天公；③大翁、赵长夫所祷、淮河、堬君、石里神杜、城阳□君；④石里里主、宫春姬所□君□、大王、吴王、□王、氾□神王、大后垂；⑤宫中□池、□□神杜；⑥当路君、荆主、奚丘君、水上、□君王、□杜；⑦宫司空、杜、邑、塞。上述位序应该有所依据，但依据为何则不得而知。从同一位序某个具体神祇人物属性看，则能够总结出“祖先”“天神”“地祇”“地方首长”“宫中池水”“道路山丘河流”“房屋社邑营建”等具标志性事项。再以某个具体神祇属性作为整体神祇属性判断标准，“神灵名位牍”34位“神灵”位序似乎以故去的“家亲”或“族亲”为首，接以“天神”“地域地祇”“地域人神”，最后是“主管道路池水山丘河流房屋里社营建诸事”的神祇。上述“神灵名位牍”出现于墓葬逝者的头部附近，显然是有意为逝者带到“地下世界”的东西，上面的各种神灵应该有利于逝者在“地下世界”的生活。

作带来了异常辉煌和别开生面的一页。

第四节　告地策及陶瓶朱书与冥婚和仙解类型小说创作

告地策与陶瓶朱书在形式和内容上的最大特点，是借用“官府文书”形式，以官府命令的行政手段，完成以逝者为对象的死后迁徙他处所需处理或面对的系列问题，所以虚拟和构想就成为告地策与陶瓶朱书构文的主要方式。在事件发生的背景为“地下世界”即“阴间”的基础上，以逝者为“主人公”的“行程”或“经历”，便成为文本的叙述内容，进而导致其文学意义和价值的生成。从目前所见某些行文和叙事更为复杂的告地策和陶瓶朱书文本实例看，它们已经具备了早期小说类文学文本特征。

一、洛阳李屯陶瓶朱书及骆驼城木牍与东汉时期冥婚小说创作

先秦时期既已出现冥婚现象。《周礼·地官司徒·媒氏》云：“禁迁葬者与嫁殇者。”注云：“迁葬，谓生时非夫妇，死既葬，迁之使相从也。殇，十九以下未嫁而死者。生不以礼相接，死而合之。”疏云：“不言殇娶者，举女殇，男可知也。”[①]从《周礼》载记看，因冥婚违礼而遭禁止，但也说明冥婚现象在民间已流行。

上述情况或可以援引北大秦简《泰原有死者》简文为证，其云：“女子死三岁而复嫁，后有死者，勿并其冢。”[②]“复嫁”当是“再嫁”，说明这个“女子”生前“已婚”，其死去“三年”以后会在“阴间”再次“嫁人”。上述情况在今天看来虽然有违常理，也乖于伦常，但简文言及“冥婚”却是不争的事实。

时至汉魏，冥婚现象在传世文献中已多见载记，其流行之势已成，今所见洛阳李屯东汉墓出土冥婚内容的陶瓶朱书即可为证。其释文如下：

> 元嘉二年十二月丁未朔十四日庚申，黄帝与河南缑氏真乡中华里许苏阿铜□刑宪女合会，神药以填，□冢宅□□，七神定冢阴阳，死人无□□，生生无过。苏醒之后，□□□□人阿铜、宪女适过，□□□为设五石人参解□□□安此瓶，神明利家，□□□□许苏氏

---

① 郑玄注，贾公彦疏：《周礼注疏》卷十五，第514页。

② 按：关于北大藏秦简及《泰原有死者》简文情况，可参见李零：《北大秦牍〈泰原有死者〉简介》，《文物》2012年第6期；刘国胜：《北大藏秦简读后记》；陈侃理：《秦简牍复生故事与移风易俗》，武汉大学简帛研究中心主办：《简帛》第八辑。

家生人富利，从合日始，如律令。[①]

根据释文，如下三个要点需要关注：①陶瓶朱书强调“许苏阿铜□刑宪女合会”之事。“合”谓“合葬”，即《周礼·媒氏》注云“生不以礼相接，死而合之”之谓也。[②]“会”当为“聚会”意，此指冥婚之婚礼。《周礼·媒氏》注引“郑司农”云：“今时娶会是也。”[③]据此，知“许苏氏”曾为“许苏阿铜”与“刑宪女”举行合葬仪式并婚礼仪式，而上述两项仪式很可能是合并在一起进行的，或即“冥婚仪式”。②上述“冥婚”是以“黄帝”名义“撮合”而成，因此具有神祇意义上的权威性和宗教意义上的绝对性，还具有法令意义上的合法性。③陶瓶朱书有“苏醒之后”语，如释文无误，当极为重要。值得注意的是，此句是在“合会”之后，其间文字为：“神药以填，□冢宅□□，七神定冢阴阳，死人无□□，生生无过。”上述文字大意是：以神药镇墓，以七神定冢阴阳，这样以后逝者无咎而生人无殃。如此，接下来的“苏醒之后”语，当是指“阿铜”与“宪女”合葬以后于墓冢中的“苏醒”。说明观念中人们相信“合葬”以后的逝者会“苏醒”过来并在“地下世界”过上夫妻生活。所以“苏醒之后”下有“阿铜宪女适过□□□为设五石人参解□□□安此瓶”诸语，因文字有缺轶，使得文意理解困难，但大致应是对合葬以后“地下”生活的简单描述。

如果上文分析能够成立，将促使我们关注如下问题：①藉此可知东汉时期冥婚并非仅仅“合葬”仪式，当还有“婚礼”仪式，上述婚礼仪式是否与生人婚礼仪式相同不得而知，但应该是模仿生人婚礼仪式而成。②这种“冥婚”以陶瓶朱书形式随葬墓中，从陶瓶朱书内容上看，其主要内容是说明冥婚这件事在神祇、宗教和法律意义上的权威性、绝对性和合法性及预设冥婚以后的生活。从这个意义上看，陶瓶朱书文本形式具有“冥婚证明”的性质，是携往“地下世界”的“婚姻证明文件”。显然，它具有传统的告地策和陶瓶朱书双重性质和特点。③陶瓶朱书已经反映出汉代民间冥婚习俗的信仰：冥婚的目的是希望逝者于“地下世界”过上与人世间正常人一样的生活，所以在洛阳李屯陶瓶朱书中有“苏醒以后”的文字描述。显然，这也是冥婚习俗被视为“违礼”之“陋习”而又屡禁不止而渐为民间流行的原因。

基于上文讨论，再联系甘肃高台骆驼城出土“冥婚文书”，作为一种独特文化现象的“冥婚”，在汉晋时期民间存在情况或可呈现出来。甘肃高台骆驼

---

① 洛阳李屯东汉墓出土冥婚内容的陶瓶朱书释文，参见洛阳市文物工作队：《洛阳李屯东汉元嘉二年墓发掘简报》，《考古与文物》1997年第2期；黄景春：《从一篇东汉镇墓文看我国冥婚习俗》，《湖北民族学院学报（哲学社会科学版）》2009年第6期。

② 郑玄注，贾公彦疏：《周礼注疏》卷十五，第514页。

③ 郑玄注，贾公彦疏：《周礼注疏》卷十五，注引“郑司农云”，第514页。

城98—6号墓出土一件木牍，共11行文字，经释读或取名为“冥婚文书”。其文字释文如下：

> 耿氏男祥，字少平，年廿，命在金。孙氏女祥，字阿玿，年十五，命在土。谨案黄帝司马季主九天畐、太史历记言得用。今年十二月廿三日，月吉日良，星得岁对，宿得天仓，五男四女九子法，冢前交车，作舍作芦，穋穋雍雍，两家合同，雍雍穋穋，两家受福，便利姑忪、叔妹，共上仓天，共作衣裳，共作旃被，共作食饮，共上车，共卧共起，共向冢，共向宅，共取新，共取水，共产儿子儿大，共使千秋万岁不得犯害家人。生死异路，各有城郭，生人前行，死人却略，生人上台，死人深藏埋，生人富贵，死人日远。自今相配合，千秋万岁之后不得还反。时共和合，赤松子如地下二千石、灶君共三画，青乌子共知要。急急如律令。[①]

刘乐贤《“生死异路，各有城郭”——读骆驼城出土的一件冥婚文书》一文在总结了其他学者研究情况基础上，对甘肃高台骆驼城木牍进行释读，并在几个方面提出了自己的意见：部分学者以为木牍文书所述内容属于冥婚的意见是正确的；木牍文书可能是由专业人士所撰，或许就是《昨梦录》所谓“鬼媒人”；木牍文书从文句到观念都承袭了东汉以来流行的陶瓶朱书一类的解注文，文书的目的虽然也有祝愿或约束耿孙二人婚后生活的用意，但其更为直接的目的还是强调生死异路，切断死人与生者之间的任何联系；木牍文书所反映的冥婚传统及地下观念，应当从魏晋一直流传到了宋代及以后，中国古代与冥婚相关的死后观念确实源于本土信仰，唐代冥婚现象的盛行不必从受到佛教地狱观念影响的角度进行解释。[②]

---

① 文中所引甘肃高台骆驼城出土“冥婚文书”释文，录自刘乐贤《“生死异路，各有城郭”——读骆驼城出土的一件冥婚文书》（《历史研究》2011年第6期）一文，引录时没有按照原文分段，换行处所用“／”标记亦省略。关于甘肃高台骆驼城出土“冥婚文书”及释文，亦可参阅曹国新：《骆驼城出土珍贵文物》，《丝绸之路》1999年第3期；赵雪野、赵万钧：《甘肃高台魏晋墓墓券及所涉及的神祇和卜宅图》，《考古与文物》2008年第1期；何双全、狄晓霞：《甘肃省近年来新出土三国两晋简帛综述》，《西北师大学报（社会科学版）》2007年第5期；刘卫鹏：《甘肃高台十六国墓券的再释读》，《敦煌研究》2009年第1期。

② 参见刘乐贤：《“生死异路，各有城郭”——读骆驼城出土的一件冥婚文书》，《历史研究》2011年第6期。按：联系洛阳李屯陶瓶朱书，刘文的观点或有进一步讨论的余地：①联系洛阳李屯东汉元嘉二年陶瓶朱书，刘文上述认识中的第四点需要修正。如前所述，“地下世界”的观念早在西汉时期告地策中既已出现，至东汉时期盛行的陶瓶朱书则反映出这种观念至东汉时期日渐丰富和成熟。以洛阳李屯东汉元嘉二年陶瓶朱书为据，至迟在东汉桓帝时期民间已有冥婚现象。《隶释》载有《相府小吏夏堪碑》，碑文有“聘会谢氏，并灵合柩”语，见出冥婚之事。《隶释》所载《夏堪碑》碑文有缺轶，不知“夏堪”卒或葬于何时。《金石录》云此碑：“字虽不工，然汉碑也。其曰‘精苗’、‘根嗣’，汉末人为文喜造语，多类此。”则两相为证，能够明确东汉时期民间已有冥婚现象或已至流行。②联系洛阳李屯东汉元嘉二年陶瓶朱书，刘文上述认识中的第三点值得商榷。以“切断死人与生者之间的任何联系”作为骆驼城“冥婚文书”之目的，或过于偏颇。从已见陶瓶朱书看，“解除”或“解注”确为重要内容，但解

甘肃高台骆驼城出土木牍“冥婚文书”时间背景多有争议，或有西汉中期、魏晋时期、十六国时期诸种意见。①从已见汉墓随葬相关简牍文献看，骆驼城木牍在行文、用语、叙述等方面均存在较大差异。将上述木牍时间背景推断为魏晋或十六国时期，是较为可信和稳妥的做法。基于此，从秦简《泰原有死者》到洛阳李屯陶瓶朱书再到骆驼城木牍“冥婚文书”，或可构成秦汉魏晋及至十六国时期的历史纵线。将位于上述“历史纵线”之上的洛阳李屯陶瓶朱书和骆驼城木牍进行比较，有以下 4 个方面值得关注：①骆驼城木牍在内容上更强调冥婚男女的“相配性”，并试图以各种“图历”和“星象”说明其“天作之合”的属性特征；②骆驼城木牍在冥婚仪式的描述上更为明确，而对当事者婚后生活的预设方面更为细致和周到；③骆驼城木牍在内容上更注重“冥婚”的“合法性”问题，致使文书作为“婚姻证明文件”的性质更为鲜明；④同时，骆驼城木牍在“不得犯害家人”及“生死异路”等内容的描述上更为直接和明晓，态度上更为直白和决绝，其所谓“解注”或“解除”意味更浓，题旨更明确。

从上面的比较中可以发现，与洛阳李屯陶瓶朱书相比，骆驼城木牍在“冥婚”和“与生人关系”两个方面被强调和突出，前者涉及“冥婚”的“天然性”与“合法性”问题，后者则集中体现在“生死断绝”问题上。需要指出的是，上述比较及基于比较而得出的认识，能否作为特定历史阶段民间冥婚习俗存在状态及流行态势的依据，或许缘于资料的有限性而存有疑问，但是这种基于比较而呈现出的差异与变化，仍然具备流行学意义上的价值。

除殃咎或只是手段，而为生人和逝者祈福才是终极目标。尤其需要注意的是，与洛阳李屯东汉元嘉二年陶瓶朱书相同，骆驼城木牍文书在内容上同样涉及“冥婚这件事在神祇、宗教和法律意义上的权威性、绝对性和合法性以及预设冥婚以后生活”等事项，更有“时共和合，赤松子如地下二千石、灶君共三画，青乌子共知要”以示“画押”和“要约”之事项。说明这件木牍文书在内容和性质上颇为复杂，其“画押”和“要约”之事项，带有“证明文件”性质。据此而论，骆驼城“冥婚文书”兼有告地策与解除文之双重功用，它既是冥婚男女带往“地下世界”的“已婚证明文件”，又具除殃去咎之功用。③联系洛阳李屯东汉元嘉二年陶瓶朱书，刘文上述认识中的第二点需要补充。骆驼城“冥婚文书”出自“鬼媒人”等专业人士之手的判断堪为灼见，同时，其文本本身又“很像是一件格式化的作品”。（刘乐贤《“生死异路，各有城郭”——读骆驼城出土的一件冥婚文书》）然，从骆驼城“冥婚文书”文本实例看，其构文文意明确，层次清楚，用词讲究。若非文人学士所作，却也不是等闲之辈所能为。而从其多用四言句式，间或整齐三言，且韵律谐和，语句流畅的行文看，似缘于唱诵之故而成。据此而论，“冥婚文书”有可能需要在冥婚仪式上以“唱诵”的形式“宣读”。

① 按：刘乐贤《“生死异路，各有城郭”——读骆驼城出土的一件冥婚文书》一文对学术界关于骆驼城木牍时间背景的讨论及自己的意见有所论述，兹引录如下：“这件墓券上虽然有‘今年十二月廿三日’的记载，但由于没有提到年号和十二月的朔日干支，不能据以推定具体年代。”“‘曹文’认为是公元前104 年到公元 85 年之间的汉墓，‘赵文’只将其笼统地称为‘魏晋墓’，‘刘文’则将其归入十六国时期墓葬。”“从目前掌握的信息看，骆驼城相继发现了一批十六国时期的古墓，并出土了几件纪年文字材料。这些纪年文字材料的书写风格和这件墓券较为相似，‘刘文’可能就是因此而将这件墓券推定为十六国时期物。从文书的内容、书写风格以及同墓出土的其他文物等因素观察，‘刘文’将其断为十六国时期物是大致可信的。当然，关于这个问题应该等发掘报告发表之后才能根据墓葬形制和随葬器物进行详细研究，并形成最终结论。鉴于该墓葬的考古报告或发掘简报目前尚未公布，为稳妥起见，本文暂从‘赵文’将其称为魏晋时期墓券。”见刘乐贤：《“生死异路，各有城郭”——读骆驼城出土的一件冥婚文书》，《历史研究》2011 年第 6 期。

据此，我们尝试对汉晋时期民间流行的冥婚风俗给出基于文化视域的如下认识：①从上引《夏堪碑》看，“夏堪”虽然官职卑微，但为“相府小史”，应已成人，而或尚未婚娶。骆驼城“冥婚文书”明确说出当事者的年龄，且下文强调“五男四女九子”的祈愿，说明冥婚双方都是达到一定年龄但尚未婚配的青年男女。洛阳李屯陶瓶朱书虽然没有冥婚男女具体情况的交代，但从许苏两家主动撮合婚事的情况看，或与骆驼城“冥婚文书”相当。[①] ②冥婚男女需要举行冥婚仪式，这种仪式可能与合葬仪式结合在一起，仪式的目的是要展示当事者在“地下世界”以婚姻为维系关系的生活和不再对生人构成威胁的约束，因此“后生命时期”之“地下世界”生命观，是汉晋以来冥婚现象得以流行的思想和信仰基础。③这种冥婚仪式需要具有“合法性”的“授权”，其“授权”的“一方”往往是“神祇世界”的主宰，也包括“神仙世界”的著名仙人和地下世界的高级官吏等。④上述内容不但需要仪式来表现，可能还需要以“冥婚文书”的形式记录下来，并在冥婚仪式上以“唱诵”的形式“宣读”。显然，这种“宣读冥婚文书”本身也是仪式的重要内容之一，可能正是由于这样的原因，“冥婚文书”才被有意识地进行文学意义上的润色和加工，即如骆驼城木牍所表现的“多用四言句式，间或整齐三言，且韵律谐和，语句流畅”的行文特点，以增强其观赏性和感染力，同时也有利于其被冥婚男女“携带”至“地下世界”的需要。

值得注意的是，骆驼城木牍所呈现的“冥婚文书”可能存在“被有意识地进行文学意义上的润色和加工”现象，提示我们注意到两个方面的问题：一方面，具备一定文化修为和文学素养的人，可能已经参与到民间冥婚事物之中并为之服务；另一方面，“后生命时期地下世界之生命观”与“冥婚现象”相结合，提供了“地上”与“地下”不同视域的想象空间，为“好事者”利用上述“空间”构拟惊悚而传奇的“叙事”创造了条件和机会。从这个意义上看，汉晋时期民间冥婚习俗为冥婚小说创作奠定了基础。对此，以《太平广记》所载出自唐人之手以冥婚为题材的小说为例，或能对上述认识提供帮助。[②]

---

① 按：根据《周礼·地官司徒·媒氏》相关记载，冥婚或分为两种形式，一为“迁葬”，二为“嫁殇”“娶殇”或“殇嫁娶”。然而，北大藏秦简《泰原有死者》又有“女子死三岁而复嫁，后有死者，勿并其冢”文字。简文“女子死三岁而复嫁”或意为“女子死去三年以后会再次嫁人”，说明简文中的“女子”当是“生前已婚女子”，因为下文有“后有死者，勿并其冢”文字，能够具有“并其冢”之“权利”的“逝者”，一定是这个“女子”生前的“丈夫”。如果上述释文得以成立，则无疑是已知传统冥婚形式中尚未出现的情况。然而，这种情况有违常理，也乖于伦常。此处提出，仅供参考。北大藏秦简《泰原有死者》释文，见李零：《北大秦牍〈泰原有死者〉简介》，《文物》2012年第6期。

② 《太平广记》载有《季攸》《长洲陆氏女》《王乙》三则以冥婚为题材的小说，其原文引录如下。①季攸：天宝初，会稽主簿季攸有女二人，及携外甥孤女之官。有求之者则嫁已女。已女尽而不及甥。甥恨之，因含怨而死，殡之东郊。经数月，所给主簿市胥吏，杨姓大族子也，家甚富，貌且美。其家忽有失胥，推寻不得，意其为魅所惑也，则于墟墓访之。时大雪，而女殡室有衣裾出。胥家人引之，则闻屋内胥叫声，而殡宫中甚完，不知从何入，遽告主簿。主簿使发其棺，女在棺中，与胥同寝，女貌如生。其家乃出胥，复修殡屋。胥既出，如愚，数日方愈。女则不直于主簿曰：“吾恨舅不嫁，惟怜已女，不知

《太平广记》所载《季攸》《长洲陆氏女》《王乙》三则以冥婚为题材的小说，在内容上呈现出三个共同点：①故事中冥婚男女于生前均未婚配，而其冥婚之事均有“神道”所助，更为重要的是，在逝者与生人的联系中，皆是逝者以“诱惑”的方式主动接触生人而达到冥婚目的。②均在故事尾声部分构拟“冥婚礼”情节。如《季攸》“乃设冥婚礼，合葬于东郊”；《长洲陆氏女》“竟将女与李子为冥婚”；《王乙》“二家为冥婚焉”。从《季攸》“于是纳钱数万”“其父母皆会焉”“攸乃为外甥女造作衣裳、帏帐，至月一日，又造馔，大会杨氏”等情节看，上述“冥婚礼”仿同生人婚礼，而且“厚加棺敛，合葬于东郊”，又与“合葬”丧葬仪式合并在一起举行。③故事中均有“墓葬”与“墓葬地点”描写，或为“殡室”或为“殡宫”，上述“殡室”或“殡宫”当在专门的墓地“墟墓”(《季攸》)之内，但又似乎与生人所居之处相距不远。如《长洲陆氏女》“姑家与女殡同路”。从而将“地下世界”与“人间世界”在空间和时间意义上叠合在一起，致使两个“世界”在“空间”和“时间”上能够自如转换和自由切换。缘于此，也就为故事中男女主人公相互接触创造了条件。如《季攸》“时大雪，而女殡室有衣裾出。胥家人引之，则闻屋内胥叫声”，“胥既出，如愚，数日方愈”等情节。

需要指出的是，《太平广记》所载三则冥婚小说在内容上所呈现出的共同点，均能够在上文以洛阳李屯陶瓶朱书和骆驼城木牍为基础，而总结的汉晋时期民间冥婚风俗特点中找到其根据，从而促使我们能够将秦简《泰原有死者》与洛阳李屯陶瓶朱书和骆驼城木牍等考古文献，与《太平广记》所载冥婚小说联系起来，说明《太平广记》所载冥婚小说在基本情节的构拟上遵循

有吾，故气结死。今神道使吾嫁于市吏，故辄引与之同衾。即此，邑已知，理须见嫁，后月一日，可合婚姻。惟舅不以胥吏见期而违神道，请即知闻，受其所聘，仍待以女婿礼，至月一日，当其饮食，吾迎扬郎，望伏所请焉。”主簿惊叹，乃召胥一问，为扬胥。于是纳钱数万。其父母皆会焉。攸乃为外甥女造作衣裳、帏帐，至月一日，又造馔，大会杨氏。鬼又言曰：“蒙恩许嫁，不胜其喜，今日故此，亲迎扬郎。”言毕，胥暴卒。乃设冥婚礼，厚加棺敛，合葬于东郊。②长洲陆氏女：长洲县丞陆某，家素贫。三月三日，家人悉游虎丘寺。女年十五六，以无衣不得往，独与一婢守舍，父母即行，慨叹投井而死。父母以是为憾，悲泣数日，乃权殡长洲县。后一岁许，有陆某者，会省其姑。姑家与女殡同路，经殡宫过，有小婢随后，云：“女郎欲暂相见。”某不得已，随至其家。家门单小。女郎靓粧，容色婉丽，问云：“君得非长洲百姓耶？我是陆丞女，非人鬼耳。欲请君传语于赞府，今临顿李十八求婚，吾是室女，义难自嫁，可与白大人。若许为婚，当传语至此。”其人尚留殡宫中。少时，当州坊正从殡宫边过，见有衣带出外，视之，见妇人。以白丞。丞自往，使开壁，取某置之厅上，数日能言。问焉得至彼。某以女言对。丞叹息，寻令人问临顿李十八，果有之，而无恙自若。初不为信，后数日乃病，病数日卒。举家叹恨。竟将女与李子为冥婚。③王乙：临汝有官渠店，店北半里许李氏庄王乙者，因赴集，从庄门过，遥见一女，年可十五六，相待忻悦。使侍婢传语。乙徘徊槐荫，便至日暮，因诣庄求宿。主人相见甚欢，供设亦厚。二更后，侍婢来，云：“夜尚未深，宜留烛相待。”女不久至，便叙绸缪。事毕，女悄然忽病。乙云：“本不相识，幸相见招，今叙平生，义即至重。有何不畅耶？”女云：“非不尽心，但适出门闭垣，而墙角下有铁爬，爬齿刺脚，贯彻心痛，痛不可忍。便出足视之，言讫，辞还去，已应必死。君若有情，回日过访，以慰幽魂耳。”后，乙得官东归，途次李氏庄，所闻其女已亡。私与侍婢持酒馔至殡宫外祭之，因而痛哭。须臾，见女从殡宫中出。乙乃伏地而卒。侍婢见乙魂魄与女同入殡宫。二家为冥婚焉。见李昉等：《太平广记》卷 333、卷 334，上海：上海古籍出版社，1990 年，第 413-416、418 页。

着汉晋以来民间冥婚风俗，并由此看到秦汉魏晋时期民间冥婚风俗与唐代冥婚小说之间的发展与演变关系。

值得注意的是，《太平广记》所载三则冥婚小说在故事情节上还表现出另外两个方面的共同点：①故事中首先死去的都是冥婚男女的女子一方，而且皆非正常死亡，或为“怨”或为“冤”或为“不幸事件”。缘于此，故事中的女主人公死后均“主动”寻求“爱情”，而其寻求“爱情”的经历便成为叙述的重点，也成为故事的主要情节。②小说中男女主人公的关系和联系，在故事情节的设计上颇为复杂曲折。由于小说中女主人公死亡及死亡以后男主人公尚在人世，在故事情节上便出现了男女主人公分别以生人与逝者的身份进行“交合”或“联通”而又“被发现”的一系列惊悚情节；同时，又以男主人公“现世生命”的“结束”为前提或代价而与女主人公冥婚成功。

上述情况让我们看到了唐代冥婚小说在遵循汉晋以来民间冥婚习俗的基础上，构拟故事情节过程中所呈现出的文学创作机理和故事叙事技巧。显然，这种文学创作机理和故事叙事技巧的“生成”，正是冥婚小说得以出现的另一个决定性因素。联系秦简《泰原有死者》、洛阳李屯陶瓶朱书及骆驼城木牍，其运用这种文学创作机理和故事叙事技巧的文学创作的“动因”是客观存在的。上述情况进一步说明，秦简《泰原有死者》、洛阳李屯陶瓶朱书和骆驼城木牍，其本身即是文学意义上以冥婚为题材的故事性叙事作品的早期形态。

二、湖南长沙市东牌楼覃超人形木牍与东汉时期仙解小说创作

2004年4至6月，湖南长沙市中心五一广场东南侧东牌楼建筑工地发现古井群，其中编号为J7古井中清理出一批东汉灵帝时期的简牍文献。[①]熹平元年覃超人形木牍即出自上述简牍文献之中。此木牍形制极为特殊，清理时原为二片，从中间竖向断开，后整合为一片。整片木牍刻为人形，有“头”“身”“双腿”，头部以墨绘出“眉”“眼”“鼻”“口”“胡须”；上身部分绘“身形”；“腹部”有一不规则“穿孔”似“肚脐”；下部是与上身相等长度的“双腿”，腿下有侧向突出部分，状为“双脚”。[②]在木牍“穿孔”下方及“双腿”、木牍背面“身形”两侧及“双腿”部位均书有文字，释文如下：“喜平元年六月甲申朔廿二乙卯，谨遣小史覃超诣在所，到，敢问前后所犯为无状。家[富]？有[如]肥阳、玉角。所将随从，[饮]食易得。人主伤心[不]易识。超到言

① 关于长沙东牌楼东汉简牍发掘、整理及释读情况，可参阅长沙市文物考古研究所、中国文物研究所编：《长沙东牌楼东汉简牍》。

② 关于长沙东牌楼东汉简牍熹平元年覃超人形木牍形制，可参阅《长沙东牌楼东汉简牍》“彩板三一”“图版一一七”及王素《长沙东牌楼东汉简牍概述》相关介绍（长沙市文物考古研究所、中国文物研究所编：《长沙东牌楼东汉简牍》，“前言”，第63页；“图版”，第50页；“前言”，第75页）。

[如][律]令。故事：有陈者，教首。书者员悝、李阿。六月廿二日白。”①

王素《长沙东牌楼东汉简牍概述》对上述牍文释读和内容有所考订和讨论。

（1）在牍文释读上，王文认为“廿二”下脱“日”字；“乙卯”之“卯”应为“巳”；“喜平”应为“熹平”；“肥阳”之“阳”当为“羊”；“教首”上脱“为”字。在简文内容的认识方面，认为这种“人形木牍”有例可援，如武威出土“前凉建兴廿八年王洛子松人解除简文”，原为长方形木板，正面中间墨绘一偶人，著袍褂，作揖，题曰“松人”。木板正背空白处写解除文。再如吐鲁番出土“麴氏王国建国前张龙勒桃人木牌”，其正面上部图案漫漶，推测为人形，背面空白处书写文字，首称“桃人一枚”。

（2）在关于“书者”的认识上，王文认为简文尾部“李阿”应为神仙名。《神仙传》《云笈七籤》《太平广记》《太平御览》《蜀中广记》等文献均载有“李阿”故事。同时，吐鲁番出土高昌时期随葬衣物疏中常见“倩书张坚固、李定度”，上述人名都是“习见的神仙名字”，据此，简文“书者”所排列的两个人名，也当是神仙名。

（3）基于上述考订和讨论，王文得出如下结论：“这应是一件死者覃超给道、巫世界的上言。东汉末期，特别是黄巾起事前后，神仙道教与民间巫俗盛行，人们对死后世界的追寻也呈现多样化。此前，一些关于死后世界的观念，仅见于墓葬出土墓券文和镇墓文。本人形木牍的出土，提供了了解当时此类观念的最新材料。”

（4）最后，据此联系后世文献所载“李阿”故事形成的时间，至少可以将其上溯至东汉晚期。“宋编类书如《云笈七籤》卷一〇九李阿条、《太平广记》卷七神仙类李阿条、《太平御览》卷三四五兵部刀条、同书卷八二七资产部市条引《神仙传》均略同，但均未记李阿为何时人。唯明曹学佺《蜀中广记》卷七三神仙记类川西道条引《太霄经》云：‘吴大帝时，蜀中有李阿者，穴居不食，累世见之，号曰百岁翁。’始系于孙吴之初。但似乎并不可信。”②

针对上述研究，如下情况需要进一步关注和讨论。

（1）牍文“谨遣小史覃超诣在所”句，“谨遣”属于官方行政用语，意为主官指派属吏到某地执行某种公务；“小史”即郡县属吏，“小史覃超”即是被派遣执行公务者；“在所”属于主官行处习用语，牍文中“在所”之前有

① 熹平元年覃超人形木牍释文，引自王素《长沙东牌楼东汉简牍概述》，引文没有按照原木牍书写顺序排列，原木牍“正面”有三行文字，“背面”有两行文字。欲了解木牍原书写情况，可参阅长沙市文物考古研究所、中国文物研究所编的《长沙东牌楼东汉简牍》“前言”，第75-76页；或该书“彩板三一”和“图版一一七”。

② 王素：《长沙东牌楼东汉简牍概述》，长沙市文物考古研究所、中国文物研究所编：《长沙东牌楼东汉简牍》，“前言”，第75-77页。

“诣”字，说明这个“在所”即是“覃超”所赴之地。如此，此句意为“谨派遣小史覃超赶赴在所报道”。

（2）牍文“到敢问前后所犯为无状”句意颇难理解。值得注意的是，“状”本为向上级陈述事件的公文，汉时举荐某人的文书或文件亦称“状”。如《后汉书·朱浮传》注引《汉官仪》：“博士，秦官也。武帝初置五经博士，后增至十四人。太常差选有聪明威重一人为祭酒，总领纲纪，举其状曰。”[①]又，《潜夫论·实贡》：“历察其状，德侔颜渊卜冉，最其行能，多不及中。”注云：“按汉时保举人皆有状。”[②]牍文中“状”字或当作如上解，并与前句句意相对应，说明“小史覃超”是被人“举荐”而“赶赴在所”。正常的情况下，“覃超”当有“状”以为举荐之用，牍文“无状”则特意作为说明。

（3）据此而论，虽然覃超人形木牍尚有多处字句意义需要进一步释读，但从叙事线索上看，或可以对牍文前半部分理出头绪。牍文前半部分主要讲述了名为“覃超”的“小史”因人“举荐”而赶赴位于某处的“在所”报道的事情。上述内容的性质，或为官府行为，或属于个人事物，从这个意义上看，牍文虽然可见“年号”与“时间”及“言[如][律]令”等“解除文”常见的习惯用语，但在内容上与目前所见解除文差异较大，无法将双方等同起来，所以不能视为同类文本形式。牍文后半部分多处不宜读懂，其中“所将随从[饮]食易得”所表述的意思，在告地策中时有出现，而“肥阳”“玉角”虽然本意可寻，但缘何出现在文中却颇为迷惑。以王素《长沙东牌楼东汉简牍概述》的理解，“玉角”或带有道教升仙寓意。如此，牍文后半部分内容又与已见告地策完全不同，不可同等看待。基于此，将牍文前、后两个部分联系起来考察，基本上可以将牍文与传统告地策和陶瓶朱书区别开来，同时，也不似政府间公文或主官举荐属吏的文书。

（4）从牍文“谨遣小史覃超诣在所”句看，尚涉及两个隐藏的主体，即“谨遣”的指派一方和“诣在所”的在所一方。显然，指派一方即是这件文书的发出者，而“诣在所”的在所一方则是这件文书的接收者。根据木牍原文，上述双方都没有出现，而仅有“书者员悝李阿”字样。江陵凤凰山 9 号墓所见木牍，其文后见“郢人手”“寄手”题款。或谓“手”前之字皆为人名，“手”表示牍文为他们手书。[③]《汉书·郊祀志上》云：“天子识其手”，颜师古注云：“手，谓所书手迹。”汉《武斑碑》文末有“纪伯允书此碑”句，此“书”字的意思当与“手”相当，即指碑文之“书写”。显然，上述“手”

① 范晔撰，李贤等注：《后汉书》卷三十三，第 1145 页。
② 王符：《潜夫论》卷十四，国学整理社辑：《诸子集成》第八册，第 64 页。
③ 参见湖北省文物考古研究所编《江陵凤凰山西汉简牍》（第 81-87 页）之“九号墓”李家浩所作木牍释文及注释。

或“书”都是“抄写”或“抄录”的意思，故而“天子识其手”。而覃超人形木牍以“书者”成文，其“书者”或兼有“撰”与“写”双重意思。如果上述推断能够成立，则牍文的“书者”也就是“撰者”，也应该是“两个隐藏的主体”之一，即“谨遣”的一方。如此，如果“书者”之一的“李阿”有升仙经历而具神仙身份，根据告地策和陶瓶朱书惯常通则，牍文接收者的身份也当如此。是故，牍文“谨遣小史覃超诣在所”之“在所”，就应该是某神仙之处所。上述认识与王素《长沙东牌楼东汉简牍概述》中“这应是一件死者覃超给道、巫世界的上言”结论有一致的地方，但不同之处则在于：覃超人形木牍的性质或是“进入仙境的推荐文书”，它借助时所流行的举荐文书“状”的形式，以“李阿”等神仙作为“举荐者”，向另一神仙推荐当事者“覃超”赶赴某神仙的“在所”即“仙境”报道。

据此，再次考察覃超人形木牍的性质，其与告地策和陶瓶朱书存在某些共性特征：上述文本形式中的当事者都是逝者，上述文本形式都围绕着逝者的现实生命结束以后“生命未来走向”而构拟情节并展开叙述。不同的是，告地策和陶瓶朱书以“地下世界”的构拟和叙述为主，覃超人形木牍则将这种“生命未来走向”指向了“神仙世界”。

上述认识得以确立，还需要对覃超人形木牍本身所存在的两个方面的疑问给出必要的解释：①木牍人形造型及头脸身躯墨绘与牍文之间应该具有某种内在的联系，那么这种联系是什么？②木牍缘属井中遗物而非随葬物，木牍缘何出现在井中并与其他政府及私人文献同出？

上述两个问题似乎存在关联。顺着“覃超人形木牍的性质或是‘进入仙境的推荐文书’”的认识进行思考，木牍“人形造型”是为“人形墨绘”服务的，而上述“人形造型”和“人形墨绘”又是为牍文作为“进入仙境的推荐文书”而服务的。木牍“人形墨绘”导致“人形造型”的木牍个体化，并与牍文相结合而完成实名化演变。木牍“人形造型”和“人形墨绘”与牍文相结合，从“形象”和“文本”两个方面实现了“覃超”举荐文书的作用和意义。从这个意义上看，木牍“人形造型”和“人形墨绘”与陶瓶朱书之“松人”“桃人”“铅人”绝非同类。

值得注意的是，与覃超人形木牍同出者共 58 件木牍，其内容为“文书”“书信”“杂文书”“习字”4 类及部分“残简”。从内容上看，覃超人形木牍堪为另类。[①]上述情况促使我们思考这样的问题：覃超人形木牍不应与同出木

① 按：根据《长沙东牌楼七号古井发掘报告》，出土于七号井第五层木牍共 57 件，按照整理号（图版号）分别为：八：兼主录掾黄章上太守书；九：熹平五年骑吏中风文书；十：残文书；十三：残文书；十五：残文书；十六：残文书；十七：残文书；十八：李使君残文书；十九：房□六门残文书；二一：残文书；二二：残文书；二三：残文书；二九：光和三年后犹书信；三四：堂致陈主簿书信；三八：佚名致陈掾

牍做同类思考。据《长沙东牌七号古井发掘报告》，J7 古井中“第三层至第五层堆积内出土有较完整或可修复的汲水罐，器类有青瓷罐及硬陶罐，从这些器物的残损情况看，大多是肩部有残失或罐身破碎，可以推测这些应该是当时古井使用时的遗留物。而在第一层和第二层则以出土陶盆、陶钵及瓦片、漆木器等非汲水器为主，器类较杂，而且本身堆积层次较厚，推测应为废弃后的堆积”①。上述考古学认识或许可以作为判断“覃超人形木牍是在 J7 古井还在使用时被掷入井中”的依据。基于上述判断，覃超人形木牍“缘何出现在井中”疑问或许能够找出答案：顺承上文关于“覃超人形木牍的性质或是‘进入仙境的推荐文书’”的认识，其被“掷入井中”的“行为”或具有巫术性质，“井”或“井水”是作为“推荐文书”的“媒介”出现的。②

综上所述，基于王素《长沙东牌楼东汉简牍概述》研究，联系覃超人形木牍之牍文，或可作进一步认识：覃超人形木牍是进入仙境的推荐文书，在这一点上其与告地策和陶瓶朱书一样，都是为逝者进入死后世界而构拟的文书，所不同的是，覃超人形木牍中当事者所进入的“死后世界”是所谓的“仙境”。基于上述认识再次考量覃超人形木牍于文学上的意义和价值，上引王素《长沙东牌楼东汉简牍概述》“李阿故事形成时间至少可以上溯至东汉晚期”的认识，或仅仅是一个方面的表现，而更为重要的是，覃超人形木牍之图、形、文相互结合的形式，或将汉人神仙崇拜中“尸解升仙”或“度世升仙”信仰与传统的丧葬仪式联系起来，进而能够将这种以“死后升仙”为描绘对

书信；四二：凃辅书信；四三：冷沄书信；五一：峻书信；五二：香书信；五四：缘残书信；五五：佚名书信（上）；五六：佚名书信（下）；六六：佚名书信（10）；六七：佚名书信（11）；六八：佚名书信（12）；六九：佚名书信（13）；七〇：佚名书信（14）；七一：佚名残书信（1）；七六：期会杂事目（二）；七七：期会当对事目；七八：某日刑案事目；八二：残户籍（二）；八三：残户籍文书（一）；一〇二：陈某残券；一〇五：中仓租券签牌；一一七：熹平元年覃超人形木牍；一三一：南乡民也残文书；一三二：侍吏残文书；一三三：答辞气残文书；一三四：复坐□时平亭残文书；一三五：物何宜有残文书；一三六：土受足具残文书；一三七：到日得为残文书；一五三：水来等习字；一五四：中贼曹掾等习字；一五五：所从等习字；一五六：督邮书掾等习字；一五七：昌孖等习字；一七〇：者曹残简；一七六：吏字残简；一七八：即字残简；一九一：残简；一九二：残简；一九三：残简；一九四：残简；一九六：残简；一九七：残简。从上述木牍内容上看，“文书”12 件，从已见内容完整者看，均为官府或官员往来文书；“书信”16 件，多为私记类文献；“杂文书”主要为“事目”“户籍”“券”“签牌”；尚有“习字简”“残简”及“残文书”。由此可见，覃超人形木牍虽然也可视为“文书”一类，但在内容上与同出木牍截然不同。

① 《长沙东牌楼七号古井发掘报告》，长沙市文物考古研究所、中国文物研究所编：《长沙东牌楼东汉简牍》，“前言”，第 29 页。

② 按：传统观念中“井”并非阻塞封闭之物。《太平御览》卷一百八十九引《易传》云：“井通也，物所通用也。”《杂卦》云：“井通而困相遇也。”《史记·五帝本纪》载云：“瞽叟又使舜穿井，舜穿井为匿空旁出。”《正义》引《史通》云：“舜穿井，又告二女。二女曰：去汝裳衣，龙工往。”民间习俗中“井”或被披上神秘的外衣，与神仙之事多有联系。《穆天子传》卷五载有周穆王与井公“博戏”传说：“天子北入于邴，与井公博，三日而决。”《白泽图》载有“井精”传说：“故井故渊之精名曰观，状如美女，好吹箫，以其名呼之则去。”（游自勇：《白泽图辑校》，《〈白泽图〉与〈白泽精怪图〉关系析论：〈白泽精怪图〉研究之二》，刘少刚主编，中国文化遗产研究院编：《出土文献研究》第十辑，北京：中华书局，2011 年）《瑞应图》云：“井不凿自成，王者清净则自流，有仙人至之征。”（瞿昙悉达：《开元占经》卷一百，长沙：岳麓书社，1994 年，第 1050 页）进而形成“井”与“符箓”“神仙”“长寿”的传说，可参见《太平御览》卷一百八十九所引。

象的叙事作品与传统的复活故事联系起来，从而发现汉代流行的复活类型志怪小说的又一种文本形式，以及图、形、文相互结合的叙事特点。从另一个角度看，覃超人形木牍承载着生命由死亡而仙去的信仰，这种信仰又是依托丧葬和法术仪式来承载和表现的，其特点是前者的生命终结恰是后者的生命仙解的媒介和手段，其由死而生、由有限生命到无限永生的转化过程，无不在观念和仪式上制造出丰富的叙述资源，并为生动而富有传奇色彩的叙事创造了条件。据此而论，以“仙解”为题材和叙事类型的复活类型志怪小说在汉代出现，应该是可以预见的事情，而从汉碑《肥致碑》看，其碑文中关于“主人公”神异经历和仙解过程的描述，就已经具备了仙解类复活小说的特点。①

第五节　生命信仰和生死观新变与复活类型志怪小说发展演变

告地策与陶瓶朱书所反映的“人间世界”与“地下世界”的同位出现和彼此联通，“神祇世界”对“人间世界”与“地下世界”的主宰与统合，“地下世界”之“神祇群体”的出现及与“人间世界”的联系等以往传世文献绝少触及的东西，为汉唐以来复活类型志怪小说创作，进行了思想与观念上的铺垫和文学意义上的资料准备，以及叙事意义上的经验积累。正是在这个意义上，我们发现了藉由告地策与陶瓶朱书所反映的生命信仰和生死观的新变，

① 按：《肥致碑》于 1991 年 7 月在河南偃师县南蔡庄村东汉墓出土，据碑额题铭，当刻立于东汉灵帝建宁二年。此碑碑文中存有尚无用例的别字约 30 字，再加上石碑于墓中出现，故导致其真伪疑问。亦有学者认为此碑当为“墓志”“墓表”一类，“应该是所谓神秘集团的墓表”。从内容上看，此碑“叙说了方士肥致的为人和他的超能力之具体实例，并触及他的师承、友人及弟子和许幼等五个弟子一起喝了所谓‘石脂’药逝世等”。“该墓的营造者在碑文中写出是许幼之子建。由于发掘时在墓室内到处散乱着白骨，可以推测，当时要葬其父许幼时，连父亲的老师肥致和跟肥一起死亡的同门四人也陪葬进去的。”（西林昭一、陈松长：《新中国出土书迹》，北京：文物出版社，2009 年，第 179-180 页）下面所录《肥致碑》碑文，引自李楠《秦汉刻石选译》（第 298-299 页）其中部分标点和释文有所变动，或请参考原书引文。“汉故掖庭待诏君讳致，字苌华，梁县人也。其少体自然之姿，长有殊俗之操。常隐居养志。君常舍止枣树上，三年不下，与道逍遥。行成名立，声布海内，群士钦仰，来集如云。时有赤气，著钟连天，及公卿百僚以下无能消者。诏闻梁枣树上有道人，遣使者以礼娉君。君忠以卫上，翔然来臻。应时发算，除去灾变，拜掖庭待诏，赐钱千万，君让不受诏。以十一月中旬，上思生葵。君却入室，须臾之顷，抱两束葵出。上问：君于何所得之。对曰：从蜀郡太守取之。即驿马问郡。郡上报曰：以十一月十五日平旦，赤车使者来，发生葵两束。君神明之验，讥微玄妙，出窈入冥，变化难识。行数万里不移日时。浮游八极。休息仙庭。君师魏郡张吴，齐晏子、海上黄渊、赤松子与为友，生号曰真人，世无及者。功臣五大夫雒阳东乡许幼仙师事肥君，恭敬烝烝，解止幼舍。幼从君得度世而去。幼子男建，字孝苌，心慈性孝。常思想神灵。建宁二年太岁在己酉，五月十五日丙午直建，孝苌为君设便坐，朝暮举门，恂恂不敢解殆，敬进肥君餟。顺四时，所有神仙退泰，穆若潜龙。虽欲拜见，道径无从。谨立斯石，以畅虔恭。表述前列，启劝僮蒙。其辞曰：赫赫休哉，故神君皇。又有鸿称，升遐见纪。子孙企予，慕仰靡恃。故刊兹石，□[達]情理。愿时彷佛。赐其嘉祉。土仙者，大伍公，见西王母昆仑之虚，受仙道。大伍公从弟子五人：田伛、全口中、宋直忌公、毕先风、许先生，皆食石脂仙而去。”

在秦汉魏晋时期复活类型志怪小说发展演变中的意义和价值。

一、秦简《墓主记》与《山海经》“窫窳复活”神话比较研究

放马滩秦简《墓主记》在内容上可以分为“死而复活”与“复活后讲述祭祀禁忌”两个部分，在情节上具有如下特点：①“丹”因伤人而自杀（自刺），陈尸于市三日而后葬；②埋葬三年后由“司命史公孙强”命“白狗”自墓中掘出；③“司命史公孙强”将“丹”的尸体立于墓上三日，再徙于“北地柏丘之上”四年，而后“复生”；④“丹”复活后讲述了鬼的癖好和祭祀的禁忌。[①]《墓主记》对“死而复活”内容叙述翔实，从虚构和想象的角度考察，《墓主记》具备文学文本的意义和特点。《山海经》载有“窫窳”死而复生的神话。将上述神话与放马滩秦简《墓主记》进行比较，即能够对秦简《墓主记》在古代复活类型志怪小说发展演变中的意义与价值的评估有所帮助。

《山海经·海内西经》载有两则有关“窫窳”的文字，其一云：“贰负之臣曰危，危与贰负杀窫窳。帝乃梏之疏属之山，桎其右足，反缚两手（与发），系之山上木。”[②]其二云：“开明东有巫彭、巫抵、巫阳、巫履、巫凡、巫相，夹窫窳之尸，皆操不死之药以距之。窫窳者，蛇身人面，贰负臣所杀也。”[③]郭

① 按：甘肃天水放马滩1号秦墓曾出土460支竹简，并在《文物》1989年第2期的发掘报告中公布（见甘肃省文物考古研究所、天水市北道区文化馆：《甘肃天水放马滩战国秦汉墓群的发掘》，《文物》1989年第2期）。《文物》同期还刊登了何双全对上述简文进行深入研究的论文，论文不但对上述竹简进行了详细的介绍，还公布了部分竹简图片，为学者进一步研究提供了条件（见何双全：《天水放马滩秦简综述》，《文物》1989年第2期）。放马滩秦简《墓主记》释文如下：“卅八年八月己巳，邸丞赤敢谒御史：大梁人王里□□曰丹□：今七年，丹刺伤人垣雍里中，因自刺殹。弃之于市，三日，葬之垣雍南门外。三年，丹而复生。丹所以得复生者，吾犀武舍人，犀武论其舍人□命者，以丹未当死，因告司命史公孙强。因令白狗（？）穴屈出丹，立墓上三日，因与司命史公孙强北出赵氏，之北地柏丘之上。盈四年，乃闻犬犻鸡鸣而人食，其状类益、少麋、墨，四支不用。丹言曰：死者不欲多衣（？）。市人以白茅为富，其鬼受（？）于它而富。丹言：祠墓者毋敢毄。毄，鬼去敬走。已收腏而釐之，如此□□□□食□。丹言：祠者必谨骚除，毋以□淪祠所。毋以羹沃腏上，鬼弗食殹。”释文引自李学勤《放马滩简中的志怪故事》（李学勤：《简帛佚籍与学术史》，第167-168页）。关于放马滩秦简《墓主记》释文问题，或可进一步参阅宋华强：《放马滩秦简〈邸丞谒御史书〉释读札记》，中国文化遗产研究院编：《出土文献研究》第十辑，第137-143页；姜守诚：《放马滩秦简〈志怪故事〉考释》，杨振红、邬文玲主编，中国社会科学院简帛研究中心、中国社科院历史所战国秦汉室编:《简帛研究二〇一四》，第118-183页。北大藏秦简《泰原有死者》释文如下：“泰原有死者，三岁而复产，献之咸阳，言曰：死人之所恶，解予死人衣。必令产见之，弗产见，鬼辄夺而入之少内。死人所贵黄圈。黄圈以当金，黍粟以当钱，白菅以当繇。女子死三岁而复嫁，后有死者，勿并其冢。祭死人之冢，勿哭。须其已食乃哭之，不须其已食而哭之，鬼辄夺而入之厨。祠，毋以酒与羹沃祭，而沃祭前，收死人，勿束缚。毋决其履，毋毁其器。令如其产之卧殹，令其魖（魄）不得茖（落）思。黄圈者，大叔（菽）殹，孝（莠）去其皮，置于土中，以为黄金之勉。”见李零：《北大秦牍〈泰原有死者〉简介》，《文物》2012年第6期。另，关于北大藏秦简《泰原有死者》简文情况，亦可参见：刘国胜《北大藏秦简读后记》、陈侃理《秦简牍复生故事与移风易俗》，武汉大学简帛研究中心主办：《简帛》第八辑。

② 郭璞注，谭承耕点校：《山海经》卷十一，长沙：岳麓书社，1992年，第135页。

③ 郭璞注，谭承耕点校：《山海经》卷十一，第138页。

璞注云："为距却死气，求更生。"[①]上述两则文字在内容上存在相互衔接的情况，前者明言"窫窳"为"危"与"贰负"所杀，后者则叙述"被杀"的"窫窳"如何在"神巫"帮助下"复活"。显然，上述两则文字分别描述"窫窳"被杀与复活的经过，内容相互关联，叙事相互衔接，故将上述两则文字联系起来作为一个整体来看待，应该是合乎逻辑和情理的。于是，姑且以"窫窳复活"为名来指称这两则神话。

将《山海经》"窫窳复活"神话与秦简《墓主记》进行比较，能够看到二者在某些情节上存在相同之处：①"窫窳复活"神话在"窫窳"被杀之后，神巫"夹窫窳之尸"而以"不死之药距之"的描述，与《墓主记》中"司命史公孙强"将"丹"的"尸体"立于墓上三日再抶之于"北地柏丘之上"的情节，存在高度的相似性。②"窫窳复活"神话最后有"窫窳"之"蛇身人面"形貌的描述，联系此段经文上下文字叙事脉理，可知上述描述应该是对"窫窳"被杀之前的形貌的补充追述。然而《北山经》还载有"窫窳"事迹，其中的"窫窳"则为"其状如牛而赤身人面马足"，似乎说明"窫窳"在形貌上发生了变化，而其形貌变化的原因，或是由于"复生"所致。[②]对此，尚有"颛顼复活"与"后稷垅"神话为证。[③]显然，因"复生"而致形貌变化的情况，在秦简《墓主记》中同样存在。③如前所述，前引《山海经·北山经》所载"少咸之山"之"状如牛而赤身人面马足"的"窫窳"，或是复活之后形貌发生变化的"窫窳"。此处"敦水出焉，东流注于雁门之水"[④]。另，《山海经·海内西经》有"大泽"条，其地"在雁门北"，而下条即为"后稷所葬，山水环之。在氐人国西"。又据《山海经·海内经》载"后稷"所葬之处在"都广之野"。则"都广""氐人国""雁门"或存在地域上的联系。《山海经》中的上述地域，既是葬所，又是神话中死后复活之处。再联系《墓主记》中的"丹"乃"大梁人"，其主人犀武亦"魏将"。"丹"在"垣雍"将人刺死并自杀，"垣雍"在战国时属韩。"丹"从墓中出来后，又在"司命史公孙强"的带领下"北出赵氏之北地柏丘之上"。上述地域涉战国魏、韩、赵，但皆为传统的晋地。对于简文上述地域名称，学术界虽然尚有不同认识，但简文"北出赵氏之北地柏丘之上"再次"复活"的描述，却是《墓主记》明确的叙述，

① 郭璞注，谭承耕点校：《山海经》卷十一，第138页。

② 袁珂认为"窫窳"为贰负臣所杀，经诸巫救治复活后，化而为此等怪物。参见袁珂编著：《中国神话传说词典》，北京：北京联合出版公司，2013年修订版，"窫窳"条，第347页。

③ 按：《山海经·大荒西经》载云："有鱼偏枯，名曰鱼妇，颛顼死即复苏。风道北来，天乃大水泉，蛇乃化为鱼，是为鱼妇。颛顼死即复苏。"（郭璞注，谭承耕点校：《山海经》卷十六，第171页）《淮南子·墬形训》云："后稷垅在建木西，其人死复苏其半，鱼在其间。"高诱注云："复生或化为鱼，在都广建木间。"高诱注：《淮南子》卷四，国学整理社辑：《诸子集成》第七册，第64页。

④ 郭璞注，谭承耕点校：《山海经》卷三，第43页。

上述情况又与《山海经》对“都广”“氐人国”“雁门”地域“既是葬所又是死后复活之地”的描述相吻合。[①]上述情况说明，放马滩秦简《墓主记》以“招魂复魄”式的复活形式、复活过程、甚至复活地域，都能够在《山海经》窫窳及其他神祇复活神话中找到相近的叙述。

将《山海经》“窫窳复活”神话与《墓主记》进行比较，还可见出双方在情节内容方面存在某些不同之处：①故事的主角由“神”或“神人”而变为普通的人。②故事情节所演进的背景和境域由“神界”和“神境”而变为“人世”和普通人生活的“俗境”，而“死后世界”亦以其尚且模糊的形态出现在传奇式的叙述中。③而就《墓主记》传奇式叙述而言，其中最为突出的是涉及“祭祀禁忌”的内容，尤其是对“鬼”的“好”“恶”方面颇为琐细的陈述。关于《墓主记》中出现“鬼”的问题，尽管尚有“人间之鬼”“地下之鬼”及“地下之鬼往返人间与地下”等不同认识。[②]但一个无法否认的事实是，《墓主记》中的“鬼”，都是当事者死后复生所陈述，说明他们所说的有关“鬼”的事情，都是“死后所见”，文本中当事者对“祭祀禁忌”内容的叙述，是藉由“死后”之“经验”所得，因此，透过《墓主记》故事性叙述，尚能推断出“死前”与“死后”两个“空间”和“境域”同时于观念中存在的事实。

藉此而论，将秦简《墓主记》与《山海经》“窫窳复活”神话联系起来考察，其中颇为相近的情节内容，可能是双方具有某种“同质性”的表现和反映。从文学文本意义上看，双方在构拟“死后复生”故事性叙述时，其所秉承或遵循的思想和原则乃至手段，可能存在着某种共性和一致性要求。如果上述推断具有合理性，则能够将《山海经》“窫窳复活”神话与秦简《墓主记》联系起来考察，继而发现后者在传统神话的影响下而有所承袭的独特现象。从复活故事发展与演变角度上看，与《山海经》“窫窳复活”神话不同，《墓主记》作为以生命复活为题材的故事性叙事作品，以其故事主角由“神”而“人”，故事背景由“神界”而“人间”乃至“人间”与“死后世界”的“互通”与“交合”的情节内容，展示了其承上而启下的文学价值和具有转折性标志的文学意义。再者，上述情况的存在，能够促使我们进一步思考：放马滩秦简《墓主记》以“复活”为主要构文内容的故事性叙述，可能在战国至秦汉时期的秦晋地域民间多有流传，其早期形态或表现为神祇复活的神话传

① 按：或以为上述地域名称“并非实指，而是隐指幽冥世界的异域空间”。关于学术界对放马滩秦简《墓主记》中“北出赵氏”“北地”“柏丘”等地域名词的释读意见，可参阅姜守诚《放马滩秦简〈志怪故事〉考释》一文的介绍和总结，见杨振红、邬文玲主编，中国社会科学院简帛研究中心、中国社科院历史所战国秦汉室编：《简帛研究二〇一四》，第118-183页。

② 按：关于《墓主记》与《泰原有死者》中“鬼”的问题及不同认识，可参阅黄杰：《放马滩秦简〈丹〉篇与北大秦牍〈泰原有死者〉研究》，武汉大学中国传统文化研究中心编：《人文论丛》2013年卷，武汉：武汉大学出版社。

说，而《墓主记》的出现，或意味着这种故事性叙述的主角已由神祇而延展至普通人，也意味着这种以普通人死后再生的志怪故事于秦汉时期颇为流行的存在状态。

二、秦简《墓主记》与《庄子·至乐》“髑髅复活”故事比较研究

春秋晚期齐国青铜器“洹子孟姜壶”铭文所列神祇中就有司命神，近年发现的战国楚简卜筮祭祷简中亦载有关于司命的祷祠实践，而《史记·封禅书》载汉初于长安置祠祝官、女巫，其中晋巫与荆巫所祠之神亦有司命。上述司命神崇拜各具地域背景，反映了春秋战国时期司命神和司命神崇拜的地域属性，说明以齐、晋、楚为地域背景的司命神崇拜在春秋战国时期已经各自形成体系和传统，而以晋、楚为地域背景的司命神崇拜更延续至秦汉时期，且仍具生命力。

司命神的地域属性强烈，晋地的司命神崇拜传统在汉初还存在，故《墓主记》中“犀武”想要“丹”复活，应该请求晋地的司命。从这个意义上说，“司命史公孙强”应该是晋地司命神在人世间的代表。据此而论，放马滩秦简《墓主记》志怪故事发生的地域背景应该是传统的晋地，这一故事的形成与晋地司命神和司命神崇拜传统存在联系。

战国楚简卜筮祭祷简中即有以司命为对象的祷祠实践的载记，进一步说明荆楚地域司命神崇拜传统存在的事实。从这个意义上说，虽然目前在战国时期楚墓考古发掘中还没有发现与放马滩秦简《墓主记》相类的简文或其他文字资料，但缘于荆楚地域司命神崇拜的影响而形成的复活类型的叙事作品也应该是存在的。对此，我们从《庄子·至乐》“髑髅复活”故事中能够找到佐证。①

《庄子·至乐》“髑髅复活”故事虽然属于寓言性质，主要情节却是复活内容，而且复活的方式同样依靠司命的帮助，显然在内容和情节上与《墓主记》并无差异。更为重要的是，“髑髅复活”故事的荆楚地域属性是清楚和明确的。②基于此，我们认为《庄子·至乐》“髑髅复活”故事中的复活内容，

---

① 《庄子·至乐》“髑髅故事”原文如下：庄子之楚，见空髑髅，髐然有形，撽以马捶，因而问之曰：“夫子贪生失理而为此乎？将子有亡国之事，斧钺之诛，而为此乎？将子有不善之行，愧遗父母妻子之丑，而为此乎？将子有冻馁之患而为此乎？将子之春秋故及此乎？”于是语卒，援髑髅枕而卧。夜半，髑髅见梦，曰：“子之谈者似辩士。视子所言，皆生人之累也，死则无此矣。子欲闻死之说乎？”庄子曰：“然。”髑髅曰：“死无君于上，无臣于下，亦无四时之事，从然以天地为春秋，虽南面王，乐不能过也。”庄子不信曰：“吾使司命复生子形，为子骨肉肌肤，反子父母妻子，闾里知识，子欲之乎？”髑髅深矉蹙頞曰：“吾安能弃南面王乐，而复为人间之劳乎！”王先谦：《庄子集解》卷五，国学整理社辑：《诸子集成》第三册，第 111 页。

② 根据如下：第一，在“髑髅复活”故事中明确说出“庄子之楚”而发现“髑髅”，以此透露出了“髑髅复活”故事发生的地域背景。第二，在“髑髅复活”故事中明确说出让“司命神”赋予“髑髅”以生

是以荆楚地域传统生命信仰和生死观为基础而构拟出来的，可以与放马滩秦简《墓主记》进行比较研究。

在放马滩秦简《墓主记》中，“司命史公孙强”的作用最为重要。他是以司命和逝者的中间人形象出现的，从生命复活方式的角度看，他又具有司命神于人世间代表的身份。因此，“司命史公孙强”既是故事中的人物形象，又是“招魂复魄”式的复活巫术的主持者。上述情况说明，《墓主记》既具有虚构成分，但其故事本身也可能来源于现实生活中巫师作法的神秘仪式，是这种神秘仪式的故事化或传说化的产物。值得注意的是，《庄子·至乐》“髑髅复活”故事在内容上特别强调“吾使司命复子之形”，其中的“吾”在故事中是“庄子”的自称，但这个“吾”仍然充当了司命神于人世间的代表，仍然是以司命和逝者中间人形象出现的。上述情况说明，与《墓主记》相同，《庄子·至乐》“髑髅复活”故事在复活方式和形式等方面具有一致性特征。

然而，放马滩秦简《墓主记》与《庄子·至乐》“髑髅复活”故事在内容上所存在的差异点似乎更为重要，两相比较，在对“死后情形”的描述中，《墓主记》主要叙述祭祀时的宜忌事项，显然还是从“生人”角度看待鬼神之事，而“髑髅复活”故事却不同，主要表现在两个方面：以“子欲闻死之说乎”而讲述髑髅死后为鬼之事；再以“吾安能弃南面王乐而复为人间之劳”将“死后生活”与“人间生活”相对照。显然，“髑髅复活”故事在“死后生活”与“人间生活”相对照的叙述中，更鲜明地透露出了与“人间”相对立的“死后世界”的存在。

需要指出的是，《庄子·至乐》“髑髅复活”故事在内容上的特点，有可能与“髑髅复活”作为寓言的性质有关，带有人为因素。但是联系战国楚简卜筮祭祷简祷祠实践，其涉及“土地”的神祇有“社”“后土”“地主”“野地主”等，与之相应的，《楚辞·招魂》中出现了“幽都”，且与“土伯”相连，则意味荆楚传统生命信仰和生死观中与“人间世界”相对立的“死后世界”也是存在的。更为有利的证据是，古代生命信仰和生死观的变化，在战国时期的荆楚地域就已经出现了，因为在战国时期楚墓中率先出现了在椁内装饰窗、门扉及模造门扉的情况。①显然，这样做的目的是试图在“地下世界”营

命，楚地司命直至汉初还被楚巫所职祠，是故赋予“髑髅”生命的司命一定是楚地司命。第三，“髑髅复活”故事中“髑髅”复生涉及“形体”“骨肉”“肌肤”“父母”“妻子”“闾里”“知识”7个方面，分别属于“形体生命”“家庭家族”“社会组织”“知识思想”4个范畴，说明“髑髅复活”故事中司命的神性是宽泛的，而并非仅仅局限于人的生命。上述情况与战国楚简卜筮祭祷简有关司命的祷祠实践相符合。从包山楚简卜筮祭祷简第212、213简文所反映的司命神祷祠实践看，其祷祠因由涉及“出入侍王”“躬身尚毋有咎”“少有恶于王事”“有慼于躬身”4个方面的情况。（陈伟等：《楚地出土战国简册[十四种]》，第93页）涉及政事、自身疾病，以及与“躬身”有关的其他事情，显示出司命神性的宽泛，而且“与躬身有关的其他事情”亦可涵盖“髑髅复活”故事中“髑髅”复生涉及的相关内容。

① 黄晓芬：《汉墓的考古学研究》，第90页。

造一个如人间“居室”般的空间，而构拟空间的目的，应该与逝者在上述空间继续其“生活”的思想有关。从这个意义上看，“髑髅复活”故事中对“死后”情形的描述，并将“死后生活”与“人间生活”相对照的叙述，亦存在荆楚传统文化的基础和根据。

我们认为战国至秦汉时期以不同地域为背景的生命信仰和生死观，是导致放马滩秦简《墓主记》与《庄子·至乐》“髑髅复活”故事在内容上存在差异的根本原因。然而，战国时期楚人关于“死后世界”文本意义上的“构想”，仅在《楚辞·招魂》和《庄子·至乐》“髑髅复活”故事中出现，而且前者是以令人恐惧的黑暗色彩展示出来，带有情感上的被动和思想上的畏惧，而后者又是凭借寓言的形式间接而模糊地表现出来，反映出上述关于“死后世界”的文本意义上的构想和描绘，在汉以前还处于颇为模糊和幼稚的状态。

通过秦简《墓主记》与《庄子·至乐》“髑髅复活”故事的比较研究，可以得出如下认识：“髑髅复活”故事反映了荆楚地域传统生命复活内容的故事性叙述于战国秦汉时期存在和流传的可能，如果将上述故事性叙述与《墓主记》联系起来考察，或可发现在上述历史阶段中可能存在“秦晋”与“荆楚”不同地域的叙述类型的问题。其最大的特点，是故事性叙述中司命神的出现和司命神对生命复活过程的主宰和控制。缘于此，上述故事性叙述的情节围绕着“复活过程”展开，并趋于复杂、波折和多变。故事性叙述中“人物”增加，巫术色彩浓厚，并被神秘、恐惧的氛围所笼罩。虽然文本意义上的“死后世界”构想和描绘已经出现，但还没有成为“正面”和“主要”的叙述对象。

三、秦简《墓主记》与《搜神记》复活故事比较研究

最早将放马滩秦简《墓主记》视为“志怪故事”的是李学勤，他认为简文“所记故事与《搜神记》等书的一些内容相似”。“情节不如《搜神记》的曲折，但仍可视为同类故事的滥觞。”而且“时代早了五百来年”，故而“有较重要的研究价值”[①]。李学勤在后面的研究中援引《搜神记》“贾文合”和“李娥”两则故事为例，说明其所云“为同类故事滥觞”者，当指《搜神记》所载以生命复活为题材的故事性叙事作品。然而问题似乎颇为复杂，首先，秦简《墓主记》主要叙述了名为“丹”的人“死而复生”的过程，因此，以“志怪故事”来匡限《墓主记》似乎并不合适。由于《墓主记》展示了“丹”死前、死后和复生以后的颇为传奇的经历，故视之为“传奇故事”似乎更为

① 李学勤：《秦简研究》，《简帛佚籍与学术史》，第167-175页。

妥帖。[①]其次，如果将《墓主记》与《搜神记》“贾文合”“李娥”进行比较，可以发现双方有相同点，但差异之处似乎更为重要。在此基础上进一步检讨学术界相关学者的研究，存在着关注相同点而忽视差异点的现象和问题。这种情况势必影响秦简《墓主记》在复活类型志怪小说研究中意义和价值等问题的考量和评估。

将放马滩秦简《墓主记》与《搜神记》复活故事进行比较，在内容上至少存在着 3 个方面的共同点：①主人公“死亡”原因皆存在瑕疵，均非“正常”死亡者。《墓主记》中的“丹”是“未当死”，而《搜神记》中的“贾文合”“李娥”皆属“误召”而亡。②主人公皆在“司命”帮助下“复活”。《墓主记》中的“丹”因“司命史公孙强”以“白狗”出尸再赋以生命而后“复生”，《搜神记》中的“贾文合”“李娥”皆因“司命”自查发现错误而放还人间。③主人公都在“复活”以后讲述了有关死后的事情。只是《墓主记》中“丹”的讲述比较简单，而《搜神记》中“贾文合”“李娥”的讲述比较详细。

将秦简《墓主记》与《搜神记》复活故事进行比较，在内容上至少存在两个方面的差异：①“司命神”的“归属”存在差异。《墓主记》中出现的是司命神的代表“司命史公孙强”。李学勤以为《墓主记》中的司命神为主寿的大司命，属于天神。而从故事中“公孙强”自称“司命史”，作为司命神在人世间的代表，也能反映出其所代表的司命神的天神属性。汉代镇墓文中就习惯于将“传达天神旨意”的“人”称为“某某使者”，如“天帝使者”“皇帝使者”“天帝神师”，说明这种习惯性的称谓在两汉时期仍然存在。不同的是，《搜神记》中的司命并非天神，而是地祇。②对主人公“复活”前后过程的描述存在多方面的差异。《墓主记》主要内容是讲述“丹”生命复苏的过程，“丹”的生命复苏经历是在“人间”完成的，并不涉及“丹”死后的经历和“地下世界”的情况。不同的是，主人公生命复苏过程并非《搜神记》叙述

---

① 按：《墓主记》简文有云：“丹所以得复生者，吾犀武舍人，犀武论其舍人□命者，以丹未当死，因告司命史公孙强。”其中“犀武论其舍人□命者，以丹未当死”句，美国学者夏德安认为此句意为：“犀武准备了一件写好的论丹不当死的文书，在丹下葬时将文书放到了墓中，这样，丹带着这件文书到了地府，提出了复生的申请和诉讼。三年后，丹得以复活。”（夏德安：《战国民间宗教中的复活问题》，陈松长、熊建国译，中国社会科学院简帛研究中心编：《简帛研究译丛》第一辑，长沙：湖南出版社，1996 年，第 32 页）上述认识遭到了一些学者的怀疑，姜守诚在《放马滩秦简〈志怪故事〉考释》一文中认为：“这种说法完全建立在想象的基础上，严重脱离了文本依据，未能忠实于原文。”但其也不能不承认“这确是一种新颖的诠释视角”。（姜守诚：《放马滩秦简〈志怪故事〉考释》，杨振红、邬文玲主编，中国社会科学院简帛研究中心、中国社科院历史所战国秦汉室编：《简帛研究二〇一四》，第 145 页）从《墓主记》原文看，姜守诚的意见是中肯的，但夏德安所提出的“推断”亦有告地策或陶瓶朱书一类简牍文献为根据。从西汉时期以告地策作为逝者“户籍迁移”之“证明文件”看，西汉时人已经意识到从“阳世”到“地府”可以凭借具有公信力的相关文书进行沟通和解决问题，相信这样的观念就是夏德安得出意见的基础，只是目前所见上述相关内容的简牍文献大都出自西汉时期，战国时期尚未见到。然而，显然已于西汉时期成熟的告地策习俗，或源自更早的时代，因此，夏德安的意见似乎不可轻易否定。从这个意义上看，《墓主记》中“丹”的传奇经历似乎还有待更深入的挖掘和探求。

重点，而是主人公由“阴间”亦即“地下世界”而“回归”的复杂经历和过程。从这个意义上说，《搜神记》复活故事中主人公“生命复苏的自然和必然”，亦是其“魂灵”回归“肉体”的自然和必然的表现和反映，缘于此，其由“阴间”回归的复杂经历，也就很难视为“生命复苏”性质的叙述，而是带有“阴间”的描述和探奇的性质了。上述认识的一个更为有力的证据，就是上述故事的后面，都有“验证”主人公于“阴间经历”的叙述。显然，上述内容的目的不是为了说明主人公“生命复苏”的真实性，而是为了证明主人公“阴间经历”的真实性。如此，也就凭借故事主人公的“阴间经历”确证了“地下世界”真实存在的事实。

秦简《墓主记》与《搜神记》两则复活故事存在的差异点，涉及两个方面，一个是生命如何复活的问题，另一个是生命复活的“地上”或“地下”的背景的问题。上述两个问题又互相关联，前者体现为于“地上”的“招魂复魄”式的生命复苏，后者则呈现为在“地下世界”中“灵魂”与“形体”的“再度复合”式的生命复活。从这个意义上说，《墓主记》与《搜神记》复活故事所存在的差异点，也就成为《搜神记》复活故事在情节构成上的关键之处，即“地下世界”的出现和在“地下世界”中“灵魂”与“形体”再度结合式的生命复活。

造成秦简《墓主记》与《搜神记》复活故事差异点存在的原因，应该是不同的生命信仰和生死观念所致，不同的生命信仰和生死观念为秦简《墓主记》和《搜神记》复活故事的情节构成提供了文学意义上的意识、经验和资料上的准备。从这个意义上说，前文关于告地策及陶瓶朱书在生命延续与走向问题上所提供的补充和启示诸问题的讨论，正可以为造成秦简《墓主记》与《搜神记》复活故事差异点存在的原因给出明确的回答。

如前所述，古代生命信仰和生死观的变化，在战国时期的荆楚地域就已经出现了。因为在战国时期楚墓中率先出现了在椁内装饰窗、门扉及模造门扉的情况。[①]在椁内装饰窗、门扉及模造门扉的目的，是试图在“地下世界”营造一个如人间“居室”般的“空间”，而构拟上述“空间”的目的，显然与逝者在上述“空间”继续其“生活”的思想有关。战国时期荆楚地域上述丧葬习俗上的变化，是人们的生命信仰和生死观发生新变的表现和反映。上述变化无非涉及两个方面，一个是“灵魂”的“升天”还是“入地”的问题，另一个是“肉体”朽败还是永恒的问题，抑或是“灵魂”与“肉体”在“地下世界”再度“合一”的问题。而上述问题的本质就是在“地下世界”所营造的“居室”由“谁”以何种方式来“享用”的问题。

---

① 黄晓芬：《汉墓的考古学研究》，第90页。

显然，进入两汉时期以后，人们对现世生命结束以后的生活，有了从人的“日常生活”而不是“政治生活”出发的安排和设计。“在西汉中期以后的墓葬中，这种强调死后世界中之生活的随葬方式表现得更为明显。”[①]如此，由汉代丧葬习俗上的变化而反映出的生命信仰的新变，就更突出地表现在“地下世界”的“生活空间”的营造和“逝者”于地下“空间”的“生活”之上。这样，上文所提出来的“由‘谁’以何种方式来‘享用’”的问题也就有了更多的答案。

综上所述，汉代墓葬制度中室墓制度的形成，既是中国葬制史上一个划时代变革的开始，也标志着与上述墓葬制度相联系的关于生命信仰的“集体意识”的转变。这种转变的核心思想，是相信“人”的生命和生活在“人间世界”结束以后，还会延续到由“地下世界”所构建的“彼岸世界”中。从这个意义上说，这种变革所带来的巨大的思想和文化上的价值和意义，就是在人们关于“后生命存在形式”信仰中，与“人间世界”具有密切联系的“地下世界”的出现和构建。当我们从汉代生命信仰和生死观新变的角度，来审视放马滩秦简《墓主记》与《搜神记》复活故事存在的差异点时，产生差异点的原因也就清晰明确起来。这种生命信仰和生死观的新变，将导致在人们的想象世界中开辟和建立“地下世界”的“空间观念”和“后生命意义”上的“构想能力”，也为文学意义上的复活故事创作，提供了更为丰富多样的生活素材，拓展了更为广阔的想象和幻想的空间。秦简《墓主记》比《搜神记》早了500多年，正是秦汉以来人们的生命信仰和生死观的发展和演变，确立了从《墓主记》到《搜神记》复活故事文学意义上承续演变的事实。

第六节　结论：弥补了秦汉魏晋复活类型志怪小说演变的缺环

（1）在“后生命时期”之“地下世界”观念和信仰的构拟过程中，两汉时期是最为重要的历史阶段。有关“后生命时期”之“地下世界”得以确立的空间视域、政制架构、行政体制、人文要素，都在这一历史阶段中出现并趋于丰富。告地策及陶瓶朱书等的发现，为上述认识中某些缺轶及模糊之处的补充和进一步明晰提供了帮助，由于它们的内容均表现在试图解决逝者往生彼岸世界时所面临的问题，所以将它们联系起来考察，能够再现两汉时期生命信仰和生死观发展与变化的情况。

① 蒲慕州：《墓葬与生死：中国古代宗教之省思》，第194页。

（2）告地策与陶瓶朱书均以政府间往来文书作为其自身文本形式，其行政效能与法律威权的确立与实现，在于观念中另一个可以与“人间世界”比拟的“地下世界”的存在和运行。因此，即使这个“地下世界”是以构想的形式出现在观念之中，但其于观念意义上的客观存在和法律与行政意义上的有效运行则是明确的事实。它是依据人们已有的经验而构拟出来的客观存在，并在诸如文化要素、经济生活、乡约习俗、行政行为、法律规范、神祇信仰等社会构成上体现出了某种一致性和互通性特点。从这个意义上看，其所谓“构拟出来的客观存在”，既是人们生命观的体现，也具备观念中的物理属性特征，而且早在西汉前期人们的观念中就已经出现，并在东汉时期日益完备和成熟。

（3）告地策与陶瓶朱书又具有文学文本文献的性质和特点，虚拟和构想是其构文的主要方式，在事件发生的背景为“彼岸世界”的基础上，以逝者为主人公的“彼岸世界”的行程或经历，便成为文本的叙述内容。从这个意义上看，虽然告地策与陶瓶朱书的实质性作用仍然属于“迁移证明”或“迁移告诉”性质的文件，但缘于其以“彼岸世界”为背景的虚构性叙述，导致其文学意义和价值的生成。从目前所见某些行文和叙事更为复杂的告地策与陶瓶朱书文本实例看，它们已经具备了早期小说类文学文本形式的特征，已然与小说无异。

（4）从生命信仰和生死观的新变的角度审视《墓主记》与《搜神记》复活故事所存在差异点，给予我们如下启示：这种生命信仰和生死观的新变将导致在人们的想象世界中开辟和建立“彼岸世界”的“空间观念”和“后生命意义”上的“构想能力”，也为以《搜神记》为代表的复活类型志怪小说创作，提供了更为丰富的生活素材，拓展了更为广阔的想象和幻想空间。告地策与陶瓶朱书弥补了秦简《墓主记》《泰原有死者》与《搜神记》复活类型志怪小说之间发展演变的缺环，有赖于它们的存在，我们有能力将早期的复活神话，战国秦汉时期秦晋与荆楚地域的复活故事，两汉时期冥婚与仙解故事，以及《搜神记》复活类型志怪小说串联起来，有能力描绘出战国秦汉魏晋复活类型志怪小说发展演变的轨迹。

本章附录

一、供研究的告地策文本形式

（1）马王堆三号墓木牍：“十二年二月乙巳朔戊辰，家丞奋移主藏郎中，移藏物一编，书到，先选具奏主藏君。”①

（2）江陵毛家园 1 号西汉墓木牍：“十二年八月壬寅朔乙未，建卿畴敬告地下主，泗阳关内侯官大夫精死，自言以家属臣、马牛徙，今牒书所与徙者七十三牒移。此家复不事。可令吏受数以从事。它如律令，敢告主。”②

（3）江陵凤凰山西汉墓 10 号墓竹牍：“四年后九月辛亥，平里五夫夫伥偃，敢告地下主：偃衣器物，所以蔡具（？），器物□，令会（？）。以律令从事。”③

（4）江陵凤凰山西汉墓 168 号墓竹牍：“十三年五月庚辰，江陵丞敢告地下丞：市阳五夫夫隧，自言与大奴良等廿八人、大婢益等十八人、轺车二乘、牛车一两、騶马四匹、駠马二匹、骑马四匹。可令吏以从事。敢告主。”④

（5）江苏邗江胡场 5 号汉墓文告牍：“卌七年十二月丙子朔辛卯。广陵宫司空长前丞□敢告土主：广陵石里男子王奉世有狱事，已复，故郡乡里，遣自致移栺（诣）穴。卌八年狱计承书从事。如律令。”⑤

（6）湖北荆州谢家桥 1 号汉墓木牍。牍一：“五年十一月癸卯朔庚午，西乡辰敢言之：郎中[五]大夫昌自言母大女子恚死，以衣器、葬具及从者子、妇、偏下妻、奴婢、马牛、物、人一牒，牒百九十七枚。昌家复毋有所与，有诏令，谒告地下丞以从事。敢言之。”牍二：“十一月庚午，江陵丞虒移地下丞，可令吏以从事。臧手。”牍三：“郎中五大夫昌母、家属当复无有所与。”⑥

（7）湖北江陵高台 18 号汉墓木牍。牍甲：上端书“安都”；下端书“江陵丞印”；牍乙：“七年十月丙子朔[庚子]，中乡起敢言之：新安大女燕自言与大奴甲、乙、[大]婢妨徙安都，谒告安都受[名]数，书到为报。敢言之。十月庚子江陵龙氏丞敬敢移安都丞。亭手。”牍丙：第一行“新安户人大女燕关内侯寡”；第二行“大奴甲”；第三行“大奴乙”；第四行“大婢妨”⑦。

① 何介钧主编，湖南省博物馆、湖南省文物考古研究所编著：《长沙马王堆二、三号汉墓》第一卷“田野考古发掘报告”，北京：文物出版社，2004 年。

② 按：江陵毛家园木牍引自田天：《江苏邗江胡场五号汉墓木牍的再认识》，田文见清华大学出土文献研究与保护中心编，李学勤主编：《出土文献》第三辑，第 300 页。

③ 按：江陵凤凰山西汉墓 10 号墓竹牍引自《江陵凤凰山西汉简牍》（第 91 页），文中标点为引者所加。

④ 按：江陵凤凰山西汉墓 168 号墓竹牍引自湖北省文物考古研究所编：《江陵凤凰山西汉简牍》，第 181-182 页。

⑤ 按：江苏邗江胡场 5 号汉墓文告牍引自《江苏邗江胡场五号汉墓》一文。据该文介绍，文告牍共二件，共隶书六十一字，前一块四十二字，后一块十九字，合文即书中所引，标点系引者所加。具体情况，参见扬州博物馆、邗江县图书馆：《江苏邗江胡场五号汉墓》，《文物》1981 年第 11 期。另，田天《江苏邗江胡场五号汉墓木牍的再认识》一文亦录有该木牍，但释文有所不同，如“广陵宫司空长前丞□敢告土主”作“广陵宫司空长□丞眦敢告土主”，“卌八年狱计承书从事”作“卌八年狱计辟书从事”。见清华大学出土文献研究与保护中心编，李学勤主编：《出土文献》第三辑。

⑥ 杨开勇：《湖北荆州谢家桥一号汉墓》，《2008 中国重要考古发现》，北京：文物出版社，2009 年。

⑦ 湖北省荆州博物馆编著：《荆州高台秦汉墓》，北京：科学出版社，2000 年，第 224 页。张俊民：《江陵高台 18 号墓木牍释文浅析》，李学勤、谢桂华主编，中国社会科学院简帛研究中心编：《简帛研究二〇〇一》上册，桂林：广西师范大学出版社，2001 年，第 289 页。

（8）湖北随州孔家坡 8 号汉墓木牍：“二年正月壬子朔甲辰，都乡燕佐戎敢言之：库啬夫辟与奴宜马、取、宜之、益众，婢益夫、末众，车一乘，马三匹。正月壬子，桃侯国丞万移地下丞受数毋报。定手。”[①]

二、供研究的陶瓶朱书文本形式

（1）东汉初平四年王氏朱书陶瓶：“初平四年十二月已卯朔十八日丙申，直危。天帝使者，谨为王氏之家，后死黄母，当归旧阅。兹告丘丞墓柏地下二千石，蒿里君墓。黄墓主墓，故夫人决曹尚书令王氏冢中。先人无惊无恐，安隐如故。今后曾财益口，千秋万岁，无有央咎。谨奉黄金千斤两，用填冢门。地下死籍削除，文他央咎，转要道中人。和以五石之精，安冢墓，利子孙，故以神瓶震郭门，如律令。”[②]

（2）陕西户县东汉曹氏墓出土阳嘉二年朱书陶罐：“阳嘉二年八月己巳朔六日甲戌徐。天帝使者，谨为曹伯鲁之家移央去咎，远之千里。咎印大桃不得留，□□至之鬼所。徐□□。生人得九，死人得五，生死异路，相去万里。从今以长保孙子，寿如金石，终无凶。何以为信，神药厌镇，封黄神地章之印。如律令。”[③]

（3）被称为“劾鬼文”的东汉永寿二年陶瓶朱书：“永寿二年五月，直天帝使者，旦□□□之家。填寒暑，移大黄印章，齑佼四时五行，捕取五□。冢之符昼，制日夜□□，乘传居暑，趆度阂梁，堇摄録佰鬼。□徯山主，隻致荣□，□□□旦女婴，执火大夫烧汝骨，风伯雨师扬汝灰，□成其上没成其下，秦其□汝。黄帝呈下，□神玄武，其物主者，慈石池，□建□。”[④]

---

① 湖北省文物考古研究所：《随州北郊孔家坡 8 号汉墓》，北京：文物出版社，2006 年，第 197 页。

② 按：东汉初平四年王氏朱书陶瓶，于 1957 年 8 月西安和平门外四号汉墓出土，是目前所见出土时间较早的朱书陶瓶。此陶瓶以朱书形式留字 138 字，共 18 行，每行 3—11 字不等，书字于陶瓶腹部至腹下部周围，语句完整，笔画清晰。陈直认为这一件朱书陶瓶不仅发现最早，文字也是最为精美的，之前者，只有 1935 年山西出土熹平二年张叔敬陶缶堪与相比。后者朱书 23 行，共 219 字，书法最精，且每字最明朗（陈直：《汉初平四年王氏朱书陶瓶考释》，《考古与文物》1981 年第 4 期）。亦可参阅唐金裕《汉初评四年王氏朱书陶瓶》（《文物》1980 年第 1 期）“初平四年”是汉献帝年号，知上文所引“王氏朱书陶瓶”时代背景较晚。

③ 按：东汉“阳嘉二年曹氏朱书罐”以其东汉顺帝阳嘉二年（公元 133 年）的时间背景而在已知同类文本形式中处于较早的位置。释文引自禚振西：《曹氏朱书罐考释》，《考古与文物》1982 年第 2 期。亦可参阅禚振西：《陕西户县的两座汉墓》，《考古与文物》1980 年第 1 期。

④ 按：据蔡运章《东汉永寿二年镇墓瓶陶文考略》（《考古》1989 年第 7 期）一文介绍，河南洛阳东郊史家湾东汉晚期墓发掘于 1980 年 4 月，墓已被盗，墓中随葬品仅见此陶瓶。陶瓶为小口卷唇，细短颈，圆肩，浅腹，大平底，表面光滑，口径 9.1 厘米、底径 23.5 厘米、通高 24.4 厘米。出土时放置在墓门口的东南角。瓶内存有大量绿豆大小的药丸。朱书文字写在腹部，竖式，共 16 行，每行 9—10 字，末一行为 12 字，最后一字写在瓶底。字有脱落，大约在 30 字左右。释文引自蔡运章《东汉永寿二年镇墓瓶陶文考略》（《考古》1989 年第 7 期）。上述释文中的标点为本书作者所加，原书于陶瓶之上的文字，约有 30 字脱落，故对理解文意造成一定的困难，蔡运章《东汉永寿二年镇墓瓶陶文考略》一文录有译文，兹录于下：东汉桓帝永寿二年（公元 156 年）五月，某人死亡，故天地使者黄帝谨为某氏的家里，解除灾祸妖邪，遂施舍黄帝的大印章，迫使四时及水、火、木、金、土诸神，去捕捉制造瘟疫的恶

（4）被称为“劾鬼文”的江苏高邮东汉遗址出土木牍：“乙巳日死者鬼名为天光，天帝神师已知汝名，疾去三千里。汝不即去，南山□□令来食汝，急如律令。”①

（5）被称为“解除文”的时间背景为延熹四年的陶瓶朱书：“黄帝告丘丞、墓伯、地下二千石、墓左、墓右、主墓狱史、墓门亭长，莫不皆在。今平阴偃人乡苌富里锺仲游妻，薄命蚤死，今来下葬。自买万世冢田，贾值九万九千，钱即日毕，四角立封。中央明堂皆有尺六桃券、钱布、锢人。时证知者先□曾王父母□□氏知也。自今以后不得干扰生人。有天帝教，如律令。”②

（6）被称为“镇墓文”的陕西宝鸡五里庙汉墓出土光和年间陶瓶朱书：“光[和]□[年][十][二]月八日[丙]□黄神北斗谨为[王]氏之家后□之人世王等□□□□□□□之人[家]□□□□□□□□□□□□□死□不[葬]者□死□□□□□□□□□[居]冢[地][不]得[其]□□[月]日[时]不□□□[政]钧厌刑□所[在]大□小□[三]□四□[常]一人三禁忌四时五行三丘五皐□重之[朕]八魁九□天[赫][四][所]天奂廿八宿五行□五□□□空诣神凶怨□□祀复□□□解之□□五谷黄豆□[酒][马][贿]□□□□□□□□□□□□□□解去□□氏[山][到]□阴□□□□□□□□名[罪]□□□□□□天下□□□□□□小等[得][恩][所]□□□□生人□□□□□□□生人[黄]□神药[王][等]□□□□□□□□□。”③

（7）被称为“镇墓文”的宝鸡市斗鸡台出土永元四年陶罐朱书：“永元四年十二[月]□□□□□□五日[己][未]□□[陈]□□□□□□□□[鄙]火□□□□□□□□□□□□八[魁]九□[天]门□□□□□□□□□□□之□□□□□□□□斗□□□[日]□□□□□□□□□□□[天][地]□□□□[敢]言之□[大]□[去]□□□□□□赐□[家]室生人赐卢[舍]□□□□之[真][公]欲[去]

鬼。并用驱使鬼神的符咒，命令日夜兼程，乘坐四匹马拉的快车，越过障碍桥梁，严厉地拘捕各种鬼怪。凡是名字不合的鬼怪可以逃亡，在邻近的地方只可以通行，到遥远的地方才能生存，等待泰山君赦免后，就可获得自由。凡是名字相合的鬼怪，某神灵要杀尽你们的子孙后代，火神要将你们焚身碎骨，风伯、雨师要吹散你们的骨灰，淹没你们的魂魄，使你们筑成灰墙五百座（？），让大风吹削它的上面，让雨水冲削它的下面。等到捕获你，经黄帝判决后，立即乘坐舟船，把你押送到水神玄武那里，去执行杀戮。这篇文告立即执行，像法令那样不得违抗。

① 按：此木牍于1960年出土于江苏高邮东汉遗址，其出土及墓葬情况，参见朱江：《江苏高邮邵家沟汉代遗址的清理》，《考古》1960年第10期。木牍释文引自蔡运章：《东汉永寿二年镇墓瓶陶文考略》，《考古》1989年第7期。

② 按：此延熹四年“解除文”释文引自王育成《南李王陶瓶朱书与相关宗教文化问题研究》，《考古与文物》1996年第2期，系王文引自吴天颖《汉代买地券考》中的释文，吴文见《考古学报》1982年第1期。王文又补注，可参见罗振玉《贞松堂集古遗文》卷十五地券。

③ 按：此朱书陶瓶于1970年11月出土于宝鸡市五里庙汉墓1号墓中，该墓已被盗，仅余这件陶瓶和一件陶鸡，均斜倒在墓室门内。陶瓶泥质灰陶，腹壁斜直，成圆筒状，平底，残高23.8厘米，最大腹径20.3厘米。朱书文字位于腹部，共15行，每行15—19字不等，约230字，大部脱落。此朱书陶瓶释文，引自王光永：《宝鸡市汉墓发现光和与永元年间朱书陶器》，《文物》1981年第3期。文中陶瓶情况介绍文字，亦参见该文。

北斗□[公]□□□□□□□[天]门□□去□□□□□生人入比死人入[指][生][人]□行死人[？]落徙[令][以][行]九十九[岁]不□[祁][请]天帝为之[者]□□□□□如律令。”①

（8）被称为杨氏和加氏“镇墓文”的陶瓶朱书：“天地使者，谨为杨氏之家，镇安隐冢墓，谨以铅人金玉，为死者解适，生人除罪过，瓶到之后，令母人为安，宗君自食地下租，岁二千万。令后世子子孙孙，士宦位至公侯，富贵将相不绝。□（移）丘丞墓□（伯），下当用者，如律令。”“天地使者，谨为加氏之家，别解地下，后死妇加亡，方年二十四。等汝名借（籍），或同岁月，重复钩校日死，或同日鸣，重复钩校日死。告上司命下司禄，子孙所属，告墓皇使者，转相告语。故以自代铅人，铅人池池，能舂能炊，上车能御，把笔能书。告于中高长，伯（陌）上游徼。千秋万岁，无相坠物，与生人食□九人□□□□。”②

（9）被称为“镇墓文”的陕西咸阳窑店发现的陶瓶朱书：“生人有乡，死人有墓。生人前行，死人却行。死生异路，毋复相忤。”③

（10）被称为“镇墓文”的南李王陶瓶朱书：“游光、地组、南组、北斗、三租、七星，主别解张氏，后死者白伍重复。敢持铅人、人参、雄黄，解佳襄草别罚，以代生人之名。急如律令。”④

① 按：此朱书陶罐为1973年采集所得，泥质灰陶，侈口、宽肩，腹部下收，平底，高16厘米、底径8.3厘米、最大腹径29.5厘米。腹部朱书19行，最后一行三字，其他每行8—11字不等，共约170字。具体情况见王光永：《宝鸡市汉墓发现光和与永元年间朱书陶器》，《文物》1981年第3期。

② 按：上引杨氏“镇墓文”见池田温：《中国历代墓券考略》，《文物》1955年第11期，第275页；蒲慕州：《墓葬与生死：中国古代宗教之省思》引，第215页。上引加氏“镇墓文”见池田温：《中国历代墓券考略》第270页，《文物参考资料》1958年第7期；蒲慕州：《墓葬与生死：中国古代宗教之省思》引，第214页。

③ 按：此朱书陶瓶为修复物，其原碎片发现于咸阳市渭城区窑店镇聂家沟村北，所属墓葬已毁。瓶身自肩以下周壁以朱砂绘星图、符箓，其中左侧中央由三颗星连称等腰三角形，顶部一星最大，下侧两星稍小。星图内自上而下有三字，仅最后一字完整，三字推断为“天心星”三字。星图右侧上部书“右贼史”，左侧上部书“左贼史”。星图下有两道符箓，已残缺。陶瓶右部上面绘北斗七星图，斗魁内有三星，连成等腰三角形，斗柄下有四颗星，连称菱形。此图之下有六颗星，两两相连，相互平行。星图左侧即朱书5行24字。关于陕西咸阳窑店东汉朱书陶瓶具体情况，请参见刘卫鹏、李朝阳：《咸阳窑店出土的东汉朱书陶瓶》，《文物》2004年第2期。

④ 按：此南李王朱书陶瓶于1987年9月发现于陕西长安县南李王村M5汉墓中，陶瓶小侈口、束颈、折肩、平底，器高20.8厘米、口径6.2厘米，瓶外壁朱书文字和符箓，朱书文字共6行，每行7—9字不等，共48字。该墓葬及陶瓶情况，参见臮安志、马志军：《长安县南李王村汉墓发掘简报》，《考古与文物》1990年第4期；陶瓶朱书释文，引自王育成：《南李王陶瓶朱书与相关宗教文化问题研究》，《考古与文物》1996年第2期。

第六章　尹湾汉墓竹简《神乌赋》与汉赋研究的新突破

本章研究的对象为江苏东海县尹湾汉墓出土竹简《神乌赋》，研究工作围绕“尹湾汉墓竹简《神乌赋》文学价值与汉赋研究的新突破”展开。所据简文文献来源如下：连云港市博物馆《江苏东海县尹湾汉墓群发掘简报》；滕昭宗《尹湾汉墓简牍释文选》《尹湾汉墓简牍概述》；连云港市博物馆等《尹湾汉墓简牍初探》；连云港市博物馆等《尹湾汉墓简牍》；张显成和周群丽《尹湾汉墓简牍校理》。[①]关于《神乌赋》简文释文与释读研究，学术界已经取得可喜成绩，除上文所引相关著作之外，尚有李零《神乌赋》、裘锡圭《〈神乌赋〉初探》《“佐子”应读为“嗟子”》等专题论文。[②]因此，本章关于《神乌赋》的研究，建立在上述研究的基础上，并没有在简文释文及释读方面有所用力。另外，本章对《神乌赋》文学意义和价值的研究，主要建立在与曹植《鹞雀赋》和敦煌本《燕子赋》（以四言为主的一种）比较研究的基础上，这里存在的问题是，《神乌赋》与敦煌本《燕子赋》在内容与形式上存在可比性，但对于《鹞雀赋》来说，除了都是关于鸟雀的叙事之外，双方是否存在可比性则值得商榷，某些学者基于双方比较而进行的相关论述，似乎存在进一步斟酌的需要。为此，特将曹植《鹞雀赋》与敦煌本《燕子赋》（以四言为主的一种）以附录形式置于本章之后，以供参考。

第一节　学术史回顾与问题的提出及研究的意义

江苏东海县尹湾汉墓出土竹简中，有 21 支竹简简文涉及一篇内容基本完

① 连云港市博物馆：《江苏东海县尹湾汉墓群发掘简报》，《文物》1996 年第 8 期；滕昭宗：《尹湾汉墓简牍释文选》，《文物》1996 年第 8 期；滕昭宗：《尹湾汉墓简牍概述》，《文物》1996 年第 8 期；连云港市博物馆、东海县博物馆、中国社会科学院简帛研究中心、中国文物研究所：《尹湾汉墓简牍初探》，《文物》1996 年第 10 期；连云港市博物馆等编：《尹湾汉墓简牍》；张显成、周群丽：《尹湾汉墓简牍校理》，天津：天津古籍出版社，2011 年。

② 李零：《神乌赋》，《文物》1996 年第 8 期；裘锡圭：《〈神乌赋〉初探》，《文物》1997 年第 1 期；裘锡圭：《“佐子”应读为“嗟子”》，《文物》1998 年第 3 期。

整的赋文，名为《神乌赋》。关于尹湾汉墓竹简《神乌赋》相关简文，《文物》1996年第8期发表的《江苏东海县尹湾汉墓群发掘简报》《尹湾汉墓简牍释文选》《尹湾汉墓简牍概述》三篇文章均有涉及和介绍。其后，《尹湾汉墓简牍初探》于《文物》1996年第10期发表，明确认定此赋的“民间文学”性质，并将其与曹植《鹞雀赋》和敦煌本《燕子赋》联系起来，为《神乌赋》研究奠定了基础。再后，《尹湾汉墓简牍》出版。[①]裘锡圭《〈神乌赋〉初探》、刘乐贤和王志平《尹湾汉简〈神乌赋〉与禽鸟夺巢故事》、伏俊琏《从新出土的〈神乌赋〉看民间故事赋的产生、特征及在文学史上的意义》三篇论文同在1997年的《文物》第1期和《西北师范大学学报（社会科学版）》第6期发表。裘锡圭论文明确了《神乌赋》创作于“西汉时代”的时间点，并进一步肯定《神乌赋》在古代文学史上的重要地位；后两篇论文则进一步从民间故事类型学的角度出发，将其归入“鹊巢鸠占”类型，认为其与曹植《鹞雀赋》和敦煌本《燕子赋》（以四言为主的一种）为同类作品，三者在题材、内容和写作技巧等方面如出一辙。时至2011年，张显成和周群丽《尹湾汉墓简牍校理》一书出版，该书在“概述”中从历史学、语言学、文学、文献学、书法学、民俗学、文书档案学、军事学8个方面对尹湾汉墓简牍价值做了评估，其中的文学价值即以《神乌赋》为例，其具体观点与前面学者的研究或有重合，但对《神乌赋》在中国古代文学之俗文学研究上的意义和价值则给予进一步肯定。

需要提及的是，所见学术界关于《神乌赋》研究成果，尚有扬之水《〈神乌赋〉谫论》、虞万里《尹湾汉简〈神乌赋〉笺释》、周宝宏《汉简〈神乌傅〉整理和研究》、万光治《尹湾汉简〈神乌赋〉研究》、海滨《对尹湾汉简〈神乌赋〉的几点思考》、王志平《〈神乌赋〉零笺》、许全胜《〈神乌赋〉琐议》、王继如《〈神乌赋〉“随起击耳”试释》、刘乐贤《尹湾汉简〈神乌赋〉“勒靳”试释》、刘丽娟《尹湾汉简〈神乌傅（赋）〉释文考五则》等论文，一并印证了学术界对《神乌赋》研究所取得的成绩。[②]

由上面的学术史回顾或可发现，学术界关于《神乌赋》研究主要展现在两个方面，即简文的释读和文学意义与价值的讨论。从上述两个方面的情况看，前一方面的研究颇为充分，后一方面的研究当首推裘锡圭、刘乐贤、王

① 连云港市博物馆等编：《尹湾汉墓简牍》。

② 扬之水：《〈神乌赋〉谫论》，《中国文化》1996年第14期；虞万里：《尹湾汉简〈神乌赋〉笺释》，王元化主编：《学术集林》卷十二，上海：上海远东出版社，1997年；周宝宏：《汉简〈神乌傅〉整理和研究》，《古籍整理研究学刊》1997年第2期；万光治：《尹湾汉简〈神乌赋〉研究》，《四川大学学报》1997年第3期；海滨：《对尹湾汉简〈神乌赋〉的几点思考》，《西部学坛》1998年第1期；王志平：《〈神乌赋〉零笺》，饶宗颐主编：《华学》第4辑，北京：紫禁城出版社，2000年；许全胜：《〈神乌赋〉琐议》，中国古文字研究会、安徽大学古文字研究室编：《古文字研究》第23辑，北京：中华书局，合肥：安徽大学出版社，2002年；王继如：《〈神乌赋〉“随起击耳”试释》，《古汉语研究》2004年第3期；刘乐贤：《尹湾汉简〈神乌赋〉“勒靳”试释》，《古籍整理研究学刊》2003年第5期；刘丽娟：《尹湾汉简〈神乌傅（赋）〉释文考五则》，《乐山师范学院学报》2007年第4期。

志平、伏俊琏诸位学者的研究，并在如下两个方面成绩显著：①明确了《神乌赋》创作于“西汉时代”的时间点，为《神乌赋》在汉赋发展史上重要地位的衡诂奠定了基础；②将《神乌赋》归入“鹊巢鸠占”类型，并与曹植《鹞雀赋》和敦煌本《燕子赋》进行比较，从而能够在同类俗赋文学发展史上给予明确的定性和定位。

由上面的学术梳理亦可发现目前学术界关于《神乌赋》文学意义与价值研究的问题和局限。《神乌赋》文学文本意义上的研究还极不充分，《神乌赋》在汉赋发展史和文学史上的意义和价值等方面的研究，尚多停留在结论性观点的阐述上，细致而缜密的讨论和总结同样极不充分。从民间故事类型学的角度出发，将《神乌赋》归入“鹊巢鸠占”类型，认为其与曹植《鹞雀赋》和敦煌本《燕子赋》（以四言为主的一种）为同类作品，三者在题材、内容和写作技巧等方面如出一辙的认识[①]，无疑是正确的。然而，将三者进行具体比较，《神乌赋》与《鹞雀赋》差异巨大，欠缺可比性，与《燕子赋》亦存在相异点。因此，单纯地从相同点角度考察《神乌赋》，或将遮蔽《神乌赋》于内容上的独特性和艺术上的特殊性。

基于上面的讨论，我们认为《神乌赋》文学意义与价值研究尚有发展和突破的空间。虽然《神乌赋》与《燕子赋》一样描述了一个关于鸟雀争巢（护巢）的故事，但《神乌赋》却能够在上述故事中塑造一位为了维护私产而死情殉义的“雌乌”形象，并顺利地将这一形象的悲剧行为升华为悲剧意义，从而有力地提升了《神乌赋》所构拟故事的悲剧感染力。从这个意义上看，《神乌赋》所呈现的审美价值是《鹞雀赋》和《燕子赋》所无法比拟的。《神乌赋》反映了社会因“公义”缺失而至“法”与“理”消亡和无序的社会现实，以及群体和社会需要“公义”即“法”与“理”的愿望和期盼。对此，汉乐府民歌、《后汉书·独行列传》李善救主故事或可为证。《神乌赋》为汉代民间文学研究的社会学研究提出了新的启示，将《神乌赋》“雌乌”形象置于中国古代文学于秦汉时期社会转型阶段传统内容和传统模式之突破与发展的意义上来考量，其意义和价值或更为巨大。《神乌赋》后续部分所表达的思想、情感、理念，与赋文前面部分存在隔阂和游离，或是后续部分是在“前面赋文”基础上某种“补缀”情况的反映。因此，《神乌赋》后续部分的进一步研究，

① 按：刘乐贤和王志平《尹湾汉简〈神乌赋〉与禽鸟夺巢故事》（《文物》1999 年第 8 期）一文，援引丁乃通《中国民间故事类型索引》“鹊巢鸠占”故事类型，并改为“禽鸟夺巢”类型，共列举如下故事形式，即鸠鸟霸占雀巢、黄雀霸占燕巢、鸱鸢抢占雀巢、猫头鹰霸占乌鸦巢、骆驼霸占山羊棚、鸱枭毁坏鸟巢、麻雀毁坏鸽巢。关于敦煌本《燕子赋》研究，或可参阅简涛：《敦煌本〈燕子赋〉的历史价值和文学价值》，《山东师范大学学报（哲学社会科学版）》1985 年第 1 期；高国藩：《敦煌本〈燕子赋〉析论》，《固原师专学报》1990 年第 4 期；黄征：《〈燕子赋〉研究》，《敦煌研究》2003 年第 1 期；伏俊琏：《两篇风格迥异的〈燕子赋〉》，《社科纵横》2005 年第 2 期。

或许能够触及汉代中低层官吏和知识分子群体在思想状态、俗文学接受情况、文字掌控能力、文学文本改编创作等方面的问题，而这恰是以往汉代文学研究亟待发现和进一步讨论的重要课题。

第二节　《神乌赋》与《燕子赋》比较研究

一、《神乌赋》释文及学术界对其文本内容和价值的认识

尹湾汉墓竹简《神乌赋》释文如下：

惟岁三月，春气始阳。众鸟皆昌，执虫坊皇。蠉蜚之类，乌最可贵。其姓好仁，反铺于亲。行义淑茂，颇得人道。今岁不翔，一乌被央。何命不寿，狗丽此萅。欲勦南山，畏惧猴猨。去危就安，自诧府官。高树纶棍，支格相连。府君之德，洋洫不测。仁恩孔隆，泽及昆虫。莫敢抠去，因巢而处。为狸狌得，围树以棘。运作宫持，鴂行求和。鵲往索菆，材见盗取。未得远去，道与相遇。见我不两，忽然如故。□□发忿，追而呼之："咄！盗还来！吾自取材，於颇深莱。止行胧腊，毛羽随落。子不作身，但行盗人。唯就宫持，岂不怠哉？"盗鸟不服，反怒作色："□□泊涌，家姓自□，今子相意，甚泰不事。"亡乌曰："吾闻君子，不行贪鄙。天地纲纪，各有分理。今子自已，尚可为士。夫惑知反，失路不远。悔过迁臧，至今不晚。"盗鸟啧然怒曰："甚哉，子之不仁。吾闻君子，不意不佁。今子□□□，毋命得辱。"亡乌沸然而大怒，张曰阳麋，喷翼申颈，襄而大□，迺详车薄："女不亟走，尚敢鼓口！"遂相拂伤，亡乌被创。随起击耳，闻不能起。贼□捕取，系之于柱。幸得免去，至其故处。绝系有余，纨树櫂棟。自解不能，卒上傅之。不□他拱，缚之愈固。其雄惕而惊，扶翼申颈，比天而鸣："仓天仓天，视颇不仁。方生产之时，何与其汩？"顾谓其鵲曰："命也夫！吉凶浮泭。顮与女俱。"鵲曰："佐子佐子！"啼泣侯下："何□亙家，□□□已。□子□□，我□不□。死生有期，各不同时。今虽随我，将何益哉？见危授命，妾志所持。以死伤生，圣人禁之。疾行去矣，更索贤妇。毋听后母，愁苦孤子。诗[云]：'云云青绳，止于杅。幾自君子，毋信儳言。'惧惶向论，不得极言。"遂缚两翼，投于汙则。支躬折伤，卒以死亡。其鴂大哀，儺躅非回。尚羊其旁，涕泣从

横，长炊泰息。忧悬噂呼，毋所告愬。盗反得免，亡鸟被患。遂弃故处，高翔而去。传曰：众鸟丽于罗罔，凤皇孤而高羊。鱼鳖得於芷笱，交龙执而深臧。良马仆于衡下，勒蘄为之余行。鸟兽且相㥶，何兄人乎？哀哉哀哉！穷通其篙。诚写遇，以意傅之。曾子曰：“鸟之将死，其唯〈鸣〉哀。”此之谓也。神乌傅。□□书□风阳□□。[1]

《神乌赋》的文学价值已获学术界肯定，并有极高评价。裘锡圭《〈神乌赋〉初探》认为：“《神乌赋》是一篇基本完整的创作于西汉时代（大约在西汉后期）的佚赋。”“它具有独特的风格，在现存的汉赋里连一篇同类的作品也找不出来。”“此赋讲述了一个完整的鸟的故事，在目前所能看到的以讲述故事为特色的所谓俗赋中是时代最早的一篇。而且即使放在诗、赋之类作品的较大范围中来看，仍然可能是讲述完整故事的最早一例。”“《孔雀东南飞》在讲述故事的技巧上当然大大超过此赋，但是其著作时代在东汉末或汉亡后不久，晚于此赋已达 200 年以上。由此可见此赋在古代文学史上的重要地位。”[2]又有学者认为：“长期以来，谈中国文学史的俗文学作品产生时代时，都是说传奇作品产生于唐宋，即所谓‘唐宋传奇’，而尹湾汉墓简牍的传奇作品俗赋《神乌傅（赋）》却有力地否定了此传统定论。”[3]“今从简帛文献来看，中国俗文学的产生发展的客观历史，可能有不少都与我们原来所知的不同。总之，尹湾汉简的《神乌傅（赋）》更新订正了对俗文学史上俗赋产生时间的认识，在中国文学史上具有极重要的地位。”[4]

关于《神乌赋》构文形式和特点，研究者大都将其与曹植《鹞雀赋》和敦煌本《燕子赋》相比较，看到了这一类作品的相同之处及由此而生成的意义和价值。裘锡圭《〈神乌赋〉初探》认为《神乌赋》：“是通篇用拟人手法写鸟的作品。目前所看到的这类文学作品，以《诗经·豳风·鸱鸮》为最早。其次就要数到此赋了。此赋之后，则有曹植的《鹞雀赋》和敦煌所出的《燕子赋》。《鸱鸮》《神乌赋》《鹞雀赋》基本上都是四言句子，《燕子赋》甲种也使用大量四言句。各篇内容都讲到不同类的鸟之间的斗争。《鹞雀赋》的篇幅只有《神乌赋》的一半左右，而构思和语言风格则都跟后者很接近。《燕子赋》甲种篇幅很长，内容比《神乌赋》丰富得多，……风格跟《神乌赋》

① 按：尹湾汉墓竹简《神乌赋》简文释文引自张显成和周群丽《尹湾汉墓简牍校理》（第 145-165 页），为通俗文意，句读和文字有所改动，如了解原文，请参阅《尹湾汉墓简牍校理》所录。另，《尹湾汉墓简牍释文选》《尹湾汉墓简牍》《〈神乌赋〉初探》、李零《简帛古书与学术源流》（北京：生活·读书·新知三联书店，2007 年）亦有《神乌赋》释文或校记，可为参考。其他研究论文亦可参阅：《〈神乌赋〉谫论》《尹湾汉墓简牍概述》《尹湾汉简〈神乌赋〉与禽鸟夺巢故事》《尹湾汉墓简牍初探》诸论文。

② 裘锡圭：《〈神乌赋〉初探》，《文物》1997 年第 1 期。

③ 张显成、周群丽：《尹湾汉墓简牍校理》，第 18 页。

④ 张显成、周群丽：《尹湾汉墓简牍校理》，第 20 页。

也颇为接近。赋中讲雀占燕巢，并在燕子回巢时大加殴击，跟《神乌赋》的内容也有相类之处。这些以拟人手法写鸟的文学作品之间，大概存在着某种传承关系。它们可能都是以民间口头文学中的有关内容为创作基础的。”[①]又有学者认为：“整理组撰写的《尹湾汉墓简牍初探》认为《神乌赋》‘其风格跟以往传世的大量属于上层文人学士的汉赋有异，无论从题材、内容和写作技巧来看，都接近于民间文学。此赋以四言为主，用拟人手法讲述鸟的故事，跟曹植的《鹞雀赋》和敦煌发现的《燕子赋》（以四言为主的一种）如出一辙。’”[②]“《神乌赋》中的盗鸟用的是偷窃建巢资料的方式侵袭乌巢，可以简称为偷巢。偷巢与上引故事中的占巢或毁巢略有差异，但并无实质性的区别，三者的目的和后果都是使得对方无法居住。”“既然偷巢故事与占巢故事同属于一个民间故事类型，那么，分别根据这两个故事创作出来的同一文学体裁的作品，即《神乌赋》与《燕子赋》十分相象，也就是理所当然的了。”[③]

综观上述论述，在对《神乌赋》文学史意义和地位及《神乌赋》自身内容特点和构文技巧等方面，都给予了充分肯定和颇为精准的分析和定位。然而，也必须看到，上述关于《神乌赋》文学意义和价值的研究，尚显简单和粗糙。将《神乌赋》与曹植《鹞雀赋》和敦煌本《燕子赋》进行比较，三者在题材、内容、写作手法等方面的确存在着颇为一致的地方。然而，单纯地从相同点角度考察《神乌赋》，或将遮蔽《神乌赋》于内容上的独特性和艺术上的特殊性，从而影响《神乌赋》思想价值和文学价值的认识。缘于此，我们所关注的，既有《神乌赋》与《鹞雀赋》《燕子赋》的相同点，也有双方之间巨大的差异，以及透过上述异同所反映出的《神乌赋》在文学史意义上的价值和地位。

二、《神乌赋》与曹植《鹞雀赋》及敦煌本《燕子赋》异同

我们尝试从故事的主角、背景、经过、结局、后续和原因分析6个方面，对《神乌赋》《鹞雀赋》《燕子赋》进行比较，寻找出它们的相同点和差异点，并在此基础上对《神乌赋》做进一步讨论。

在赋文内容上，《鹞雀赋》与《神乌赋》《燕子赋》差异较大，可以比较的事项不多，且不具备“争巢”的故事背景，故而《鹞雀赋》与《神乌赋》《燕子赋》不宜进行比较研究。[④]值得注意的是，《神乌赋》与《燕子赋》具有“争巢”这一故事背景，并在故事情节上面存在颇为一致的地方；同时，又在故

① 裘锡圭：《〈神乌赋〉初探》，《文物》1997年第1期。
② 刘乐贤、王志平：《尹湾汉简〈神乌赋〉与禽鸟夺巢故事》，《文物》1999年第8期。
③ 刘乐贤、王志平：《尹湾汉简〈神乌赋〉与禽鸟夺巢故事》，《文物》1999年第8期。
④ 按：由此而论，有些学者认为曹植《鹞雀赋》与《神乌赋》相类，是完全错误的。

事结局和故事后续等环节上存在巨大的差异，二者存在可以进行比较研究的基础和条件。[①]具体情况见表 6-1 所示。

表 6-1 《神乌赋》与《鹞雀赋》《燕子赋》比较

文本名称	《鹞雀赋》	《燕子赋》	《神乌赋》
故事主角	双雀与鹞鸟	双燕与黄雀	双乌与盗鸟
故事背景	鹞捕雀鸟为食	双燕筑巢黄雀霸占	双乌取材筑巢盗鸟盗材
故事情节	雀鸟机智辩难	燕巢雀占	雄乌为筑巢而取材
	鹞鸟沮丧离去	燕子责问	盗鸟窃材
		燕子被打	雌乌发现，责问盗鸟
		告于鸟王凤凰	盗鸟不服
		鸟王主持正义	雌乌以法与理相劝说
		雀鸟被捕	盗鸟无礼辩解
		雀鸟受到惩罚	雌乌愤怒，双鸟互殴
			雌乌被创，落地受缚
			雄乌救援，雌乌脱险
故事结局	双雀相逢，庆幸脱难	雀鸟出狱，燕雀和解	雌乌所缚，无法自解
			雄乌悲愤，誓共存亡
			雌乌劝勉，情深意长
			雌乌缚翼，自投汙则
			雄乌悲叹，高翔而去
故事后续	公妪二雀述说辛苦，检讨行事	鸿鹤讥笑嘲骂燕雀，双方以诗述志	以《传》的形式对社会现实提出批评

由上面的比较可知，在赋文内容上，《鹞雀赋》与《神乌赋》《燕子赋》差异较大，可以比较的事项不多，且不具备“争巢”的故事背景，而《神乌赋》与《燕子赋》具有“争巢”的故事背景，并在故事情节上面存在颇为一致的地方，同时，又在故事结局和故事后续等方面存在巨大差异，故而下文对《神乌赋》的研究主要是建立在与《燕子赋》比较基础之上。

（1）《神乌赋》与《燕子赋》在写作手法、故事背景、故事性质和情节等方面存在颇为一致的地方，主要表现在：①均以拟人化的手法赋予“雀鸟”以平民或小人物的地位或身份；②均以“争巢”为故事背景，即施害方盗取筑巢材料或直接霸占巢穴并与受害方构成冲突；③均以“护巢”为故事内容，即受害方为保护筑巢材料或巢穴而抗争，从而构成了为维护“私产”而抵抗“恶行”或“恶势力”的性质和情节。

---

① 按：关于《神乌赋》与《燕子赋》异同之比较，李立《楚汉浪漫主义文学发展史：战国秦汉浪漫文学经典文本研究》第六章第四节中有所涉及，为本节研究需要，特将其内容和观点引述如下。

（2）《神乌赋》与《燕子赋》又在故事情节、抗争结果、故事结局、故事后续等方面存在差异，具体表现在：①在故事情节的叙述中，《神乌赋》中“雌乌”所受到的伤害更为严重。具体看，《神乌赋》中“雌乌”受到了双重伤害，一是与“盗鸟”互殴而受伤，二是受伤落地后而受辱。前一方面的施害方是“盗鸟”，后一方面的加害者是“贼口”，或释为“捕取雌鸟的人或动物”[①]。第一次伤害来自“同类”，第二次伤害则可能来自“人类”，而且第二次伤害不但带有侮辱的性质，还表现着不可抗拒和毁灭性的力量。故而从受到伤害的程度上看，《神乌赋》中的“雌乌”更为严重。②在抗争结果的叙述中，《神乌赋》中的“雌乌”没有如《燕子赋》那样得到自身力量以外的更为强大的“权威力量”的支持和保护。③在故事结局的叙述中，《神乌赋》中的“雌乌”没有如《燕子赋》那样与施害方和解，而是“遂缚两翼，投于汙则”选择自杀。④在故事后续的叙述中，《神乌赋》与《燕子赋》的最大差异，是“跳出”赋文所构拟的情境而以“第三者”即局外人的身份并借助《传》的形式进行议论和评价。

藉由上面的比较，基于《神乌赋》与《燕子赋》所呈现出的相同点可知，学术界从民间故事类型学的角度而将《神乌赋》归入“鹊巢鸠占”类型的学术考量和相关研究无疑是正确的，《神乌赋》的文学意义、价值和地位也便更为清晰地呈现出来：《神乌赋》填补了从《诗经·鹊巢》到敦煌本《燕子赋》以“争巢”为题材的文学创作一脉相承而发展、演变的缺环，意味着上述题材的相关文学创作，至迟在春秋战国之际，就已经进入民间艺术家的文学创作视野，并在汉唐历史演进中发展、演变成为一个重要的民间文学类型。另外，基于《神乌赋》与《燕子赋》所呈现的差异性，或可发现《神乌赋》于文学意义和价值方面更加值得关注和总结的方面。

第三节　《神乌赋》悲剧形象的确立与悲剧意义的生成

虽然《神乌赋》与《燕子赋》一样描述了一个关于鸟雀争巢（护巢）的故事，但《神乌赋》能够在上述故事中塑造一位为了维护私产而死情殉义的“雌乌”形象，并顺利地将这一形象的悲剧行为升华为悲剧意义，从而有力地提升了《神乌赋》所构拟的故事的悲剧感染力。《神乌赋》所呈现的审美价值是《鹞雀赋》和《燕子赋》所无法比拟的，与传统汉代散文和辞赋作品相比较，《神乌赋》还罕见地呈现出鲜明的思想价值和社会学及历史学价值。

① 裘锡圭：《〈神乌赋〉初探》，《文物》1997年第1期。

一、《神乌赋》最重要的思想价值是申明了“公义”的重要性

刘向《列女传》“节义传”编选有三个女性（鲁义姑姊、齐义继母、梁节姑姊）“舍弃私产”的故事。故事将“妇人”对“私爱”的“取舍”设定在是否有违“公义”的前提下，当对“私爱”的取得违背“公义”或具有违背“公义”之嫌的时候，对“私爱”的“舍弃”也就成为必然。显然，《列女传》上述故事设置了一个超越个体而具有群体色彩和社会公德意义的命题，即“公义”。

将《神乌赋》与《列女传》上述故事相比较，双方实际上都牵涉到“公义”的命题。《列女传》鲁义姑姊、齐义继母故事中女主人公舍弃“己之子”是为了维护“公义”，梁节姑姊故事中的妇人“赴火而死”也是为了维护“公义”。《神乌赋》“雌乌”的“自投汙则”悲剧的发生，表面上是为了维护“私产”而与“公义”无关，但“雌乌”悲剧发生的根源则缘于“公义”缺失。显然，在“公义”命题上，《神乌赋》与《列女传》诸故事存在着共同性。

“公义”一词在西方文明中具有“公平公正”的意义。在那里，它是一个面向“普遍”的人的概念，其前提是每一个人都有获得“公义”和追求“公义”的权利和义务，因此，“公义”对人而言，是符合一个标准，这个标准就是“公平公正”。然而《列女传》诸故事中的“公义”却并非如此。《列女传》中的“公义”是与“私爱”相对立的，它所追求的不是具有普遍意义的人的“公平公正”原则，而是超越个体、家庭和族群之上的社会公德和社会道义。所以，这种“公义”虽然仍然面向社会中的人，但却对社会公德和社会道义负责。

将《神乌赋》与《列女传》诸故事联系起来，或可发现，上述文本有意或无意地阐述了这样一个道理：即“公义”作为具有群体色彩和社会公德意义的命题，需要群体和社会中每个个体的自觉维护和坚守。而对于“公义”的维护和坚守，自然会付出代价，但同时也会换回个体缘于“公义”的保护。从这个意义上看，《列女传》诸故事所描述的女主人公对“私爱”的舍弃而换回对“公义”的维护的事迹，反衬出《神乌赋》“雌乌”悲剧的发生是由于“公义”缺失而导致社会无序的社会根源。《神乌赋》通过“雌乌”悲剧形象的塑造，在感叹“雌乌”对于“义”和“情”的秉持和坚守的同时，也申明了“公义”的意义和价值，那就是当一个群体或社会缺少“公义”的时候，个体对“私爱”的维护也便陷入弱肉强食的无序和野蛮境地，也意味着在上述群体和社会中，任何个体都会成为维护“私爱”的牺牲品。《神乌赋》反映了社会因“公义”缺失而致“法”“理”消亡和无序的社会现实，以及群体和社会需要“公义”即“法”与“理”的愿望和期盼。

对此，汉乐府民歌、《后汉书·独行列传》“李善救主”事件皆可为证。汉乐府民歌《孤儿行》描写孤儿在父母去世之后被兄嫂奴役欺凌的悲苦生活，在“私爱”与“公义”面前，孤儿的兄嫂选择了前者。汉乐府民歌《妇病行》描写妻子病重时对幼子的牵挂，其“行当折摇，思复念之”诸语，令人伤痛哀怜。病妇弥留之际何以如此牵挂幼子而叮嘱丈夫，原因即在于担心丈夫在“私爱”与“公义”面前选择“私爱”，孤儿在“私爱”与“公义”面前失去“公义”。从“李善救主”事件中“恶奴”的行为看，“公义”受到了可怕的践踏和挑战，这种践踏和挑战“公义”的行为，在社会现实中时有发生。因此，群体和社会需要“公义”的愿望和期盼也愈发强烈，若非如此，《后汉书·独行列传》不至于作为“大事”记载，而汉画像也不至于作为一个重要题材在祠堂画像（如山东嘉祥武氏祠“李氏遗孤忠孝李善”画像）中展示。

“公义”的缺失必然会导致个体利益遭到侵害，缘于此，“公义”就需要群体和社会中每个个体的自觉维护和坚守。虽然这样的维护和坚守会付出代价，但它的终极目的是恢复“法”与“理”的存在及至换回缘于“公义”的保护。上引刘向《列女传》诸故事的编创宗旨或即此。基于上面的讨论或可明确：《神乌赋》“雌乌”维护私产的悲剧，与《列女传》诸故事主人公舍弃“私爱”的牺牲，从正和反两个方面反映了汉代社会对“公义”的需要，以及需要以“公义”的名义确立社会公德和社会道义的社会现实。如此而论，《神乌赋》及所塑造的“雌乌”形象，具有颇为鲜明的思想价值，并表现为道德楷模意义和社会现实意义。不论上述价值和意义是《神乌赋》所自然禀赋，还是缘于接受者的诠释所获得，上述价值和意义都将无法埋没和抹杀。

二、《神乌赋》最重要的审美价值是确立了悲剧意义

《神乌赋》与《燕子赋》最大不同，是其所构拟的故事具有强烈的悲剧性，并能够通过“雌乌”的自杀行为而演化出某种悲剧意义。

对此，有两个方面的情况值得关注。《神乌赋》悲剧意义的生成，有可能缘于两个方面的原因，其一是“雌乌”在面对同类的“伤害”时，无法得到自身力量以外的权威力量的支持和保护；其二是“人类”作为“二次伤害”的施害方也参与到“鸟类”的世界之中，并体现着不可抗拒和毁灭性的力量。上述情况或说明，在《神乌赋》所构拟的故事中，故事发生的“背景”和“环境”更为复杂和险恶，并呈现出两个层次，即“鸟的世界”和“人的世界”，而在上述两个层次所构成的“世界”中，“法”与“理”都是缺失的。缘于此，《神乌赋》悲剧性的确立，便自然具有某种必然性特征，并进而导致悲剧意义的生成。

上文的讨论还只是《神乌赋》悲剧意义的一个方面，或一个层次。《神乌

赋》悲剧意义还有另一个方面，另一个更深的层次。导致《神乌赋》“雌乌”最后“遂缚两翼，投于汙则”的原因，有浅和深两个方面。浅的方面是“雌乌”的“困境”无法摆脱而生命无望。然而，从“雄乌”之“愿与女俱”誓言看，“雄乌”还在鼓励“雌乌”活下去，而且愿与“雌乌”共生死。上述情况说明，“雌乌”的“遂缚两翼，投于汙则”还有别的原因。从赋文看，当“雄乌”“愿与女俱”后，“雌乌”做了如下回答：“以死伤生，圣人禁之”“疾行去矣，更索贤妇”“毋听后母，愁苦孤子”。上述回语包含了两个方面的思想和情感，即“雌乌”对于“雄乌”的“义”和对于“孤子”的“情”。从这个意义上看，《神乌赋》悲剧意义的另一个方面，体现在“雌乌”在“法”与“理”缺失的情况下，对“义”和“情”的秉持和坚守，最终死于情而殉于义。正是在这个意义上，《神乌赋》的悲剧意义不但伴随着自弃生命的惨烈，还演绎着“情”与“义”的高尚。

三、《神乌赋》的悲剧形象带有平民或世俗的特点和色彩

如前所述，《神乌赋》虽然同样描述了一个关于鸟类争巢的故事，但是在上述故事中塑造了一位顽强抵抗同类和异类伤害和侮辱而最终死于情殉于义的“雌乌”形象。《神乌赋》所描述的故事乃拟人之作，故以鸟喻人，“雌乌”形象堪为道德侠义之士的形象。《神乌赋》赋文叙述了“雌乌”抵抗同类暴行的经历，虽然结局悲惨，但是带有平民或世俗特点和色彩的“雌乌”以其英勇抗暴的行为而成就的悲剧形象，为秦汉文学这一类形象的丰富和发展作出了贡献。

司马迁在《史记·游侠列传》中说道：“今游侠，其行虽不轨于正义，然其言必信，其行必果，已诺必诚，不爱其躯，赴士之阨困，既已存亡死生矣，而不矜其能，羞伐其德，盖亦有足多者焉。”[①]上文所云游侠之“行虽不轨于正义”，在“同传”论郭解之徒的行为时亦曾提及，即所谓“虽时扞当世之文罔”。对此，《索隐》云：“违扞当代之法网，谓犯于法禁也。”[②]显然，司马迁承认“今游侠”的行为于“法”有违，但却于“义”有合。在法与理不能为人做主的乱世，有情有义者就值得称道。故其又说道：“且缓急，人之所时有也。太史公曰：昔者虞舜窘于井廪，伊尹负于鼎俎，傅説匿于傅险，吕尚困于棘津，夷吾桎梏，百里饭牛，仲尼畏匡，菜色陈蔡。此皆学士所谓有道仁人也，犹然遭此菑，况以中材而涉乱世之末流乎？其遇害何可胜道哉！”[③]值

① 司马迁：《史记》卷一百二十四，第3181页。
② 司马贞：《索隐》，司马迁：《史记》卷一百二十四，第3183页。
③ 司马迁：《史记》卷一百二十四，第3182页。

得注意的是，《神乌赋》故事之尾，以“传曰”的形式从旁观者的角度或第三方的立场叙写感慨，以“众鸟”“鱼鳖”“良马”与“凤凰”“蛟龙”“骐骥”相比照，承认故事中的“雌乌”属于前类，而其身份地位较于“涉乱世末流”之“中材”，似乎还要低之一等，故而其“遭遇迫害”更“何可胜道哉”！

以此观之，《神乌赋》所描绘和塑造的“雌乌”形象，堪为秦汉文学中典型的平民或世俗悲剧形象。司马迁以为“自秦以前，匹夫之侠，湮灭不见，余甚恨之”，以其所闻，著《游侠列传》，使“汉兴以来”不为儒者学士及世俗所称道的狭义之士得以载记，侠义精神得以留存。而《神乌赋》以拟人笔法，寓言成篇，演绎世俗社会底层如“雌乌”一类的小人物为护私产而死情殉义的“大事件”，其于秦汉文学平民或世俗悲剧形象塑造上的意义和价值，《鹞雀赋》和《燕子赋》何可比拟？

是故，《神乌赋》所塑造的“雌乌”平民或世俗悲剧形象，或具有如下几个方面的特点：①《神乌赋》所塑造的“雌乌”形象是秦汉文学中第一位抵抗暴行的禽鸟形象，这一形象的确立，进一步丰富了秦汉文学形象的类型。②《神乌赋》借拟人手法而寓言成篇，以乌鸟象征人类社会底层小人物，而从“雌乌”抗暴和死情殉义的壮烈行为之上，折射出社会底层人物尊法守理、尚情崇义的高贵情操，以及不畏强暴维护私产的抗争精神，使得这一形象成为秦汉文学中第一位以象征的形式出现的平民或世俗形象。③《神乌赋》所塑造的“雌乌”形象，虽然在敦煌遗书《燕子赋》中以“成功者”形象再一次被描绘和塑造出来，却晚于《神乌赋》数百年之久，而且其形象所内含的审美价值和悲剧力量远远不及《神乌赋》。《神乌赋》“雌乌”悲剧形象所内含和展现的缘于秦汉时期社会转型而形成的新的思想和观念，使得这一形象具备了划时代的价值和意义。④《神乌赋》“雌乌”形象的塑造，为秦汉文学平民或世俗悲剧形象的进一步丰富和发展，提供了带有范型意义的写作经验：文本叙述对象没有显赫的出身和高贵的血统，也不具惊天动地的英雄功业，他们往往生活于社会底层，构成平凡而普通的生活内容，一生维护的也仅仅是依靠劳作而获得的家财和亲人间的情感，而当邪恶势力或异质力量构成侵害或威胁时，却能以自身力量之极致而与之斗争，直至胜利或死亡。

综上而言，《神乌赋》的创作及“雌乌”带有平民或世俗特点和色彩的悲剧形象的确立，显示了秦汉文学“经典形象”传统模式的突破和发展，也意味着秦汉文学“经典形象”创作缘于秦汉时期丰富而复杂的社会生活而呈现出多样化的发展态势。

对此，“杞梁妻故事”于秦汉时期的演变，或许能够给予进一步说明。“杞梁妻故事”首见于《左传·襄公二十三年》。[①]《左传》载“杞梁妻故事”，意在说明“杞梁妻”虽是妇人，但知礼懂礼，难能可贵。《集解》云：“《传》言妇人有礼。”亦为证明。[②]至《礼记·檀弓下》所载“杞梁妻故事”，虽然突出杞梁妻“善哭”的情节，但故事的主旨仍在“礼”的上面。至《孟子·告子下》则专论杞梁妻之“善哭”，已显变化。[③]及至秦汉时期，“杞梁妻故事”于情节上更为丰富。刘向《说苑》《列女传》均载有“杞梁妻故事”。上述故事在情节上均脱胎于《左传》，而在“华周杞梁之死”和“杞梁妻哀哭”两个方面进一步演绎，尤其增加了“城为之阤，而隅为之崩”情节。[④]而《列女传》则更进一步演绎“杞梁妻之哭而哀”的结局：“莒人筑尸城为京观。妻往迎丧，向之哭，土为之崩，得丧。于是公使弔。葬之。葬毕曰：‘妇人有三从之义。今吾外无夫以立节，内无子以见志。吾何归乎！’乃赴水而死。”[⑤]

从《左传·襄公二十三年》的载记，到《列女传》“杞梁妻故事”，“杞梁妻”由一个知礼的妇人，“成长”为“为夫尽哀”而致“城土崩摧”的“义妇”形象。其形象的确立，缘于两个方面的根据：一是尽自己力量之极致的行为；二是殉情而死义的悲剧结局。前者以“哭”崩城，显示了在巨大异质力量面前“杞梁妻”柔弱人性中强悍和伟大的一面；后者虽以“三从之义”名之，但“立节为夫”而“见志为子”，夫与子仍然属于“杞梁妻”的“私产”，在本质上与《神乌赋》“雌乌”不畏强暴维护私产的抗争行为相同，同样是一位悲剧形象。

第四节　《神乌赋》叙述空间的转换与赋文构文形式

如前所述，我们既关注《神乌赋》与《燕子赋》的相同点，也重视双方

① 《左传·襄公二十三年》：“齐侯还自晋，不入。遂袭莒，门于且于，伤股而退。明日，将复战，期于寿舒。杞殖、华还载甲，夜入且于之隧，宿于莒郊。明日，先遇莒子于蒲侯氏。莒子重赂之，使无死，曰：‘请有盟。’华周对曰：‘贪货弃命，亦君所恶也。昏而受命，日未中而弃之，何以事君？’莒子亲鼓之，从而伐之，获杞梁。莒人行成。齐侯归，遇杞梁之妻于郊，使吊之。辞曰：‘殖之有罪，何辱命焉？若免于罪，犹有先人之敝庐在，下妾不得与郊吊。’齐侯吊诸其室。”左丘明传，杜预集解：《春秋左传集解》卷十七，第1007-1008页。

② 左丘明传，杜预集解：《春秋左传集解》卷十七，第1009页。

③ 《礼记·檀弓下》：“哀公使人吊蒉尚，遇诸道，辟于路，画宫而受吊焉。曾子曰：蒉尚不如杞梁之妻之知礼也。齐庄公袭莒于夺，杞梁死焉。其妻迎其柩于路而哭之哀。庄公使人吊之。对曰：君之臣不免于罪，则将肆诸市朝，而妻妾执。君之臣免于罪，则有先人之敝庐在，君无所辱命。”孔希旦撰，沈啸寰、王星贤点校：《礼记集解》卷十一，第287页。《孟子·告子下》：“昔者王豹处于淇，而河西善讴。緜驹处于高唐，而齐右善歌。华周杞梁之妻，善哭其夫，而变国俗。”焦循：《孟子正义》卷十二，国学整理社辑：《诸子集成》第一册，第490页。

④ 刘向撰，向宗鲁校证：《说苑校证》卷四，北京：中华书局，1987年，第84-85页。

⑤ 李昉等编，夏剑钦、黄巽斋校点：《太平御览》卷四百二十二，第25页。

巨大的差异，并试图透过上述异同进一步探求《神乌赋》思想价值和文学意义。《神乌赋》“雌乌”悲剧形象的塑造，悲剧意义上的审美价值的生成，以及其思想价值和社会学及历史学价值的鲜明呈现，还与《神乌赋》独特的构文特点相关联，并以其鲜明而独特的体式特点和叙述形式在传统汉赋作品中独树一帜，呈现出文学发展与演变意义上鲜明痕迹。

一、从“叙述空间”的层叠与转换看《神乌赋》叙述特点

叙述空间是指文本在具体叙述过程中所建构的空间背景或空间环境。从叙述空间角度审视《神乌赋》与曹植《鹞雀赋》和敦煌本《燕子赋》（以四言为主的一种），由于上述三篇赋文皆采用拟人化的手法构拟“鸟雀世界”的故事，故在叙述空间的建构与表现上应当遵循整一与稳定的原则，即在赋文的叙述中以“鸟雀世界”作为背景和环境，并保持整一与稳定。对此，《鹞雀赋》和《燕子赋》均能做到这一点，《神乌赋》却并非如此。

从叙述空间角度看《神乌赋》，其故事情节发展与演变的背景空间呈现出“人的世界”与“鸟的世界”层叠与混杂的状态。赋文开篇即云“惟岁三月，春气始阳”，“众鸟皆昌，执虫坊皇”，点明叙述的事件和对象是发生于“鸟的世界”的有关“鸟的故事”。然而，赋文接下来又说道：“去危就安，自诧府官，”“高树纶棍，支格相连，”“府君之德，洋洫不测。”“府君”或云“推测特指太守府”[①]。而“高树纶棍，支格相连”亦是“官府庭院的景象”[②]。则又将“鸟的故事”置于“人的世界”之中。

赋文又有“贼□捕取，系之于柱”句。此“贼□”颇难理解。或云“贼”谓“抢劫或偷窃财物的人”。而“此当指盗鸟”[③]，然而赋文谓“盗鸟”皆为“盗”而不言“贼”。另一方面，赋文“贼□捕取，系之于柱”是发生于“雌乌”与“盗鸟”相争受伤而坠地之后，即赋文所谓“闻不能起”。故这里的“贼”当另指“他物”而非“盗鸟”。裘锡圭《〈神乌赋〉初探》注云：“‘贼’下一字初释为‘皆’，谛审字形，上部实不作‘比’，故定稿缺释。‘贼’或‘贼□’当指捕取雌乌的人或动物。”[④]联系这是“雌乌”受伤而坠地之后所发生的事情，且又“系之于柱”而非打杀，则“贼”或“贼□”或当释为“捕取雌乌的人”。则再次将“鸟的故事”置于“人的世界”之中。

《神乌赋》后部以“《传》曰”收尾，引入第三者对故事的评价，并明确

① 张显成、周群丽：《尹湾汉墓简牍校理》，“神乌赋”注释，第147页。
② 裘锡圭：《〈神乌赋〉初探》，《文物》1997年第1期。
③ 张显成、周群丽：《尹湾汉墓简牍校理》，“神乌赋”注释，第156页。
④ 裘锡圭：《〈神乌赋〉初探》，《文物》1997年第1期。

提出“鸟兽且相慢，何兄人乎”的感叹，显然是借题发挥，藉由“鸟的世界”的鸟的故事抒发人世间的人事感慨。值得注意的是，这种情况就不只将“鸟的故事”置于“人的世界”之中，而是借鸟事比附人事，将“鸟的世界”与“人的世界”混为一体了。

对此，将《神乌赋》《鹞雀赋》《燕子赋》的叙述空间进行比较，即如表 6-2 所示。

表 6-2 《神乌赋》《鹞雀赋》《燕子赋》叙述空间比较

文本名称	《鹞雀赋》		《燕子赋》		《神乌赋》	
比较事项	叙述空间	故事情节	叙述空间	故事情节	叙述空间	故事情节
故事情节	鸟的世界	雀鸟辩难	鸟的世界	仲春二月	鸟的世界	惟此三月
		鹞鸟离去		燕巢雀占	人的世界	府君官府
				燕子责问	鸟的世界	盗鸟窃材
				燕子被打		雌乌责问
				告于鸟王		盗鸟不服
				主持正义		雌乌相劝
				雀鸟被捕		盗鸟辩解
				雀鸟受罚		双乌互殴
					人的世界	贼□捕取
					鸟的世界	雄乌救援
故事结局	鸟的世界	双雀脱难	鸟的世界	燕雀和解	鸟的世界	雌乌受困
						雄乌悲愤
						雌乌劝勉
						雌乌自杀
						雄乌高翔
故事后续	鸟的世界	双雀检讨	鸟的世界	燕雀述志	人的世界	评论述志

从上述比较中可以发现，《神乌赋》在叙述空间的建构与表现上的最大特点，是在以“鸟的世界”作为背景和环境的叙述中，并没有遵循叙述空间整一与稳定的原则，而是在“鸟的世界”中叠加“人的世界”，即形成“鸟的世界”与“人的世界”的多重层叠，同时，又随着叙述的延展而带动上述多重层叠的叙述空间的多次转换。

显然，《神乌赋》叙述空间的建构与表现上的特点，势必对赋文故事情节的展现和叙述带来影响，致使赋文叙述的背景和环境之整一和稳定遭到破坏，进而导致缘于不同的叙述空间的转换和接驳而致情节展现和叙述出现隔阂和障碍。更为重要的是，赋文后续部分的叙述空间由“鸟的世界”向“人的世界”的回归（叙述），带有强烈的强制性特征，遂致上述叙述过程在内容和情感上的人性色彩的融入和确立，又反衬出前一叙述过程结束得仓促和突兀。

需要指出的是，作为鸟雀争巢类寓言故事，其叙述空间的整一性和稳定性，能够保证稳定而完整的叙述视域的获得，从而使得借助拟人化手法而构拟的故事情节完成完整而有序的叙述。反之，势必导致这种稳定而完整的叙述视域遭到破坏，其结果是有序的叙述无法实现。从这个意义上看，《神乌赋》在写作技巧上要逊于《鹞雀赋》和《燕子赋》。上述情况或说明，从鸟雀争巢类型的民间文学创作上看，《神乌赋》与《鹞雀赋》《燕子赋》相比，其写作技巧尚显稚嫩，似乎也反映出了鸟雀争巢类型的民间文学创作，在秦汉及中古文学发展与演变上的真实形态。

二、从故事后续部分的性质和特点看《神乌赋》构文形式

《神乌赋》留给学术界的最大疑惑，就是其以“《传》曰”为起始的故事后续部分缘何形成，以及这样做的目的和意义的问题。

与《鹞雀赋》《燕子赋》相比，甚至与传统汉赋相比，《神乌赋》在故事后续部分一改传统路数，引出“《传》曰”并带有述志性质的文字作结，在赋文叙述空间得以转换的过程中似有强行改变赋文叙述之整一和稳定的嫌疑。从这个意义上看，《神乌赋》故事后续部分具有强烈的强制性和人为因素情况的出现，也就不足为奇了。而造成上述情况出现的原因，或可以考虑《神乌赋》后续部分与前面赋文之关系的问题。

上述意见或有赋文本身为证。《神乌赋》在故事结局部分中描写“雄乌”的文字，其文意的重点是“雄乌”由“雌乌”自杀而心生忧愤，而忧愤所指即“盗反得免，亡乌被患”之事，说明“鸟的世界”缺少“公义”，是故“遂弃故处，高翔而去”，希望找寻新的世界和新的生活。再看《神乌赋》故事后续部分，则以“鸟兽且相慢，何兄人乎”作比，而其“忧”所指，则是“众鸟丽于罗网”而“凤凰孤而高翔”式的社会现实，说明“人的世界”同样缺少“公义”，是故“哀哉哀哉！穷通其留”。至此，《神乌赋》故事后续部分的主旨也便明晰了，那就是以“乌”的遭遇作比，叙述了“公义”缺失和消亡的社会现实，表达了“穷通以然”的思想和主张。

显而易见，《神乌赋》故事后续部分的主旨与《神乌赋》在故事结局部分“雄乌”的“遂弃故处，高翔而去”并不相同。也就是说，赋文在找寻“鸟

的世界”和“人的世界”之问题根源方面，所得出的结论是相同的，但缘于上述结论而采取的具体行为却是不同的。“雄乌”的“遂弃故处，高翔而去”，由于有“雌乌”临死前“疾行去矣，更索贤妇。毋听后母，愁苦孤子”的嘱托，可以视为对“新的世界”和“新的生活”的寻找；而《神乌赋》故事后续部分“哀哉哀哉！穷通其菑”的悲叹，则明显地表现出无可奈何而顺其自然式的消极情感。正是在这个意义上，《神乌赋》故事后续部分与前面赋文在思想、情感和理念上形成了某种隔阂和游离。

综上而言，《神乌赋》故事后续部分所表达的思想、情感、理念，与赋文前面部分存在隔阂和游离的情况，或已成为不争的事实。究其原因，不外乎两种情况：一是赋文本身既如此；二是故事后续部分是在前面赋文基础上某种“补缀”情况的反映。根据目前所能掌握的资料，上述两种情况将无法得到非此即彼的明确辨析，但并不影响我们对赋文文学意义和价值的研究和讨论，因为上述两种情况皆具有文本构文和文学创作方面的意义和价值。

如前所述，将《神乌赋》与《鹞雀赋》《燕子赋》（以四言为主的一种）相比较，其最大的不同就是《神乌赋》存在叙述空间的层叠与转换的情况，而且在赋文故事后续部分一改《鹞雀赋》《燕子赋》的套路，引入“《传》曰”以收尾。如果上述情况即是《神乌赋》文本原初或原始状态，则可见出同为反映“鸟雀争巢”类型的民间俗文学创作，其于汉唐以来文本构文和文学创作方面发展与演变的真实形态。而以敦煌本《燕子赋》（以四言为主的一种）为比较的基准，则能够发现《神乌赋》文学文本意义上的稚嫩和朴拙。另一方面，如果考虑《神乌赋》故事后续部分有可能是在前面赋文基础上某种“补缀”情况的反映，而不论这种情况与尹湾汉墓墓主是否存在关系，都意味着其文学意义上的文学文本的再创作的事实。基于此，《神乌赋》故事后续部分的进一步研究，或许能够触及汉代中低层官吏和知识分子群体在思想状态、俗文学接受情况、文字掌控能力、文学文本改编创作等方面的信息。显然，上述情况在传统汉赋乃至汉代文学研究中都少有触及。

第五节　结论：成功塑造了因维护私产而献身的“雌乌”形象

（1）《神乌赋》塑造了一位为了维护私产而死情殉义的“雌乌”形象，并顺利地将这一形象的悲剧行为升华为悲剧意义，从而有力地提升了《神乌赋》所构拟故事的悲剧感染力。与传统汉代散文和辞赋作品相比较，《神乌赋》还罕见地呈现出鲜明的思想价值和社会学及历史学价值。《神乌赋》反映了社会因“公义”缺失而至“法”与“理”消亡和社会无序的社会现实，以及社会需要“公义”即“法”与“理”的愿望和期盼。《神乌赋》为汉代民间文学的社会学和历史学研究提出了新的启示。将《神乌赋》“雌乌”形象置于中国古代文学于秦汉时期社会转型阶段传统内容和传统模式之突破与发展的意义上来考量，其意义和价值或更为巨大。这一形象所内含和展现的缘于秦汉时期社会转型而形成的新的思想和观念，使得其具备了划时代的价值和意义。

（2）《神乌赋》能够成功塑造因维护私产而牺牲的“雌乌”形象并非偶然，联系本书第二章有关“秦汉时期女性诉讼主体地位和主张财物私有的权利”的考察，《神乌赋》“雌乌”形象的成功塑造，应该具有秦汉时期现实生活中女性在社会生活和经济活动中具有自主地位和权利的生活基础。《神乌赋》中“雌乌”所反映的母亲形象，正是上述现实生活中妇女形象的文学典型。《神乌赋》“雌乌”形象的成功塑造，更提示我们进一步关注中国古代文学创作中这种典型形象由拟人化的雀鸟形象而至现实主义文学形象的发展演变之进程。

（3）《神乌赋》在叙述空间建构与表现上的特点，势必对赋文故事情节的展现和叙述带来影响，致使赋文缘于不同叙述空间的转换和接驳，而致情节展现和叙述出现隔阂和障碍。赋文故事后续部分则带有强烈的强制性特征，导致叙述进程结束得仓促和突兀。上述情况或说明，从鸟雀争巢类型的民间文学创作上看，《神乌赋》写作技巧尚显稚嫩，似乎也反映出鸟雀争巢类型的民间文学创作在秦汉及中古文学发展与演变上的真实形态。

（4）如果考虑《神乌赋》故事后续部分有可能是在前面赋文基础上某种“补缀”情况的反映，而不论这种情况与尹湾汉墓墓主是否存在关系，都意味着其文学意义上“再创作”的事实。如此，《神乌赋》故事后续部分的进一步研究，或许能够触及汉代中低层官吏和知识分子群体在思想状态、俗文学接受情况、文字掌控能力、文学文本改编创作等方面的信息。

本章附录

一、曹植《鹞雀赋》

鹞欲取雀。雀自言：“雀微贱，身体些小，肌肉瘠瘦，所得盖少，君欲相噉，实不足饱。”鹞得雀言，初不敢语。“顷来轗轲，资粮乏旅。三日不食，略思死鼠。今日相得，宁复置汝！”雀得鹞言，意甚怔营。“性命至重，雀鼠贪生。君得一食，我命是倾。皇天降监，贤者是听。”鹞得雀言，意甚怛惋。

“死当毙雀，头如蒜颗。不早首服，烈颈大唤。行人闻之，莫不往观。”雀得鹞言，意甚不移。依一枣树，藂茇多刺。目如擘椒，跳跃二翅。“我当死矣，略无可避。”鹞乃置雀，良久方去。二雀相逢，似是公妪。相将入草，共上一树。仍叙本末，辛苦相语。“向者近出，为鹞所捕。赖我翻捷，体素便附。说我辨语，千条万句。欺恐舍长，令儿大怖。我之得免，复胜于兔。自今徙意，莫复相妒。”①

二、敦煌本《燕子赋》（以四言为主的一种）

仲春二月，双鷰翱翔，欲造宅舍，夫妻平章。东西步度，南北占详，但避将军太岁，自然得福无殃。取高头之[棁]，垒泥作窟，上攀樑[栋]，藉草为床。安不虑危，不巢于翠幕；卜胜而处，遂托[于虹]梁。铺置才了，蹔往[堤]塘。乃有黄雀，头脑峻削，倚街傍巷，为强凌弱，睹鷰不在，入来皎掠。见他宅舍鲜净，便即穴白占着。妇儿男女，共为欢乐，自夸楼猡。得伊造作：“耕田人打兔，蹠履人吃臛。古语分明，果然不错。硬努拳头，偏脱胳膊。鷰若入来，把棒撩脚。伊且单身独手，喽我阿莽蘡斫，更被唇口嗫嚅，与你到头尿却。”言语未定，鷰子即迴，踏地叫唤。雀儿出来，不问好恶，拔拳即搓，左推右耸，剜耳掴颙，儿捻[脚拽]，妇下口[龊]。鷰子被打，可笑尸骸，头不能举，眼不能开。夫妻相对，气咽声哀：“不曾触犯豹尾，缘没横罹鸟灾！”遂往凤凰边，下牒分析：“鷰子单贫，造得一宅，乃被雀儿强夺，仍自更着恐吓，云‘明勑括客，标入正格，阿你[逋]逃落[籍]，不曾见你膺王役，终遣官人棒脊，流向[儋]崖象白。’[云]‘野鹊是我表丈人，鵊鸠是我家伯，州县长官，瓜萝亲戚。是你下牒言我，共你到头並亦。火急离我门前，少时终须喫掴。’鷰子不分，以理从索。遂被撮头拖拽，捉衣擠擘，辽乱尊拳，交横秃剔。父子数人，共相敲击。鷰子被打，伤毛堕翮，起止不能，命垂朝夕，伏乞检验，见有青赤。不胜冤屈，请王科责。”凤凰云：“鷰子下牒，辞理恳切；雀儿豪横，不可称说。终须两家，对面分雪，但知臧否，然可断决。”专着鴝鹆往捉。鴝鹆奉命，不敢久停，半走半骤，疾如奔星。行至门外，良久立听，正闻雀儿，窟里语声。雀儿云：“吾昨夜梦恶，今朝眼瞤，若不私斗，尅被官嗔。比来傜役，征已应频。多是鷰子，下牒申论。约束男女，必莫开门。有人觅我，道向东村。”鴝鹆隔门遥唤：“阿你莫漫辄藏！向来闻你所说，急出共我平章。何为夺他宅舍，仍更打他损伤？凤凰令遣追捉，身作还自抵当。入孔亦不得脱，任你百种思量。”雀儿怕怖，悚惧恐惶，浑家大小，亦总惊忙。

① 按：曹植《鹞雀赋》原文，引自傅亚庶注译：《三曹诗文全集译注》，长春：吉林文史出版社，1997年，第796页。

遂出跪拜鵖鴉，唤作大郎二郎："使人远来冲热，且向窟里纳凉。卒客无卒主人，蹔坐撩治家常。"鵖鴉曰："者汉大痴，好不自知，恰见宽纵，苟[图]过时。饭食浪道，我亦不饥。火急须去，恐王怪迟。"雀儿已愁，贵在淹[留]，迁延不去，望得脱头。乾言强语，千祈万求："通融放到明日，还有些些束脩。"鵖鴉恶发，把腰即[搊]，雀儿烦恼，两眉不皱。撩瞻擒去，须臾到州。凤凰遥见，问是阿谁。便即低头跪拜，口称："百姓雀儿，被鷰谤夺宅，昨日奉王帖追，匍匐奔走，不敢来迟。鷰子文牒，並是虚辞，眯目上下，请王对推。"凤凰云："者贼无赖，眼[恼妒]害，何由可耐，胥是捉我支配，捋出脊背，拔却左腿，揭却脑盖。"雀儿被吓胆碎，口口惟称死罪，请唤鷰子来对。鷰子忽硉出头，曲躬分疏："雀儿夺宅，今见安居，所被伤损，亦不加诸，目验取实，何得称虚？"雀儿自隐欺负，面孔终是攒玩，请乞设誓，口舌多端："若实夺鷰子宅舍，即愿一代贫寒，朝逢鹰夺，暮逢鸱笇，行即着網，坐即被弹，经营不进，居处不安，日埋一口，浑家不残。"呪虽百种作了，凤凰要自难谩。鷰子曰："人急烧香，狗急蓦墙，只如你[疔]疮病癞，埋却你尸腔！总是转关作呪，[图]拟诳惑大王。"凤凰大嗔，状后即判："雀儿之罪，不得称笇。推问根由，仍生拒捍。责情且决五百，枷项禁身推断。"鷰子唱快，喜慰不已："夺我宅舍，捉我巴毁。将作你吉达到头，何期天还报你！如今及阿莽次第，五下乃是调子。"于时[鹡鸰]在傍，乃是雀儿昆季，颇有急难之情，不离左右看侍。既见鷰子唱快，便即向前填置："家兄触忤明公，下走实增厚愧。[窃]闻狐死兔悲，恶伤其类。四海尽为兄弟，何况更同臭味。今日自能论竞，任他官府处理，死雀就上更弹，何须逐后骂詈。"妇闻雀儿被杖，不觉精神沮丧，但知搥胸拍臆，[拨]头忆想阿莽，两步並作一步，走向狱中看去。正见雀儿卧地，面色恰似坌土。脊上缝箇[複]子，髣髴[欲]高尺五。既见雀儿困顿，眼中泪下如雨。口里便灌小便，疮上还贴故纸。"当时髋髋劝谏，拗捩不相用语。无事破[锣]啾唧，果见论官理府。更被枷禁不休，于身有阿没好处？乃是自招祸祟，不得怨他[作]祖。雀儿打硬，犹自落荒谩语："男儿丈夫，事有错误，脊被揎破，更何怕惧。生不一迴，死不两度。俗语云：宁值十狼九虎，莫逢痴儿一怒。如今会遭夜莽赤推，总是者黑厮儿作祖。吾今在狱，宁死不辱。汝可早去，唤取鸜鹆。他家头尖，凭伊觅曲，咬[齧]势要，教向凤凰边遮嘱。但知免更喫杖，与他祁摩一束。"雀儿被禁数日，求守狱子脱枷。狱子再三不肯，雀儿美语咀啜："官不容针私容车，叩头与脱到晚衙，不[须]苦死相邀勒，送饭人来定有钗。"狱子曰："汝今未得清雪，所[以]留在黄沙。我今忝为主吏，岂受资贿相遮。万一入王耳目，碎即恰似油麻。乍可从君懊恼，不得遣我脱枷。"雀儿叹曰："古者三公厄于狱卒，吾乃今朝自见。惟须口中念佛，心中发愿，若得官事解散，验写《多心经》一卷。”遂乃嗢噈本典，[图]少问辩：“曹司上下，说公白健。今日之下，乞与些些方便。还有纸笔当直，莫言空手冷面。”本典曰：“你欲放钝，为当退顙？夺他宅舍，不解卑[逊]，却事凶豪，打他见困。你是王法罪人，凤凰命我责问。明日早起过案，必是更着一顿。杖十已过关天，去死不过半寸。但办脊背祇承，何用密箄相髌。”雀儿被吓，更害气咽，把得问头，特地更闷。“问：鷰子造舍，拟自存活，何得粗豪，辄敢强夺？”仰答：“但雀儿明明脑子，[教]被老乌趁急，走不择险，逢孔即入，蹔投鷰舍，免被拘执。实缘避难，事有急疾，亦非强夺，愿王体悉。”又问：“既称避难，何得恐吓，仍更踬打，使令坠翮。国有常刑，合笞一百。有何别理，以自明白？”仰答：“但雀儿祇缘脑子避难，蹔时留连鷰舍。既见空闲，蹔歇解卸。鷰子到来，卽欲向前词谢，不悉事由，望风恶骂。父子团头，牵及上下。忿不思难，便卽相打。鷰子既称坠翮，雀儿今亦跛[胯]。两家损处，彼此相亚。若欲确论坐宅，请乞酬其宅价。今欲据法科绳，实卽不敢咋呀。见有上柱国勋，请与收赎罪价。”“又问：夺宅恐吓，罪不可容。既有高勋，先于何处立功？”仰答：“但雀儿去贞观十九年，大将军征讨辽东。雀儿投募充傔，当时配入先锋。身不骑马，手不弯弓，口衔[艾]火，送着上风。高丽遂灭，因此立功。一例蒙上柱国，见有勋告数通。必其欲得磨勘，请检《山海经》中。”凤凰判云：“雀儿剔突，强夺鷰屋，推问根由，元无臣伏。既有上柱国勋，不可久留在狱。宜卽[释]放，勿烦案[牍]。”雀儿得出，喜不自胜，遂唤鷰子，且饮二升。“比来觸[忤]，请公哀矜。从今[以]后，别解祇承。人前並地，莫更哅哅。”鷰雀既和，行至邻並。乃有一多事鸿鹤，借问二子：“比来争竞，雀儿不能退静，开眼尿床，违他格令。赖值凤凰恩泽，放你一生草命。可中鹞子搦得，百年当时了竟。”遂骂鷰子：“你甚顽嚚，些些小事，何得纷纭，直欲危他性命，作得如许不仁。两个都无所识，宜[吾]不与同群。”鷰雀同词而对曰：“何[期]凤凰不嗔，乃被多事鸿鹤责[数]，你亦未能断事，到头没多词句。必其[倚]有高才，请乞立题诗赋。”鸿鹤好心，却被讥刺，乃兴一诗，以呈二子：鸿鹤宿心有远志，燕雀由来故不知。一朝自到青云上，三岁飞鸣当此时。鷰雀同词而对曰：大鹏信图南，鷦鷯巢一枝，逍遥各自得，何在二虫知。《鷰子赋》一卷。①

① 按：敦煌本《燕子赋》（以四言为主的一种）原文，引自周绍良主编，周绍良、高国藩、项楚、张锡厚、张鸿勋、颜廷亮选注：《敦煌文学作品选》，北京：中华书局，1987年，第294-313页；王重民：《敦煌变文集》，北京：人民文学出版社，1957年，第249-266页。关于敦煌本《燕子赋》研究情况，或可参见简涛：《敦煌本〈燕子赋〉的历史价值和文学价值》，《山东师范大学学报（哲学社会科学版）》1985年第1期；高国藩：《敦煌本〈燕子赋〉析论》，《固原师专学报》1990年第4期；黄征：《〈燕子赋〉研究》，《敦煌研究》2003年第1期；伏俊琏：《两篇风格迥异的〈燕子赋〉》，《社科纵横》2005年第2期。

下　编

考古新发现汉画像图像文献资料与汉代文学研究

绪　论

考古学意义上的汉初文化除了“秦人遗民”还坚守传统外，其余已经摆脱“秦文化”的强势植入而引发“六国遗风”的短暂“复苏”，但是这种情况大致在汉武帝以后就基本结束，至东汉明、章二帝时期形成完整形态的汉文化，这一时期也是汉文化最为繁荣的阶段。在这一时期，经过汉初以来的土地兼并，大土地所有制的存在已经成为一种社会现象，形成了新的宗族制度，而由董仲舒提出的以“天人感应”的世界观、“三纲五常”的道德观为经纬的儒家今文学派学说，成为社会的正统思想直至汉末，这也是汉文化的整体思想基础。汉画像就在这一历史阶段兴起。汉画像承载着汉代风俗文化背景，体现着汉代的历史与风俗文化特征。作为“绣像的汉代史”的汉画像，在汉文化繁荣阶段出现，又是汉文化最典型形态的艺术表现，它以图像的形式，几近全面地反映了汉代庄园社会政治和经济制度、思想和道德体系、宗教和信仰模式、文化和娱乐生活，并以区域社会的民间形态展示出来。显然，上述情况为包括文学在内的汉代文明的综合研究奠定了基础。自东汉和帝至汉末，虽然汉文化进入衰落阶段，但因其历史特点更为充分和鲜明地表现，而被视为汉文化的典型形态，并表现在如下几个方面：缘于地方豪强势力的扩大而导致庄园经济生活的进一步加强和与之相适应的自然经济的发展；同时，伴随着“官工”显著收缩的“私工”得到巨大发展；与此相联系的意识形态的变化，则是融合着早期道教和佛教思想的神仙思想和神仙信仰的日益发展和繁荣；及至黄巾起义后太平道受到统治者的严厉打压，佛教随势挤占道教空间。汉画像同样在这一历史时期得到稳定、繁荣的发展，这时期丰富的墓室、石棺、崖壁和墓地祠堂画像，以其最为成熟的艺术形式，广泛地反映了区域社会生活和人们的思想情感。丰富的汉画像考古发现，为汉代区域社会文化、风俗、艺术等方面的研究提供了条件，而将这种研究与两汉时期文学研究结合起来，考察区域社会形态下汉代文学的存在形态和跨区域社会的文学流变与接受情况，确已具备科学的学理依据和切实的可行性，必将为传统汉代文学研究揭开新的一面。

第七章　汉画像乐舞百戏画像与汉代戏剧说唱文学研究的新进展（一）

——汉画像所反映的汉代庄园乐舞百戏及巾舞长袖舞存在形态

本章以汉画像乐舞百戏画像为研究对象，是“汉画像乐舞百戏画像与汉代戏剧说唱文学研究新进展”系列研究的第一部分，尝试借助汉画像丰富的乐舞百戏画像，而对汉代庄园艺术进行考察，以期对秦汉及中古文学研究中较少关注的汉代庄园艺术的存在形态、艺术特点和艺术表现形式，并从庄园艺术生活的角度有所发现和描述。因此，本章的研究也将是这一系列研究的基础。本章研究的汉画像乐舞百戏画像文献资料，基本上以中华人民共和国成立以来尤其近30年汉画像石（砖）墓及汉代墓地祠堂或石阙画像考古发现所公布的画像资料为主，亦涉及汉墓相关石棺画像、壁画、帛画、崖墓壁画及金属器物的雕画。其中重要画像资料源如下：相关汉画像石（砖）墓等考古《发掘报告》或汉画像考古学专题论文；中国画像石全集编辑委员会《中国画像石全集》；巴黎大学北京汉学研究所《汉代画像全集》；徐光冀《中国出土壁画全集》；中国画像砖全集编辑委员会《中国画像砖全集》；高文《中国画像石棺全集》；南阳文物研究所《南阳汉代画像砖》；临沂市博物馆《临沂汉画像石》；徐州汉画像艺术馆《徐州汉画像石》；中国汉画学会历届年会论文集。[1]另外，供本章研究的16幅乐舞百戏画像资料，133幅乐舞百戏画像资料出处、年代、载体性质和构图情况，12幅巾舞画像画面构图及图片来源情况，均以附录形式置于本章之后，以供参考。

---

① 中国画像石全集编辑委员会编：《中国画像石全集》；巴黎大学北京汉学研究所编：《汉代画像全集》，北京：学苑出版社，2014年；徐光冀主编：《中国出土壁画全集》，北京：科学出版社，2012年；中国画像砖全集编辑委员会编：《中国画像砖全集》，成都：四川美术出版社，2006年；高文主编：《中国画像石棺全集》，太原：三晋出版社，2011年；南阳文物研究所编：《南阳汉代画像砖》，北京：文物出版社，1990年；临沂市博物馆编：《临沂汉画像石》，济南：山东美术出版社，2002年；徐州汉画像艺术馆编：《徐州汉画像石》，北京：线装书局，2011年。

第一节　学术史回顾与研究的意义

汉画像可归纳为八类：墓壁石画像、墓砖画像、墓壁画像、石棺画像、随葬缣帛画像、崖墓画像、随葬金属器上的雕花画、墓地石祠画像。自北宋始，随着金石学的兴起，汉画像也被一些金石学家所关注。①20世纪初，随着近代考古学的确立，汉画像研究摆脱了金石学的藩篱而进入考古学领域。这时期法国和日本学者分别对山东、河南、四川等地汉代石祠、石阙、崖墓及其画像进行考察，并运用近代考古学方法进行初步研究，如拍照、测量、绘图等。②早在20世纪20年代，董作宾即对其家乡河南南阳的汉画像进行了搜集和研究，30年代初，原中央研究院历史语言研究所在山东滕州（藤县）发掘了一座汉画像墓，这是我国首次汉画像墓的正式发掘，其后，河南南阳和山东地域汉画像被更多学者关注。③自20世纪50年代以来，汉画像的发现和研究获得了长足进展，在山东、苏北地区、河南南阳地区、陕北绥德地区、四川成都及重庆地区，相继发现了大批汉画像墓。20世纪70年代晚期以后，汉画像墓的发现又在上述地区之外有所扩展，如皖北和豫东地区、与南阳相邻的鄂北地区、与陕北相邻的晋西北地区等。此外，在浙江的海宁、河南中部的新密等地，也发现了汉画像墓或相关资料，并在山东、苏北、南阳相继发现了属于西汉时期的早期画像墓，有些墓葬可至汉武帝时期。目前汉画像研究主要集中在考古学、历史学、宗教学、神话学、建筑学、艺术史、文化史和民俗史等领域，涉及宗教信仰、思想道德观念、神话传说、民间风俗、乐舞百戏、政治经济等方面，成绩斐然。④

---

① 例如，赵明诚《金石录》第一次记录了山东嘉祥武氏祠堂画像及其榜题。南宋洪适《隶释》《隶续》进一步扩大了对各地画像尤其是碑铭的著录，同时，首开摹录画像图像的先例。到了清代，随着金石学的兴盛，汉画像更被学者们重视。乾隆五十一年（1786年）和五十四年（1789年），金石学家黄易和李克正等，在山东嘉祥发掘了武氏祠堂画像，并将发掘的画像就地保护。自此到20世纪初，金石学对汉画像的著录数量众多，不下百种，涉及画像内容、描摹图像、榜题考辩、题跋品评等。其中较为重要的著作有：翁方纲《两汉金石录》；毕沅和阮元《山左金石志》；黄易《小蓬莱阁金石文字》；王昶《金石萃编》；冯云鹏和冯云鹓《金石索》；瞿中溶《武梁祠画像考》等。

② 例如，日本学者大村西崖《支那美术史·雕塑篇》以照片的方式著录了汉画像原石与拓片资料，并首次将汉画像纳入美术史的范畴。

③ 例如，关百益《南阳汉画像集》；孙文青《南阳汉画像汇存》等，刊载汉画像拓本一百四十余篇。原山东省立图书馆馆长王献唐主持搜集了山东滕州等地出土和散存的汉画像，并编著《山东省立图书馆金石志初稿》。容庚《汉武梁祠画像录》对武氏祠画像做了较为全面和系统的介绍。巴黎大学北京汉学研究所编《汉代画象全集》初编、二编，汇集画像拓片千余幅。

④ 按：对此，我们能够举出近十年来汉画像研究的较有代表性的专著，如萧亢达《汉代乐舞百戏艺术研究》，夏亨廉和林正同《汉代农业画像砖石》，信立祥《汉代画像石综合研究》，李发林《山东汉画像石研究》，蒋英炬和吴文祺《汉代武氏墓群石刻研究》，巫鸿《武梁祠研究：中国早期的绘画艺术观念》《黄泉下的美术》《礼仪中的美术：巫鸿中国古代美术史文编》，刘志远、余德章和刘文杰《四川汉代画像砖与汉代社会》，杨爱国《幽明两界——纪年汉代画像石研究》，张从军《黄河下游的汉画像石艺

汉画像乐舞百戏画像全面描述了两汉时期民间社会不同时间、不同地域、不同阶层乐舞百戏的存在形态、层次面貌和接受情况，这是在历史学和社会学意义上唯一能够全面而真实地观察和了解一个完整的历史时代全民文娱生活的特例，它为汉代文学研究提供了形象的视觉资料，也为汉代文学于音乐、戏剧、歌舞、说唱、稽戏表演与歌诗演唱等多种形式的研究创造了条件。

巾舞和长袖舞都是汉代庄园乐舞百戏中常见的舞蹈形式，皆因舞者以“巾”或“长袖”作舞具而得名。汉代巾舞、长袖舞研究的学术意义和价值颇为重要，其原因即在于汉代巾舞、长袖舞存在形态诸问题的研究，不仅是艺术史研究领域中古代舞蹈学的重要课题，而且涉及中国古代戏剧发展史研究中代言体戏剧的起源及代言体戏剧剧本文学早期形态诸问题的研究，并成为上述研究不可或缺的基础和前提。目前关于中国古代代言体戏剧起源和早期形态问题研究陷入困境的重要原因，是较少或没有涉及汉代巾舞、长袖舞存在形态方面的考量，致使作为中国古代代言体戏剧形成时代的肯定或否定认识，都欠缺汉代巾舞、长袖舞存在形态的背景支撑而致立论不足。有幸的是，对汉代巾舞、长袖舞存在形态方面的进一步深入讨论，缘于汉画像乐舞百戏画像巾舞、长袖舞图像资料的大量发现而成为可能。据此，根据汉画像巾舞、长袖舞图像材料，能够对巾舞、长袖舞于两汉时期发展演变情况给出一个较为明确的描述和认识，进而为中国古代代言体戏剧的起源和早期形态诸问题的研究，寻找到汉代巾舞、长袖舞存在形态方面的背景支撑。

第二节　汉画像所反映的汉代庄园生活中的乐舞百戏

汉画像乐舞百戏与反映社交和日常生活内容的构图要素所构成的叙事意义上的联系，应该是现实生活中乐舞百戏真实存在情况的表现和反映。从图像叙事艺术的角度看，汉画像以其对汉代庄园生活的表现和反映而展示的是一种庄园叙事，乐舞百戏即是这种庄园叙事的重要内容。

一、乐舞百戏由皇家走入民间的发展与演变历程

汉画像所反映的汉代庄园生活图景，既是汉代中高级官吏或豪强地主群

术》，杜少虎《洛阳汉墓壁画研究》，贺西林《汉代墓室壁画的发现与研究》，黄佩贤《汉代墓室壁画研究》，朱存明《汉画像的象征世界》，罗二虎《汉代画像石棺》，郑先兴《汉画像的社会学研究》，牛天伟《汉画神灵图像考述》，王娟《汉代画像石审美研究》，刑义田《画为心声：画像石、画像砖与壁画》，等等。

体的庄园生活的表现和反映，也是一般庶民所追求的理想。从这个意义上说，由这种“富裕的庄园生活图景”所反映的生活内容，已经成为汉代最具代表性和理想的生活方式。“富裕的庄园生活图景”并不单单表现在物质层面上，在富足的物质生活层面之上，必然会出现精神层面的需求，而乐舞百戏就是汉代富裕的庄园生活最为重要的组成部分。对此，尝试从如下三个方面进行讨论。

（一）作为综合表演形式的“百戏”具有皇家背景

百戏是集合杂技、魔术、幻变、兽戏等表演内容的综合表演形式。《通典·乐六·散乐》云：“后汉天子临轩设乐，舍利兽从西方来，戏于殿前，激水化成比目鱼，跳跃嗽水，作雾翳日，而化成黄龙，长八尺，出水遨戏，辉耀日光。以两大绳系两柱，相去数丈，二倡女对舞行于绳上，切肩而不倾。如是杂变，总名百戏。”[①]《通典》所论百戏，包含两个方面的意见：百戏源于西域艺人，并于东汉时期传于中国；表演内容主要是杂技、魔术、幻变和兽戏。故又云：“大抵散乐杂戏多幻术，皆出西域，始于善幻人至中国。汉安帝时，天竺献伎，能自断手足，刳剔肠胃，自是历代有之。”[②]

百戏源于西域艺人幻变之术的认识具有一定道理，但汉代的百戏除了西域幻变之术外，还杂有“觳抵优排”一类相戏乐的角抵戏和稽戏，并非纯西方的表演艺术。《列子》载有“西极之国”的“化人”向周穆王表演幻变之术的传说。[③]可见西域幻变表演形式可能在战国时期甚或更早既已东传。然而，幻变之术在远古巫术中既已存在，只不过其对象是神鬼而非源于人的娱乐。秦汉时期燕齐方士亦擅长幻变之术，如汉武帝时李少君“祠灶致物”“丹沙化为黄金”，其本质与魔术变化无异，而齐人少翁能够“夜致王夫人”于空室之中，已涉及影像变化与化妆术。如果上述行为与“天子自帷中望见”联系起来，则显然已经属于表演艺术了。秦汉时期的角抵戏，或源于早期斗兽或武士角力的习俗。《汉书·刑法志》云：“春秋之后，灭弱吞小，並为战国，稍增讲武之礼，以为戏乐，用相夸视。而秦更名角抵。”[④]《集解》引应劭云：“战国之时，稍增讲武之礼，以为戏乐，用相夸示，而秦更名为曰角抵。”[⑤]据此而论，角力性质的角抵在战国时期就已经演变为“夸示”的“戏乐”了，而至秦汉时期，上述“戏乐”更名为“角抵”而成“角抵戏”，以化

① 杜佑：《通典》卷一四六，第3727页。
② 杜佑：《通典》卷一四六，第3729页。
③ 张湛：《列子注》卷三，国学整理社辑：《诸子集成》第三册，第31-32页。
④ 班固著，颜师古注：《汉书》卷二十三，第1085页。
⑤ 裴骃：《集解》，司马迁：《史记》卷八十七，第2560页。

妆和假作为能事，已经成为戏剧表演性质的艺术形式了。《史记·李斯列传》载："是时二世在甘泉，方作觳抵优俳之观。"[①]所谓"觳抵优俳"，正是角力性质的"角抵"演变为化妆和假作表演性质的"角抵戏"的反映，并可能加入了其他形式的表演内容，其与张衡《西京赋》"程角抵之妙戏"的描述相同。即如《史记·大宛列传》所载："及加其眩者之工，而觳抵奇戏岁增变，甚盛益兴，自此始。"[②]"角抵之妙戏"与"觳抵奇戏"含义应该是相同的，皆谓除"角抵"之外，尚有其他形式的表演，即所谓"出奇戏怪物"，而且上述表演内容"岁增变"，每年都有变化。

由百戏综合表演形式所决定，组织大型或较大型乐舞百戏表演，或只有皇室有能力完成。据《汉书·武帝纪》载，武帝时期共有两次百戏演出，一次是元封三年（公元前 108 年），一次是元封六年（公元前 105 年），皆为皇家性质。元封三年的演出，没有演出地点的载记，仅说"作角抵戏，三百里内皆（来）观"，而元封六年的演出，明确记载是在"上林平乐观"。以此观之，元封三年的角抵戏演出，其地点也当是"上林平乐观"。《史记·大宛列传》云："是时上方数巡狩海上，乃悉从外国客，大都多人则过之，散财帛以赏赐，厚具以饶给之，以览示汉富厚焉。于是大觳抵，出奇戏诸怪物，多聚观者，行赏赐，酒池肉林，令外国客遍观仓廪府藏之积，见汉之广大，倾骇之。及加其眩者之工，而觳抵奇戏岁增变，甚盛益兴，自此始。"[③]知这次"大觳抵"是在汉武帝"方数巡狩海上"之后。史载武帝六次东巡海上，第一次即在元封二年，而元封三年和六年"上林平乐观"即有角抵戏演出。《汉书·贡禹传》载汉元帝采纳贡禹意见"罢角抵诸戏"[④]。说明汉代皇家百戏的演出，在汉元帝时可能还是常例。所谓"岁增变"，一方面是指每次演出的内容都有增删或变化，另一方面也意味着这种百戏演出可能每年都有。

（二）东汉时期的百戏走向民间并在表演形式上出现变化

根据汉画像相关图像资料，百戏有可能在东汉时期走向民间，而走向民间的百戏也缘于演出条件和成本等方面的限制而在表演形式上出现变化。汉代民间的百戏表演缘于表演场所的不同，或可分为两种形式，一种是室外空旷地带的表演，往往以较大型的车戏、兽戏为主；一种是室内或庭院内的表演，主要以小型的杂技、魔术为主。后者又往往与乐舞表演相结合。目前学术界所谓"乐舞百戏"或主要指后者。

---

① 司马迁：《史记》卷八十七，第 2559 页。
② 司马迁：《史记》卷六十三，第 3173 页。
③ 司马迁：《史记》卷六十三，第 3173 页。
④ 班固著，颜师古注：《汉书》卷七十二，第 3073 页。

下面所引河南南阳出土画像砖画像（图 7-1 至图 7-3），刻绘着以车戏为主要表演内容的民间百戏表演。[①]图 7-2、图 7-3 的表演场地皆在“拱桥”旁边，图 7-1 画面右部残缺，但仍然露出“拱桥”和“车轮”，其表演场地亦当在“拱桥”旁边。有“桥”的地方必为河流经过之地，地势或平坦宽广，符合车戏表演需要较大或较为宽广的表演空间的要求。另一方面，“拱桥”是连接两地通行的交通要道，而选择这样的地方作为表演场地，就是为了便于周边人群聚集观看。

图 7-1　河南南阳出土“斜索戏车”画像砖

图 7-2　河南南阳出土“平索戏车”画像砖

图 7-3　河南南阳出土“双索戏车”画像砖

图 7-4 是山东沂南北寨村汉墓画像，画面自左而右可分为三组内容，第一组是“飞剑掷丸”“顶幢悬竿”“七盘舞”，第二组是兽戏，包括“龙戏”“鱼戏”“豹戏”“雀戏”，第三组是“马戏”“车戏”[②]。画面左侧有三排人物席地而坐，似为观赏者，而画面构图中并没有出现“庭院”“门阙”等建筑物，推

① 引图“图一”“图二”“图三”见南阳文物研究所编《南阳汉代画像砖》“拓本”第 115、116、121 图及“说明”。

② 引图录自中国画像石全集编辑委员会编《中国画像石全集·山东汉画像石（一）》第 1 卷第 203 图，画面构图内容情况，参见第 203 图“图版说明”，第 66 页。

测上述百戏表演当是在庭院外空旷之地举行。

图 7-4　山东沂南北寨村汉墓中室东壁横额画像

（三）东汉时期百戏表演地点的变化

汉画像乐舞百戏画像中出现最多的，是以简单的杂技、魔术为主，并与乐舞相融合或者单纯乐舞的表演形式。上述表演形式普遍存在的一个特点，是表演场所皆在室内或与庭院有关的地方。以汉画像 16 幅乐舞百戏画像资料为例。①上述画像资料地域背景涉及山东、河南、陕西、山西、四川、江苏、安徽、浙江，时间从东汉早期至东汉晚期。对上述画像乐舞百戏表演地点进行总结，则存在 5 种情况，即表演地点分别为：阙前、房屋前、堂前院中、亭前、楼阁前。②具体情况如表 7-1 所示。

表 7-1　16 幅乐舞百戏画像乐舞百戏表演地点情况

图例	表演地点	确立表演地点的根据	时间
一	阙前	画面左侧一阙	东汉早期（公元 25—88 年）

① 按：这里所选择的 16 幅乐舞百戏画像资料，皆在《中国画像石全集》所录山东、河南、陕西、山西、四川、江苏、安徽、浙江汉画像之内，且必须同时具备如下条件：具有乐舞百戏内容；具有完整而独立的画面构图，横式或竖式分格构图排除在外；具有能够确立表演地点的明确根据。所引乐舞百戏构图资料按照时间顺序进行排列，图一、图二、图三属于东汉早期，图四纪年准确，亦属于东汉早期，图五、图六、图七已至东汉中晚期，图八属于东汉晚期，图九至图十六无法明确纪年时间或时代，归入“东汉时期”。图一、图五、图六、图八，见《中国画像石全集·山东汉画像石（二）》“图一一一”“图二五”“图四七、图六一”；图九见《中国画像石全集·山东汉画像石（三）》“图一四七”；图七、图十六见《中国画像石全集·陕西山西汉画像石（五）》“图八五”“图三五”；图二、图三、图四、图十、图十一、图十二、图十三、图十四、图十五见《中国画像石全集·江苏安徽浙江汉画像石（四）》“图四”“图五”“图一”“图四六”“图五五”“图一〇七”“图一一八”“图一四四”“图一四五”。供研究的 16 幅乐舞百戏画像资料，请参阅本章附录“一”。

② 按：需要指出的是，上述表演地点的明确，依据是画面构图中存在的“确立表演地点的根据”，而依据上述“根据”所明确的表演地点，皆属于画面构图的视觉范畴，缘于此，如果将上述画面构图中的乐舞百戏内容与实际表演情况联系起来，则有些构图形式在表演地点的明确上或许会存在一定的“误差”。如“房屋前”和“楼阁前”之表演地点的明确，分别依据的是画面中“房屋”和“楼阁”构图内容，但上述情况亦可能是画面构图时缘于刻绘技术或画面载体等原因而无法将乐舞百戏表演内容刻绘于“房屋中”或“楼阁里”等情况的变通的结果。再者，图九之“堂前院中”表演地点的明确，其依据是“主人坐榻上”，而上述“主人坐榻上”构图内容，其构图意义上的“背景”至少涉及两个方面的情况，即“房屋”或“楼阁”中的“榻上”和“庭院”中的“榻上”，而在汉画像中上述两种情况均有构图意义上的先例。总之，上述表演地点的明确，其依据是画面构图中存在的“确立表演地点的根据”，虽然缘于刻绘技术或画面载体而可能存在一定的“误差”，然而，上述“误差”的存在尚不至于严重影响我们对汉画像乐舞百戏相关问题的研究，但需要我们在相关问题的研究中注意到上述情况的存在，并在得出结论的过程中对上述情况给予考虑。

续表

图例	表演地点	确立表演地点的根据	时间
二	楼阁前	二层楼阁	东汉早期（公元 25—88 年）
三	阙前	双阙、二层楼阁	东汉早期（公元 25—88 年）
四	房屋前	房屋	东汉永平四年（公元 61 年）
五	堂前院中	三进院落	东汉中期（公元 89—146 年）
六	亭前	中间一亭，两边双阙	东汉中晚期（公元 89—189 年）
七	楼阁前	二层楼阁	东汉永元十二年（公元 101 年）
八	亭前	画面右侧一亭	东汉晚期（公元 147—189 年）
九	堂前院中	主人坐榻上	东汉时期（公元 25—220 年）
十	房屋前	房屋	东汉时期（公元 25—220 年）
十一	楼阁前	楼阁	东汉时期（公元 25—220 年）
十二	楼阁前	楼阁、亭	东汉时期（公元 25—220 年）
十三	楼阁前	三层楼阁	东汉时期（公元 25—220 年）
十四	亭前	亭	东汉时期（公元 25—220 年）
十五	楼阁前	二层楼阁	东汉时期（公元 25—220 年）
十六	楼阁前	二层楼阁、双阙	东汉时期（公元 25—220 年）

对上述画像乐舞百戏表演地点做进一步归纳，则上述表演地点在 16 幅画像中呈现如下状态：以东汉时期作为一个时间范畴，则在上述 16 幅画像中，表演地点出现最多的是“楼阁前”。具体情况如表 7-2 所示。

表 7-2　16 幅乐舞百戏画像乐舞百戏表演地点归纳情况

阙前	房屋前	堂前院中	亭前	楼阁前
2	2	2	3	7

接下来对上述表演地点存在的 5 种情况，依据东汉早期、东汉中晚期、东汉晚期和东汉时期的时间顺序做进一步梳理，呈现如下状态（表 7-3）。

表 7-3　16 幅乐舞百戏画像不同历史阶段乐舞百戏表演地点情况

	阙前	房屋前	堂前院中	亭前	楼阁前
东汉早期	2	1			1
东汉中晚期			1	1	1
东汉晚期				1	
东汉时期		1	1	1	5

在上述统计中值得关注的情况表现在两个方面：16 幅画像中作为表演地点的“阙前”自东汉中期以后就没有出现；16 幅画像中作为表演地点的“楼阁前”涵盖东汉早期和中晚期，且在东汉时期出现的情况最多，而“亭前”则涵盖东汉中晚期和晚期。上述情况反映出在 16 幅画像中以“阙前”作为乐舞百戏表演地点，主要出现在东汉早期，而东汉中晚期出现最多的是“楼阁前”，其次是“亭前”和“堂前院中”。上述情况是否反映出乐舞百戏表演地点缘于时间变化而发生变化，尚不能得出肯定或否定的结论，但却揭示了时间背景属于东汉中晚期的汉画像乐舞百戏表演地点以“楼阁前”“亭前”和“堂前院中”最为多见这样一个事实。

二、乐舞百戏是汉代庄园生活中最受欢迎的表演形式

根据汉画像墓发掘及乐舞百戏画像构图情况，缘于墓葬主人身份地位的不同，乐舞百戏在表演内容上也呈现出不同的层次。这种不同层次的乐舞百戏表演内容，有可能与现实生活中不同阶层的人们的身份地位、经济实力和欣赏习惯有关。对此，尝试首先以浙江海宁长安镇画像石墓和河南密县打虎亭汉墓 2 号墓相关画像资料为例做进一步讨论。

海宁长安镇画像石墓前室四壁画像在构图上皆有乐舞百戏内容：前室南壁东侧和西侧分别为“鼙舞”“技耍”“手搏”“舞蹈”；前室东壁南侧分别为“弄丸”“踏步舞”“长绸舞”“迭案”“托盘”“七盘舞”“飞剑”“格斗”；前室北壁西侧为“鼗鼓舞”；前室西壁南侧和北侧分别为“舞蹈”“乐舞”“假面表演”[①]。密县打虎亭汉墓 2 号墓乐舞百戏主要出现在中室东段北壁，其上绘有以“宴乐”为主题的壁画，两排宾客坐席的中央是乐舞百戏表演，排除漫漶不清的部分，分别为“二人魔术”“二人踏鼓舞”“击鼓伴奏”“长袖舞”“吹火”“顶棍”“掷丸”“三人杂技”“吹笙”“摇鼓”“二人钻筒”[②]。

---

① 按：海宁长安镇画像石墓画像题材极为丰富，其中乐舞百戏画像“场面大、种类多”。主要包含舞蹈、杂耍（杂技）、格斗、角抵诸戏等内容。其中舞蹈种类有鞞舞、长袖舞、长绸舞、踏足舞、跳丸舞等；杂耍（杂技）种类有叠案（倒立）、七盘舞、击刺（格斗）、飞剑等；角抵诸戏种类有角抵戏、东海黄公、总会仙唱、怪兽象人、高祖斩蛇等。如“南壁墓门东侧第二层表演的是‘鞞舞’。……画面中表现得是一舞者挥动双臂及巾袖，正婆娑起舞，对面一人，右手执鼙鼓，为舞者作引导”。“南壁墓门西侧第四层刻的也是鞞舞。”“东壁南侧第一层中间有一舞者，双手执长绸前后挥甩，双脚随着腾空跃起，其北侧两舞者，一人双臂上举，身躯后仰，双腿作大劈叉；另一人和他对舞。……在绸舞的南侧，一人也侧身举臂踏足而舞。再南，还有一人在跳丸。第二层是百戏表演。南侧有一人在十二层叠案上双手按案倒立。其北是一组‘七盘舞’，……北侧还有一人跽坐，左手似握一乐器，右手执锤，似正为舞者伴奏。第三层表演的是击刺，……这和南壁东侧最下一层的‘角抵’表演性质接近。其侧有一人手飞三剑。”“汉代盛行‘总会仙唱’、‘东海黄公’等有故事情节的乐舞，在此墓中也有描绘。”关于浙江海宁长安镇画像石墓画像情况，可参阅黄雅峰：《海宁汉画像石墓研究》，杭州：浙江大学出版社，2009 年；岳凤霞、刘兴珍：《浙江海宁长安镇画像石》，《文物》1984 年第 3 期。

② 按：密县打虎亭汉墓 2 号墓中室东段北壁绘有以“宴乐”为主题的壁画，其两排宾客坐席的中央是乐舞百戏的表演：第一部分是二人魔术表演；第二部分是二人踏鼓舞表演和击鼓伴奏；第三部分是长袖舞

海宁长安镇画像石墓乐舞百戏相对集中出现在东壁和西壁，而且集中出现在东壁南侧和西壁南侧，呈现出一定的规律性，或与某种画像设计思想或意图相关。考察东壁、西壁画像整体构图情况，发现东壁与乐舞百戏画像“同构”的还有表现“庭院”和“庖厨”内容的画像，西壁与乐舞百戏画像“同构”的则有表现“座榻”和“拜会”或“交谈”等内容的画像。从上面的情况看，前室四壁乐舞百戏画像至少应该划分为两个相对独立的图像叙事单元，即庭院与乐舞百戏单元和座榻与乐舞百戏单元。在上述两个单元中，前室东壁乐舞百戏内容可以归纳为“乐舞+杂技”类型；如果将前室西壁乐舞百戏中的“假面表演”归入“杂戏”的范畴，那么前室西壁乐舞百戏则可以归纳为“乐舞+杂戏”类型。

打虎亭汉墓2号墓中室东段北壁乐舞百戏构图主要是“乐舞”“魔术”和“杂技”并以“杂技”表演为主，与海宁长安镇画像石墓相比，缺少“乐舞+杂戏”类型，似乎在“等级”和“规格”上略逊一筹。但打虎亭汉墓 2 号墓乐舞百戏画像部分画面遭到破坏而漫漶不清，尚有其他不能明确的表演内容存在，在上述内容中是否有“杂戏”也不得而知。再者，海宁长安镇画像石墓画像的“杂戏”表演，似乎也只是某种简单或单纯的“假面”表演，其表演内容和性质则无法明确和断定，从画面构图情况看，与《平乐观赋》和《西京赋》所描述的“东海黄公”一类“稽戏”表演不同。据此而论，打虎汉墓亭汉墓 2 号墓与海宁长安镇画像石墓在乐舞百戏表演内容上虽然存在差异，但在种类和形式上大体相当，说明二者在等级、规格和规模上面不分伯仲。

海宁长安镇画像石墓墓主生前身份和地位已不可考，然而从车马和车马出行构图上，可以寻找到身份等级的参考信息。其前室南壁和前室东壁均有车马和车马出行画像，前室南壁所表现的似乎是出行之前的车马准备情况，有棚车、辎车、斧车、轺车、赤罽軿车，辎车一般是贵族妇女出游所乘，棚车是用于放置衣物和器皿之用，轺车为一种小型车，便于四向远望，赤罽軿车也是贵族妇女所乘之车。[①]东壁画像所表现的则是车马出行的队伍，共 5 辆小型轺车，后面跟随骑吏和步卒多人。上述画像车马和车马出行情况，反映了享有者或是具有二千石以上的高级贵族的身份。[②]

由于海宁长安镇画像石墓没有出土标志着墓主任何身份等级地位的有力证据，而不能断定上述画像中车马和车马出行情况所反映的“等级地位”即

和吹火表演；第四部分是顶棍表演；第五部分是掷丸表演；第六部分是三人杂技表演；第七部分因部分残破，大致亦是杂技表演；第八部分是乐器演奏，有吹笙、摇鼓等；第九部分及以下，因残破严重，表演形式已经不能辨清。关于密县打虎亭汉墓 2 号墓中室东段北壁画像情况，可参阅河南省文物研究所编：《密县打虎亭汉墓》，北京：文物出版社，1993 年。

① 岳凤霞、刘兴珍：《浙江海宁长安镇画像石》，《文物》1984 年第 3 期。

② 岳凤霞、刘兴珍：《浙江海宁长安镇画像石》，《文物》1984 年第 3 期。

是该墓墓主生前身份地位的真实反映，从而也就无法排除车马出行情况带有墓主人或其亲属于“等级地位”上的僭越性的夸张或幻想的成分，然而，打虎亭汉墓 2 号墓墓主生前身份却可以明确，据此，海宁长安镇画像石墓墓主生前身份地位情况亦可以大致确定。

河南密县打虎亭汉墓共两座，编为 1 号墓和 2 号墓。上述两座墓葬应是东汉晚期张德夫妇墓。《水经注·洧水》有洧水出河南密县“东南流，径汉宏农太守张伯雅墓”的载记。[①]但《水经注》关于张德为宏农太守之说未见相关典籍，故推断“在东汉晚期的混乱局面中，张伯雅虽已被任命为宏农太守，但未上任就死于密县家中，所以死后的墓碑上仍然书写汉宏农太守的官职”[②]。值得注意的是，密县打虎亭汉墓 1 号墓画像还有盛大的宴饮和收租场面及相当规模的厨房构图，应该是墓主张德夫妇生前豪富的庄园生活的真实写照。据此，浙江海宁长安镇画像石墓与密县打虎亭汉墓应该大体相当，其墓主生前身份地位或可与汉代“二千石”或“太守”级别的高级权贵或豪强地主阶层联系起来。如此，上述两座墓葬乐舞百戏画像所反映的表演内容，也就具有了某种“标尺”的意义和作用。

在此基础上，尝试再以湖北当阳半月东汉画像砖墓、江苏高淳固城东汉画像砖墓、贵州金沙县汉画像石墓、山东微山县西汉画像石墓相关画像资料为例做进一步讨论，并从墓主官秩或阶级、乐舞百戏种类、具体表演形式等方面，将上述墓葬与浙江海宁画像石墓和密县打虎亭汉墓进行比较。[③]其具体情况如表 7-4 所示。

---

① 郦道元著，谭属春、陈爱平点校：《水经注》卷二十二，长沙：岳麓书社，1995 年，第 323 页。

② 河南省文物研究所编：《密县打虎亭汉墓》，第 357 页。

③ 按：湖北当阳半月东汉画像砖墓共两座，编号为 1 号墓和 2 号墓。根据两座墓葬形制特点及 1 号墓所出画像砖，推断 1 号墓墓主身份“可能属于大地主阶级”，而 2 号墓墓主“属中小地主阶级”。上述两座墓葬，只有 1 号墓有画像砖。其中表现乐舞内容的画像砖共四块，构成两幅画面。与海宁长安镇画像石墓和密县打虎亭汉墓相比，在构图内容上趋于单一，主要是乐舞和杂技（弄丸）的表演。画像第一幅：画面下部中间置一兽座建鼓，鼓两侧各有一人击鼓；画面上部两侧各立一人一手摇鼗、一手执排箫吹箫；二人中间立一钟架，上挂一钟，钟左一人手执乐器吹奏，钟右一人击钟；其上一人赤裸上身弄丸。第二幅：画面下部两侧各跽坐一人，右侧之人抚瑟，左侧之人左臂挥舞，二人中间一人长袖舞；画面下部二人对弈。参卢德佩：《湖北当阳半月东汉墓发掘简报》，《文物》1991 年第 12 期。根据江苏高淳固城东汉画像砖墓中型偏小的规模和车马出行图中车马制度，推断墓主的地位当在“千石”或“六百石”之列。此墓画像砖画像共十幅，而“画像十”描绘三男二女舞蹈形象，其中一人似头戴面具、一人似蹴鞠。参南京市博物馆：《江苏高淳固城东汉画像砖墓》，《考古》1989 年第 5 期。贵州金沙县汉画像石墓墓主身份地位难以确定，但此墓所在之地西汉时属犍为郡，曾移罪民开发“西南夷”，故此墓“或许反映了当时这一带的开发情况”。故推断此墓墓主的身份地位不高。能够明确为此墓画像石共四块，其中第四石画像为乐舞图，画面右部一男子吹竽，左部位于矮几之后舞蹈。值得注意的是，还有两块画像石为征集而来，能够明确并非此墓画像石。上述两块画像石画像皆为乐舞图，其一，画面右部一悬鼓，一人击鼓；画面左部一人弄丸；其二、画面右部置一大鼓，鼓前一人双手执桴击鼓。参张合荣：《贵州金沙县汉画像石墓清理》，《文物》1998 年第 10 期。山东微山县西汉画像石墓（M18）墓主可能是二百石以下的小官吏或豪强地主。此墓画像石共五块，其中东壁石画面分为三个，左格画面是奔虎的构图；中格为乐舞图，画面中央立一建鼓，鼓左二人，一人执桴站立，一人舞蹈，鼓右一人执桴击鼓；右格为一楼阁，阁中二人对坐，手抚乐器似在演奏。参杨建东：《山东微山县西汉画像石墓》，《文物》2000 年第 10 期。

表 7-4 6 座汉画像石墓墓主官秩或阶级与乐舞百戏种类及具体表演形式比较

墓主官秩或阶级	画像石（砖）墓	乐舞百戏种类	具体表演形式	档级
二千石或以上权贵	浙江海宁长安镇画像石墓	乐舞、杂技、角抵诸戏	鞞舞、长袖舞、长绸舞、踏足舞、跳丸舞等；迭案、七盘舞、击刺、飞剑；角抵戏、东海黄公、总会仙唱	1
	河南密县打虎亭汉墓 2 号墓	乐舞、杂技、魔术	长袖舞、踏鼓舞；魔术；吹火、顶棍、掷丸；吹笙、摇鼓	1
大地主阶级	湖北当阳半月东汉画像砖墓	乐舞、杂技	第一幅画像：建鼓舞；摇鼗、排箫、撞钟；弄丸。第二幅画面：抚琴；长袖舞	2
千石或六百石或二百石或相当阶级	江苏高淳固城东汉画像砖墓	舞蹈	舞蹈、蹴鞠	3
	贵州金沙县汉画像石墓	乐舞	吹竽、舞蹈	3
	山东微山县西汉画像石墓	乐舞	建鼓舞、独舞、抚琴	3

分析如下。①湖北当阳半月东汉画像砖墓墓主“可能属于大地主阶级”，从画像砖反映的乐舞百戏情况看，其构图内容在规模和内容上，明显低于和少于浙江海宁长安镇画像石墓和河南密县打虎亭汉墓 2 号墓，却比江苏高淳固城东汉画像砖墓、贵州金沙县汉画像石墓和山东微山县西汉画像石墓规模大，内容也较其丰富。其特点是：在表演种类和形式上趋于单一。如抚瑟与长袖舞配合而成单一的乐舞形式，而在乐舞表演中虽然杂有弄丸技艺，但仅此一项，与海宁长安镇画像石墓与打虎亭汉墓 2 号墓不可同日而语。但是在单一性的表演种类中却融合同种类的多种表演形式，如在乐舞表演上，既有建鼓舞，又有摇鼗、排箫、撞钟等表演形式，形成建鼓舞与其他多种乐器演奏相配合的表演形式，其场面和内容虽然无法与海宁长安镇画像石墓与打虎亭汉墓 2 号墓相比，也具有表演内容丰富的特点。②后三座画像石墓墓主的身份地位较低，从画像反映的乐舞百戏情况看，如果将海宁长安镇画像石墓与打虎亭汉墓 2 号墓视为第一档级别，当阳半月东汉画像砖墓为第二档级的话，后三座画像墓当为第三档级，其特点是表演内容趋于单一，规模较小，皆以一二艺伎的歌舞或简单杂技为主。

结论如下。①将上述墓葬画像所反映的乐舞百戏表演情况与汉代庄园生活中的乐舞百戏存在情况联系起来，总体上看，乐舞百戏在表演种类、形式和规模等方面，与事主所属“墓主官秩或阶级”存在关联，事主的身份、地位和财力情况可能成为影响乐舞百戏在表演种类、形式和规模等方面的决定因素。②但需要指出的是，上述差异情况仅就乐舞百戏在表演种类、形式、规模等方面而言，似乎不应涉及拥有和欣赏的权利方面的问题。也就是说，至少在上述墓葬所涵盖的阶级或群体之内（有资料显示甚至还包括“编户齐民”的“平民”阶级），大都拥有这方面的权力能够成为乐舞百戏的欣赏者，说明乐舞百戏在汉代庄园生活中对各阶级或群体的覆盖面已经相当广泛，舞乐百戏已经成为汉代庄园生活中不同阶级所普遍希冀拥有和接受的表演形式。

第三节　汉画像所反映的汉代庄园乐舞百戏存在形态

李尤《平乐观赋》和张衡《西京赋》中均有乐舞百戏表演情况的描述，很有可能与汉武帝时期“上林平乐观”百戏演出有关，而《西京赋》描写所本，可能就是《汉书·西域传》所载“大觳抵”演出。这是一次空前绝后的超大规模的皇家百戏演出，其表演项目和内容可能代表着汉代乐舞百戏演出的最高水平。然而，上述百戏表演与汉画像所反映的乐舞百戏具有相当大的差距，唯有对上述差距有所了解，才能更为清楚和完整地认识汉代乐舞百戏真实存在情况。

一、《平乐观赋》与《西京赋》中的皇家百戏

将《平乐观赋》和《西京赋》所描写的百戏内容进行分类考察，则呈现出如下情况：《平乐观赋》描述了 3 项内容：车戏、杂技魔术、鱼龙蔓延。《西京赋》描述了 5 项内容：杂技魔术、总会仙唱、鱼龙蔓延、东海黄公、车戏。① 具体情况如表 7-5、表 7-6 所示。

表 7-5　《平乐观赋》百戏分类考察

项目	名称	内容	形式	特点与性质
第一项	车戏	车上橦伎、百马奔驰、车技	技能表演	真实技能

① 李尤《平乐观赋》：“方曲既设，秘戏连叙，逍遥俯仰，节以鞀鼓。戏车高橦，驰骋百马，连翩九仞，离合上下。或以驰骋，覆车颠倒。乌获扛鼎，千钧若羽。吞刃吐火，燕跃乌跱。陵高履索，踊跃旋舞。飞丸跳剑，沸渭回扰。巴渝隈一，踰肩相受。有仙驾雀，其形蚴虬。骑驴驰射，狐兔惊走。侏儒巨人，戏谑为耦。禽鹿六駮，白象朱首。鱼龙曼延，嵔㠑山阜。龟螭蟾蜍，挈琴鼓缶。”（欧阳询：《艺文类聚》卷六十三，第 1134 页）张衡《西京赋》：“临回望之广场，程角觝之妙戏。乌获扛鼎，都卢寻橦。冲狭燕濯，胷突铦锋。跳丸剑之挥霍，走索上而相逢。华岳峩峩，冈峦参差，神木灵草，朱实离离。总会仙倡，戏豹舞罴。白虎鼓瑟，苍龙吹篪。女娥坐而长歌，声清畅而蜲蛇。洪涯立而指麾，被毛羽之襳褷。度曲未终，云起雪飞。初若飘飘，后遂霏霏。复陆重阁，转石成雷。礔砺激而增响，磅磕象乎天威。巨兽百寻，是为曼延。神山崔巍，欻从背见。熊虎升而拏攫，猿狖超而高援。怪兽陆梁，大雀踆踆。白象行孕，垂鼻辚囷。海鳞变而成龙，状婉婉以蝹蝹。舍利颬颬，化为仙车，骊驾四鹿，芝盖九葩。蟾蜍与龟，水人弄蛇。奇幻倏忽，易貌分形。吞刀吐火，云雾杳冥。画地成川，流渭通泾。东海黄公，赤刀粤祝。冀厌白虎，卒不能救。挟邪作蛊，于是不售。尔乃建戏车，树修旃。侲僮程材，上下翩翻。突倒投而跟絓，譬陨绝而复联。百马同辔，骋足並驰。橦末之伎，态不可弥。弯弓射乎西羌，又顾发乎鲜卑。”见萧统编，李善注：《文选》卷二，北京：中华书局，1977 年，第 48-49 页。

续表

项目	名称	内容	形式	特点与性质
第二项	杂技魔术	扛鼎、吞刀、吐火、走索、飞丸、跳剑、橦伎	技能表演	真实技能
第三项	鱼龙曼延	仙人驾鹤、骑驴驰射、侏儒巨人、神鹿白象、龟螭蟾蜍、挈琴鼓缶	模拟表演	拟物魔幻

表 7-6 《西京赋》百戏分类考察

项目	名称	内容	形式	性质
第一项	杂技魔术	扛鼎、橦伎、穿簟、燕浴、飞丸、跳剑、走索	技能表演	真实技能
第二项	总会仙唱	戏豹舞罴、白虎鼓瑟、苍龙吹篪、女娥长歌，洪涯指麾	模拟表演	拟人化妆
第三项	鱼龙曼延	巨兽百寻、神山崔巍、熊虎猿狖、怪兽大雀、白象垂鼻、海鳞成龙、舍利仙车，骊驾四鹿、蟾蜍与龟、水人弄蛇	模拟表演	拟物魔幻
第四项	东海黄公	吞刀吐火、画地成川、赤刀粤祝、冀厌白虎	模拟表演	情景叙事
第五项	车戏	车上橦伎、百马奔驰、骑射	技能表演	真实技能

《平乐观赋》百戏项目完全涵盖在《西京赋》百戏项目之中，但是《西京赋》的“总会仙唱”和“东海黄公”却没有出现在《平乐观赋》中。上述情况说明《平乐观赋》与《西京赋》所描写的百戏，是两场不同的演出。表 7-5、表 7-6 所列出的项目、名称和内容，很有可能是上述两场百戏演出的节目单。

基于此，能够从《平乐观赋》与《西京赋》的描述中看到皇家百戏的基本特点：①在形式上分为技能表演和模拟表演两部分。前者主要是“杂技”和“魔术”，后者则包括“总会仙唱”“鱼龙蔓延”“东海黄公”3 种表演形式。②已经呈现出程序化特征，也就是项目编排的程序化，每个项目既是一个相对独立的表演形式，也是总体演出的一个表演单元。上述相对独立的表演单元可依据实际的演出情况而具体编排。这种情况能够在《西京赋》中找到根据：《西京赋》第二项是“总会仙唱”单元，第三项是“鱼龙曼延”单元，其中间文字谓“度曲未终，云起雪飞”。前一句是针对“总会仙唱”而言，后一句则是针对“鱼龙曼延”而设，意思是说“总会仙唱”表演单元的乐曲还未终了，下一个表演单元的“白云”和“雪花”就已经飘飞了，说明“鱼龙曼延”表演单元紧随而来。再者，《西京赋》“第四项”是“东海黄公”单元，第五项是“车戏”单元，赋文以“尔乃”承前启后，描述“车戏”在“东海黄公”表演单元结束以后随之开始。③已经注意到了内容编排和形式设计与受众关系的问题。《平乐观赋》与《西京赋》皆将属于技能表演性质的“车戏”和“杂技魔术”设为“开场”，可能是考虑到属于技能表演性质的演出内容能够在第一时间造成轰动效应的特点，这种开场形式似乎有人为的设计和编排上的意义。考虑到

《西京赋》将《平乐观赋》“开场”的“车戏”殿后的安排，似乎同样体现出人为设计和编排上的意义。④已经能够通过表演内容的增减而控制演出规模。《平乐观赋》表演“项目”完全涵盖在《西京赋》中，而《西京赋》的“总会仙唱”和“东海黄公”却没有出现在《平乐观赋》中，说明这是两场不同的百戏演出，而不同点则主要表现在属于技能表演性质的演出内容较少出现变化的情况下，通过“模拟表演”形式的增减而体现出演出规模上的变化。

二、汉画像所表现的庄园生活中的乐舞百戏

尝试对汉画像乐舞百戏构图内容进行分析，排除一部分无法准确归类的构图内容，以表演形式名义，至少能够整理出如下内容：歌唱，说唱，滑稽戏，建鼓，抚琴，吹竽，吹埙，吹箫，排箫，吹笙，吹笛，敲钹，鼓瑟，振铎，击铙，击鼓，击节，摇鼗，撞钟，击磬，舞蹈，舞练，长袖舞，七盘舞，踏鼓舞，弄丸，倒立，后翻，迭案，飞剑，戴杆，绳伎，吐火，穿环，蹴鞠，柔术，杂耍，舞幢，兽戏，车戏，格斗。[①]

根据上述41种表演形式之间所存在的关系或联系进行归类，或可分为舞蹈、演奏、说唱、杂技、魔术、杂戏6类。[②]在上述6类表演形式中，舞蹈、演奏、说唱和杂技、魔术仍然存在某种形式和内容上的关系或联系。[③]因此，再尝试将上述舞蹈、演奏、说唱、杂技、魔术、杂戏6类表演形式，以乐舞、百戏为纲而进一步归纳为两类，即如表7-7所示。

表7-7 汉画像41种乐舞百戏表演形式“纲”“类”“项”归纳情况

纲	类	项
乐舞	舞蹈	建鼓舞、舞蹈、舞练、长袖舞
	演奏	抚琴、吹竽、吹埙、吹箫、排箫、吹笙、吹笛、敲钹、鼓瑟、振铎、击铙、击鼓、击节、摇鼗、撞钟、击磬
	说唱	说唱、歌唱
百戏	杂技魔术	七盘舞、踏鼓舞、弄丸、倒立、后翻、迭案、飞剑、戴杆、绳伎、吐火、穿环、蹴鞠、柔术、杂耍、舞幢
	杂戏	滑稽戏、兽戏、车戏、格斗

① 按：上述考察工作以《中国画像石全集》所录山东、河南、四川、陕西、山西、江苏、安徽、浙江等地发现的1674幅画像作为基本范围，其中134幅画像刻绘乐舞百戏表演内容，进而以上述134幅画像为研究对象。上述134幅画像年代、载体性质、构图、出处等情况见本章附录“二”“三”。

② 按：学术界关于汉代百戏的认识并不一致，有些学者将说唱、歌舞、杂技等表演形式都纳入其范围。本章关于汉代百戏的认识与上述观点有异，并将在相关论文中予以讨论。这里为方便研究，对汉画像中的艺术表演形式以舞蹈、演奏、说唱、杂技、魔术、杂戏6类概括，并综合为乐舞、百戏两大纲目。

③ 按：如在具体画像构图中，舞蹈与乐器演奏是相伴的，而说唱有时也杂于上述“乐舞”之中；画像中魔术表演颇难确定，但基本能够明确其在表演形式和性质上异于舞蹈、说唱、演奏等表演形式。

由上面的总结能够发现，汉画像所反映的乐舞百戏在表演内容和形式上都极为丰富，显示出汉代庄园生活中乐舞百戏的丰富和繁荣。需要指出的是，上述分析和总结只是从总体和宏观的角度进行考察，并不能对汉代庄园生活中乐舞百戏具体存在情况给予更为清晰的描述。缘于此，我们尝试对上述134幅刻绘乐舞百戏的画像构图做进一步分析。

研究的思路和做法如下。第一，根据“乐舞”与“百戏”两大纲目，以构成一个完整而独立的构图形式为单位，对134幅乐舞百戏画像构图进行分析，则在上述画像构图中出现了158个完整而独立的构图单元，并能够在上述构图单元中概括出6种构图情况：①单纯的乐舞表演；②单纯的杂技表演；③乐舞与杂技同在一个构图单元的表演；④乐舞与杂戏同在一个构图单元的表演；⑤杂技与杂戏同在一个构图单元的表演；⑥乐舞与杂技、杂戏同在一个构图单元的表演。[①]第二，将上述6种构图情况作为6类表演类型，进一步对158个构图单元进行分析。根据上述研究思路而进行具体统计工作，其结果则得出如下数据（表7-8、表7-9）。

表7-8　6类表演类型在158个构图单元中的存在情况

地域	乐舞	杂技	乐舞+杂技	乐舞+杂戏	杂技+杂戏	乐舞+杂技+杂戏	合计
山东	38	2	27	1	0	2	70
河南	10	0	11	1	1	0	23
四川	5	2	5	0	0	0	12
陕西	26	0	2	0	0	0	28
江苏	5	0	13	0	0	0	18
安徽	3	0	2	0	0	0	5
浙江	0	1	1	0	0	0	2
合计	87	5	61	2	1	2	158
比例	0.55	0.03	0.38	0.01	0.006	0.01	

表7-9　6类表演类型在各地域的构图单元中存在比例

地域	乐舞	杂技	乐舞+杂技	乐舞+杂戏	杂技+杂戏	乐舞+杂技+杂戏
山东	0.54	0.03	0.39	0.01	0	0.03

① 按：根据乐舞、百戏两大纲目而对134幅表现乐舞百戏内容的画像构图进行分析，有如下构图情况时做如下处理：①部分乐舞百戏画像仅有舞蹈、说唱或乐器演奏，则皆归入乐舞类。②竖格多层画面中多层画面出现乐舞百戏内容，则每层画面按照独立构图的乐舞百戏内容处理。③横幅多格画面中多格画面出现乐舞百戏内容，则每格画面按照独立构图的乐舞百戏内容处理。④横整幅画面存在多组乐舞百戏内容，按照一个独立构图的乐舞百戏内容处理。⑤画像呈竖式多层画面，但“建鼓舞”贯穿上述多层画面，而其他表演形式位于某层画面的构图形式，按照一个独立构图的乐舞百戏内容处理。

续表

地域	乐舞	杂技	乐舞+杂技	乐舞+杂戏	杂技+杂戏	乐舞+杂技+杂戏
河南	0.43	0	0.48	0.04	0.04	0
四川	0.42	0.17	0.42	0	0	0
陕西	0.93	0	0.07	0	0	0
江苏	0.28	0	0.72	0	0	0
安徽	0.60	0	0.40	0	0	0
浙江	0	0.50	0.50	0	0	0

注：小计数字的和可能不等于 1，是因为数据进行舍入修约，本书余同

总结如下。在 158 个构图单元中，单纯“乐舞”表演类型最多，从比例看，占有 1/2 多；“乐舞”与“杂技”同在一个构图单元的表演类型居于第二位，呈 38%，明显低于单纯“乐舞”表演类型，但远远高于其他表演类型；其他表演类型较少，而“杂技”与“杂戏”同在一个构图单元的表演类型最少。

分析如下。①单纯“乐舞”表演类型最多的原因，可能由如下原因决定：单纯“乐舞”表演类型规模较小，或以一二艺伎表演为主，但表演形式灵活，表演场地要求不高，表演成本较低。②“乐舞”与“杂技”同在一个构图单元的表演类型，虽然同样属于综合表演性质，但由于是两种形式的简单结合，如在具体构图中“乐舞”与“弄丸”或“飞剑”“吐火”等杂技的结合，同样在内容和形式上呈现出规模较小，场地要求不高，成本较低的特点。③“乐舞+杂戏”“杂技+杂戏”“乐舞+杂技+杂戏”三类表演类型较少的原因，可能体现在上述表演类型的表演内容和规模上面，值得注意的是，上述三类表演类型皆有“杂戏”部分，因此，“杂戏”的有无，可能是决定上述表演类型在难度和规模上的关键因素。

结论如下。汉画像所反映的汉代庄园生活中的乐舞百戏，大都以单纯的乐舞表演为主，说明单纯的乐舞表演可能是汉代民间最为流行、受众最多的表演形式。汉画像所反映的汉代庄园生活中的乐舞百戏，在表演类型上呈现出缘于不同组合而多变的特点，即以乐舞为主而与杂技、杂戏等表演多重搭配和组合，而不同的搭配和组合则相应地呈现出难度和规模上的变化，并与“表演等级”上的变化成正比，因此，“乐舞+杂技+杂戏”可能是汉代民间乐舞百戏“等级最高”的表演类型，其存在空间或相当狭窄，反映出其受众较小，但上述情况似乎与流行性无关。

三、小型化是汉代庄园乐舞百戏的重要特征

如前所述，汉代庄园生活中的乐舞百戏表演场地，多为“阙前”“桥畔”

“庭院”，并呈现出由“阙前”“桥畔”“庭院”向“厅堂”等内室的“内缩”。我们认为这种情况可能是乐舞百戏由大众性和开放性的“广场演出”向小众性和私密性的“庭院厅堂演出”转变的表现和反映，而与之相伴随的，则是汉代庄园生活中的乐舞百戏小型化与精致化的演变。对此，尝试以上文所引16幅乐舞百戏画像为例做进一步讨论。

（1）从构图要素的角度将上述16幅画像乐舞百戏表演内容进行解析，则上述画像所呈现的表演项目组合情况，即如表7-10所示。

表7-10　16幅画像乐舞百戏表演项目组合情况

图例	表演项目组合											组合数
一				长袖舞								1
二										建鼓舞		1
三		抚琴		长袖舞					吹竽			3
四		抚琴	长歌							建鼓舞		3
五	奏乐										倒立	2
六		抚琴		长袖舞		跳丸					倒立	4
七				长袖舞								1
八	奏乐	抚琴		长袖舞	击节			排箫	吹竽	建鼓舞	倒立	8
九		抚琴				跳丸	鼓舞		吹竽	击鼓		5
十						抛丸		排箫		建鼓舞	倒立	4
十一				舞蹈						建鼓舞	倒立	3
十二	击铎					飞跳		吹箫		建鼓舞	倒立	5
十三							蹴鞠	排箫	吹竽笙	建鼓舞	倒立	5
十四										建鼓舞		1
十五										建鼓舞	倒立	2
十六				长袖舞			七盘舞					2
总计	2（1）	5	1	6（1）	1	3（1）	3	4	4（1）	9（1）	8	51
比例	0.19	0.31	0.06	0.44	0.06	0.25	0.19	0.25	0.31	0.63	0.50	

（2）从表演类型角度对16幅画像共14个表演项目组合进行分析，则14个表演项目组合共表现为5种类型。上述5种类型在“乐舞”“乐舞+杂技”“杂技”上面呈现出不同的性质。具体情况如表7-11、表7-12所示。

表 7-11　14 个表演项目组合 5 种类型在“性质”方面的不同情况（1）

项目组合类型	次数	项目组合具体表现类型					性质		
							乐舞	乐舞+杂技	杂技
Ⅰ	6	舞+杂技						1	
Ⅱ	4	舞+乐	杂技+乐				1	1	
Ⅲ	3	杂技+杂技	舞+杂技	舞+乐	舞+乐	舞+杂技	2	2	1
Ⅳ	2	舞+舞	杂技+乐	杂技+乐	杂技+乐	杂技+乐	1	4	
Ⅴ	1	乐+歌	乐+乐	舞+乐	舞+杂技	舞+歌	4	1	
“乐舞”“乐舞+杂技”“杂技”于表中数量总和							8	9	1

表 7-12　14 个表演项目组合 5 种类型在“性质”方面的不同情况（2）

项目组合类型	次数	性质			考虑到每类出现次数而得出的实际数值		
		乐舞	乐舞+杂技	杂技	乐舞	乐舞+杂技	杂技
Ⅰ	6		1			6	
Ⅱ	4	1	1		4	4	
Ⅲ	3	2	2	1	6	6	3
Ⅳ	2	1	4		2	8	
Ⅴ	1	4	1		4	1	
“乐舞”“乐舞+杂技”“杂技”实际数值总和					16	25	3

总结如下。①16 幅画像表演项目组合情况如下：“长袖舞”“建鼓舞”“抚琴+长袖舞+吹竽”“抚琴+长歌+建鼓舞”“奏乐+倒立”“抚琴+长袖舞+跳丸+倒立”“奏乐+抚琴+长袖舞+击节+排箫+吹竽+建鼓舞+倒立”“抚琴+跳丸+鼓舞+吹竽+击鼓”“抛丸+排箫+建鼓舞+倒立”“舞蹈+建鼓舞+倒立”“击铎+飞跳+吹箫+建鼓舞+倒立”“蹴鞠+排箫+吹竽笙+建鼓舞+倒立”“建鼓舞+倒立”“长袖舞+七盘舞”。②在上述 14 个表演项目组合中，项目组合最多者为 8 个表演项目，最少者为 1 个表演项目，平均 3 个表演项目。表演项目组合中出现最多的项目是“建鼓舞”，其余依次为“例立”“长袖舞”“抚琴”“排箫”“吹竽”“跳丸”“奏乐”“七盘舞”“击铎”“长歌”“蹴鞠”。以“单项”构成表演项目组合的，只有“长袖舞”和“建鼓舞”。③在 16 幅画像表演项目组合情况中，以“单项”构成表演项目组合者最多；其次是由“二项”“三项”“五项”构成的表演项目组合形式，均各 3 例；由“八项”构成的表演项目组合形式最少。

④在16幅画像乐舞百戏表演内容上，“建鼓舞”出现的次数最多；其次是“倒立”和“长袖舞”。上述表演也是表演项目组合形式中出现最多的内容。具体表现在：“建鼓舞+倒立”6次；“建鼓舞+排箫”和“倒立+排箫”各4次；“倒立+跳丸”“建鼓舞+跳丸”“建鼓舞+抚琴”“长袖舞+抚琴”“长袖舞+倒立”各3次；“建鼓舞+长袖舞”“倒立+抚琴”“跳丸+排箫”“抚琴+倒立”“抚琴+跳丸”各2次；“抚琴+长歌”“抚琴+排箫”“排箫+长袖舞”“长袖舞+跳丸”“建鼓舞+长歌”各1次。⑤在表演项目组合5种类型中，具有“乐舞+杂技”性质的表演类型最多，其次是单纯的“乐舞”表演类型，而单纯的“杂技”表演类型最少，与前二者相差巨大。

分析如下。①舞蹈类的“建鼓舞”和“长袖舞”、杂技类的“倒立”和“跳丸”、乐器类的“琴”“箫”“竽”“鼓”，在汉代庄园生活中的乐舞百戏中占有重要地位，是最为常见的表演内容和形式。②单纯的或小型的综合表演类型，在乐舞百戏中最为多见，尤其“乐舞+杂技”小型综合表演类型可能已经成为汉代民间乐舞百戏的主要内容。③“建鼓舞”出现次数最多，说明其在乐舞百戏表演中的地位最为重要，“建鼓舞”表演时“鼓”与“舞”结合，既可作为单项表演，又可以与其他表演项目组合，而且其特点表现在难度大而技巧高，既是乐舞表演，又带有杂技的技巧性和力量展示；“长袖舞”既可单人舞，又可双人舞，更可以与“七盘舞”结合，故而极具吸引力；“倒立”和“跳丸”是乐舞百戏中常见的杂技项目，但其不同于“戴竿”“迭案”“飞剑”“吐火”“吞刀”的特点，表演人员单一，所用道具简单，对表演场地要求不高，既能体现杂技的特点和吸引力，又可以在庭院、室内和“戏楼”演出；而“琴”“箫”“竽”是汉代庄园乐舞百戏中的常见乐器，其独特的音乐表现形式能够与“舞蹈”或“倒立”“跳丸”等杂技项目相配合。

结论如下。乐舞类的“长袖舞”和“建鼓舞”在汉代庄园乐舞百戏中占有重要地位，“乐舞”和“乐舞+杂技”表演类型在乐舞百戏中最为常见。上述情况意味着汉代庄园生活中的乐舞百戏在表演内容上更为精炼、集中、固化，表演形式的艺术含量更高、吸引力更强，显示着汉代庄园乐舞百戏走向成熟和专业化的发展演变态势。

第四节　汉代庄园乐舞百戏中巾舞和长袖舞存在形态

汉代巾舞、长袖舞研究的学术意义和价值颇为重要，其原因即在于上述研究不仅是艺术史研究领域中舞蹈学的重要课题，还涉及中国古代戏剧发展史研究中代言体戏剧起源及代言体戏剧剧本文学早期形态诸问题的研究，并成为其不可或缺的基础和前提。有幸的是，汉代巾舞、长袖舞存在形态方面的进一步深入讨论，缘于汉画像巾舞、长袖舞图像资料的大量发现而成为可能。

一、巾舞与伴唱、抃歌、稽戏相组合的表演形式

巾舞和长袖舞都是汉代乐舞百戏常见的舞蹈形式，皆因舞者以“巾”或“长袖”作舞具而得名。巾舞的“巾”有长短之别，故有“长巾舞”与“短巾舞”之别。在汉画像巾舞画面中，画像材质的问题导致巾舞在刻画上容易与长袖舞混淆而不易区分，使得能够明确判断的巾舞表演构图颇为少见。是故，将汉画像巾舞和长袖舞联系起来考察和研究，也就成为必然的选择。鉴于此，尝试首先对汉画像巾舞和长袖舞画面构图分别进行考察，然后再将上述考察内容联系起来以得出认识。

供研究的12幅巾舞画像，均来自权威汉画像研究著作和汉画像选集，并在画面具体释读中已经明确其为“巾舞”表演形式。[1]表7-13是根据12幅巾舞画像构图情况而作出的图像解析，表7-14和表7-15是根据表7-13而做的归纳和梳理。

表7-13　12幅巾舞画像及相关构图情况图像解析

形式	出土地	巾舞	画面中与巾舞同时出现的其他乐舞百戏艺术形式							
图例	所属地域	具体表演情况	百戏			乐舞				
1	河南南阳	1人盘上巾舞	建鼓	抛丸		抚琴	排箫			
2	河南南阳	1人踏鼓巾舞	倒立	舞杖		抃歌	鼙鼓	吹埙	抚琴	
3	河南南阳	1人踏拊巾舞	倒立			抃歌				
4	江苏徐州	2人巾舞	建鼓			击鼓				
5	安徽定远	1人踏拊巾舞	倒立	拳术		吹笛				
6	浙江海宁	1人巾舞	跳丸							
7	陕西绥德	2人持巾边鼓边舞	格斗			裸舞				

① 按：供研究的12幅巾舞画像构图及来源情况，见本章附录。研究原则如下。①确定巾舞的标准以相关画像权威阐释为准，即明确画面舞者为“持巾而舞”，否则不被列入研究范围；②根据画面构图而疑似“持巾而舞”者同样不被列入研究范围；③以一个完整的画面构图为研究对象，横式或竖式分格（层）构图形式以单元格为一个完整的画面构图，其他“格（层）”画面构图不被列入研究范围；④将画面构图中巾舞与其他乐舞百戏艺术形式区别开来，以便考察巾舞艺术表演形式的特点；⑤再将画面构图中巾舞与其他乐舞百戏艺术形式联系起来，考察巾舞与其他乐舞百戏艺术形式的关系和联系；⑥关于巾舞的描述，如“踏鼓”或“踏拊”皆以所引画面构图的释读为准，“对舞”指2伎相对而舞。

续表

形式	出土地	巾舞	画面中与巾舞同时出现的其他乐舞百戏艺术形式							
图例	所属地域	具体表演情况	百戏			乐舞				
8—1	陕西子洲	2 人巾舞	格斗			摇鼗				
8—2	陕西子洲	1 人手持灵芝巾舞								
9	陕西神木	2 人边击鼓边持巾踏鼓舞	稽戏							
10	山东济宁	2 人持巾对舞				伴唱	吹箫	抚琴	击鼓	敲钹
11	山东安丘	1 人持巾跳鼓舞	跳丸			抚琴	击鼓	吹竽		

表 7-14　12 幅巾舞画像构图情况相关资料统计

形式	单项	数量/个		比例	
巾舞表演形式	单纯巾舞	4		0.33	
	踏拊巾舞	2	7	0.17	0.58
	踏鼓巾舞	3		0.25	
	击鼓踏鼓巾舞	1		0.08	
	盘上巾舞	1		0.08	
	手持灵芝巾舞	1		0.08	
巾舞表演类型	单人巾舞	7		0.58	
	双人巾舞	5		0.41	
巾舞组合形式	独立巾舞表演	1		0.08	
	与杂技组合	1	0	0.08	0.83
	与建鼓杂技乐舞稽戏组合	8		0.66	
	与稽戏组合	1		0.08	
	与乐舞组合	1		0.08	

表 7-15　12 幅巾舞画像所属墓葬时间与画面构图情况关系

墓葬时间	所属地域	巾舞画面中出现的其他乐舞百戏艺术形式							
		百戏			乐舞				
公元前 48—公元 5 年	山东济宁				伴唱	吹箫	抚琴	击鼓	敲钹
公元 25—88 年	江苏徐州	建鼓			击鼓				
公元 147—220 年	浙江海宁	跳丸							

续表

墓葬时间	所属地域	巾舞画面中出现的其他乐舞百戏艺术形式							
		百戏			乐舞				
公元170年	河南南阳	建鼓	抛丸		抚琴	排箫			
公元25—220年	河南南阳	倒立	舞杖		抃歌	鞞鼓	吹埙	抚琴	
公元25—220年	河南南阳	倒立			抃歌				
公元25—220年	安徽定远	倒立	拳术		吹笛				
公元25—220年	陕西绥德	格斗			裸舞				
公元25—220年	陕西子洲	格斗			摇鼗				
公元25—220年	陕西子洲								
公元25—220年	陕西神木	稽戏							
公元25—220年	山东安丘	跳丸			抚琴	击鼓	吹竽		

总结如下。尝试从巾舞的表演形式、表演类型和组合形式三个方面，概括12幅巾舞画像中巾舞的表演情况，如下三个方面值得关注：①在巾舞表演类型中，“单人巾舞”与“双人巾舞”存在差别，但差别不大。②在6种巾舞表演形式中，“单纯巾舞”最多，其次是“踏鼓巾舞”，再次是“踏拊巾舞”，最后是“击鼓踏鼓巾舞”“盘上巾舞”和“手持灵芝巾舞”。如果再进一步将“踏鼓巾舞”“踏拊巾舞”“击鼓踏鼓巾舞”“盘上巾舞”视为相近形式，则上述巾舞表演形式最为突出。③在巾舞组合形式中，巾舞“与建鼓杂技乐舞稽戏组合”的形式最为突出，并与“独立巾舞表演”和单纯的“与乐舞组合”的表演形式形成较大的差距。④还应当注意的是，在河南、山东、陕西的巾舞画像中，在巾舞组合形式的“单项”中都出现了“抃歌”“伴唱”“稽戏”，其中河南的“抃歌”是与“杂技”同时出现的，而山东的“伴唱”和陕西的“稽戏”则只有乐器伴奏，并不见“杂技”等其他“单项”。⑤将12幅巾舞画像画面构图与所属墓葬年代联系起来考察，西汉时期没有出现“杂技”类内容，“建鼓”亦出现在东汉早期，至东汉晚期，巾舞画像构图内容变得丰富和复杂。

基于此，对汉代巾舞存在情况进一步讨论：①从12幅巾舞画像构图所反映的情况看，以单人巾舞表演为主，但双人巾舞表演也较为常见，三人以上的巾舞表演形式在12幅画像中没有出现，上述情况是否意味着三人以上的巾舞表演形式较少存在，尚不能明确，但考虑汉画像中三人以上长袖舞的表演形式同样较为少见的情况，上述推断似可作为一个选项对待。②汉代有“盘舞”，或即“七盘舞”。张衡《舞赋》云：“历七盘而屣蹑。”[①]王粲《七释》亦云：“七盘陈于广庭，畴人俨其齐俟。”[②]“七盘舞”的舞者亦着长袖而舞。张衡《舞赋》云：“抗修袖以翳面兮，展清声而长歌。”王粲《七释》亦云：“揄皓袖以振策，竦并足而轩跱。邪睨鼓下，伉音赴节。”从汉画像巾舞构图情况看，脚踏盘（鼓）状物而舞，亦是巾舞较常出现的表演形式。对于上述盘（鼓）状物是否“盘”或“鼓”，依靠画像构图无法明确。《周礼·春官宗伯·大师》云：“大祭祀，帅瞽登歌，令奏击拊。”郑玄注云：“拊形如鼓，以韦为之，著之以穅。”[③]《白虎通·礼乐》引《尚书大传》：“搏拊鼓，装以糠。”陈立《白虎通疏证》引《书》“疏”引郑本“注”云：“搏拊以韦为之，装之以糠，形如小鼓，所以节乐。”[④]“拊”亦称“搏拊”或“拊鼓”，形如小鼓，用以节乐。这样说来，“盘舞”之“盘”不是乐器，于“盘”上而舞，显示舞技的高超，似于节乐无关，而汉画像巾舞之“踏盘”形象，当有别于“盘舞”，其脚下之“盘”或“鼓”当为“拊鼓”，乃节乐之用。从这个意义上看，汉画像“踏鼓巾舞”和“踏盘巾舞”皆应归类于“踏拊巾舞”。“踏拊巾舞”应该是汉代庄园乐舞百戏中最为常见的巾舞表演形式。从 12 幅巾舞画像所反映的情况看，“踏拊巾舞”在河南地域可能是较为常见的表演形式。③在对 12 幅巾舞画像考察中，巾舞与百戏相组合的表演形式最为突出，其中包括“建鼓”“杂技”“稽戏”“拳术”“格斗”等形式，但上述情况以东汉时期尤其东汉晚期最为流行，并在今河南、江苏、安徽、浙江、陕西均有存在，而在河南尤为突出。④在12幅巾舞画像中仅有山东济宁的是单纯的巾舞表演形式，更为重要的是，在上述单纯的巾舞表演形式中，除了“吹箫”“抚琴”“击鼓”“敲钹”等乐器伴奏外还有“伴唱”。

结论如下。①汉代乐舞百戏中的巾舞以单人和双人巾舞表演及“踏拊巾舞”最为常见；②巾舞表演特点，是与其他表演形式构成不同的艺术组合，具有这种表演特点的巾舞表演形式，具有地域上的广阔性和以河南为代表的地域上的独特性，其中巾舞与抃歌、巾舞与伴唱、巾舞与稽戏相组合的表演形式，在东汉时期尤其东汉晚期今河南、山东和陕西地域已经出现并可能呈现出流行的态势，而巾舞与伴唱相组合的表演形式在西汉时期今山东地域已经出现；③上述情况仅仅是一种巾舞表演形式的地域性特征，还是具有某种超越地域性的广泛性特点，缘于巾舞画像在数量上的局限而无法给出明确的判断，即便如此，伴唱、抃歌、稽戏在巾舞表演形式中的出现，都将构成汉

① 费振刚、胡双宝、宗明华辑校：《全汉赋》，北京：北京大学出版社，1993 年，第 478 页。
② 费振刚、胡双宝、宗明华辑校：《全汉赋》，第 688 页。
③ 郑玄注，贾公彦疏：《周礼注疏》卷二十六，第 881 页。
④ 陈立：《白虎通疏证》卷三，《新编诸子集成》第一辑，第 117 页。

代庄园乐舞百戏巾舞表演形式进一步发展演变的“契机”。

二、长袖舞与抃歌、稽戏相组合的表演形式

供研究的长袖舞画像共 73 幅。[①]对上述画像画面构图进行图像解析，其具体情况如表 7-16 至表 7-22 所示。

表 7-16 河南汉画像长袖舞画面图像解析

形式	长袖舞	画面中与长袖舞同时出现的其他乐舞百戏艺术形式											
分类	人数	百戏						乐舞					
图例	长袖舞	抛丸	冲狭	击拊	稽戏	倒立	建鼓	琴瑟	排箫	摇鼗	竽埙	鼙鼓	抃歌
图 11	1 人独舞							●					●
图 26	1 人踏鼓	●				●		●	●		●	●	
图 37	2 人舞蹈					●			●	●			
图 39	1 人踏鼓	●				●							
图 47	2 人踏鼓								●	●	●		
图 114	1 人踏鼓			●	●	●			●				
图 115	1 人踏鼓			●									●
图 146	1 人独舞	●				●	●		●	●	●		
图 152	1 人独舞				●	●		●					●
图 165	1 人踏鼓	●				●	●		●			●	
图 166	1 人独舞				●	●		●	●	●	●		
图 167	1 人独舞				●	●		●				●	
图 169	1 人独舞						●		●	●			
图 206	1 人独舞		●						●			●	

表 7-17 江苏、安徽、浙江汉画像长袖舞画面图像解析

形式	长袖舞	画面中与长袖舞同时出现的其他乐舞百戏艺术形式											
分类	人数	百戏						乐舞					
图例	长袖舞	抛丸	冲狭	击拊	稽戏	倒立	建鼓	琴瑟	排箫	摇鼗	竽埙	鼙鼓	抃歌

① 按：下面关于汉画像长袖舞构图情况的研究，其基本原则与巾舞研究相同，所选画像均来自《中国画像石全集》，出土地域包括河南、江苏、安徽、浙江、四川、陕西、山西、山东。由于相关画像数量较多，故依取《中国画像石全集》所分区域进行考察。所选图片的数字（如“图 11”）即为该图片在《中国画像石全集》相关分册中的位置。具体参见中国画像石全集编辑委员会编：《中国画像石全集》。

续表

形式	长袖舞	画面中与长袖舞同时出现的其他乐舞百戏艺术形式											
分类	人数	百戏						乐舞					
图 5	2 人对舞							●			●		
图 13	1 人独舞	●					●			●	●		
图 15	2 人舞蹈					●	●				●		
图 16	1 人独舞					●		●	●				

表 7-18　四川汉画像长袖舞画面图像解析

形式	长袖舞	画面中与长袖舞同时出现的其他乐舞百戏艺术形式											
分类	人数	百戏						乐舞					
图例	长袖舞	抛丸	冲狭	迭案	戴竿	倒立	建鼓	琴瑟	排箫	摇鼗	竽埙	鼙鼓	抃歌
图 26	1 人独舞	●						●	●		●	●	
图 105	数人踏鼓	●	●			●							
图 122	2 人踏鼓			●	●	●							

表 7-19　陕西、山西汉画像长袖舞画面图像解析

形式	长袖舞	画面中出现的其他乐舞百戏艺术形式											
分类	人数	百戏						乐舞					
图例	长袖舞	抛丸	冲狭	击拊	稽戏	倒立	建鼓	琴瑟	排箫	摇鼗	竽埙	鼙鼓	盘舞
图 35	1 人独舞												●
图 85	1 人独舞												
图 87	1 人独舞									●			
图 92	1 人独舞									●			
图 139	1 人独舞												
图 141	1 人独舞												
图 142	1 人独舞												
图 143	1 人独舞												
图 144	1 人独舞												
图 151	1 人独舞									●			
图 155	1 人独舞												
图 161	1 人独舞												

续表

形式	长袖舞	画面中出现的其他乐舞百戏艺术形式											
分类	人数	百戏						乐舞					
图例	长袖舞	抛丸	冲狭	击拊	稽戏	倒立	建鼓	琴瑟	排箫	摇鼗	竽埙	鞞鼓	盘舞
图 174	1 人独舞												
图 183	1 人独舞												
图 188	1 人独舞												
图 191	2 人对舞							●					
图 195	1 人独舞												
图 221	1 人独舞												
图 222	1 人独舞												
图 233	1 人独舞											●	

表 7-20　山东汉画像长袖舞画面图像解析（1）

形式	长袖舞	画面中与长袖舞同时出现的其他乐舞百戏艺术形式											
分类	人数	百戏						乐舞					
图例	长袖舞	抛丸	盘舞	六博	稽戏	倒立	建鼓	琴瑟	排箫	摇鼗	竽埙	击磬	抃歌
图 2	1 人独舞							●					
图 8	1 人独舞					●		●	●		●		
图 105	1 人独舞						●		●			●	●
图 112	1 人独舞			●			●		●				
图 113	1 人独舞												

表 7-21　山东汉画像长袖舞画面图像解析（2）

形式	长袖舞	画面中与长袖舞同时出现的其他乐舞百戏艺术形式											
分类	人数	百戏						乐舞					
图例	长袖舞	抛丸	盘舞	六博	稽戏	倒立	建鼓	琴瑟	排箫	摇鼗	竽埙	击磬	抃歌
图 1	1 人独舞						●			●			
图 26	1 人独舞						●			●			
图 38	2 人对舞						●	●	●		●		●
图 47	2 人对舞	●				●		●					
图 48	1 人独舞	●				●	●	●	●		●		
图 51	2 人对舞	●			●		●	●					

续表

形式	长袖舞	画面中与长袖舞同时出现的其他乐舞百戏艺术形式											
分类	人数	百戏						乐舞					
图例	长袖舞	抛丸	盘舞	六博	稽戏	倒立	建鼓	琴瑟	排箫	摇鼗	竽埙	击磬	抃歌
图 57	2 人舞蹈						●						
图 61	1 人独舞					●	●	●	●		●		
图 68	2 人对舞												
图 77	2 人舞蹈						●						
图 78	2 人舞蹈						●						
图 82	1 人独舞						●						
图 88	1 人独舞	●			●		●	●			●		●
图 92	2 人对舞	●				●	●		●		●		
图 111	2 人对舞												
图 117	1 人独舞	●					●	●	●	●			●
图 118	1 人独舞							●					
图 118	1 人独舞	●				●	●						
图 121	1 人独舞	●					●	●	●	●			●
图 169	2 人舞蹈	●				●	●			●			
图 200	2 人对舞												
图 205	2 人舞蹈						●						

表 7-22　山东汉画像长袖舞画面图像解析（3）

形式	长袖舞	画面中与长袖舞同时出现的其他乐舞百戏艺术形式											
分类	人数	百戏						乐舞					
图例	长袖舞	抛丸	盘舞	六博	稽戏	倒立	建鼓	琴瑟	排箫	摇鼗	竽埙	鼓磬	抃歌
图 7	2 人舞蹈								●		●	●	
图 76	2 人舞蹈	●	●			●		●	●				
图 78	1 人独舞							●					●
图 105	2 人对舞	●				●			●		●	●	
图 226	2 人舞蹈						●						

对上述图像解析做进一步归纳和梳理，具体情况即如表 7-23 至表 7-27 所示。

表 7-23　河南汉画像长袖舞画面图像归纳与梳理

形式	单项	数量/个	比例
长袖舞表演形式	单纯长袖舞	8	0.57
	踏鼓长袖舞	6	0.43
长袖舞表演类型	单人长袖舞	12	0.86
	双人长袖舞	2	0.14
	数人长袖舞	0	—
长袖舞组合形式	独立长袖舞表演	0	—
	与百戏组合	1	0.07
	与乐舞组合	3	0.21
	与乐舞百戏组合	10	0.71

表 7-24　江苏、安徽、浙江汉画像长袖舞画面图像归纳与梳理

形式	单项	数量/个	比例
长袖舞表演形式	单纯长袖舞	4	1
	踏鼓长袖舞	0	—
长袖舞表演类型	单人长袖舞	2	0.50
	双人长袖舞	2	0.50
	数人长袖舞	0	—
长袖舞组合形式	独立长袖舞表演	0	—
	与百戏组合	0	—
	与乐舞组合	1	0.25
	与乐舞百戏组合	3	0.75

表 7-25　四川汉画像长袖舞画面图像归纳与梳理

形式	单项	数量/个	比例
长袖舞表演形式	单纯长袖舞	1	0.33
	踏鼓长袖舞	2	0.67
长袖舞表演类型	单人长袖舞	1	0.33
	双人长袖舞	1	0.33
	数人长袖舞	1	0.33

续表

形式	单项	数量/个	比例
长袖舞组合形式	独立长袖舞表演	0	—
	与百戏组合	2	0.67
	与乐舞组合	0	—
	与乐舞百戏组合	1	0.33

表 7-26 陕西、山西汉画像长袖舞画面图像归纳与梳理

形式	单项	数量/个	比例
长袖舞表演形式	单纯长袖舞	20	1
	踏鼓长袖舞	0	—
长袖舞表演类型	单人长袖舞	19	0.95
	双人长袖舞	1	0.05
	数人长袖舞	0	—
长袖舞组合形式	独立长袖舞表演	14	0.70
	与百戏组合	0	—
	与乐舞组合	6	0.30
	与乐舞百戏组合	0	—

表 7-27 山东汉画像长袖舞画面图像归纳与梳理（1—3）

形式	单项	数量/个	比例
长袖舞表演形式	单纯长袖舞	32	1
	踏鼓长袖舞	0	—
长袖舞表演类型	单人长袖舞	12	0.38
	双人长袖舞	20	0.63
	数人长袖舞	0	—
长袖舞组合形式	独立长袖舞形式	3	0.09
	与百戏组合	0	—
	与乐舞组合	15	0.47
	与乐舞百戏组合	14	0.44

对上述归纳与梳理情况进行总结，并在数量和百分比两个方面进行统计，

则得出如下数据（表 7-28 至表 7-30）。

表 7-28　73 幅画像长袖舞表演形式在数量上的分布情况

形式	单项	数量/个					总计
		河南	江苏、安徽、浙江	四川	陕西、山西	山东	
长袖舞表演形式	单纯长袖舞	8	4	1	20	32	65
	踏鼓长袖舞	6	0	2	0	0	8
长袖舞表演类型	单人长袖舞	12	2	1	19	12	46
	双人长袖舞	2	2	1	1	20	26
	数人长袖舞	0	0	1	0	0	1
长袖舞组合形式	独立长袖舞形式	0	0	0	14	3	17
	与百戏组合	1	0	2	0	0	3
	与乐舞组合	3	1	0	6	15	25
	与乐舞百戏组合	10	3	1	0	14	28

表 7-29　73 幅画像长袖舞表演形式在百分比上的分布情况

形式	单项	比例					总计
		河南	江苏、安徽、浙江	四川	陕西、山西	山东	
长袖舞表演形式	单纯长袖舞	0.57	1	0.33	1	1	0.89
	踏鼓长袖舞	0.43	—	0.67	—	—	0.11
长袖舞表演类型	单人长袖舞	0.86	0.50	0.33	0.95	0.38	0.63
	双人长袖舞	0.14	0.50	0.33	0.05	0.63	0.36
	数人长袖舞	—	—	0.33	—	—	0.01
长袖舞组合形式	独立长袖舞形式	—	—	—	0.70	0.09	0.23
	与百戏组合	0.07	—	0.67	—	—	0.04
	与乐舞组合	0.21	0.25	—	0.30	0.47	0.34
	与乐舞百戏组合	0.71	0.75	0.33	—	0.44	0.38

表 7-30　73 幅画像中长袖舞与稽戏、抃歌组合形式

地域	长袖舞	建鼓	杂技	稽戏	击拊	抃歌
山东	●					●
	●	●				●

续表

地域	长袖舞	建鼓	杂技	稽戏	击拊	抃歌
山东	●		●	●		●
	●	●				●
	●		●			●
	●	●				●
河南	●					●
	●				●	●
	●		●	●		●

总结如下。①在长袖舞表演类型方面，“单人长袖舞”在整体数量上明显高于“双人长袖舞”，与巾舞的情况形成差异，然而，“数人长袖舞”仍然极为少见，这一点与巾舞的情况相同。另外，“单人长袖舞”在今陕西、山西、河南地域最为突出，上述地域地处我国北方及西北地区，其地理位置大致涵盖黄河中上游地区，反映出“单人长袖舞”在汉代上述区域较为流行的地域性特征。②在长袖舞表演形式方面，“单纯长袖舞”最为突出，而“踏鼓长袖舞”则在今河南和四川最为突出。上述情况与“单纯巾舞”和“踏拊巾舞”均较为多见的情况相同。③在长袖舞组合形式方面，“独立长袖舞形式”在今陕西、山西等地最为突出，长袖舞“与乐舞百戏组合”形式在今四川、河南等地最为突出，表明汉代上述地域是独立长袖舞表演形式和与乐舞百戏相组合表演形式最为流行的地域，而上述情况与巾舞相同。④将抃歌作为一个“单项”考察其与长袖舞的组合情况，则发现抃歌仅在今山东和河南长袖舞画像中出现，这一点与巾舞的情况完全相同。另外，今山东和河南的长袖舞画像中，既有长袖舞单独与“抃歌”相组合的情况，也有长袖舞与建鼓、杂技、稽戏分别组合的情况，并以山东最为典型。

结合上文关于巾舞情况的考察，尝试得出如下结论。①在汉代庄园乐舞百戏中，巾舞与长袖舞都是较为常见的舞蹈形式，但三人以上的巾舞或长袖舞都较为少见，“踏鼓长袖舞”流行的地域特点较为鲜明，而“踏拊巾舞”流行的地域特点并不鲜明，进一步反映出“踏拊巾舞”流行地域广泛的特点。②与巾舞相同，东汉尤其东汉晚期今陕西、山西、四川、河南地域，是巾舞、长袖舞独立表演形式和组合表演形式最为流行的地域，而与抃歌和稽戏相组合的长袖舞表演形式，在今山东、河南最为流行，上述情况同样与巾舞相同。

基于上面的研究，尝试对汉代庄园乐舞百戏巾舞、长袖舞存在情况给出意见。①巾舞、长袖舞均是较常出现的舞蹈表演形式，并以单人或双人表演为主，“群舞”较为少见。从地域角度上看，单人巾舞和长袖舞在汉代今河南、陕西、山西、山东地域较为流行，而以河南地域最为突出。②巾舞、长袖舞的“踏拊”和“踏鼓”表演形式均是汉代河南地域较常出现或较为流行的舞蹈表演形式，而“踏鼓长袖舞”亦在今四川地区较为常见和流行。上述情况可能是汉代“踏拊巾舞”和“踏鼓长袖舞”地域特点的反映。③巾舞、长袖舞与其他表演形式相组合的情况，具有地域上的广阔性特征，在今河南、山东、陕西地区出现了巾舞、长袖舞表演中融入了伴唱、抃歌、稽戏的情况。值得注意的是，上述情况在今河南地域最为突出，说明这种表演形式在东汉尤其东汉晚期的河南地域具有突出的流行性特征。④如果从墓葬年代的角度来考察，巾舞、长袖舞与伴唱、抃歌、稽戏相组合的表演形式，可能在西汉时期就已经出现，并在东汉尤其东汉晚期今河南、山东、陕西地域得到发展和流行，以河南南阳地区最为突出。

第五节　结论：舞蹈与伴唱抃歌稽戏相组合表演形式蕴含着戏剧因素

（1）总体上看，汉画像所反映的汉代庄园乐舞百戏在表演种类、形式和规模等方面，与墓主官秩或阶级存在关联。上述情况或说明“事主”身份、地位和财力情况可能成为影响乐舞百戏在表演种类、形式和规模等方面的决定因素。然而，上述情况并不涉及拥有和欣赏的权利的问题。从目前所掌握的画像墓发掘情况看，至少在上述墓葬所涵盖的阶级或群体之内（甚至还包括“编户齐民”的“平民”阶级），皆拥有这方面的权力从而成为乐舞百戏的欣赏者。上述情况或说明乐舞百戏在汉代庄园生活中对各阶层的覆盖面已经相当广泛，已经成为汉代庄园生活中不同阶级或阶层所普遍希冀拥有和接受的娱乐形式。

（2）汉画像所反映的汉代庄园乐舞百戏，大都以单纯的乐舞表演为主，说明这可能是民间最为流行、受众最多的表演形式。再者，乐舞百戏在表演类型上呈现出缘于不同组合而多变的特点，相比较而言，“乐舞+杂技+杂戏”可能是民间等级最高的表演类型，而其存在空间或相当狭窄，反映其受众群体较小，但上述情况似乎与流行性无关。另外，“长袖舞”和“建鼓舞”在乐舞百戏中占有重要地位，体现着单纯的或小型的综合表演类型在乐舞百戏中最为常见。上述情况可能意味着汉代民间乐舞百戏在表演内容上更为精炼、集中、固化，显示着乐舞百戏走向成熟和专业化的发展演变态势。

（3）巾舞、长袖舞均是汉画像所反映的汉代庄园乐舞百戏中较常出现的表演形式，并以单人或双人形式为主，“群舞”较为少见；从地域上看，单人巾舞和长袖舞在今河南、陕西、山西、山东地域较为流行，而以河南最为突出。在今河南、山东、陕西地域出现了巾舞、长袖舞表演中融入了伴唱、抃歌、稽戏的情况。上述情况在河南最为突出，说明这种表演形式在东汉尤其东汉晚期的河南地域具有突出的流行性特征。如果从墓葬年代的角度来考察，巾舞、长袖舞与伴唱、抃歌、稽戏相组合的表演形式，可能在西汉时期就已经出现，并在东汉尤其东汉晚期得到发展和流行，而以今河南南阳地域最为突出。

（4）巾舞、长袖舞表演中融入伴唱、抃歌、稽戏，无疑为原本属于“形体叙述”的舞蹈，增添了歌诗和角色叙述的手段和功能。而歌诗的出现，既丰富了巾舞、长袖舞的情感表现能力，又为巾舞、长袖舞以形体叙述演绎故事情节创造了条件，从而使得形体叙述的“角色化”转变成为可能。正是在这个意义上发现了汉代庄园乐舞百戏中可能蕴含着戏剧因素的事实。

本章附录

一、供研究的16幅乐舞百戏画像资料

（图1）

（图2）

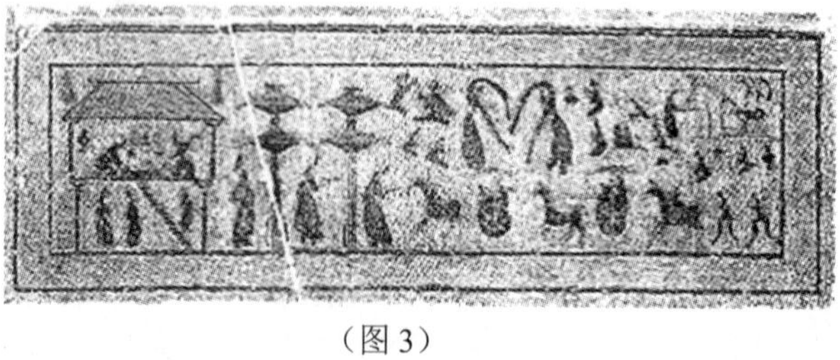
（图3）

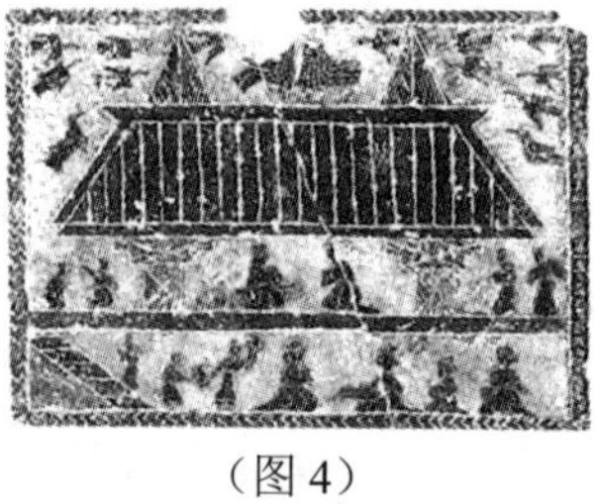
（图4）

（图5）

（图6）

（图7）

（图8）

（图9）

（图10）

（图11）

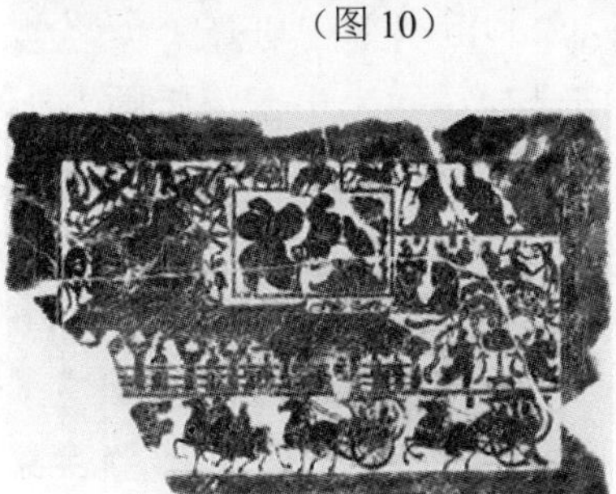
（图12）

（图13）

（图 14）

（图 15）

（图 16）

二、供研究的 134 幅乐舞百戏画像出处情况

[按：“《全集》”指中国画像石全集编辑委员会《中国画像石全集》；“1—2”中的前一个数字表示《全集》顺序，后一个数字表示画像的顺序。关于上述画像具体构图情况，请参阅中国画像石全集编辑委员会编：《中国画像石全集》]

（一）山东地域

（1）山东莒南孙氏阙（《全集》1—2）；（2）山东平邑功曹阙（《全集》1—12）；（3）山东平邑县功曹阙（《全集》1—13）；（4）山东济宁师专十号石椁墓（《全集》1—104）；（5）山东济宁师专十号石椁墓（《全集》1—105）；（6）山东曲阜东安汉里石椁墓（《全集》1—112）；（7）山东曲阜东安汉里石椁墓（《全集》1—113）；（8）山东诸城市前凉台墓（《全集》1—126）；（9）山东安丘市汉墓（《全集》1—144）；（10）山东沂南汉墓（《全集》1—189）；（11）山东沂南汉墓（《全集》1—190）；（12）山东沂南汉墓（《全集》1—203）；（13）山东济宁师专（《全集》2—1）；（14）山东济宁喻屯镇（《全集》2—9）；（15）山东济宁喻屯镇（《全集》2—11）；（16）山东济宁喻屯镇（《全集》2—14）；（17）早年济宁城南（《全集》2—21）；（18）山东兖州

市农机学校（《全集》2—26）；（19）山东梁山县（《全集》2—38）；（20）山东微山县两城镇（《全集》2—47）；（21）山东微山县两城镇（《全集》2—51）；（22）山东微山县两城镇（《全集》2—53）；（23）山东微山县微山岛（《全集》2—56）；（24）山东微山县微山岛（《全集》2—57）；（25）山东微山县微山岛（《全集》2—58）；（26）山东邹城市郭里乡（《全集》2—61）；（27）山东邹城市北宿镇（《全集》2—77）；（28）山东邹城市南落陵（《全集》2—78）；（29）山东邹城市高庄乡（《全集》2—82）；（30）山东邹城市羊场村（《全集》2—85）；（31）山东邹城市郭里乡（《全集》2—88）；（32）山东邹城市师范学校（《全集》2—92）；（33）山东嘉祥县纸坊镇（《全集》2—111）；（34）山东嘉祥县纸坊镇（《全集》2—117）；（35）山东嘉祥县纸坊镇（《全集》2—118）；（36）山东嘉祥县四十里铺（《全集》2—121）；（37）山东嘉祥县城西南（《全集》2—126）；（38）山东嘉祥县城西南（《全集》2—128）；（39）山东嘉祥县城东北五老洼（《全集》2—128）；（40）山东枣庄山亭区（《全集》2—143）（41）山东滕州市龙阳店（《全集》2—160）；（42）山东滕州市岗头镇（《全集》2—188）；（43）山东滕州市城郊（《全集》2—200）；（44）山东滕州市桑村镇（《全集》2—205）；（45）山东滕州市桑村镇（《全集》2—221）；（46）山东滕州市桑村镇（《全集》2—229）；（47）山东临沂市白庄（《全集》3—5）；（48）山东临沂市白庄（《全集》3—7）；（49）山东临沂市白庄（《全集》3—8）；（50）山东临沂市崔庄（《全集》3—37）；（51）山东临沂独树头镇（《全集》3—57）；（52）山东沂水县（《全集》3—76）；（53）山东平邑县（《全集》3—78）；（54）山东费县垛庄镇（《全集》3—86）；（55）山东苍山县城前村（《全集》3—105）；（56）山东莒县东莞镇（《全集》3—141）；（57）山东安丘市王封村（《全集》3—147）；（58）山东济南市历城区全福庄（《全集》3—157）；（59）山东济南市历城区黄台山（《全集》3—161）；（60）山东肥城市乐镇村（《全集》3—213）；（61）山东东平县宿城乡（《全集》3—226）。

（二）河南地域

（62）河南唐河针织厂汉墓（《全集》6—11）；（63）河南唐河电厂墓（《全集》6—25、26、27、28）；（64）河南唐河冯君孺人墓（《全集》6—37）；（65）河南唐河冯君孺人墓（《全集》6—39）；（66）河南唐河冯君孺人墓（《全集》6—40）；（67）河南方城东关墓（《全集》6—47）；（68）河南方城东关墓（《全集》6—48）；（69）河南邓县长冢店墓（《全集》6—84、85）；（70）河南南阳沙岗店墓（《全集》6—114）；（71）河南南阳石桥墓（《全集》

6—118)；(72) 河南南阳石桥墓（《全集》6—124)；(73) 河南南阳麒麟岗墓（《全集》6—127)；(74) 河南南阳王寨墓（《全集》6—146、147)；(75) 河南南阳王庄墓（《全集》6—152)；(76) 河南南阳瓦店墓（《全集》6—165)；(77) 河南南阳七孔桥墓河南南阳瓦店墓（《全集》6—166)；(78) 河南南阳七孔桥墓河南南阳瓦店墓（《全集》6—167)；(79) 河南南阳英庄墓（《全集》6—169)；(80) 河南南阳宛城区军帐营（《全集》6—191)；(81) 河南南阳东关许阿瞿墓（《全集》6—202)。

（三）四川地域

(82) 四川綦江县二磴岩墓（《全集》7—37)；(83) 四川成都羊子山 1 号汉墓（《全集》7—63)；(84) 四川长宁 2 号石棺（《全集》7—105)；(85) 四川宜宾石棺（《全集》7—116)；(86) 四川郫县 1 号石棺（《全集》7—122、123、124)；(87) 四川永川石棺（《全集》7—138)；(88) 四川璧山 1 号石棺（《全集》7—164)；(89) 四川璧山 9 号石棺（《全集》7—170)；(90) 四川璧山 9 号石棺（《全集》7—171)；(91) 四川新津崖墓石函（《全集》7—201)；(92) 四川纳溪崖墓石函（《全集》7—210)。

（四）陕西地域

(93) 陕西米脂官庄墓（《全集》5—35)；(94) 陕西绥德王德元墓（《全集》5—85)；(95) 陕西绥德杨孟元墓（《全集》5—87)；(96) 陕西绥德杨孟元墓（《全集》5—92)；(97) 陕西绥德墓（《全集》5—139)；(98) 陕西绥德墓（《全集》5—141)；(99) 陕西绥德墓（《全集》5—142)；(100) 陕西绥德墓（《全集》5—143)；(101) 陕西绥德墓（《全集》5—144)；(102) 陕西绥德墓（《全集》5—151)；(103) 陕西绥德墓（《全集》5—153)；(104) 陕西绥德墓（《全集》5—161)；(105) 陕西绥德四十里铺墓（《全集》5—175)；(106) 陕西绥德四十里铺墓（《全集》5—183)；(107) 陕西绥德呜咽泉墓（《全集》5—188、189)；(108) 陕西子洲淮宁湾墓（《全集》5—193)；(109) 陕西神木大保当墓（《全集》5—221)；(110) 陕西神木大保当墓（《全集》5—222)；(111) 陕西神木柳苍墓（《全集》5—229)；(112) 陕西靖边寨山墓（《全集》5—233)。

（五）江苏地域

(113) 江苏铜山县汉王乡（《全集》4—1)；(114) 清道光年间江苏沛县古泗水出土（《全集》4—2)；(115) 清道光年间江苏沛县古泗水出土（《全

集》4—3）；（116）江苏沛县（《全集》4—4）；（117）江苏沛县（《全集》4—5）；（118）江苏铜山县汉王乡（《全集》4—12）；（119）江苏铜山县汉王乡（《全集》4—13）；（120）江苏铜山县汉王乡（《全集》4—15）；（121）江苏铜山县汉王乡（《全集》4—16）；（122）江苏铜山县利国乡（《全集》4—28）；（123）江苏徐州市洪楼（《全集》4—46）；（124）江苏铜山县苗山（《全集》4—52）；（125）江苏铜山县（《全集》4—107）；（126）江苏睢宁县散存（《全集》4—117）；（127）江苏睢宁墓山（《全集》4—118）；（128）江苏徐州邳州陆井（《全集》4—144）；（129）江苏徐州邳州陆井（《全集》4—145）。

（六）安徽地域

（130）安徽宿县褚兰镇（《全集》4—155）；（131）安徽灵璧县征集（《全集》4—177）；（132）安徽淮北市北山乡（《全集》4—197）；（133）安徽定远县靠山乡（《全集》4—210）。

（七）浙江地域

（134）浙江海宁市长安镇（《全集》4—230）。

三、供研究的134幅乐舞百戏画像年代、载体性质和构图情况

表1　山东汉画像（1）

序号	画像年代	载体性质	乐舞百戏构图情况
1	东汉章帝元和二年	阙（正面）	竖四层，第一层：建鼓、倒立、格斗；第三层：抚琴、长袖舞
2	东汉章帝元和二年	阙（南面）	竖四层，第三层：建鼓、舞蹈
3	东汉章帝元和二年	阙（西面）	竖四层，第三层：建鼓
4	西汉元帝至平帝时期	东壁	横三格，左格：1人长袖对舞、2人伴唱、抚琴、击鼓、敲钹、吹箫
5	西汉元帝至平帝时期	西壁	横三格，左格：虎座建鼓、击磬、吹箫、1人长袖舞、1人伴唱
6	西汉末至东汉初	中隔板东面	横整幅：中部建鼓、鼓右1人长袖舞；鼓左2人排箫
7	西汉末至东汉初	中隔板西面	横整幅：中部1人长袖舞
8	东汉顺、桓时期	不详	竖整幅，跽坐二列十二乐人：吹箫、吹埙、击鼓、击铙、3人击鼓、3人伴唱、1人长袖舞、1人七盘舞、说唱、飞剑掷丸、倒立、叠案、杂耍、3人击鼓
9	东汉晚期	中室北壁西端	竖四层，第三层：2人对舞
10	东汉晚期	前室南壁东侧	竖二层，第一层：建鼓、1人鼓舞
11	东汉晚期	前室南壁西侧	竖二层，第一层：建鼓、1人鼓舞

续表

序号	画像年代	载体性质	乐舞百戏构图情况
12	东汉晚期	中室东壁横额	横整幅，自左而右第一组：飞剑掷丸、顶橦悬杆、七盘舞；建鼓、撞编钟、敲石磬；三排跽坐击小鼓的女乐、排箫、击铙、吹埙、抚琴、吹笙的男乐。第二组：舞幢、倒立、吹箫、龙戏、鱼戏、豹戏、雀戏。第三组：马戏、车戏

表 2　山东汉画像（2）

序号	画像年代	载体性质	乐舞百戏构图情况
13	西汉元帝至平帝时期	不详	横三格，左格：4 人舞蹈、2 人摇鼗、2 人击悬鼓
14	东汉晚期	不详	竖四层，第三层：1 女子抚琴
15	东汉晚期	不详	竖四层，第二层：1 人象前舞蹈
16	东汉晚期	不详	竖四层，第一层：吹箫、吹竽、排箫、击节；第二层：虎座建鼓、倒立
17	东汉晚期	不详	横整幅：虎座建鼓、鼓左 1 人倒立、2 人剑舞，鼓右侧 1 人弄丸、抚琴、舞蹈
18	西汉元帝至平帝时期	不详	横三格，右格：建鼓、1 人摇鼗、1 人舞蹈
19	东汉早期	不详	竖四层，第一层：1 人吹排箫、1 人吹竽、1 人抚琴、1 人以手击节；第二层：虎座建鼓、2 人长袖舞、1 人摇鼗
20	东汉中晚期	不详	竖二层，第二层右部：1 人抚琴、2 人舞蹈、1 小儿舞蹈；第二层左部：跳丸、倒立
21	东汉中晚期	不详	横整幅：中部：虎座建鼓、1 人抚琴、2 人舞蹈、1 人戏熊
22	东汉中晚期	不详	竖二层，第二层：中央虎座建鼓，鼓右 3 人赤身舞蹈
23	西汉宣帝至元帝时期	不详	横三格，左格：橦戏、1 橦顶 1 人倒立、1 橦顶 1 人长袖舞、1 人斜索上爬、1 人倒立下索
24	西汉宣帝至元帝时期	不详	横三格，右格：虎座建鼓、2 人长袖舞、乐人伴奏
25	西汉宣帝至元帝时期	不详	横三格，中格：建鼓、鼓架上倒立、横木上 2 人倒立、斜杆上 2 人攀爬、2 人倒立下滑、抚琴、吹竽
26	东汉晚期	不详	横整幅：中部虎座建鼓；鼓左抚琴、长袖舞、击节；鼓右 2 人倒立、1 人吹竽、2 人排箫
27	西汉哀帝至平帝时期	不详	横三格，右格：虎座建鼓、2 人长袖舞
28	西汉平帝时期	不详	横三格，左格：建鼓、鼓两边舞蹈
29	东汉中期	不详	横整幅：虎座建鼓、长袖舞
30	西汉宣帝至元帝时期	不详	横三格，中格：建鼓、鼓左右各 1 人摇鼗
31	东汉晚期	不详	竖三层，第二、三层：中部虎座建鼓、武打、跳丸、戏熊、舞蹈、吹竽、抚琴、击节
32	东汉早期	不详	竖二层，第一层：卧羊座建鼓、吹竽、排箫；鼓上斜绳上 8 人攀登、行走、仰卧、倒立、跳丸；鼓左长袖舞
33	东汉早期	不详	竖整幅：2 人长袖舞
34	东汉早期	不详	竖二层，第一层：兽形座建鼓、鼓右 1 女子长袖舞、1 男子弄丸、3 人右手摇鼗左手吹排箫、1 人抚琴、1 人击节
35	东汉早期	不详	竖四层，第一层：1 人抚琴、1 人长袖舞；第二层：1 人摇鼗、1 人吹排箫、1 人吹笛、1 人吹笙；第三层：中部兽座建鼓、鼓左 1 人长袖舞、1 人倒立、鼓右 1 人弄丸

续表

序号	画像年代	载体性质	乐舞百戏构图情况
36	东汉早期	不详	竖二层，第一层：1人抚琴、1人击节、3人摇鼗鼓、排箫、下方虎座建鼓、旁边1人长袖舞、1人弄丸
37	东汉早期	不详	竖三层，第二层：1人长袖舞、1人鼓上倒立、1人击节；第三层：2男2女奏乐、1人击节
38	东汉早期	不详	竖二层，第一层：1人击节、1人抚琴、1人吹竽；第二层：虎座建鼓、鼓左1人长袖舞、1人弄丸
39	东汉早期	不详	竖三层，第一层：2人摇鼗吹排箫、1人吹箫、1人排箫、1人吹竽；第二层：中部兽座建鼓、鼓左1人倒立、1人赤膊练
40	东汉晚期	不详	竖七层，第四至七层：中部建鼓、2人倒立、抚琴、六博
41	东汉晚期	不详	竖二层，第一层：中部建鼓、鼓杆顶蹲1人、鼓四周舞蹈、摇鼗、倒立、飞剑、跳丸
42	东汉晚期	不详	横整幅：中部建鼓、鼓左1人抚琴、1人倒立、1人弄丸
43	西汉哀帝至平帝时期	不详	横三格，左格：中部建鼓、2人排箫；中格：2人长袖舞
44	东汉中期	不详	竖三层，第三层：中部鸟首座建鼓、舞蹈
45	东汉早期	不详	竖五层，第二层以下：中部建鼓、舞蹈、杂技
46	东汉晚期	不详	竖八层，第四、五、六层：中部建鼓、鼓旁1人倒立；鼓左2人六博

表3 山东汉画像（3）

序号	画像年代	载体性质	乐舞百戏构图情况
47	东汉时期	不详	竖二层，第一层：长袖舞、倒立、鼓瑟
48	东汉时期	不详	竖二层，第一层：2人长袖舞、1人击鼓、3人排箫、1人吹埙、1人振铎、1人以手击鼓
49	东汉时期	不详	竖二层，第一层：1人头顶物于鼓上倒立、吹竽、排箫、吹埙
50	东汉时期	不详	竖五层，第四层：中部建鼓
51	东汉时期	不详	横整幅：1人抚琴
52	东汉时期	不详	竖二层，第二层：抚琴、长袖舞、倒立、跳丸、盘舞、排箫
53	东汉时期	不详	竖二层，第二层：1人长袖舞、1人击节、1人抚琴
54	东汉时期	不详	横整幅：1人排箫、1人振铎、1人吹埙、1人敲应鼓、1人弄丸、1人踏鼓舞
55	东汉时期	墓门楣背面	竖二层，第二层：1人排箫、1人吹埙、1人吹竽、4人舞蹈、2人长袖舞、1人倒立、1人弄丸
56	东汉时期	不详	竖三层，第二层：击鼓、抚琴、踏鼓舞
57	东汉时期	不详	竖三层，第三层：1人跳丸、1人踏鼓舞、抚琴、击鼓、吹竽
58	东汉时期	不详	横整幅：左部建鼓、中部1人立鼓上飞剑、弄丸
59	东汉时期	不详	竖整幅：1女子长袖踏鼓舞
60	汉章帝建初八年	不详	横整幅：楼上3人歌舞弹琴、楼下4人击鼓、吹笙、排箫、吹笛
61	东汉时期	不详	竖二层，第一层：中部建鼓、鼓左右长袖舞

表 4 河南汉画像

序号	画像年代	载体性质	乐舞百戏构图情况
62	西汉时期	南主室南壁西端下部	竖三层，第一层：1 人鼓瑟；第二层：3 人奏乐、1 人长袖舞、1 人伴唱
63	西汉时期	东侧室、东主室、西主室、西侧室门楣（四幅相连）	横整幅：一组画面 1 人吹埙、3 人摇鼗吹排箫；另一组画面 1 人单臂立与酒樽上、1 人舞蹈、1 人弄丸、1 人击鼓、1 人吹埙
64	新莽天凤五年	南阁室南壁	横整幅：1 人吹竽、2 人摇鼗吹排箫、1 人吹管（箫）、2 女长袖折腰舞、1 人倒立
65	新莽天凤五年	北阁室壁	横整幅：1 人吹管（箫）、1 人摇鼗吹排箫、1 女长袖盘舞、1 人弄丸、1 人酒樽上倒立
66	新莽天凤五年	北阁室壁	横整幅：画面右部 1 人击鼓
67	东汉时期	南门北扉背	竖三层，第一层：1 人吹埙、2 人摇鼗吹排箫或击鼓；第二层：2 男伎对舞
68	东汉时期	南门南扉背	竖二层，第一层：中部建鼓；第二层：3 人吹排箫、其中 1 人再击鼓、1 人击节
69	东汉时期	北侧室左、右门楣	横整幅，左门楣：1 人鼓瑟、2 人摇鼗吹排箫、1 人吹埙、2 人击建鼓；右门楣：1 女伎长袖舞、1 男伎弄壶、1 女伎倒立、3 人跽坐唱歌
70	东汉时期	不详	竖二层，第一层：1 人击节、1 人长袖踏鼓舞、1 人滑稽戏、2 人排箫
71	东汉时期	不详	横整幅：左部建鼓、鼓右 1 人吹埙、2 人摇鼗吹排箫
72	东汉时期	北耳室门楣	横整幅：1 人长练舞、1 女伎酒樽单手倒立、2 人歌舞相合
73	东汉时期	北耳室门楣	横整幅：1 人酒樽单手倒立、1 人下蹲弃杖、1 人长袖折腰舞、1 人鼓瑟、1 人吹埙、2 人击鼓、3 人歌唱
74	东汉时期	两主室室门楣	横整幅：第一石：左部建鼓、鼓右 1 女伎长袖舞、1 人摇鼗吹排箫、1 人吹埙、1 人伴唱；第二石：右部镈钟、钟左 1 男伎大步、1 女伎于酒樽上倒立、1 人吐火、1 人右手摇鼗左手弄丸
75	东汉时期	两主室室门楣	横整幅：1 人长袖舞、1 人戴面具滑稽戏、1 女伎倒立、1 人鼓瑟、4 人执桴挥舞
76	东汉时期	不详	横整幅：中部建鼓；鼓右 1 人赤身戴面具跳丸、1 人长袖踏鼓舞、1 人顶碗单手倒立于樽上；鼓左 2 人右手击鼓左手执排箫吹奏、1 人吹竽
77	东汉时期	不详	横整幅：1 人长袖舞、1 人戴面具摇鼗、1 人倒立于樽上、1 人鼓瑟、2 人摇鼗吹排箫、1 人吹埙、1 人击铙
78	东汉时期	不详	横整幅：2 人于樽上单手倒立、1 人单腿跪地叉腰扬臂、1 女伎长袖舞、1 女伎鼓瑟、2 人击鼓
79	东汉时期	南门楣背	横整幅：1 人吹管（箫）、1 人摇鼗吹排箫、1 人击铙、建鼓、1 人长袖舞
80	东汉时期	墓门右门楣	横整幅：左部建鼓、中部撞钟、2 人摇鼗吹排箫、1 人吹埙
81	东汉建宁三年	南门楣背	竖二层，第二层：1 人扣盘击节、2 人飞剑跳丸、1 女伎长袖盘舞、2 人鼓瑟吹排箫

表 5 四川汉画像

序号	画像年代	载体性质	乐舞百戏构图情况
82	东汉时期	墓内石壁	横整幅：1 人吹笛、1 人领舞、5 人群舞

续表

序号	画像年代	载体性质	乐舞百戏构图情况
83	东汉时期	中室左、右壁	横整幅，右起：五人跽坐伴奏、1人后翻、1人踏鼓舞、1人弄丸、1人舞蹈、1人飞剑、1人倒立、1人杆顶立盘（戴杆？）
84	东汉时期	石棺右侧	竖二层，第二层：左起四人跽坐伴奏、1人执环、1人穿环、1人迭案上倒立、中部立鼓、鼓旁有人舞蹈、鼓右1人飞剑、1人弄丸、1人杆顶立盘（戴杆？）
85	东汉时期	石棺右侧	横整幅：1人飞剑、1人弄丸、1人执环、1人穿环、1人倒立、1人倒立吐珠、1人跪地击鼓
86	东汉时期	不详	横整幅：左起1人顶杆杆顶有盘（戴杆？）、1人迭案上倒立、2人抚琴、2人长袖踏鼓舞
87	东汉时期	石棺一侧	横整幅：右起1人飞剑、1人倒立、1人弄丸、1人舞蹈
88	东汉时期	石棺右侧	横三格，中格：3人牵手起舞，头戴冠背生羽；左格：1人弄丸、1人飞剑、1人手执物
89	东汉时期	石棺一侧	横三格，左格：3人舞蹈、背生羽
90	东汉时期	石棺一侧	横三格，左格：3人舞蹈、背生羽
91	东汉时期	石函一侧	横整幅：1神人抚琴、2羽人六博
92	东汉时期	石函一侧	横整幅：1人飞剑、1人弄丸、1人执剑上顶1球（戴杆？）、1人倒立

表6　陕西汉画像

序号	画像年代	载体性质	乐舞百戏构图情况
93	东汉时期	墓室西壁	竖七层，第五层：中部1楼双阙、楼左七盘舞、楼右长袖舞
94	东汉永元12年	墓室横额	横整幅：左部：1人长袖舞、1人长袖舞；右部：1人长袖舞
95	东汉永元8年	墓门楣	横整幅：1人长袖舞
96	东汉永元8年	前室后壁	横整幅：1人长袖舞
97	东汉时期	墓门左立柱	竖四层，第一层：1人长袖舞
98	东汉时期	墓门右立柱	竖四层，第一层：1人长袖舞；第二层：1人长袖舞
99	东汉时期	墓门左立柱	竖四层，第二层：1人长袖舞
100	东汉时期	墓门右立柱	竖三层，第一层：1人长袖舞
101	东汉时期	墓门左立柱	竖四层，第一层：1人长袖舞
102	东汉时期	墓门楣	竖二层，第二层：1人长袖舞
103	东汉时期	墓门楣	横整幅：虎鼓琴
104	东汉时期	墓门楣	横整幅：2女伎长袖舞、4人摇鼗
105	东汉时期	墓门右立柱	竖五层，第一层：1人长袖舞
106	东汉时期	墓门右立柱	竖五层，第三层：1人长袖舞
107	东汉时期	墓门左、右立柱	竖五层，左门柱第四层：1人长袖舞；右门柱第二层：1人长袖舞；右门柱第三层：1人长袖舞

续表

序号	画像年代	载体性质	乐舞百戏构图情况
108	东汉时期	墓室北壁横额	横整幅：左部2人长袖舞、1人摇鼗；右部2人长袖舞
109	东汉时期	墓门右立柱	竖五层，第一层：说唱；第二层：2人长袖舞、第三层2人长袖舞
110	东汉时期	墓门左立柱	竖五层，第一层：说唱；第二层：1人长袖舞、第三层1人长袖舞
111	东汉时期	墓门右立柱	竖四层，第二层2人踏鼓舞
112	东汉时期	墓门左立柱	竖四层，右第二层1人长袖舞、1人击鼓伴奏；左第三层1人长袖舞

表7　江苏汉画像

序号	画像年代	载体性质	乐舞百戏构图情况
113	东汉永平4年	不详	竖二层，第二层1人抚琴、3人跽坐歌唱、1人长袖舞
114	东汉早期	不详	横三格，中格建鼓、1人吹竽、1人吹箫、1人抚琴、1人吹笛、1人弄丸、男女2人对舞
115	东汉早期	不详	横三格，左格中部建鼓、2人舞练
116	东汉早期	中椁右侧内壁	横整幅：建鼓
117	东汉早期	中椁左侧内壁	横整幅：1人抚琴、1人吹竽、2人长袖舞
118	东汉元和3年	不详	竖四层，第四层：中部兽座建鼓、弄丸、吹竽、排箫、抚琴、摇鼗
119	东汉元和3年	不详	竖二层，第二层：中部兽座建鼓、弄丸、吹竽、摇鼗、1人长袖舞
120	东汉元和3年	不详	竖三层，第二层：中部虎座建鼓、吹竽、击磬、击铙、倒立
121	东汉元和3年	不详	竖三层，第一层：1人吹笙、1人吹箫、1人倒立、1人舞蹈；第二层：中部兽座建鼓、抚琴、振铎、击磬
122	东汉时期	中室北壁	竖整幅：中部建鼓、建鼓上绳伎
123	东汉时期	祠堂后壁	竖二层，第二层：中部建鼓、排箫、弄丸、倒立
124	东汉时期	后室西壁前端	横整幅：1人吹横笛、1人排箫、1人吹笙、1人抚琴、1人长袖折腰舞
125	东汉时期	不详	竖三层，第二层：建鼓、振铎、吹箫、倒立飞跳
126	东汉时期	不详	横整幅：中部建鼓、1人弄丸、1人空翻、1人倒立
127	东汉时期	不详	竖三层，第三层：建鼓、倒立、蹴鞠、排箫、吹笙、吹竽
128	东汉时期	不详	竖二层，第一层：虎座建鼓
129	东汉时期	不详	竖二层，第一层：建鼓、鼓顶长索倒立

表8　安徽汉画像

序号	画像年代	载体性质	乐舞百戏构图情况
130	东汉建宁四年	祠堂后壁	竖四层，第四层：建鼓、倒立、弄丸

续表

序号	画像年代	载体性质	乐舞百戏构图情况
131	东汉阳嘉三年	不详	竖二层，第一层：建鼓、抚琴、吹笙、排箫
132	东汉时期	不详	竖二层，第一层：建鼓、2 人长袖舞；第二层：4 乐师伴奏
133	东汉时期	墓室横枋	横整幅：拳术、倒立、盘舞、舞钩镶、击拊、吹竖笛

表 9 浙江汉画像

序号	画像年代	载体性质	乐舞百戏构图情况
134	东汉晚期	前室东壁南侧	竖二层，第一层：1 人长绸舞、1 人弄丸、3 人踏鼓舞；第二层：七盘舞、柔术

四、供研究的 12 幅汉画像巾舞画面构图及图片来源情况

（1）河南南阳东关李相公庄建宁三年（公元 170 年）许阿瞿墓画像。左起：一人拱手站立；前面一人抛丸；中部一女伎于盘上舞长巾；左边一人抚琴（或鼓瑟）；左边一人吹排箫。杨爱国：《幽明两界——纪年汉代画像石研究》，图 54。

（2）河南南阳卧龙区麒麟岗墓画像。左起：一人单手倒立于樽上；一人舞杖；一人踏鼓舞长巾；一人鼓瑟；一人吹埙；两人击鼙鼓；三人边抃边歌。中国画像石全集编辑委员会编：《中国画像石全集 · 河南汉画像石》，图 127。

（3）河南南阳卧龙区石桥墓画像。左起：一女伎单手倒立于樽上；一人伴舞；一女伎挥长巾踏拊而舞；二人边抃边歌。中国画像石全集编辑委员会编：《中国画像石全集 · 河南汉画像石》，图 124。

（4）江苏徐州沛县古泗水出土。下起：建鼓舞；2 人巾舞；击鼓。中国画像石全集编辑委员会编：《中国画像石全集 ·江苏安徽浙江汉画像石》，图 3。

（5）安徽定远县汉墓。左起：拳术、倒立、踏拊巾舞、吹笛。中国画像石全集编辑委员会编：《中国画像石全集 · 江苏安徽浙江汉画像石》，图 210。

（6）浙江海宁长安镇画像石。上层左起：二人对舞；一人巾舞；一人踏鼓舞；一人跳丸。中国画像石全集编辑委员会编：《中国画像石全集 · 江苏安徽浙江汉画像石》，图 230。

（7）陕西绥德汉墓。上层上起：二人持械格斗；一人裸体舞蹈；二人持巾边鼓边舞。中国画像石全集编辑委员会编：《中国画像石全集 · 陕西山西汉画像石》，图 136。

（8—1）（8—2）陕西子洲县淮宁湾汉墓。右起：二人格斗；二人巾舞；

摇鼗；右起：一人长袖舞；一人一手持灵芝一手持巾舞蹈。中国画像石全集编辑委员会编：《中国画像石全集·陕西山西汉画像石》，图193。

（9）陕西神木汉墓。左起：二人一手执桴击鼓，一手持巾踏鼓舞；滑稽戏。中国画像石全集编辑委员会编：《中国画像石全集·陕西山西汉画像石》，图229。

（10）山东济宁师专十号石椁墓。上起：二人舞长巾；二人跽坐伴唱；抚琴、击鼓、敲钹、吹箫。中国画像石全集编辑委员会编：《中国画像石全集·山东汉画像石（一）》，图104。

（11）山东安丘王封村汉墓。中起：一人跳丸；一人执巾跳鼓舞；抚琴；击鼓；吹竽。中国画像石全集编辑委员会编：《中国画像石全集·山东汉画像石（三）》，图147。

第八章　汉画像乐舞百戏画像与汉代戏剧说唱文学研究的新进展（二）

——巾舞稽戏抃歌相组合的演变态势与歌舞戏早期形态考察

本章是“汉画像乐舞百戏画像与汉代戏剧说唱文学研究的新进展”系列研究的第二部分。第七章是本章研究的基础，在第七章所得出的“舞蹈与伴唱抃歌稽戏相组合表演形式蕴含着戏剧因素”认识基础上，本章将就东汉中晚期河南南阳乐舞百戏画像中戏剧因素作进一步考察和分析，并结合四川汉墓滑稽说唱俑承载的稽戏表演形式和汉代河南地域出土戏楼建筑明器所反映的乐舞百戏舞台情况，对后世歌舞戏早期形态在东汉中晚期河南南阳地域可能出现的问题进行讨论和研究，进而以此为基础，就中国古代文学史研究中有关乐府古辞《巾舞歌诗》“西汉歌舞剧”的学术争议提出意见。本章研究所据汉画像文献资料来源，与第七章基本相同。四川汉代人物俑资料，源自范小平《四川崖墓艺术》。[①]另外，台湾历史博物馆“绿釉俳优俑组”（公元 25—220 年）人物俑展品，亦为本研究工作重要资料源。河南戏楼建筑明器资料，来源于河南博物院《河南出土汉代建筑明器》。[②]再者，河南博物院“汉代建筑明器展”亦为研究工作重要资料源。

第一节　学术史回顾与问题的提出及研究的意义

关于中国古代代言体戏剧的起源和早期形态问题，王国维的意见最具代表性和权威性，其云：“古之俳优，但以歌舞及戏谑为事。自汉以后，则间演故事；而合歌舞以演一事者，实始自北齐。顾其事至简，与其谓之戏，不若

① 范小平：《四川崖墓艺术》，成都：巴蜀书社，2006 年。
② 张勇主编，河南博物院编著：《河南出土汉代建筑明器》，郑州：大象出版社，2002 年。

谓之舞之为当也。然后世戏剧之源，实自此始。”[①]其后，学术界多承袭上述意见，或有所阐发、修正，而少有颠覆性的新见出现。[②]至杨公骥乐府古辞《巾舞歌诗》研究，提出《巾舞歌诗》是我国最早的一出有角色、有情节、有科白的歌舞剧的结论。[③]上述研究否定了王国维的成说，并将“后世戏剧之源”“实始自北齐”的时间点提前至西汉时期。在上述研究基础上，赵逵夫更进一步确认了《巾舞歌诗》“三场歌舞剧”的表演形式。

然而，上述研究存在的缺憾也是明显的，那就是既没有汉代巾舞存在形态方面的考察作为支撑，也缺少汉代戏剧表演形式的评估作为依据，致使立论确凿却争议不断。乐府古辞《巾舞歌诗》以“巾舞”得名，说明其与汉代巾舞关系密切，如此，巾舞在两汉时期存在和发展演变情况，就成为《巾舞歌诗》研究不能回避的问题，乐府古辞《巾舞歌诗》研究如果忽视或漠视汉代巾舞存在和发展演变情况的考察，则对古辞不论是“舞诗”还是“歌舞剧”之“脚本”的结论，都将如无本之木而无法令人确信。有幸的是，汉画像乐舞百戏画像中丰富的巾舞、长袖舞画面构图及其他考古材料，为上述问题的研究提供了前所未有的图像和实物资料，更可以在汉画像所反映的汉代庄园乐舞百戏考察中，发现舞蹈与伴唱、稽戏、抃歌相组合的表演形式存在和发展演变情况，以期对两汉时期歌舞戏早期形态存在情况有所考察和评估，其戏剧起源与早期发展史研究的意义和价值或更为巨大。

第二节　歌舞戏早期形态可能在东汉中晚期河南南阳地区出现

河南南阳东汉中晚期乐舞百戏画像中巾舞、长袖舞与伴唱、抃歌、稽戏相组合的表演形式，其艺术叙述功能和艺术表现能力得到进一步丰富和增强，为情境化和情节化的戏剧叙述创造了条件，而戏楼的出现又能够为歌舞戏的表演提供专业性的舞台条件。上述画像及考古资料能够为歌舞戏的早期形态于东汉晚期河南南阳地域出现的认识给予表演方面的佐证。

① 王国维：《王国维文学论著三种》，北京：商务印书馆，2001年，第63页。

② 参见：任半塘《唐戏弄》；刘大杰《中国文学发展史》、刘大白《中国戏剧起源之我见》；张庚、郭汉城《中国戏剧通史》有关论述。

③ 按：杨公骥关于《巾舞歌诗》研究的论文发表在《光明日报》1950年7月19日和《中华文史论丛》1986年第1辑。关于杨公骥先生研究创获的总结，亦可参见：徐正英《〈公莫舞〉古辞研究的历史回顾与前瞻》，《郑州大学学报（哲学社会科学版）》2002年第6期。

一、四川汉墓滑稽说唱俑稽戏表演形式带有戏剧表演特征

四川绵阳河边镇九龙山崖墓和郫县宋家林崖墓曾出土艺术表演性质的人物俑（图 8-1）。[①]上述人物俑皆以巾裹头，身形肥硕，赤脚并裸露上身，左臂皆有环状物装饰，右手执鼓槌而左臂抱鼓或左手托鼓。其中四川绵阳人物俑头部肥硕，颧骨突出，鼻头硕大，鼓眼粗眉，因咧嘴大笑，使得前额堆满皱纹，一幅憨态可掬、调笑滑稽、得意忘形之态。其面向右前方，右手执鼓槌扬起而同指右前方，右脚高抬亦伸向右前方的造型，给人以与“观者”互动的过程中激动忘形而跌坐于地之感。四川郫县人物俑头戴尖顶小帽，屈腰翘臀，呈蹒跚行进之状，而从其缩头前倾、双目一睁一眯、大嘴左侧歪斜、前额皱纹突起的造型看，同样给人以与观者互动的过程中戏谑讪笑之感。

图 8-1　四川绵阳河边镇九龙山崖墓、郫县宋家林崖墓滑稽说唱俑

从上述人物俑形象造型上看，其共性特征主要体现在如下三个方面：鼓是主要表演工具，鼓和鼓槌具有乐器和道具的双重功能；肢体语言和面部表情极具夸张性和表演性；这种夸张性和表演性的肢体语言和面部表情，缘于表演内容而实现，但更为重要的，应该是“表演者”与“观者”基于表演内容的互动和交流的产物。

据此，能够对上述人物俑所承载的表演形式做出如下判断：上述人物俑所承载的表演形式，应该属于带有戏谑特点的语言类型的表演形式，将上述人物俑定性为“滑稽说唱俑”是恰当的。上述人物俑在肢体语言和面部表情方面所呈现出来的夸张性和表演性，说明其所承载的表演形式存在空间性特

① 上述以说唱俑命名的人物俑图片，引自范小平《四川崖墓艺术》，第 92 页。按：本书作者在台湾学术访问期间，亦在台湾历史博物馆看到名为“绿釉俳优俑组”的 5 件人物俑实物展品，展品下有“东汉 A.D.25—220”说明文字，但没有出处等情况的文字介绍，其中一件人物俑与四川郫县宋家林崖墓“滑稽说唱俑”在造型上极为相似。

征，即表演者需要一定的表演空间，并与观者形成相对固定的表演距离，说明上述人物俑所承载的表演形式已经具备了“舞台表演”性质。另外，这种表演空间与表演距离还存在某种相对性特征，亦即非广场性特点，否则，上述人物俑在肢体语言和面部表情上所呈现的夸张性和表演性将不具存在意义。这种非广场性特点，意味着上述人物俑所承载的表演形式属于小众化即小型化的艺术表演形式。

需要指出的是，上述表演形式与汉代角抵戏“东海黄公”独角戏式的滑稽戏谑表演形式颇为相似。《西京杂记》在叙述“东海黄公”由传说故事演变成角抵戏时说道：“三辅人俗，用以为戏。汉帝亦取以为角抵之戏焉。”所谓用以为戏，其意当指以东海黄公因病酒而致厌术失灵遂为虎所害之事“相戏乐”，属于带有戏谑性的融说唱与肢体语言于一体的表演，而在这样的表演中，角色化的代言式的表演形式或已经出现。将汉代角抵戏“东海黄公”与四川滑稽说唱俑所承载的表演形式进行比较，在带有戏谑性的融说唱与肢体语言于一体的表演形式上或许存在着相同之处。如果上述推断能够成立，或说明角色化的表演形式可能在上述滑稽说唱俑所承载的表演形式中已经出现。

二、南阳汉画像稽戏表演形式呈现出戏剧性表演特点

河南南阳汉画像砖画像中同样出现了男性滑稽表演者进行稽戏表演的画面（图 8-2、图 8-3）。[①]图 8-2 画面下部右侧刻绘的男性滑稽表演者，在形象装扮上与四川郫县滑稽说唱俑颇为一致：头戴尖顶小帽，赤裸上身，大嘴张开，扭腰摆臀，其左侧为三个跽坐伎人，一人鼓琴、二人抃歌，而其中位于最下位的抃歌者，面向男性滑稽表演者，双手上举至嘴部前方，大嘴张开，似与其作应和状。图 8-3 画面下部右侧跽坐二人，一人击拊，一人弹琴；左侧刻绘男性滑稽表演者，其头上同样戴尖顶小帽，大腹并赤裸上身，大嘴张开，一脚高抬，挥舞双臂，面向画面右侧，与其相对应的，是一身形矮小的应和者形象。这一形象除了身形矮小之外，同样头戴尖顶小帽，赤裸上身，大嘴张开，挥舞双臂，其性质显然也是男性滑稽表演者形象。与图 8-2 不同的是，身形矮小的应和者的形象不是以跽坐和击拊兼抃歌的形式出现，而是进入男性滑稽表演者所构成的表演空间之中，通过相互对应和身形大小的构图形式，似乎构成了双方于表演意义上的互动和应和的构图意义。

① 图 8-2、图 8-3 引自南阳文物研究所编：《南阳汉代画像砖》，“拓本”第 104、109 图。

图 8-2　河南南阳汉画像砖稽戏画像图（一）

图 8-3　河南南阳汉画像砖稽戏画像（二）

上述图像释读的意义是巨大的，它意味着上引南阳汉画像砖所呈现的稽戏表演形式，具有突破四川滑稽说唱俑的独角戏式表演形式的可能。如果此说能够成立，下面的推论也便合乎情理：同时以两个男性滑稽表演者为中心而将稽戏与抃歌或说唱融合一体的表演形式，意味着表演者双方在肢体语言和表演内容上的互动和交流成为可能，更为重要的是，这使得依托于这种表演形式的情境性叙事能够得到充分展现的机会，并进而导致戏剧因素的进一步丰富和增强。

将上述推论与唐代教坊歌舞戏《踏摇娘》的演出形式进行比较，似乎更能说明问题。据《教坊记》记载，《踏摇娘》表演特点是“丈夫著妇人衣，徐步入场，行歌。每一叠，旁人齐声和之云：‘踏摇和来踏摇娘苦和来。’以其且步且歌，故谓之踏摇；以其称冤，故言苦；及其夫至，则作殴斗之状，以为笑乐”①。《踏摇娘》表演特点是表演者为两人，皆为男性，其表演形式和内容都带有戏谑诙谐的特点。②显然，上述特点在上引南阳汉画像砖所呈现的稽戏表演形式中也是存在的。从这个意义上看，南阳汉画像砖稽戏表演画面所呈现的表演形式，或者已经带有了后世歌舞戏表演特点了。

三、南阳汉画像巾舞、稽戏、抃歌组合表演形式为戏剧叙述创造了条件

河南南阳汉画像砖乐舞百戏画像中还出现了女性巾舞（长袖舞）舞者与男性稽戏表演者同在一个表演空间进行表演的画面（图 8-4—图 8-8）。③上述

① 崔令钦等撰，曹中孚等校点：《教坊记：外七种》，上海：上海古籍出版社，2012 年，第 13 页。

② 按：如果将东汉时期河南地域流行的稽戏表演形式与唐代教坊歌舞戏《踏摇娘》进行比较，稽戏中通过两个男性表演者借助说唱和肢体动作的戏谑的表演形式，或可视为《踏摇娘》的雏形。

③ 图 8-4 至图 8-7 引自南阳文物研究所编：《南阳汉代画像砖》“拓本”第 92、101、108 图、95 图；图 8-8 引自蒋宏杰、赫玉建、刘小兵、鞠辉：《河南南阳陈棚汉代彩绘画像石墓》图二七（3），《考古学报》2007 年第 2 期。

男性稽戏表演者在形象装扮上与四川郫县滑稽说唱俑相同：身形肥硕，上身赤裸，头梳牛角状发髻或头戴尖顶小帽，肥硕的头部圆眼凸鼻而大口张开，面部表情极为丰富，肢体语言也极为夸张。

从图 8-4、图 8-5、图 8-6 构图情况看，女性舞者位于男性稽戏表演者的左侧或后面，在构图上并没有表现出缘于肢体语言和表演内容等方面的互动和交流。然而，如果从画面整体构图情况上看，双方都处于同一表演空间，这种构图形式已经显示出表演意义上不同的表演形式在主题和内容上的同构性特征。

图 8-4　河南南阳汉代画像砖拜谒乐舞

图 8-5　河南南阳汉代画像砖射鸟乐舞

图 8-6　河南南阳汉代画像砖乐舞稽戏

然而，图 8-7、图 8-8 则已经表现出女性舞者与男性稽戏表演者缘于表演内容的肢体语言的互动和交流的构图意义，其女性舞者与男性稽戏表演者共同表演的形式，已经融合了舞蹈、稽戏、伴唱或抃歌等艺术形式，在表演形式和表演手段上趋于复杂和多样，更为注重不同艺术形式之间缘于相同表演内容的分工与合作。

图 8-7　河南南阳汉代画像砖七盘舞

图 8-8　河南南阳陈棚汉代彩绘画像乐舞稽戏

据此，或可以对上述构图形式所呈现的表演形式的意义给出如下判断：在巾舞或长袖舞表演中融入了稽戏、伴唱或抃歌等的表演形式，为原本属于形体叙述的舞蹈增添了歌诗叙述的手段和功能，而歌诗叙述的出现，既丰富了舞蹈的情感表现能力，又为舞蹈以形体叙述而演绎故事情节创造了条件，其结果是促使说唱叙述的角色化功能能够顺利移植到舞蹈艺术的形体叙述之中，从而为舞蹈的形体叙述增添了角色叙事的功能和手段。

显然，在东汉中晚期今河南南阳出现的融合了舞蹈、稽戏、伴唱或抃歌等表演手段而形成的这种新的表演形式，其艺术叙述功能和艺术表现能力将进一步丰富和增强，为情境化和情节化的戏剧叙述创造了条件。而根据相关数据统计，这种融合了舞蹈、稽戏、伴唱或抃歌等表演手段而形成的新的表演形式在东汉南阳地域最为流行。①

四、南阳戏楼独特的舞台构造为戏剧表演创造了条件

今所见汉代建筑明器戏楼主要出自河南墓葬中。②河南出土戏楼可分为A、B、C 三种类型，其中 B 型戏楼高四层，舞台通常设在二楼，二楼作为舞

① 按：在今河南、山东、陕西地域中巾舞（长袖舞）表演时出现了伴唱或抃歌的形式，同时也出现了与稽戏相结合的表演形式。值得注意的是，上述情况尤其巾舞（长袖舞）与稽戏相结合的表演形式在河南（南阳）地域的汉画像中最为突出。从上述画面所属墓葬年代的角度来考察，巾舞（长袖舞）与伴唱或抃歌、稽戏相组合的表演形式，集中出现在东汉时期河南南阳、山东、陕西地域。相关数据统计的具体情况，请参见本书第七章第四节。

② 按：从河南汉代墓葬建筑明器出土情况看，西汉中期或偏早，出现了仓、井等小件器物；西汉晚期至东汉早期，出现了圈舍、仓房、仓楼、水榭、作坊、院落、平房、楼院、阙等，而至东汉早中期及晚期偏早，随葬明器中出现了戏楼、望楼。随葬明器戏楼的出现，说明东汉以后精神生活方面如乐舞百戏内容，在河南地域也作为物化的形式而被带进了墓葬之中，而上述情况恰恰是乐舞百戏在汉代庄园生活中成为不可或缺的重要内容之风俗民情的表现和反映。显然，上述认识虽然建立在河南建筑明器的考查基础之上，但其所具有的典型性和普遍意义仍然是存在的。从汉代考古学的视角看，随葬明器戏楼分为三种类型，其中 A 型楼高三层，底层面阔两间，一侧开门，门前有一廊，其上为四阿式腰檐。舞台设在楼前第一层廊下，上有四个乐舞俑，分别为吹箫、吹排箫、鼓掌、起舞；B 型楼高四层，舞台通常设在二楼，二楼作为舞台的房间用墙壁间隔成两间，中有门相通，前间为敞口的台子，台子前面及两侧置卧栏式平座，台上有乐舞俑，或作吹箫状，或作起舞状，最上层多为四阿顶小望楼。C 型第一层前面敞开，下部置低栏杆，栏杆四角饰张口吐舌的怪物之首，与室内交叉抬梁相接，梁上置斗拱承托四阿顶，室内有伎乐俑，两个作鼓鞉吹奏状，另一俑手托弹丸，仰面张口，作杂技表演，第二层室内正中坐一吹奏俑，楼室墙壁或敞开或为镂空花墙，上承四阿顶，第三层造型与第二层相似，但室内无俑。值得注意的是，C 型戏楼通体呈镂空敞开式，四面皆可观赏乐舞百戏表演。关于“戏楼”情况的介绍，引自张勇：《河南汉代建筑明器定名与分类概述》，河南博物院编著：《河南出土汉代建筑明器》，第 209-210 页。

台的房间用墙壁间隔成两间，中有门相通，前间为敞口的台子，台子前面及两侧置卧栏式平座，最上层多为四阿顶小望楼（图 8-9、图 8-10）。[①]

图 8-9　B 型戏楼及二楼局部（1）

图 8-10　B 型戏楼及二楼局部（2）

值得注意的是，B 型戏楼在舞台设计上的特点表现在：二楼作为舞台的房间用墙壁间隔成两间，中有门相通。这种舞台设计应该与演出需要有关，因为根据上述设计势必导致舞台一分为二，出现了前台和后台的格局，从而导致前台与后台在演出功能上的分化，即前台表演功能的突出和独立，并在前台所营造的相对封闭且独立的表演空间基础上，为在上述表演空间于表演意义上的内容转换创造了条件。如果从歌舞戏的戏剧叙述的视角来审视，上述表演空间上的转换也可以表现为同一表演内容于不同的表演阶段上的变化，亦即意味着同一表演内容中不同的表演意义上的“场”的出现。

河南出土汉代建筑明器戏楼主要分布于豫东、豫南和豫西地区，时间为东汉中晚期至东汉晚期，其中出土于河南项城老城汉墓的戏楼，即属于典型的 B 型戏楼，时间为东汉中晚期。[②]值得注意的是，河南汉画像中体现着舞蹈、稽戏、伴唱或抃歌相融合的表演形式，也在上述时间段的上述地域存在并流行。上述情况能够说明，在东汉中晚期乐舞百戏表演水平达到较高程度的背景下，在今河南某些富庶地区，融合着舞蹈、稽戏、伴唱或抃歌的表演形式，能够借助戏楼这种专业性的表演舞台进行“歌舞戏”性质的表演。

总之，汉代建筑明器戏楼的出现，意味着乐舞百戏专业性表演舞台的产生，而专业性表演舞台的产生，亦当伴随着乐舞百戏小型化、精致化的演变趋势。戏楼前台与后台舞台格局的出现，或者为歌舞戏以乐舞和说唱相结合的表演形式进行复杂的戏剧叙述创造了条件。

综上所述，歌舞戏早期形态或已经在东汉中晚期出现。在东汉中晚期今河南南阳出现的融合舞蹈、稽戏、伴唱或抃歌等表演手段而形成的表演形式，其艺术叙述功能和艺术表现能力得到进一步丰富和增强，为情境化和情节化

---

① 所录“戏楼”图片，见河南博物院编著：《河南出土汉代建筑明器》图版四七、图版四八。

② 张勇：《河南汉代建筑明器类型学与年代学研究》，河南博物院编著：《河南出土汉代建筑明器》，第 225-268 页。

的戏剧叙述创造了条件。上述画像及其他考古资料能够为歌舞戏早期形态于东汉中晚期河南南阳地域出现的认识，给予了艺术表演方面的佐证，并可得出如下推断：南阳汉画像稽戏表演画面所呈现的表演形式，已经带有后代歌舞戏表演特点，古代代言体戏剧表演形式的早期形态，有可能在东汉中晚期的河南南阳地域出现。

第三节　汉画像及相关考古资料不能支持“西汉歌舞剧”意见

将上文的研究与学术界关于乐府古辞《巾舞歌诗》“西汉歌舞剧”定性认识结合起来，或可得出如下结论：汉画像及其他考古发现尚不能为乐府古辞《巾舞歌诗》“西汉歌舞剧”定性给予支持，但仍然能够对王国维关于“自汉以后则间演故事而合歌舞以演一事者实始自北齐”的结论有所补充和校正。

一、西汉时期的巾舞长袖舞还停留在单纯舞蹈表演阶段

西汉时期的巾舞、长袖舞表演较为“单纯”，虽然在汉画像巾舞、长袖舞画像构图中出现了“伴唱”形式，但仍然属于个案性质，还无法视为西汉时期巾舞、长袖舞表演形式的普遍现象，上述情况可能意味着西汉时期的巾舞、长袖舞还停留在单纯舞蹈表演形式阶段。

如果在乐府古辞《巾舞歌诗》的研究中能够确认其“公”“姥”“儿”三个角色的“对话体制”和“三场歌舞剧”表演形式，那么也就意味着这种有角色、有情节、有科白的戏剧表演形式至迟在西汉晚期就已经出现，同时也意味着西汉时期的巾舞，在表演内容和表演形式等方面出现了飞跃式的发展，即表现在巾舞与说唱、抃歌、稽戏等表演形式相结合而形成更强的叙事功能和更为丰富的表现功能。遗憾的是，根据目前所能掌握的资料，东汉中晚期之前，尚无法明确巾舞在表演内容和表演形式方面达到上述发展阶段。

我们注意到汉代乐舞百戏中的某些表现形式，除了其自身原有艺术表现形式不断成熟、丰富和发展之外，其于表现方法和内容上也会出现变化和发展，进而在其“原艺术表现形式”基础上，通过融合其他艺术形式而形成的艺术表现方法更为丰富新颖，艺术表现内容更为丰富复杂的新的艺术形式。作为汉代乐舞百戏常见的舞蹈艺术的巾舞，突破单纯舞蹈形式向着歌舞戏方向发展的演变态势，应该是存在的。其最有力的证据，就是说唱、抃歌、稽

戏等表演形式在巾舞表演中出现。“伴唱”或“抃歌”为原本属于形体叙述的巾舞增添了“歌诗”和“角色”叙事的手段和功能，既丰富了巾舞的情感表现，又为巾舞以形体叙述而演绎故事情节创造了条件，从而使得形体叙述的角色化转变成为可能，而稽戏则能够为巾舞向歌舞戏演变提供滑稽和戏谑的表演形式。

然而，据此认为巾舞在西汉时期就已经演变成为歌舞戏或歌舞剧的认识，则需要谨慎，因为上述认识并不符合目前所知巾舞在两汉时期发展演变的事实。如果从出土巾舞画像所属墓葬年代的角度来考察，西汉时期的巾舞表演较为“单纯”，虽然在巾舞画像中出现了“伴唱”形式，但仍然属于个案性质，还无法视为西汉时期巾舞表演形式的普遍现象，上述情况可能意味着西汉时期的巾舞还停留在单纯舞蹈表演形式的阶段。

二、西汉时期民间俗戏还停留在“相戏乐”的简单表演阶段

根据角抵戏“东海黄公”发展演变历程，西汉时期民间所谓“俗戏”，还停留在以“相戏乐”为内容和带有戏谑性的简单表演为主的阶段，虽然已经具有了“戏”的一些艺术要素，但还不是“歌舞戏”。

学术界有角抵戏源于“蚩尤戏”的认识，说明早期角抵戏主要特点是以“角力式”的操作表演为主。《西京杂记》在叙述“东海黄公”由传说故事演变成角抵戏时说道：“三辅人俗，用以为戏。汉帝亦取以为角抵之戏焉。”显然，“东海黄公”由“传说故事”而至“三辅人俗”的“用以为戏”，是“一变”；再至“角抵戏”，是“二变”。所谓“用以为戏”，其意当指“以东海黄公因病酒而致厌术失灵遂为虎所害”之事“相戏乐”，属于带有戏谑性的融合说唱与肢体动作的表演，与歌舞戏不可同日而语。

值得注意的是，“东海黄公”再变而为角抵戏，已经增加了“吞刀吐火”“画地成川”“赤刀粤祝”等内容和表演形式，导致“东海黄公”由单纯“相戏乐”性质的独角戏式表演，成为综合艺术形式而进入百戏表演之中。在上述演变过程中，不但增加了杂技和幻术的表演内容，更在舞蹈乃至说唱等形式上得以更进一步地丰富和发展。张衡《西京赋》及薛综注关于“东海黄公”以“赤刀粤祝”而“厌虎”的文字，其“性质”并不是对作为传说故事的“东海黄公”的描述，而是对作为角抵戏的“东海黄公”之剧情的叙述，是对角抵戏演员表演动作即表演形式的综合介绍。从这个意义上看，“东海黄公”的“赤刀粤祝”实际上是两个方面的表现，一个是“赤刀禹步”，一个是“粤人祝法”；“赤刀禹步”是演员于舞台上的身形动作表演，“粤人祝法”则是演员

于舞台上的说唱表演。从某种意义上说，前者属于舞蹈的范畴，后者则属于唱白的范畴。“东海黄公”本身就具有故事情节，而在此基础之上，舞蹈与唱白的有机结合，具有故事情节特点的歌舞戏主要艺术要素也就出现了。

然而，作为角抵戏的“东海黄公”，虽然已经具有了歌舞戏的主要艺术要素，但还不是歌舞戏，其原因恰恰是由于百戏的性质所决定的。“汉代的‘百戏’是在秦代‘角抵’的基础上发展起来的一种综合性表演，融杂技、杂耍、歌舞、幻术诸艺术于一炉，是俳优歌舞杂奏。由于长期同场演出，两者相互影响，相互吸收融合，形成‘艺中有技，技中有艺’的特色。”[①]“东海黄公”所呈现的“吞刀吐火”“画地成川”“赤刀粤祝”等内容和表演形式，正是缘于百戏的性质和要求而于内容和表演形式方面的变化。经过上述变化，“东海黄公”已由“相戏乐”性质的戏谑表演，演变成为集杂技、幻术、歌舞、说唱于一体的百戏表演形式。显然，“东海黄公”作为歌舞戏的主要艺术要素，恰恰是在上述演变中出现和形成的。上述情况说明，“东海黄公”由“俗戏”而至“百戏”的演变历程，也将是“东海黄公”戏剧因素进一步丰富和成熟的历程，而“东海黄公”是否在“百戏”基础上进一步发展成为“歌舞戏”，根据目前的文献和考古资料还无从论定，但是“东海黄公”于西汉时期发展演变的历程，却能够说明汉代乐舞百戏中的某些艺术形式，突破传统表演形式而向着更专业化的歌舞戏方向发展的演变态势的存在。

综上所述，西汉时期民间所谓的“俗戏”还基本停留在以“相戏乐”为内容和带有戏谑性的简单表演为主的阶段，自汉武帝时期始，或有机会进入百戏综合表演形式之中，并在东汉时期得到进一步发展，进而有可能进一步融合并吸收稽戏、说唱等表演形式，而最终形成具有戏剧表演意义和性质的“歌舞戏”。

三、西汉时期乐舞百戏尚没有出现歌舞戏早期形态

唐代教坊歌舞戏《踏摇娘》于艺术表现方面的某些特点，在东汉时期河南地域流行的稽戏中或者已经出现，我们能够在双方的比较中发现歌舞戏由萌芽到成熟的发展、演变态势。上述情况再一次说明，汉代稽戏中戏剧因素的出现，当缘于伴唱、抃歌、舞蹈、说唱等多种表演形式的融合式的发展和创新，而这种发展和创新，在东汉中晚期的乐舞百戏中已然出现，或至唐代教坊《踏摇娘》始见其成熟的形态。

《踏摇娘》作为歌舞戏，唐玄宗时已入教坊之中。据《旧唐书·音乐志》

① 南阳文物研究所编：《画像砖内容研究与艺术风格》，《南阳汉代画像砖》，第33页。

载："隋末河内有人貌恶而嗜酒，常自号郎中，醉归必殴其妻。其妻美色善歌，为怨苦之辞。河朔演其曲而被之弦管，因写其妻之容。妻悲诉，每摇顿其身，故号《踏摇娘》。"①《旧唐书》所述虽然简单，但仍然从《踏摇娘》的本事和作为歌舞戏的表演形式两个方面作了介绍。前者表明《踏摇娘》源自一个"妻子受到丈夫虐待"的故事，后者则表明《踏摇娘》作为歌舞戏的表演特点是"演员"以"角色"为形式的歌舞表演。对于《踏摇娘》的本事和表演情况，《教坊记》的记载更为详尽，其云："北齐有人姓苏，㿎鼻。实不仕，而自号为郎中。嗜饮，酗酒。每醉，辄殴其妻。妻衔怨，诉于邻里。时人弄之：丈夫著妇人衣，徐步入场行歌。每一迭，旁人齐声和之云：'踏摇，和来！踏摇娘苦，和来！'以其且步且歌，故谓之'踏摇'；以其称冤，故言'苦'。及其夫至，则作殴斗之状，以为笑乐。"②根据上述文字能够总结出《踏摇娘》在表演上的特点：①表演者为两人，皆为男性，一人扮演"妻子"、一人扮演"丈夫"，"妻子"角色先出场，"丈夫"角色后出场，"丈夫"角色为"配角"；②以"妻子"角色的"行歌"和"众人"之"和声"形式，并结合"妻子"角色"踏摇"之"舞步"表演为主；③"妻子"角色的"行歌"分为"数迭"，如果将"每一迭"视为音乐意义上的"解"或歌诗意义上的"章"，则至少存在"数解"或"数章"；④前半部分以"妻子"称冤诉苦为主，主要表演形式是歌舞，后半部分以"夫妻"殴斗表演为主，主要表演形式是模拟表演，前半部分的特点是庄重，而后半部分的特点则是戏谑诙谐；⑤根据前后两部分在表演内容和形式上的各自特点和相对独立性，前后两部分可视为两个"场次"。

如果将东汉时期河南地域流行的稽戏表演形式与《踏摇娘》进行比较，稽戏中通过两个男性表演者借助说唱和肢体动作的戏谑表演形式，或可视为《踏摇娘》的雏形。《踏摇娘》在表演上的特点，如以两个男性角色表演为主、主要和次要角色的出现、角色表演与抃歌或应和相配合等方面，在东汉时期河南地域流行的稽戏中或者已经出现。如此，我们能够在对双方的比较中发现作为歌舞戏的《踏摇娘》主要表演形式由萌芽到成熟的发展、演变态势。

综上所述，汉代乐舞百戏中巾舞向歌舞戏乃至歌舞剧的发展演变，至少在表演形式上需要经历一个与其他艺术形式相互借鉴和融合的过程，而巾舞融入乐舞百戏之中，恰恰是上述"过程"的体现。当巾舞经历了乐舞百戏综合艺术表演形式的"洗礼"而再次"脱离"乐舞百戏的时候，也是巾舞迈向歌舞戏的开始，而巾舞的上述发展演变历程似乎贯穿两汉时期。从汉代乐舞

① 刘昫等：《旧唐书》卷二十九，北京：中华书局，1975年，第1074页。
② 崔令钦等撰，曹中孚等校点：《教坊记：外七种》，第13页。

百戏巾舞存在形态上考察，其具备了向歌舞戏发展演变的艺术要素和艺术条件，至东汉中晚期，或许已经出现了歌舞戏的早期形态，但与戏剧意义上的“歌舞剧”似乎还存在一定距离。

第四节　结论：歌舞戏早期形态或已在东汉中晚期出现

在东汉中晚期今河南南阳地域出现的融合舞蹈、稽戏、伴唱或抃歌的表演形式，其艺术叙述功能和艺术表现能力得到进一步丰富和增强，为情境化和情节化的戏剧叙述创造了条件。汉画像乐舞百戏画像及其他考古资料能够为歌舞戏早期形态于东汉中晚期河南南阳地域出现的认识给予表演方面的佐证，并得出如下推断：河南南阳汉画像稽戏表演画面所呈现的表演形式，已经带有后代歌舞戏的特点，歌舞戏早期形态可能在东汉中晚期的河南南阳地域出现，但与戏剧意义上的“歌舞剧”似乎还存在一定的距离。因此，在目前学术界对关于乐府古辞《巾舞歌诗》定性研究即“舞诗”与“歌舞剧”之结论基本明晰的前提下，审视《巾舞歌诗》作为“西汉歌舞剧”之“脚本”的结论，尚需更为充分有力的根据来支持。

第九章　汉画像乐舞百戏画像与汉代戏剧说唱文学研究的新进展（三）

——作为巾舞歌辞的乐府古辞《巾舞歌诗》研究

本章是“汉画像乐舞百戏画像与汉代戏剧说唱文学研究新进展”系列研究的第三部分。第七章和第八章是本章研究的基础，在第七章“舞蹈与伴唱抃歌稽戏相组合表演形式蕴含着戏剧因素”，第八章“歌舞戏早期形态或已在东汉中晚期出现”，以及《巾舞歌诗》作为“西汉歌舞剧”之“脚本”的结论尚需更为充分而有力的根据以为支持认识基础上，本章将就《巾舞歌诗》句读、分解和声辞析出方面的问题提出更为理想的方案，并根据考古新发现的简牍和画像资料，而在《巾舞歌诗》校释、释读和艺术特点方面给出新的意见。本章关于乐府古辞《巾舞歌诗》相关问题研究的缘起与基础文献释读，尊奉于逯钦立《先秦汉魏晋南北朝诗》《汉魏六朝文学论集》和杨公骥《汉巾舞歌辞句读及研究》《西汉歌舞剧巾舞〈公莫舞〉的句读和研究》相关考论。[①]另外，对下面诸位学者的论文均有请益：白平《汉〈公莫舞〉歌词试断》；赵逵夫《我国最早的歌舞剧〈公莫舞〉演出脚本研究》；李文衡《晋初民间歌舞剧〈公莫巾舞歌行〉试解》；叶桂桐《汉〈巾舞歌诗〉试解》《论〈公莫舞〉非歌舞剧演出脚本：兼与赵逵夫先生商榷》；姚小鸥《〈巾舞歌辞〉校释》；徐振贵《〈公莫巾舞歌行〉新解》；崔炼农《关于乐府古辞〈巾舞歌诗〉》；许云和《汉〈公莫巾舞歌行〉破译商兑》。[②]

---

① 逯钦立辑校：《先秦汉魏晋南北朝诗》；逯钦立著，吴云整理：《汉魏六朝文学论集》，西安：陕西人民出版社，1984 年；杨公骥：《汉巾舞歌辞句读及研究》，《光明日报》1950 年 7 月 19 日；杨公骥：《西汉歌舞剧巾舞〈公莫舞〉的句读和研究》，《中华文史论丛》1986 年第 1 辑。

② 白平：《汉〈公莫舞〉歌词试断》，《山西大学学报》1987 年第 1 期；赵逵夫：《我国最早的歌舞剧〈公莫舞〉演出脚本研究》，《中华文史论丛》1989 年第 1 辑；李文衡：《晋初民间歌舞剧〈公莫巾舞歌行〉试解》，《四川师范大学学报（社会科学版）》1992 年第 2 期；叶桂桐：《汉〈巾舞歌诗〉试解》，《文史》第三十九辑，北京：中华书局，1994 年；姚小鸥：《〈巾舞歌辞〉校释》，《文献》1998 年第 4 期；叶桂桐：《论〈公莫舞〉非歌舞剧演出脚本：兼与赵逵夫先生商榷》，《文艺研究》1999 年第 6 期；徐振贵：《〈公莫巾舞歌行〉新解》，《齐鲁学刊》2005 年第 1 期；崔炼农：《关于乐府古辞〈巾舞歌诗〉》，（韩国）《中国语文论丛》2005 年第 28 辑；许云和：《汉〈公莫巾舞歌行〉破译商兑》，（韩国）《成大中文学报》2010 年第 30 期。

第一节　学术史回顾与问题的提出

《巾舞歌诗》载于郭茂倩《乐府诗集·舞曲歌辞》，同载者尚有《齐公莫舞辞》和李贺《公莫舞歌》。此古辞最早见于沈约《宋书·乐志》，又名《公莫巾舞歌行》。《晋书·乐志》和新旧《唐书》皆称为《公莫舞》。《南齐书·乐志》名为《公莫辞》，又云："右一曲，晋《公莫舞歌》。"据《旧唐书·乐志》载："《公莫舞》，晋、宋谓之巾舞。其说云：汉高祖与项籍会于鸿门，项庄剑舞，将杀高祖。项伯亦舞，以袖隔之，且云公莫害沛公也。汉人德之，故舞用巾，以象项伯衣袖之遗式也。"[①]上述说法源于"晋宋"之"俗说"，说明晋宋时的《公莫舞》所演绎的恰与鸿门故事中项庄与项伯的事迹有关。唐人李贺亦有《公莫舞歌》，其序云："《公莫舞歌》者，詠项伯翼蔽刘沛公也。会中壮士，灼灼于人，故无复书。且南北乐府率有歌引，贺陋诸家，今重作《公莫舞歌》云。"[②]也证明演绎鸿门故事中项庄与项伯事迹的《公莫舞》可能于唐时还在表演。

然而，自沈约始，开始怀疑《公莫舞》与鸿门故事的联系。《乐府诗集·舞曲歌辞》引《宋书·乐志》云："按《琴操》有《公莫渡河》，然则其声所从来已久。俗云项伯，非也。"[③]显然，沈约的根据是《公莫舞》与"琴操"中的《公莫渡河》同曲，《公莫渡河》其曲久远，且歌辞内容与鸿门故事无关，故《公莫舞》亦当与鸿门故事无关。《古今乐录》又进一步认为："'巾舞'，古有歌辞，讹异不可解。江左以来，有歌舞辞。沈约疑是《公无渡河曲》，今三调中自有《公无渡河》，其声哀切，故入瑟调，不容以瑟调杂于舞曲。惟《公无渡河》，古有歌有弦，无舞也。"[④]《古今乐录》虽然没有直接否定《公莫舞》与鸿门故事的联系，但却以"巾舞"歌辞"讹异不可解"为据，说明《公莫舞》所传古辞"至今"无法解读，间接否定了《公莫舞》与鸿门故事之联系的可能。同时，又据《公无渡河》有"歌"而无"舞"的特点，进一步否定了《巾舞歌诗》与《公无渡河》之联系的认识。

《古今乐录》上述认识甚为精辟，但上述认识却牵引出两个更为难解的问题，那就是现存乐府古辞《巾舞歌诗》如果与鸿门故事无关，那么它的内

① 刘昫等：《旧唐书》卷二十九，第1063页。
② 郭茂倩：《乐府诗集》卷五十四，第788页。
③ 郭茂倩：《乐府诗集》卷五十四，第787页。沈约：《宋书》卷十九，北京：中华书局，1974年，第551页。
④ 郭茂倩：《乐府诗集·舞曲歌辞三》引，第787页。

容到底与何事有关。

乐府古辞《巾舞歌诗》研究的历史，如果远溯南朝齐梁时期的沈约，似可分为三个阶段，而后两个阶段，前一阶段主要是逯钦立、杨公骥二位先生的研究，成绩也最为显著；后一阶段，则以姚小鸥、赵逵夫、叶桂桐、崔炼农等学者为代表，在逯钦立、杨公骥二位先生研究的基础上各有补充及至创获。

逯钦立先生在其《汉诗别录》中认为“巾舞辞有可训释者”，并对“公莫”“城上羊下食草”“洛四海洛”“钱健步”“三针”等词语进行释读，并断定“诗为西汉作”[①]。逯钦立先生上述意见又与其在《先秦汉魏晋南北朝诗》中关于《巾舞歌诗》的“题解”相互补充，其云：“沈约谓巾舞曲与项籍无关，所见甚是，谓即公无渡河，亦非。此曲当是西汉人形容寡妇之舞诗。”[②]逯钦立先生关于《巾舞歌诗》产生的时间、内容及本事的上述见解，实为《巾舞歌诗》研究的创获。

与逯钦立先生关于乐府古辞《巾舞歌诗》上述研究相比，杨公骥先生的研究则更进了一步，在《汉巾舞歌辞句读及研究》及《西汉歌舞剧巾舞〈公莫舞〉的句读和研究》中“在点校原文基础上，对歌辞内容、表演情况进行了研究，并指出了作品的性质和意义：①将内容主题归结为‘一场表现母子分离的小舞剧’，儿子离家的原因是外出经商谋生。将全剧分为五节。②分节描述了两位扮演母子的演员从跪坐演唱到起身而舞的表演过程。③确认《公莫舞》的性质和意义是‘我们今天所能见到的我国最早的一出有角色、有情节、有科白的歌舞剧，尽管剧情比较简单，但它却是我国戏剧的祖型’”[③]。

值得注意的是，在上述20世纪40—50年代《巾舞歌诗》研究中，还有两位前辈学者的研究需要提及，即李承祥、李文衡二位先生。李文衡在《晋初民间歌舞剧〈公莫巾舞歌行〉试解》一文中说道：“早在1940年初夏，笔者同先兄承祥研读《宋书》，试图区分《公莫巾舞歌行》的‘声’与‘辞’。经过反复推敲，最后把全歌诗中一再重复的字句摘录出来进行排列，发现有严整的规律的‘声’（包括唱腔、乐器声、舞的动作），分列为十三行；再把其余的字句也按十三行排列，‘辞’的断句也就出现了。虽不能完全读懂，至

① 逯钦立著，吴云整理：《汉魏六朝文学论集》，第107页。
② 逯钦立辑校：《先秦汉魏晋南北朝诗·汉诗》卷九，第278页。
③ 按：杨公骥先生的两篇文章发表在《光明日报》1950年7月19日和《中华文史论丛》1986年第1辑。关于杨公骥先生研究创获的总结，亦可参见徐正英：《〈公莫舞〉古辞研究的历史回顾与前瞻》，《郑州大学学报（哲学社会科学版）》2002年第6期。而在杨公骥先生研究的基础上，赵逵夫更进一步确认了《巾舞歌诗》的“公”“姥”“儿”三个角色的“对话体制”和“三场歌舞剧”的表演形式。参见赵逵夫：《三场歌舞剧〈公莫舞〉与汉武帝时代的社会现实》，《西北师大学报（社会科学版）》1992年第5期；赵逵夫：《我国最早的歌舞剧〈公莫舞〉演出脚本研究》，《西北师大学报（社会科学版）》2002年第3期。

少可以看出是一首情感动人的歌舞辞。”[①]然而，上述研究心得直至 20 世纪 90 年代才得以发表，其学术价值已遭埋没。

古辞《巾舞歌诗》不可晓解的“主因”即在于“声辞杂写”，而研究者研究的主要方法和思路，也体现在将古辞之“声”“辞”分离的研究上。然而，古辞声辞分离的研究并不是最终目的，因为声辞分离之后的“辞”，在与“巾舞”相联系的考虑中，又会引发如何“定性”的思考和认定。因此，上文所引学者的研究，无不在声辞分离之后，再进一步明晰其中的“辞”作为“巾舞”之“歌词”的性质。从这个意义上看，乐府古辞《巾舞歌诗》之声辞分离的研究，必然会产生一个“副产品”，那就是古辞性质的问题。如此，上文所引学者关于《巾舞歌诗》性质的研究，也就自然形成两种意见：即以逯钦立先生为代表的“舞诗”和以杨公骥先生为代表的“歌舞剧”之“唱词”。显然，关于古辞《巾舞歌诗》性质研究的本质问题，实际上是古辞与巾舞之关系的问题，即作为“舞诗”的古辞与“巾舞”的关系问题和作为“唱词”的古辞与“歌舞剧”的关系问题。

对于乐府古辞《巾舞歌诗》第三阶段的研究，学术界在第二阶段研究的基础上，基本上形成了两个方面的研究趋势：即声辞分离与古辞性质的进一步研究。上述研究又缘于对古辞性质的不同认识，而形成了不同的侧重点，如从“舞诗”性质出发的侧重于文献学意义上的考证和释读，从“歌舞剧”之“唱词”性质出发的侧重于文学意义上的考证和释读。而上述不同侧重点的研究，其结果又形成殊途同归的局面，共同促进了对古辞之词句的进一步梳理和性质的进一步认识，使得古辞研究比第二阶段更为充分和进步。

正如上文所述，乐府古辞《巾舞歌诗》之声辞分离研究，必然会产生一个副产品，那就是古辞性质的问题。从这个意义上说，乐府古辞《巾舞歌诗》第三阶段的研究，虽然生出一些争议、商榷、乃至聚讼，但其学术价值意义上的核心问题，仍然是古辞性质的问题。其原因恰恰在于声辞分离研究还仅仅停留在文献学意义上的考证和释读之上，而古辞性质的研究则以此为基础，上升到文本的文学乃至戏剧学意义和价值之上。从这个意义上看，古辞《巾舞歌诗》研究第三阶段的争议、商榷、乃至聚讼，才显示出其学术意义和价值，也是从这个意义上审视以姚小鸥、赵逵夫、叶桂桐、崔炼农等学者为代表的研究，其学术之进步意义才更为鲜明地凸显出来。

在乐府古辞《巾舞歌诗》研究学术史回顾的基础上重新审视《巾舞歌诗》性质的研究，逯钦立和杨公骥二位先生定性研究的重大学术价值，是在古辞

① 李文衡：《晋初民间歌舞剧〈公莫巾舞歌行〉试解》，《四川师范大学学报（社会科学版）》1992 年第 2 期。

之“不可晓解”的历史谜团之上，明确提出了古辞性质的两种可能，只是在上述两种可能之中，杨公骥先生的“歌舞剧”观点最具争议性。

杨公骥先生“歌舞剧”观点的提出，基于乐府古辞《巾舞歌诗》的释读，而在具体释读中发现“情节”并析出“角色”进而确定“科白”，其“歌舞剧”的“定性”也就水到渠成了。缘于此，持商榷意见的学者自然在古辞的释读上寻找根据，从而给出反对意见。然而，基于古辞释读之上的反对意见，缘于古辞本身在释读上的不确定性而争议尚存，更何况在古辞之外的某些因素也能够对“歌舞剧”的定性研究给予某种意义上的支持。①“东海黄公”在汉武帝时演变为角抵戏而进入乐舞百戏表演形式之中，之前则“三辅人俗，用以为戏”。那么，此“戏”何解？其在三辅民间表演时是否已经出现了诸如“角色”“科白”等戏剧表演的一些要素。②汉代墓葬说唱俑的发现，证明说唱艺术在汉代颇为繁荣。以四川崖墓发现的说唱俑为例，其造型往往手执小鼓，表情丰富，手舞足蹈，极具夸张性和表演性。说明说唱俑所表演的应该是带有情节的故事，且可能一人扮演多个角色并以角色的转换而带动故事情节的发展，或已具备了“戏”的特点。③汉代乐舞百戏中存在稽戏表演形式，说明滑稽戏在汉代颇为兴盛。从汉画像看，稽戏演员往往著假面或化妆，赤裸上身，手舞足蹈，而在二人表演的稽戏中已经出现了表演意义上的互动和交流的迹象。上述稽戏表演常有巾舞或长袖舞等舞蹈相伴，亦有乐器演奏和抃歌。这种融合着滑稽表演、巾舞或长袖舞舞蹈表演、音乐伴奏和伎人抃歌的综合表演形式，或已具备了“歌舞戏”的特征。④从汉画像乐舞表演构图上看，同类艺术形式表演者之间或非同类艺术形式表演者之间，并非各自独立的表演，而是呈现出表演意义上的互动和交流，尤其非同类艺术形式表演者之间于表演意义上的互动和交流，已然内含着极为丰富和复杂的内容。上述表演形式是否已经属于角色之间的互动和交流，而且这种互动和交流是否属于叙事意义上的情感或情节演绎的性质和意义，尚需进一步研究。

显然，对杨公骥关于乐府古辞《巾舞歌诗》之“歌舞剧”性质定性研究进行否定或商榷的研究，不但需要在古辞释读上寻找根据，还需要对汉代乐舞百戏所呈现的艺术表演上的某些独特情况给予关注，否则，势必削弱否定意见本身的论证力度。反观杨公骥先生关于古辞“歌舞剧”性质的定性研究，已经显示出一个文学史家敏锐的学术洞察力和学术探索精神，他的研究，为乐府古辞《巾舞歌诗》乃至汉代乐府文学文本研究洞开了一扇门户，而门户里边的奥妙是否即是杨先生所描绘的愿景，则需要后学基于科学而严谨的学术精神进一步探索。从这个意义上看，杨公骥先生关于古辞“歌舞剧”性质的定性研究，还在无意之中为逯钦立先生的研究树立了一个“对立面”，而对杨先生研究的商榷、质疑、甚或反对，都于事实上对逯先生的研究有所加深、拓展、甚或创获，从而促进了乐府古辞《巾舞歌诗》研究的全面进展。

综观乐府古辞《巾舞歌诗》后两个阶段的研究，逯钦立、杨公骥两位先生为古辞研究开启了一个新的时代。逯钦立先生的最大贡献是对因“声辞杂写”而至“不可晓解”的古辞进行了方法科学的研究并释读，进而打开了古辞不可晓解的历史迷局。杨公骥先生对古辞“歌辞”“和声”“语助词”“舞蹈动作”“角色”等辞语的鉴定和析出，终始古辞的“庐山面目”大白于天下，实为乐府古辞《巾舞歌诗》研究的进一步创获，具有划时代的意义。如果说杨公骥先生关于乐府古辞《巾舞歌诗》的研究还停留在谨慎探索和小心求证之阶段的话，那么赵逵夫的研究则走向了大胆的想象和拔高的道路，从而使乐府古辞《巾舞歌诗》最终穿上了现代戏剧的靓丽“外衣”。

乐府古辞《巾舞歌诗》研究情况说明，释读研究与定性研究是古辞研究不可分割的两个方面，释读研究是定性研究的基础和条件，而缘于释读研究所存在的不确定性，古辞定性研究也就呈现出巨大的风险和争议。具体而言，古辞释读研究中缘于“声辞杂写”而进行的声辞分离工作极其困难，何为“声”，何为“辞”，虽然存在一定的规律性，但亦存在部分“声”“辞”缺少规律性的情况，最为典型者如“母”“子”二字，或谓“角色代表字”，或谓“语气词”，且各有根据，目前还很难肯定一说而否定另一说。①然而，正是上述二字定性研究上的差异，却导致古辞“角色”的析出或否定，从而使古辞性质的结论差之千里。不仅如此，亦有学者认为“声”之所指有二：其一是指和声、送声等歌词以外的附加物，其二是指歌词中只表音而与义无关者，尤其后者，一经杂写，遂不可解。②另一方面，古辞在“声”的部分析出之后，“辞”的释读同样困难，而目前学术界关于古辞释读歧义最多且争议最大的，也正是“辞”的部分。再者，古辞除“声辞杂写”而致不可晓解之外，是否还存在一些其他因素，如是否有标示着“舞蹈动作”“乐器名称”“演奏方法”等演奏、舞蹈或表演的“行话”即“俗语”等杂写其中，如是，则同样一经杂写，遂不可解。

不可否认，乐府古辞《巾舞歌诗》释读中所遇到的上述问题和困难，是古辞作为“巾舞”之“歌辞”在表演、传抄与流传的漫长过程中形成的，而且已经成为“巾舞歌”的独有特点，而上述特点在其他体裁的文本形式中是不存在的。上述情况意味着作为“巾舞”的“歌词”，其“不可晓解”自古已然，而且“不可晓解”并不影响其作为“巾舞”和“巾舞歌诗”的表演和演

① 叶桂桐：《论〈公莫舞〉非歌舞剧演出脚本：兼与赵逵夫先生商榷》，《文艺研究》1999年第6期。
② 崔炼农：《关于乐府古辞〈巾舞歌诗〉》，（韩国）《中国语文论丛》2005年第28辑。

唱，只是今天从文本意义上进行释读，其“完全晓解”仅是一种愿景罢了。

正是在这个意义上，我们认为对于古辞释读和定性研究的任何结论，都是一种可能性的存在，而《巾舞歌诗》的独有特点，则决定了上述任何一种可能性的合理性性质。据此，再来审视乐府古辞《巾舞歌诗》之“声”“辞”分离研究及释读，缘于研究者所秉持的研究思路、方法和角度的不同，其“声”的析出和“辞”的复原及相关释读，从整体上看，虽然少有相同者，但共识之处并不少见。①上述情况意味着，由于研究目标的不可晓解而构成的带有终极意义的诠释困难，将使每个个案性质的研究都存在某种不确定性，但是上述“共识之处”又说明每个个案性质研究的科学性的存在，以及通向更大更多共识的可能性的存在。显然，乐府古辞《巾舞歌诗》研究特点和学术价值也正在于此。

综上而言，目前乐府古辞《巾舞歌诗》研究，大都囿于通过古辞的“声”“辞”分离进而对“辞”的意义和价值做出定性研究。不可否认，上述研究所取得的成绩是巨大的，但由此而引发的问题及缺憾也进一步呈现出来：①由于专注于“声”“辞”分离研究，事实上导致了《巾舞歌诗》“声”与“辞”的割裂，又由于在“声”“辞”分离的研究中专注于“辞”的研究，遂导致“声”的研究处于薄弱环节，自然与《巾舞歌诗》作为“巾舞”的以“声”合“舞”的特殊性相偏离，从而减弱了对古辞整体性和整体性特点的了解和把握。②由于专注于“声”“辞”分离研究进而“辞”的研究，必然导致古辞定性研究的纠结，而缘于“声”字析出原则各异，方法与认识不同，遂至所本“歌辞体系”各异，又进一步导致古辞定性研究之分歧的严重乃至无可调和。③上述情况又在事实上导致了对古辞研究中其他同样重要问题的忽视，如古辞产生的时代问题，古辞于汉唐时期的流变问题，古辞与鸿门故事关系问题，古辞与巾舞及音乐风格的问题，等等。

基于乐府古辞《巾舞歌诗》研究所取得的如上成绩和研究过程中所存在的如上问题，接下来的研究应该在思路、方法和资料上寻求新的突破。我们认为至少有如下两方面的情况值得关注：①古辞的释读与定性是古辞研究不可分割的两个方面，而前者又是后者的基础和条件，目前几乎所有学者的研

① 按：关于《公莫舞》“古辞”之“声”“辞”分离的研究，请参阅杨公骥：《汉巾舞歌辞句读及研究》，《光明日报》1950年7月19日；《西汉歌舞剧巾舞〈公莫舞〉的句读和研究》，《中华文史论丛》1986年第1辑；白平：《汉〈公莫舞〉歌词试断》，《山西大学学报》1987年第1期；赵逵夫：《我国最早的歌舞剧〈公莫舞〉演出脚本研究》，《中华文史论丛》1989年第1辑；李文衡：《晋初民间歌舞剧〈公莫巾舞歌行〉试解》，《四川师范大学学报（社会科学版）》1992年第2期；叶桂桐：《汉〈巾舞歌诗〉试解》，《文史》第三十九辑；姚小鸥：《〈巾舞歌辞〉校释》，《文献》1998年第4期；徐振贵：《〈公莫巾舞歌行〉新解》，《齐鲁学刊》2005年第1期；崔炼农：《关于乐府古辞〈巾舞歌诗〉》，（韩国）《中国语文论丛》2005年第28辑；许云和：《汉〈公莫巾舞歌行〉破译商兑》，（韩国）《成大中文学报》2010年第30期。

究都遵循着上述原则，然而，在目前定性研究的基本结论亦已明晰的情况下，不妨抛弃上述原则，直接触及古辞的定性问题研究，即对“具有两个或三个角色对话体制和三场表演形式的歌舞剧在西汉时期是否能够出现”问题，进行多角度和多方面的深入讨论。②释读研究仍然是古辞研究的基础，但由于研究目标的不可晓解而构成的带有终极意义的诠释困难，已经导致每个个案性质的研究都存在某种不确定性，并均以对古辞巨大的伤害为代价，因此，如何在目前古辞研究中发现对古辞伤害最小而最具可操作性的句读方法和释读方案，则是古辞研究亟待解决的问题。

第二节　乐府古辞《巾舞歌诗》声辞析出、校释及释读

乐府古辞《巾舞歌诗》载于郭茂倩《乐府诗集·舞曲歌辞》，称为“古辞”。[①]《文献》曾在 1998 年第 4 期发表姚小鸥《〈巾舞歌辞〉校释》一文，其关于《巾舞歌诗》句读、声辞析出、校释及定性研究，承袭杨公骥先生相关研究并有所创获。然而，以时隔 15 年的今天并在汉代巾舞、长袖舞存在情况的基础上，再次审视诸位学者的研究，或有进一步拓展和深入之处。主要表现在：在《巾舞歌诗》句读、分解和声辞析出方面或有更为理想的方案、在《巾舞歌诗》某些诗句释读方面或有新的简帛文献资料给予更为合理的解析。

一、《巾舞歌诗》句读、分解与声辞析出

《巾舞歌诗》句读、分解、声辞析出原则如下：以郭茂倩《乐府诗集·舞曲歌辞》所载《巾舞歌诗》为研究底本；根据《南齐书·乐志》所录《公莫辞》三解之最后一解即第二十解，故明确《巾舞歌诗》共二十解；以《南齐书·乐志》所录《公莫辞》三解句读情况为《巾舞歌诗》断句原则，同时明确“意何零”独立成句、“母”字承上而不接下、“意”字接下而不承上、“何

① 《乐府诗集·舞曲歌辞》（卷五十四）所载《巾舞歌诗》：吾不见公莫时吾何婴公来婴姥时吾哺声何为茂时为来婴当恩吾明月之土转起吾何婴土来婴转去吾哺声何为土转南来婴当去吾城上羊下食草吾何婴下来吾食草吾哺声汝何三年针缩何来婴吾亦老吾平平门淫涕下吾何婴何来婴涕下吾哺声昔结吾马客来婴吾当行吾度四州洛四海吾何婴海何来婴四海吾哺声熇西码头香来婴吾洛道吾治五丈度汲水吾噫邪哺谁当求儿母何意零邪钱健步哺谁当吾求儿母何吾哺声三针一发交时还弩心意何零意弩心遥来婴弩心哺声复相头巾意何零何邪相哺头巾相吾来婴头巾母何何吾复来推排意何零相哺推相来婴推非母何吾复车轮意何零子以邪相哺转轮吾来婴转母何吾使君去时意何零子以邪使君去时使来婴去时母何吾思君去时意何零子以邪思君去时思来婴吾去时母何何吾吾。

吾”与“何何吾吾”句式为收尾句；将《乐府诗集》所录“晋乐所奏”诸曲与“本辞”进行比较，寻找出“本辞”在“晋乐所奏”之演唱及表演过程中所呈现出的变化，总结特征和规律，并以此作为《巾舞歌诗》句读的原则和判断声辞的参考。①

据此，《巾舞歌诗》句读、分解如下：

吾不见公莫时，吾何婴公来，婴姥时吾（一解）
哺声何为茂时，为来婴当恩吾（二解）
明月之土转起，吾何婴土来，婴转去吾（三解）
哺声何为土转，南来婴当去吾（四解）
城上羊下食草，吾何婴下来，吾食草吾（五解）
哺声汝何三年针缩，何来婴吾亦老吾（六解）
平平门淫涕下，吾何婴何来，婴涕下吾（七解）
哺声昔结吾马，客来婴吾当行吾（八解）
度四州洛四海，吾何婴海何来，婴四海吾（九解）
哺声熇西码头，香来婴吾洛道吾，治五丈度汲水吾（十解）
噫邪，哺谁当求儿母，何意零邪，钱健步，哺谁当吾求儿母，何吾（十一解）
哺声三针一发，交时还（十二解）
弩心，意何零，意弩心，遥来婴弩心（十三解）
哺声复相头巾，意何零，何邪，相哺头巾，相吾来婴头巾母，何何吾（十四解）
复来推排，意何零，相哺推，相来婴推非母，何吾（十五解）

① 按：将《乐府诗集》所录“晋乐所奏”诸曲与“本辞”进行比较，发现“晋乐所奏”基本按照“本辞”演唱，出现的变化主要表现在如下几个方面：①分解。②每解内出现类似“复唱”的形式，而“复唱”的部分，基本取自“本辞”中的原辞，一般是“本辞”原句的整句复唱，如“晋乐所奏”《塘上行》：“蒲生我池中，蒲生我池中，其叶何离离。”或原句中两个音节的后一个音节，如“晋乐所奏”《苦寒行》：“北上太行山，艰哉何巍巍！太行山，艰哉何巍巍！羊肠阪诘屈，车轮为之摧。”③增加新句，如“晋乐所奏”之《东门行》《白头吟》《怨诗行》，而“晋乐所奏”《西门行》“自非仙人王子乔，计会寿命难与期，自非仙人王子乔，计会寿命难与期”四句，遂为新增诗句，但仍然采取复唱的形式。④补字使句意完整，如“晋乐所奏”《满歌行》，“本辞”作“暮秋烈风”，“晋乐所奏”作“暮秋烈风起”，“本辞”作“揽衣瞻夜”，“晋乐所奏”作“揽衣起瞻夜”。⑤加字使成迭字，如“晋乐所奏”《满歌行》，“本辞”作“去自无他”，“晋乐所奏”作“去去自无他”。需要指出的是，上述五个方面的表现，似乎皆与音乐或即演唱有关，是伎人在演唱时为了增强音乐感染力和适应音乐旋律的叙述特点而对“本辞”的改造，但在意义的表现上基本遵循“本辞”的固有内涵。总之，上述“晋乐所奏”虽然不属于“舞曲歌辞”，但在音乐的演唱与表演、旋律的叙事与表现等方面，却与“舞曲歌辞”中的《巾舞歌诗》相一致，如果说到二者之间的差异性，可能表现在后者在“复唱”和“声”字的使用和音乐表现方面更为突出。上述情况能够为我们考虑《巾舞歌诗》的句读和声辞的判断提供相应的参考和根据。

复车轮，意何零，子以邪，相哺转轮，吾来婴转母，何吾（十六解）
使君去时，意何零，子以邪（十七解）
使君去时，使来婴，去时母，何吾（十八解）
思君去时，意何零，子以邪（十九解）
思君去时，思来婴，吾去时母，何何吾吾（二十解）

对《巾舞歌诗》句读、分解情况进行总结，如下几个方面的情况值得注意：①前十解所呈现出来的规律性特征最值得关注，因为上述特征的存在恰恰证明前十解句读的合理性的存在，具体而言：第一，第一、三、五、七、九解中第二句的“公”“土”“下”“何”“海何”，与第三句中间二字“姥时”“转去”“食草”“涕下”“四海”，组成“公姥时”“土转去”“下食草”“何涕下”“海何四海”句式，而与第一句构成“复唱”的形式；第二，同理，第二、四、六、八、十解中第二句的“当恩”“当去”“亦老”“当行”“洛道”，亦当与前一句构成联系，这种联系是辞的性质的联系，但与“复唱”不同，而是歌辞意义上的衔接。②第十一、十二解在句式上与前十解和后八解均构成差异，但“噫邪”“何意零邪”似有承上联下的特点。③第十三、十四、十五、十六解在句式上最具特点，并与前十解和最后四解在句式方面构成鲜明的差异。上述四解在句式上有规律可循：第一，“复唱”的形式最为鲜明，也正是上述“复唱”的特点和规律性而成为上述四解断句和分解的根据；第二，“母”在第十八、二十解承上而不接下，据此而在这里同样承上而不接下；第三，“何吾”在第十八、二十解为“结尾”字，据此在这里同样作为“结尾”字。

如此，以大字为辞，小字为声的《巾舞歌诗》即呈现如下：

吾不见公莫时，吾何婴公来，婴姥时吾（一解）
哺声何为茂时，为来婴当恩吾（二解）
明月之土转起，吾何婴土来，婴转去吾（三解）
哺声何为土转，南来婴当去吾（四解）
城上羊下食草，吾何婴下来，吾食草吾（五解）
哺声汝何三年针缩，何来婴吾亦老吾（六解）
平平门淫涕下，吾何婴何来，婴涕下吾（七解）
哺声昔结吾马，客来婴吾当行吾（八解）
度四州洛四海，吾何婴海何来，婴四海吾（九解）
哺声熇西码头，香来婴吾洛道吾，吾五丈度汲水吾（十解）
噫邪，哺谁当求儿母，何意零邪，钱健步，哺谁当吾求儿母，何吾（十一解）

哺声三针一发，交时还（十二解）
弩心，意何零，意弩心，遥来婴弩心（十三解）
哺声复相头巾，意何零，何邪，相哺头巾，相吾来婴头巾母，何何吾（十四解）
复来推排，意何零，相哺推，相来婴推非母，何吾（十五解）
复车轮，意何零，子以邪，相哺转轮，吾来婴转母，何吾（十六解）
使君去时，意何零，子以邪（十七解）
使君去时，使来婴，去时母，何吾（十八解）
思君去时，意何零，子以邪（十九解）
思君去时，思来婴，吾去时母，何何吾吾（二十解）

二、《巾舞歌诗》校释

校释原则如下：①以《巾舞歌诗》句读、分解、声辞析出情况为基础。②尝试将句读、分解以后的《巾舞歌诗》及声、辞各自部分在构词、构句及声字运用上的情况，视为《巾舞歌诗》在表演、流传与记录过程中而形成的代表最高艺术水平的固有成果。③在此基础上，尝试寻找《巾舞歌诗》在构词、构句及声字运用上所呈现出的特点和规律。

校释如下。

（1）“公莫”之“莫”：或以为“姥”①。或以为“‘公莫’之‘莫’复唱部分作‘姥’，又脚本后一部分多次出现‘母’，可知此处及题目之‘莫’均当作‘姥’”②。首先，第二解第一句“何为茂时”之“茂”显然上承第一解“莫”，故“复唱”部分的“姥”和第二解第一句的“茂”皆应为“莫”。《巾舞歌诗》又名《公莫舞》，其名之渊源上可至汉，以“莫”为“姥”，而成“公姥舞”，颇为滑稽。其次，第三、四解与第一、二解构词、构句形式相同，第三解第二句“复唱”形式的“土转去”之“去”即是“起”的音转，而第四解第一句“何为土转”之“土转”恰恰上承第三解第一句“土转起”而来。由上可证第一解的“姥”应为“莫”的音转。

（2）“明月之土转起”之“土转起”：或以为“土”作“士”③。或以为“上”④。或以为“出”①。从下句“复唱”的“土转去”看，“土转”当为一

---

① 逯钦立辑校：《先秦汉魏晋南北朝诗·汉诗》卷九，第279页；杨公骥：《西汉歌舞剧巾舞〈公莫舞〉的句读和研究》，《中华文史论丛》1986年第1辑；姚小鸥：《〈巾舞歌辞〉校释》，《文献》1998年第4期。
② 赵逵夫：《我国最早的歌舞剧〈公莫舞〉演出脚本研究》，《中华文史论丛》1989年第1辑。
③ 赵逵夫：《我国最早的歌舞剧〈公莫舞〉演出脚本研究》，《中华文史论丛》1989年第1辑。
④ 李文衡：《晋初民间歌舞剧〈公莫巾舞歌行〉试解》，《四川师范大学学报（社会科学版）》1992年第2期。

个完整的构词形式，第四解第一句“何为土转”之“土转”即是证明。如前所述，第三、四解与第一、二解在构词、构句形式上是相同的，第二解第一句的“莫”应为“公莫”之省，同理，第四解第一句的“土转”即与第三解第一句“土转”相同。关于“土转”的含义，第四解第二句的“去”字已经揭示出来，“土转”意即“离去”。

（3）“汝何三年针缩”之“针缩”：或以为“针”为“振”的借字，“针缩”即为舞蹈动作的标示字。[②]或以为当作“征成”[③]。或以为被针刺穴位而致残的奴隶。[④]或以为“缩”音近“倏”，“缩亦老”即“倏已老”。然“针”字无解，甚为遗憾。[⑤]值得注意的是，《巾舞歌诗》亦有“三针一发”句，或以为“针乃箭之借字”[⑥]。两句中的“针”当相同，当皆为“箭”的借字。“针缩”即“箭缩”即“箭倏”。以箭喻快，意味“箭一样快”。《释名》云：“矢，指也。言其所指向迅疾也。又谓之箭，箭进也。”[⑦]

（4）“吾五丈度汲水”之“吾”：武英殿本《宋书》作“河”；中华书局点校本《宋书》作“治”，宋本影印本《乐府诗集》亦作“治”；四库本《乐府诗集》作“吾”。今从四库本作“吾”，在句首作“声”字。

（5）“三针一发”：郭店楚简《语丛四》有“三雄一雌”“三壶一提”构词形式。[⑧]说明上述构词形式在战国时期既已出现。郭店楚简《语丛》定为四篇。整理者认为其内容和体例与《说苑·谈丛》相同。[⑨]《说苑》本为“刘向校书时根据皇家所藏和民间流行的书册资料加以选择、整理的颇具故事性、多为对话体的杂著的类编”[⑩]。《谈丛》更是“警句”“俗语”“格言”的汇编，如“孝于父母，信于交友。十步之泽，必有香草；十室之邑，必有忠士”。再如“草木秋死，松柏独在；水浮万物，玉石留止”，等等。[⑪]而《语丛四》也由“类似格言的句子组成”[⑫]。据此，“三针一发”亦当具有俗成的格言性质，或以格言的形式而进入“歌辞”之中。值得注意的是，“三雄一雌”“三壶一

---

① 叶桂桐：《论〈公莫舞〉非歌舞剧演出脚本——兼与赵逵夫先生商榷》，《文艺研究》1999年第6期。
② 姚小鸥：《〈巾舞歌辞〉校释》，《文献》1998年第4期。
③ 白平：《汉〈公莫舞〉歌词试断》，《山西大学学报》1987年第1期；赵逵夫：《我国最早的歌舞剧〈公莫舞〉演出脚本研究》，《中华文史论丛》1989年第1辑。
④ 李文衡：《晋初民间歌舞剧〈公莫巾舞歌行〉试解》，《四川师范大学学报（社会科学版）》1992年第2期。
⑤ 许云和：《汉〈公莫巾舞歌行〉破译商兑》，（韩国）《成大中文学报》2010年第30期。
⑥ 逯钦立辑校：《先秦汉魏晋南北朝诗·汉诗》卷九，第279页。
⑦ 李昉等编，夏剑钦等校点：《太平御览》卷三百四十九，第224页。
⑧ 陈伟等：《郭店1号墓简册·语丛四》，《楚地出土战国简册[十四种]》，第264页。
⑨ 参见荆门市博物馆编《郭店楚墓竹简》（北京：文物出版社，1998年）所载竹简照片及彭浩、刘祖信所作释文、注释。或陈伟等：《楚地出土战国简册[十四种]·郭店1号墓简册·语丛一、二、三、四》，“题解”。
⑩ 刘向撰，向宗鲁校证：《说苑校证》，“序言”，第1页。
⑪ 刘向撰，向宗鲁校证：《说苑校证》卷十六，第389页。
⑫ 陈伟等：《楚地出土战国简册[十四种]·郭店1号墓简册·语丛四》，“题解”，第262页。

提”在句意上仍然颇为难解，诸家认识难以一致。[①]有学者根据《文子·上德》“一渊不两蛟，一雌不二雄”、《易林》“一雌二雄，子不知公”“一雌两雄，客胜主人”等战国秦汉文献相类句式做意义比附，其结论似乎更为确切，以为“三雄一雌”“三壶一提”的句意或为“三雄争一雌，三个葫芦共一个蒂”，“由于难以顾及，不免会发生争斗”[②]。依此而联系“三针一发”，“针”乃“箭”的借字。“一发”为“射一箭”。《诗经·周南·驺虞》：“壹发五豝。”《后周书·长孙晟传》：“晟与汝南公猎，见二雕飞而争肉，因以两箭与晟，曰：射取之。晟弯弓驰往，遇雕相攫，一发双贯焉。”[③]如此，“三箭一发”或即“三箭发一箭”，意即“三箭只能发一箭”，引申为“一人只能做一件事，而无法或无暇顾及其他”。再者，汉画像中所绘“蹶张”形象大都口衔利矢，背插二矢一剑。说明汉时弩手确实携带三支箭，与“三针一发”相吻合。[④]

（6）“相吾来婴头巾母”之“母”：或以为标示“母亲”身份的角色标示字。[⑤]或以为“毋”[⑥]。“母”当为“声”字“吾”的音转。从《巾舞歌诗》“声”的部分看，第二、四、六、八、十解“声”字“婴”皆与“吾”相应，并以“吾”结句。此“吾”在第十一解以后皆作“母”而呈规律性特征。

（7）“弩心”“复相头巾”“复来推排”“复车轮”四解：上述四解在构词与成句形式上均呈现出一致性特征，且以“复唱”的形式出现，当是“辞”而非“声”。有学者以“苦心”释“弩心”、“想君见头巾”释“相头巾”、“腹里推排”释“复来推排”、“腹中车轮转”释“复车轮转”，似过于直露牵强。[⑦]值得注意的是，上述四解承“三针一发交时还”而来，从《巾舞歌诗》整体意义上看，情感叙述已近尾声，如再进一步以四解“歌辞”抒发情感，实为多余。而以为上述四解与“舞蹈术语”或“舞台提示字”存在联系的认识，则颇具启发性。[⑧]然而，试想作为“巾舞”之“歌辞”的《巾舞歌诗》以“四解”形式将“舞蹈术语”或“舞台提示字”集中展示出来，似乎缺乏合理性。乐府歌辞中既有咏舞蹈动作者，如“杂曲歌辞”中的《小垂手》“且复小垂手，广袖拂红尘。折腰应两笛，顿足转双巾”。属于“舞曲歌辞”的《圣人制礼乐篇》“下音足木，上为鼓义邪”就可能与鼓者“足踏拊鼓”而“双手击鼓”有

---

① 陈伟等：《楚地出土战国简册[十四种]·郭店1号墓简册·语丛四》，相关“注释”，第268页。
② 王志平：《〈语丛〉遗秉》，武汉大学简帛研究中心主办：《简帛》第七辑。
③ 李昉等编，夏剑钦等校点：《太平御览》卷三百四十九，第229页。
④ 《河南汉画像石》第53、119图，中国画像石全集全集编辑委员会编：《中国画像石全集》。
⑤ 杨公骥：《西汉歌舞剧巾舞〈公莫舞〉的句读和研究》，《中华文史论丛》1986年第1辑；姚小鸥：《〈巾舞歌辞〉校释》，《文献》1998年第4期；赵逵夫：《我国最早的歌舞剧〈公莫舞〉演出脚本研究》，《中华文史论丛》1989年第1辑。
⑥ 叶桂桐：《论〈公莫舞〉非歌舞剧演出脚本——兼与赵逵夫先生商榷》，《文艺研究》1999年第6期。
⑦ 许云和：《汉〈公莫巾舞歌行〉破译商兑》，（韩国）《成大中文学报》2010年第30期。
⑧ 姚小鸥：《〈巾舞歌辞〉校释》，《文献》1998年第4期；赵逵夫：《我国最早的歌舞剧〈公莫舞〉演出脚本研究》，《中华文史论丛》1989年第1辑。

关。故《巾舞歌诗》上述“复唱”句式，应是以舞蹈动作为“歌辞”的反复咏唱形式，其性质与内涵或与“公莫舞”表演中的“巾舞”“剑舞”“弓弩舞”的舞蹈动作有关。即如“弩心”，《射经》云：“张弩后，左厢丁字立，当弩八字立，高楦手，屈衫襟，左手承橦，右手迎上，当心看张。张有阔狭，左肘在膊，还复当心，安箭高举。”[①]据此，“弩心”或指举弩至心而欲射貌，是对“弓弩舞”之“射箭”动作的描述。依此，“头巾”“推排”“车轮”或是描绘相关舞蹈动作的歌辞，其性质或与“巾舞”“剑舞”“弓弩舞”有关。

（8）“使君”“思君”之“使”与“思”：或以为“使”与“思”音同而义同，皆为“思”[②]。值得注意的是，上述四解句式整齐，且以两解为一个段落，先为解解“复唱”，后为解内“复唱”，明显为《巾舞歌诗》的收尾部分，而一篇歌舞辞却使用“双解”“复唱”的形式收尾，确为独特。故“使”为“思”之音转的解释或存疑问。

三、《巾舞歌诗》释读

（1）“吾不见公莫时”“公”“姥时”：后面的“公姥时”是“复唱”，知前句的“公莫”与“复唱”的“公姥”相同。有学者以为“公莫”即“公姥”，犹言“爹娘”[③]。然，后面“复唱”的“歌辞”当以前面“正辞”为主，故“姥”只是“复唱”时的音变，与下句“茂”相同。“公”乃古代女子对丈夫的称呼，“莫”为丈夫的名字。

（2）“何为茂时”“当恩”：“茂时”二字承上句“公莫时”而来，“茂时”即“公莫时”。“恩”《宋书》作“思”。此句直解为：不见公莫时，当思恩情。

（3）“明月之土转起”“土”“转去”：或以为“明月之土”意为“明月照耀着的土地”，即“家乡的土地”，亦喻指家乡的亲人。[④]上述意见颇为中肯。问题是“明月之土”的“构句形式”在“歌辞”中甚为少见。“土转去”当为前句的“复唱”，故“土转去”即为“土转起”。

（4）“何为土转”“当去”：此句与第二句“何为茂时”“当恩”相同。知“当去”即与“土转起”意义相关，“土转起”或即“离去”的意思，或为汉晋俗语。

（5）“城上羊下食草”“下”“食草”：逯钦立先生引鲍照“踯躅城上羊，

① 李昉等编，夏剑钦等校点：《太平御览》卷三百四十八，第222-223页。
② 许云和：《汉〈公莫巾舞歌行〉破译商兑》，（韩国）《成大中文学报》2010年第30期。
③ 姚小鸥：《〈巾舞歌辞〉校释》，《文献》1998年第4期；赵逵夫：《我国最早的歌舞剧〈公莫舞〉演出脚本研究》，《中华文史论丛》1989年第1辑。
④ 姚小鸥：《〈巾舞歌辞〉校释》，《文献》1998年第4期。

攀隅食玄草”诗句为解。[①]白平引《诗经·王风·君子于役》“日之夕矣，牛羊下来”诗句为解，显得更为确切。[②]

（6）“汝何三年针缩”“亦老”：“汝”即指“公莫”。此句直解为：“你何以三年如箭一样快，亦老。”此句意为：丈夫三年未归，而三年如箭一样快，我也老了。

（7）“平平门淫涕下”“何”“涕下”：诗句中“平平门”，或以为汉未央宫之“平门”[③]。或当为“频频扪”[④]。或以为“凭门”[⑤]。与歌辞内容及上下句联系起来，后者更为恰切。此句直解为：凭门泪如雨下，何以泪如雨下。

（8）“昔结吾马”“当行”：“结”当作“解”。“吾”在“结”与“马”之间，当非“声”字。汉代妇女自己养马。《居延新简》相关简文可为证，如“□是妻持马归居延”（E·P·T48：13）、“府记曰守塞尉放记言今年正月中从女子冯□借马一匹从今年驹四月”（E·P·T22：188）。此句直解为：“昔日解我马，当行。”此句上承第七解而来，在“凭门淫涕下”时回忆起三年前“公莫”离家的往事，故此句意为：想当年你解下我的马，是要远行啊。

（9）“熇西码头”“洛道”“五丈度汲水”：“熇”，或以为“鄗”的借字。[⑥]“马头”即“码头”。[⑦]“洛道”即指通往洛阳的道路。“度”即“渡”。“五丈”或即“五丈河”。“五丈河”为“南济水”的俗名。[⑧]如将“五丈”释为“五丈河”，则“汲水”当即“济水”。此句意在说出四处地点，即“熇西码头”“洛道”“五丈”“济水”，与上解“度四州洛四海”相应。

（10）“谁当求”“钱健步”“谁当吾求”：“钱健步”，或以为舞蹈动作标示字。[⑨]或以为“钱”即“遣”之借字，而《三国志》“有遣健步语”[⑩]。今从后者。

（11）“三针一发”“交时还”：“三针一发”即“三箭一发”，意即“三箭只能发一箭”，引申为“一人只能做一件事，而无法或无暇顾及其他”。“交时还”即“几时还”[⑪]。此句意为：家中诸事无法一人顾及，你几时能够回来？

---

① 逯钦立辑校：《先秦汉魏晋南北朝诗·汉诗》卷九，第279页。
② 白平：《汉〈公莫舞〉歌词试断》，《山西大学学报》1987年第1期。
③ 逯钦立辑校：《先秦汉魏晋南北朝诗·汉诗》卷九，第279页。
④ 杨公骥：《西汉歌舞剧巾舞〈公莫舞〉的句读和研究》，《中华文史论丛》1986年第1辑；姚小鸥：《〈巾舞歌辞〉校释》，《文献》1998年第4期。
⑤ 白平：《汉〈公莫舞〉歌词试断》，《山西大学学报》1987年第1期。
⑥ 杨公骥：《西汉歌舞剧巾舞〈公莫舞〉的句读和研究》，《中华文史论丛》1986年第1辑。
⑦ 姚小鸥：《〈巾舞歌辞〉校释》，《文献》1998年第4期。
⑧ 胡渭：《禹贡锥指》卷十五，上海：上海古籍出版社，1996年，第599页。
⑨ 姚小鸥：《〈巾舞歌辞〉校释》，《文献》1998年第4期。
⑩ 逯钦立辑校：《先秦汉魏晋南北朝诗·汉诗》卷九，第279页。
⑪ 白平：《汉〈公莫舞〉歌词试断》，《山西大学学报》1987年第1期。

第三节　乐府古辞《巾舞歌诗》艺术特点分析

今所见乐府古辞《巾舞歌诗》，逯钦立定性为“舞诗”，而《古今乐录》“歌舞辞”称谓似乎更为恰切。[①]因此，讨论《巾舞歌诗》特点，其“歌舞辞”的“舞”“乐”“歌”等方面的情况，也就成为重要的考虑因素。另一方面，根据汉画像相关图像资料，关于《巾舞歌诗》表演特点的研究或能得到新的启发。

一、主唱、伴唱、应和相结合是《巾舞歌诗》表演上的特色

从《巾舞歌诗》整体复原情况看，在前十四解中，偶数解，即第二、四、六、八、十、十二、十四解句首皆有“哺声”二字，第十五、十六解则句中出现“哺”字。我们尝试将出现“哺声”的解，称为“哺声解”，反之，称为“非哺声解”。

何为“哺声”，学术界意见分歧较大。或以为“哺声就是辅声”，或即“伴唱”，《巾舞歌诗》中出现“哺声”或“哺”，意为演出过程中加入伴唱的时机。[②]或以为“相合声”[③]。或以为“哺”即“桴”字，“哺声”即“木制品之敲击声，意为舞蹈、音乐之节奏”。[④]

在上述意见中“哺声”即“辅声”亦即“伴唱”的认识堪为灼见，而从《巾舞歌诗》整体复原情况看，“哺声解”与“非哺声解”呈现出极为规律的特征，“哺声解”即是伴唱部分，“非哺声解”即是主唱部分。第十一解中，“哺”在“句”前，说明此句为“哺声句”；第十四、十五、十六解中，“哺”在“辞”前，如“哺头巾”“哺推”“哺转轮”，说明这是“哺声辞”。值得注意的是，在“哺声解”的伴唱中，还出现了应和的演唱形式，即如第二解的“当恩”、第四解的“当去”、第六解的“亦老”、第八解的“当行”、第十解的“洛道”和第十二解的“交时还”，在演唱形式上皆为前一句的应和。

《巾舞歌诗》作为“歌舞辞”所呈现出的上述特色，可能与汉代巾舞表

① 逯钦立辑校：《先秦汉魏晋南北朝诗·汉诗》卷九，第278页。
② 杨公骥：《西汉歌舞剧巾舞〈公莫舞〉的句读和研究》，《中华文史论丛》1986年第1辑；姚小鸥：《〈巾舞歌辞〉校释》，《文献》1998年第4期；赵逵夫：《我国最早的歌舞剧〈公莫舞〉演出脚本研究》，《中华文史论丛》1989年第1辑。
③ 李文衡：《晋初民间歌舞剧〈公莫巾舞歌行〉试解》，《四川师范大学学报（社会科学版）》1992年第2期。
④ 叶桂桐：《论〈公莫舞〉非歌舞剧演出脚本——兼与赵逵夫先生商榷》，《文艺研究》1999年第6期。

演中存在的抃歌有关。在前文所列举的12幅汉画像巾舞画像中，河南和山东3幅画像中出现伴唱和抃歌（图9-1至图9-3）。①在上述3幅画像中，山东济宁师专画像巾舞表演者为二人，河南南阳两幅画像的巾舞表演者均为一人；济宁师专画像中为巾舞伴唱者有二人，位于双人巾舞的右侧，呈“踞坐昂首”状，而河南南阳画像中巾舞伴唱者有二人和三人，皆呈“站立”状，双手抬起于胸前，即所谓“抃歌”状。抃，即拊手。嵇康《琴赋》云：“其康乐者闻之，则欨愉懽释，抃舞踊溢。”②“抃舞”即拊手鼓掌而舞，“抃歌”即以手做节而歌。上引济宁师专画像为巾舞伴唱者，也应该是在抃歌。值得注意的是，在上文所列举的汉代山东和河南长袖舞画像中，同样出现了抃歌形象。

图9-1　山东济宁师专十号石椁墓东壁画像

图9-2　河南南阳卧龙区石桥汉墓北耳室门楣画像

图9-3　河南南阳卧龙区麒麟岗汉墓画像

由此而知，以抃歌的形式为巾舞或长袖舞伴唱，应该是两汉时期山东和河南地域较为常见的艺术表演手段。上述抃歌形式大都是两人以上表演，能够构成主唱与伴唱及应和相结合的艺术表演形式。作为“歌舞辞”的《巾舞歌诗》，自然与巾舞表演形式紧密相连，汉代巾舞与抃歌及应和相组合的艺术形式，应该在《巾舞歌诗》中留下痕迹。今所见《巾舞歌诗》主唱、伴唱、应和相结合的艺术特点，应该源于与巾舞表演相配合的抃歌表演形式。

① 按：上述巾舞画像图片引自《中国画像石全集·山东汉画像石》第104图，《中国画像石全集·河南汉画像石》，第124、127图。中国画像石全集编辑委员会编：《中国画像石全集》之《山东汉画像石》《河南汉画像石》。

② 萧统编，李善注：《文选》卷十八，第259页。

二、行文上的“三段式”是《巾舞歌诗》文本构成上的重要特征

从《巾舞歌诗》整体复原情况看，在行文上明显呈现出三个段落，即第一至十二解的“前段”、第十三至十六解的“中段”、第十七至二十解的“后段”。

“前段”十二解是《巾舞歌诗》的主体，其特点以如下两个方面最为突出：首先，第一解首句“吾不见公莫时”，表达的是对“公莫”的思念，而第十二解“三针一发，交时还”，则是对“公莫”之何时还的期待。从文本意义上看，呈现出以“思念”开篇，再以“何时还”收尾的意义构成形式。其次，“前段”前十解的二、四、六、八、十皆为“哺声解”，而一、三、五、七、九皆为“非哺声解”；然后，第十一解以极富抒情的“噫邪”领起，再以“哺声解”收尾。上述情况说明，“前段”在主唱与伴唱的安排上极具用心，第一解以主唱开篇，接下来“一主一辅”，又似“一问一答”，既利于叙事又便于抒情，而“噫邪”领起之后，皆以伴唱收尾，恰在叙述之尾而将情感升华至高潮，念之深而思之切，皆在伴唱的“三针一发交时还”中倾泻出来。

“中段”四解之文本意义最为难解，其特点表现在：首先，四解均呈现出“双复唱”的形式，与“前段”形成巨大差异。其次，“声”部分的“意何零”在“前段”中没有出现，但“前段”第十一解的“噫邪”“何意零邪”似为“意何零”的“异体”形式，说明“中段”四解既承“前段”而来，又与“前段”构成差异，而上述差异的性质，既是“辞”于意义上的变化，似乎也是“声”于旋律上的变化。

“后段”四解是《巾舞歌诗》的“尾声”，其特点是“前二解”与“后二解”在构词与构句形式上基本一致，呈现出“双尾声”的文本叙述形式，应该也是“双尾声”的旋律叙事形式的体现。然而“后段”四解之“前二解”的“使君”与“后二解”的“思君”，由意义主体的不同而构成诗句内涵的差异，遂导致这种“双尾声”的文本和旋律叙事形式于《巾舞歌诗》整体构成意义上的紊乱和不协调，遂成疑问。

三、与汉时“公莫舞”存在关联是《巾舞歌诗》内容上的特点

（1）根据李贺《公莫舞歌》或可发现“公莫舞”之“舞蹈部分”杂有剑舞和弩舞，而上述融合了剑舞和弩舞的巾舞舞蹈形式在西汉时期就已经出现，或是汉时“公莫舞”真实形态。

李贺《公莫舞歌》所咏全是“鸿门宴会”中的往事，其“序”云：“《公

莫舞歌》者，詠项伯翼蔽刘沛公也。会中壮士，灼灼于人，故无复书。且南北乐府率有歌引，贺陋诸家，今重作《公莫舞歌》云。”[①]此“序”所言有3点值得关注：①“序”中两次提及《公莫舞歌》，后者有“今重作”三字，说明后者指李贺所作，而前者则是世所流传的《公莫舞歌》，即“南北乐府”之“歌引”；②据此而知，“公莫舞”在唐时仍然流传于世，李贺亦熟知其“辞”与“舞”的情况；③然而李贺所熟知的“公莫舞”在“辞”与“舞”上存在矛盾，即“辞”的部分无法与鸿门故事联系起来，故而才以“贺陋诸家”来指责，且以“重作”为志。

据此，根据李贺的《公莫舞歌》或可发现于唐时流传的“公莫舞”之舞蹈部分的某些情况：①李贺《公莫舞歌》“方花”“华筵”二句所描写的场景，已经超出了“鸿门宴会”的规模，应该是当时“公莫舞”表演场景的描写，而歌辞“银罂”之“罂”亦与今所见《巾舞歌诗》“声”字“婴”同音，或看出联系。②《史记·项羽本纪》所述“鸿门宴会”中并无“材官”。《史记·张丞相列传》载“申屠丞相嘉者，梁人，以材官蹶张从高帝击项籍”[②]。故李贺《公莫舞歌》“材官小臣公莫舞”句中的“材官小臣”或即“申屠嘉”辗转演变而来。由此推断“材官小臣公莫舞”句同样是对“公莫舞”表演场景的描绘，说明汉以来的“公莫舞”舞蹈部分应该还有持弓弩的化妆材官表演，而《巾舞歌诗》“弩心”句或与材官持弓弩表演有关。③李贺《公莫舞歌》“材官”句的前句是“项庄掉箭栏前起”句，所咏即是项庄舞剑而项伯翼蔽之事，说明汉以来“公莫舞”舞蹈表演中亦有二人剑舞内容。

汉画像中有“巾舞”与“持剑弩格斗”及“观者”置于同一画面的画像，证明以巾舞、剑舞、弩舞兼容表演的形式在汉代就已经存在。安徽宿县褚兰镇出土东汉时期“巾舞”与“持剑弩格斗”画像分为上下两层，上层四人（画像从腰部以上残损），从衣着来看应该是女子，宽大衣袖飘下，应该是舞者的形象；下层所表现的主要为格斗的情景，画面左侧二人以剑相格，左侧格斗之人右手持弓弩，画面右侧为三人，分别作出不同的姿态和表情（图9-4）。[③]上述画像的主题，或释为“演武”[④]。但亦有学者释为描绘鸿门故事的“公莫舞”表演。[⑤]山东邹城看庄乡八里河村一幅画像，亦出现了“材官蹶张”“持剑格斗”“二人巾舞”等形象置于同一画面的构图形式，而且上述画像出土于

① 郭茂倩：《乐府诗集》卷五十四，第788页。
② 司马迁：《史记》卷九十六，第2682页。
③ 按：安徽宿县褚兰镇出土“巾舞”与“持剑弩格斗”画像，录自中国画像石全集编辑委员会所编《中国画像石全集·江苏安徽浙江汉画像石》，第173图；高书林编著的《淮北汉画像石》（天津：天津人民美术出版社，2002年，第149页）亦引录该图片，但在画面构图上存在差异。
④ 《江苏安徽浙江汉画像石》第173图释文，中国画像石全集编辑委员会编：《中国画像石全集》，第58页。
⑤ 高书林编著：《淮北汉画像石》，第149-150页。

西汉平帝时期的墓葬中（图 9-5）。[1]

图 9-4　安徽宿县东汉时期“巾舞”与“持剑弩格斗”画像

图 9-5　山东邹城西汉平帝时期巾舞、格斗、蹶张画像

上述情况说明，将女性舞者与持剑格斗者置于同一画面的构图形式，至迟在西汉平帝时期就已经出现，而且呈现出跨越地域的传播特点，表明上述画像所表现的应该不是普通生活中的“演武”场景，而是具有某种叙事性的事件或故事。从上述画像构图情况看，女性舞者与持剑格斗者关系密切。安徽宿县画像中，女性舞者与持剑格斗者不在同一构图形式中，显示出既游离于持剑格斗场面又与其保持联系的特点。在山东邹城画像中，女性舞者身形高大，细腰而长裙落地，并在构图上与持剑格斗者发生联系，显示出与持剑格斗场景的密切关联。与上述画像具体构图情况联系起来，其以“歌舞”的形式对“具有某种叙事性的事件或故事”进行艺术表现的构图意义颇为明晰。安徽宿县画像所属墓葬所在地，西汉时同属沛郡，其地域内有丰县、沛县，或为汉高祖刘邦斩白蛇的传说地，或为刘邦起事之地。从这个意义上看，表现鸿门故事的“舞蹈形式”在上述地域流传是有可能的，据此将上述画像与表现“鸿门故事”的“公莫舞”联系起来也就不足为奇了。

（2）汉时“公莫舞”的特点，当是以“声”合“舞”，而非以“舞”演“辞”，至晋宋以来“依声造辞”或“据旧创新”，故今所见《巾舞歌诗》或已非汉时“公莫舞”旧貌。

从某种意义上说，《巾舞歌诗》是“舞”“乐”“歌”的合体，而其中的“歌”又是“声”与“辞”的合体。在诸者的关系中，“舞”是第一位的，

① 《山东汉画像石（二）》第 75 图，中国画像石全集编辑委员会编：《中国画像石全集》。

“歌”从属于“舞”；而在“声”与“辞”的关系中，“声”是第一位的，以“声”合“舞”，而非以“舞”演“辞”。郭茂倩《乐府诗集》将《巾舞歌诗》列于“舞曲歌辞”之“杂舞”之中，杜佑《通典》则直接将《公莫舞》列于“杂舞曲”，即是明证。

然而，“以声为主”与“有声无辞”并不是一回事。郑樵《通志二十略·乐略》云：“古者丝竹与歌相和，故有谱无辞。……琴之九操十二引，以音相授，并不著辞。琴之有辞，至梁始。舞与歌相应，歌主声，舞主形，自六代之舞，至于汉魏，并不著辞也。舞之有辞，自晋始。”①这是说汉魏时期乐府中的“杂舞”即是“舞”与“声”合体形式，并无歌辞，而歌辞的出现，则是晋以后的事情。更何况“杂舞”又与“雅舞”不同。“杂舞者，《公莫》《巴渝》《槃舞》《鞞舞》《铎舞》《拂舞》《白纻》之类是也。始皆出自方俗，后寖陈于殿庭。”②故“杂舞”源于民间，原初就以“声”为主，收入汉魏乐府时亦是如此。

如此而言，沈约《宋书·乐志》所载《巾舞歌诗》之“辞”的部分，或只能追溯至晋。即如元人吴莱所云：“古者乐府之说，乐家未必专取其辞，将以其声之徐者为本，疾者为解，解者何？乐之将彻，声必疾，犹今所谓阙也。《汉书》云：乐府有制式以雅乐，世世在大乐官；但能识其钟鼓铿锵而已，不能言其义，此则岂无其辞乎？辞者声之特耳。故虽不究其义，独存其声也。……奈何后世拟古之作，曾不能倚其声以造辞而徒欲以其辞胜，齐梁之际，一切见之新辞，无复古意。”③

综上而言，汉时“公莫舞”的特点，当是以“声”合“舞”，而非以“舞”演“辞”，故“辞”的部分可能并非如今所见《巾舞歌诗》这般繁复，晋宋以来，或“依声造辞”，或“据旧创新”，遂成今天这个样子。故从“歌辞”意义上看，今所见《巾舞歌诗》已非汉时“公莫舞”歌辞旧貌，沈约《宋书·乐志》所载《巾舞歌诗》之“辞”的部分，或只能追溯至晋，而“舞”的部分或仍然保有汉时融合了剑舞和弩舞的巾舞传统。

（3）今所见《巾舞歌诗》所呈现出的“三段式”形式，反映出表演与演唱方面的差异，而“辞”的部分更“杂有”与“翼蔽”相关联的内容，上述情况是否与叙述鸿门故事的“公莫舞”有关，值得关注。

今所见《巾舞歌诗》“三段式”形式在“整体构成”上存在如下特点：①“前段”自成体系，并能够与“后段”四解中的“前二解”或“后二解”

---

① 郑樵：《通志二十略·乐略第一》，第 885 页。
② 郭茂倩：《乐府诗集》卷五十三，第 766 页。
③ 元代学者吴莱“乐府主声”论述，引自朱谦之《中国音乐文学史》（北京：北京大学出版社，1989 年，第 141-142 页）第五章“论乐府”。

联系起来而构成一个整体；②“中段”在“声”和“辞”两个方面均与“前段”存在差异，似乎是在“乐曲旋律”“声的表现”与“词意表达”等方面发生变化甚至转折情况的反映；③“后段”呈现出“双尾声”特点，意味着在“乐曲旋律”“声的表现”与“词意表达”等方面“重复”收尾，但“前二解”的“使君”与“后二解”的“思君”所构成的差异，在“词意表达”方面既影响与“前段”和“中段”的承接，又为本身的“收尾”制造了“双尾声”的“矛盾”。

在上述分析存在合理性的前提下，《巾舞歌诗》所呈现的上述特点的性质及导致上述特点形成的原因，也就值得关注了。据此，合乎逻辑的推断是：今所见《巾舞歌诗》是在汉“公莫舞”基础上经过进一步“改编”的产物，其“改编”的手段、原则和过程如何，不得而知，但《巾舞歌诗》“辞”的部分尚“杂有”与“翼蔽”相关联的内容，则能够说明问题：①《巾舞歌诗》或名《公莫舞》《公莫舞辞》《公莫舞歌》，“公莫”作为具有历史意义的构词形式具有“约定俗成”的内涵。学术界以“莫”为“姥”，是以“复唱”之音转而校正“主唱”之辞，不可取；而以“莫”为“暮”，“公暮时”无法成句，更为曲解。[①]②《巾舞歌诗》有“三针一发”句，“针”为“箭”之借字。[②]观图 9-5 画像中“蹶张”形象，其身后插二矢，嘴衔一矢，弩上无矢，说明汉时弩手确实携带三支箭，而“三针一发”亦与“公莫舞”中“弓弩舞”有关。③《巾舞歌诗》“中段”四解，或是以“歌辞”及“复唱”的形式对“巾舞”“剑舞”“弓弩舞”表演动作的描述。即如“弩心”，或指举弩至心而欲射貌，是对“弓弩舞”之“射箭”动作的描述。依此，“头巾”“推排”“车轮”，或均是描绘“巾舞”“剑舞”“弓弩舞”舞蹈动作的歌辞。

综上所述，从乐府古辞《巾舞歌诗》“声”“辞”分离研究的情况看，标示母亲身份的角色标示字“母”，当为“声”字“吾”之音转。从《巾舞歌诗》“声”的部分看，第二、四、六、八、十解“声”字“婴”皆与“吾”相应，并以“吾”结句。此“吾”在第十一解以后，皆作“母”而呈规律性特征。故今所见《巾舞歌诗》是为巾舞伴唱的“歌词”，其内容是妇人对远行在外的丈夫的思念和召唤，与鸿门故事的确无关。但是乐府古辞《巾舞歌诗》又名《公莫舞》，俗谓与鸿门故事有关的论调，似乎也不是空穴来风。“公莫”或是《公莫舞》的“原词”，今所见《巾舞歌诗》可能杂有《公莫舞》“原词”，而从“公莫”来看，《公莫舞》“原词”当与鸿门故事有关。今所见沈约《宋书·乐志》所载《巾舞歌诗》，或只能追溯至晋。

---

① 按：关于后一种意见，参见许云和《汉〈公莫巾舞歌行〉破译商兑》，（韩国）《成大中文学报》2010年第30期。

② 逯钦立辑校：《先秦汉魏晋南北朝诗·汉诗》卷九，第279页。

第四节　结论：《巾舞歌诗》“西汉歌舞剧脚本”结论尚需斟酌

乐府古辞《巾舞歌诗》“西汉歌舞剧脚本”结论尚需斟酌。乐府古辞《巾舞歌诗》是为“巾舞”伴唱的“歌词”，其艺术特点主要表现在3个方面：①表演上呈现出主唱、伴唱、应和相结合的特色；②歌辞文本行文上体现出“三段式”的特征；③其内容是妇人对远行在外的丈夫的思念和召唤，与“鸿门故事”无关，而“古辞”又名《公莫舞》，俗谓与“鸿门故事”有关的论调，似乎也不是空穴来风。“公莫”当是《公莫舞》的“原词”，今所见“古辞”可能杂有《公莫舞》“原词”，而从“公莫”来看，《公莫舞》“原词”当与“鸿门故事”有关。沈约《宋书·乐志》所载《巾舞歌诗》，或只能追溯至晋。

第十章　汉画像乐舞百戏画像与汉代戏剧说唱文学研究的新进展（四）

——考古发现视觉及实物资料与汉代说唱文学的互证与补充

本章是“汉画像乐舞百戏画像与汉代戏剧说唱文学研究的新进展”系列研究的第四部分。本章的研究工作是在第七章和第八章基础上展开的。上面两章关于舞蹈与伴唱、抃歌、稽戏相组合的艺术形式蕴含着戏剧因素及四川汉墓滑稽说唱俑承载的稽戏表演形式等问题的讨论和研究，已经涉及汉代说唱艺术存在形态的问题，本章只是将汉画像乐舞百戏画像中较为典型的说唱表演构图集中提出，并以之为对象进行图像叙事意义上的专题研究，试图通过这样的研究而对汉代说唱艺术有所观照和描述，藉此将研究的视域延展到传统秦汉文学研究中很少触及甚或没有被关注的说唱文学研究之中，以期引领秦汉及中古文学之说唱文学研究走向深入和发展。缘于此，本章研究所据汉画像文献资料及考古发现的人物俑资料来源，与第七章及第八章基本相同。另外，如下考古发掘报告及专题论文或学术著作亦为重要资料源：洛阳市第二文物工作队《洛阳偃师县新莽壁画墓清理简报》；韩玉祥、曹新洲和牛天伟《南阳汉代画像石精品陈列》；四川凉山彝族自治州博物馆《四川西昌市杨家山一号东汉墓》；成都文物考古研究所和新都区文物管理所《成都市新都区东汉崖墓的发掘》；金桂莲《南阳汉画馆新收藏的散存汉代画像石汇存介绍》；山东省文物考古研究所《山东 20 世纪的考古发现和研究》；贺西林《古墓丹青：汉代墓室壁画的发现与研究》。[1]再者，关于摇钱树造型及 M1:13—12 树

① 洛阳市第二文物工作队：《洛阳偃师县新莽壁画墓清理简报》，《文物》1992 年第 12 期；韩玉祥、曹新洲、牛天伟编著：《南阳汉代画像石精品陈列》，南阳市汉画馆，2004 年；四川凉山彝族自治州博物馆：《四川西昌市杨家山一号东汉墓》，《考古》2007 年第 5 期；成都文物考古研究所、新都区文物管理所：《成都市新都区东汉崖墓的发掘》，《考古》2007 年第 9 期；金桂莲：《南阳汉画馆新收藏的散存汉代画像石汇存介绍》，中国汉画学会、四川博物院编：《中国汉画学会第十二届年会论文集》，香港：中国国际文化出版社，2010 年；山东省文物考古研究所编著：《山东 20 世纪的考古发现和研究》，北京：科学出版社，2005 年；贺西林：《古墓丹青：汉代墓室壁画的发现与研究》，西安：陕西人民美术出版社，2001 年。

枝乐舞宴饮图案和释图资料，源自四川凉山彝族自治州博物馆《四川西昌市杨家山一号东汉墓》。[①]

第一节 问题的缘起及研究的意义与方法

以往的秦汉文学研究，对说唱文学的关注是不够甚至是缺乏的。学术界论及说唱艺术，或上至传世文献所载历史早期阶段“俳优”“侏儒”滑稽戏谑的说唱表演，或下至敦煌变文、变相的俗讲，以至宋元以来说话伎艺，唯独不及汉代说唱艺术。而学术界论及说唱文学，亦首推敦煌变文及宋元话本，同样唯独不及汉代说唱文学文本形式。上述情况出现的原因，主要在于学术界对秦汉时期说唱艺术存在情况所知甚少甚或一无所知。随着汉墓随葬人物俑之说唱俑、讲说俑和汉画像乐舞百戏说唱表演构图形式的发现，说唱艺术在汉代民间广为流行与繁荣发展的存在态势已不容置疑。汉墓随葬人物俑之说唱俑、讲说俑及汉画像乐舞百戏画像中说唱表演构图形式，能够为汉代说唱艺术说唱表演和说唱文学的研究提供珍贵的实物和视觉资料，为汉代说唱艺术研究开启一个新的视域，并有可能在相关问题的研究中弥补古代说唱艺术发展演变的缺环，同时又可能为唐代敦煌文学中变文、变相与宋元说话伎艺等说唱艺术，寻找到其于秦汉时期的历史渊源。

说唱艺术虽然属于表演艺术形式，但是说唱艺人于说唱表演中所完成的内容，不论是口耳相传还是以脚本或底本的形式出现，都可以视为文学文本形式。如果从说唱文学角度来看，我们所研究的对象往往是后者，然而，在现实说唱表演过程中，脚本或底本与说唱艺人的说唱表演形式是紧密结合在一起的，甚至脚本或底本仅仅起到一种备忘录的作用，而不同艺人根据脚本或底本所进行的说唱表演，或呈现出更多的变化而丰富多彩。

说唱艺术属于现场情境表演形式，所以从接受角度看，说唱艺术又是以视觉和听觉为主要接受形式的艺术。缘于此，所谓“说唱表演”与“说唱文学”既是不同的文艺形式或艺术类型，又呈现出紧密相连而不可分割的艺术特点。正是在这个意义上，我们看到了说唱表演与说唱文学在说唱艺术研究中所具有的同等重要的作用和意义。然而，目前所见考古资料所反映的说唱表演形式与传世文献所载说唱文本形式，都具有各自不可克服的局限性，前者缺少文本和文字的描述，后者缺乏形象与情境的表现。显然，将“汉画像

---

① 四川凉山彝族自治州博物馆：《四川西昌市杨家山一号东汉墓》，《考古》2007年第5期。

及其他考古资料所反映的汉代说唱表演形式”与“传世文献所载记的说唱表演和说唱文本形式”结合起来的互补性研究，正可以弥补上述不足。

第二节　汉画像及其他考古资料所反映的汉代说唱表演形式

在汉墓随葬人物俑中有以讲说为表演形式的表演俑，学术界往往以“说唱俑”或“讲说俑”概括之，而在汉画像乐舞百戏构图中，同样发现了以讲说为表演形式而区别于舞蹈或抃歌的男性说唱表演者形象。上述表演俑和男性说唱表演者形象虽然分别属于造型和图像两种不同的艺术表现形式，但却在形象塑造和形象所承载的艺术表演形式上呈现诸多一致性，促使我们有理由认为其所承载的艺术表演形式具有某种同一性特征，并进一步以“说唱表演艺术形式”来指称。

一、汉墓出土说唱俑所承载的说唱表演形式

说唱俑与劳作俑、歌舞俑、侍立俑相同，均是汉墓随葬人物俑。说唱俑在造型上更注重肢体的表现和面部表情的塑造，或憨态可掬，或滑稽可笑，其表演过程中的“瞬间形态”被定格在形象的塑造上，因此能够对其表演意义上的说唱性质做出清晰而明确的判断和定性。

四川绵阳河边镇九龙山崖墓和郫县宋家林崖墓曾出土以“说唱”而定性的人物俑（图 8-1）。上述说唱俑皆以巾裹头，身形肥硕，赤脚并裸露上身，左臂皆有环状物装饰，右手执鼓槌而左臂抱鼓或左手托鼓。另一较为典型的以“说唱”而定性的人物俑，出土于四川成都天回山崖墓。“此俑坐于圆形台座上呈说唱状。着帻头，胖圆脸，笑口大开，弯眉笑眼。上身袒露，丰腹平凸，左臂环抱鼓，握鼓柱的右臂指向前方，右足曲蜷于圆榻，左足前伸。”①

从上述说唱俑的艺术造型上看，其共性特征和基于共性特征的意义，主要体现在如下 3 个方面：①鼓是主要表演工具，鼓和鼓槌具有乐器和道具的双重功能，且“鼓”于表演上的意义，是与说唱内容联系在一起的；②肢体语言和面部表情极具夸张性和表演性，上述夸张性和表演性的产生，当缘于说唱内容而实现，说明上述说唱内容具备某种完整性和叙述性；③上述极具

① 范小平：《四川崖墓艺术》，第 92 页。按：成都天回山崖墓出土的说唱俑与四川绵阳、郫县说唱俑在造型上有异曲同工之妙，说明上述说唱俑所承载的艺术表现形式应该是相同的。

夸张性和表演性的肢体语言和面部表情，一方面缘于说唱内容而实现，但更为重要的是“表演者”与“观者”基于表演内容的互动和交流的产物。

汉代墓葬随葬人物俑在四川地区崖墓中多有出现，所出种类涉及侍卫、家奴、劳作、乐舞表演等多种类型，但将劳作类型与乐舞类型的人物俑进行比较，其差异性还是异常鲜明的（图 10-1、图 10-2）。[①]

图 10-1　四川地区崖墓出土劳作俑

图 10-2　四川地区崖墓出土乐舞俑

与上述人物俑相比较，还有一类人物俑在造型上呈现出较为独特的艺术表现，即如图 10-3 人物俑。[②]

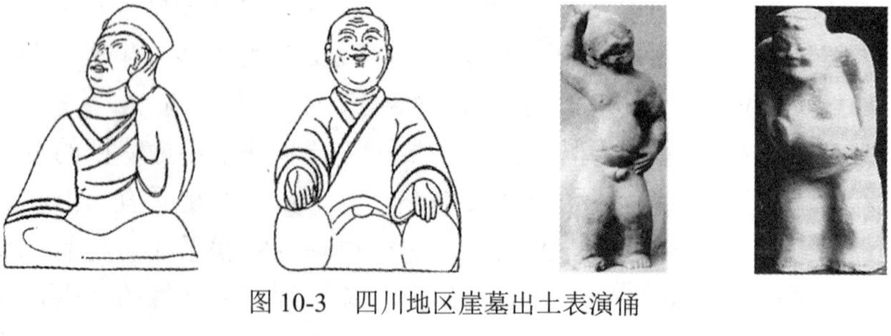

图 10-3　四川地区崖墓出土表演俑

① 上述人物俑图片录自成都文物考古研究所、新都区文物管理所：《成都市新都区东汉崖墓的发掘》，《考古》2007 年第 9 期。
② 上述人物俑图片录自成都文物考古研究所、新都区文物管理所：《成都市新都区东汉崖墓的发掘》，《考古》2007 年第 9 期；范小平《四川崖墓艺术》，第 93 页。

上述人物俑在塑造上均注重面部表情的刻画，而且手部或双臂的动作均与面部表情构成关联，或为眼望前方抚耳作聆听状，或为大度憨笑摊手作释然状，或头上戴巾赤裸上身徒手或怀抱罐状物状，所表现的是人物俑面部表情与肢体动作相配合的瞬间的情感塑造。上述人物俑虽然没有出现“鼓”一类的乐器，也没有如乐舞俑注重肢体舞蹈动作的表现，但在丰富的面部表情的刻画上呈现出特色。更为重要的是，这种丰富的面部表情又是与其异于“劳作”和“舞蹈”姿势的简洁的肢体动作相配合的。也就是说，上述人物俑的面部表情与肢体动作呈现出鲜明的因果关系，人物俑的面部表情源自人物俑所承载的人物形象于特定条件下的内在情感，而人物俑的肢体动作则是上述情感通过或借助肢体语言的外在表现。

上述人物俑在造型上异于乐舞俑却又具有表演性特性，说明其与说唱俑应该存在联系。然而在与说唱俑的比较中，其在造型上没有“鼓”的差异性，又可能意味着上述人物俑所承载的艺术表演形式与“说唱”存在差异。有学者将上述人物俑定性为说书俑[①]。上述定性或过于现代化。我们尝试将上述人物俑定性为讲说俑，讲说的形式灵活，内容多样，与“说唱”接近，仍然属于说唱艺术的范畴。

二、汉画像乐舞百戏画像构图所反映的说唱表演形式

河南汉画像乐舞百戏画像中有一类男性说唱表演者形象（图 10-4）。上述形象大都身形肥硕，上身赤裸，头梳牛角状发髻或头戴尖顶小帽，肥硕的头部圆眼凸鼻而大口张开，面部表情丰富，肢体语言夸张。

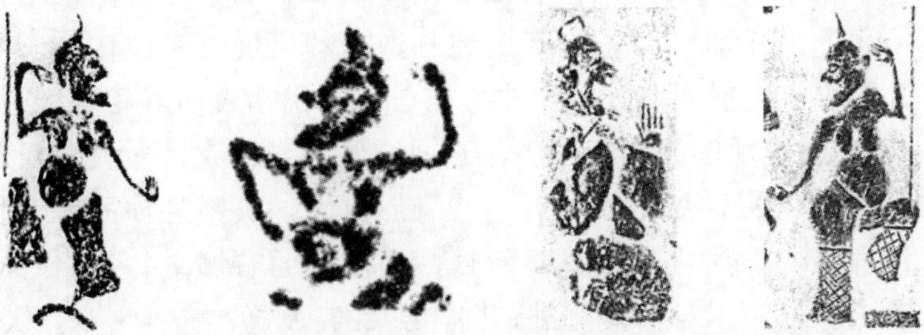

图 10-4　南阳汉画像砖画像男性说唱表演者形象（局部）

将上述男性说唱表演者形象与上文所引四川绵阳河边镇九龙山崖墓和郫县宋家林崖墓说唱俑相比较，双方在形象的塑造上极为接近。这种情况可

---

① 或可参阅成都文物考古研究所、新都区文物管理所《成都市新都区东汉崖墓的发掘》相关讨论。

能意味着上述形象所承载的艺术表演形式在说唱的性质和内容上存在某种联系。上述男性说唱表演者形象所在画面，在构图形式上呈现出多样性特点，即男性说唱表演者形象并非“独立构图”，而是与乐器演奏、舞蹈、抃歌等表演手段构成一种综合性的艺术表演形式（图 8-2、图 8-5、图 8-7）。

如果将上述男性说唱表演者形象还原至画面构图中，便会发现其构图形式存在 3 种情况：①由男性说唱表演者单独构成表演核心的构图形式，如图 8-2 画像构图；②由男性说唱表演者与同类型表演者构成双人表演形式，并进一步通过形象于画面构图的“大”与“小”而构成表演意义上的“主”与“次”的构图形式，如图 8-3 画像构图；③由男性说唱表演者与非同类型表演者即女性舞者构成双人表演形式，如图 8-7、图 8-8 画像构图。

我们尝试将上述画像在构图形式上所存在的三种情况，理解为带有某种规范性和普遍性特点的构图形式。如此，上述构图形式所承载的艺术表演形式便具有了某种表演意义上的类型化特征。据此，对上述构图形式进行表演意义上的分析，如下情况值得关注。

由图 8-2 所呈现的画面构图中，男性说唱表演者位于画面右侧，其身形巨大，头戴尖顶冠，赤裸上身，大嘴张开，扭腰摆臀，其左侧为三个跽坐伎人，一人鼓琴、二人抃歌，而其中位于最下位的抃歌者，面向男性说唱表演者，双手上举至嘴部前方，大嘴张开，似与男性说唱表演者作应和状。显然，图 8-2 在表演意义上反映了以男性说唱表演者为中心，并且强调和突出男性说唱表演者与应和者缘于表演形式和表演意义上的互动的构图意义。将上述男性说唱表演者形象与四川绵阳河边镇九龙山崖墓和郫县宋家林崖墓说唱俑联系起来考察，从表演者的角度上看，都可以归为“独角戏”式的说唱表演形式，但却呈现出各自的特点：说唱俑集击鼓和说唱于一身，或是真正意义上的说唱表演形式的独角戏，而在上述画像中却出现了专门化的乐器伴奏形式，同时，又以“击拊而兼抃歌”的形式与男性说唱表演者相互配合或应答。

由图 8-3 所呈现的画面构图中，画面右侧跽坐二人，一人击拊，一人弹琴，画面左侧刻绘男性说唱表演者，其身形巨大，头戴尖顶冠，大腹并赤裸上身，大嘴张开，一脚高抬，挥舞双臂，面向画面右侧，与其相对应的，是另一表演者形象，除了身形矮小外，同样头戴尖顶冠，赤裸上身，大嘴张开，挥舞双臂，面向画面左侧。从图 8-3 画面下部乐舞表演构图情况看，其最为突出的特点，是以两个男性说唱表演者为中心构成的一个完整的表演形式。而在上述构图中，又通过形象的“相互对应”和“身形大小”的构图形式，构成双方舞姿动作上的“配合”和“应和”的构图意义。

总之，图 8-3 在表演意义上同样反映了以男性说唱表演者为中心的表演形式，说明这种表演形式在本质上仍然属于说唱类型的艺术形式，但与图 8-2 不同的是，应和者形象不是以“跽坐伎人”的“身份”跽坐于男性说唱表演者的侧旁，也不是以“击拊而兼抃歌”的形式出现，而是独立出来进入男性说唱表演者所构成的“表演空间”之中，与其构成“主”“次”分工明确的表演意义上的构图形式，显然是在强调和突出双方缘于表演形式和表演意义上的互动的构图意义。

由图 8-7、图 8-8 所呈现的画面构图，皆表现为男性说唱表演者与女性舞者对应表演的构图形式。再以河南辛村壁画墓画像为例。其中室东、西两壁分别绘有宴饮、宴饮观舞、宴饮博戏、庖厨等内容画像，其中东壁宴饮观舞画面中，表演者为一男一女，女性舞者长袖后扬，翩翩而舞；男性表演者粗颈秃头，裸露上身，腰系红带，举手半蹲，似在说唱。[①]从上述画像构图情况看，将画面中男性表演者定性为说唱表演者形象是有充分根据的，而从画面中男性说唱表演者形象塑造上所呈现的特点看，可能与滑稽和戏谑的表演形式和内容存在联系。上述情况提醒我们注意到两个方面的问题：一方面是上述男性说唱表演者与女性舞者相配合的表演形式的存在；另一方面是上述表演形式所呈现出的滑稽和戏谑的特点和特征。

三、山东诸城前凉台汉墓画像独角戏式说唱表演形式

山东诸城前凉台汉墓“髡刑与乐舞百戏”画像上部刻绘髡刑场面，下部刻绘乐舞百戏表演。从放大的摇鼗表演者构图情况看，表演者头部硕大，戴圆帽或巾类装饰，赤裸上身，右臂有圆带形饰物，双臂左右伸展，一手摇鼗，一手上扬，身体下蹲，双腿呈弓步岔开，形象姿态极富表演性（图 10-5）。[②]

将上述摇鼗表演者形象与上文所引四川绵阳、郫县说唱俑造型进行比较，在形象的塑造方面呈现出多方面的一致性：①摇鼗表演者形象“右臂有圆带形饰物”的构图，与四川绵阳、郫县说唱俑“左臂皆有环状物装饰”的造型相一致；②摇鼗表演者形象“头戴圆帽或巾类装饰”“赤裸上身”的构图，与四川绵阳、郫县说唱俑“以巾裹头或头戴尖顶瓜皮小帽”“身形肥硕并裸露上身”的造型相一致；③摇鼗表演者形象“一手摇鼗”的构图，与四川绵阳、

① 洛阳市第二文物工作队：《洛阳偃师县新莽壁画墓清理简报》，《文物》1992 年第 12 期；贺西林：《古墓丹青：汉代墓室壁画的发现与研究》，第 60 页。

② 按：山东诸城前凉台汉墓“髡刑与乐舞百戏”画像下部乐舞百戏表演构图情况如下：上边跽坐二列十二人的乐人，分别为吹排箫、吹埙、击鼓、击铙等；右侧三人击鼓、三人伴唱、二立者；左下有长袖舞、七盘舞、摇鼗说唱、飞剑、掷丸、倒立、迭案、杂耍等，并有三人击鼓。原图及该图释读，见《山东汉画像石》第 126 图及“图版说明”，中国画像石全集编辑委员会编《中国画像石全集》第 1 卷，第 91 页，“图版说明”第 41-42 页。摹本见《山东 20 世纪的考古发现和研究》第 492 页线描图。

郫县说唱俑“左臂抱鼓或左手托鼓”的造型相一致；④摇鼗表演者形象“极富表演性”的构图，与四川绵阳、郫县说唱俑于表演瞬间的形象造型相一致。

（一）　　（二）　　（三）

图 10-5　前凉台汉墓“髡刑与乐舞百戏”画像摹本（一）局部（二）“摇鼗说唱”局部放大（三）

上述摇鼗表演者在形象塑造上与四川绵阳、郫县说唱俑所呈现出的诸多一致性特征，说明其所承载的表演形式与四川绵阳、郫县说唱俑所承载的说唱表演形式相同，据此而称之为“摇鼗说唱表演者”是有较为充分根据的。

需要指出的是，将上述摇鼗说唱表演者形象还原至画面构图中，则上述形象并非单独构图，而是与其他表演形式同处于一个画面构图中，并于画面构图意义上形成说唱表演与长袖舞、七盘舞、飞剑、掷丸、倒立、迭案、杂耍等表演形式“杂糅”的构图意义，进而与四川绵阳、郫县说唱俑独角戏式说唱表演形式构成差异。我们认为上述情况的出现，缘于画像构图意义上的安排，而非“同台演出”情形的再现。如图 10-6 同为前凉台汉墓“庖厨”和“拜谒议事”画像构图。①这种构图形式将不同时间不同地点或同一时间相同地点相继发生的事物和行为，以“平铺”的形式完全置于同一画面构成之中，

① 按：原图见《山东汉画像石》第 124、125 图，中国画像石全集编辑委员会编《中国画像石全集》第 1 卷。摹本见《山东 20 世纪的考古发现和研究》第 490-492 页线描图。上述画像皆竖式构图，并以“平铺”形式安排构图内容。“拜谒议事”画像在构图上分为上下或前后两组：上一组主要表现“拜谒”的场面；下一组主要表演“议事”的场面。上述两组场面在构图意义上的联系存在两种可能，即两组场面所表现的事件和行为在同一时间同时发生，或相反。值得注意的是，在“拜谒”场面的构图上，“主人”端坐于三面有屏的榻上，正面面对画面，且身形巨大，显然是在突出画面人物作为“主人”的崇高地位和绝对权威。如此，“拜谒”和“议事”场面在构图意义上皆应与“主人”形象构成因果意义上的联系。从这个意义上看，“拜谒议事”画像上下两组构图在构图意义上所表现的事件和行为同样存在因果意义上的联系。上述构图特点在“庖厨”画像中表现得更为鲜明。画面上方梁上置有 11 个挂钩，分别挂有鳖、鸡鱼、兔、猪肺、猪头、猪肉等，画面下方右侧有 4 个大瓮，左侧有 4 瓮半埋于地下。画面中间则描绘厨房操作的情景，由上至下：一人执刀切割挂钩上的肉；切肉；切菜；刮鱼鳞；串肉片；烤肉串；杀羊；椎牛；屠狗；抱鸭；退鸡毛；捧盘；送菜；端盆；洗碗；汲水；烧灶；搅拌；劈材；沥酒；责打仆役等。上述至少 21 项厨房操作工作，在“程序”上绝非“同一时间”进行或完成，而画像将上述“工作”置于“同一画面”中，恰恰是缘于渲染性展示的目的。关于山东诸城前凉台村汉墓出土“庖厨”画像构图内容，参见中国画像石全集编辑委员会编：《中国画像石全集》第 1 卷，《山东汉画像石》第 125 图“图版说明”，第 41 页。

从而构成一种多层次、多角度、多侧面的全景式的画像表现形式。显然，上述画像表现形式虽然源于现实生活，但却是现实生活的“聚现”式的再现。

图 10-6　前凉台汉墓拜谒议事、庖厨画像

据此而论，前凉台汉墓出土乐舞百戏画像摇鼗说唱表演者形象所承载的说唱表演形式，当与四川绵阳、郫县说唱俑所表现的说唱表演形式相同。上述情况说明，汉代说唱艺术独角戏式说唱表演形式，也可能是汉代山东地区流行的说唱表演形式。前凉台汉墓乐舞百戏画像摇鼗说唱表演者形象，弥补了四川墓葬说唱俑作为孤证的情况，证明说唱表演也在汉代山东地区存在的事实。

四、四川汉墓摇钱树枝图案二人互动式说唱表演形式

在四川西昌市杨家山一号东汉墓出土铜器遗物中有一件摇钱树(图 10-7)。①其中编号为 M1:13—12 树枝整体造型似鸟羽，略弯曲，枝条上部饰有宴饮乐舞图：中间有一男一女两舞者，女子头挽高髻，体态轻盈，手持长巾，男子赤身体肥，虎背熊腰，二人踏鼓起舞，最右端一人躬身似作击节状；左边宴饮者二人，跽坐，面向舞者作观赏状。②

对于上述编号为 M1:13—12 树枝“宴饮乐舞”中“二人踏鼓舞”形象造

① 按：此摇钱树由树冠、树干、树枝、插饰和一件空心铁管组成。修复后，共 8 层，其中树冠 2 层、树干 5 层，铁管 1 层。5 件树干的顶端都有 4 个呈“十”字交叉分布的插口，用于插树枝。树枝共 12 件。插于第 6、7 层树干插口内的树枝共 6 件。

② 关于摇钱树造型及 M1:13—12 树枝乐舞宴饮图案释图，参见四川凉山彝族自治州博物馆：《四川西昌市杨家山一号东汉墓》，《考古》2007 年第 5 期。

型，发掘报告在“结语”中又有如下定性式论述：“插饰上的舞者身体肥硕，舞姿滑稽可笑。四川的东汉墓中常出土一类说唱俑，亦是一幅身体肥硕、姿态滑稽的模样，可能当时流行一种带有滑稽色彩的表演形式。”①

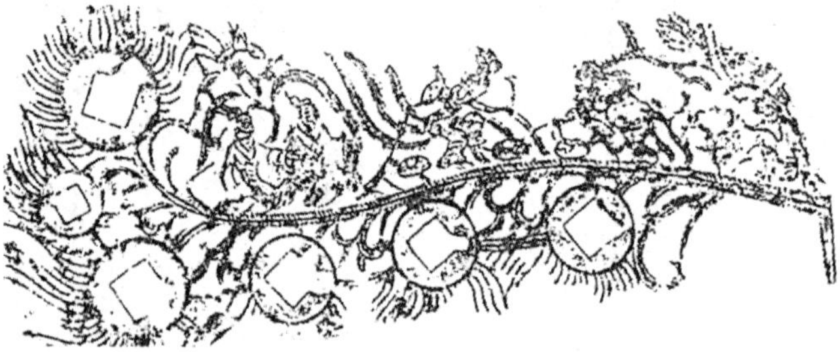

图 10-7　杨家山摇钱树 M1:13—12 树枝图案

我们认为《发掘报告》将摇钱树 M1:13—12 树枝乐舞图案男性表演者形象与四川东汉墓中常见的说唱俑独特造型进行比较是正确的，但摇钱树乐舞图案中男性表演者并非单独出现，而是与女性舞者构成男女二人互动式的表演形式，说明男性表演者所承载的滑稽色彩的表演形式与说唱俑的独角戏式说唱表演形式并不相同。上述情况说明，说唱俑与上述带有滑稽色彩的二人互动式表演形式，在说唱表演的性质上存在联系，却又在独角戏式与二人互动式说唱表演形式上存在差异。

将图 10-7 带有滑稽色彩的二人互动式表演形式，与上文所引河南偃师辛村壁画墓中室画像乐舞构图进行比较，双方女性舞者在长袖舞表演形式上完全相同，男性表演者在形象造型方面也呈现出某种一致性。如此，有充分理由认为双方在带有滑稽色彩的男性说唱表演者与女性舞者互动式表演的性质是相同的。上述情况有可能意味着下面事实的存在：带有滑稽色彩的男性说唱表演者与女性舞者互动式表演形式，也是东汉时期四川地区流行的说唱表演形式。

从上文的讨论中或可发现，汉画像乐舞百戏画像及其他考古资料所反映的二人互动式说唱表演形式最为重要的特点，是男性说唱表演者大都以滑稽、戏谑、诙谐的表演，而与女性舞者的巾舞或长袖舞相配合。值得注意的是，具有上述特点的表演形式，在河南、陕西、山东等地的汉画像乐舞百戏画像中都能够找到大致相同的构图形式（图 10-8 至图 10-13）。②

① 四川凉山彝族自治州博物馆：《四川西昌市杨家山一号东汉墓》，《考古》2007 年第 5 期。

② 图 10-8：河南南阳赵寨劳改砖瓦厂出土乐舞百戏画像，金桂莲：《南阳汉画馆新收藏的散存汉代画像石汇存介绍》引图，中国汉画学会、四川博物院编：《中国汉画学会第十二届年会论文集》，第 275 页。图 10-9：山东东平县宿城乡王村出土乐舞百戏画像，中国画像石全集编辑委员会编：《中国画像石全集·山东汉画像石》，第 226 图。图 10-10：河南南阳麒麟岗汉墓出土乐舞百戏画像，韩玉祥、曹

图 10-8　河南南阳赵寨劳改砖瓦厂出土乐舞百戏画像

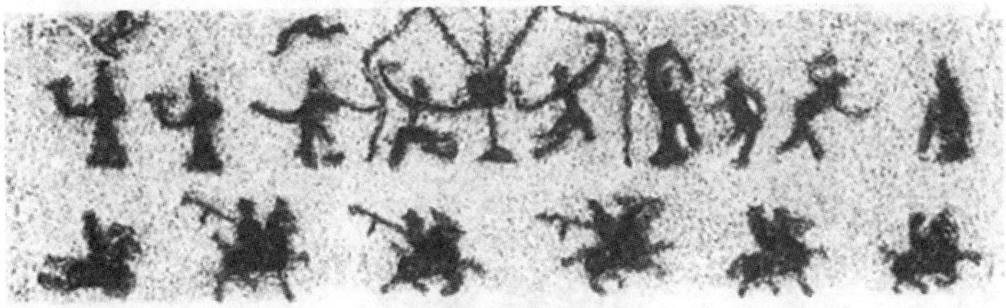

图 10-9　山东东平县宿城乡王村出土乐舞百戏画像

图 10-10　河南南阳麒麟岗汉墓出土乐舞百戏画像

图 10-11　河南南阳卧龙区沙岗店出土乐舞百戏画像

图 10-12　河南南阳卧龙区王庄出土乐舞百戏画像

新洲、牛天伟编著：《南阳汉代画像石精品陈列》第八十七图。图 10-11：河南南阳卧龙区沙岗店出土乐舞百戏画像，中国画像石全集编辑委员会编：《中国画像石全集》第 6 卷，《河南汉画像石》第 114 图。图 10-12：河南南阳卧龙区王庄出土乐舞百戏画像，中国画像石全集编辑委员会编：《中国画像石全集·河南汉画像石》第 152 图。图 10-13：陕西靖边县寨山村出土乐舞百戏画像，中国画像石全集编辑委员会编：《中国画像石全集·陕西山西汉画像石》，第 233 图。

图 10-13 陕西靖边县寨山村出土乐舞百戏画像

上述图 10-8 至图 10-12 中男性表演者皆与女性舞者及其他表演形式（如“倒立”“弄丸”“建鼓”）同在一个画面构成中，而图 10-13 则是男性表演者与女性舞者单独构成二人互动式表演形式。显然，在构图形式上，图 10-8 至图 10-12 与山东诸城市前凉台乐舞百戏画像大体一致，而图 10-13 与四川西昌市杨家山摇钱树 M1:13—12 树枝乐舞图案大体一致。值得注意的是，在上述画面构图中，男性表演者皆呈现出滑稽、戏谑、诙谐的形象特征，并以这种表演形式与女性舞者相配合的构图意义。

综上所述，从四川汉墓说唱俑出土情况看，其所反映的独角戏式说唱表演形式，应该是汉代四川地域较为流行的说唱表演形式，而河南和山东乐舞百戏画像中“男性说唱表演者”形象的存在，又说明这种独角戏式说唱表演形式在相同历史阶段的河南和山东地域同样存在。值得注意的是，河南乐舞百戏画像在表现说唱表演形式的构图上最为丰富，既有独角戏式又有二人互动式，而在后一方面的构图中，既有两个男性说唱表演者互动的形式，又有男性说唱表演者与女性舞者互动的形式，不仅说明说唱艺术在汉代河南地域最为流行，而且表演形式多样。而上述说唱表演形式在今四川、陕西、山东的摇钱树图案和画像构图中的存在，又可能意味着这种说唱表演形式在今四川、陕西、山东同样存在的事实。

第三节　汉画像及其他考古资料与文献资料的互证与补充

如前所述，考古资料所反映的说唱表演形式与传世文献所载说唱表演与文本形式，都具有各自不可克服的局限性，前者缺少文本和文字的描述，后者缺乏形象与情境的表现。显然，将考古资料与传世文献结合起来，正可以弥补上述不足。

一、汉画像及其他考古资料所反映的说唱表演形式类型与特点

汉画像及其他考古资料所反映的说唱表演形式，至少包括独角戏式和二人互动式两种类型（类型Ⅰ、类型Ⅱ），并各具特点。独角戏式呈现为以一个表演者为中心的独立式表演形式，并呈现出三种类型（亚类型Ⅰ、亚类型Ⅱ、亚类型Ⅲ）：①以“鼓”为乐器或道具的表演；②仅以简单生活用具为道具的表演；③具有乐器伴奏和抃歌应和的表演。二人互动式则是具有乐器伴奏的表演形式，并呈现出两种类型（亚类型Ⅰ、亚类型Ⅱ）：①男性说唱表演者与男性说唱表演者互动式表演；②男性说唱表演者与女性舞者互动式表演。具体情况，尝试以表格的形式描述如下（表10-1、表10-2）。

表10-1　考古资料所反映的说唱表演形式、表演者形象定位及与各艺术要素之关系

类型	亚类型	说唱表演者及造型（形象）定位		乐器	抃歌	应和	舞蹈
Ⅰ	Ⅰ	说唱俑	丑角	有	无	无	无
	Ⅱ	讲说俑	正常	无	无	无	无
	Ⅲ	（汉画像）男性说唱表演者	丑角	有	有	无	无
Ⅱ	Ⅰ	（汉画像）男性说唱表演者	丑角	有	有（？）	有	无
	Ⅱ	（汉画像）男性说唱表演者	丑角	有	有（？）	无	有

表10-2　考古资料所反映的说唱表演形式表演特点

类型	亚类型	表演形式	表演特点		
Ⅰ	Ⅰ	韵律性	滑稽戏谑表演	鼓	
	Ⅱ	非韵律性	非滑稽戏谑表演		
	Ⅲ	韵律性	滑稽戏谑表演	抃歌	

续表

类型	亚类型	表演形式	表演特点		
II	I	韵律性	滑稽戏谑表演	抃歌（？）	与“应和者”互动式
	II	韵律性	滑稽戏谑表演	抃歌（？）	与“女舞者”互动式

据此，尝试对上述两种说唱表演形式的存在形态与可能的演变情况做如下认识。

（1）独角戏式说唱表演形式的三个亚类型，虽然在乐器的有无、种类和抃歌等方面存在差异，但在表演形式上是相同的。上述情况或者意味着独角戏式说唱表演形式可能是汉代说唱表演中最为常见或最为流行的。而具有乐器伴奏和抃歌应和的二人互动式说唱表演形式，或可视为对上述传统形式的突破和超越，是其进一步发展和演变的更为高级的形式。

（2）“抃”是汉代乐舞百戏中常见的表演形式，其主要功能是以“掌声”为“歌”或“舞”节律，“抃者”如果再以伴唱或应和的形式出现，也就意味着“抃”虽然仍然没有摆脱“节律”的性质，但却能够凭借伴唱或应和进入“歌”或“舞”的艺术表演中，进而与之构成艺术叙事意义上的互动和交流。从这个意义上看，在说唱表演中乐器伴奏和抃歌应和的出现，应该是独角戏式说唱表演形式于表演意义上进一步复杂化的产物。上述情况可能还意味着没有抃歌或应和的独角戏式说唱表演形式可能是汉代说唱艺术的初级形态。

（3）需要指出的是，在独角戏式说唱表演形式的亚类型III中，“抃者”仅仅是以伴唱或应和的形式进入到说唱表演之中，其“身份”仍然属于“跽坐抃者”的性质。因此，其与说唱表演构成艺术叙事意义上的互动和交流，仍然受到制约和限制。据此或许能够得出这样的认识：二人互动式说唱表演形式的出现，可能缘于“跽坐抃者”之“身份”和“性质”的转变，即由“跽坐抃者”而转变为“说唱表演者”，从而构成具有两个说唱表演者且“主”与“次”分工明确的说唱表演形式。从这个意义上说，“跽坐抃者”之“身份”和“性质”的转变，带有表演意义上的专门化和专业化的演变的性质，其结果是在表演形式的技术含量、表演内容的丰富性、艺术叙事的复杂性等方面得到发展。因此，与独角戏式比较，二人互动式说唱表演形式或可视为汉代说唱艺术的高级形态。

基于此，尝试对上述两种说唱表演形式的艺术特点做如下认识。

（1）独角戏式说唱表演形式可能强调表演者肢体语言和面部表情的夸张性和表演性的表现，需要“现场氛围”的营造，即对表演意义上的“空间性”

的需求，说明独角戏式说唱表演形式已经具备了“舞台表演艺术”的性质，而这种性质又决定了表演者表演的专业化属性。

（2）独角戏式说唱表演形式于表演意义上的“空间性”需求，可能并非意味着这种说唱表演形式具有“广场性”的“大众化”性质，而可能恰恰相反，即“非广场性”的“小众化”（即“小型化”）特性。这种特性更易于表演者现场氛围的营造及基于表演内容的互动和交流。因此，独角戏式说唱表演形式于表演内容上有可能在雅俗共赏特点的基础上更倾向于后者。

（3）独角戏式说唱表演形式中的“鼓”可能还承担着某种道具的作用，“鼓”的使用能够与说唱表演的内容和叙述形式结合起来，提高或增强艺术效果和艺术感染力。相比较而言，“鼓”在独角戏式说唱表演形式亚类型Ⅱ中不存在，是否意味着后者可能以非韵律性”的“讲说”为艺术表现上的特点，而与亚类型Ⅰ和亚类型Ⅲ构成差异。上述情况或说明独角戏式说唱表演形式可能存在着“韵律性”和“非韵律性”两种形式，并可能在艺术表现手法和内容等方面存在差异。

（4）二人互动式说唱表演形式是对独角戏式说唱表演形式的突破与发展，不但意味着表演者双方在肢体语言和表演内容上的交流与互动成为可能，更为重要的则是依托于这种表演形式的“情境性叙事”有可能得到更为充分展现的机会，为表演内容的丰富、艺术叙事手段和叙述形式的进一步创新创造了条件，进而可能导致上述表演形式中戏剧性因素的进一步丰富、发展和成熟。值得注意的是，这种说唱表演艺术可能潜藏着后世戏剧表演艺术的某些重要元素。

（5）“滑稽戏谑”可能是独角戏式和二人互动式说唱表演形式最为重要的艺术特征。

二、传世文献所载“俳优侏儒”表演情况考察与特点分析

《史记·滑稽列传》载有淳于髡、优孟、优旃三人事迹。其中淳于髡“长不满七尺，滑稽多辩”，尤其擅长“隐语”，数以“隐语”启发或讽谏齐威王。优孟“长八尺，多辩，常以谈笑讽谏”。优旃“秦倡侏儒也。善为笑言”。[①]三人中优旃实为“侏儒”，三人皆善于“言辞”或“多辩”，并以“滑稽”或“笑言”为能事。

《史记·滑稽列传》以“滑稽”“笑言”分别指称优人言辞的特点，知“滑稽”与“笑言”并不相同。《索隐》云：“滑，乱也；稽，同也。言辨捷

① 司马迁：《史记》卷一百二十六，第3197-3202页。

之人言非若是，说是若非，言能乱异同也。”[①]又云：“《楚词》云：将突梯滑稽，如脂如韦。崔浩云：滑音骨。滑稽，流酒器也。转注吐酒，终日不已。言出口成章，词不穷竭，若滑稽之吐酒。故扬雄《酒赋》云：鸱夷滑稽，腹大如壶，尽日盛酒，人复藉沽是也。又姚察云：滑稽犹俳谐也。滑读如字，稽音计也。言谐语滑利，其知计疾出，故云滑稽。”[②]

总结上文所论，滑稽之言或具有两个方面的特点：①机智善变的“巧言”，即所谓“言非若是”而“说是若非”者；②连绵不绝的“智言”，即所谓“出口成章”而“词不穷竭”者。是故，机智善变而又词不穷竭、口若悬河，就是所谓的“滑稽”。对此，《史记·滑稽列传》所载淳于髡、优孟言说事迹或可为证。[③]

需要指出的是，《史记·滑稽列传》所载优人事迹，目的在于“言谈微中，亦可以解纷”。即肯定上述人物以微贱身份和滑稽之言而使人主改易低头。因此，上述优人于言说意义上所呈现出的特点，似乎不应该看作早期宫廷优人言说情况的全貌。《列女传》云：“夏桀既弃礼义，淫于妇人，求四方美人积之后宫，于俳优侏儒而为奇伟戏者，取之于房，造烂漫之乐。”[④]夏桀之时是否有“优人”作“奇伟戏”表演，尚未可知，但上引文字将“俳优”与“侏儒”并列，说明“俳优”与“侏儒”在表演形式和内容上有相同之处，其于“四方美人”共造奇伟之戏和烂漫之乐，说明这种表演可能是集舞蹈和稽戏于一体的表演形式。《史记·孔子世家》载：“定公十年春，及齐平，……会齐侯夹谷。……齐有司趋而进曰：请奏宫中之乐。景公曰：诺。优倡侏儒为戏于前。”[⑤]由此可知，齐“优倡侏儒”表演为“宫中之乐”，其性质是“戏”，

---

① 司马贞：《索隐》，司马迁：《史记》卷一百二十六，第3197页。

② 司马贞：《索隐》，司马迁：《史记》卷一百二十六，第3203-3204页。

③ 按：《史记·滑稽列传》载记淳于髡回答齐威王“饮一斗而醉，恶能饮一石”的“追问”时，这样记载：“赐酒大王之前，执法在傍，御史在后，髡恐惧俯伏而饮，不过一斗径醉矣。若亲有严客，髡帣韝鞠跽，侍酒于前，时赐余沥，举觞上寿，数起，饮不过二斗径醉矣。若朋友交遊，久不相见，卒然相覩，欢然道故，私情相语，饮可五六斗径醉矣。若乃州闾之会，男女杂坐，行酒稽留，六博投壶，相引为曹，握手无罚，目眙不禁，前有堕珥，后有遗簪，髡窃乐此，饮可八斗而醉二参。日暮酒阑，合尊促坐，男女同席，履舄交错，杯盘狼藉，堂上烛灭，主人留髡而送客，罗襦襟解，微闻芗泽，当此之时，髡心最欢，能饮一石。故曰酒极则乱，乐极则悲，万事尽然。”淳于髡上述回语以四言为主，层层递进，连绵而述，确有言辞流畅谐和、句式流转叶韵的特点。《史记·滑稽列传》又载“楚庄王之时，有所爱马，衣以文绣，置之华屋之下，席以露床，啗以枣脯，马病肥死，使群臣丧之，欲以棺椁大夫礼葬之。左右争之，以为不可。王下令曰：有敢以马谏者，罪至死。”优孟闻之，入殿门，“仰天大哭。王惊而问其故。优孟曰：‘马者王之所爱也，以楚国堂堂之大，何求不得，而以大夫礼葬之。薄，请以人君礼葬之。’王曰：‘何如？’对曰：‘臣请以彫玉为棺，文梓为椁，楩枫豫章为题凑，发甲卒为穿圹，老弱负土，齐赵陪位于前，韩魏翼卫其后，庙食太牢，奉以万户之邑。诸侯闻之，皆知大王贱人而贵马也。’王曰：‘寡人之过一至此乎！为之奈何？’优孟曰：‘请为大王六畜葬之。以垅灶为椁，铜历为棺，齎以姜枣，荐以木兰，祭以粮稻，衣以火光，葬之于人腹肠。’”优孟上述回答，同样具有言辞流畅谐和、句式流转叶韵的特点，同时，又呈现出“诙谐多喻”“机敏巧辩”“正辞反说”的特征。

④ 李昉等编，夏剑钦等校点：《太平御览》卷五百六十九，第311页。

⑤ 司马迁：《史记》卷四十七，第1915页。

或即舞蹈和稽戏相融合的形式。

综上而言，《史记·滑稽列传》出于纪传性质的考量，而在优人事迹的载记上面，着重于优人政治能量、作用和意义方面的叙述，故而仅对其涉及政治作用和意义方面的“滑稽之言”有所描述，对其“滑稽表演”方面的情况则没有涉及。然而，这个缺憾却可以在《列女传》和《史记·孔子世家》有关优人“滑稽表演”载记中得到补充。需要指出的是，《史记·滑稽列传》优人“滑稽之言”所呈现出的特点，当源自其“滑稽表演”，与“滑稽表演”时说唱之辞的特点应该是相同和一致的。《列女传》与《史记·孔子世家》所载优人“滑稽表演”方面的具体情况，可能呈现为舞蹈和稽戏相融合的表演形式，而作为“戏”的重要特点之一，或即表现在以滑稽为主要特征的“韵律性”或“非韵律性”两个方面。如此，上文对优人“滑稽之言”特点和具体表现情况的总结，恰恰可以对优人“滑稽表演”中说辞或说唱艺术特点的认识有所帮助。

三、汉画像及其他考古资料与传世文献载记资料的互证与补充

基于上文讨论，尝试将汉画像及其他考古资料所反映的说唱表演形式与传世文献联系起来，考察双方是否存在可比性和差异性问题，从而进一步探讨双方是否存在互证与互补的可能性。

将汉画像及其他考古资料所反映的说唱表演形式与传世文献联系起来考察，能够发现双方存在 4 个方面的可比性：①传世文献所载早期宫廷优人“独立”的滑稽表演，与汉画像及其他考古资料所反映的带有稽戏特点的独角戏式说唱表演形式存在可比性；②传世文献所载“俳优侏儒”或“优倡侏儒”“舞蹈稽戏”表演情况，与汉画像及其他考古资料所反映的带有稽戏特点及稽戏与舞蹈相互融合的二人互动式或多人互动的说唱表演形式存在可比性；③传世文献所载“俳优侏儒”或“优倡侏儒”而为“奇伟之戏”“烂漫之乐”“宫中之乐”表演情况，以及戴良《失父零丁》中“零丁”在“寻父说唱”中的使用情况，与汉画像及其他考古资料所反映的以“鼓”为乐器或道具及乐器伴奏的表演形式存在可比性；④传世文献所载“俳优侏儒”或“优倡侏儒”滑稽、笑言的表演情况，与汉画像及其他考古资料所反映的装扮怪异、形体夸张、表情戏谑的表演形式存在可比性。

将汉画像及其他考古资料所反映的说唱表演形式与传世文献联系起来考察，又能够发现双方存在 3 个方面的不同之处：①传世文献所载“俳优侏儒”或“优倡侏儒”表演情况，皆发生于古代帝王的生活中或诸侯层面的外交场合，

至于这种表演是否延展至贵族阶层或平民社会，则缺少相关信息可为证明；而从汉画像及其他考古资料所反映的说唱表演形式看，似乎正好相反，其所表现的恰是汉代民间社会中的说唱表演形式。②传世文献所载“俳优侏儒”或“优倡侏儒”表演情况皆以“笑言”“隐语”或“戏谑”“滑稽”为其特征，即使如《史记·滑稽列传》所载淳于髡、优孟言说事迹，亦“寓正于谐”；而从汉画像及其他考古资料所反映的说唱表演形式看，在所谓装扮怪异、形体夸张、表情戏谑的人物俑与画像带有戏谑色彩的男性表演者形象之外，尚有表情自然、仪态端庄的“讲说俑”存在，似乎表现出其以“非丑角”形象而承载“讲说”或“说唱”表演的情况。③传世文献所载“俳优侏儒”或“优倡侏儒”表演情况已经涉及“言辞”问题，多以“滑稽多辩”“隐语”“笑言”论之，或可理解为“机智善变而辞无穷竭”“谐语滑利而口若悬河”之类，而上述情况却无法从汉画像及其他考古资料所反映的说唱表演形式中有所了解和印证。

综上而论，从双方存在 4 个方面可比性的角度看，能够得出“双方于表演性质上存在一致性”的认识。据此而论，汉画像及其他考古资料所反映的说唱表演形式与传世文献所载记的俳优侏儒滑稽戏谑表演情况，或可谓一脉相承，应该是传世文献所载早期俳优侏儒滑稽戏谑表演传统在秦汉时期的继承与发展。

如此，从互证与补充角度来审视，藉由双方存在的可比性和差异性，而能够弥补缘于考古资料“物化”性质而导致的信息固化和缺失的不足和局限，进而对汉画像及其他考古资料所反映的说唱表演形式于艺术表现和表演上的特点的进一步认识给予帮助：①传世文献中所涉及“言辞”的描述，可否考虑作为考察汉画像及其他考古资料所反映的说唱表演形式于“言辞”上的特点的根据。长于巧辩、隐语，以滑稽、笑言为能事；言辞流畅而谐和，句式流转而叶韵，语意深奥而多喻，言说机敏而诙谐的“韵律性”和“非韵律性”语言形式，应该是汉画像及其他考古资料所反映的说唱表演形式的特点，也应该是汉代说唱文学的特点。②汉画像及其他考古资料中讲说俑存在的情况，可以作为以“非丑角”形象而承载讲说或说唱表演形式于秦汉时期存在的根据。这种讲说或说唱表演的内容如何不得而知，但汉画像中历史故事和传说故事画像的大量存在所反映的历史和传说故事超越地域性的广泛流传的事实，或可与这种表演形式作为重要的传播手段有关。③汉画像及其他考古资料所反映的说唱表演形式所具有的民间属性和特点，可否考虑作为考察秦汉时期说唱艺术由早期宫廷生活和贵族娱乐而至市井乡间发展演变上的重要资料。据此而论，这种发展演变的趋势主要反映在“受众”政治身份的下移和群体数量的扩大上面。显然，上述情况已经具有文学传播的性质与意义，亦伴随着市井乡间的世俗化与大众化的发展演变趋势，而带有文学的普及化与娱乐化倾向。

第四节　汉代说唱文学文本考释与艺术表演特点考察

从传统文学文本形式上看，一方面，说唱艺术并不属于文学范畴，然而在现实艺术表现中，说唱表演或有脚本为支撑；另一方面，表演者带有个性色彩和特点的现场表现和发挥（包括表演者的形体表演），也可以视为文学的“创作过程”与“发表过程”的延续。从这个意义上看，说唱表演本身即带有某种“文学性”，所谓说唱艺术应该是“说唱表演”与“说唱文学”两种形式的融合体。缘于此，我们尝试将这种“融合体”视为一个完整意义上的文学文本来看待和研究，并尝试以戴良《失父零丁》、乐府古辞《俳歌辞》、汉碑“孙叔敖碑”《慷慨歌》为例，对汉代说唱艺术的表演特征与文学特点给出意见。

一、戴良《失父零丁》与独角戏式说唱表演

戴良《失父零丁》见于《太平御览·文部·零丁》。[①]其原文如下：“敬白诸君行路者，敢告重罪自为，祸积至天灾困我。今月七日失阿爹。念此酷毒可痛伤。当以重币赠用相卖，请为诸君说事状。我父躯体与众异，脊背伛偻卷如胾，唇吻参差不相值，此其庶体何能备。请复重陈其面目，鵄头鹄颈獦狗啝，眼泪鼻涕相追逐。吻中含纳无齿牙，食不能嚼左右蹉，颇似西域脊骆驼。请复重陈其形骸，为人虽长甚细材。面目芒苍如死灰，眼眶臼陷如米羹杯。”

所谓“零丁”或谓“汉时寻人觅物之广告也。凡失人、失物，书其形貌件色，散贴各处，故谓之零丁也”。然而，据此判断上引《失父零丁》乃戴良寻找父亲的“寻人广告”，则颇为困难，主要表现在：①《失父零丁》极言“阿爹”丑陋的形貌，带有调侃、戏谑、丑化的味道，即使缘于“寻人启事”而突出描摹“失人”形貌特征，也已经显得过分和失常。②汉代尤其东汉时期极重“孝道”，《失父零丁》对“阿爹”丑陋形貌带有调侃、戏谑、丑化的描摹，已属孝之大忌。③据《后汉书·逸民传》戴良本传，戴良以孝闻名于

① 李昉等编，夏剑钦等校点：《太平御览》卷五百九十八，第512页。

世，“母憙驴鸣，良常学之以娱乐焉。”又“举孝廉，不就”[①]。显然，《失父零丁》对“阿爹”丑陋形貌带有调侃、戏谑、丑化的描摹，与戴良的社会地位和道德声誉不相符合。

《失父零丁》或为好事之徒假托“戴良”所撰，而戴良家族和其本人处世为人上的特点，或为好事之徒的假托行为提供了可乘之机：①《后汉书·逸民传》戴良本传载有戴良曾祖父戴遵事迹，而其父和祖父事迹则无涉，不知原因为何？本传又载戴良少年时驴鸣慰母之事，或反映出戴良少时“失父”的事实。②本传所载戴良“少诞节”“多骇流俗”，主要表现在两件事情上，一是“母憙驴鸣”而“常学之以娱乐”，二是“母卒，兄伯鸾居庐啜粥，非礼不行”，而“良独食肉饮酒，哀至乃哭”[②]。显然，戴良或少时无父，自然有“零丁寻父”的可能；戴良高节而放诞，或继承了祖上“好给施，尚侠气”的品行，而以其“论议尚奇，多骇流俗”之行事，似乎以调侃、戏谑、丑化的言语“零丁寻父”亦不为过。

总而言之，《失父零丁》或为好事之徒假托“戴良”所撰，则《失父零丁》本身也就丧失了“寻人觅物之广告”的性质和属性，成为借“零丁”这种独特的形式以述戏谑、诙谐、调侃内容的文学创作了。即如钱钟书《管锥编》所云：“通篇词气嘲诙，于老人丑态，言之津津，窃疑俳谐之作，侪辈弄笔相戏。”[③]

如前所述，“零丁”或谓“汉时寻人觅物之广告也”。此说或承袭《通雅》旧说，其云：“升庵引《齐谐》曰：有失儿女零丁，谢承《后汉书》戴良有失父零丁，犹今之寻人招子也。盖古以纸书之，悬于一杆，其状零丁然。”黄宗羲《万里寻兄记》云：“于是裂纸数千，缮写其兄里、系、年、貌为零丁。所过之处，辄榜之宫观街市间。”[④]显然，以“寻人招子”为“零丁”乃是明清时期的成俗，然而，以明清时期的“寻人招子”释汉代的“零丁”，并明确为“汉时寻人觅物之广告”则未免确切。汉时有“令丁”。《说文》：“铃，令丁也。”[⑤]段玉裁《说文解字注》：古谓之丁宁，汉谓之令丁。[⑥]以“铃”为“令丁”，或取铃的象声之意。故“零丁”当作“令丁”。汉时“零丁寻人”，当“振铃口述”而非“寻人广告”。其根据如下：①汉时书写载体，主要是简牍，目前还没有发现纸张于汉时用于文告等书写的实例，而以纸张为载体书写失物招领或失人招认一类的广告，则颇难想象。②汉时“私学”中“蒙

① 范晔撰，李贤等注：《后汉书》卷八十三，第2772-2773页。
② 范晔撰，李贤等注：《后汉书》卷八十三，第2772-2773页。
③ 钱钟书：《钱钟书集：管锥编》三，北京：生活·读书·新知三联书店，2007年，第1611页。
④ 黄宗羲著，平慧善、卢敦基译注：《黄宗羲诗文选译》，南京：凤凰出版社，2011年，第43页。
⑤ 许慎：《说文解字》第十四，第296页下。
⑥ 段玉裁《说文解字注》第十三册十四篇上，据中国国家图书馆藏清乾隆嘉庆间段氏经韵楼刻本影印。

学”已经出现，但其普及情况如何并不清楚，而平民接受“蒙学”教育的情况亦为有限，是故张贴于“宫观街市”的“寻人广告”的作用如何可想而知。③汉墓随葬人物俑中有说唱俑，其手执或环抱小鼓的说唱表演形式颇为明确，以此观之，以“铃”作为乐器而“振铃说唱”的表演形式或在汉代亦已存在，其于“宫观”“市肆”流动说唱的形式，更适合失物招领或失人招认。④今所见戴良《失父零丁》关键用语，皆非“广告”的书面语言，而鲜明地表现出说唱的特点和色彩，如：“敬白”“说事状”“请复重陈”等语句，进一步说明“零丁”或即“令丁”，亦即以“铃”为乐器而振铃说唱的表演形式。

综上所述，“零丁”或是汉代特有的寻人或寻物方式，表现为以“振铃”配合“说唱”以寻人寻物，因此，“零丁”的展示过程具有表演性。而从《失父零丁》文本看，已属韵文体裁，且“四句、三句或六句一换韵”，全篇“语气较为顺畅，基本形成了连贯的句脉”[①]。上述情况或是“零丁”文本特征的反映，而这种叶韵和有规律的转换韵脚的文本特征，又是缘于“零丁”以“振铃”配合“说唱”的表演性展示所决定的。从这个意义上看，汉代“零丁”的展示过程已经属于说唱表演艺术的范畴，而“零丁寻人”或即是汉代说唱艺人的“兼职”工作。

据此而进一步讨论《失父零丁》的创作，如下几个方面的认识值得关注：①《失父零丁》是借助“零丁寻人”的形式而表现戏谑诙谐调侃内容的文学文本，上述文本形式当是为了“零丁”的“展示”亦即“表演”而服务的，从这个意义上看，《失父零丁》可以视为说唱表演形式的底本或脚本，《失父零丁》的韵文体写作形式缘于汉代说唱表演形式而形成，其在内容上的层次性（“躯体”“面目”“形骸”）与韵脚的转换相联系的特点，可能是说唱艺人于表演程序上的变换的表现和反映。②《失父零丁》中所表现的戏谑、诙谐、调侃等特点，皆缘于说唱表演形式的特点和性质而生成，而非“零丁寻人”本身所具有的特点和性质，是故，只有在说唱表演的意义上看待上述特点，才能为《失父零丁》给出一个合乎情理的解释和定位。③《失父零丁》中所表现的戏谑、诙谐、调侃等特点，具有说唱表演意义上的性质，其对“阿爹”之“躯体”“面目”“形骸”等方面的描摹，皆具鲜明的形象性和强烈的表现性，说明上述描摹均与“说唱艺人”于相关方面的模拟表演相联系，结合上文所引四川汉代说唱俑和汉画像稽戏表演画像表演者憨态可掬、调笑滑稽、得意忘形的造型和表演，可以看出双方于表演意义上的联系。④《失父零丁》属于独角戏式说唱表演形式，其说唱文学文本形式从属于说唱表演

① 葛晓音：《早期七言的体式特征和生成原理——兼论汉魏七言诗发展滞后的原因》，《中国社会科学》2007年第3期。

形式，根据前者能够推断后者于戏谑、诙谐、调侃特点的表演上，当更为丰富、形象和生动。

二、古辞《俳歌辞》与乐舞百戏“侏儒导”说唱表演

《南齐书·乐志》载有《俳歌辞》，其歌辞如下：“俳不言不语，呼俳噏所。俳适一起，狼率不止。生扳牛角，摩断肤耳。马无悬蹄，牛无上齿。骆駼无角，奋迅两耳。”[①]郭茂倩《乐府诗集·舞曲歌辞》所录《俳歌辞》与上同，仅“扳”作“拔”，“駼”作“驼”，而“题解”引《古今乐录》所载梁“俳技”之“歌辞”，则与上异，其辞如下：“见俳不语言，俳涩所俳作一起。四坐敬止。马无悬蹄，牛无上齿。骆驼无角，奋迅两耳。半拆荐博，四角恭跱。”[②]目前对乐府古辞《俳歌辞》的研究还存在诸多不足，主要表现在：其一，《俳歌辞》歌词释读尚有模糊之处；其二，《俳歌辞》表演形式如何尚不明确；其三，《俳歌辞》又名《侏儒导》之题名尚存疑问。

（一）乐府古辞《俳歌辞》句意试解

《南齐书·乐志》云：“右侏儒导舞人自歌之。”知《俳歌辞》是“舞人自歌”的歌词。《南齐书·乐志》又云：“古辞俳歌八曲，此是前一篇。二十二句，今侏儒所歌，擿取之也。”[③]知《俳歌辞》或简称“俳歌”，由“八曲”组成，或可视为8篇，今所见是第一篇前10句。

据《南齐书·乐志》所载《俳歌辞》，释读如下。

（1）“俳不言不语，呼俳噏所。俳适一起，狼率不止”四句。

《乐府诗集·舞曲歌辞·俳歌辞》“题解”引《古今乐录》所载梁“俳技”之“歌辞”，前三句如下：“见俳不语言，俳涩所俳作一起。四坐敬止。”其中第一句“见俳不语言”可与《俳歌辞》第一句相对应，第二句“俳涩所俳作一起”，可与《俳歌辞》第二句、第三句相对应，以此类推，第三句“四坐敬止”当与《俳歌辞》第四句相对应。据此，《俳歌辞》前四句释读，可援引“俳技”之“歌辞”前三句作为“参照”。

前两句“俳不言不语，呼俳噏所”。《说文》云：“俳，戏也。”[④]依此，则与“不言不语”无法构成语意上的联通。联系《古今乐录》“俳技”之“歌辞”首句“见俳不语”，此“俳”似指“俳戏”的表演者。《韩非子·难三》

① 萧子显：《南齐书》卷十一，北京：中华书局，1972年，第195页。
② 郭茂倩：《乐府诗集》卷五十六，第820页。
③ 萧子显：《南齐书》卷十一，第195页。
④ 许慎：《说文解字》第八，第166页。

云："俳优侏儒，固人主之所与燕也。"[①]故"俳"或为"俳优"的省称。"呼俳噏所"的"噏"，《古今乐录》"俳技"之"歌辞"作"涩"。"涩"本作"歰"。《说文》："歰，不滑也。"[②]或引申为语言迟钝，不流畅。如此，《俳歌辞》前二句句意或可联通，其句意是：看见俳优演员不言不语，好像语言迟钝不流畅。

后两句"俳适一起，狼率不止"。"俳适一起"的"适"，《古今乐录》"俳技"之"歌辞"作"作"；"狼率不止"，《古今乐录》"俳技"之"歌辞"作"四坐敬止"。如此，联系前两句句意，后两句实为语意的转折，其句意是：（虽然这样，但是）俳优演员一旦开始表演，便得到"四坐敬止"的表演效果。

（2）"生扳牛角，摩断肤耳"两句。

"生扳牛角"之"扳"，《古今乐录》"俳技"之"歌辞"作"拔"。然而"生拔牛角"难以理解。或"扳"通"攀"，有"挽引"意。"生攀牛角"当为与牛"角力"的表演，故"生扳牛角，摩断肤耳"两句或描述百戏中人与兽的角抵戏。

（3）"马无悬蹄"句。

"悬蹄"，谓蹄悬于空中，古有"悬蹄式"象形建筑形式，说明"悬蹄"当是蹄类牲畜常见形态，然而"马无悬蹄"，意为对于"马"来说，上述"蹄类牲畜常见形态"属于例外。是故，"马无悬蹄"句意是：马无悬蹄，而悬蹄者非马。《史记索隐》论"滑稽"云："滑，乱也；稽，同也。言辨捷之人言非若是，说是若非，言能乱异同也。"[③]"马无悬蹄"即此。

（4）"牛无上齿"句。

其句意和构句特点与"马无悬蹄"同。《列子·黄帝》论"禽兽"云："傅翼戴角，分牙布爪，仰飞伏走，谓之禽兽。"[④]此言傅翼者分牙，戴角者布爪，仰飞伏走，各不相同。而《史记·律书》则谓："含齿戴角之兽。"[⑤]即"含齿"者"不戴角"，"戴角"者"不含齿"。《大戴礼记·易本命》说得更为清楚："四足者无羽翼，戴角者无上齿。"[⑥]颜师古注云："谓牛无上齿则有角，其余无角者则有上齿。"[⑦]此句言：牛无上齿，有上齿者非牛。

（5）"骆駼无角"句。

其句意和构句特点与"马无悬蹄""牛无上齿"同。《乐府诗集·舞曲歌

① 王先慎：《韩非子集解》卷十六，国学整理社辑：《诸子集成》第五册，第284页。
② 许慎：《说文解字》第二，第38页。
③ 司马贞：《索隐》，《史记》卷一二六，第3197页。
④ 张湛：《列子注》卷二，国学整理社辑：《诸子集成》第三册，第26页。
⑤ 司马迁：《史记》卷二十五，第1240页。
⑥ 方向东：《大戴礼记汇校集解》卷十三，第1319页。
⑦ 方向东：《大戴礼记汇校集解》卷十三，颜师古注，第1321页。

辞》所录《俳歌辞》"駼"作"驼"，则"骆駼"作"骆驼"。又，司马相如《上林赋》有"騊駼橐驼"句。[①]《说文》云："駼，騊駼也。"[②]《尔雅·释畜》："騊駼马。"[③]则"騊駼""骆驼"并列，故"骆駼"或指"驼"与"马"。然而，不论是"骆驼"还是"马"均无角。此句言：骆駼无角，有角者非骆駼。

（6）"奋迅两耳"句。

"奋迅"亦作"奋信"。《管子·势》云："大周之先，可以奋信。"[④]注云："奋信，振起貌。"[⑤]联系"骆駼无角"句，此句言：虽然"骆駼无角"，但两耳像角一样，能够奋迅振起。

（二）乐府古辞《俳歌辞》表演形式试析

《乐府诗集·舞曲歌辞·俳歌辞》"题解"云："《俳歌辞》一曰《侏儒导》，自古有之，盖倡优戏也。"又，《南齐书·乐志》云："右侏儒导舞人自歌之。古辞俳歌八曲，此是前一篇。二十二句，今侏儒所歌，擿取之也。"[⑥]据此可知，《俳歌辞》又名《侏儒导》，今所见"古辞"乃是"倡优戏"的歌词。其渊源甚远，或可追溯至汉代乐舞百戏中的稽戏，则《俳歌辞》有可能就是汉代稽戏表演时俳优说唱的古辞。

《侏儒导》表演形式属于"舞人自歌"的性质，而据《南齐书·乐志》"今侏儒所歌"，知前句的"舞人"不是普通的舞蹈艺人，而应该是"侏儒"一类的俳优。在这里"侏儒"又称"舞人"，说明倡优戏《侏儒导》的表演有"舞"有"歌"，而"舞"和"歌"的表演皆由"侏儒"来承担。

根据上述《南齐书·乐志》文字，虽然能够大致推断倡优戏《侏儒导》的表演情况，但仍然不免粗略和简单，一些于表演形式上的具体情况并不清楚。对此，《乐府诗集·俳歌辞》"题解"引《古今乐录》相关载记，或可作为补充，其云："技儿以青布囊盛竹箧，贮两踒子，负束写地歌舞。小儿二人，提沓踒子头，读俳云。"[⑦]对于上述文字的理解，如下几个关键词语甚为重要，必须给予明确的释读。

（1）"技儿"。此"技儿"与《乐志》"舞人"和"侏儒"并非同指，也与下文的"小儿"不同。"《说文》云："技，巧也。"山东苍山元嘉元年画像

① 费振刚、胡双宝、宗明华辑校：《全汉赋》，第64页。
② 许慎：《说文解字》第十，第202页。
③ 徐朝华：《尔雅今注》第十九，第343页。
④ 戴望：《管子校正》卷十五，国学整理社辑：《诸子集成》第五册，第253页。
⑤ 戴望：《管子校正》卷十五，尹知章注，国学整理社辑：《诸子集成》第五册，第253页。
⑥ 萧子显：《南齐书》卷十一，第195页。
⑦ 郭茂倩：《乐府诗集》卷五十六，第820页。

石题记有“从儿刺舟渡诸母”诸语。“从儿”或释为“跟随的年轻人”。[1]据此，“技儿”当指汉代百戏中表演杂技技艺的年轻伎人。

（2）“跢子”。“跢”，《说文》：“足跌也。”“足跌”是因足病而摔倒。《说文》：“跌，踼也。”“踼，跌踼也。”“踼”亦作“逿”。《汉书·儒林传》云：“阳醉逿墬。”[2]颜师古注云：“逿，失据而倒也。”[3]是故“跢子”或指病足而无法正常行走之人。值得注意的是，汉代百戏中即有能够使手足关节随意折断弯曲的表演内容，此术或源自西域，“汉安帝时，天竺献伎，能自断手足，刳剔肠胃，自是历代有之”[4]。据此，上引《古今乐录》中的“跢子”或即能够使手足关节随意折断弯曲的百戏表演者，其身形矮小，双腿畸形，行走不畅，以表演相戏乐。

（3）“负束写地歌舞”。“负束”即“背负捆扎好的物体”；“写”通“卸”，“卸地”即将背负的物体置于地上。是故，“负束写地歌舞”应该是三个连贯的表演程序，“跢子”能使手足弯曲，自然身形更为矮小，“技儿”将其置于“竹筐”中，以“青囊”盛载，再背负于身上，此即“负束”；“技儿”背负贮有“两跢子”的“青布囊”上场，卸置于地上（表演场地），再载歌载舞，此即“写地”“歌舞”。

（4）“小儿”。《古今乐录》云：“小儿二人，提沓跢子头，读俳云。”此“俳”即《南齐书·乐志》中的“俳歌”，故这里的“小儿”与《南齐书·乐志》“右侏儒导舞人自歌之”的“舞人”“侏儒”同指，因是“侏儒”的舞蹈，故称“小儿”。

（5）“提沓跢子头”。“提沓”或指“提拽”“拍打”的动作，“提沓跢子头”即“提拽”或“拍打”“跢子头”的舞蹈动作。这种舞蹈表演，在汉画像乐舞百戏构图中有所反映。图 10-14 是山东莒县沈刘庄汉画像石墓前室南面方立柱画像，画面中间刻画一个蹲踞的“大人”形象，另有两个“小人”位于其两边，“大人”左右手促提着两个“小人”的长发。上述画面所描写的“很似百戏中的杂技戏”[5]。图 10-15 是山东平阴孟庄汉画像石墓后室门中立柱画像。[6]画面以中间的建鼓为标志描绘“群舞场面”，其中上层右边第二人一手“提拽”下层一人“长发”，一脚“踩踏”下层一人“头顶”而舞蹈。

---

① 李发林：《山东苍山元嘉元年画像石题记试释》，《中原文物》1985 年第 1 期。
② 班固著，颜师古注：《汉书》卷八十八，第 3610 页。
③ 班固著，颜师古注：《汉书》卷八十八，颜师古注，第 3612 页。
④ 杜佑：《通典》卷一百四十六，第 3729 页。
⑤ 苏兆庆、张安礼：《山东莒县沈刘庄汉画像石墓》，《考古》1988 年第 9 期。
⑥ 图片引自中国画像石全集编辑委员会编：《中国画像石全集·山东汉画像石（三）》，图 197，第 180 页；亦可参见济南市文化局文物处、平阴县博物馆：《山东平阴孟庄东汉画像石墓》，《文物》2002 年第 2 期。

图 10-14　山东莒县沈刘庄汉画像石墓前室南面方立柱画像

图 10-15　山东平阴孟庄汉画像石墓后室门中立柱画像

（6）“读俳”。这里的“俳”当指《南齐书・乐志》中的“俳歌”；“读”，《说文》云：“诵书也。”“读”字揭示了“俳歌”之说唱的表演性质。故《俳歌辞》应该是侏儒俳优说唱之辞，而非配乐之歌。

在对上引《古今乐录》相关文字明确释读的基础上，能够对上述文字所描述的表演形式给出较为明确的认识：上述表演形式明显地分为两个部分：第一部分是“技儿”的表演部分，第二部分则是“二小儿”即侏儒俳优的表演部分。上述两个表演部分相互衔接，具体表现在：“技儿”将贮有“两跉子”的“竹篋”置于“青布囊”中，然后“负束”“写地”“歌舞”，“负束写地歌舞”是三个连贯的表演程序，并构成一个完整的表演部分；然后，再由“二小儿”“提沓跉子头”作“读俳”表演。

值得注意的是，上述两个连贯的表演形式差异较大，前一部分属于“技儿”的杂技歌舞表演，后一部分则属于俳优的说唱戏谑表演。因此，上述两个连贯的表演形式不能简单笼统地视为《侏儒导》表演，《侏儒导》应该属于后一部分的表演形式，其根据如下。①上引《古今乐录》云：“设俳技，技儿以青布囊盛竹篋，贮两跉子，负束写地歌舞。”则“俳技”即指“技儿”“负束写地歌舞”的表演，因为涉及杂技与歌舞，故称“俳技”。据此可知，“技儿”的俳技表演与“二小儿”的表演虽然连贯，却具有不同的表演形式。“二小儿”是以“俳优短人”的“身份”进行表演，与“技儿”杂技歌舞的俳技截然不同。②上引《古今乐录》云：“小儿二人，提沓踒子头，读俳云：见俳不语言，俳澀所俳作一起，四坐敬止。”上述文字中出现两个“俳”字，如前所述，“读俳”之“俳”指“俳歌”，而后者为“见俳不语言”，《俳歌辞》则为“俳不言不语”，二者句意相同，这里的“俳”非指“俳歌”，而是作为演员的“俳优”。上述情况说明，“二小儿”的表演一定位于“技儿”俳技表演同时或之后，与俳技杂技歌舞表演并非同类。③《南齐书·乐志》明确“古辞俳歌八曲”“今侏儒所歌”，故《古今乐录》所云“小儿二人，提沓踒子头，读俳云”的“俳”，当即《南齐书·乐志》的“古辞俳歌”，即《俳歌辞》。上述“古辞”与俳技的“负束写地歌舞”属于不同的表演部分。

据此明确，上引《古今乐录》相关文字描述了两个部分相互连贯的表演形式，前一部分是“技儿”的俳技表演，后一部分才是“侏儒短人”的稽戏表演。二者都属于百戏的范畴，但俳技表演部分包括杂技和歌舞；稽戏表演部分由“二侏儒”与“两踒子”共四人承担，主要表演形式是俳优的说唱。值得注意的是，稽戏表演一定位于俳技表演之后，因为稽戏表演需要“技儿”将“两踒子”带上表演场地，为“二小儿”表演提供“配角”和“道具”。然而，上述情况可能并非意味着俳技在稽戏表演时即结束其表演形式，亦可能存在稽戏表演开始的同时，俳技也同时表演的情况。

（三）乐府古辞《俳歌辞》又名《侏儒导》题名释疑

《俳歌辞》又名《侏儒导》。何谓“侏儒导”，或云“侏儒导舞”[①]。上述认识虽然颇具启发性，但论者没有进一步说明，故“侏儒”何以“导舞”的疑问仍然无解。

在上文“《侏儒导》表演形式试析”的讨论中，我们认为《古今乐录》相关文字描述了两个部分相互连贯的表演形式，前一部分是俳技表演，表演形式包括杂技和歌舞，后一部分是稽戏表演，属于俳优的说唱表演性质。上述两部分以前后衔接的形式出现，并有可能在接下来的表演中同时进行。根据上述认识，一方面说明俳技与作为稽戏的“侏儒导”属于两个不同的表演形式，另一方面也说明上述两个不同的表演形式存在联系，而且这种联系不仅是如上文所述的“技儿将两踒子带上表演场地为二小儿表演提供配角和道具”这种表演形式上的联系，是否可能还存在表演内容上的联系，即“二小儿”“读俳”的《俳歌辞》内容牵涉到俳技的表演内容。

① 钱志熙：《乐府古辞的经典价值——魏晋至唐代文人乐府诗的发展》，《文学评论》1998年第2期。

考察《南齐书·乐志》所载《俳歌辞》第一篇前十句，其于内容上明显地分为三个层次：前四句为第一层，中间两句为第二层，最后六句为第三层。第一层内容涉及俳优演员和稽戏开场的情况；第二层涉及“生扳牛角”的角抵戏；第三层则属于“言非若是，说是若非，能乱异同”的滑稽之辞。值得注意的是，如果联系《古今乐录》“俳技”“歌辞”之“半拆荐博，四角恭跱”二句，则又可能涉及其他角抵诸戏或杂技表演。

据此，能够得出《俳歌辞》第一篇前十句“内容丰富驳杂”的结论。如果联系《南齐书·乐志》“古辞俳歌八曲，此是前一篇”的载记，其他“七篇”的“内容”很有可能与“第一篇”不同，如此《俳歌辞》“内容丰富驳杂”的结论或可明确。

探寻《俳歌辞》“内容丰富驳杂”的原因，或可归向于《俳歌辞》的“散乐”性质。《乐府诗集》将《俳歌辞》置于“舞曲歌辞”最后，并以“散乐”系之。“散乐”与“部伍之声”相对，是民间的歌舞音乐。民间的歌舞音乐较为庞杂，即所谓“俳优歌舞杂奏。”[①]而“秦汉已来，又有杂伎，其变非一，名为百戏，亦总谓之散乐”[②]。显然，《俳歌辞》的“散乐”性质，可能是其在内容上“丰富驳杂”的原因。

按照这个思路推断，《俳歌辞》第一篇前十句已经涉及百戏中的人与牛角抵内容，而其他七篇应该还涉及其他角抵诸戏内容。李尤《平乐观赋》描述百戏有“车戏”“杂技魔术”“鱼龙曼延”三项内容，张衡《西京赋》则是“杂技魔术”“总会仙唱”“鱼龙曼延”“东海黄公”“车戏”五项内容。其中“兽戏”部分，《平乐观赋》涉及“有仙驾雀”“骑驴驰射”“侏儒巨人”“禽鹿白象”“龟螭蟾蜍”五项内容，《西京赋》则至少涉及如下十项内容：“戏豹舞罴”“白虎鼓瑟”“苍龙吹篪”“熊虎挐攫”“猨狖高援”“大雀踆踆”“白象行孕”“海鳞变龙”“蟾蜍与龟”“水人弄蛇”。根据《平乐观赋》和《西京赋》对汉代百戏表演内容的描述，证明汉代百戏于表演形式上已经呈现出程序化的特征，而上述特征亦在汉画像乐舞百戏构图中表现出来。

《南齐书·乐志》将《俳歌辞》置于“舞曲”之后，然而，前12首歌辞皆言“右一曲”，又以“解”称之，而《俳歌辞》虽以“曲”名之，却以“篇”称之。前者称“解”而后者称“篇”，说明前者侧重从“乐”的方面视之，而后者从“辞”的方面考虑。出现上述情况的原因，即在于《俳歌辞》虽然是“侏儒所歌”，却是有辞无乐的“说唱辞”，即如《古今乐录》所谓“读俳云”[③]。既然《俳歌辞》可追溯至汉代稽戏之“说唱辞”，而今所见第一篇前

① 刘昫等：《旧唐书·志第九·音乐二》，第1072页。
② 郭茂倩：《乐府诗集·舞曲歌辞五·杂舞四·散乐附》，“题解”，第819页。
③ 郭茂倩：《乐府诗集·舞曲歌辞五·杂舞四·散乐附·俳歌辞》，“题解”引《古今乐录》，第820页。

十句中尚有反映角抵诸戏的内容，那么也就有理由将“古辞俳歌八曲”与汉代乐舞百戏程序化的表演内容联系起来。

如果上述推断能够成立，势必得出如下认识：从整体意义上考察，乐舞古辞《俳歌辞》“内容丰富驳杂”的情况，恰恰是《俳歌辞》八篇在内容上并不只局限于“言非若是，说是若非，能乱异同”的滑稽之辞的证明，说明上述八篇还涉及包括角抵诸戏在内的诸多内容。以此观之，《俳歌辞》八篇虽然是俳优所说唱的内容，但歌辞所表现和描绘的既包括“俳优”的表演，还包括角抵诸戏的内容。

汉代乐舞百戏于表演形式上程序化特征的出现，说明乐舞百戏在编排、表演等方面已经成熟并呈现出专业化的演变态势。从这个意义上看，乐府古辞《俳歌辞》的出现，或可视为乐舞百戏在编排与表演等方面成熟性和专业化发展的产物，也是这种大型的综合性艺术表演形式在编排与表演上的需要。如前所述，“古辞俳歌共八曲”，其“八曲”或为“八篇”，以第一篇前十句涉及角抵诸戏的情况看，接下来的七篇在内容上可能也是如此，而八篇或完整地再现了一幕乐舞百戏的演出情况。据此而论，乐府古辞《俳歌辞》也就具有了藉由说唱的形式对上述“一幕乐舞百戏演出内容”进行总体介绍或描述的性质。是故，所谓“侏儒导”或是以说唱的形式对乐舞百戏表演形式和表演内容的导引和介绍。

三、碑歌《慷慨歌》与模拟“优孟见楚王”说唱表演

《隶释》录有东汉延熹三年所立《楚相孙叔敖碑》，碑文中载有名为“商歌”的歌辞。[①]逯钦立《先秦汉魏晋南北朝诗・先秦诗・歌下》据《隶释》卷三《楚相孙叔敖碑》引此歌，且依《诗纪》而名为“慷慨歌”，又云“一作‘楚商歌’”[②]。此歌为优孟所唱，《楚相孙叔敖碑》云：“庄王置酒以为乐，优孟乃言孙君相楚之功，即忼慨商歌曲。”[③]其辞如下：“贪吏而可为而不可为，廉吏而可为而不可为。贪吏而不可为者，当时有汙名；而可为者，子孙以家成。廉吏而可为者，当时有清名；而不可为者，子孙困穷被褐而卖薪。贪吏常苦富，廉吏常苦贫。独不见楚相孙叔敖，廉絜不受钱。”[④]然而，《史记・滑稽列传》所载优孟为孙叔敖所唱之歌，不论在内容还是句式形式上，都与《楚相孙叔敖碑》“优孟之歌”存在差异。其辞如下：“山居耕田苦，难以得食。起

① 洪适：《隶释》卷三，第38页。
② 逯钦立辑校：《先秦汉魏晋南北朝诗》卷二，第20页。
③ 洪适：《隶释》卷三，第38页。
④ 洪适：《隶释》卷三，第38页。

而为吏，身贪鄙者余财，不顾耻辱。身死家室富，又恐受赇枉法，为奸触大罪，身死而家灭。贪吏安可为也！念为廉吏，奉法守职，竟死不敢为非。廉吏安可为也！楚相孙叔敖持廉至死，方今妻子穷困负薪而食，不足为也。”[①]

据《史记·滑稽列传》记载，优孟“为孙叔敖衣冠，抵掌谈语。岁余，像孙叔敖，楚王及左右不能别也。庄王置酒，优孟前为寿。庄王大惊，以为孙叔敖复生也，欲以为相。优孟曰：‘请归与妇计之，三日而为相。’庄王许之。三日后，优孟复来。……因歌曰”[②]。上述文字描述了一个化装或易容的说唱表演形式，有“说”有“唱”，虽然其中的“说”是装扮成孙叔敖的表演，但后面却不是以“孙叔敖”为角色的代言体的“唱”，说明上述化装或易容的说唱表演形式还不具备后世戏剧性质，而是优人所谓戏乐式的说唱表演。

《史记》“优孟之歌”呈杂言体形式，但实为四言句式的散体化呈现，并在句式形式上大致有如下5种形式：①句中增加连词而构成转折句意，如“而”；②名词前增加副词以补充句意，如“方今”“又恐”；③名词之前或之后增加形容词或名词以补充词义，如“（身）贪鄙（者）”“家（室）富”；④增加动词以构成动宾词组，如“为奸（触）大罪”；⑤句尾增加语气词或语助词以延缓句势，如“也”。由上述情况看，《史记》“优孟之歌”以四言句式为基础的散体化呈现，除“也”字之外基本局限于“句前”和“句中”，并没有影响到句尾韵脚的谐和，且以连词“而”和副词“方今”“又恐”最具特色。上述连词和副词的特点，或连接语句前后部分以表示承接和转折之意，或补充、修饰后面语句以强调时间和内在情感，皆是以散文化的构词形式而呈现出散体化的构句技巧。

据此而论，《史记》“优孟之歌”以四言句式为基础的散体化呈现，或可视为在四言句式基础之上的散体化变异，而促成上述“散体化变异”的原因，或者与“优孟之歌”以“优人”之“说唱”而非“诗人”之“歌诗”的表演形式有关。从这个意义上说，《史记》“优孟之歌”以四言句式为基础的散体化构句特点，很有可能是缘于俳优说唱表演形式而来。

进一步考察东汉延熹三年所立《楚相孙叔敖碑》“商歌”，其与《史记》“优孟之歌”相比，虽然题旨相同，但在句意表现上差异较大，而且用词更为简洁考究，语势更为自然流畅，韵脚更为集中谐和，句意更为清楚明白，题旨更为鲜明尖锐。同时，其“散体化呈现”也更为简洁精当，突出表现在以五言句式为基础运用“而”上下勾连的散体化构句特点。

---

① 司马迁：《史记》卷一百二十六，第3201页。
② 司马迁：《史记》卷一百二十六，第3201页。

上述两篇“优孟之歌”在题旨上基本相同，却在句意表现和构句形式等方面存在差异点，说明至迟在东汉时期，所谓“优孟之歌”就已经存在两个不同的“版本”，出现了两种“优孟之歌”。进一步探求其中缘故，《楚相孙叔敖碑》“商歌”的出现及其所呈现的特殊情况或许能够揭示原因。

《楚相孙叔敖碑》所载孙叔敖事迹，大致包括“见歧首蛇”“治理山泽水土”“改正货币弊病”“死前遗言优孟”，以及“优孟见楚王”等内容。上述内容除了“见歧首蛇”之外，在《史记·循吏列传》孙叔敖“本传”及《滑稽列传》“优孟”事迹中皆有载。似乎说明《楚相孙叔敖碑》是以《史记》孙叔敖“本传”和“优孟”事迹为基础进而参考民间传说而成。如此，两篇“优孟之歌”于构句形式上的差异现象的存在，也就颇为难解了，上述情况或意味着《楚相孙叔敖碑》唯独在“优孟之歌”上没有以《史记》为本。

考《楚相孙叔敖碑》碑阴文字，有云：“右楚相孙君之碑，隶额今在光州，延熹三年固始令叚光为叔敖作庙所立……倡优皷儛。”[①]这是说“作庙立碑”之日，又有“倡优鼓舞”表演。对此，洪适《隶释》云：“叚光宦君子之乡，怀良辅之美，访问耆旧博求遗苗，卜择令日，兴庙植碑，招集诸孙，倡乐高会。”[②]虽然有学者根据《楚相孙叔敖碑》存在的某些讹误之处，而认为此碑或为“南北朝后期至隋唐时期的续刻或拟托”[③]。然而从碑文“倡优皷儛”记述看，其性质属于“作庙立碑”之日“倡优”之“说唱”和“鼓舞”表演情况的描述，非后世“拟托”所能做到。是故，即使碑文有后世“续刻”的嫌疑，但也应该是依据“汉碑”完成。

据此而论，东汉延熹三年五月廿八日“兴庙植碑”之时，当还有“倡优皷儛”表演内容。根据汉画像乐舞百戏画像所提供的画面资料，所谓“倡优”当即东汉时期流行的稽戏演出，“鼓舞”或即以“建鼓舞”为主的舞蹈表演。这种舞蹈表演配合稽戏演出，从而形成“倡乐高会”的盛大场面。值得注意的是，在上述“特定时刻”和“特殊背景”进行的“稽戏”演出，如果是普通的滑稽调笑的内容，则与“作庙立碑”这种庄严肃穆之事不相符合，也对孙叔敖及其后人有失尊敬，故其内容有可能与模仿“优孟见楚王”的“故事”有关。如果上述推断符合事实，意味着《史记·滑稽列传》所载以化妆或易容为表演形式的“优孟见楚王”故事，在东汉时期已经成为稽戏所表演的内容，延熹三年五月廿八日“作庙立碑”时的“倡优皷儛”，或只是上述稽戏莅场演出罢了。如此，《楚相孙叔敖碑》所载“商歌”，就有可能是汉代

① 洪适：《隶释》卷三，第38-39页。
② 洪适：《隶释》卷三，第40页。
③ 徐少华：《孙叔敖故里封地考述——兼论〈楚相孙叔敖碑〉的真伪与文本时代》，《江汉考古》2008年第2期。

稽戏模仿“优孟见楚王”故事中的“唱词”，因时过境迁，自然与《史记》“优孟之歌”存在差异。

综上所述，《史记·滑稽列传》所载优孟为孙叔敖所唱之歌，不论在内容还是句式形式上都与《楚相孙叔敖碑》“商歌”存在差异。《史记·滑稽列传》所载以化妆或易容为表演形式的“优孟见楚王”故事，在秦汉时期可能演变成为“倡优鼓儛”式的稽戏表演，而《楚相孙叔敖碑》所载“商歌”或者就是这种稽戏表演中的“歌辞”。上述“歌辞”借助稽戏说唱表演形式而在民间广为流行，并伴随着稽戏说唱表演形式的职业化和专业化演变而进一步成熟、完善和定型。上述认识也为《楚相孙叔敖碑》“商歌”用词更为简洁考究、语势更为自然流畅、韵脚更为集中谐和、句意更为清楚明白、题旨更为鲜明尖锐、散体化呈现更为简洁精当等特点的形成，找到了原因和根据。

第五节　结论与思考

一、关于汉代说唱表演与说唱文学类型与特点的总结

（1）汉画像及其他考古资料所反映的说唱表演形式，至少包括独角戏式和二人互动式两种类型并各具特点。独角戏式是汉代四川地域较为流行的说唱表演形式，也在汉代河南和山东地域同样存在，而二人互动式在汉代河南地域最为流行，而且表演形式多样。独角戏式往往以“鼓”为乐器或道具，或有乐器伴奏和抃歌应和；二人互动式不但具有乐器伴奏，还往往呈现出两位男性表演者互动式表演，以及男性表演者与女性舞者互动式表演的形式。

（2）根据汉画像及其他考古资料与传世文献互证与补充研究，汉画像及其他考古资料所反映的说唱表演形式，应该是早期俳优侏儒滑稽戏谑表演传统在秦汉时期的继承与发展。而藉由汉画像及其他考古资料所反映的说唱表演形式所具有的民间属性和特点，或可发现传统说唱艺术由早期宫廷生活和贵族娱乐，而至秦汉时期市井乡间的世俗化与大众化的发展演变趋势，以及由这种发展演变趋势所展现出的文学意义上的说唱艺术普及化与娱乐化倾向。

（3）说唱艺术是“说唱表演”与“说唱文学”两种形式的融合体，说唱艺术研究应该是对这种“融合体”的综合性研究。《失父零丁》是借助“零丁寻人”形式而表现戏谑诙谐调侃内容的说唱文学文本，其在内容上的层次性（“躯体”“面目”“形骸”）与韵脚转换相联系的特点，可能是“说唱艺

人”于“表演程序”上的表现和反映，结合四川汉代说唱俑和汉画像稽戏表演者的造型和表演，可以看出双方于表演意义上的联系。《俳歌辞》又名《侏儒导》，今所见“古辞”乃是倡优戏的歌词，其表演有“舞”有“歌”，且皆由“侏儒”来承担，其渊源或可追溯至汉代乐舞百戏中的稽戏，则《俳歌辞》有可能是稽戏表演时俳优说唱的古辞；另外，今所见《俳歌辞》还具有藉由说唱形式而对乐舞百戏演出内容进行介绍的性质，其“侏儒导”之名或即是以说唱的形式对乐舞百戏表演形式和表演内容的“导引”。《史记·滑稽列传》所载以化妆或易容为表演形式的“优孟见楚王”故事，在秦汉时期可能演变成为“倡优鼓儛”式的稽戏表演，《楚相孙叔敖碑》所载“商歌”可能就是这种稽戏表演中的歌词，上述歌词借助稽戏说唱表演形式而在民间广为流行，并伴随着稽戏说唱表演形式的职业化和专业化演变而进一步成熟、完善和定型。

二、关于唐宋以来古代说唱艺术发展史意义上的思考

（1）汉画像及其他考古资料所反映的说唱表演形式的成功总结和描述，为古代说唱艺术研究提供了最为重要的视觉与图像资料，而以戴良《失父零丁》、乐府古辞《俳歌辞》、汉碑“楚相孙叔敖碑”《慷慨歌》为代表的汉代说唱文学文本的定性与艺术特点研究，又能够在文字文本资料基础上，与视觉图像资料相结合，其于古代说唱艺术研究上的意义与价值不言而喻。

（2）中国古代文学之说唱文学研究对象，首推敦煌变文。“变文的发现，填补了我国文学史上的一个空白，而且，我们也可以从变文找到后代许多文学形式的源头。变文体制最基本的特点是韵散相间、诗文结合、逐段铺叙、说说唱唱。后代的弹词、宝卷、鼓词等民间文学形式是和它一脉相承的。”“敦煌变文是后世各种说唱文学的先驱，它代表了文学发展的一个新的方向。”[①]然而，以为“敦煌变文是后世各种说唱文学的先驱”的认识值得商榷。早有学者似乎注意到了这个问题，或云：“佛教的俗讲，对变文的产生也不能说没有影响。佛教的俗讲僧为了招徕听众，一方面利用汉民族的形式讲唱，另一方面还要考虑到适当照顾佛经原有的样子，于是形成了在原有民族文学基础上，吸取外来形式的某些长处的一种新文体，这就是变文。”[②]此处所谓“利用汉民族的形式讲唱”或“原有民族文学基础上”等提法，在相关讨论中并没有具体且明确的阐述，而“利用汉民族的形式讲唱”则在“讲唱”与“汉民族的形式”上也语意模糊。不可否认，汉代说唱表演与说唱文学的研究，能够

① 袁行霈编著：《中国文学史纲要二：魏晋南北朝隋唐五代文学》，北京：北京大学出版社，1986年，第283页。
② 六省市十一院校编：《中国文学简史》上册，哈尔滨：黑龙江人民出版社，1980年，第378页。

解决上述问题。汉画像及其他考古资料所反映的说唱表演形式，是在佛教传入中国本土以前既已存在于民间的说唱艺术，而从汉代说唱文学文本看，敦煌变文的体制特点或可在其所呈现的艺术特征中找到痕迹或根据。故而，汉代说唱表演形式和说唱文学文本形式堪为后世说唱文学的先驱。

（3）《东京梦华录》载云“崇、观以来，在京瓦肆伎艺”，有“讲史”“小说”“合生”“说诨话”等说唱伎艺。[①]有证据显示上述“说话”伎艺至迟在唐代既已出现。然而，“汉画像及其他考古资料所反映的说唱表演形式”及“汉代说唱文学文本形式”的研究表明，探求宋元时期“说话”伎艺及“话本”形式的早期形态，或当追溯至汉代。讲经之习，始于西汉，盛于东汉。《汉书·宣帝纪》载云：甘露三年三月“昭诸儒讲《五经》同异，太子太傅萧望之等平奏其议，上亲称制临决焉。”[②]《后汉书·章帝纪》载云：“于是下太常，将、大夫、博士、议郎、郎官及诸生、诸儒会白虎观，讲议《五经》同异。”[③]又《后汉书·儒林列传》云：“杨政……少好学，从代郡范升受《梁丘易》，善说经书。京师为之语曰：说经铿铿杨子行。”[④]考汉画像构图，“说经”或“讲经”画面甚多，知经学讲说之习在东汉时期已蔚然成风。早期历史叙事或以“故事”为载体，故事性叙述或为历史叙事的主要形式。上述传统流续于两汉时期，汉画像数量庞大的故事类画像的存在即为最好的证明，今所见汉画像中故事类画像涉及古帝王、忠臣、义士、刺客、孝子、列女等类别，内容更为丰富。再考虑《汉书·艺文志》已有“小说家”著录的情况，则所谓宋元以来“说经”“讲史”“小说”等伎艺，其流传演变的脉络，或能上溯至两汉时期早已形成的传统。

---

① 孟元老撰，伊永文笺注：《东京梦华录笺注》，北京：中华书局，2006年，第461-462页。
② 班固著，颜师古注：《汉书》卷八，第272页。
③ 范晔撰，李贤等注：《后汉书》卷三，第138页。
④ 范晔撰，李贤等注：《后汉书》卷七十九上，第2551-2552页。

第十一章 汉画像历史故事画像与汉代文学研究的新发现（一）

——汉代文学研究被忽视的内容

本章是“汉画像历史故事画像与汉代文学研究的新发现”系列研究的第一部分。本章以汉画像历史故事画像为考察与研究对象，是这一系列研究的基础部分，主要考察汉画像历史故事画像地域存在与地域传播情况，为接下来的研究奠定基础。这一系列研究的目的，是尝试借助历史故事画像与传世文献相关资料的比较研究，发现汉代社会生活中历史故事存在和流传情况，并藉由历史故事画像图像构图和人物形象刻画等方面的图像叙述与图像展示，探讨汉代社会生活中历史故事人物形象描摹、情节演变、细节变化、思想与情感展现等文学视域下的文学现象，以期对传统汉代文学研究中被忽视的历史故事及历史故事传播等问题的研究有所发现和突破。这一系列研究的前期工作是对考古发现的汉画像历史故事画像的甄别与搜集，在研究者所掌握的数量庞大的汉画像中，甄别和搜集到历史故事画像资料 222 份，最后归纳出 70 种历史故事。本章及后面三章的研究即以上述历史故事画像资料为对象。有鉴于此，特以附录形式将上述历史故事画像资料的出处及来源情况置于本章之后，以供参考。

第一节 学术史回顾与问题的提出及研究的意义

根据研究者所掌握的材料，汉画像题材丰富的图像故事叙述，仅“历史故事”种类就在 70 种以上，涉及古帝王、忠臣、义士、刺客、孝子、列女等类别，则内容更为丰富。上述历史故事画像有很大一部分被刻绘于墓地祠堂内壁或石阙之上，显然有供人观瞻和阅读的作用和目的，也说明汉画像所图画的历史故事在汉代民间社会具有广泛传播性的事实。无可否认，正是借助于汉画像历史故事画像，我们才能发现和了解汉代社会生活中存在和流传的历史故事的大致情况，其于汉代文学意义上的价值和作用何其重要！

目前学术界关于汉画像历史故事画像与汉代文学的比较研究，仍然极不充分或少有触及。回顾学术史，巫鸿与邢义田二位学者的相关研究应该受到重视，因为他们的研究能够说明汉画像历史故事画像与汉代文学研究极具意义和价值。

巫鸿《礼仪中的美术：巫鸿中国古代美术史文编》对发现于四川新津东汉石棺“武士刺杀猿猴”的画面构图进行了“叙事绘画与叙事文学之关系”的比较研究，对于上述研究的意义，他认为：“研究这些画像石内容的重要性不仅在于提供对这些特殊形象的图像学解释，而且可以为我们思考中国早期叙事文学与叙事绘画之间关系的一般性问题提供一些线索。首先，这些画像事实上代表了白猿传说的一个早期版本，而这个传说后来成为著名的唐代小说《补江总白猿传》的主题。由于这些画像石有确切的出处和时代，这就为我们寻求白猿传奇的起源和早期发展的状况提供了重要的依据。其次，白猿传题材和另一个题材——养由基射白猿，都存在于四川的汉代画像艺术中。这两种题材成为汉代以后文学和艺术中的两个叙事核心，围绕着它们形成了白猿传故事中两个一般性的主题：一是猿精劫持妇女；二是二郎神降服猴精。”上述认识的文学意义和价值，即在于将唐代小说《补江总白猿传》的主题和故事架构上溯至四川汉画像，从而揭示出后代有关“白猿”或“猴精”等传说故事的源头，当在两汉时期的四川地域的事实。显然，上述研究于文学意义上的价值是毋庸置疑的。只是上述研究的出发点虽然是“叙事绘画与叙事文学之关系”的问题，但却欠缺对“叙事绘画”所承载的相关历史叙述和文学叙述的钩沉和发掘，进而导致立论不足。另一方面，展示“人与猿猴”关系的画面构图形式在汉画像中多有发现，且不仅仅局限于四川，上述画像是否也与后代“白猿传说”主题有关，区域性社会文化背景如何，这些问题尚需进一步研究和讨论。

邢义田“七女复仇”画像研究同样能够说明汉画像历史故事画像与汉代文学研究的价值和意义。汉画像“七女复仇”画像因有“七女”榜题而能够明确其画像的复仇性质和故事内容。反映上述故事内容的画像在山东和内蒙古等地均有出现，或见出“七女复仇”故事在汉代是一个流传地域较广的民间故事。“七女复仇”画像图像叙述与文学叙述的研究，因为在目前所见传世文献中无法找到相应的文字载记而遇到困难，却引发出汉代区域社会文化与文学研究的另一个极具价值和意义的论题，那就是由汉代民间区域社会所存在的复仇传统，以及由这种传统而形成的文化和相关文学创作的问题。显然，上述问题的研究将进一步扩大汉代乃至后代相关文学研究的视野，并为中国古代侠义文学的发展与演变研究提供帮助。然而，上述诸问题的进一步发现和深入研究，恰恰是邢义田《画为心声：画像石、画像砖与壁画》中对“七女复仇”画像与相关传说故事研究所不具备的。

早期历史叙事或以“故事”为载体，故事性叙述或为历史叙事的主要形式。屈原《天问》堪为这种性质的历史故事的集合，也反映出作者对这种历史故事有着精熟的掌握。“我们说的故事类的史书，其实是一种貌似口语，但实为文学创作的史书。这种类型的史书，从形式上讲，比较类似后世的纪事本末体。纪事本末体，在史书三体中，似乎没有另外两种重要，但在早期的史书各体中，故事类史书却特别活跃，数量十分可观，其实是最突出的一种。”[①]“等到上博楚简的发现，我们才突然意识到，这是古代史书中数量最大也最活跃的一种。”[②]值得注意的是，今所知上述故事性历史叙事数量十分丰富的现象，可能是其于春秋战国时期广为流传的结果。这种传统流续于秦汉时期，而促成其广为流传的手段，除了“文本”之外，又出现了“图像”的传播形式，汉画像历史故事画像的丰富性存在即是最好的证明。

历史故事本身就已经体现出丰富而重要的文学价值和意义，同时，存在于社会生活中的历史故事，揭示了汉代社会主体群体所广泛接受的社会伦理道德和地域群体意识，既涉及尊师重道和忠孝为本等社会传统价值观和道德观，也涉及与法律和规则存在背离倾向的侠义精神和快意复仇的思想。这种传统性与时代性既相包容又相矛盾的社会现实，既为汉代文学创作提供了极为丰富而又复杂的创作土壤和精神食粮，也为汉代文学研究打开了内涵丰富的矿藏。

历史故事在汉代文学的地位和意义，或与辞赋、散文、乐府民歌并驾齐驱，亦是汉代文学的代表形式。然而，学术界对上述历史故事文学意义上的认识和研究并不充分，这缘于研究资料的局限，导致研究的对象仅限于相关传世文献所记载的东西，致使相关的认识和研究工作不免粗疏和浅薄。汉画像历史故事画像的发现、认识和整理，无疑对上述认识和研究工作提供了巨大的帮助。将汉画像历史故事画像与相关传世文献进行比较研究，其文学意义和价值即在于：汉代社会生活中存在的历史故事，或以文本的形式出现，或以口耳相传的形态存在，还可能借助图像甚至舞台表演形式而现身，并在其流传过程中展现出故事情节、人物形象、叙述形式等方面的地域性特征和跨地域的发展、演变态势，呈现出汉代文学形态中另一番不被我们所熟知的生动活泼、精彩纷呈的景象。不可否认，上述景象在传统文学观照和学术研

① 李零：《简帛古书与学术源流》，第288页。
② 李零：《简帛古书与学术源流》，第294页。

究中都是极为少见的。

第二节　汉画像历史故事画像地域存在情况考察

目前能够确认的汉画像历史故事画像资料共 222 份，通过图像释读和甄别工作，共获得 70 种历史故事。虽然承载这些历史故事的画像资料皆与丧葬之事有关，但是这些历史故事与画像资料所属地域之历史故事存在和流传情况构成密切联系的事实，却是无法否认的。从这个意义上说，上述 70 种历史故事或可视为画像所属地域历史故事存在和流传情况的某种表现和反映。

一、汉画像历史故事画像存在情况及地域背景情况考察

研究者目前所掌握并能够确认的汉画像历史故事画像资料共 222 份。①具体情况见表 11-1 至表 11-5 所作统计。②

表 11-1　山东地域历史故事画像数量情况统计表

位序	故事名称	数量/份
1	孔子见老子	27
2	周公辅成王	17
3	升鼎故事	14
4	孔门弟子	7
5	邢渠哺父	6
6	二桃杀三士	5
7	荆轲刺秦王	4
8	九女复仇	4
9	楚昭贞姜	4
10	公孙子都暗射颍考叔	4
11	丁兰刻木	3

① 按：上述 222 份汉画像历史故事画像资料来源和出处情况，见本章附录。

② 按：尚有如下问题需要作出说明：①上述 222 份画像资料历史故事构图内容的确定，皆依据所引文献之考释，研究者并无涉及。②研究者对于上述 222 份画像资料历史故事名称做了适当调整和改动，其原则如下：对题目文字过长者适当修改，在符合原意的基础上缩减文字并使之更为简洁明了；对同一历史故事但题目表述存在差异者，以通行的题目进行统一命名。③“升鼎故事”画像以“升鼎”为主体构图形式，但存在“泗水升鼎”“得鼎”“升鼎”等不同名称，且故事内容和性质可能存在差异，为方便研究，研究者皆以“升鼎故事”予以统一；④在上述 222 份历史故事画像资料中，涉及部分古帝王画像，上述画像皆以单一人物形象出现，且皆有“榜题”，对此均将其纳入历史故事范畴之中，并以“××故事”命名。

续表

位序	故事名称	数量/份
12	虞舜涂廪	3
13	闵子骞御车失棰	3
14	管仲射小白	3
15	骊姬故事	3
16	老莱子娱亲	2
17	季札挂剑	2
18	蔺相如完璧归赵	2
19	鲁义姑姊	2
20	赵宣孟舍食灵辄	2
21	伯榆伤亲	2
22	豫让刺赵襄子	2
23	聂政故事	2
24	齐丑女钟离春	2
25	秋胡戏妻	2
26	京师节女	1
27	齐义继母	1
28	梁节姑姊	1
29	梁高行割鼻拒婚	1
30	义浆杨公	1
31	孝孙原穀	1
32	孝乌故事	1
33	孝子魏汤	1
34	三州孝人	1
35	“骑都尉”金日磾	1
36	章孝母故事	1
37	董永佣耕	1
38	赵苟故事	1
39	孝义朱明	1
40	要离刺庆忌	1
41	曹子劫桓	1
42	专诸刺王僚	1
43	高渐离击筑刺秦王	1
44	赵氏孤儿	1

续表

位序	故事名称	数量/份
45	卫姬请罪	1
46	李善抚孤	1
47	晋灵公欲杀赵盾	1
48	周文王及其子十人	1
49	曾母投杼	1
50	魏须贾谢罪于范雎	1
51	隋珠故事	1
52	仓颉造字	1
53	苏武故事	1
54	菅叔故事	1
55	孙武故事	1
56	扁鹊故事	1
57	吴王故事	1
58	楚王故事	1
总计	160	

表 11-2　江苏、安徽、浙江地域历史故事画像数量情况统计表

位序	故事名称	数量/份
1	荆轲刺秦王	3
2	二桃杀三士	2
3	高祖斩蛇	1
4	老莱子娱亲	1
5	曾母投杼	1
6	升鼎故事	1
7	孔子见老子	1
总计	10	

表 11-3　陕西、山西地域历史故事画像数量情况统计表

位序	故事名称	数量/份
1	蔺相如完璧归赵	3
2	窃符救赵	1
3	周穆王故事	1
4	二桃杀三士	1

续表

位序	故事名称	数量/份
5	孔子见老子	1
6	周公辅成王	1
7	荆轲刺秦王	1
总计	9	

表 11-4　河南地域历史故事画像数量情况统计表

位序	故事名称	数量/份
1	二桃杀三士	10
2	升鼎故事	3
3	聂政故事	2
4	晋灵公欲杀赵盾	2
5	魏须贾谢罪于范雎	1
6	荆轲刺秦王	1
7	晏子见齐景公	1
8	启母化熊	1
9	鸿门宴	1
10	孙子六博	1
11	孔子问童子	1
总计	24	

表 11-5　四川地域历史故事画像数量情况统计表

位序	故事名称	数量/份
1	荆轲刺秦王	4
2	升鼎故事	3
3	董永佣耕	2
4	蔺相如完璧归赵	1
5	高祖斩蛇	1
6	张良椎秦王	1
7	师旷鼓琴	1
8	季札挂剑	1
9	晏子不死君难	1
10	孔子见老子	1
11	神农故事	1

续表

位序	故事名称	数量/份
12	仓颉故事	1
13	秋胡戏妻	1
总计	19	

在上述供研究的222份汉画像历史故事画像资料中，排除图像构图内容重复和无法明确者，共获得历史故事画像70份，涉及70种以图像构图形式所表现的历史故事。[①]上述70种历史故事中以“孔子见老子”“升鼎故事”“二桃杀三士”“周公辅成王”最为突出。相关情况见表11-6、表11-7所示。

表11-6 汉画像70种历史故事数量情况统计表

位序	故事名称	数量/份
1	孔子见老子	30
2	升鼎故事	21
3	二桃杀三士	18
4	周公辅成王	18
5	荆轲刺秦王	13
6	孔门弟子	7
7	邢渠哺父	6
8	九女复仇	4
9	楚昭贞姜	4
10	公孙子都暗射颍考叔	4
11	丁兰刻木	3
12	虞舜涂廪	3
13	闵子骞御车失棰	3
14	管仲射小白	3
15	骊姬故事	3
16	老莱子娱亲	3
17	季札挂剑	3
18	蔺相如完璧归赵	6
19	鲁义姑姊	2

① 需要指出的是，在上述222份历史故事画像资料之外，尚有数十份画像资料在构图上存在如下特点：同一画面中人物形象较多，肢体语言丰富，且相互之间表现出明确的较为复杂的叙事联系，很有可能同样是某种历史故事的图像叙述，只是无法将其与已被认知的历史故事相对应而命名，上述情况说明，222份历史故事画像资料或仅是汉画像历史故事画像资料的一部分。

续表

位序	故事名称	数量/份
20	赵宣孟舍食灵辄	2
21	伯榆伤亲	2
22	豫让刺赵襄子	2
23	聂政故事	4
24	齐丑女钟离春	2
25	秋胡戏妻	3
26	京师节女	1
27	齐义继母	1
28	梁节姑姊	1
29	梁高行割鼻拒婚	1
30	义浆杨公	1
31	孝孙原穀	1
32	孝乌故事	1
33	孝子魏汤	1
34	三州孝人	1
35	“骑都尉”金日磾	1
36	章孝母故事	1
37	董永佣耕	3
38	赵荀故事	1
39	孝义朱明	1
40	要离刺庆忌	1
41	曹子劫桓	1
42	专诸刺王僚	1
43	高渐离击筑刺秦王	1
44	赵氏孤儿	1
45	卫姬请罪	1
46	李善抚孤	1
47	晋灵公欲杀赵盾	1
48	周文王及其子十人	1
49	曾母投杼	2
50	魏须贾谢罪于范雎	1
51	隋珠故事	1
52	仓颉造字	1

续表

位序	故事名称	数量/份
53	苏武故事	1
54	菅叔故事	1
55	孙武故事	1
56	扁鹊故事	1
57	吴王故事	1
58	楚王故事	1
59	高祖斩蛇	2
60	窃符救赵	1
61	周穆王故事	1
62	晏子见齐景公	1
63	启母化熊	1
64	鸿门宴	1
65	孙子六博	1
66	孔子问童子	1
67	张良椎秦王	1
68	师旷鼓琴	1
69	晏子不死君难	1
70	神农故事	1
总计	70	222

表 11-7 汉画像 70 种历史故事数量前十名排序表

位序	故事名称	数量/份
1	孔子见老子	30
2	升鼎故事	21
3	二桃杀三士	18
4	周公辅成王	18
5	荆轲刺秦王	13
6	孔门弟子	7
7	邢渠哺父	6
	蔺相如完璧归赵	
8	聂政故事	4
	九女复仇	
	楚昭贞姜	
	公孙子都暗射颍考叔	

续表

位序	故事名称	数量/份
9	丁兰刻木	3
	虞舜涂廪	
	闵子骞御车失棰	
	管仲射小白	
	骊姬故事	
	老莱子娱亲	
	季札挂剑	
	秋胡戏妻	
	董永佣耕	
10	鲁义姑姊	2
	赵宣孟舍食灵辄	
	伯榆伤亲	
	豫让刺赵襄子	
	高祖斩蛇	
	齐丑女钟离春	
	曾母投杼	

二、汉画像历史故事画像载体性质与题材类别及题旨情况考察

尝试对供研究的 222 份历史故事画像资料不同地域数量情况、山东地域历史故事画像载体来源情况、山东地域以祠堂石阙为载体的历史故事画像故事种类与其他地域同类题材画像比较情况、山东地域以祠堂石阙为载体历史故事画像“类别”与“题旨”等情况进行梳理，具体情况即如表 11-8 至表 11-16 所示。①

表 11-8　历史故事画像资料不同地域数量情况比较表

故事名称	山东	江苏、安徽、浙江	陕西、山西	河南	四川	单项故事画像资料数量/份
孔子见老子	27	1	1		1	30
周公辅成王	17		1			18
升鼎故事	14	1		3	3	21

① 需要指出的是，上述 220 份历史故事画像资料来源文献在典型性、实时性和覆盖面等方面都还存在一定的问题，主要表现在：除《中国画像石全集》和《中国画像砖全集》之外，其他来源文献的选取和获得皆带有研究者“个人色彩”及“偶然性特点”，而且上述来源文献不能代表目前汉画像考古发掘或发现的最新状态。显然，上述问题将对“汉画像历史故事画像存在情况的一般性认识”论题的研究造成一定的影响，是故，上述研究的任何结论都将缘于新资料的出现和加入而面临补充、修正、乃至重估的可能。

续表

故事名称	山东	江苏、安徽、浙江	陕西、山西	河南	四川	单项故事画像资料数量/份
孔门弟子	7					7
邢渠哺父	6					6
二桃杀三士	5	2	1	10		18
荆轲刺秦王	4	3	1	1	4	13
九女复仇	4					4
楚昭贞姜	4					4
公孙子都暗射颍考叔	4					4
丁兰刻木	3					3
虞舜涂廪	3					3
闵子骞御车失棰	3					3
管仲射小白	3					3
骊姬故事	3					3
老莱子娱亲	2	1				3
季札挂剑	2				1	3
蔺相如完璧归赵	2		3		1	6
鲁义姑姊	2					2
赵宣孟舍食灵辄	2					2
伯榆伤亲	2					2
豫让刺赵襄子	2					2
聂政故事	2			2		4
齐丑女钟离春	2					2
秋胡戏妻	2				1	3
京师节女	1					1
齐义继母	1					1
梁节姑姊	1					1
梁高行割鼻拒婚	1					1
义浆杨公	1					1
孝孙原穀	1					1
孝乌故事	1					1
孝子魏汤	1					1
三州孝人	1					1
“骑都尉”金日磾	1					1
章孝母故事	1					1

续表

故事名称	山东	江苏、安徽、浙江	陕西、山西	河南	四川	单项故事画像资料数量/份
董永佣耕	1				2	3
赵苟故事	1					1
孝义朱明	1					1
要离刺庆忌	1					1
曹子劫桓	1					1
专诸刺王僚	1					1
高渐离击筑刺秦王	1					1
赵氏孤儿	1					1
卫姬请罪	1					1
李善抚孤	1					1
晋灵公欲杀赵盾	1			2		1
周文王及其子十人	1					1
曾母投杼	1	1				2
魏须贾谢罪于范雎	1			1		1
隋珠故事	1					1
仓颉造字	1				1	2
苏武故事	1					1
管叔故事	1					1
孙武故事	1					1
扁鹊故事	1					1
吴王故事	1					1
楚王故事	1					1
高祖斩蛇		1			1	2
窃符救赵			1			1
周穆王故事			1			1
晏子见齐景公				1		1
启母化熊				1		1
鸿门宴				1		1
孙子六博				1		1
孔子问童子				1		1
张良椎秦王					1	1
师旷鼓琴					1	1
晏子不死君难					1	1
神农故事					1	1

续表

故事名称	山东	江苏、安徽、浙江	陕西、山西	河南	四川	单项故事画像资料数量/份
不同地域“种类”小计	58	7	7	11	13	总计：70
不同地域“数量”总计	160	10	9	24	19	总计：222

表 11-9　各地域历史故事画像资料数量情况比较表

名称	地域	数量/份	种类/种
历史故事	山东	160	58
	河南	24	11
	四川	19	13
	陕西、山西	9	7
	江苏、安徽、浙江	10	7
总计		222	70

表 11-10　山东地域历史故事画像载体来源情况统计表

故事名称	单项数量/份	画像载体来源情况			
		祠堂、石阙	载体情况明确	载体情况不明	民间收藏
孔子见老子	27	6	5	15	1
周公辅成王	17	6	1	10	
升鼎故事	14	2	1	11	
孔门弟子	7	6		1	
邢渠哺父	6	5	1		
二桃杀三士	5	1		4	
荆轲刺秦王	4	3	1		
九女复仇	4	3		1	
楚昭贞姜	4	4			
公孙子都暗射颍考叔	4			4	
丁兰刻木	3	3			
虞舜涂廪	3	2	1		
闵子骞御车失棰	3	3			
管仲射小白	3	2		1	
骊姬故事	3	1	1	1	
老莱子娱亲	2	2			
季札挂剑	2	1		1	
蔺相如完璧归赵	2	1	1		
鲁义姑姊	2	2			

续表

故事名称	单项数量/份	画像载体来源情况			
		祠堂、石阙	载体情况明确	载体情况不明	民间收藏
赵宣孟舍食灵辄	2	2			
伯榆伤亲	2	2			
豫让刺赵襄子	2	1		1	
聂政故事	2	1	1		
齐丑女钟离春	2	2			
秋胡戏妻	2	2			
京师节女	1	1			
齐义继母	1	1			
梁节姑姊	1	1			
梁高行割鼻拒婚	1	1			
义浆杨公	1	1			
孝孙原穀	1	1			
孝乌故事	1	1			
孝子魏汤	1	1			
三州孝人	1	1			
“骑都尉”金日磾	1	1			
章孝母故事	1	1			
董永佣耕	1	1			
赵苟故事	1		1		
孝义朱明	1	1			
要离刺庆忌	1	1			
曹子劫桓	1	1			
专诸刺王僚	1	1			
高渐离击筑刺秦王	1	1			
赵氏孤儿	1	1			
卫姬请罪	1		1		
李善抚孤	1	1			
晋灵公欲杀赵盾	1		1		
周文王及其子十人	1	1			
曾母投杼	1	1			
魏须贾谢罪于范雎	1	1			
隋珠故事	1	1			
仓颉造字	1		1		

续表

故事名称	单项数量/份	画像载体来源情况			
		祠堂、石阙	载体情况明确	载体情况不明	民间收藏
苏武故事	1		1		
菅叔故事	1		1		
孙武故事	1			1	
扁鹊故事	1			1	
吴王故事	1			1	
楚王故事	1			1	
总计	160	86	19	54	1

表 11-11　山东地域以祠堂、石阙为载体历史故事画像故事种类与其他地域同类题材画像比较表

故事名称	山东	江苏、安徽、浙江	陕西、山西	河南	四川
孔子见老子	●	●	●		●
周公辅成王	●		●		
升鼎故事	●	●		●	●
孔门弟子	●				
邢渠哺父	●				
二桃杀三士	●	●	●	●	
荆轲刺秦王	●	●	●	●	●
九女复仇	●				
楚昭贞姜	●				
丁兰刻木	●				
虞舜涂廪	●				
闵子骞御车失棰	●				
管仲射小白	●				
骊姬故事	●				
老莱子娱亲	●	●			
季札挂剑	●				●
蔺相如完璧归赵	●		●		●
鲁义姑姊	●				
赵宣孟舍食灵辄	●				
伯榆伤亲	●				
豫让刺赵襄子	●				
聂政故事	●			●	
齐丑女钟离春	●				

续表

故事名称	山东	江苏、安徽、浙江	陕西、山西	河南	四川
秋胡戏妻	●				●
京师节女	●				
齐义继母	●				
梁节姑娣	●				
梁高行割鼻拒婚	●				
义浆杨公	●				
孝孙原穀	●				
孝乌故事	●				
孝子魏汤	●				
三州孝人	●				
“骑都尉”金日磾	●				
章孝母故事	●				
董永佣耕	●				●
孝义朱明	●				
要离刺庆忌	●				
曹子劫桓	●				
专诸刺王僚	●				
高渐离击筑刺秦王	●				
赵氏孤儿	●				
李善抚孤	●				
周文王及其子十人	●				
曾母投杼	●	●			
魏须贾谢罪于范雎	●			●	
隋珠故事	●				
总计	47	6	5	5	7
其他地域同类题材画像所占百分比/%		13	11	11	15
		49			

表 11-12　山东地域以祠堂石阙为载体历史故事画像列表

次第	故事名称	山东	类别	题旨
1	齐丑女钟离春	●	列女	忠信
2	秋胡戏妻	●	列女	贞信
3	京师节女	●	列女	节义

续表

次第	故事名称	山东	类别	题旨
4	齐义继母	●	列女	信义
5	梁节姑姊	●	列女	节义
6	鲁义姑姊	●	列女	节义
7	楚昭贞姜	●	列女	节义
8	梁高行割鼻拒婚	●	列女	节义
9	义浆杨公	●	孝子	孝道
10	孝孙原穀	●	孝子	孝道
11	孝乌故事	●	孝子	孝道
12	孝子魏汤	●	孝子	孝道
13	三州孝人	●	孝子	孝道
14	“骑都尉”金日磾	●	孝子	孝道
15	章孝母故事	●	孝子	孝道
16	董永佣耕	●	孝子	孝道
17	孝义朱明	●	孝子	孝道
18	老莱子娱亲	●	孝子	孝道
19	丁兰刻木	●	孝子	孝道
20	虞舜涂廪	●	孝子	孝道
21	闵子骞御车失棰	●	孝子	孝道
22	伯榆伤亲	●	孝子	孝道
23	邢渠哺父	●	孝子	孝道
24	曾母投杼	●	孝子	孝道
25	要离刺庆忌	●	刺客	忠义
26	曹子劫桓	●	刺客	忠义
27	专诸刺王僚	●	刺客	忠义
28	高渐离击筑刺秦王	●	刺客	忠义
29	荆轲刺秦王	●	刺客	忠义
30	豫让刺赵襄子	●	刺客	忠义
31	聂政故事	●	刺客	忠义
32	九女复仇	●	刺客	复仇
33	赵氏孤儿	●	义士	忠义
34	李善抚孤	●	义士	忠义
35	二桃杀三士	●	义士	忠义
36	赵宣孟舍食灵辄	●	义士	报恩
37	隋珠故事	●	义士（兽）	报恩

续表

次第	故事名称	山东	类别	题旨
38	季札挂剑	●	义士	信义
39	魏须贾谢罪于范雎	●	义士	忠义
40	管仲射小白	●	臣子	忠义
41	蔺相如完璧归赵	●	臣子	忠义
41	周公辅成王	●	臣子	忠义
43	孔子见老子	●	圣人	问礼
44	周文王及其子十人	●	君王	明君
45	升鼎故事	●	君王	暴君
46	孔门弟子	●	儒生	经学
47	骊姬故事	●	后母	奸佞

表 11-13　山东地域以祠堂石阙为载体历史故事画像“类别”情况统计表

位序	类别	总数/种	百分比/%
1	孝子	16	34
2	刺客	8	17
3	列女	8	17
4	义士（兽）	7	15
5	臣子	3	6
6	圣人	1	2
7	君王	2	4
8	儒生	1	2
9	后母	1	2

表 11-14　山东地域以祠堂石阙为载体历史故事画像“题旨”情况统计表（1）

位序	类别	题旨	总数/种
1	孝子	孝道	16
2	刺客	忠义	7
		复仇	1
3	列女	忠信	1
		贞信	1
		节义	5
		信义	1

续表

位序	类别	题旨	总数/种
4	义士（兽）	忠义	3
		报恩	2
		信义	1
		忠义	1
5	臣子	忠义	3
6	圣人	问礼	1
7	君王	明君	1
		暴君	1
8	儒生	经学	1
9	后母	奸佞	1

表 11-15　山东地域以祠堂石阙为载体历史故事画像“题旨”情况统计表（2）

位序	题旨	总数/种	百分比/%
1	孝道	16	34
2	忠义	14	30
3	节义	5	11
4	报恩	2	4
5	信义	2	4
6	复仇	1	2
7	忠信	1	2
8	贞信	1	2
9	问礼	1	2
10	明君	1	2
11	暴君	1	2
12	经学	1	2
13	奸佞	1	2

表 11-16　山东地域以祠堂石阙为载体历史故事画像“题旨”情况统计表（3）

题旨大类	题旨	总数/个	百分比/%
忠孝节义	孝道	42	0.89
	忠义		

续表

题旨大类	题旨	总数/个	百分比/%
忠孝节义	节义	42	0.89
	忠信		
	贞信		
	信义		
	报恩		
	复仇		
礼仪经学	问礼	3	0.06
	明君		
	经学		
暴秦灭亡	暴君	1	0.02
后母恶行	奸佞	1	0.02

根据上文所做梳理情况，尝试对上述 222 份历史故事画像资料之载体性质、所属墓葬地域及画像构图情况得出如下认识。

（1）在 222 份历史故事画像资料所属地域情况考察中，山东地域在数量上最多，相应地故事种类也最多。在山东地域历史故事画像资料中，以墓地祠堂、石阙为载体的画像资料最为丰富，是构成山东地域历史故事画像资料最多并与其他地域造成较大差异情况的一个重要原因。根据表 11-10 统计，在山东地域 160 份历史故事画像资料中，以祠堂和石阙为载体的历史故事画像资料共 86 份，以墓室壁、石、砖为载体（其中“载体情况明确”画像资料 19 份、“载体情况不明”画像资料 54 份、“民间收藏”画像资料 1 份）的历史故事画像资料 74 份。

（2）山东地域以祠堂、石阙为载体的历史故事画像共涉及 47 种历史故事，与山东地域相比，其他地域同类题材历史故事画像相对较少。如表 11-11 所示。上述情况说明，根据目前所能掌握的画像资料，以相同题材历史故事画像历史故事种类为例，山东地域以祠堂、石阙为载体的历史故事画像中，近 50%的同类题材历史故事，在其他地域画像资料中没有出现。

（3）缘于载体的不同，山东地域以祠堂、石阙为载体的历史故事画像，与以墓室壁、石、砖、石棺壁为载体的历史故事画像，在选题与刊刻、性质与功用等方面存在较大差异，前者在性质与功用上具有更为鲜明的说教色彩，并进而表现出较强的说教目的，故在选题与刊刻上呈现出某种人为的痕迹和规律，并呈现出整一的风格，而后者则表现出更为多样的特点。

（4）在 222 份历史故事画像资料中，属于河南、四川、江苏、安徽、浙江、陕西、山西地域历史故事画像资料，其载体主要以墓室壁、石、砖、石棺壁为主。根据目前所了解的情况，“山东与其相邻的苏北和皖北，是唯一保存和发现祠堂画像石的地区”[①]。显然，上述情况应该成为评估其他地域历史故事画像资料和历史故事种类在数量上较少的原因的主要因素。

据此，尝试做如下分析。

（1）山东地域以祠堂、石阙为载体的历史故事画像在“故事种类”方面呈现出某种规律性特征，表现在选题与刊刻方面存在较为强烈和鲜明的倾向性和目的性。表 11-12 所列历史故事画像 47 种历史故事，可以分为 10 个类别，而根据表 11-13 统计，以“孝子”“列女”“刺客”“义士”“忠臣”为主，其中以“孝子”为最，其次则是“刺客”“列女”和“义士”。值得注意的是，上述 47 种历史故事所表现的“题旨”同样呈现出某种规律性现象，根据表 11-14、表 11-15、表 11-16 统计，在上述 47 种历史故事中，表现“忠孝节义”题旨大类的占绝对多数。

（2）以墓地祠堂、石阙为载体的历史故事画像的选题与刊刻，在类型和题旨上存在某种倾向性，并可能导致某些类型和题旨的历史故事画像集中出现。墓地祠堂和石阙都是墓葬地上附属建筑，带有开放性和观瞻性特点。山东嘉祥满硐乡宋山汉墓曾出土两块“莲纹·鱼·羽人”画像石，其中一块画像石画面外刻有隶书题记，根据题记“以其余财造立此堂”和“唯诸观者……皆良家子，来入堂中，但观耳，无得琢画”诸语，上述画像石或为墓地祠堂建筑材料。根据题记内容可知，墓地祠堂建筑的功用表现为两个方面，一是供奉逝者并为后人祭奠和缅怀先人提供场所，二是它的对外开放和观瞻功能。如此，墓地祠堂和石阙画像在选题和刊刻上势必受到上述功能和功用影响，一方面要服务于对逝去亲人的哀思和缅怀，另一方面则是对族人或外族参观者进行道德说教和思想宣传，而以画像所承载历史故事，恰恰是道德说教和思想宣传的最佳方式。如在上述题记中就有“上有云气与仙人，下有孝友贤仁（人）”“传告后生，勉修孝义”诸语，其重点申明和强调的恰恰就是“孝”和“义”。

第三节　汉画像历史故事画像与相关历史故事地域传播情况总结

如前所述，在 222 份汉画像历史故事画像资料中，排除图像构图内容重复和无法明确者，共获得历史故事画像 70 份，涉及 70 种以图像构图形式所

① 蒋英炬、杨爱国：《汉代画像石与画像砖》，北京：文物出版社，2001 年，第 83 页。

表现的历史故事，而与之相对应的文献载记情况则颇为复杂。[①]结合上文考察，尝试对历史故事画像所涉及的历史故事在汉代不同地域及跨地域传播情况给出我们的认识。

一、历史故事画像与历史故事存在关联性的理据分析

汉画像历史故事画像地域分布与相关历史故事地域传播情况，虽然不能等而视之，但二者存在联系的事实应该是明确的。其理据如下。

（1）汉代墓葬画像的出现是汉代丧葬制度发展变化的产物，它以其独特的构图形式反映了人们对“现世生活”于“死后世界”继续延续的要求和愿望。因此，汉画像中包括历史故事画像在内的表现和反映墓主人生活（包括物质生活和精神生活）的图像，都具有“写实”的性质和意义，是依据人们的生活经验而对既往或憧憬的“理想生活”的真实再现。据此联系历史故事画像，其缘于墓葬画像作为随葬品所承载的象征性功能和象征意义，而确定了以画像构图形式为载体的历史故事于传播意义上的缘于生活的实时性特征。

（2）根据汉画像墓考古发掘诸多情况判断，墓葬画像的设计和制作或有专业人员参与，承揽画像设计及制作的专业作坊或已出现，汉代墓葬画像设计与构图等方面的模式化或程序化倾向已然形成。上述情况主要表现在画像承载石料的开采、制作，画像内容的选题、编排，画像构图的设计、描绘、刻画等方面。从后两个方面看，画像设计与构图模式化或程序化倾向，主要反映在相同地域不同墓葬或不同地域墓葬在刻画手法、题材选择与设计等方面所呈现的某些共性特征的存在。而在历史故事画像资料中，还存在人物形象刻画、情节表现及故事情节和细节相近或雷同的情况。不可否认，上述模式化或程序化倾向的出现、形成和固化过程，既是一种传统的形成和固化过程，也是这种传统的确立和流行过程。从这个意义上看，某些历史故事画像所体现的模式化或程序化倾向，恰恰是上述画像资料所承载的历史故事于现实生活中的流行性的体现。

（3）如前所述，祠堂和石阙作为墓葬地上附属建筑，带有开放性和观瞻性特点，以其为载体的历史故事画像也附加了某种伦理道德说教和宣传的作

---

① 按：与汉画像历史故事故事种类相对应的文献载记情况的考察，有如下几个方面的情况需要说明：①同一部著作如在其他著作注释中引用、类书摘录或引录的情况，视为独立情况而单独列出；②“单项故事类型”在同一历史性著作不同篇章出现的情况，视为独立情况而单独列出；③“单项故事类型”在同一非历史性著作不同篇章出现的情况，视为非独立情况而列于“原著”之后；④作为“单项故事类型”的“九女复仇”故事，其本事与文献资料的记载无法联系和对应；⑤作为“单项故事类型”的“晋灵公欲杀赵盾”与“赵宣孟舍食灵辄”，在故事内容上或存在重叠的情况，但是根据不同画像不同的构图形式而呈现出来的对具体故事内容的不同的叙述视角，或者可以视为故事“题旨”方面存在差异性的表现，并进而影响到对故事种类的判断。

用和功能。从这个意义上说，不能排除在历史故事的选择中政治性人为因素的出现，并导致在制定历史故事选择原则时传播性属性出现偏差，而传播性也会起到重要甚至是关键的作用。因此，以祠堂、石阙为载体的历史故事画像的选题与刊刻，或将意味着画像所承载的历史故事在政治性和流行性两个方面取得了某种平衡和兼顾。

（4）历史故事画像与画像所承载的历史故事传播情况之关系，似乎并不复杂，以画面构图的形式叙述历史故事，其最为重要的特点，是以画面再现历史故事复杂叙事中最为动人和精彩的一幕，而对于接受者来说，其对画面构图的理解，则必须以对历史故事复杂叙事的基本把握为前提。从这个意义上说，传播性和流行性应该是上述画像所承载的历史故事重要的特征。

二、画像构图意义上的历史故事地域传播情况的总结

尝试对 70 种以图像构图形式所表现的历史故事不同地域存在情况、不同地域故事种类存在情况、不同地域存在数量情况、不同地域分布情况进行梳理，具体情况如表 11-17 至表 11-20 所示。

表 11-17　70 种以图像构图形式所表现的历史故事不同地域存在情况

故事名称	山东	江苏、安徽、浙江	陕西、山西	河南	四川	类别	题旨
孔子见老子	●	●	●		●	圣人	问礼
周公辅成王	●		●			臣子	忠义
升鼎故事	●	●		●	●	君王	暴君
孔门弟子	●					儒生	经学
邢渠哺父	●					孝子	孝道
二桃杀三士	●	●	●	●		义士	忠义
荆轲刺秦王	●	●	●	●	●	刺客	忠义
九女复仇	●					刺客	复仇
丁兰刻木	●					孝子	孝道
楚昭贞姜	●					列女	节义
公孙子都暗射颍考叔	●					臣子	阴谋
虞舜涂廪	●					孝子	孝道
闵子骞御车失棰	●					孝子	孝道
管仲射小白	●					臣子	忠义
骊姬故事	●					后母	奸佞

续表

故事名称	山东	江苏、安徽、浙江	陕西、山西	河南	四川	类别	题旨
老莱子娱亲	●	●				孝子	孝道
季札挂剑	●				●	臣子	信义
蔺相如完璧归赵	●		●		●	臣子	忠义
鲁义姑姊	●					列女	节义
赵宣孟舍食灵辄	●					义士	报恩
伯榆伤亲	●					孝子	孝道
豫让刺赵襄子	●					刺客	忠义
聂政故事	●			●		刺客	忠义
齐丑女钟离春	●					列女	忠信
秋胡戏妻	●				●	列女	贞信
京师节女	●					列女	节义
齐义继母	●					列女	信义
梁节姑姊	●					列女	节义
梁高行割鼻拒婚	●					列女	节义
义浆杨公	●					孝子	孝道
孝孙原穀	●					孝子	孝道
孝乌故事	●					孝子	孝道
孝子魏汤	●					孝子	孝道
三州孝人	●					孝子	孝道
“骑都尉”金日磾	●					孝子	孝道
章孝母故事	●					孝子	孝道
董永佣耕	●				●	孝子	孝道
赵苟故事	●					孝子	孝道
孝义朱明	●					孝子	孝道
要离刺庆忌	●					刺客	忠义
曹子劫桓	●					刺客	忠义
专诸刺王僚	●					刺客	忠义
高渐离击筑刺秦王	●					刺客	忠义
赵氏孤儿	●					义士	忠义
卫姬请罪	●					列女	忠信
李善抚孤	●					义士	忠义
晋灵公欲杀赵盾	●			●		昏君	刺杀
周文王及其子十人	●					明君	礼仪

续表

故事名称	山东	江苏、安徽、浙江	陕西、山西	河南	四川	类别	题旨
曾母投杼	●	●				孝子	孝道
魏须贾谢罪于范雎	●			●		臣子	忠义
隋珠故事	●					义士（兽）	报恩
仓颉造字	●				●	圣人	发明
苏武故事	●					臣子	爱国
管叔故事	●					臣子	叛乱
孙武故事	●					军事家	兵法
扁鹊故事	●					医学家	医药
吴王故事	●					君王	争霸
楚王故事	●					君王	争霸
高祖斩蛇		●			●	君王	传说
窃符救赵			●			臣子	忠义
周穆王故事			●			君王	传说
晏子见齐景公				●		臣子	忠义
启母化熊				●		列女	神话
鸿门宴				●		君王	争霸
孙子六博				●		圣人	游戏
孔子问童子				●		圣人	问礼
张良椎秦王					●	刺客	忠义
师旷鼓琴					●	义士	忠义
晏子不死君难					●	臣子	忠义
神农故事					●	生人	发明
不同地域“种类”小计	58	7	7	11	13		
不同地域“种类”总计	70						

表 11-18 70种以图像构图形式所表现的历史故事不同地域故事种类存在情况

位序	故事名称	山东	江苏、安徽、浙江	陕西、山西	河南	四川	数量	类别	题旨
1	孔子见老子	27	1	1		1	30	圣人	问礼
2	升鼎故事	14	1		3	3	21	君王	暴君
3	二桃杀三士	5	2	1	10		18	义士	忠义
4	周公辅成王	17		1			18	臣子	忠义
5	荆轲刺秦王	4	3	1	1	4	13	刺客	忠义

续表

位序	故事名称	山东	江苏、安徽、浙江	陕西、山西	河南	四川	数量	类别	题旨
6	孔门弟子	7					7	儒生	经学
7	邢渠哺父	6					6	孝子	孝道
	蔺相如完璧归赵	2		3		1	6	臣子	忠义
8	九女复仇	4					4	刺客	复仇
	楚昭贞姜	4					4	列女	节义
	公孙子都暗射颍考叔	4					4	臣子	阴谋
	聂政故事	2			2		4	刺客	忠义
9	虞舜涂廪	3					3	孝子	孝道
	丁兰刻木	3					3	孝子	孝道
	闵子骞御车失棰	3					3	孝子	孝道
	管仲射小白	3					3	臣子	忠义
	骊姬故事	3					3	后母	奸佞
	老莱子娱亲	2	1				3	孝子	孝道
	季札挂剑	2				1	3	臣子	信义
	秋胡戏妻	2				1	3	列女	贞信

表 11-19　70 种以图像构图形式所表现的历史故事不同地域存在数量情况

位序	故事名称	山东	江苏、安徽、浙江	陕西、山西	河南	四川
1	孔子见老子	27				
2	周公辅成王	17				
3	升鼎故事	14				
4	二桃杀三士	5			10	
5	孔门弟子	7				
6	邢渠哺父	6				
7	荆轲刺秦王	4	3			4
	九女复仇	4				
	楚昭贞姜	4				
	公孙子都暗射颍考叔	4				
8	虞舜涂廪	3				
	丁兰刻木	3				
	闵子骞御车失棰	3				
	管仲射小白	3				

表 11-20 70 种以图像构图形式所表现的历史故事不同地域分布情况

位序	故事名称	山东	江苏、安徽、浙江	陕西、山西	河南	四川	类别	题旨	覆盖地域
1	荆轲刺秦王	●	●	●	●	●	刺客	忠义	5
2	孔子见老子	●	●	●		●	圣人	问礼	4
	升鼎故事	●	●		●	●	君王	暴君	4
	二桃杀三士	●	●	●	●		义士	忠义	4
3	蔺相如完璧归赵	●		●		●	臣子	忠义	3
4	周公辅成王	●		●			臣子	忠义	2
	老莱子娱亲	●	●				孝子	孝道	2
	季札挂剑	●				●	臣子	信义	2
	聂政故事	●			●		刺客	忠义	2
	秋胡戏妻	●				●	列女	贞信	2
	董永佣耕	●				●	孝子	孝道	2
	曾母投杼	●	●				孝子	孝道	2
	高祖斩蛇		●			●	君王	传说	2

基于上文梳理，尝试给出如下意见。

（1）70 种以图像构图形式所表现的历史故事不同地域存在情况。根据表 11-17 统计结果，在上述 70 种历史故事中，山东 58 种，江苏、安徽、浙江和陕西、山西各 7 种，河南 11 种，四川 13 种。上述情况说明，两汉时期山东地域历史故事“单项故事类型”存在最多，并远远高出同时期其他地域，其次则是四川和河南，江苏、安徽、浙江和陕西、山西地域相对较少。[①]

（2）70 种以图像构图形式所表现的历史故事不同地域故事种类存在情况。根据表 11-18 统计结果，在上述 70 种历史故事中，前 6 名依次为“孔子见老子”“升鼎故事”“二桃杀三士” “周公辅成王”“荆轲刺秦王”“孔门弟子”，“邢渠哺父”和“蔺相如完璧归赵”则并列第 7 名。从跨地域差异角度看，上述 8 类历史故事或者可以视为汉代流传最多的历史故事。值得注意的是，上述 8 类历史故事涉及“圣人”“义士”“君王”“臣子”“刺客”“儒生”“孝子”等类别，进一步说明在历史故事流传方面，诸如“问礼”“忠义”“暴君”“经学”和“孝道”等题旨的历史故事受到重视，并得到受众的欢迎。

（3）70 种以图像构图形式所表现的历史故事不同地域存在数量情况。根

① 在得出上述认识的同时，也必须看到另一方面情况的存在，作为来源文献的《中国画像石全集》，存在所录画像在不同地域上数量失衡的现象，上述情况或是不同地域汉画像发掘与发现情况的自然反应，但如山东地域画像数量与其他地域差异较大的情况，也应该有某些“技术原因”和“人为因素”存在的可能。然而，上述情况不应该成为否定山东地域历史故事画像资料“单项故事类型”存在最多这一认识的根据。

据表11-19统计结果，在上述70种历史故事中，“孔子见老子”“周公辅成王”“升鼎故事”皆以山东地域最多；其次则是河南地域的“二桃杀三士”故事；再次则是山东地域的“孔门弟子”和“邢渠哺父”故事。上述统计结果有可能揭示了汉代历史故事在不同地域受到重视和欢迎的情况。“孔子见老子”“周公辅成王”“升鼎故事”应该是汉代山东地域最受欢迎的历史故事，而“二桃杀三士”是河南、山东地域最受欢迎的历史故事，“荆轲刺秦王”则是四川、山东地域最受欢迎的历史故事。

（4）70种以图像构图形式所表现的历史故事不同地域分布情况。根据表11-20统计结果，在上述70种历史故事中，“荆轲刺秦王”分布地域最广，其次是“孔子见老子”“升鼎故事”“二桃杀三士”，再次是“蔺相如完璧归赵”，而“周公辅成王”等8类历史故事仅于两个地域分布。上述情况或是两汉时期历史故事于不同地域传播和流传情况的反映。以“荆轲刺秦王”为例。如果将“山东”“江苏、安徽、浙江”“陕西、山西”“河南”“四川”作为5个独立的地理区域看待，则完全覆盖了上述区域，似乎说明“荆轲刺秦王”历史故事在上述地域具有极广的流行性特征，是在70种以图像构图形式所表现的历史故事中传播和流行地域最广的历史故事，也说明作为历史故事的“荆轲刺秦王”跨地域接受程度最高。

综上所述，根据汉画像70种历史故事存在情况、数量情况、不同地域数量情况、不同地域分布情况4个方面的考察，得出了相应的认识和结论。需要指出的是，在上述4个方面的考察中，第4个方面的考察最为重要，也最值得关注。由于各地域作为原始统计资料的画像资料在数量上存在较大差距，导致山东地域画像资料比重增大，进而出现较为严重的失衡现象，上述情况势必反映在统计结果上面，并自然得出于山东地域有益的数据。显然，上述情况缘于客观因素而无法避免，而70种以图像构图形式所表现的历史故事不同地域分布情况的考察，则有可能更为接近汉代不同地域及跨地域历史故事传播和流传的真实情况。

第四节 结论：历史故事的图像叙述丰富了汉代文学内容

汉画像历史故事画像与相关历史故事存在关联性。历史故事画像的选题与刊刻，需要在政治性和流行性两个方面取得某种平衡和兼顾。以画面构图形式叙述历史故事，其最为重要的特点是以画面再现历史故事复杂叙事中最为动人和精彩的一幕，而对于接受者来说，其对画面构图的理解，则必须以历史故事复杂叙事的基本把握为前提，因此，传播性和流行性应该是汉画像所承载的历史故事最为重要的特征。

在供研究的222份历史故事画像资料中，至少涉及70种以上以图像构图形式所表现的历史故事，并以“孔子见老子”“升鼎故事”“二桃杀三士”“周公辅成王”“荆轲刺秦王”“孔门弟子”“邢渠哺父”“蔺相如完璧归赵”最为突出，可以视为汉代流传最多的历史故事。其次，在70种历史故事中，“孔子见老子”“周公辅成王”“升鼎故事”皆以山东地域最多；然后是河南地域的“二桃杀三士”；最后则是山东地域的“孔门弟子”和“邢渠哺父”。再次，在70种历史故事中，“荆轲刺秦王”分布地域最广，然后是“孔子见老子”“升鼎故事”“二桃杀三士”，最后是“蔺相如完璧归赵”。值得一提的是，“荆轲刺秦王”历史故事具有最广阔的地域流行性特征。

本章附录　供研究的222份汉画像历史故事画像资料出处

一、汉画像石历史故事题材画像

（一）山东

（1）周公辅成王：黄圣卿东阙南面画像。《山东》1—7。（2）孔子见老子：黄圣卿东阙北面画像。《山东》1—10。（3）孔子见老子：功曹阙北面画像。《山东》1—14。（4）孔子师项橐：武氏西阙正阙身北面画像。《山东》1—16。（5）孔子见老子：武氏西阙正阙身南面画像。《山东》1—17。（6）周公辅成王：武氏西阙子阙身南面画像。《山东》1—19。（7）周公辅成王：武氏东阙子阙身北面画像。《山东》1—31。（8）周公辅成王：孝堂山石祠东壁画像。《山东》1—42。（9）虞舜涂廪：孝堂山石祠东壁画像。《山东》1—42。（10）孔子见老子：孝堂山石祠后壁画像。《山东》1—44。（11）刺史刘道锡打捞南越尉陀鼎：孝堂山石祠隔梁东面画像。《山东》1—45。（12）九女复仇：孝堂山石祠隔梁西面画像。《山东》1—46。（13）曾母投杼：武梁祠西壁画像。《山东》1—49。巫鸿《武梁祠》[①]图127。（14）闵子骞御车失棰：武梁祠西壁画像。《山东》1—49。巫鸿《武梁祠》图128。（15）老莱子娱亲：武梁祠西壁画像。

① 巫鸿：《武梁祠：中国古代画像艺术的思想性》，柳杨、岑河译，北京：生活·读书·新知三联书店，2006年。

《山东》1—49。巫鸿《武梁祠》图 129。（16）丁兰刻木：武梁祠西壁画像。《山东》1—49。巫鸿《武梁祠》图 130。（17）曹子劫桓：武梁祠西壁画像。《山东》1—49。巫鸿《武梁祠》图 146。（18）专诸刺王僚：武梁祠西壁画像。《山东》1—49。巫鸿《武梁祠》图 147。（19）荆轲刺秦王：武梁祠西壁画像。《山东》1—49。巫鸿《武梁祠》图 148。（20）京师节女：武梁祠东壁画像。《山东》1—50。巫鸿《武梁祠》图 125。（21）齐义继母：武梁祠东壁画像。《山东》1—50。巫鸿《武梁祠》图 124。（22）梁节姑姊：武梁祠东壁画像。《山东》1—50。巫鸿《武梁祠》图 123。（23）楚昭贞姜：武梁祠东壁画像。《山东》1—50。巫鸿《武梁祠》图 122。（24）孝孙原穀：武梁祠东壁画像。《山东》1—50。巫鸿《武梁祠》图 143。（25）“赵口屠”（或以为“赵荀故事”）：武梁祠东壁画像。《山东》1—50。巫鸿《武梁祠》图 142。（26）孝乌故事：武梁祠东壁画像。《山东》1—50。巫鸿《武梁祠》图 141。（27）孝子魏汤：武梁祠东壁画像。《山东》1—50。巫鸿《武梁祠》图 140。（28）义浆杨公：武梁祠东壁画像。《山东》1—50。巫鸿《武梁祠》图 139。（29）三州孝人：武梁祠东壁画像。《山东》1—50。巫鸿《武梁祠》图 138。（30）要离刺庆忌：武梁祠东壁画像。《山东》1—50。巫鸿《武梁祠》图 149。（31）豫让刺赵襄子：武梁祠东壁画像。《山东》1—50。巫鸿《武梁祠》图 150。（32）聂政故事：武梁祠东壁画像。《山东》1—50。巫鸿《武梁祠》图 151。（33）齐丑女钟离春：武梁祠东壁画像。《山东》1—50。巫鸿《武梁祠》图 126。（34）楚昭贞姜：武梁祠后壁画像。《山东》1—51。巫鸿《武梁祠》图 122。（35）鲁义姑姊：武梁祠后壁画像。《山东》1—51。巫鸿《武梁祠》图 121。（36）秋胡戏妻：武梁祠后壁画像。《山东》1—51。巫鸿《武梁祠》图 120。（37）梁高行割鼻拒婚：武梁祠后壁画像。《山东》1—51。巫鸿《武梁祠》图 119。（38）“骑都尉”金日磾：武梁祠后壁画像。《山东》1—51。巫鸿《武梁祠》图 137。（39）李善抚孤：武梁祠后壁画像。《山东》1—51。巫鸿《武梁祠》图 136。（40）孝义朱明：武梁祠后壁画像。《山东》1—51。巫鸿《武梁祠》图 135。（41）章孝母故事：武梁祠后壁画像。《山东》1—51。巫鸿《武梁祠》图 134。（42）董永佣耕：武梁祠后壁画像。《山东》1—51。巫鸿《武梁祠》图 133。（43）邢渠哺父：武梁祠后壁画像。《山东》1—51。巫鸿《武梁祠》图 132。（44）伯榆伤亲：武梁祠后壁画像。《山东》1—51。巫鸿《武梁祠》图 131。（45）蔺相如完璧归赵：武梁祠后壁画像。《山东》1—51。巫鸿《武梁祠》图 144。（46）魏须贾谢罪于范雎：武梁祠后壁画像。《山东》1—51。巫鸿《武梁祠》图 145。（47）孔门弟子：武氏祠前石室西壁上石画像。《山东》1—55。（48）九女复仇（？）：武氏祠前石室西壁下石画像。《山东》1—56。（49）孔门弟子：武氏祠前石室东壁上石画像。《山东》1—57。（50）赵宣孟舍食灵辄：武氏祠前石室东壁下石画像。《山东》1—58。（51）邢渠哺父：武氏祠前石室东壁下石画像。《山东》1—58。巫鸿《武梁祠》图132—5。（52）闵子骞御车失棰：武氏祠前石室东壁下石画像。《山东》1—58。（53）鲁义姑姊：武氏祠前石室东壁下石画像。《山东》1—58。巫鸿《武梁祠》图121—3。（54）周文王及其子十人：武氏祠前石室东壁下石画像。《山东》1—58。（55）老莱子娱亲：武氏祠前石室东壁下石画像。《山东》1—58。巫鸿《武梁祠》图129—3。（56）伯榆伤亲：武氏祠前石室东壁下石画像。《山东》1—58。巫鸿《武梁祠》图131—3。（57）孔子见老子：武氏祠前石室后壁东段承檐石画像。《山东》1—59。（58）孔门弟子：武氏祠前石室后壁西段承檐石画像。《山东》1—60。（59）荆轲刺秦王：武氏祠前石室后壁小龛西侧画像。《山东》1—62。（60）丁兰刻木：武氏祠前石室后壁小龛东壁画像。《山东》1—65。巫鸿《武梁祠》图130—4。（61）邢渠哺父：武氏祠前石室后壁小龛东壁画像。《山东》1—65。巫鸿《武梁祠》图132—4。（62）管仲射小白：武氏祠前石室隔梁东面画像。《山东》1—70。（63）高渐离击筑刺秦王、秋胡戏妻、齐丑女钟离春：武氏祠前石室隔梁西面画像。《山东》1—71。（64）孔门弟子：武氏祠左石室西壁上石画像。《山东》1—74。（65）九女复仇（？）：武氏祠左石室西壁下石画像。《山东》1—75。（66）孔门弟子：武氏祠左石室东壁上石画像。《山东》1—76。（67）泗水捞鼎：武氏祠左石室东壁下石画像。《山东》1—77。（68）孔门弟子：武氏祠左石室后壁承檐枋东段画像。《山东》1—78。（69）管仲射小白：武氏祠左石室后壁小龛西侧画像。《山东》1—80。（70）荆轲刺秦王：武氏祠左石室后壁小龛西侧画像。《山东》1—80。（71）隋珠故事：武氏祠左石室后壁小龛东侧画像。《山东》1—81。（72）赵宣孟舍食灵辄：武氏祠左石室后壁小龛东侧画像。《山东》1—81。（73）人物故事：武氏祠左石室后壁小龛东侧画像。《山东》1—81。（74）季札挂剑：武氏祠左石室后壁小龛西壁画像。《山东》1—82。（75）邢渠哺父：武氏祠左石室后壁小龛西壁画像。《山东》1—82。巫鸿《武梁祠》图132—3。（76）丁兰刻木：武氏祠左石室后壁小龛西壁画像。《山东》1—82。巫鸿《武梁祠》图130—3。（77）梁高行割鼻拒婚：武氏祠左石室后壁小龛西壁画像。《山东》1—82。（78）赵氏孤儿：武氏祠左石室后壁小龛西壁画像。《山东》1—82。（79）周公辅成王：武氏祠左石室后壁小龛西壁画像。《山东》1—82。（80）虞舜涂廪：武氏祠左石室后壁小龛东壁画像。《山东》1—83。（81）二桃杀三士：武氏祠左石室后壁小龛东壁画像。《山东》1—83。（82）闵子骞御车失棰：武氏祠左石室隔梁东面画像。《山东》1—85。（83）周公辅成王：宋山小石祠西壁画像。《山东》1—91。（84）骊姬故事：宋山小石祠西壁画像。《山东》1—

91。（85）升鼎故事：安丘汉墓中室南壁西侧方柱东面画像。《山东》1—139。（86）孔子见老子：安丘汉墓中室南壁横额左段画像。《山东》1—141。（87）仓颉造字：沂南汉墓中室南壁东侧画像。《山东》1—210。（88）卫姬请罪：沂南汉墓中室南壁西侧画像。《山东》1—211。（89）苏武故事、菅叔故事：沂南汉墓中室南壁西侧画像。《山东》1—211。（90）蔺相如完璧归赵：沂南汉墓中室北壁东侧画像。《山东》1—212。（91）周公辅成王：沂南汉墓中室北壁中柱画像。《山东》1—213。（92）人物故事：（有榜无题，内容不详）沂南汉墓中室北壁西侧画像。《山东》1—214。（93）人物故事：（内容不详）沂南汉墓中室北壁西侧画像。《山东》1—215。（94）晋灵公欲杀赵盾：沂南汉墓中室东壁南侧画像。《山东》1—216。（95）人物故事：（三榜无题，内容不详）沂南汉墓中室东壁南侧画像。《山东》1—216。（96）孔子见老子：沂南汉墓中室西壁南侧画像。《山东》1—217。（97）人物故事：（二榜无题，内容不详）沂南汉墓中室西壁南侧画像。《山东》1—217。（98）聂政刺韩相侠累：沂南汉墓中室西壁北侧画像。《山东》1—218。（99）荆轲刺秦王：沂南汉墓中室西壁北侧画像。《山东》1—218。（100）孔子见老子：大汶口墓门楣东段画像。《山东》1—228。（101）赵荀故事：大汶口墓前室西壁横额画像。《山东》1—230。（102）邢渠哺父：大汶口墓前室西壁横额画像。《山东》1—230。（103）骊姬故事：大汶口墓前室西壁横额画像。《山东》1—230。（104）虞舜涂廪：大汶口墓前室隔梁东面画像。《山东》1—232。（105）孔子见老子：1981 年兖州农机学校出土。《山东》2—18。（106）孙武故事：1981 年兖州农机学校出土。《山东》2—18。（107）泗水升鼎：早年济宁城南出土。《山东》2—21。（108）扁鹊故事：早年微山县两城镇出土。《山东》2—46。（109）孔子见老子：20 世纪 70 年代微山县微山岛沟南村出土。《山东》2—55。（110）泗水捞鼎：1990 年邹城市郭里乡高李村出土。《山东》2—60。（111）孔门弟子：1993 年邹城市面粉厂出土。《山东》2—67。（112）季札挂剑：1978 年嘉祥县满硐乡宋山出土。《山东》2—95。（113）二桃杀三士：1978 年嘉祥县满硐乡宋山出土。《山东》2—95。（114）公孙子都暗射颍考叔：1978 年嘉祥县满硐乡宋山出土。《山东》2—96。（115）孔子见老子：1978 年嘉祥县满硐乡宋山出土。《山东》2—97。（116）孔子见老子：1978 年嘉祥县满硐乡宋山出土。《山东》2—99。（117）公孙子都暗射颍考叔：1978 年嘉祥县满硐乡宋山出土。《山东》2—100。（118）管仲射小白：1978 年嘉祥县满硐乡宋山出土。《山东》2—100。（119）孔子见老子：1978 年嘉祥县满硐乡宋山出土。《山东》2—101。（120）骊姬故事：1978 年嘉祥县满硐乡宋山出土。《山东》2—101。（121）二桃杀三士：嘉祥县城东南店子村出土。《山东》2—109。（122）周公辅成王：早年嘉祥县蔡氏园出土。

《山东》2—110。（123）吴王故事：1983年嘉祥县纸坊镇敬老院出土。《山东》2—112。（124）周公辅成王：1983年嘉祥县纸坊镇敬老院出土。《山东》2—112。（125）楚王故事：1983年嘉祥县纸坊镇敬老院出土。《山东》2—113。（126）泗水升鼎：1983年嘉祥县纸坊镇敬老院出土。《山东》2—113。（127）孔子见老子：1983年嘉祥县纸坊镇敬老院出土。《山东》2—113。（128）周公辅成王：1983年嘉祥县纸坊镇敬老院出土。《山东》2—114。（129）孔子见老子：1983年嘉祥县纸坊镇敬老院出土。《山东》2—115。（130）泗水升鼎：1983年嘉祥县纸坊镇敬老院出土。《山东》2—115。（131）周公辅成王：早年嘉祥县刘村洪福院出土。《山东》2—122。（132）泗水升鼎：早年嘉祥县刘村洪福院出土。《山东》2—123。（133）孔子见老子：1977年嘉祥县城西南齐山出土。《山东》2—131。（134）周公辅成王：1969年嘉祥县城南南武山出土。《山东》2—133。（135）公孙子都暗射颍考叔：1969年嘉祥县城南南武山出土。《山东》2—133。（136）周公辅成王：1981年嘉祥县城东北五老洼出土。《山东》2—135。（137）泗水升鼎：1981年嘉祥县城东北五老洼出土。《山东》2—135。（138）泗水升鼎：1981年嘉祥县城东北五老洼出土。《山东》2—137。（139）孔子见老子：1981年嘉祥县城东北五老洼出土。《山东》2—137。（140）周公辅成王：1981年嘉祥县城东北五老洼出土。《山东》2—137。（141）泗水升鼎：1981年嘉祥县城东北五老洼出土。《山东》2—139。（142）周公辅成王：1981年嘉祥县城东北五老洼出土。《山东》2—139。（143）孔子见老子：1981年嘉祥县城东北五老洼出土。《山东》2—139。（144）周公辅成王：1982年滕州市官桥镇后掌大出土。《山东》2—176。（145）二桃杀三士：1982年滕州市官桥镇后掌大出土。《山东》2—176。（146）人物故事：1982年滕州市官桥镇后掌大出土。《山东》2—176。（147）人物故事：1982年滕州市官桥镇后掌大出土。《山东》2—176。（148）人物故事：1982年滕州市官桥镇后掌大出土。《山东》2—177。（149）升鼎故事：1982年滕州市官桥镇后掌大出土。《山东》2—177。顾森主编：《中国汉画像拓片精品集》引图，西安：西北大学出版社，2007年，第63页。（150）孔子见老子：1982年滕州市官桥镇后掌大出土。《山东》2—177。（151）泗水升鼎：1982年滕州市官桥镇后掌大出土。《山东》2—177。（152）孔子见老子：1982年滕州市官桥镇车站村出土。《山东》2—203。（153）七女故事：1993年山东省莒县东莞镇东莞村出土。《山东》3—138。（154）二桃杀三士：1993年山东省莒县东莞镇东莞村出土。《山东》3—139。（155）公孙子都暗射颍考叔：1993年山东省莒县东莞镇东莞村出土。《山东》3—140（139背面）。（156）人物故事：1993年山东省莒县东莞镇东莞村出土。《山东》3—140（139背面）。（157）周公辅成王：1993年山东省莒县东莞镇东莞村出土。《山东》3—141。（158）泗水升鼎：山东省泰安市出土。《山东》3—211。（159）孔子见老子：2000年山东嘉祥出土。赵承楷、江继甚：《走进汉画》“孔子见老子”引图1，上海：上海书店出版社，2006年，第11页。（160）孔子见老子：1980年山东嘉祥满洞乡宋山出土。赵承楷、江继甚：《走进汉画》“孔子见老子”引图3，第13页。（161）孔子见老子：1786年山东嘉祥五宅山出土。赵承楷、江继甚：《走进汉画》“孔子见老子”引图4，第14页。（162）孔子见老子：民间藏品，资料不详。赵承楷、江继甚：《走进汉画》“孔子见老子”引图5，第15页。（163）豫让刺赵襄子：山东苍山县兰陵镇出土。临沂市博物馆编：《临沂汉画像石》，图143。（164）孔子见老子：山东郯城县庙山乡出土。临沂市博物馆编：《临沂汉画像石》，图256。（165）孔子见老子：山东东阿县邓庙汉画像石墓。陈昆麟等：《山东东阿县邓庙汉画像石墓》，《考古》2007年第3期，图二九。

（二）江苏、安徽、浙江

（1）高祖斩蛇：1973年海宁市长安镇海宁中学出土。《江苏安徽浙江》4—225。（2）荆轲刺秦王：1973年海宁市长安镇海宁中学出土。《江苏安徽浙江》4—232。（3）老莱子娱亲：1973年海宁市长安镇海宁中学出土。黄雅峰：《海宁汉画像石墓研究》，第39页。（4）二桃杀三士：江苏徐州。顾森：《中国汉画像拓片精品集》引图，第164页。（5）曾母投杼：江苏泗洪曹庙出土东汉画像石。尤振尧：《江苏泗洪曹庙东汉画像石》，《文物》1986年第4期，图三。（6）荆轲刺秦王：江苏泗阳打鼓墩樊氏画像石墓。淮阳市博物馆、泗阳县图书馆：《江苏泗阳打鼓墩樊氏画像石墓》，《考古》1992年第9期，图七：1。（7）泗水捞鼎：江苏徐州大庙晋汉画像石墓。徐州博物馆：《江苏徐州大庙晋汉画像石墓》，《文物》2003年第4期，图三。

（三）陕西、山西

（1）窃符救赵：1981年10月陕西省绥德县出土。《陕西山西》5—122。（2）完璧归赵：1977年7月陕西省绥德县征集。《陕西山西》5—151。（3）周穆王故事：1955年5月陕西绥德县征集。《陕西山西》5—153。（4）二桃杀三士：1974年10月陕西绥德县出土。《陕西山西》5—155。（5）完璧归赵：1975年4月陕西绥德县出土。《陕西山西》5—156。（6）完璧归赵：1975年4月陕西绥德县出土。《陕西山西》5—161。（7）孔子见老子：1955年5月陕西绥德县刘家沟出土。《陕西山西》5—185。（8）周公辅成王：1975年陕西子洲县淮宁湾出土。《陕西山西》5—191。（9）荆轲刺秦王：1996年陕西神木大保当乡出土。《陕西山西》5—225。

（四）河南

（1）程婴杵臼，獒咬赵盾：1962年河南南阳卧龙区杨官寺墓出土。《河南》6—1。（2）聂政自屠：1972年河南唐河针织厂墓出土。《河南》6—12。（3）范雎受袍：1972年河南唐河针织厂墓出土。《河南》6—13。（4）聂政自屠：1972年河南唐河针织厂墓出土。《河南》6—14。（5）荆轲刺秦王：1972年河南唐河针织厂墓出土。《河南》6—15。（6）晏子见齐景公：1972年河南唐河针织厂墓出土。《河南》6—17。（7）启母化熊：河南登封太室山南麓启母阙背面。《河南》6—106。（8）人物故事：1933年河南南阳阮堂出土。《河南》6—201。（9）二桃杀三士：1975年河南南阳市区出土。《河南》6—211。（10）二桃杀三士：1975年河南南阳市区出土。《河南》6—218。（11）二桃杀三士：河南方城县城关镇出土。刘玉生：《方城汉画》，图142。（12）二桃杀三士：河南方城县博望镇出土。刘玉生：《方城汉画》，图143。（13）二桃杀三士：河南方城县广阳镇出土。刘玉生：《方城汉画》，图144。（14）二桃杀三士：河南方城县博望镇出土。刘玉生：《方城汉画》，图145。（15）鸿门宴故事：河南南阳。南阳博物馆编：《南阳汉代画像石刻》续编[①]，第48图。（16）二桃杀三士：河南南阳。河南省博物馆：《南阳汉画像石概述》，《文物》1973年第6期，图九。（17）二桃杀三士：河南南阳英庄汉画像石墓。南阳地区文物工作队、南阳县文化馆：《河南南阳英庄汉画像石墓》图十九：1。

（五）四川

（1）荆轲刺秦王：四川乐山市凌云山麻浩一号崖墓出土。《四川》7—1。（2）董永侍父：乐山柿子湾崖墓。《四川》7—17。（3）荆轲刺秦王：1975年四川合川县沙坪乡濮岩寺石室墓出土。《四川》7—60。（4）完璧归赵：1975年四川合川县沙坪乡濮岩寺石室墓出土。《四川》7—61。（5）董永侍父：四川渠县蒲家湾出土。《四川》7—68。（6）荆轲刺秦王：四川渠县王家坪出土。《四川》7—76。（7）高祖斩蛇：四川雅安市姚桥乡出土。《四川》7—84。（8）张良椎秦王：四川雅安市姚桥乡出土。《四川》7—85。（9）师旷鼓琴：四川雅安市姚桥乡出土。《四川》7—86。（10）季札挂剑：四川雅安市姚桥乡出土。《四川》7—88。（11）晏子不死君难：四川雅安市姚桥乡出土。《四川》7—89。（12）孔子见老子：四川新津崖墓。《四川》7—200。（13）神农故事、仓颉故事：四川新津崖墓。《四川》7—200。（14）秋胡戏妻：四川彭山崖墓。

① 南阳博物馆编：《南阳汉代画像石刻》续编，上海：上海人民出版社，1988年。

《四川》7—202。（15）得鼎故事：四川泸州十一号石棺。高文编著：《四川汉代石棺画像集》，北京：人民美术出版社，1998 年，图 174。（16）荆轲刺秦王：四川江安二号魏晋石棺。高文编著：《四川汉代石棺画像集》，图 219。（17）泗水捞鼎：四川江安二号魏晋石棺。高文编著：《四川汉代石棺画像集》，图 219。

二、汉画像砖历史故事题材画像

（一）河南

（1）二桃杀三士：新野樊集出土。中国画像砖全集编辑委员会编：《河南画像砖》，图 102。（2）二桃杀三士：新野樊集出土。南阳文物研究所编：《南阳汉代画像砖》，图 153、图 154。（3）泗水捞鼎：新野樊集出土。中国画像砖全集编辑委员会编：《河南画像砖》，106 图。（4）泗水捞鼎：新野出土。中国画像砖全集编辑委员会编：《河南画像砖》，图 107。（5）泗水捞鼎：河南南阳出土。南阳文物研究所编：《南阳汉代画像砖》，图 139。（6）孙自（子）六博：河南郑州。张秀清：《郑州汉画像砖概述》，《考古与文物》1987 年第 2 期，图一：6。（7）狗咬赵盾：河南郑州。张秀清：《郑州汉画像砖概述》，《考古与文物》1987 年第 2 期，图一：2。（8）孔子问童子：河南郑州。张秀清：《郑州汉画像砖概述》，《考古与文物》1987 年 2 期，图一：5。

（二）四川

泗水捞鼎：1986 年四川彭州市义和乡搜集。中国画像砖全集编辑委员会编：《四川汉画像砖》，图 154。顾森：《中国汉画像拓片精品集》引图，第 46 页。

（三）其他地区

（1）荆轲刺秦王：1974 年江苏高淳固城出土。中国画像砖全集编辑委员会编：《全国其他地区汉画像砖》，图 20。（2）二桃杀三士：1974 年江苏高淳固城出土。中国画像砖全集编辑委员会编：《全国其他地区汉画像砖》，图 29。（3）孔子见老子：1974 年江苏高淳固城出土。南京市博物馆：《江苏高淳固城东汉画像砖墓》，《考古》1989 年第 5 期，图七。

第十二章　汉画像历史故事画像与汉代文学研究的新发现（二）

——借助“孔子问学”画像构图所发现的文学现象

本章是“汉画像历史故事画像与汉代文学研究的新发现”系列研究的第二部分，以汉画像“孔子问学”历史故事画像为研究对象。在汉画像丰富的历史故事画像中，以“孔子问学”为构图内容的画像数量最多，并表现出了题旨和图像叙事意义上的丰富性特征和历时性的变异性特点，极具文学意义和价值。本章所采用的研究方法主要表现为图像叙事学意义上的图像解析分析方法，并将结合相关传世文献资料，在汉画像与文献资料的比较研究中，尝试发现在以往研究中被遮蔽的传统历史故事于汉代发展演变的文学现象。供本章研究的汉画像“孔子问学”历史故事画像资料共 30 份。上述画像除一份资料属于民间收藏性质之外，其余皆为墓葬出土；地域背景以山东为主，但涉及河南、陕西、四川、江苏等地，具有较广的涵盖面；在时间上涉及西汉宣帝至元帝的西汉前期、西汉元帝至平帝的西汉后期、西汉平帝至东汉章帝的两汉之交及东汉前期，以及东汉章帝以后的东汉后期，基本涵盖两汉时期各个历史阶段。因此，上述历史故事画像资料具备典型性和代表性。另外，上述 30 份画像资料及构图与出处情况，均以附录形式置于本章之后，以供参考。

第一节　文献资料梳理与研究的意义

传世文献“孔子问学”文献资料在叙事上呈现出三种类型，即“孔子见老子”“孔子师项橐”“二小儿问难孔子”。关于“孔子见老子”文献资料，在《庄子·天运》、《礼记·曾子问》、《吕氏春秋·当染》、《史记·老子韩非列传》、《史记·孔子世家》、《史记·仲尼弟子列传》、《史记·孔子世家》司马贞《索隐》、《史记·乐书》司马贞《索隐》、《新序·杂事第五》、《韩诗外传》、《白虎通义·辟雍》、《潜夫论·赞学》、《孔子家语·观周》、《水经注·渭水》均有载记。关于“孔子师项橐”文献资料，在《战国策·秦五》、《史记·樗里子甘茂列传》、《淮南子·说林训》、《淮南子·修务训》、《论衡·实知篇》、《新序·杂事第五》中有载记。关于“二小儿问难孔子”文献资料，则仅见《列子·汤问》中。[①]综观传世文献所载“孔子问学”历史事件，从历史故事的角度上看，大都人物关系单纯，情节简单，缺少历史故事所应该具有的展现矛盾冲突的复杂性叙事。

汉画像“孔子问学”历史故事画像表现出了图像叙事意义上的丰富性特征和历时性的变异性特点。这种图像叙事特点虽然属于图像构图的艺术范畴，也不能排除与相关画像作者的艺术追求或出资人的思想情感存在某种关联，但上述情况的表层意义和偶然因素却是无可否认的。我们在将汉画像“孔子问学”画像丰富而多变的图像叙述与传世文献所进行的比较研究中，发现了汉画像基于图像叙事意义上的故事性的发展与演变。我们尝试将上述现象视为具有文学意义的文学创作行为的图像展示。这样一种图像展示或将说明两个方面的文学问题：①历史叙述于两汉时期所发生的文学意义上的故事化演变问题；②这种演变与图像叙述相结合的传播性与流行性问题。不可否认，上述问题在以往秦汉文学研究中从无触及和思考。

总之，汉画像“孔子问学”历史故事画像能够运用图像构图并通过不同的构图元素的组合形式，展现出人物形象于思想和情感上丰富复杂的一面。上述情况既是画像构图的艺术表现形式，又应该与画像所依托的故事叙述中

---

① 按：传世文献所载三种类型“孔子问学”历史故事文献资料出处情况如下。第一，“孔子见老子”文献资料。①《庄子·天运》，王先谦：《庄子集解》卷四，国学整理社辑：《诸子集成》第三册，第92页。②《史记·孔子世家》，司马贞：《索隐》，司马迁：《史记》卷四十七，第1909页。③《礼记·曾子问》，孙希旦撰，沈啸寰、王星贤点校：《礼记集解》卷十九，第545-546页。④《吕氏春秋·当染》，高诱注：《吕氏春秋》卷二，国学整理社辑：《诸子集成》第六册，第20页。⑤《史记·老子韩非列传》，司马迁：《史记》卷六十三，第2140页。⑥《史记·孔子世家》，司马迁：《史记》卷四十七，第1909页。⑦《史记·仲尼弟子列传》，司马迁：《史记》卷六十七，第2186页。⑧《新序·杂事第五》，刘向编著，石光瑛校释，陈新整理：《新序校释》卷五，北京：中华书局，2009年，第648页。⑨《韩诗外传》，韩婴：《韩诗外传》卷五，程荣纂辑：《汉魏丛书》，第49页。⑩《白虎通义·辟雍》，陈立：《白虎通疏证》卷六，《新编诸子集成》第一辑，第255页。⑪《潜夫论·赞学》，王符：《潜夫论》第一，国学整理社辑：《诸子集成》第八册，第1页。⑫《孔子家语·观周》，王肃注：《孔子家语》卷三，上海：上海古籍出版社，1990年，第28页下、29页上。⑬《史记·乐书》，司马贞：《索隐》，司马迁：《史记》卷二十四，第1228页。⑭《水经注·渭水》，郦道元著，谭属春、陈爱平点校：《水经注》卷十七，第266页。第二，“孔子师项橐”文献资料。①《战国策·秦策五》，刘向集录，范祥雍笺证，范邦瑾协校：《战国策笺证》卷七，第459页。②《史记·樗里子甘茂列传》，司马迁：《史记》卷七十一，第2319页。③《淮南子·说林训》，刘向撰，高诱注：《淮南子》卷十七，国学整理社辑：《诸子集成》第七册，第294页。④《淮南子·修务训》，刘向：《淮南子》卷十九，国学整理社辑：《诸子集成》第七册，第342页。⑤《论衡·实知篇》，王充：《论衡》，国学整理社辑：《诸子集成》第七册，第254页。⑥《新序·杂事第五》，刘向编著，石光瑛校释，陈新整理：《新序校释》卷五，第774-775页。第三，“二小儿问难孔子”文献资料。《列子·汤问》，张湛：《列子注》卷五，国学整理社辑：《诸子集成》第三册，第58页。

的人物形象刻画、故事情节和细节的描绘有关。有赖于此，能够发现传世文献“孔子问学”历史叙述于两汉时期故事化演变的情况，并进一步了解汉代民间“孔子问学”历史故事于发展演变形态上更为真切而生动的一面。

第二节　传世文献“孔子问学”历史叙事类型与特点

传世文献“孔子问学”文献资料在叙事上呈现出三种类型，即：“孔子见老子”“孔子师项橐”“二小儿问难孔子”。在上述三种叙事类型中，以《孔子家语·观周》和《史记·孔子世家》为代表的类型，最具历史叙事的故事性特征。

一、传世文献“孔子问学”叙事类型与特点辨析

传世文献“孔子问学”文献资料在叙事上呈现出三种类型，并表现出三个方面特点。

（1）传世文献“孔子问学”文献资料，在事件叙述方面均以孔子“志于学”和“遍学”为本，并以其为中心展开叙述。《吕氏春秋·当染》云：“孔子学于老聃、孟苏、夔敬叔。”《史记·仲尼弟子列传》载：“孔子之所严事：于周则老子；于卫，蘧伯玉；于齐，晏平仲；于楚，老莱子；于郑，子产；于鲁，孟公绰。数称臧文仲、柳下惠、铜鞮伯华、介山子然，孔子皆后之，不並世。”《史记·乐书》司马贞《索隐》引《大戴礼》云：“孔子适周，访礼于老聃，学乐于苌弘是也。”知“孔子问学”是“遍学”而非“老子”一人，而孔子上述行为也与《论语》所言孔子“志于学”的品德相一致。据此而论，基于孔子“志于学”的品德和“遍学”的高行而形成的相关历史叙述当早有流传，而战国秦汉典籍“孔子问学”文献载记，当本于上述历史叙述。

（2）“项橐”事件或与《礼记·曾子问》所载“孔子见老子”事件存在联系，是由《礼记·曾子问》孔子“从老聃助葬于巷党”衍生而来。《礼记·曾子问》所载孔子“从老聃助葬于巷党”文字，在内容上与《庄子·天运》《史记·孔子世家》《孔子家语·观周》不同，明显自成一系，而且地域背景是“巷党”而非“周”。孙希旦《集解》云：“巷党，党名。”[①]《战国策·秦五》载

① 孙希旦撰，沈啸寰、王星贤点校：《礼记集解》卷十九，第546页。

有“项橐生七岁而为孔子师”文字。[①]《汉书·董仲舒传》云：“臣闻良玉不瑑，资质润美，不待刻瑑，此亡异于达巷党人不学而自知也。”孟康注云：“人，项橐也。”[②]知，将“项橐”与“达巷党人”联系起来的意见早已有之，而“达巷党人不学而自知”与“项橐七岁自知”相吻合。[③]值得注意的是，“项橐”故事的特点，在于博学的孔子屈尊问学于“童子”，其强烈而鲜明的反差性和对比性更突出了孔子志于学的品德。从这个意义上看，“项橐”故事的出现，或晚于“孔子见老子”历史叙述。

（3）“二小儿问难孔子”事件形成的时间，应晚于“孔子见老子”和“孔子师项橐故事”，并且在性质上与上述历史叙述不同。在《列子·汤问》所载“二小儿问难孔子”事件中，孔子并非“无所不知的博学者”的题旨异常明确，其结果势必对《史记·孔子世家》等秦汉典籍所确立的孔子“博学者”形象有所贬损。从这个意义上看，“二小儿问难孔子”事件与“孔子见老子”和“孔子师项橐”绝非同类，其构拟者和传播者恐非尊孔、敬孔之人。虽然《列子》作者“列御寇”在《庄子·逍遥游》中有载，但“二小儿问难孔子”事件与“列御寇”是否有关，则值得怀疑。《礼记·曾子问》“孔子从老聃助葬于巷党”即涉及“日有食而礼有变”之辨，“二小儿问难孔子”则是“日与人远近”之辨，后者在事件的形式、内容及主角等方面，都有承袭、引申前者和“孔子师项橐”之嫌。综上而言，《列子·汤问》“二小儿问难孔子”形成的时间，或应晚于“孔子见老子”和“孔子师项橐”，并且在性质上与上述历史叙述不同。

二、传世文献“孔子问学”历史叙事相关问题考辨

在传世文献“孔子问学”叙事类型中，“孔子见老子”类型的故事性叙事特点最为突出，同时也是汉画像最为常见和构图最为丰富的历史故事画像。故此，在上文讨论的基础上，尚有几个方面的问题需要进一步认识和明确。

（1）关于“孔子见老子”的时间和数次问题。根据14份“孔子见老子”文献资料，明确孔子曾经在“十七岁”和“五十一岁”两次适周见老子，而“资料编号3”的《礼记·曾子问》以孔子自述的形式谈及与老子共事而受学之事，但是没有明确的时间，且受学内容关涉丧葬礼制而与《孔子世家》及《孔子家语》的载记差异较大，或可视为独立资料。据此，在已知文献资

① 刘向集录，范祥雍笺证，范邦瑾协校：《战国策笺证》卷七，第459页。
② 班固著，颜师古注：《汉书》卷五十六，第2510页。
③ 按：关于“达巷党人”与“项橐”之关系的考辨文字，请参阅：俞正燮《癸巳类稿·项橐考》、刘师培《达巷党人考》。刘向集录，范祥雍笺证，范邦瑾协校：《战国策笺证》卷七引，第462页。

料中，孔子或在三个时间段三次“见老子”。需要注意的是，明确载记“孔子十七岁问学老子”的是《水经注》引《高士传》，其云“孔子年十七，遂适周见老聃”。《史记·孔子世家》载记“孔子见老子”事迹时，虽然没有明确“孔子年岁”，却将上述文字置于“十七岁之后”与“三十岁之前”的历史时间段，似乎意在说明这是孔子青年时期发生的事情。对此，司马贞《索隐》提出疑问，其据《庄子·天运》“孔子年五十一，南见老聃”及见老聃语“甚矣道之难行也”，而判断“此非十七之人语”，或为“既仕之后言耳。”又据《左传·昭公七年》“孟僖子病不能相礼”而“至二十四年卒”，引贾逵语：“仲尼时年三十五矣。”考《史记·孔子世家》载：“季氏飨士，孔子与往。阳虎绌曰：季氏飨士，非敢飨子也。孔子由是退。”此时孔子或年17岁，而“及釐子卒，懿子与鲁人南宫敬叔往学礼焉”必然是孔子17岁以后的事。是故，“孔子年十七”而“适周见老聃”不确。南宫敬叔“言鲁君请与孔子适周”，此“鲁君”或为“昭公”，或为“定公”。如在昭公时，则必在昭公奔齐前，即孔子35岁以前；如在定公时，则当在孔子43岁以后。

（2）关于《庄子·天运》《礼记·曾子问》所载“孔子见老子”的时间背景问题。在记载“孔子见老子”14份文献资料中，《庄子·天运》《礼记·曾子问》《史记·孔子世家》《孔子家语·观周》文字最为翔实丰富，其中《庄子》之《天运》属于“外篇”，其时间背景颇为复杂，而《礼记》也存在上述问题，即便如此，其所载“孔子见老子”文献资料的时间背景，亦当不会晚于《史记》和《孔子家语》。

（3）关于《孔子家语·观周》《史记·孔子世家》所载“孔子见老子”的渊源关系问题。《孔子家语·观周》与《史记·孔子世家》所载“孔子见老子”文字，在人物形象、情节细节、对话内容等方面基本一致，唯《孔子世家》颇为简略而《孔子家语》更为完整详尽，二者似乎存在渊源关系。河北定县八角廊40号汉墓出土竹简有《儒家者言》，与其内容接近的还有安徽阜阳双古堆1号墓出土竹简，上述竹简内容大多能在今本《孔子家语》中见到。是故，关于《孔子家语》著作时代自然出现新见：“旧说以为《孔子家语》，王肃伪作，今阜阳汉简木牍证明早在西汉初期，已有类似的书籍。”[①]“上述简牍的发现，证明自汉初已有《家语》，《史记》的《孔子世家》、《仲尼弟子列传》很可能有取于该书。”[②]据此联系《孔子家语》与《孔子世家》所载“孔子见老子”事迹，二者不仅存在渊源关系且《孔子世家》承袭《孔子家语》的判断或可确凿。

① 阜阳汉简整理组：《阜阳汉简简介》，《文物》1983年第2期。
② 李学勤：《简帛佚籍与学术史》，第395页。

（4）关于《礼记·曾子问》《孔子家语·观周》《史记·孔子世家》所载“孔子见老子”历史叙事的问题。以“孔子问学”为内容的文献资料虽然异常丰富，但如《史记·孔子世家》司马贞《索隐》引《庄子》、《吕氏春秋·当染》、《新序·杂事第五》、《韩诗外传》、《史记·仲尼弟子列传》、《白虎通义·辟雍》、《潜夫论·赞学》、《史记·乐书》司马贞《索隐》引《大戴礼》、《水经注·渭水》引《高士传》等文献资料，皆为概括性记载或总括性文字，毫无情节可言；而《庄子·天运》“孔子见老子”文献资料，其特点是以“孔”“老”对话的形式论道说理，与情节性的叙事同样不相符合。于是，具有情节性叙事性质和特点的文献资料，就只有《礼记·曾子问》《孔子家语·观周》《史记·孔子世家》《史记·老子韩非列传》所载相关文献资料了。

（5）关于《礼记·曾子问》《孔子家语·观周》《史记·孔子世家》所载“孔子见老子”情节特点的问题。从故事情节的角度来审视，传世文献“孔子见老子”历史叙事，又可以分为三种类型：《礼记·曾子问》类型；《史记·老子韩非列传》类型；《孔子家语·观周》与《史记·孔子世家》类型。上述三种类型在人物形象、情节细节、叙事内容、地域背景等方面均表现出较为明显的差异。①《礼记·曾子问》类型：以“曾子”的“问语”引出“孔子问学”之事；再以孔子的“回忆”叙述“事件”发生的时间、地点和双方的对话（主要是老子的“回语”）。不论是“曾子的问题”还是“孔子的回忆”，抑或是“老子的回语”，其内容针对性明确，即丧葬礼制的问题。地域背景具体而明确，且与项橐故事的地域背景可能存在联系。②《史记·老子韩非列传》类型：在“老子回语”内容上，与《孔子家语》《孔子世家》相异。从“老子回语”和“孔子评论”的语气和内容看，老子教诲和孔子仰慕的形象特征异常鲜明。再从事件的发生和发展看，有事件的发生，但缺少事件的发展和结局。最后从孔子与老子的关系上看，《孔子世家》和《孔子家语》所重点表现的是“老子送孔子”并“赠言孔子”，而《老子韩非列传》则恰好相反，是“孔子见老子”而“老子教诲”。从这个意义上说，《老子韩非列传》“孔子见老子”文字，其所根据的“本事”似乎仍然是“南宫敬叔陪同孔子适周问礼”之事，但是事件叙述的立足点或倾向性截然不同，故上述事件的叙述者就极有可能不是孔门弟子或儒家学者而是道家者流。③《孔子家语·观周》与《史记·孔子世家》类型：由“南宫敬叔”报请“鲁君”批准“请与孔子适周”揭开事件的序幕；再以“鲁君”同意并给予资助（一乘车、二马、一竖子）为事件的开端；接着以孔子至周会见老子为事件的进展，以“老子送之”并“赠语”为事件的高潮；最后以孔子返鲁，事业学问有所发展为事件的结局。

基于此，尝试对传世文献“孔子见老子”历史叙事给出如下意见。

（1）《史记·老子韩非列传》类型最值得注意之处有二：①直接叙述“孔子见老子”而“老子曰”，而非“孔子适周”临别而“老子赠言”；②老子之教诲和孔子之仰慕的形象特征极为鲜明。上述两点必然导致两种情况的出现：首先情节性叙事被弱化，致使“直奔主题”的情况发生；其次叙述的立足点虽然仍然是“孔子问学于老子”，但是题旨却由“孔子问学”而转移到老子的教诲和对老子的尊崇和赞颂。上述情况或意味着下面事实的存在：《史记·老子韩非列传》类型和《孔子家语·观周》与《史记·孔子世家》类型虽然于“本事”上“同源”，但缘于叙述者或传播者思想、情感等方面的不同而导致情节、细节、人物形象、内容题旨等方面都存在差异，而上述差异性是否与这一历史叙述于特定地域或特殊群体的流行性和传播性有关，则需要进一步研究和明确。

（2）《孔子家语·观周》与《史记·孔子世家》类型最具历史叙事的故事性特征，其最为独特之处是由序幕、开端、进展、高潮、结局的脉络演进而构成有序而完整的叙述，而上述有序而完整的叙述又是通过或凭借不同人物的言与行的贯穿或勾连来实现的。从这个意义上看，《孔子家语·观周》与《史记·孔子世家》类型已经成为“故事化历史叙事”最为典型者，其特点及由上述特点而构成的意义与价值，是其他类型所不具备的，那就是由“故事化历史叙事”形成的历史叙事的故事性特征。

第三节　汉画像“孔子问学”画像图像叙事类型与特点

供研究的汉画像“孔子问学”画像共30份。根据上述画像资料所属墓葬年代或年代范围，可以将年代划分为4个历史阶段：西汉宣帝至元帝的西汉前期；西汉元帝至平帝的西汉后期；西汉平帝至东汉章帝的两汉之交及东汉前期；东汉章帝以后的东汉后期。下面尝试对上述4个历史阶段“孔子问学”画像构图中主要人物形象刻画情况进行考察，并在画像人物关系构图形式方面进行总结。

一、汉画像“孔子问学”画像人物关系叙述类型与特点

对30份“孔子问学”画像构图中主要人物形象刻画情况进行考察，画像在

表现“孔子”“孔子弟子”“老子”“老子弟子”“童子”诸位人物关系时，在人物关系构图形式方面呈现出7种类型。具体情况见表12-1至表12-3所示。[①]

表12-1　30份“孔子问学”画像人物形象构图情况

原始编号	老子			童子			孔子		
	位置	造型	其他	位置	造型	其他	位置	造型	其他
01	左向	站立		左向	昂首		右向	躬身	
02	左向	站立	曲杖	左向	昂首	推轮	右向	躬身	
03				左向	昂首	推轮	右向	站立	
04	右向	站立	曲杖				左向	跪拜	
05	右向	站立	曲杖	右向	昂首	推轮	左向	躬身	鸠杖
06	左向	站立	曲杖	左向	昂首	推轮	右向	躬身	
07	右向	站立		右向	昂首		左向	躬身	
08	右向	昂首站立	鸠杖佩剑				左向	躬身	佩刀
09	右向	站立	曲杖	右向	昂首	推轮	左向	躬身	
10	左向	站立		左向	站立		右向	躬身	曲杖
11	右向	躬身	曲杖	右向	昂首	推轮	左向	躬身	捧雁
12	左向	站立	曲杖	左向	昂首	推轮	右向	躬身	
13	右向	躬身	曲杖	右向	昂首	推轮	左向	躬身	
14	右向	躬身	曲杖	右向	昂首		左向	躬身	佩剑
15	右向	躬身	曲杖	右向	昂首		左向	躬身	曲杖
16	右向	躬身	曲杖	右向	昂首	轮	左向	躬身	捧雁
17	左向	躬身	曲杖	左向	昂首		右向	躬身	佩剑
18	右向	躬身		右向	昂首		左向	躬身	
19	右向	躬身	鸠杖				左向	躬身	佩剑
20	左向	躬身	曲杖	左向	昂首	推轮	右向	站立	
21	左向	站立		左向	站立		右向	躬身	佩剑
22	右向	躬身	曲杖	右向	昂首	推轮	左向	躬身	
23	右向	躬身	曲杖				左向	躬身	
24	右向	躬身	鸠杖	位于孔子身后	站立	左手托一鸟右手执风车	左向	躬身	

① 按：需要说明的是，在上述30份“孔子问学”画像中，有5份画像资料所属墓葬及墓葬年代或年代范围不能明确，分别是原始编号的21、22、23、29、30画像资料。在表12-3及以后相关统计中已将上述5份画像资料排除在外。下文关于汉画像“孔子问学”画像人物关系叙述类型及特点的考察与分析，即以其他25份画像资料为对象。

续表

原始编号	老子			童子			孔子		
	位置	造型	其他	位置	造型	其他	位置	造型	其他
25	左向	躬身	拄杖	左向	站立	推轮	右向	躬身	抱鸡
26	中央	站立					右向	拜见	
27	右向	立		左向	昂首	手推双轮小车	左向	躬身	捧鸠
28	右向	站立					左向	拜见	
29				右向	昂首	举手	左向	躬身	鸠杖
30	右向	站立		右向	站立		左向	躬身	

表 12-2　30 份“孔子问学”画像所属墓葬年代、地理位置、画像性质

原始编号	画像所属墓葬年代	墓葬地理位置及画像性质
10	西汉宣帝至元帝时期（公元前 73—前 33 年）	山东微山县微山岛沟南村出土
26	西汉元帝至平帝时期（公元前 48—公元 5 年）	山东兖州农机学校出土
24	西汉平帝至东汉章帝时期（公元 1—88 年）	山东郯城县庙山乡出土
01	东汉章帝元和三年（公元 86 年）	山东平邑黄圣卿东阙北面
02	东汉章帝章和元年（公元 86 年）	山东平邑功曹阙北面
13	东汉早期（公元 25—88 年）	山东嘉祥县满硐乡宋山出土
14	东汉早期（公元 25—88 年）	山东嘉祥县纸坊镇敬老院出土
15	东汉早期（公元 25—88 年）	山东嘉祥县纸坊镇敬老院出土
17	东汉早期（公元 25—88 年）	山东嘉祥县城东北五老洼出土
18	东汉早期（公元 25—88 年）	山东嘉祥县城东北五老洼出土
05	东汉章帝时期（公元 76—88 年）	山东长清县孝里镇孝堂山石祠后壁
03	东汉桓帝建和元年（公元 147 年）	山东嘉祥武氏西阙正阙身北面
04	东汉桓帝建和元年（公元 147 年）	山东嘉祥武氏西阙正阙身南面
25	东汉晚期（公元 132—175 年）	山东东阿县邓庙汉画像石墓中室北梁
06	东汉灵帝建宁元年（公元 168 年）	山东嘉祥武氏祠前石室后壁东段承檐石
11	东汉晚期（公元 147—189 年）	山东嘉祥县满硐乡宋山出土
12	东汉晚期（公元 147—189 年）	山东嘉祥县满硐乡宋山出土
16	东汉晚期（公元 147—189 年）	山东嘉祥县城西南齐山出土
19	东汉晚期（公元 147—189 年）	山东滕州市官桥镇后掌大出土
20	东汉晚期（公元 147—189 年）	山东滕州市官桥镇车站村出土
27	东汉晚期（公元 25—220 年）	陕西绥德县刘家沟出土右立柱
28	东汉晚期（公元 25—220 年）	四川新津崖墓石函一侧

续表

原始编号	画像所属墓葬年代	墓葬地理位置及画像性质
07	东汉晚期（公元 147—220 年）	山东安丘汉墓中室南壁横额左段
08	东汉晚期（公元 147—220 年）	山东沂南汉墓中室西壁南侧
09	东汉晚期（公元 147—220 年）	山东大汶口汉墓门楣东段
21	不明	山东嘉祥出土
22	不明	山东嘉祥满洞乡宋山出土
23	不明	不详
29	不明	河南郑州
30	不明	江苏高淳固城出土

表 12-3 25 份“孔子问学”画像人物关系构图形式情况

构图类型	孔子	孔子弟子	老子	童子	老子弟子	数量/份
Ⅰ	●		●			1
Ⅱ	●			●		1
Ⅲ	●		●	●	●	1
Ⅳ	●		●	●		3
Ⅴ	●	●	●			4
Ⅵ	●	●	●	●	●	2
Ⅶ	●	●	●	●		13

从图像叙事意义出发，以作为主要人物形象的孔子作为叙事的起点和发生者，则上述 25 份“孔子问学”画像人物关系构图形式（即“构图类型”）能够转化为图像叙事意义上的人物关系叙述形式（即“叙述类型”）。具体情况如表 12-4 所示。

表 12-4 25 份“孔子问学”画像人物关系叙述形式情况

叙述类型	内容	画像数量/份
Ⅰ	孔子见老子	1
Ⅱ	孔子见童子	1
Ⅲ	孔子见老子、童子和老子弟子	1
Ⅳ	孔子见老子和童子	3
Ⅴ	孔子率弟子见老子	4
Ⅵ	孔子率弟子见老子、童子和老子弟子	2
Ⅶ	孔子率弟子见老子和童子	13

汉画像“孔子问学”画像主要人物形象是老子、孔子和童子，如果将作为次要人物形象的老子弟子和孔子弟子排除在外，则这种人物关系叙述形式或可整合为三种，即如表 12-5 所示。

表 12-5 将次要人物形象排除以后的 25 份“孔子问学”画像人物关系叙述形式

整合后叙述类型	原叙述类型	内容	画像数量/份
类型一	Ⅰ、Ⅴ	孔子见老子	5
类型二	Ⅱ	孔子见童子	1
类型三	Ⅲ、Ⅳ、Ⅵ、Ⅶ	孔子见老子和童子	19

基于此，30 份汉画像“孔子问学”画像人物关系叙述形式地域背景情况，则如表 12-6 和表 12-7 所做梳理。①

表 12-6 30 份“孔子问学”画像人物关系叙述形式地域背景情况

叙述类型	内容	数量/份	画像所属地域和数量
Ⅰ	孔子见老子	1	山东沂南（1）
Ⅱ	孔子见童子	1（1）	山东嘉祥（1） 河南郑州（1）
Ⅲ	孔子见老子、童子和老子弟子	1	山东嘉祥（1）
Ⅳ	孔子见老子和童子	3（1）	山东嘉祥（1） 山东滕州（1） 陕西绥德（1） 江苏高淳（1）
Ⅴ	孔子率弟子见老子	4	山东兖州（1） 山东滕州（1） 山东嘉祥（1） 四川新津（1）
Ⅵ	孔子率弟子见老子、童子和老子弟子	2	山东长清（1） 山东郯城（1）
Ⅶ	孔子率弟子见老子和童子	13（2）	山东微山（1） 山东安丘（1） 山东东阿（1） 山东泰安（1） 山东平邑（2） 山东嘉祥（9）
补Ⅷ	孔子率弟子见老子和老子弟子	1	地域不明（1）

① 按：对于汉画像“孔子问学”画像人物关系构图形式的考察，由于原始编号 21、22、23、29、30 这 5 份画像资料所属墓葬及墓葬年代或年代范围不能明确，故上述 5 份画像资料在上文相关问题的研究和讨论中被排除在外，而目前关于人物关系叙述形式地域背景的考察，则有必要将上述 5 份画像资料重新纳入研究和讨论的范围。另外，原始编号 23 画像所呈现的人物关系叙述形式为“孔子率弟子见老子和老子弟子”，上述人物关系叙述形式不在原 25 份画像所归纳的 7 种类型之中，故 12-6、表 12-7 所列人物关系叙述形式相应地增加为 8 种。

表 12-7　30 份“孔子问学”画像地域背景与人物关系叙述形式比较

画像所属地域	内容	叙述类型
山东沂南	孔子见老子	Ⅰ
河南郑州	孔子见童子	Ⅱ
陕西绥德	孔子见老子和童子	Ⅳ
江苏高淳	孔子见老子和童子	Ⅳ
山东兖州	孔子率弟子见老子	Ⅴ
四川新津	孔子率弟子见老子	Ⅴ
地域不明	孔子率弟子见老子和老子弟子	补Ⅷ
山东长清	孔子率弟子见老子、童子和老子弟子	Ⅵ
山东郯城	孔子率弟子见老子、童子和老子弟子	Ⅵ
山东微山	孔子率弟子见老子和童子	Ⅶ
山东安丘	孔子率弟子见老子和童子	Ⅶ
山东东阿	孔子率弟子见老子和童子	Ⅶ
山东泰安	孔子率弟子见老子和童子	Ⅶ
山东平邑	孔子率弟子见老子和童子	Ⅶ
山东滕州	孔子见老子和童子	Ⅳ
	孔子率弟子见老子	Ⅴ
山东嘉祥	孔子率弟子见老子和童子	Ⅷ
	孔子见童子	Ⅱ
	孔子见老子、童子和老子弟子	Ⅲ
	孔子见老子和童子	Ⅳ
	孔子率弟子见老子	Ⅴ

尝试对汉画像“孔子问学”画像人物关系叙述形式分析如下：①在地域背景情况考察中，人物关系叙述形式跨地域性存在的特点颇为鲜明，如第二、四、五类型均呈现出上述特点，而且第四类型呈现出山东、陕西、江苏跨地域性存在的情况。②第七类型不但画像资料数量最多，而且在地域背景上进一步体现出覆盖面广且集中的特点。前一方面主要表现在覆盖了山东地域的微山、安丘、东阿、泰安、平邑、嘉祥 6 个地区，是其他 7 种类型所无法比拟的，后一方面则主要表现在均集于“鲁西南”的地域特点。③在 30 份汉画像“孔子问学”画像人物关系叙述形式地域背景情况考察中，除一份画像资料“地域不明”外，共涉及山东、河南、陕西、江苏、四川区域的沂南、兖州、长清、郯城、微山、安丘、东阿、泰安、平邑、滕州、嘉祥、郑州、绥

德、高淳、新津地域，而在上述地域中，只有山东的滕州和嘉祥存在两种和两种以上类型，并在嘉祥表现得最为丰富。

结论如下。①在人物关系叙述形式 7 种类型中，第七类型出现时间最早。与第七类型相近的还有第三、四、六类型，上述 4 个类型涉及画像 19 份，占 76%，覆盖地域主要集中于今天“鲁西南”的微山、安丘、东阿、泰安、平邑、嘉祥、长清、郯城、滕州，同时亦在今天陕西和江苏出现。②上述情况说明第七类型可能是汉画像“孔子问学”画像人物关系叙述形式之基本形式，第三、四、六类型或是从上述基本形式中演化而来，上述类型在 4 个历史阶段的“鲁西南”最为流行，或是“孔子问学”画像主要构图形式。③将 30 份画像人物关系叙述形式中的“非主要人物形象”（如“老子弟子”“孔子弟子”）剔除，则画像所表现的人物关系叙述形式将更为单纯，或即表现为“孔子见老子”“孔子见童子”“孔子见老子和童子”三种形式，其中“孔子见老子和童子”形式在画像实例数量、地域覆盖面、历史阶段跨越性等方面都是其他形式无法比拟的，上述情况或意味着以“孔子见老子和童子”为人物关系叙述形式的构图形式，是汉画像“孔子问学”画像最为主要和典型者。

二、汉画像与传世文献比较研究中的历史叙事与历史故事

将“孔子问学”画像与传世文献进行比较，双方在“孔子见老子”与“孔子见童子”（“孔子师项橐”）两个类型上完全相同，但汉画像“孔子见老子和童子”形式则没有在传世文献中出现，传世文献中“二小儿问难孔子”同样没有在汉画像中出现。对此，尝试从双方相关问题的比较研究中进一步讨论。

（1）《列子·汤问》所载“二小儿问难孔子”故事在两汉时期可能少有流传。“孔子问学”画像中“孔子见童子”形式仅存 2 例，其中 1 例的时代背景为“东汉章帝以后的东汉后期”，而且上述画像构图中与“孔子”相见的“童子”皆为一人，与《列子·汤问》所载“二小儿”并不相符。是故，画像所表现的或与《列子·汤问》所载故事无关。上述情况或许能够说明《列子·汤问》所载故事可能在汉代少有流传。值得注意的是，在上文关于传世文献“孔子问学”叙事类型及特点的讨论中，有关《列子·汤问》“二小儿问难孔子”故事的意见有二：一是形成时间应晚于“孔子见老子”和“孔子师项橐”，二是与“孔子师项橐”的性质不同，当非同类。根据上述意见并结合汉画像“孔子见童子”形式仅存 2 例的情况，或能做出较为明确的判断：《列

子·汤问》所载故事可能在汉代少有流传，其原因或与上述故事所确立的对孔子“博学者”形象有所贬损的题旨有关。

（2）传世文献“孔子见老子”历史叙事在汉代流传时间早且地域广泛。“孔子问学”画像中“孔子见老子”形式存5例，其中原始编号26画像资料时代背景为“西汉元帝至平帝的西汉后期”，其余为“东汉章帝以后的东汉后期”，而且地域背景趋于复杂，除出现在山东鲁西南的兖州、嘉祥、滕州三角区，以及与其平行而位于其东部的沂南外，更出现在四川新津。在没有获得新的画像资料的前提下，或说明“孔子见老子”历史故事早在“西汉元帝至平帝的西汉后期”的今山东兖州地区就已经出现，并在“东汉章帝以后的东汉后期”的今山东嘉祥、滕州、沂南和四川新津等地域得到更为广泛的流传。

（3）“南宫敬叔”和“鲁国故地”或是“孔子见老子”历史叙事的传播者和发生地。“孔子问学”画像中“孔子见老子”形式，与传世文献“孔子见老子”叙事类型，当是基于相同的传说故事的图像表现和文献载记。民间传说故事的时间性往往呈现出模糊的特点，《孔子家语》所载“孔子见老子”事迹亦不例外。《孔子家语》言“鲁君”而并未明确是哪位“鲁君”，在时间上已经模糊，至《孔子世家》亦言“鲁君”，但将其置于“鲁昭公二十年”之前，说明司马迁从“史实”角度希望给予“孔子见老子”事件一个颇为准确的时间定位。上述情况说明早在《孔子家语》载记“孔子见老子”事迹的时候，事件发生的确切时间就已经弄不清楚了，只好以“鲁君”模糊处理，因此《孔子家语》所载“孔子见老子”事迹或当源于民间传说故事。

上述民间传说故事的初传者可能与“南宫敬叔”有关，“南宫敬叔”族群的居住地或即故事最初流传地域，汉画像“孔子见老子”形式画像资料出土地点集中于兖州、嘉祥、滕州的事实似乎也能说明问题。“南宫敬叔”在《孔子家语》所载“孔子见老子”事迹中颇为重要，这个人既是报请“鲁君”批准“请与孔子适周”的“联系人”，又自然成为跟随孔子适周的唯一“弟子”。上述情况与原始编号26画像资料中“弟子1人”的构图形式完全相同。

考《史记·孔子世家》载：“及釐子卒，懿子与鲁人南宫敬叔往学礼焉。”[①]《索隐》云：“敬叔与懿子皆孟僖子之子。”[②]春秋时孟孙氏采邑郕，在今山东宁阳东北，属鲁之北境，其南即今山东兖州，与原始编号2画像资料出土地点相临近，且皆为春秋时鲁之故地。汉画像“孔子见老子”形式画像

① 司马迁：《史记》卷四十七，第1908页。
② 司马贞：《索隐》，司马迁：《史记》卷四十七，第1909页。

资料出土地点的兖州、嘉祥、滕州，皆为春秋时期鲁国故地或属国。上述地域也是目前所知文献资料中“南宫敬叔”父亲“孟僖子”和生母“泉丘女”的主要活动区域。“南宫敬叔”生母“泉丘女”为“鲁人”。《左传·昭公十一年》载：“孟僖子会邾庄公盟于祲祥”而“反自祲祥，宿于薳氏，生懿子及南宫敬叔于泉丘人”[①]。“故邾国，鲁之附庸，鲁穆公改邾为邹，因邹山以为名。”[②]汉时邹县亦位于今山东滕州与兖州之间，孟僖子“反自祲祥”而“宿于薳氏”，故其与泉丘女相会之处当在上述地域之内。《左传·昭公十一年》又载：“泉丘人有女梦以其帷幕孟氏之庙，遂奔僖子，其僚从之。盟于清丘之社，曰：有子，无相弃也。”[③]汉济阴郡成阳县有“清丘”，其地属《禹贡》兖州之域，春秋时为卫国之地。春秋战国时期土地崇拜和祭祀带有强烈的地域和族群色彩，因此这个“清丘之社”不太可能远在卫国属地之上，而应当是孟僖子或泉丘女宗族的社祭之处。

综上，根据《孔子家语》和《孔子世家》所载文献资料，“南宫敬叔”以弟子身份随“孔子适周”，自然成为“孔子见老子”事件的唯一参与者，而在汉画像“孔子见老子”形式所见 5 例画像中，有 3 例画像的地域背景属于春秋时期鲁国故地，其中原始编号 26 画像资料的地域背景与春秋时期孟孙氏采邑郕地相邻。上述情况似乎能够揭示“南宫敬叔”与“传说故事”、鲁国故地与画像资料所存在的联系：那就是“南宫敬叔”有可能就是“孔子见老子”历史叙事的始作俑者或最初传播者，而鲁国故地又是最初流传地和图像表现的发源地。

（4）汉画像“孔子见老子和童子”或是传统故事中新故事的图像再现。如前所述，传世文献“孔子见老子”在叙事形式上又可以分为三种类型，其中“《孔子家语·观周》与《史记·孔子世家》类型”已经成为“故事性历史叙事”最为典型者，其最为突出的特点，是由“故事性历史叙事”而形成的“历史叙事的故事性特征”，而且上述特点是其他类型所不具备的。值得注意的是，上述类型已经在汉画像中以图像构图的形式表现出来。然而，将其与“孔子见老子和童子”画像进行比较，尚存在如下问题：①画像资料数量较少，仅占统计资料的 2%，而后者为 76%；②相应地资料覆盖地域小于后者；③资料的时间背景同样晚于后者。

据此，尝试得出如下认识：①传世文献“孔子见老子”历史叙事中的“《孔子家语·观周》与《史记·孔子世家》类型”，虽然在汉代仍然存在，但是在传播性和流行性等方面均呈现出某种局限性，汉画像“孔子见老子”形式，

---

① 左丘明传，杜预集解：《春秋左传集解》卷二十二，第 1339 页。
② 李吉甫撰，贺次君点校：《元和郡县图志》卷十，第 266 页。
③ 左丘明传，杜预集解：《春秋左传集解》卷二十二，第 1339 页。

画像数量少、地域覆盖面窄、最早画像资料的时间背景晚于“孔子见老子和童子”形式等问题，可能正是上述情况的表现和反映。②基于上述考虑，汉画像“孔子问学”画像中“孔子见老子和童子”形式，才是汉画像“孔子问学”画像人物关系叙述形式之主要形式，而上述画像所依托的传说故事，当是两汉时期传播地域广且知名度高的传说故事。

从图像构图角度上看，“孔子见老子和童子”形式画像的出现，不排除单纯艺术设计上的考虑，即“画工”将“孔子见老子”和“孔子师项橐”通过一个画面形式整合并集中地表现出来的可能。显然，如果上述推断符合事实而得以成立，也就意味着这种“单纯艺术设计上的考虑”早在“西汉宣帝至元帝的西汉前期”就已经出现并付诸实践。对此，我们的观点如下：地域性鲜明的约定俗成的共识性底线的坚守和承传，是古代丧葬习俗的原则。联系到汉画像艺术表现，“画工”于图像构图方面单纯艺术设计上的考虑或许存在，但整体构图所秉承的“约定俗成的共识性底线”必须遵守，否则会遭到丧家的反对而导致相关市场的萎缩或丢失，因此冒险而随意的情况是很难出现的。从这个意义上看，汉画像“孔子见老子和童子”构图形式“背后”所存在的“约定俗成的共识性底线”，就是以“孔子见老子和童子”为内容和形式的“传说故事”。

再者，传世文献“孔子见老子”与“孔子师项橐”存在联系的情况，也为“孔子问学”历史故事于两汉时期的发展演变提供了可能的方向和途径，那就是“孔子见老子”和“孔子师项橐”相互融合而形成“新故事”的可能。这个新故事能够将“问学”与“不耻下问”联系起来并整合在一起，从而使“志于学”的题旨更为突出和鲜明。不可否认，上述情况与汉代强调“学习”的社会舆论和“尊孔读经”的社会风气并行不悖。如果上述推断符合事实而得以成立，依据原始编号10画像资料的时间背景，则“孔子见老子”“项橐故事”于两汉时期存在和流传的同时，“孔子见老子和童子”的“新故事”至迟在“西汉宣帝至元帝的西汉前期”就已经形成并开始传播。值得注意的是，上述画像资料在地域背景上呈现出三级的放射性存在情况：山东郯城、平邑、嘉祥的第一级；山东安丘、泰安、东阿的第二级；陕西绥德的第三极。如果将上述情况与“孔子见老子和童子”故事的传播情况联系起来考察，则上述画像资料在地域背景上的情况，或许可以在上述地域传播轨迹的研究给予启发。

综上所述，尝试得出如下结论性意见。①传统意义上的“孔子问学”历史叙事，即是战国秦汉文献资料所载记的对象，也是汉画像艺术表现的对象，上述历史叙事形成的时间当在汉代之前。孔子弟子“南宫敬叔”或与上述历史叙事中“孔子见老子”的创作和传播存在关联，上述历史叙事在两汉时期的鲁国故地仍然流传，而上述地域可能就是这一历史叙事图像表现的最初发生地。②在汉代流传的“孔子问学”历史故事中，除了“孔子见老子”“孔子师项橐”之外，可能还出现了“孔子见老子和童子”的“新故事”。后者以“孔子”同时“问学”于“老子”和“童子”为主要情节，在内容上与传统故事不同，且不能与传统文献资料相对应。上述“新故事”在汉代出现的时间最早、流传地域最广，可见出极高的知名度和传播性，但上述“新故事”图像表现的最初发生地，却并非鲁国故地，而是汉封国楚国地域沛县境内的微山，又在陕西靖边县新莽时期（公元 9—23 年）汉墓壁画中同样存在，并在今天的鲁西南地域而呈放射状分布，进而覆盖鲁国故地及更远的地域。上述情况或与“新故事”流行与传播有关，能否将这种呈放射状分布情况视为传播轨迹，尚需更多相关汉画像资料的佐证。

第四节　汉画像“孔子问学”修饰性构图元素与流行学分析

在汉画像“孔子问学”画像主要人物形象塑造上，存在着具有规定或修饰作用的构图元素，姑且称之为“修饰性构图元素”。“孔子问学”画像中修饰性构图元素不但极为丰富，而且伴随着时间背景的变化呈现出不同的特点。上述修饰性构图元素于构图意义上的作用并不相同，但却缘于其对人物形象的规定或修饰作用，而自然生成某种思想或情感的成分和意义。因此，能够借助这种修饰性构图元素的特点和变化，而进一步发现历史故事本身发展与演变的情况。

一、汉画像“孔子问学”画像修饰性构图元素的考察

尝试以供研究的 30 份“孔子问学”画像为对象，同时将其中画像资料所属墓葬及墓葬年代或年代范围不能明确的原始编号 21、22、23、29、30 画像资料排除在外，而对其中 25 份画像的修饰性构图元素做进一步考察，并以如下内容为重点：①修饰性构图元素存在情况；②修饰性构图元素单项数量情况；③4 个历史阶段中修饰性构图元素初次出现情况。具体情况见表 12-8—表 12-10 所示。

表 12-8　汉画像“孔子问学”画像修饰性构图元素存在情况

历史阶段	原始编号	老子（弟子）					孔子（弟子）										童子				
		站立	躬身	曲杖	鸠杖	恭立	躬身	站立	跪拜	拄杖	佩剑	佩刀	捧雁	抱鸡	捧鸠	恭立	单轮	双轮	托鸟	风车	站立
一	10	●					●			●						●					●
二	26	●					●									●					
三	24		●		●	●	●									●			●	●	●
	01	●					●									●					●
	02	●		●			●									●	●				●
	13		●	●			●									●	●				●
	14		●	●		●	●				●										●
	15		●	●			●			●											●
	17		●	●			●				●					●					●
	18		●				●									●					●
	05	●		●		●	●			●						●	●				●
四	03							●									●				●
	04	●		●					●							●					
	25		●	●			●							●		●	●				●
	06	●		●		●	●				●					●	●				●
	11		●	●		●	●						●			●	●				●
	12	●		●			●									●	●				●
	16		●	●		●	●						●			●	●				●
	19	●					●				●					●					
	20		●	●				●									●				●
	27	●					●								●			●			●
	28	●					●									●					
	07	●					●									●					●
	08	●					●					●									
	09	●			●	●	●				●					●	●				●

表 12-9　汉画像“孔子问学”画像修饰性构图元素单项数量情况考察表

单项	总数量/份	百分比/%
（老子）站立	14	58
（老子）躬身	10	42

续表

单项	总数量/份		百分比/%
（老子）曲杖	13	15	62
（老子）鸠杖	2		
（老子弟子）恭立	7		29
（孔子）躬身	22		92
（孔子）站立	1（1）		8
（孔子）跪拜	1		4
（孔子）拄杖	3		13
（孔子）佩剑	5	6	25
（孔子）佩刀	1		
（孔子弟子）恭立	19		79
（孔子）捧雁	2	4	17
（孔子）抱鸡	1		
（孔子）捧鸠	1		
（童子）站立	20		80
（童子）单轮	11	14	56
（童子）双轮	1		
（童子）托鸟	1		
（童子）风车	1		

表 12-10　汉画像“孔子问学”画像人物形象修饰性构图元素初次出现情况考察表

历史阶段	原始编号	老子（弟子）					孔子（弟子）										童子				
		站立	躬身	曲杖	鸠杖	站立	躬身	站立	跪拜	拄杖	佩剑	佩刀	捧雁	抱鸡	捧鸠	恭立	单轮	双轮	托鸟	风车	站立
一	10	●					●			●						●					●
二	26																				
	24		●		●	●													●	●	
	01																				
	02			●													●				
	13																				
三	14										●										
	15																				
	17																				
	18																				
	05																				

续表

历史阶段	原始编号	老子（弟子）					孔子（弟子）										童子				
		站立	躬身	曲杖	鸠杖	站立	躬身	站立	跪拜	拄杖	佩剑	佩刀	捧雁	抱鸡	捧鸠	恭立	单轮	双轮	托鸟	风车	站立
四	03							●													
	04								●												
	25													●							
	06																				
	11												●								
	12																				
	16																				
	19																				
	20																				
	27														●			●			
	28																				
	07																				
	08											●									
	09																				

对“孔子问学”画像修饰性构图元素考察情况进行梳理，如下 4 个方面的情况值得关注：①某些修饰性构图元素出现频率高或较高，反映出稳定或相对稳定的存在状态，前者如：“（老子）站立”“（孔子）躬身”“（孔子弟子）恭立”“（童子）站立”，后者如“（老子）曲杖”“（老子）躬身”“（童子）单轮”等。[①]②在 25 份“孔子问学”画像含有老子形象的 24 份资料中，老子形象“站立”与“躬身”分别为 14 份和 10 份，而“孔子”形象“站立”与“躬身”分别为 1 份和 22 份。上述情况说明在上述 24 份画像中，92%的画像中的“孔子”是以“躬身”面对“老子”的。③在 25 份“孔子问学”画像含有老子形象的 24 份资料中，老子形象以手拄或手扶“曲杖”或“鸠杖”出现的构图形式达到 15 份，而相应的孔子形象则 3 份；反之，孔子形象“佩刀”和“佩剑”的构图形式则达到 6 份。显然，上述情况又可以与孔子与老子形象“躬身”与“站立”的身形特点联系起来。④在 25 份“孔子问学”画像中“童子”形象出现的频率较高，而画像在表现这一形象时所刻意使用的修饰性构图元素有“单轮”“双轮”“托鸟”和“风车”，其中“单轮”出现的情况最多，在 11 份画像资料中存在。上述 4 种修饰性构图元

① 在表 12-9 各项构图元素单项数量百分比统计中，由于原编号 3 画像资料属于“孔子见童子”画像，故在前 15 项百分比统计中，画像资料总数为 24 份，在后 5 项百分比统计中画像资料总数则恢复为 25 份。

素所内含的“玩具”的意义旨向颇为明确。⑤与“孔子问学”画像人物关系叙述形式联系起来考察，第七类型即“孔子见老子和童子”类型修饰性构图元素初次出现的时间，皆在 4 个历史阶段的第一个阶段，即“西汉宣帝至元帝的西汉前期”的原始编号10画像资料中存在。而从历史阶段的角度来审视，前两个历史阶段阶段人物修饰性构图元素呈现出“简单”或“单纯”的特点，至第三个历史阶段以后，则趋于丰富和复杂，如老子形象出现了“躬身”“曲杖”“鸠杖”等具有修饰作用的构图元素；孔子形象则出现“佩剑”“佩刀”“捧雁”“抱鸡”“捧鸠”等修饰性构图元素；“单轮”“双轮”“托鸟”“风车”等修饰性构图元素亦附加于“童子”形象之上。

据此，尝试得出如下认识。

（1）在供研究的 25 份汉画像“孔子问学”画像人物关系叙述形式中，第七类型即“孔子见老子和童子”，其修饰性构图元素于不同历史阶段存在不同形式的变化，表现在：孔子形象“躬身”构图元素的稳定和“拄杖”构图元素的消失，以及“佩饰”和“捧物”构图元素的增加；老子形象在“躬身”构图元素的增加和“曲杖”构图元素的出现；“童子”形象推“单轮”构图元素的出现和在第四个历史阶段的稳定性存在。上述情况可能意味着如下构图意义的出现：孔子形象在保持“恭敬”形象特征的同时，“老者”符号特征的消失和“谦卑”构图意义的增强；老子形象在保持“尊者”形象特点之外，增加了“恭敬”的构图意义，同时，上述构图意义又与“老者”符号特征的出现和稳定性存在联系在一起；而“童子”形象中作为玩具的“单轮”构图元素的出现和稳定性存在，导致其作为“小儿”的构图意义更为鲜明和强烈。上述情况说明，供研究的25份“孔子问学”画像“孔子见老子和童子”叙述形式，缘于修饰性构图元素变化而呈现出构图意义上的演变。如果以孔子形象作为叙事的起点和发生者，则这种演变主要表现在：在保持孔子形象“恭敬”特征的同时，而以“后学”身份“问学”于老子和“童子”的构图意义的强调和稳定性存在。

（2）供研究的 25 份汉画像“孔子问学”画像修饰性构图元素于不同历史时期的变化情况，亦呈现出某种规律性特征：从修饰性构图元素初次出现情况看，第三个历史阶段主要反映在老子和“童子”形象上，第四个历史阶段则主要反映在孔子形象上。相比较而言，老子形象“躬身”“拄杖”“站立”和“童子”形象“单轮”等修饰性构图元素，自第三个历史阶段“初次出现”以后，即呈现出相对稳定的存在状态，而上述情况却没有出现在孔子形象上。上述两种情况有可能涉及画像主要人物形象艺术塑造上的稳定性问题，表现在画像主要人物形象稳定性方面存在差异，老子形象稳定性最强，而孔子较弱。[①]探寻这种差异性现象出现和存在的原因，或者需要将目光投放到画像构图之外，它至少说明自第三个历史阶段以后，对孔子形象的关注度远远超过了老子和“童子”形象，同时似乎也反映出对孔子形象塑造，以及依托形象塑造的情感叙述方面的某种纠结和矛盾的心态。上述结论性意见缘于25份画像资料在数量、地域覆盖面、历史阶段跨越性等方面颇具代表性的表现，为我们对更广泛地域和更长历史阶段的“孔子问学”画像的进一步认识奠定了基础和条件，画像主要人物形象修饰性构图元素于不同历史阶段变化与稳定的存在形态，或与特定历史时期和特定地域人们的思想和情感变化存在关联。

二、汉画像“孔子问学”画像修饰性构图元素流行学分析

汉画像“孔子问学”画像人物形象修饰性构图元素，既是汉画像构图艺术的表现形式，同时也刻印着时代的思想烙印和流行地域的独特的文化风习。因此，修饰性构图元素于不同历史阶段变化与稳定的存在形态，或与特定历史时期和特定地域人们的思想和情感的变化存在关联，其所蕴含的叙事意义，实际上带有故事性叙述的性质，或是汉代民间“孔子问学”历史故事发展演变情况于图像构图意义上的表现和反映，而其于思想、文化、艺术、乃至文学意义上的重要价值，尤为值得关注和总结。

（1）修饰性构图元素能够弥补传统历史叙述所屏蔽掉的情节和细节。传世文献“孔子问学”历史叙事，偏重于孔子与老子、孔子与项橐的“会见”事件的交代，以及老子之“临别赠言”的叙述。上述内容应该是传统历史叙事的主干情节和主要内容，其载记形式符合历史文献历史叙述和理论说理的特点和要求，但是从历史故事的角度上看，上述载记形式在成功地叙述事件的主干情节和主要内容的同时，也将区别于主干情节的其他情节和细节及人物形象丰富多彩的表现屏蔽掉了。显然，汉画像“孔子问学”画像人物形象修饰性构图元素的图像表现，可以弥补上述缺憾。

（2）修饰性构图元素中的“杖”的变化是故事题旨演变和凝练的反映。在修饰性构图元素中孔子形象“佩饰”方面的变化情况值得关注。在第一个历史阶段的原始编号 10 画像中，孔子形象比老子高大，且手扶高高的“曲杖”，相反老子形象呈交手站立状，因形象较小而略显“瘦弱”。值得注意的是，将上述构图情况与第三个历史阶段和第四个历史阶段的画像进行比

① 需要指出的是，这种“非典型性现象”在“童子”形象的塑造上也是存在的，如“童子”形象的“双轮”“托鸟”“风车”等修饰性质构图元素，然而，我们认为“童子”形象塑造上所存在的“非典型性现象”与孔子形象塑造上的“非典型性现象”存在着性质上的不同，前者的出现或与玩具性质的地域性因素存在更多的关联。

较，首先出现变化的是孔子形象与“杖”的联系减少，但其他“佩饰”却不断增加，如涉及“佩剑”“佩刀”“捧雁”“抱鸡”“捧鸠”等，而且孔子“躬身”形象的形体特征基本保持不变，更有出现“跪拜”的形象。相反老子“站立”形象的形体特征基本保持不变，与“杖”的联系却呈增多的趋势。而在新近搜集到的时间背景为汉武帝至新莽时期和东汉时期的 5 幅“孔子问学”石椁画像和壁画中，属于汉武帝时期和汉元帝至平帝时期石椁画像中，孔子形象均为“拱手”而没有“拄杖”，汉元帝至汉平帝时期石椁画像老子形象亦为“拱手”而没有“拄杖”，汉哀帝至汉平帝时期石椁画像老子形象似手扶“鸠杖”，而孔子则拱手躬身。时间背景为新莽时期陕西靖边壁画，老子手扶“曲杖”，而孔子则“执笏”躬身拜谒，另一幅时间背景为东汉时期的壁画，老子手扶“曲杖，孔子拱手躬身。[①]“杖”是画像表现“老者”的符号性构图元素，“鸠杖”则在此基础上增加了“尊贵”的形象内涵。画像中孔子形象与“杖”联系减少而“佩剑”“佩刀”等“佩饰”的出现，反映了对孔子年龄和身份的某种定性性质的认识：首先，根据形象“佩剑”“佩刀”而将“老者”或“少年”的身份定位排除；其次，“佩剑”“佩刀”自然增添了形象的政治身份和庄重色彩。[②]根据《孔子家语》和《史记》的记载，“孔子适周”乃经“鲁君”批准，并送与车、马、童子，显然带有官方色彩。据此而论，画像中孔子形象与“杖”联系减少而“佩剑”“佩刀”等佩饰的出现，反映出在由西汉到东汉的历史演进中，“孔子问学”故事“问学”“拜见”“求教”一类的题旨愈益凝练的发展演变态势。

（3）修饰性构图元素中“鸡”的出现是“执弟子礼”思想的表现。在 25

---

① 按：①山东滕州善庄石椁侧板“孔子与项橐”画像资料的时间背景为汉武帝时期，画像为横式三格，右格画像三人，“左一人为孔子，中间一小孩为项橐。右一人可能是项橐之父”。上述画像三个人物构图形式及表现出来的人物关系，基本符合汉画像“孔子见老子和童子”图像的基本形式和特点，但是图像中“童子”呈“跪姿”且“回望”身后立者，与传说故事中“项橐”形象存在差异。值得注意的是，上述画像中“孔子”呈拱手立姿造型，没有“拄杖”（高文主编：《中国画像石棺全集》引图，第 16-17 页）。②山东济宁师专石椁画像资料的时间背景为汉元帝至汉平帝时期，画像左侧拱手而立者为“老子”，其对面同样拱手而立者为“孔子”，二人中间立“童子”。三个人物形象没有附加任何修饰性构图元素（高文主编：《中国画像石棺全集》引图，第 32-33 页）。③山东滕州市好寨石椁画像的时间背景为汉哀帝至汉平帝时期，画面左一人手扶鸠杖，当为“老子”，对面拱手躬身者为“孔子”，身后跟随“弟子”4 人。（高文主编：《中国画像石棺全集》引图，第 29 页）④2009 年陕西靖边县出土墓室西壁上栏南侧画像资料的时间背景为新莽时期，画面“老子”手拄“曲杖”，中间“童子”牵“鸠车”，“孔子”双手“执笏”躬身拜谒（徐光冀主编：《陕西上》引图 41，《中国出土壁画全集》，第 43 页）。⑤2005 年陕西靖边县出土前室东壁上层中段画像资料的时间背景为东汉时期，画面“老子”手拄“曲杖”，中间“童子”牵“鸠车”，“孔子”躬身拱手拜见（徐光冀主编：《陕西上》引图 66，《中国出土壁画全集》，第 71 页）。

② 按：汉画像中以“刀”“剑”为佩饰的形象，有“武士”“官员”之别。如 2007 年山东东平县物资局 1 号墓出土新莽至东汉初期人物拜见壁画，画面彩绘站立男子 5 人，皆头戴高冠，身着灰色长袍，腰间斜挎长剑，拱手拜见。画面中人物腰间的“长剑”是与人物头戴“高冠”身着“长袍”联系在一起的，自然显示和营造出人物的政治身份和庄重的氛围。又如时间背景为西汉时期的西安曲江汉墓壁画，一男性形象身着长袍、拱手站立，腰系长剑，但此人“头梳小圆髻”，释为“佩剑武士”形象就比较贴切。参见徐光冀主编：《山东》引图 15、图 33，《中国出土壁画全集》，第 12-33 页。

份“孔子问学”画像资料中，有4份画像中的孔子呈现“捧雁”“抱鸡”“捧鸠”造型，而且皆出自第四个历史阶段的14份画像资料中。需要指出的是，“雁”“鸡”“鸠”只是画像释读的差异，当都是“雁”。《仪礼·士相见礼》云：“下大夫相见以雁。”①而《太平御览》引此段文字则作：“大夫相见以雁。”②又引《春秋繁露》：“凡贽，大夫用雁。”③看来上述画像中孔子所拿的“雁”实际上是“贽礼”。《左传·庄公二十四年》：“男贽，大者玉帛，小者禽鸟，以章物也。”注云：“大夫执雁。”④如此，画像似乎是在表现孔子以“大夫”身份拜见老子，“雁”则是初次相见的“礼物”。然而，如果从“问学”角度看，“雁”作为“贽礼”又是弟子送给老师的礼物。从这个意义上看，上述画像孔子形象“捧雁”造型，是要表达孔子以“大夫”身份“执弟子礼”拜见老子的构图意义。另外，“雁”或“鸡”也有可能是“鸠”。为老者献鸠本为传统的敬老习俗。《周礼·夏官司马》云：“中春，罗春鸟，献鸠以养国老。”⑤上述习俗在后世演变为向老者授鸠杖，此俗汉代尤盛。《吕氏春秋·仲秋纪》：“是月也，养衰老，授几杖，行麋粥饮食。”高诱注云：“阴气发，老年衰，故共养之。授其几杖，赋行饮食麋粥之礼。今之八月，比户赐高年鸠杖粉粢是也。”⑥《后汉书·礼仪志》亦载：“仲秋之月，……年始七十者，授之以王杖，餔之糜粥。八十九十，礼有加赐。王杖长[九]尺，端以鸠鸟为饰。”⑦从这个意义上看，画像孔子形象“捧鸠”造型，表现孔子对老子的尊敬，其构图意义与“执弟子礼”存在差异。

（4）修饰性构图元素中“谒”的出现是汉代奉谒拜见的规矩和风俗的反映。时间背景为新莽时期（公元9—23年）陕西靖边汉墓“孔子见老子和童子”壁画，孔子作“躬身拜谒”状，双手执长条形物，对此，辑录者释为“笏”⑧。笏乃臣见君时所执。《礼记·玉藻》云：“凡有指画于君前，用笏；造受命于君前，则书于笏。”⑨从这个意义上看，孔子适周见老子，“执笏”并不合适。再者，“笏度二尺有六寸，其中博三寸”⑩。而从“笏”出土实物看，亦是二尺左右或更长的长条形片状物，与壁画中孔子所执之物不同。与笏比较，画

①陈戍国点校：《仪礼》，第149页。
②李昉等编，夏剑钦等校点：《太平御览》卷九百十七，第204页。
③李昉等编，夏剑钦等校点：《太平御览》卷九百十七，第205页。
④左丘明传，杜预集解：《春秋左传集解》卷三，第189页。
⑤郑玄注，贾公彦疏：《周礼注疏》卷三十六，第1184页。
⑥高诱注：《吕氏春秋》卷八，国学整理社辑：《诸子集成》第六册，第75页。
⑦司马彪撰，梁刘昭注补：《后汉书志》卷五，第3124页。
⑧按：此壁画现存于陕西省考古研究院，2009年陕西靖边县杨桥畔镇杨桥畔二村汉墓出土，壁画位于墓前室西壁上栏南侧。见徐光冀主编：《陕西上》引图41释文，《中国出土壁画全集》，第43页。孔子“双手持笏”释图文字，见同书同页。
⑨孙希旦撰，沈啸寰、王星贤点校：《礼记集解》卷三十，第810页。
⑩孙希旦撰，沈啸寰、王星贤点校：《礼记集解》卷三十，第810页。

面中孔子所执之物较短且窄，上面有一排竖式排列的标记，应该是“文字”的象征，从上述情况看，画面中孔子所执之物应该是“谒板”。《说文》：“谒，白也。”[①]《尔雅·释诂》：“谒，告也。”[②]又云：“谒，请也。”[③]古时“告白”或“请求”的行为，或有事涉双方初次见面的情况，是否有“谒板”一类的通达之物不得而知，但上述情况在秦汉时期或已成流俗。《史记·郦生陆贾列传》载：“沛公至高阳传舍，使人召郦生。郦生至，入谒。”[④]这里的“谒”当是“谒板”一类的通达之物，故下文又云：“郦生踵军门上谒。”“使者惧而失谒，跪拾谒。”[⑤]“入谒”即是将“谒板”传进刘邦居住的内室，“上谒”即是将“谒板”递上去。上述行为对于“请见者”来说是“献谒”，如此，在“献谒”前一般是“奉谒”的动作或行为。《汉书·何並传》载：“先是林卿杀婢婿埋冢舍，並具知之，以非己时，又见其新免，故不发举，欲无令留界中而已，即且遣吏奉谒传送。”[⑥]“谒”既然是“请见者”的通达之物，其所“告白”或“请求”的内容自然不会详述其上，而从《史记·郦生陆贾列传》所载郦食其请见刘邦的情况看，郦生当时所进之谒，或仅有名字书于其上。即如《释名·释书契》所云：“谒，诣也，诣告也。书其姓名于上，以告所至诣者也。”[⑦]而从考古发现的汉代“谒板”实物看，“谒板”可竖式单面或双面书写，其内容主要有官职和姓名等信息，长和宽与今所见汉代公文用木牍相近。[⑧]据此联系陕西靖边汉墓“孔子见老子和童子”壁画中孔子所执之物，其长宽规格及象征文字的标记竖式排列情况，与考古发现汉代“谒板”实物及行款相符，当是“谒”而非“笏”。如此，上述壁画所描绘的当是“奉谒”的孔子拜见老子的情景，画面构图所依据的恰恰就是汉代奉谒拜见的规矩和风俗。以“谒”的形式行“告白”或“请求”之事，既有下对上、幼对长的尊卑区别，也有身份或职位对等而自谦的情况，那么上述壁画所描绘的属于哪一种情况呢？画面中孔子形象刻画，是与老子手拄“曲杖”而“童子”手牵“鸠车”的形象特征构成联系的，因此，审视孔子形象特征，必须与上述“一老一少”人物形象联系起来。画面中孔子著交领长袍，而交领中的细颈与瘦削的脸上张嘴露齿的笑容结合起来，自然在羸弱的身形中平添了几分率

---

① 许慎：《说文解字》三上，第 51 页。
② 徐朝华：《尔雅今注》第一，第 20 页。
③ 徐朝华：《尔雅今注》第二，第 79 页。
④ 司马迁：《史记》卷九十七，第 2692 页。
⑤ 司马迁：《史记》卷九十七，第 2704 页。
⑥ 班固著，颜师古注：《汉书》卷七十七，第 3266 页。
⑦ 王先谦：《释名疏证补》卷六，上海：上海古籍出版社，1984 年，第 299 页。
⑧ 按：关于汉代“谒”的具体情况及书写格式，请参阅马怡：《汉画像中的两幅“奉谒”图》，中国汉画学会、河南博物院编：《中国汉画学会第十三届年会论文集》，郑州：中州古籍出版社，2011 年，第 50-54 页。

性的情态，并与挺身直立、面容丰满的老子和揖手躬身、低眉拘谨的“弟子”构成鲜明的差异。显然，上述情态的指向者既是“童子”也是老子，并恰到好处地表现出孔子在“一老一少”面前自谦且率性的情感表现。

综上所述，不论是传世文献“孔子问学”历史事件，还是以图像构图形式所刻画的“孔子问学”历史故事画像，其载记和刻画的依据和对象，总归是历史叙事本身。一方面，从传世文献角度上看，“孔子问学”历史叙事被载记的时间大都早于汉画像，因此，其故事本身流传的时间也会早于汉画像。另一方面，“孔子问学”历史叙事被载记的过程，也是上述历史叙事在时间和情节等方面被“定格”的过程，而汉画像恰恰反映了上述历史叙事在汉代不同历史阶段和不同地域的存在情况，从而能够在双方的比较研究中发现上述历史叙事在两汉时期故事化发展演变的情况。

第五节　结论：传统历史故事研究中被遮蔽的文学现象

（1）传世文献“孔子问学”文献资料在叙事上呈现出 3 种类型，即“孔子见老子”“孔子师项橐”“二小儿问难孔子”，而从故事情节角度来审视又可以分为三种类型：①《礼记·曾子问》类型；②《史记·老子韩非列传》类型；③《孔子家语·观周》与《史记·孔子世家》类型。其中《孔子家语·观周》与《史记·孔子世家》类型最具历史叙事的故事性特征，已经成为“故事性历史叙事”最为典型者。汉画像“孔子问学”画像呈现出 7 种人物关系叙述类型。其中第七类型可能是画像人物关系叙述形式的基本形式，第三、四、六类型或是从上述基本形式中演化而来，上述类型在汉代 4 个历史阶段的“鲁西南”地域最为流行，或是“孔子问学”画像主要构图形式。此外，“孔子见老子和童子”形式，在画像实例数量、地域覆盖面、历史阶段跨越性等方面都是其他形式无法比拟的，或意味着这是汉画像“孔子问学”画像最为主要和典型的构图形式。

（2）将“孔子问学”画像与传世文献进行比较，双方在“孔子见老子”与“孔子见童子”两个类型上完全相同，但汉画像“孔子见老子和童子”类型则没有在传世文献中出现，而传世文献中“二小儿问难孔子”则没有在汉画像中出现。在汉画像与传世文献比较研究中能够发现如下问题：①《列子·汤问》所载“二小儿问难孔子”故事在两汉时期可能少有流传；②传世文献“孔子见老子”历史叙事在汉代流传时间早且地域广泛；③“南宫敬叔”

和“鲁国故地”或是“孔子见老子”历史叙事的传播者和发生地；④汉画像“孔子见老子和童子”或是“孔子问学”历史故事中“新故事”的图像再现。

（3）“孔子问学”画像主要人物形象塑造上存在的修饰性构图元素，既是画像构图艺术的表现形式，也刻印着时代的思想烙印和流行地域的独特的文化风习。其于不同历史阶段变化与稳定的存在形态，或与特定历史时期和特定地域人们的思想和情感的变化存在关联，所蕴含的叙事意义，实际上带有着故事性叙述的性质，是汉代民间“孔子问学”历史故事发展演变情况于图像构图意义上的表现和反映。这种修饰性构图元素于思想、文化、艺术、乃至文学意义上的重要价值表现在 4 个方面：①能够弥补传统历史叙述所屏蔽掉的情节和细节；②“杖”的变化是故事题旨演变和凝练的反映；③“鸡”的出现是孔子“执弟子礼”思想的表现；④“谒”的出现是汉代奉谒拜见的规矩和风俗的反映。

本章附录　供研究的 30 份汉画像“孔子问学”画像资料

（1）山东平邑黄圣卿东阙北面“孔子见老子”画像。东汉章帝元和三年（公元 86 年）。《山东》1—10。

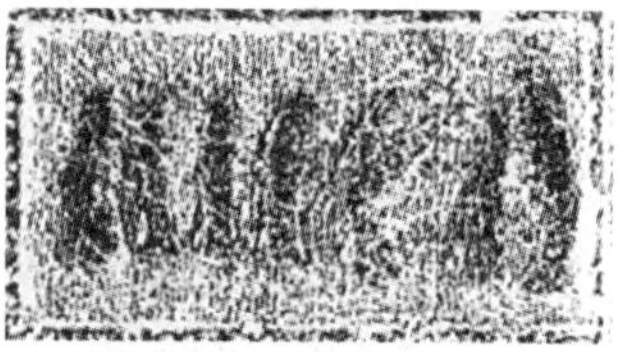

（原始编号：1）

（2）山东平邑功曹阙北面“孔子见老子和童子”画像。东汉章帝章和元年（公元 87 年）。《山东》1—14。

（原始编号：2）

（3）武氏西阙正阙身北面“孔子见童子”画像。东汉桓帝建和元年（公元 147 年）。《山东》1—16。

（原始编号：3）

（4）武氏西阙正阙身南面“孔子见老子”画像。东汉桓帝建和元年（公元 147 年）。《山东》1—17。

（原始编号：4）

（5）孝堂山石祠后壁“孔子见老子和童子”画像。东汉章帝时期（公元 76—88 年）。《山东》1—44。

（原始编号：5）

（6）武氏祠前石室后壁东段承檐石“孔子见老子和童子”画像。东汉灵帝建宁元年（公元 168 年）。《山东》1—59。

（原始编号：6）

（7）安丘汉墓中室南壁横额左段“孔子见老子和童子”画像。东汉晚期（公元 147—220 年）。《山东》1—141。

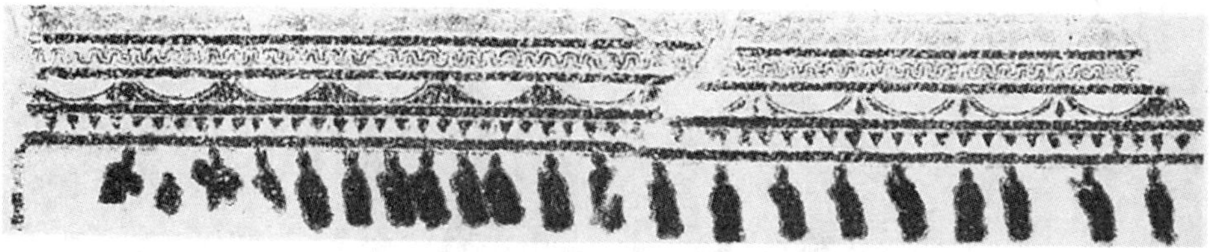

（原始编号：7）

（8）沂南汉墓中室西壁南侧“孔子见老子”画像。东汉晚期（公元 147—220 年）。《山东》1—217。

（原始编号：8）

（9）大汶口墓门楣东段“孔子见老子和童子”画像。东汉晚期（公元 147—220 年）。《山东》1—228。

（原始编号：9）

（10）20 世纪 70 年代微山县微山岛沟南村出土“孔子见老子和童子”画像。西汉宣帝至元帝时期（公元前 73—前 33 年）。《山东》2—55。

（原始编号：10）

（11）1978 年嘉祥县满硐乡宋山出土“孔子见老子和童子”画像。东汉晚期（公元 147—189 年）。《山东》2—97。

（原始编号：11）

（12）1978 年嘉祥县满硐乡宋山出土“孔子见老子和童子”画像。东汉晚期（公元 147—189 年）。《山东》2—99。

（原始编号：12）

（13）1978 年嘉祥县满硐乡宋山出土“孔子见老子和童子”画像。东汉早期（公元 25—88 年）。《山东》2—101。

（原始编号：13）

（14）1983 年嘉祥县纸坊镇敬老院出土“孔子见老子和童子”画像。东汉早期（公元 25—88 年）。《山东》2—113。

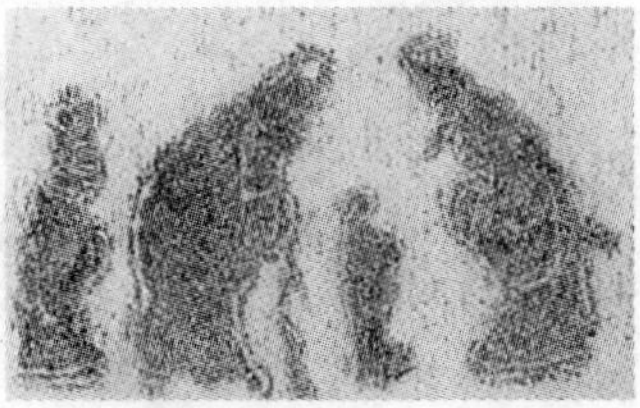

（原始编号：14）

（15）1983 年嘉祥县纸坊镇敬老院出土“孔子见老子和童子”画像。东汉早期（公元 25—88 年）。《山东》2—115。

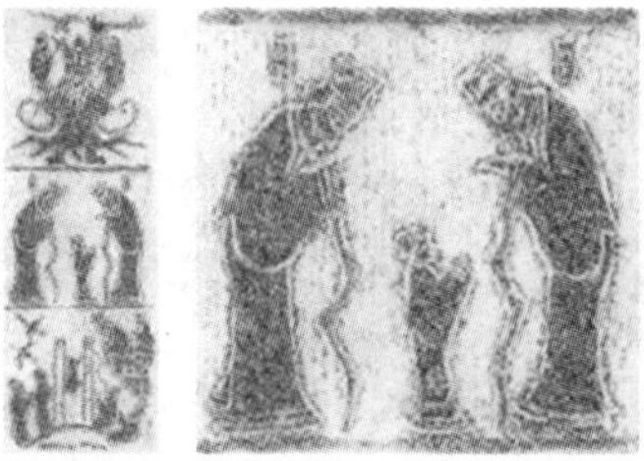

（原始编号：15）

（16）1977 年嘉祥县城西南齐山出土“孔子见老子和童子”画像。东汉晚期（公元 147—189 年）。《山东》2—131。

（原始编号：16）

（17）1981 年嘉祥县城东北五老洼出土“孔子见老子和童子”画像。东汉早期（公元 25—88 年）。《山东》2—137。

（原始编号：17）

（18）1981 年嘉祥县城东北五老洼出土“孔子见老子和童子”画像。东汉早期（公元 25—88 年）。《山东》2—139。

（原始编号：18）

（19）1982 年滕州市官桥镇后掌大出土“孔子见老子”画像。东汉晚期（公元 147—189 年）。《山东》2—177。

（原始编号：19）

（20）1982 年滕州市官桥镇车站村出土“孔子见老子和童子”画像。东汉晚期（公元 147—189 年）。《山东》2—203。

（原始编号：20）

（21）2000 年山东嘉祥出土“孔子见老子和童子”画像。年代不详。赵承楷、江继甚：《走进汉画》，第 11 页，引图 1。

（原始编号：21）

（22）1980 年山东嘉祥满洞乡宋山出土“孔子见老子和童子”画像。年代不详。赵承楷、江继甚：《走进汉画》，第 13 页，引图 3。

（原始编号：22）

（23）民间藏品“孔子见老子”画像。年代不详。赵承楷、江继甚：《走进汉画》，第 15 页，引图 5。

（原始编号：23）

（24）山东郯城县庙山乡出土“孔子见老子和童子”画像。西汉平帝时期至东汉章帝时期（公元1—88年）。临沂市博物馆编：《临沂汉画像石》，图256。

（原始编号：24）

（25）山东东阿县邓庙汉画像石墓“孔子见老子和童子”画像。东汉晚期（公元132—175年）。陈昆麟等：《山东东阿县邓庙汉画像石墓》，《考古》2007年第3期，图二九。

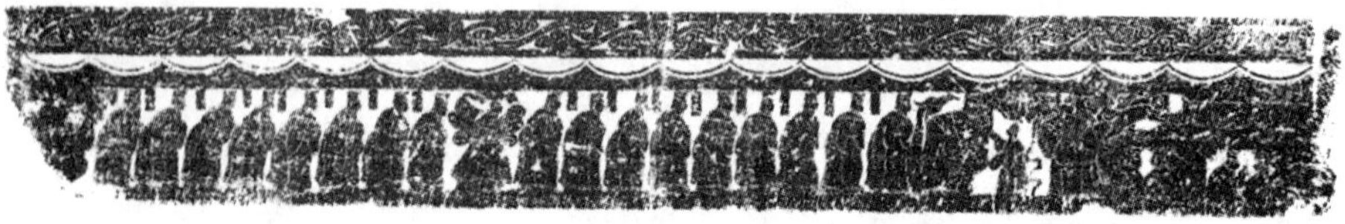

（原始编号：25）

（26）1981年兖州农机学校出土“孔子见老子”画像。西汉元帝至平帝时期（公元前48—公元5年）。《山东》2—18。

（原始编号：26）

（27）1955年5月陕西绥德县刘家沟出土墓门右立柱“孔子见老子和童子”画像。东汉时期（公元25—220年）。《陕西山西》5—185。

（原始编号：27）

（28）四川新津崖墓石函一侧“孔子见老子”画像。东汉时期（公元25—220年）。《四川》7—200。

（原始编号：28）

（29）河南郑州出土“孔子见童子”画像。年代不详。张秀清：《郑州汉画像砖概述》，《考古与文物》1987 年第 2 期，图一：5。

(原始编号：29)

（30）1974 年江苏高淳固城出土“孔子见老子和童子”画像。年代不详。南京市博物馆：《江苏高淳固城东汉画像砖墓》，《考古》1989 年第 5 期，图七：5。

（原始编号：30）

第十三章　汉画像历史故事画像与汉代文学研究的新发现（三）

——“荆轲刺秦王”画像与传世文献不同的故事情节

本章是“汉画像历史故事画像与汉代文学研究的新发现”系列研究的第三个部分，主要围绕汉画像“荆轲刺秦王”画像与传世文献所载同名历史故事的比较研究而展开。根据第十一章汉画像历史故事画像统计情况，在所掌握的70种汉画像历史故事画像材料中，“荆轲刺秦王”画像在数量上排在“孔子问学”“升鼎故事”“二桃杀三士”“周公辅成王”之后，名列第五位，但其地域背景却涉及山东、河南、四川、陕西、江苏、浙江，而列第一位。上述情况说明，一方面，“荆轲刺秦王”画像在汉代有着广泛的地域覆盖性和跨越地域的流行性特征，另一方面，也说明“荆轲刺秦王”历史故事的跨地域接受程度最高和最受欢迎。汉画像“荆轲刺秦王”历史故事画像虽然以再现“荆轲刺秦王”历史故事中“庭上刺杀与搏斗”的惊险场面为主要构图内容，但却与《战国策》《史记》《燕丹子》等传世文献所载相关情节存在差异之处。对上述差异点如何认识，学术界并无深入的讨论，其中或存在历史叙述和文学叙述的根据，值得进一步研究和讨论。供研究的汉画像“荆轲刺秦王”画像资料共15份，基本涵盖目前考古发现的“荆轲刺秦王”画像资料。本章所采用的研究方法主要表现为图像叙事意义上的图像解析分析，并在此基础上尝试寻找画像构图所表现的情节单元，进一步以这种情节单元为依据，与传世文献所载同名历史故事进行比较，从而发现双方的相同点和差异点，以期做出历史与文学意义上的分析和讨论。关于15份“荆轲刺秦王”画像资料、构图情况及资料时间背景和出处，皆以附录形式置于本章之后，以供参考。

第一节　文献与画像材料梳理及问题的缘起

传世文献“荆轲刺秦王”文献资料主要来源如下：《战国策·燕策》《史记·刺客列传》《燕丹子》。[①]另外，下列文献亦有载记：《淮南子·泰族训》：“荆轲西刺秦王，高渐离、宋意为击筑而歌于易水之上。闻者莫不瞋目裂眦，发植穿冠。”[②]王充《论衡·儒增篇》：“儒书言：‘荆轲为燕太子刺秦王，操匕首之剑，刺之不得。秦王拔剑击之。轲以匕首擿秦王，不中，中铜柱，入尺。’欲言匕首之利，荆轲势盛，投锐利之刃，陷坚彊之柱，称荆轲之勇，故增益其事也。夫言入铜柱，实也，言其入尺，增之也。夫铜虽不若匕首坚刚，入之不过数寸，殆不能入尺。以入尺言之，设中秦王，匕首洞过乎？”[③]《文选·吴都赋》刘渊林注引《秦零陵令上书》：“荆轲挟匕首，卒刺陛下。陛下以神武，扶揄长剑以自救。”[④]邹阳《狱中上书自明》：“故樊於期逃秦之燕，藉荆轲首以奉丹事。”[⑤]《汉书·景十三王传》：“故高渐离击筑易水之上，荆轲为之低而不食。”[⑥]贾谊《新书·淮难》：“燕太子丹富故，然使荆轲杀秦王政。今陛下将尊不德之人，与之众，积之财，此非有白公、子胥之报于广都之中者。即疑有鲑诸、荆轲起于两柱之间，其策安便哉。”[⑦]

将“荆轲刺秦王”历史故事画像与传世文献进行比较，双方存在差异之处。对上述差异点如何认识？学术界并无深入讨论。从图像叙事意义上审视“荆轲刺秦王”画像，其图像叙述不可能独立完成和存在，其画面构图必然有已知的历史叙述或文学叙述为基础。从这个意义上说，“荆轲刺秦王”画像所呈现出的差异点，或者存在历史叙述或文学叙述根据，只是这些根据已经超出现有的历史叙述或文学的认知经验。上述情况一方面能够促使我们思考，从图像叙事意义上审视“荆轲刺秦王”画像，它的存在证明“荆轲刺秦王”历史故事在汉代至少存在着历史、文学、图像三种不同的叙述形式；另一方面还能够看到在汉代存在和流行的“荆轲刺秦王”历史叙述和文学叙述中，

---

① 按：①《战国策·燕三》，刘向集录，范祥雍笺证，范邦瑾协校：《战国策笺证》卷三十一，第1786-1792页。②《史记·刺客列传》，司马迁：《史记》卷八十六，第2534-2535页。③《燕丹子》，张华等撰，王根林等校点：《博物志：外七种》，上海：上海古籍出版社，2012年，第69-84页。

② 《淮南子》卷二十，国学整理社辑：《诸子集成》第七册，第365页。

③ 《论衡》，国学整理社辑：《诸子集成》第七册，第81页。

④ 萧统编，李善注：《文选》卷五，第89页上。

⑤ 萧统编，李善注：《文选》卷三九，第548页上。

⑥ 班固著，颜师古注：《汉书》卷五十三，第2422-2423页。

⑦ 程荣纂辑：《汉魏丛书》卷四，第480页上。

可能还存在着不同内容的版本形式，而这种情况虽然存在于以往的认知经验之中，却没有受到足够的关注和重视。

第二节 “荆轲刺秦王”画像构图内容与文献资料存在差异

供研究的15份“荆轲刺秦王”画像，分别来自今山东、河南、四川、陕西、江苏、浙江地域的汉画像石墓。①上述15份画像资料所属墓葬及时间情况较为复杂，西汉时期的画像资料仅有1份，东汉时期的12份，1份画像资料为东汉晚期至曹魏时期，1份画像资料为魏晋时期。

一、“荆轲刺秦王”画像构图与文献记载存在差异

研究思路、方法和步骤如下。根据15份“荆轲刺秦王”画像整体构图情况，尝试将画像内容分解为“荆轲”“秦王”“立柱”“秦舞阳”“夏无且”“樊於期头函”6个构图要素，然后进一步考察上述构图要素于构图意义上的表现，并以“构图要素表现形式”命名，从而获得21项构图要素表现形式。据此，再进一步将上述构图要素表现形式与传世文献所载同名历史故事相关内容相互比照、对应。

具体情况即如表13-1至表13-3所示。

表13-1 15份“荆轲刺秦王”画像出土地点及时间背景

画像编号	出土地点	时间
9	河南唐河	西汉（公元前206—公元8年）
3	山东嘉祥	东汉桓帝建和二年（公元148年）
1	山东嘉祥	东汉桓帝元嘉元年（公元151年）
15	山东阳谷	东汉桓、灵帝之间
2	山东嘉祥	东汉灵帝建宁元年（公元168年）
5	浙江海宁	东汉晚期（公元147—220年）
4	山东沂南	东汉晚期（公元147—220年）
7	江苏高淳	东汉时期（公元25—220年）
8	陕西神木	东汉时期（公元25—220年）

① 按：15份汉画像“荆轲刺秦王”历史故事画像资料构图及出处情况，见本章附录。

续表

画像编号	出土地点	时间
10	四川乐山	东汉时期（公元25—220年）
11	四川合川	东汉时期（公元25—220年）
12	四川渠县	东汉时期（公元25—220年）
14	山东微山	东汉时期（公元25—220年）
6	江苏泗阳	东汉晚期至曹魏时期
13	四川江安	魏晋时期

表13-2　15份“荆轲刺秦王”画像构图要素与构图要素表现形式

构图要素	构图要素表现形式
荆轲	头戴高冠
	束发飘扬
	弓箭步
	双臂上举
	袒露上身
	佩剑双手执梃
	刺秦王
	被人从后抱住
	被人缚住左手
	双手交叉腹前站立
秦王	坐榻上欲躲避
	站立或奔跑
	断袖
	双履
	拔剑搏斗
	执刀搏斗
立柱	中置立柱
	匕首贯柱
秦舞阳	伏地
夏无且	高举药囊
樊於期头函	函盖打开

表 13-3 “荆轲刺秦王”画像构图要素表现形式与同名历史故事相关内容对应情况

构图要素	立柱		荆轲										秦王						秦舞阳	夏无且	樊於期头函
构图要素表现形式	中置立柱	匕首贯柱	头戴高冠	束发飘扬	弓箭步	双臂上举	袒露上身	佩剑双手执梃	刺秦王	被人从后抱住	被人缚住左手	双手交叉腹前站立	坐榻上欲躲避	站立或奔跑	断袖	双履	拔剑搏斗	执刀搏斗	伏地	高举药囊	函盖打开
战国策	●								●					●	●		●		●	●	●
史记	●								●					●	●		●		●	●	●
燕丹子	●								●					●			●		●		●

总结如下。

（1）在 21 项构图要素表现形式中，有 8 项能够与同名历史故事相关内容相对应：①“中置立柱”；②“（荆轲）刺秦王”；③“（秦王）站立或奔跑”；④“（秦王）拔剑搏斗”；⑤“（秦王）断袖”；⑥“（夏无且）高举药囊”⑦“（秦舞阳）伏地”；⑧“（樊於期头函）函盖打开”。

（2）另有 13 项构图要素表现形式无法与同名历史故事相关内容相对应：①“匕首贯柱”；②“（荆轲）头戴高冠”③“（荆轲）束发飘扬”；④“（荆轲）弓箭步”；⑤“（荆轲）双臂上举”；⑥“（荆轲）袒露上身”；⑦“（荆轲）佩剑双手执梃”；⑧“（荆轲）被人从后抱住”；⑨“（荆轲）被人缚住左手”；⑩“（荆轲）双手交叉腹前站立”；⑪“（秦王）坐榻上欲躲避”；⑫“（秦王）双履”；⑬“（秦王）执刀搏斗”。

分析如下。

（1）传世文献所载“荆轲刺秦王”历史故事大致可以分为 3 个部分：①荆轲刺杀秦王前准备活动；②庭上刺杀与搏斗；③荆轲被杀及秦王复仇。据此，与“荆轲刺秦王”历史故事相关内容相对应的 8 项构图要素表现形式，都能够被涵盖在“庭上刺杀与搏斗”这部分内容之内。其中“（秦舞阳）伏地”“（樊於期头函）函盖打开”构图要素表现形式，因其叙事意义上内涵丰富，呈现出与其他 6 项构图要素表现形式不同的特点和作用：一方面上述构图要素表现形式并不属于“庭上刺杀与搏斗”这部分内容中的“主要人物”的“关键行为”；另一方面却牵涉“荆轲刺杀秦王前准备活动”这部分内容的部分情节。

（2）与同名历史故事相关内容无法对应的 13 项构图要素表现形式，同样都能够被涵盖在“庭上刺杀与搏斗”这部分内容之中。如果将上述构图要素表现形式与同名历史故事相关内容联系起来，在特点和作用等方面似乎更为独特，主要反映在如下几个方面：①部分构图要素表现形式属于人物形象描摹和刻画，如“（荆轲）头戴高冠”“（荆轲）袒露上身”“（荆轲）双手交叉腹前站立”；②部分构图要素表现形式属于事物的静态描摹或动态刻画，如“（秦王）双履”“匕首贯柱”；③部分构图要素表现形式既属于人物形象描摹和刻画，又具有动作描写和行为表现的特点，而以后者为重，如“（荆轲）弓箭步”“（荆轲）束发飘扬”“（荆轲）双臂上举”“（荆轲）佩剑双手执梃”“（秦王）坐榻上欲躲避”；④部分构图要素表现形式完全属于动作表现的性质，且全部集中在“庭上刺杀与搏斗”这部分内容之内，并以前者为重，如“（荆轲）被人从后抱住”“（荆轲）被人缚住左手”“（秦王）执刀搏斗”。

认识如下。

（1）如果将与历史故事相关内容相对应的 8 项构图要素表现形式串联起来并转化为叙事上的意义链接，则势必出现如下 3 个方面的图像叙述情况：①能够粗线条地线性展现“庭上刺杀与搏斗”这部分内容；②又能够将“荆轲刺杀秦王前准备活动”的某些重要情节叠加进画面叙述之中；③从而既表现了“庭上刺杀与搏斗”这部分内容，又能够将事件的来龙去脉展示出来。

（2）从构图方式角度看，这种图像叙述具有如下特点：①尝试以“线性展现”和“多重叠加”对这种图像叙述进行命名；②所谓“线性展现”是指将同一时间和同一地点所发生的事件在同一画面构成中同时表现的图像叙述，“多重叠加”则是指将不同时间和不同地点所发生的事件叠加到一个“线性展现”的图像叙述；③上述两种图像叙述形式虽然在“荆轲刺秦王”画像中都有充分表现，但呈现出由单纯的线性展现，向线性展现与多重叠加相组合的构图方式发展、演变的趋势，而后一方面已经成为东汉时期“荆轲刺秦王”画像主要图像叙述形式；④然而，如果注意到表现线性展现的构图要素表现形式最为丰富的情况，就会发现线性展现仍然是“荆轲刺秦王”画像最为重要的图像叙述形式；⑤据此而论，总体上看，“荆轲刺秦王”画像的图像叙述原则，应该是以再现“庭上刺杀与搏斗”这部分内容为主，同时也试图兼顾“荆轲刺杀秦王前准备活动”的某些重要情节，以期在特定而有限的图像空间容纳和表现更多和更为完整的叙述内容的目的。

（3）对于与同名历史故事相关内容无法对应的 13 项构图要素表现形式来说，皆与线性展现图像叙述形式有关。上述情况说明“荆轲刺秦王”画像在运用线性展现图像叙述形式表现“庭上刺杀与搏斗”内容时，主要运用了与同名历史故事相关内容无法对应的构图要素表现形式，从而导致画像图像叙述中既出现了人们所熟悉的内容，也出现了不为人们所熟悉的内容。

结论如下。总体上看，“荆轲刺秦王”画像图像叙述原则，是再现“庭上刺杀与搏斗”这部分内容，同时也兼顾“荆轲刺杀秦王前准备活动”的某些重要情节，但是画像在再现“庭上刺杀与搏斗”内容时，由于成功地运用了与同名历史故事相关内容无法对应的构图要素表现形式，从而导致与传世文献所载同名历史故事差异点的出现。

二、“荆轲刺秦王”画像构图反映了不同的情节内容

如前所述，与传世文献所载同名历史故事相比较，“荆轲刺秦王”画像在表现“庭上刺杀和搏斗”这部分内容时，既出现了人们所熟悉的内容，也出现了不为人们所熟悉的内容，而后一方面集中表现在与同名历史故事相关内容无法对应的构图要素表现形式上面。如此而言，上述差异点或许就是“荆轲刺秦王”画像图像叙述最为独特之处。对此，有必要对上述构图要素表现形式做进一步分析。

尝试将传世文献所载“荆轲刺秦王”历史故事的文献范围，由《战国策》《史记》《燕丹子》扩展到更大的范围，再将“荆轲刺秦王”画像 21 项构图要素表现形式与上述文献所载同名历史故事的相关情节以“情节单元”名义进行整合，于是共获得情节单元 34 项。在此基础上考察与同名历史故事相关情节相对应的情况。其结果如表 13-4 所示。

表 13-4　“荆轲刺秦王”画像 21 项构图要素表现形式与传世文献主要情节对应情况

情节单元	汉画像	战国策	史记	燕丹子	淮南子	儒书	秦零陵令上书	狱中上书	景十三王传	新书
易水送别		●	●	●	●				●	
荆轲头戴高冠	●									
荆轲奉樊於期头函	●	●	●	●				●		
秦舞阳奉匣	●	●	●	●						
荆轲奏图		●	●	●						
秦王发图		●	●	●						
荆轲欲刺秦王	●	●	●	●		●	●	●		
秦王欲听琴曲				●						
琴女鼓琴而歌				●						
秦王坐榻上欲躲避	●									
秦王丢弃双履	●									
荆轲束发飘扬	●									

续表

情节单元	汉画像	战国策	史记	燕丹子	淮南子	儒书	秦零陵令上书	狱中上书	景十三王传	新书
秦王引身而起	●	●	●	●						
秦王袖绝	●	●	●							
秦王拔剑搏斗	●	●	●	●		●	●			
秦王执刀搏斗	●									
立柱	●	●	●	●		●				●
秦王环柱走	●	●	●	●		●				
荆轲逐秦王	●	●	●	●						
荆轲弓箭步	●									
荆轲双臂上举	●									
荆轲袒露上身	●									
荆轲佩剑双手执梃	●									
荆轲被人从后抱住	●									
荆轲被人缚住左手	●									
荆轲双手交叉腹前站立	●									
秦王以手搏荆轲		●	●	●						
夏无且掷药囊	●	●	●							
秦王拔剑击荆轲	●	●	●	●			●			
荆轲以匕首擿秦王	●	●	●	●						
匕首击中桐柱	●	●	●							
匕首入铜柱				●						
匕首贯柱	●									
秦王复击荆轲		●	●	●						

总结如下。

（1）在与同名历史故事相关内容无法对应的构图要素表现形式中，以“匕首贯柱”“（荆轲）弓箭步”“（荆轲）被人从后抱住”和“（荆轲）被人缚住左手”4 项构图要素表现形式最值得关注，原因是上述 4 项构图要素表现形式在 15 份“荆轲刺秦王”画像 21 项构图要素表现形式中呈现出最大的覆盖面（表 13-5、表 13-6）在 15 份“荆轲刺秦王”画像中，有 13 份画像呈现“匕首贯柱”形式，占 87%，而画像编号 7 立柱之上有物横插，是否为匕首，则因图像漫漶而难于辨认，如果将其视为“匕首”，则在 15 份画像资料中同样有 14 份画像资料呈现“匕首贯柱”形式；有 11 份画像呈现“弓箭步”形式，占 73%；有 10 份画像呈现“（荆轲）被人从后抱住”和“（荆轲）被人缚住左手”形式，占 67%。

（2）根据表 13-5、表 13-6 统计情况，进一步联系 15 份“荆轲刺秦王”画像资料，上述 4 项构图要素表现形式在画像编号 3、1、15、2、8、10、11、12、5、14 画像资料中存在（表 13-7）。这种情况意味着在上述 10 份画像图像叙述中，4 项构图要素表现形式存在着叙事意义上的联结。也就是说，“（荆轲）被人从后抱住”或“（荆轲）被人缚住左手”，与“（荆轲）弓箭步”和“匕首贯柱”之间，存在叙事意义上的因果关联，前者的“存在”是后者“出现”的前提。[①]

（3）“荆轲刺秦王”画像上述 4 项构图要素表现形式存在叙事意义上的因果关联的事实，为其他构图要素表现形式与这种因果关联存在联系的认识提供了根据。对于画像编号 3、1、15、2、8、10、11、12、5、14 的画像资料来说，每一份画像都将被这种因果关联所“主宰”，并将这种因果关联扩大至其他构图要素表现形式中。如此，画像个案中的每一项构图要素表现形式，都会在这种“因果关联”中找到自己应有的图像叙述的位置。

（4）显然，以 4 项构图要素表现形式为主而联合其他构图要素表现形式所构成的图像叙述形式，事实上已经形成了既体现着“共性特征”又呈现出不同的“个性色彩”的“情节链条”。从画像编号 3、1、15、2、8、10、11、12、5、14“荆轲刺秦王”画像构图角度看，这种“联结形式”已经呈现出画像艺术设计意义上的规律性特征。值得注意的是，正是这种画像艺术设计意义上的规律性特征，显示出了“荆轲刺秦王”画像图像叙述的意义和价值。

结论如下。“荆轲刺秦王”画像以 4 项构图要素表现形式为主而联合其他构图要素表现形式所构成的叙事意义上的“情节链条”，再现了与传世文献所载同名历史故事截然不同的情节内容。“荆轲刺秦王”画像图像叙述意义上的独特之处即在此。

---

① 按：在“庭上刺杀和搏斗”这部分内容中，《战国策·燕三》和《史记·刺客列传》所载基本相同，根据《战国策·燕三》所载文字，“图穷而匕首见”之后，荆轲“因左手把秦王之袖，而右手持匕首揕抗之。未至身，秦王惊，自引而起，绝袖”。之后，秦王拔剑不得，环柱而走，荆轲则“逐秦王”。再后，秦王得到“王负剑”的提醒，“遂拔以击荆轲，断其左股”，而“荆轲废，乃引其匕首提秦王”。显然，在上述情节中荆轲是在“断其左股”而“废”的情况下，才“引其匕首提秦王”的，说明荆轲“引其匕首提秦王”是在无法“逐秦王”的困境之下“不得已而为之”的举动。以上述传世文献所载相关情节比勘画像构图，“荆轲刺秦王”画像所出现的“匕首贯柱”构图要素表现形式，应该同样是“荆轲无法逐秦王的困境之下不得已而为之的举动”，只是造成这种“困境”的原因，不是被秦王“断其左股”，而是“被人从后抱住”或“被人缚住左手”。

表 13-5　“荆轲刺秦王”画像 21 项构图要素表现形式在 15 份画像中的存在（数量）情况

画像编号	立柱		荆轲										秦王						秦舞阳	夏无且	樊於期头函
	中置立柱	匕首贯柱	头戴高冠	束发飘扬	弓箭步	双臂上举	袒露上身	佩剑双手执梃	刺秦王	被人从后抱住	被人缚住左手	双手交叉腹前站立	坐榻上欲躲避	站立或奔跑	断袖	双履	拔剑搏斗	执刀搏斗	伏地	高举药囊	函盖打开
9									●					●			●				
3	●	●		●	●	●				●				●	●			●			●
1	●	●	●		●	●				●				●					●		●
15	●	●		●	●					●				●							
2	●	●	●		●	●				●				●	●	●			●		●
8	●	●		●	●					●				●			●		●		●
10	●	●		●	●					●				●	●		●		●		●
11	●	●			●					●							●		●		
12	●	●			●					●					●			●	●		●
7	●			●		●								●			●		●		
14	●	●			●						●			●			●				●
4	●	●		●			●	●									●				●
5	●	●		●	●					●				●					●	●	●
6	●	●			●							●	●						●		
13	●	●		●					●					●	●		●				
数量	14	13	2	8	11	4	1	1	2	9	1	1	1	11	5	1	8	2	9	1	9

表 13-6　21 项构图要素表现形式中 9 项构图要素表现形式存在情况

位序	构图要素表现形式	出现次数/次	百分比/%
1	中置立柱	14	93
2	匕首贯柱	13	87
3	（秦王）站立或奔跑	11	73
4	（荆轲）弓箭步	11	73
5	（荆轲）被人从后抱住或被人缚住左手	10	67
6	（秦舞阳）伏地	9	60
	（樊於期头函）函盖打开	9	
7	（荆轲）束发飘扬	8	53
	（秦王）拔剑搏斗	8	

表 13-7　4 项构图要素表现形式存在情况

画像编号	柱	荆轲								秦王		
	匕首贯柱	头戴高冠	束发飘扬	弓箭步	双臂上举	袒露上身	佩剑双手执梃	被人从后抱住	被人缚住左手	双手交叉腹前站立	坐榻上欲躲避	双履	执刀搏斗
3	●			●				●					
1	●			●				●					
15	●			●				●					
2	●			●				●					
8	●			●				●					
10	●			●				●					
11	●			●				●					
12	●			●				●					
5	●			●				●					
14	●			●					●				

第三节　“荆轲刺秦王”画像揭示了历史故事的另一种情节

汉画像“荆轲刺秦王”画像以再现“荆轲刺秦王”历史故事中“庭上刺杀与搏斗”惊险场面为主要构图内容，却与传世文献相关情节存在差异之处。“荆轲刺秦王”画像所呈现出的差异点，或者存在着历史叙述或文学叙述根据，只是这些根据已经超出了现有历史或文学的认知经验。

一、画像差异点的意义和价值超越了画像自身的图像叙述

如前所述，“荆轲刺秦王”画像图像叙述的独特之处，是出现了与传世文献所载同名历史故事截然不同的情节内容。相信这种独特之处所具有的意义和价值，已经超越了画像图像叙述本身。对此，如下两个方面的情况能够说明问题。

（1）传世文献所载“荆轲刺秦王”历史故事中“侍医夏无且以其所奉药囊提轲”的关键作用，在“荆轲刺秦王”画像图像叙述中被有意淡化甚至抹杀。

根据《战国策·燕三》和《史记·刺客列传》所载文字，“图穷而匕首见”

之后，荆轲之所以能够“逐秦王”而没有遇到阻拦，原因在于“群臣侍殿上者不得持尺兵”而“诸郎中执兵皆陈殿下，非有诏不得上”。如此危急关头，秦王一方出现两种情况：一是秦王迫不得已“乃以手共搏之”；二是“侍医夏无且以其所奉药囊提轲”。而《战国策》和《史记》叙述上述情节时“是时”二字的使用，已经说明夏无且投掷药囊的举动是关键时刻的关键行为。正是夏无且上述举动，妨碍了荆轲从而延缓了追逐的速度，给秦王赢得了“环柱走”的时间，为秦王的“负剑”和“拔剑”制造了难得的机会，也导致荆轲继“图穷而匕首见”失败后的第二次刺杀失手。对此，秦王心知肚明，“而赐夏无且黄金二百镒”并送以“无且爱我”的赞语。据此而论，在传世文献所载“荆轲刺秦王”历史故事中，“侍医夏无且以其所奉药囊提轲”的情节至关重要，并导致夏无且成为“荆轲刺秦王”历史故事中秦王方面唯一一位助战秦王而抗衡荆轲的英雄人物。藉此，再看15份“荆轲刺秦王”画像资料，仅有画像编号5的画像中出现“（夏无且）高举药囊”的构图要素表现形式，而与之相对应的，则有10份“荆轲刺秦王”画像资料出现“（荆轲）被人从后抱住”或“（荆轲）被人缚住左手”构图要素表现形式。需要指出的是，画像编号5的画像中出现“（夏无且）高举药囊”构图要素表现形式，说明“荆轲刺秦王”历史故事中“侍医夏无且以其所奉药囊提轲”情节，在“荆轲刺秦王”画像图像叙述中并没有被遗忘，但是从画像编号5的画像中“（荆轲）被人从后抱住”仍然与“（夏无且）高举药囊”同时出现的情况看，后者似乎被有意地淡化或漠视。

显然，上述情况的存在显示出“荆轲刺秦王”画像所表现的明确的历史认知：妨碍荆轲从而延缓荆轲追逐秦王的关键举动，是“（荆轲）被人从后抱住”和“（荆轲）被人缚住左手”。在“荆轲刺秦王”画像图像叙述中侍医夏无且的关键作用已被有意淡化甚至抹杀。

（2）传世文献所载“荆轲刺秦王”历史故事中“匕首中柱”或“决耳入铜柱”情节，在“荆轲刺秦王”画像图像叙述中被以更为精彩的形式所再现，其“匕首贯柱”的表现使得上述行为（贯）和行为对象（柱）产生了鲜明的象征意义和缘于道德判断的强烈的情感震撼。

传世文献所载同名历史故事在“荆轲投掷匕首”情节上面存在两种描述形式，前一种是“中柱”“中桐柱”或“铜柱”，后一种则是“决耳入铜柱”①。上述两种描述形式在叙事意义上具有不同的性质，前者不论“柱”的性质如何，“中柱”的描写却是一致的，而“中柱”即投掷的匕首为“柱”所挡的意

① 根据《战国策·燕三》所载文字，“荆轲废，乃引其匕首提秦王，不中，中柱”。而《史记·刺客列传》则云“中桐柱”，汲古阁本则作“铜柱”。《正义》引《燕丹子》亦云：“荆轲拔匕首掷秦王，决耳入铜柱，火出。”

义也是清楚的；后者则以“铜柱”代替“柱”或“桐柱”，再以“决耳入铜柱”描写匕首超强的力度，显然“入铜柱”是后者描述的重点和关键。

两相比较，两种不同性质的图像叙述形式所呈现的形象表现，以及在上述形象表现中所内含的情感截然不同。前一种图像叙述形式呈现出了历史叙事的平实的写实特点，于是“匕首为柱所挡”的“中柱”情节，也就缘于写实特点而带有了无奈和悲观的情绪；后一种图像叙述形式以“铜柱”代替“柱”或“桐柱”，再以“决耳入铜柱”描写“匕首”超强的力度，已然对前者无奈悲观的情绪有所减缓和慰藉，但是后者突破认知常识的夸张叙述，违背了历史叙事的写实原则，自然也就带有“失信”的风险。联系《论衡·儒增篇》的质疑，后者对前者悲观失望情绪有所减缓和慰藉的作用，也缘于文学意义上的“戏说”性质而变得微不足道。与传世文献所载同名历史故事相比，“荆轲刺秦王”画像“匕首贯柱”的图像叙述，表明此“柱”并非“铜柱”。而“贯柱”与“中柱”和“决耳入铜柱”比较，在遵循历史叙事写实原则的基础上，在形象的表现色彩和表现力度上则更胜一筹，又摆脱了“戏说”弊病。如此而言，“荆轲刺秦王”画像图像叙述既具有历史叙事的平实且谨严的特点，又能够将文学叙述的表现性恰到好处地呈现出来，可谓兼而得之。

具体说来，“贯柱”在表现色彩和表现力度上更胜一筹，主要体现在“匕首”与“立柱”精彩又符合认知常识的“和谐表现”上。一方面，如前所述，“匕首贯柱”之“柱”非“铜柱”，故而“贯柱”本身既体现出不可思议性，却又处于认知常识的可能性之中。缘于此，画像“匕首贯柱”并“剑缨向后飞扬”的形象刻画，才具有了“中柱”或“决耳入铜柱”所无可比拟的强烈的视觉冲击力和情感震撼力。另一方面，“匕首贯柱”并“剑缨向后飞扬”的形象表现，虽然表现了“匕首”迅疾的飞行速度和超强的攻击力度，但也将这种摧枯拉朽的力量的源头和制造者突显出来，为“荆轲”英雄形象的塑造和表现提供了帮助，而作为“受体”的“立柱”，其遭受“攻击”和“创伤”的形象，也自然叠加进秦王的影子。由于秦王形象与“立柱”在情感和意象上的移位，使得遭受“攻击”和“创伤”的“立柱”平添了鲜明的象征意义和缘于道德判断的情感色彩。

（3）作为具有叙事意义上的图像叙述形式，“荆轲刺秦王”画像独特的图像叙述形式在东汉尤其东汉晚期出现了区域性和跨区域性的呈现。

如果从图像叙述形式角度进一步审视“荆轲刺秦王”画像独特的图像叙述形式，具备上述图像叙述形式的画像资料，在东汉尤其东汉晚期出现了区域性和跨区域性的呈现。从画像所属墓葬地域情况和时间背景两个方面审视10份“荆轲刺秦王”画像资料，其结果即如表13-8、表13-9所示：

表 13-8　10 份“荆轲刺秦王”画像资料所属墓葬地域及时间背景情况（1）

画像编号	出土地点	时间
3	山东嘉祥	东汉桓帝建和二年（公元 148 年）
1	山东嘉祥	东汉桓帝元嘉元年（公元 151 年）
15	山东阳谷	东汉桓、灵帝之间
2	山东嘉祥	东汉灵帝建宁元年（公元 186 年）
5	浙江海宁	东汉晚期（公元 147—220 年）
8	陕西神木	东汉时期（公元 25—220 年）
10	四川乐山	东汉时期（公元 25—220 年）
11	四川合川	东汉时期（公元 25—220 年）
12	四川渠县	东汉时期（公元 25—220 年）
14	山东微山	东汉时期（公元 25—220 年）

表 13-9　10 份“荆轲刺秦王”画像资料所属墓葬地域及时间背景情况（2）

<table>
<tr><th>画像编号</th><th colspan="2">出土地点</th><th>时间</th></tr>
<tr><td>3</td><td rowspan="5">山东</td><td rowspan="3">嘉祥</td><td>东汉桓帝建和二年（公元 148 年）</td></tr>
<tr><td>1</td><td>东汉桓帝元嘉元年（公元 151 年）</td></tr>
<tr><td>2</td><td>东汉灵帝建宁元年（公元 168 年）</td></tr>
<tr><td>15</td><td>阳谷</td><td>东汉桓、灵帝之间</td></tr>
<tr><td>14</td><td>微山</td><td>东汉时期（公元 25—220 年）</td></tr>
<tr><td>5</td><td>浙江</td><td>海宁</td><td>东汉晚期（公元 147—220 年）</td></tr>
<tr><td>8</td><td>陕西</td><td>神木</td><td>东汉时期（公元 25—220 年）</td></tr>
<tr><td>10</td><td rowspan="3">四川</td><td>乐山</td><td>东汉时期（公元 25—220 年）</td></tr>
<tr><td>11</td><td>合川</td><td>东汉时期（公元 25—220 年）</td></tr>
<tr><td>12</td><td>渠县</td><td>东汉时期（公元 25—220 年）</td></tr>
</table>

总结如下。①从 10 份画像资料时间背景看，能够明确为东汉桓、灵帝时期画像资料共 4 份，东汉晚期画像资料 1 份，与时间背景为东汉时期画像资料在数量上对等。由此能够明确，具备上述图像叙述形式的 10 份“荆轲刺秦王”画像资料，其时间背景皆呈现为东汉时期，并可能集中出现于东汉晚期或即桓、灵帝时期。②从 10 份画像资料地域背景看，有 5 份出自山东，另外 3 份出自四川。出自山东者以嘉祥为中心而集中于山东的西南部区域，出自四川者在地域背景上似乎没有出现山东的区域性特点，但仍然以成都平原的乐山和四川东部区域为主。由此能够明确：具备上述图像叙述形式的 10 份“荆轲

刺秦王”画像资料，其地域背景首先呈现出区域性特点，并出现了跨越山东、四川、浙江、陕西地域而存在的情况。

结论如下。①在供研究的15份“荆轲刺秦王”画像中，具备这种图像叙述形式的画像资料主要出现在东汉时期，或以东汉晚期历史阶段更为突出。②同时也意味着上述画像在艺术表现上同时存在着区域性密集呈现和跨区域呈现现象。显然，上述现象的存在，一方面排除了画像“个案”性质的可能性，另一方面也排除了单纯意义上的画像艺术表现技巧或艺术表现手段的可能性，从而有理由将这种情况视为图像叙述意义上的规律性现象。③如此，则能够进一步得出如下认识：具备上述图像叙述形式的“荆轲刺秦王”画像在东汉尤其东汉晚期获得了区域性和跨区域性存在和流行。

二、画像图像叙述形式成功于历史与文学叙述的巧妙结合

汉画像“荆轲刺秦王”画像图像叙述所呈现的上述两个方面的情况，似乎呈现出不同的性质或层面，前者涉及历史认知的问题，画像以图像叙述形式再现了与传世文献所载同名历史故事截然不同的情节内容；而后者则关涉到在历史人物之形象与行为的图像叙述中的文学性表现问题，画像在图像叙述中借用了诸如夸张、拟人、象征、类比等文学表现手法，又融入了构成文学生命价值的情感情绪和道德判断。不可否认，上述两个方面并非孤立的存在，而是水乳交融般地融合在画像图像叙述中，构成了“荆轲刺秦王”画像叙事意义上的图像叙述形式。探究上述情况形成的原因，或将触及到“荆轲刺秦王”历史故事的图像叙述与历史叙述和文学叙述的关系问题。

（1）汉代“荆轲刺秦王”历史故事存在着历史、文学、图像三种不同的叙述形式。“荆轲刺秦王”画像凭借图像描绘历史故事的方式，已经属于叙事意义上的图像叙述性质。从这个意义上说，以图像表现历史故事的图像叙述，在汉代已经成为人们所熟知的叙述形式和叙述方法，人们已经不满足于用传统的历史叙述或文学叙述形式再现“荆轲刺秦王”历史故事，并且已经寻找到了更为精彩的叙述形式和更具形象表现的叙述方法以满足自己的精神需求，“荆轲刺秦王”画像区域性密集呈现和跨区域呈现现象的存在即是证明。

然而，这种情况并不能否定或抹杀上述叙述形式之间存在联系和影响的事实，单就汉画像历史故事画像而论，图像叙述并不能摆脱历史叙述或文学叙述而独立完成或存在。从这个意义上说，与“荆轲刺秦王”画像构成叙事意义关联的两种情况也就进一步明晰起来：①这种图像叙述形式之区域性密集呈现和跨区域呈现，揭示了与之相应的历史叙述或文学叙述形式的区域性

密集呈现和跨区域呈现的事实，而上述情况并不存在于以往的认知经验之中；②基于上述认识，一方面能够促使我们明确，从叙事意义上审视“荆轲刺秦王”画像，它的存在证明“荆轲刺秦王”历史故事在汉代至少存在着历史、文学、图像三种不同的叙述形式；另一方面还能看到在汉代存在和流行的“荆轲刺秦王”历史叙述和文学叙述中，尚存在着不同内容的版本形式，而上述情况虽然存在于以往的认知经验之中，但没有受到足够的关注和重视。

（2）汉画像的图像叙述更接近于文学叙述并表现为文学意义上的再创造。与历史叙述相比较，“荆轲刺秦王”图像叙述更接近于文学叙述，表现在叙述本身的情绪化的情况或机会更为突出、多样和复杂。正是在这个意义上，我们能够从“荆轲刺秦王”图像叙述中发现在已知历史叙述或文学叙述中没有出现或无法表现的某些情感，从而进一步补充和加深对已知历史叙述或文学叙述的认识和理解。[①]从“荆轲刺秦王”图像叙述看，荆轲形象体现出狂暴和凶悍的特征，与《史记》所言“然其为人沉深好书”判若两人。不可否认，后一种荆轲形象的展现，或为荆轲匿于市井间的伪装之象，然而不论如何，图像叙述所展示的荆轲形象，才是汉代民间所心仪和钦佩的形象，缘于此，“匕首贯柱”的惊天动地行为，才有了力量和气势的源泉。两相结合，“荆轲刺秦王”图像叙述中的荆轲形象与已知历史叙述或文学叙述中的荆轲形象截然不同，后者描绘了一位失败的英雄人物，前者则再现了一位成功的英雄形象，因为在狂暴而凶悍的荆轲面前，如果秦王作为“受体”，“匕首贯柱”的刻画早已说明问题了。

值得注意的是，“荆轲刺秦王”图像叙述在主要人物形象表现上遵从了“正面刻画”的原则，从秦王机警、迅捷、勇武的形象特征上，能够看出汉人对这一形象并没有矮化或丑化，而是缘于侥幸而躲过一劫的惊诧和挺剑奋起的钦佩。上述情况或与汉代民间持续兴盛的崇尚节义、尚武复仇、思慕英雄的社会思潮息息相关。这样的社会思潮又是与历史人物的偶像化演变联系在一起的。历史人物的偶像化过程，同时也是历史人物“被英雄”或“被神圣”的过程。在这个过程中，一方面表现出历史叙述的故事化、传奇化，即文学化的发展和演变；另一方面则表现为历史人物从内（内涵）到外（形象）的英雄化和神圣化的再丰富和再创造。显然，“荆轲刺秦王”图像叙述提供了佐证。

（3）“荆轲刺秦王”独特的图像叙述并非画工们心血来潮的自编自创。如果将《战国策·燕策》《史记·刺客列传》《燕丹子》所载“荆轲刺秦王”

① 按：这些情感或情绪，有可能属于画像创作者或画像设计者个人的情感或情绪，也有可能属于某一家族或宗族的情感或情绪，更有可能属于特定地域族群或人群团体的情感或情绪，总之，区域性是其最为突出的特点。

历史故事区别为历史叙述和文学叙述的话，那么《文选·吴都赋》注引《秦零陵令上书》、《淮南子·泰族训》、《新书·淮难》、邹阳《狱中上书自明》、《汉书·景十三王传》、《论衡·儒增篇》所涉“荆轲刺秦王”历史故事，或者都能够囿于上述叙述形式之中，然而，上述文献所涉“荆轲刺秦王”历史故事在具体内容上是否一致，则难以给出肯定答案。

秦汉时期流传于世的“荆轲刺秦王”历史故事内容庞杂，而载记文献或各承其源，自然在内容上存在差异，即如《燕丹子》所载“匕首入铜柱”而“火出”情节，在《战国策》和《史记》中均无载。对于上述情节，《论衡·儒增篇》以为“虚言”，但所据文献却不是《燕丹子》而是“儒书”。“儒书”何指不得而知，但可以肯定不是《燕丹子》。显然，上述情节不仅《燕丹子》有载，尚有“儒书”涉及，而王充没有指出“儒书”具体书名，恐怕也是因为这种“儒书”很多而只能笼统概述。《史记·刺客列传》引“太史公曰”云：“世言荆轲，其称太子丹之命，‘天雨粟，马生角’也，太过。又言荆轲伤秦王，皆非也。”前者“天雨粟，马生角”，《索隐》引《燕丹子》云：“乌头白，马生角，乃许耳。”但后者“伤秦王”情节，则在已知文献中无载。

上述情况的存在，必有成因。《史记·刺客列传》引“太史公曰”云：“始公孙季功、董生与夏无且游，具知其事，为余道之如是。”夏无且乃秦王侍医，其所知当仅限于“庭上刺杀和搏斗”这部分内容。据此，则《史记·荆轲传》“庭上刺杀和搏斗”这部分内容，当源自公孙季功和董生的转述。《战国策·燕策》所载这部分内容与《史记》基本一致，或亦与上述转述有关。据此而论，秦汉时期“荆轲刺秦王”历史故事在“庭上刺杀和搏斗”这部分内容的描述上情节庞杂，或缘于讲述者不同而致。夏无且以侍医身份成为事件的亲历者进而成为讲述者，而亲历者尚有“群臣”和“左右”，上述人物都有可能成为事件的讲述者，并为不同的转述者所转述。

基于上述认识，或能得出如下结论：画像编号3、1、15、2、8、10、11、12、5、14“荆轲刺秦王”画像，在艺术表现上“区域性密集呈现”和“跨区域呈现”现象形成的原因，可能与不同的历史叙述或文学叙述有关，其最为突出的特点是有别于夏无且的讲述和公孙季功与董生的转述。藉此而进一步阐发，画像编号4的“荆轲刺秦王”画像，其在构图上同时出现“（荆轲）袒露上身”“（荆轲）佩剑双手执梃”构图要素表现形式，或许也属于渊源有目的图像叙述而非工匠们心血来潮的自编自创。

综上所述，“荆轲刺秦王”画像描绘了同名历史故事中“庭上刺杀和搏斗”这部分内容，同时也描绘了“荆轲刺杀秦王前准备活动”的某些重要情节，在已知历史叙述和文学叙述之外，提供了更为形象也更为精彩的图像叙述形式。“荆轲刺秦王”画像在表现“庭上刺杀和搏斗”这部分内容时，成功地运用了与已知同名历史故事相关内容无法对应的13项构图要素表现形式来结构画面，从而出现了与传世文献截然不同的情节内容，弥补和丰富了已知认知经验，尤具历史和文学的意义和价值。

第四节　结论：画像构图所反映的故事情节超出了已知认知经验

汉画像“荆轲刺秦王”历史故事画像以图像描绘历史故事，已经属于叙事意义上的图像叙述性质。以图像表现历史故事的图像叙述，在汉代已经成为人们所熟知的叙述形式和叙述方法，人们已经不满足于用传统的历史叙述或文学叙述形式再现历史故事，并且已经寻找到了更为精彩的叙述形式和更具表现力的叙述方法，“荆轲刺秦王”画像的存在即是证明。然而这种情况并不能否定或抹杀上述叙述形式之间存在联系和影响的事实，图像叙述并不能摆脱历史叙述或文学叙述而独立完成或存在。因此，与“荆轲刺秦王”画像构成叙事意义关联的两种情况也就进一步明晰起来：“荆轲刺秦王”历史故事在汉代至少存在着历史、文学、图像三种不同的叙述形式，而在汉代存在和流行的“荆轲刺秦王”历史叙述和文学叙述中，还存在着不同内容的版本形式。与历史叙述相比较，“荆轲刺秦王”图像叙述更接近于文学叙述，表现在叙述本身的情绪化的情况或机会更为突出、多样和复杂，并且能够从“荆轲刺秦王”图像叙述中发现在已知历史叙述或文学叙述中没有出现或无法表现的某些情感，从而进一步补充和加深对已知历史叙述或文学叙述的认识和理解。图像叙述所展示的“荆轲”形象，应该是汉代民间区域社会中所心仪和钦佩的形象。

本章附录　供研究的15份汉画像“荆轲刺秦王”画像资料

（1）武梁祠西壁画像，第四层右起第三部分。自右至左：一人头戴高冠双臂上举，呈弓箭步，被人从身后紧紧抱住，榜题“荆轲”；其前地上一盒，盒盖敞开，露出樊於期的人头，榜题“樊於期头”；其前一人伏地叩头，榜题“秦舞阳”；中间一柱，一柄短剑，剑柄丝带飘扬，刺入柱中剑尖透出；

柱后一人向左奔跑，并回头手执荆轲，榜题“秦王”。东汉桓帝元嘉元年（公元 151 年）。中国画像石全集编辑委员会编：《山东汉画像石（一）》，图 49；巫鸿：《武梁祠》，引图 148。

（原始编号：1）

（2）武氏祠前石室后壁小龛西侧画像。第二层：右一奋勇的武士被人拦腰抱住，榜题“荆轲”。其足旁一人匍匐于地，榜题“秦舞阳”。其后一卫士执刀、盾。秦舞阳前置一盒，半启，内盛一人头，当为樊於期的头。中间一柱横贯一带缨匕首。柱右有一割断的衣袖。左边一人惊慌奔逃，榻座前有丢弃的双履，当为秦王。其左有惊扑到于地的两卫士。东汉灵帝建宁元年（公元 168 年）。中国画像石全集编辑委员会编：《山东汉画像石（一）》，图 62。

（原始编号：2）

（3）武氏祠左石室后壁小龛西侧画像。第二层：画面中间刻一柱，柱左为荆轲，被人从后面紧紧抱住，双腿叉开，双臂上扬，匕首已刺穿铜柱；柱右侧身而立者当为秦王，一截断袖跌落；其身后一武士；地上一人仰面跌倒，其前一盒打开，露出人头。东汉桓帝建和二年（公元 148 年）。中国画像石全集编辑委员会编：《山东汉画像石（一）》，图 80。

（原始编号：3）

（4）沂南汉墓中室西壁北侧画像。下层：中立一斗二升的木柱，柱身上穿一匕首。柱左一人右向立，左手前伸右手正拔剑。柱右一人袒上身，佩剑左向行，双手执梃，其下置一启开的盒。东汉晚期（公元 147—220 年）。中国画像石全集编辑委员会编：《山东汉画像石（一）》，图 218。

（原始编号：4）

（5）1973 年海宁市长安镇海宁中学出土。画像石位于前室东壁北侧第二层。画面刻荆轲刺秦王未中，被卫士抱住，秦王绕柱而逃，御医高举药囊将投，地上放有盛樊於期头的方匣，秦舞阳则匍匐在地。东汉晚期（公元 147—220 年）。中国画像石全集编辑委员会编：《江苏安徽浙江汉画像石》，图 232；摹本引自黄雅峰：《海宁汉画像石墓研究》，图版 78。

（原始编号：5）

（6）江苏泗阳打鼓墩樊氏画像石墓。第五石侧面图：秦王居右，粗眉长髯，头扎漆布帻冠，坐在矮足的床榻上。床榻右置一兽足盘，盘内盛二鱼。厅内帷帐结绾起来。榻前立一根圆柱，柱上插进一把带缨的匕首，秦王正欲起身躲避。柱子左前跪着一个瘦小的人物，面朝秦王，双手向后示意，面前似一卷展开的简策。其后立一身体魁梧的男子，即荆轲。头扎发结，袖口高挽，双脚弓张，两手交叉在腹前，双目怒视秦王。东汉晚期至曹魏时期。淮阳市博物馆、泗阳县图书馆：《江苏泗阳打鼓墩樊氏画像石墓》，《考古》1992 年第 9 期，图七：1。

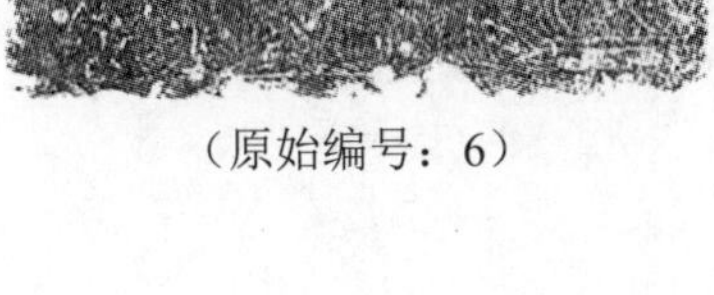

（原始编号：6）

（7）画像砖。1974年江苏高淳固城出土。画面共八人，右边有一柱，柱左第一人为荆轲，两手扬起，头发甩开，地上仰卧一人，为吓倒了的秦舞阳。三名秦大臣，惊慌失措，紧紧跟随，伺机阻止。柱右为秦王，长剑高举过顶，大步躲避并四处观望。一武士在秦王右方，正执剑欲上前相助。东汉时期。中国画像砖全集编辑委员会编：《全国其他地区汉画像砖》，图20。

（原始编号：7）

（8）1996年陕西神木大保当乡出土，门楣画像。下层中部：荆轲跨步躬身，被人拦腰抱住，剑刺秦王未中而击穿铜柱，樊於期首级的函盖已经打开，须发清晰可见。秦舞阳趴在地上。侍卫惊慌倒退。东汉时期（公元25—220年）。中国画像石全集编辑委员会编：《陕西山西汉画像石》，图225。

（原始编号：8）

（9）1972年河南唐河针织厂墓出土，北主室北壁东端。自右至左为荆轲、秦王、秦舞阳。荆轲拔剑刺向秦王，秦王抽身站起，横剑还击。秦舞阳大惊失色。西汉时期（公元前206—公元8年）。中国画像石全集编辑委员会编：《河南汉画像石》，图15。

（原始编号：9）

（10）四川乐山市凌云山麻浩一号崖墓出土，享堂壁。左侧是两个卫士正作惊窜状。右为秦王，一袖已断，回首作击荆轲状，手中所执物不明。荆轲怒发飘扬。中间是铜柱，柱上旋绕之物是匕首。最右侧俯伏在地的是秦舞阳，面前是樊於期的头和匣。东汉时期（公元 25—220 年）。中国画像石全集编辑委员会编：《四川汉画像石》，图 1。

（原始编号：10）

（11）1975 年四川合川县沙坪乡濮岩寺石室墓出土，后室门楣横额。自右起：第一组右一人正拉弓射虎。第二组右为秦王，正举剑，中为一柱，上有匕首，柱右一小人，应为秦舞阳，柱左一武士正抱荆轲。第三组右为仙人持尊，其后有三足乌、九尾狐。东汉时期（公元 25—220 年）。中国画像石全集编辑委员会编：《四川汉画像石》，图 60。

（原始编号：11）

（12）四川渠县王家坪出土，无名阙，楼部背面。右侧一武士为夏无且正抱住荆轲，中间一柱，其下方一人正跪拜，为秦舞阳。左侧为秦王，戴冠披肩，左腿直立，右脚翘起，右手执刀，作搏斗状。最左侧一矮小武士手执剑盾赶来。东汉时期（公元 25—220 年）。中国画像石全集编辑委员会编：《四川汉画像石》，图 76。

（原始编号：12）

（13）四川江安二号魏晋石棺。画面左侧刻一柱，匕首掷入柱上，柱右侧为荆轲，怒发冲冠，柱左侧为秦王，割袖而逃，正举刀自卫。魏晋时期。

高文编著：《四川汉代石棺画像集》，引图。

（原始编号：13）

（14）山东微山南阳镇出土，疑为地上享堂画像石。画像共分上中下三层，上层画面左侧刻“管仲射小白”历史故事，右侧画面刻“荆轲刺秦王”故事。构图上分为两个部分，左侧部分左面站立者应为“秦王”，其面前二人跪地，手中执物，应是荆轲、秦舞阳献图；右侧部分中间立柱，柱上插有匕首，柱左一人侧身站立，横剑胸前，应为“秦王”，柱右一人弓步作投掷匕首状，其左手被人缚住，荆轲身后矮小者应为秦舞阳，柱下有木匣露出头颅。东汉时期（公元 25—220 年）。微山县文物管理所：《山东微山县近年出土的汉画像石》，《考古》2006 年第 2 期。

（原始编号：14）

（15）山东阳谷县八里庙汉画像石墓 1 号墓，画像十二，分为四层，第一层刻孔子见老子；第二层刻荆轲刺秦王，画面中间为一檐柱，上有横插匕首，荆轲在柱右，被一人抱住，秦王在柱左，一手举剑作转身逃避状，其身前有一人掩护，身后有两个持盾和兵器的卫士；第三层刻角抵百戏；第四层刻连理树，树下有马和车。东汉桓、灵帝之间。聊城地区博物馆：《山东阳谷县八里庙汉画像石墓》，《文物》1989 年第 8 期。

（原始编号：15）

第十四章　汉画像历史故事画像与汉代文学研究的新发现（四）

——传统汉代文学研究不曾关注的文学传播手段

本章是“汉画像历史故事画像与汉代文学研究的新发现”系列研究的第四部分。本章以浙江海宁长安镇汉画像石墓“荆轲刺秦王”画像及河南南阳出土“捞鼎”“升鼎”画像为研究对象，着重探讨上述画像图像叙述中所可能存在的以“情境表演”为特点的历史故事传播手段问题，以及以这种形式演绎历史故事过程中是否存在戏剧叙述问题。上述问题在前面系列研究中已经出现，由于所触及到的文学现象缺少相关文献资料的补充、印证或参考，又超出了已有文学研究的认知和经验，导致相关研究带有推断性质和风险性。然而，上述问题确为“汉画像历史故事画像与汉代文学研究的新发现”系列研究中所引发的问题，又具有汉代文学研究的前沿性特点和文学发展史意义上的巨大价值，符合本课题“考古新资料与秦汉文学研究的新视野”的研究宗旨和学术理念，故不揣冒昧将具体研究情况展示如下。另外，供研究的 16 幅汉画像“捞鼎”“升鼎”画像及构图和出处情况，均以附录形式置于本章之后，以供参考。

第一节　问题的缘起及研究的理念与意义

《旧唐书·音乐志》论《公莫舞》云：“其说云：汉高祖与项籍会于鸿门，项庄剑舞，将杀高祖。项伯亦舞，以袖隔之，且云公莫害沛公也。汉人德之，故舞用巾，以象项伯衣袖之遗式也。”[①]此“俗说”源于何处不得而知，但相信《公莫舞》所演绎的即是鸿门故事，确是唐人及唐前之人的成见，李贺《公莫舞歌》的创作即是证明。《公莫舞歌》所詠全是“鸿门宴会”中的往

① 刘昫等：《旧唐书》卷二十九，第 1063 页。

事，其“序”云：“《公莫舞歌》者，詠项伯翼蔽刘沛公也。会中壮士，灼灼于人，故无复书。且南北乐府率有歌引，贺陋诸家，今重作《公莫舞歌》云。”[①]虽今所见《巾舞歌诗》内容非鸿门故事，但“公莫”二字尚存，其与鸿门故事存在联系的事实或无法否定，抑或见出汉人以“舞诗”演绎鸿门故事的情况的确存在。

由此而论，借助情景剧的形式演绎历史上曾经存在或正在流行的故事或传说，在汉代已有前例可援和传统可循。作为传说故事和角抵戏的“东海黄公”在秦汉时期演变态势或可为证。藉由作为传说故事和角抵戏的“东海黄公”于秦汉时期的演变，或可发现传统传说故事于汉代借助具有情景剧特点的舞台表演形式而得到新的发展和新的流传与表现空间的问题。

较早载记“东海黄公”故事的，是《西京杂记》和干宝《搜神记》。《西京杂记》云：“余所知有鞠道龙，善为幻术，向余说古者事：有东海人黄公，少者为术，能制龙御虎，佩赤金刀，以绛缯束发，立兴云雾，坐成山河。及衰老，气力羸惫，饮酒过度，不能复行其术。秦末，有白虎见于东海。黄公乃以赤刀往厌之，术既不行，遂为虎所杀。”[②]《搜神记》亦载云：“鞠道龙善为幻术。尝云：‘东海人黄公，善为幻，制蛇御虎。常佩赤金刀。及衰老，饮酒过度。秦末，有白虎见于东海，诏遣黄公以赤刀往厌之。术既不行，遂为虎所杀。’”[③]《西京杂记》和《搜神记》所载“东海黄公”故事，在具体情节上基本一致，而《搜神记》稍为简略，缺少“黄公”独特装束的描绘和“立兴云雾”“坐成山河”等魔幻法术的介绍。《文选·西京赋》李善注亦载有“东海黄公”故事，其云：“东海人黄公，少时能幻，制蛇御虎。常佩赤金刀。及衰老，饮酒过度。有白虎见于东海，黄公以赤刀往厌之，术不行，遂为虎所食。”[④]值得注意的是，《文选》李善注所引“东海黄公”故事，自云本于《西京杂记》，但故事内容却与《搜神记》所载更趋于一致。或《西京杂记》与《搜神记》所载“东海黄公”故事互有所本也未可知。然而，上述“东海黄公”故事在具体情节上没有更大出入的情况，说明《西京杂记》与《搜神记》所载，当为“东海黄公”故事广为流传的版本之一。

《文选·西京赋》李善注的同时，还存有薛综注。《三国志·薛综传》云：“（薛综）凡所著诗赋难论数万言，名曰《私载》，又定《五宗图述》、《二京解》，皆传于世。”[⑤]《文选·西京赋》薛综注，或即《二京解》注文。然而，

---

① 郭茂倩：《乐府诗集》卷五十四，第788页。
② 葛洪：《西京杂记》卷三，程荣纂辑：《汉魏丛书》，第306页。
③ 干宝撰，汪绍楹校注：《搜神记》卷二，北京：中华书局，1979年，第22页。
④ 萧统编，李善注：《文选》卷二，第49页。
⑤ 陈寿著，裴松之注：《三国志》卷五十三，第1254页。

薛综注文所述“东海黄公”故事，在情节上虽然更为简洁，但与《西京杂记》《搜神记》及《文选·西京赋》李善注相比，在具体情节上却呈现出一些变化。其云：“东海有能赤刀禹步，以越人祝法厌虎者，号黄公。又于观前为之。”[①]显然，薛综注文在情节上的变化，主要体现在以“赤刀禹步”和“越人祝法”而“厌虎”之上。李善对《文选·西京赋》注文保留薛综注存有一段说明，其云“旧注是者，因而留之”，但又说“其有乖缪，臣乃具释，并称臣善以别之”[②]。以此观之，关于“东海黄公”故事，李善引《西京杂记》为注，以示与薛综注相别，说明李善或以为薛综关于“东海黄公”的注文存在“乖缪”，而“乖缪”之处，或即“东海黄公”以“赤刀禹步”和“越人祝法”而“厌虎”的情节。然而，薛综注文中“赤刀禹步”和“越人祝法”情节，在张衡《西京赋》中亦有“赤刀粤祝”的相同描述。上述情况说明，《文选·西京赋》李善注所保留的薛综的注文内容，与张衡《西京赋》的描述正相吻合，而如果以此为“乖缪”之处，实有不当。

“东海黄公”故事的主人公和故事发生的地域背景皆是秦汉时期的“东海郡”。秦立东海郡，至西汉时，已属县三十八。[③]已兼战国时期齐、鲁、荆楚故地。如“下邳”，“本夏时邳国，后属薛。……春秋併于宋，战国时属楚，后属齐。至秦曰下邳县，汉属东海郡”[④]。再如“朐”，本汉朐县，唐时属海州。海州“本《禹贡》徐州之域，春秋时鲁国之东郡，七国时属楚。秦置三十六郡，以鲁为薛郡，后分薛郡为郯郡。汉改郯郡为东海郡”[⑤]。又如“临沂”，本汉旧县，属东海郡，唐时属沂州，而沂州“春秋时为齐地”[⑥]。值得注意的是，上述地域自古就有“勇士斩杀猛兽”“高祖斩白龙”等传说故事。如流传甚广的东海勇士菑丘欣于“神渊”斩杀“三蛟一龙”的传说。[⑦]故“东海黄公”故事在上述地域出现或有其地域民俗基础。

《西京杂记》在叙述“东海黄公”传说故事之后，又补充说道：“三辅人俗，用以为戏。汉帝亦取以为角抵之戏焉。”知产生和流传于东部沿海和近海地域的“东海黄公”故事，又在秦汉时期向西而流传至长安畿辅地区，进而被“改编成戏”，或至汉武帝时期进入百戏之中，而形成角抵戏的表演形式。“三辅”地域属秦故地，民俗纯朴。而“汉兴，立都长安，徙齐诸田，楚昭、屈、景及诸功臣家于长陵。后世世徙吏二千石、高訾富人及豪桀并兼

① 萧统编，李善注：《文选》卷二，薛综注，第49页。
② 萧统编，李善注：《文选》卷二，第36页。
③ 班固著，颜师古注：《汉书·地理志》，第1588页。
④ 李吉甫撰，贺次君点校：《元和郡县图志》卷九，第233页。
⑤ 李吉甫撰，贺次君点校：《元和郡县图志》卷十一，第301页。
⑥ 李吉甫撰，贺次君点校：《元和郡县图志》卷十一，第303-304页。
⑦ 韩婴：《韩诗外传》卷十，程荣纂辑：《汉魏丛书》，第65页。王充：《论衡·龙虚篇》，国学整理社辑：《诸子集成》第七册，第60页。

之家于诸陵”。遂至“五方杂厝，风俗不纯”①。齐楚旧贵族西徙“三辅”地区，原来故居之地的风物习俗势必随之而来，其中或包括故居之地的神话和传说故事。再者，秦汉时燕齐方士以祠灶、谷道、卻老为能事，杂以方术，“巧发奇中”，与“东海黄公”“伏龙厌虎”之术并无本质上的区别。显然，“东海黄公”故事抑或可能于秦汉时随燕齐方士而传至“三辅”地域。

“东海黄公”故事由东向西的流传过程，既是上述故事在人物形象和情节内容等方面不断变化、丰富和完善的过程，也是上述故事由口耳相传的“传说故事”向具有情景剧特点的“戏”的演变过程，并具体表现在人物形象和情节内容方面地域性色彩和特点的逐渐减弱、其他地域文化因素逐渐增加和融合，以及基于“戏”的艺术表演形式的需要而对人物形象和情节内容的戏化处理和改造。从这个意义上审视张衡《西京赋》及薛综注关于“东海黄公”以“赤刀粤祝”而“厌虎”的文字，或可以明确其性质不是对作为“传说故事”的“东海黄公”的描述，而是对作为“戏”的“东海黄公”之“剧情”的叙述。也就是说，《西京赋》中“东海黄公”之“吞刀吐火”“画地成川”“赤刀粤祝”，既是角抵戏“东海黄公”的“剧情”，又是表演者于舞台上的“表演形式”。而薛综注文“赤刀禹步”和“粤人祝法”，恰恰是从“剧情”和“表演形式”两个方面对《西京赋》“赤刀粤祝”给予了进一步的诠释。

上述情况说明，作为传说故事和角抵戏的“东海黄公”，在秦汉时期呈现出了互为影响而共同发展的演变态势，角抵戏“东海黄公”基于传说故事而形成，并缘于百戏综合表演形式特点，而在传统情节的基础上进一步通过说、唱、舞等歌舞和肢体动作叙述故事，完成人物形象的塑造。由“东海黄公”作为传说故事和角抵戏等传播方式于两汉时期的流传，能够启示我们进一步探索传统传说故事于汉代借助具有情景剧特点的舞台艺术表演形式而得到新的发展和新的流传与表现空间的问题。

对此，唐教坊歌舞戏与汉代乐舞百戏稽戏渊源关系或可为证。杜佑《通典》论“散乐”时涉及歌舞戏，上述歌舞戏皆具有一个颇为完整的故事情节，并擅长于以歌或舞或歌舞相结合的形式做出舞台表演意义上的演绎，而这种舞台表演艺术形式，在汉代乐舞百戏表演艺术中就已经出现。

杜佑《通典》论“散乐”时涉及歌舞戏，有“大面”“拨头”“踏摇娘”“窟礧子”等戏名，唐玄宗时已置于教坊之中。②“大面”缘于兰陵王著

① 班固著，颜师古注：《汉书》卷二十八，第1642页。

② 其中“大面”出于北齐，“兰陵王长恭才武而貌美，常著假面以对敌。尝击周师金墉城下，勇冠三军，齐人壮之，为此舞以效其指麾击刺之容，谓之《兰陵王入阵曲》”。“拨头”出于西域，“胡人为猛兽所噬，其子求兽杀之，为此舞以象也”。“踏摇娘”出于隋末，“河内有人丑貌而好酒，常自号郎中，

假面对敌，表演者“为此舞以效其指麾击刺之容”。汉画像多有武士著假面格斗画面。如河南南阳画像砖“假面格斗”画像和江苏徐州茅村“乐舞百戏”画像。[①]“拨头”或为“剥头”，斗兽而使之头落，衍为斗兽之戏。汉画像多有武士或胡人武士斗兽画面，如南阳汉代画像砖“武士斗兽”画像和山东邹城市郭里乡“胡汉交战、乐舞、庖厨”画像。[②]前者第一幅画面刻绘武士手执长斧与猛虎格斗，第二幅画面左侧刻绘手执长戟的武士追杀奔逃的猛虎。后者画面中下两层刻绘乐舞百戏内容，中间立一建鼓，旁有武打、跳丸、舞蹈、吹竽、抚琴、击节等，左下角画面刻绘“武士斗熊”内容。上述斗熊内容与建鼓和乐舞百戏构成一个完整画面，说明“武士斗熊”内容同样是乐舞百戏的一种，是舞台艺术表演形式，而非真实的斗兽场面刻画。“踏摇娘”以“怨苦之词”为主，原本表现的是一个悲苦的故事，但表演中妻子边悲诉边摇身的动作，再配以与酒醉丑夫的对打表演，则又颇具喜剧色彩和滑稽特点。《教坊记》亦云：“以其夫至，则作殴斗之状，以为笑乐。”从张衡《西京赋》和李尤《平乐观赋》对汉代乐舞百戏描述上看，汉代乐舞百戏的特点重在以惊险和滑稽的形式取乐娱人，上述特点也在汉画像图像表现上反映出来。汉画像所反映的汉代乐舞百戏滑稽表演形式的艺术特征主要表现在：①表演者为男优，一人或二人，二人表演者，主次分明；②化妆或假面表演；③有奏乐、讴歌或说唱。显然，上述艺术特征在“踏摇娘”的表演中同样存在。即如《教坊记》所云丈夫著妇人衣，徐步入场，行歌。每一迭，旁人齐声和之云：踏摇和来踏摇娘苦和来。以其且步且歌，故谓之踏摇。上述情况或提示我们注意到汉代乐舞百戏中普遍存在的稽戏与后世歌舞戏的渊源关系问题。

综上而言，歌舞戏的艺术特征在汉代乐舞百戏表演中既已出现，说明歌舞戏早期形态，或可以追溯到汉代流行的乐舞百戏。其实，汉代流行的角抵戏“东海黄公”的表演形式，就已经具备了“歌舞戏”艺术特征，或可视为后世歌舞戏雏形。值得注意的是，“东海黄公”讲述的是以“术”制服猛虎的故事，但具体情节却是“饮酒过度”而致法术失灵遂为虎所害。显然，酒醉的“黄公”“厌虎”时“赤刀粤祝”表演，同样带有喜剧色彩和滑稽特点。

醉归必殴其妻。妻美色善自歌，乃歌为怨苦之词。河朔演其曲而被之管絃，因写其妻之容。妻悲诉，每摇其身，故号‘踏摇’云”。“窟礧子”亦曰“魁礧子”，“作偶人以戏，善歌舞”。参刘昫等：《旧唐书》卷二十九，第1074页；杜佑：《通典》卷一百四十六，第3729-3730页；或参见《太平御览》卷五百七十三引《乐府杂录》，李昉等编，夏剑钦等校点：《太平御览·乐部十一·歌四》，第337页。

① 南阳画像砖格斗武士均手持兵器，面著假面，表演意味浓厚。而江苏徐州茅村乐舞百戏画像，画面右侧有百戏表演，画面左侧为8个站立人物，其中二人手执兵器格斗。上述格斗画面与右侧百戏内容构成一个画面整体，说明画面左侧内容亦是百戏内容的一部分。南阳文物研究所编：《南阳汉代画像砖》“拓本”图64、图157。顾森：《中国汉画像拓片精品集》，第172页。

② 南阳文物研究所编：《南阳汉代画像砖》“拓本”图176。中国画像石全集编辑委员会编：《中国画像石全集》第2卷，第88图。

从这个意义上说，以稽戏形式取乐娱人，是汉代角抵戏“东海黄公”最为主要的艺术特征，而上述艺术特征亦为后代歌舞戏所承袭，进一步说明歌舞戏早期形态可以追溯到汉代借助具有情景剧特点的舞台艺术表演形式。

是否有可能将上述认识延展至汉代文学的其他方面，是值得研究和思考的问题。我们在第七章讨论了“汉代庄园艺术与庄园艺术中的戏剧因素”问题，并得出了“舞蹈与伴唱、抃歌、稽戏相结合的艺术形式蕴含着戏剧因素”的结论；又在第八章中借助“汉画像及相关考古资料”的综合性研究，得出了歌舞戏早期形态或已在东汉中晚期出现的结论。显然，上述研究所得出的结论，都集中指向一种定性认识，那就是古代戏剧表演艺术的早期形态，应该在东汉晚期的乐舞百戏中出现了。目前的问题是，虽然上述认识无法为“乐府古辞《巾舞歌诗》为西汉歌舞剧”结论提供佐证，但是对于东汉晚期乐舞百戏中戏剧表演艺术的早期形态如何进一步认识，是否在汉代文学中仍然存在可以印证的文学文本形式，则是汉代文学研究中重要的问题。而本章关于海宁汉画像石墓“荆轲刺秦王”画像与河南南阳“捞鼎”“升鼎”画像以“情境表演”为特点的历史故事传播手段和问题的讨论，正是基于上述理念而引发的。

与汉画像“荆轲刺秦王”画像一样，学术界对汉画像“捞鼎”“升鼎”画像的研究颇为充分，但主要集中于画像所表现的“秦亡”与“汉兴”的象征意义上，尝试从画像构图意义上发现以“情境表演”形式演绎历史故事的问题，学术界还缺少相关的讨论。[①]运用具有动态特点的构图要素展开图像叙述，是汉画像“荆轲刺秦王”画像构图意义上的鲜明特点，而在河南南阳“捞鼎”“升鼎”画像中则出人意料地出现了“礼鼎”的场面和乐舞百戏表演的场景。

① 如：王宇信、陈绍棣《批判汉武梁祠中一幅攻击秦始皇的石刻画象》认为“泗水捞鼎”画像所表现的是汉人对秦始皇政权的攻击，通过否定秦始皇来肯定汉政权（王宇信、陈绍棣：《批判汉武梁祠中一幅攻击秦始皇的石刻画象》，《文物》1974 年第 3 期）。刘宗超《神画像石艺术：砖石精》（重庆：西南师范大学出版社，2009 年，第 54 页）认为“泗水捞鼎”题材尽管在表现艺术手法和表现形式上不同，但都突出表现了升鼎关键时刻龙咬断绳子的瞬间情景，说明秦政的不得人心和人生、社会“定数”之表现，通过故事仿佛在提醒人们思索秦短命的原因。日本学者尾崎直人《秦始皇の升鼎图》认为“泗水捞鼎”画像是当时人们肯定汉代正统性地位的图像。杨静《从汉画“泗水捞鼎”谈汉代人的升仙思想》（《美与时代（上）》2012 年第 1 期）从汉代人热衷于求仙问道，希望升仙以期长生的角度对“泗水捞鼎”画像做了考察。殷凤华、于慧青《从汉画像石“泗水捞鼎”说鼎》认为“泗水捞鼎”画像寓意为秦王无德，鼎不归秦，秦国祚难长，用起鼎的失败，寓意秦国祚短暂是出于天意，有宣扬天意不可违的思想，还带有神秘的宿命论思想与传奇色彩（殷凤华、于慧青：《从汉画像石“泗水捞鼎”说鼎》，《大汉雄风——中国汉画学会第十一届年会论文集》，北京：高等教育出版社，2008 年）。杨孝军、郝利荣《汉代画像中“捞鼎”及其象征意义：兼论董仲舒天人感应哲学思想表现以及汉代民间生死信仰》指出通过“捞鼎”画像，使人出没于阴阳之中，既注重了生命的复苏与灵魂的再生，又达到了求仙的目的，这里表现的不仅是象征意义，更是两汉时期大众的民间信仰，是对于生死的理解与阐释（杨孝军、郝利荣：《汉代画像中“捞鼎”及其象征意义：兼论董仲舒天人感应哲学思想表现以及汉代民间生死信仰》，《中国汉画学会第十二届年会论文集》）。辛旭龙《汉画中的“泗水捞鼎”图像》（南京艺术学院 2012 年硕士学位论文）从“泗水捞鼎”画像中的主要元素“鼎”“龙”“秦始皇”的题材意义来探求对“泗水捞鼎”历史故事的理解，认为“泗水捞鼎”历史故事是汉代人为了汉代的合法统治而构建出来的认识。

上述情况启发我们尝试将这种图像叙述形式出现的原因，与以肢体动作或乐舞表演演绎历史故事或事件的“情境叙事”联系起来，进而探讨以“情境表演”形式演绎历史故事的戏剧叙述的文学问题。

第二节　海宁“荆轲刺秦王”画像“情境表演”性质讨论

属于东汉晚期至三国时期的浙江海宁长安镇画像石墓前室四壁皆有精美画像，“荆轲刺秦王”画像即位于东壁画像整体构图中。海宁长安镇画像石墓前室四壁画像并非随意而为，而是具有内容上的安排和设计上的考虑。将“荆轲刺秦王”画像置于东壁画像整体构图之中，并从四壁画像内容设计的角度来审视，画像所表现的就不仅是历史故事这样简单了。根据我们的分析，“荆轲刺秦王”画像应该属于乐舞百戏叙述模块，画像内容具有表演的性质。

一、从前室东壁画像叙述模块看“荆轲刺秦王”画像表演性质

浙江海宁长安镇画像石墓“荆轲刺秦王”画像位于墓葬前室东壁北侧第二层。[①]上述画像在东壁画像整体图像中的位置，以及缘于上述位置而生成的图像类别归属问题令人费解。[②]海宁长安镇画像石墓前室东壁画像共 12 幅，由上而下、自左及右编号为：东 1、东 2、东 3、东 4、东 5、东 6、东 7、东 8、东 9、东 10、东 11、东 12。画像位置及具体内容情况即如表 14-1 所示。

---

① 按：画面中间刻一立柱，立柱右侧一人被人从后面拦腰抱住，立柱左侧一人作飞奔状，其衣摆还在柱底缠绕；立柱中间上部横插一物，上有“∽”形图案；立柱右侧下部地上一人匍匐于地，左侧地上置一盒，盒中有物。山东嘉祥武梁祠西壁画像第四层右起第三部分构图内容，因为有“荆轲”“秦王”等榜题而被确定为“荆轲刺秦王”故事内容。在上述画像构图中，画面中间偏左有一立柱，柱中下部横插一物，其柄飘带飞扬；柱右侧一武士弓步双臂上举，被一人从身后拦腰抱住，榜题“荆轲”；柱右一人向左奔跑并回首右指，榜题“秦王”；柱左地上一人匍匐于地，榜题“秦舞阳”，其下一盒，盒盖打开，中有物，榜题“樊於期头”。将上引海宁长安镇画像石墓前室东壁北侧第二层画像构图内容与武梁祠西壁画像第四层右起第三部分构图内容进行比较，在“立柱”“柱上横插一物”“柱右一人被从后面拦腰抱住”“柱左一人左向飞奔”“一人匍匐于地”和“地上置盒”等构图内容及艺术表现方面基本相同，如此，将海宁长安镇前室东壁北侧第二层构图内容与“荆轲刺秦王”故事联系起来，是有充分证据的。所引浙江海宁长安镇画像石墓表现“荆轲刺秦王”故事画像，见《中国画像石全集·江苏安徽浙江汉画像石》第 232 图，中国画像石全集编辑委员会编：《中国画像石全集》第 4 卷，第 175 页。画像摹本引自黄雅峰《海宁汉画像石墓研究》图版 78，第 161-162 页。山东嘉祥武梁祠西壁画像第四层右起第三部分“荆轲刺秦王”画像，见《中国画像石全集·山东汉画像石》第 49 图，释文参见该图“图版说明”，中国画像石全集编辑委员会编：《中国画像石全集》第 1 卷，第 29 页。

② 按：关于浙江海宁长安镇画像石墓前室东壁画像构图内容的释读，以及相关图片及摹本，请参嘉祥地区文管会、海宁县博物馆：《浙江海宁东汉画像石墓发掘简报》，《文物》1983 年第 5 期；黄雅峰：《海宁汉画像石墓研究》。下文关于浙江海宁长安镇画像石墓前室北壁、南壁、西壁画像构图内容的释读及相关图片和摹本亦同此。

"荆轲刺秦王"画像及东壁整体画像见图 14-1、图 14-2。

表 14-1 浙江海宁长安镇画像石墓前室东壁及耳室画像位置及内容

编号	画像位置	画像内容
东 1	东壁门楣上	10 人，南起第 1 人北向行；第 2 人南向立，与第 1 人握手；第 3 人于第 2 人身后卧地；第 4 人宽袖长袍戴冠左臂前伸右手持节；第 5 人回视蟠龙；第 6 人袒胸侧首仰视；第 7 人展臂屈蹲；第 8 人戴冠着羽衣手握一物；第 9 人戴冠长服面南拱手立；第 10 人高冠长服面南立；间刻飞鹿、麒麟、嘉禾、羊、水井、嘉莲等
东 2	东壁门楣下	北行轺车 7 辆；轺车行进方向为庭院，院门敞开，门前立 1 人恭迎
东 3	东壁北侧上	重围庭院，亭台楼阁漫漶不清
东 4	东壁北侧下	荆轲刺秦王故事
东 5	东壁西门柱	近似南壁 11 号图
东 6	东耳室北壁	2 人，上 1 人双臂上举；下 1 人牵牛羊进入
东 7	东耳室内壁	上，2 人 1 兽，兽踞桌上，1 人戴山形冠，左手握长柄器；下，3 人，灶前 1 女子添柴煮水，中间 1 人举刀剁物，另 1 人捧物入内，旁有鸡鸭
东 8	东耳室南壁	上 3 人，中间 1 人挑担，担前置鱼，担后有灯，身后 1 人佩剑，左手提灯；下 3 人，左 1 人直立做活，中间 1 人似举手相接，另 1 人右手举莲
东 9	东壁南门柱	画面同东 5 号图
东 10	东壁南侧上	6 人，南起第 1 人残，第 2 人弄丸，第 3 人踏足舞，第 4 人长绸舞，第 5 人后仰大劈叉，第 6 人与第 5 人对舞
东 11	东壁南侧中	5 人，南起第 1 人舞蹈，第 2 人迭案，第 3 人举盘，第 4 人袒胸七盘舞，第 5 人右膝跪地左膝前屈左臂前伸顶一带柄环状器
东 12	东壁南侧下	上有帷幔，6 人，南起第 4 人袒上身左手执剑反身刺杀第 3 人，后者侧身扬臂迎击；第 2 人跳三剑；第 5 人双膝跪地右手握锤击器

图 14-1 海宁长安镇画像石墓"荆轲刺秦王"画像及摹本

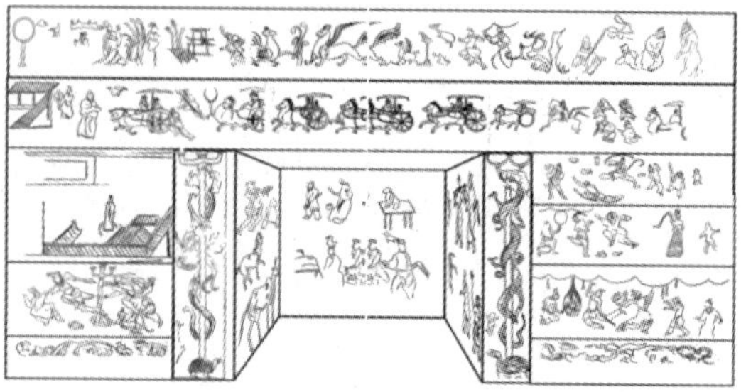

图 14-2 海宁长安镇画像石墓前室东壁及耳室画像全貌

其中“东 1”属于门楣画像且表现“祥瑞的神灵世界”景象，“东 5、9”属于东壁门柱画像，“东 6、7、8”属于东耳室画像且集中表现庖厨场面，上述画像内容可自成体系，如此，余下的“东 2、3、4、10、11、12”6 幅画像亦当自成体系。

从上述 6 幅画像整体构图情况看，基本上由三个可以明确的图像叙述模块组成，即：车马行进；庭院大门与内庭；乐舞百戏表演。上述三个叙述模块已经构成叙事意义上的联系并形成互为基础的连带关系，即：车马队伍向着庭院而行进或回归，以庭院和内廷为居留场所而构成目的地和容纳处，在上述居留场所基础上的乐舞百戏表演。如此，“东 4”的“荆轲刺秦王”画像介于第一、二叙述模块与第三叙述模块之间，其图像类别归属就只能存在两种可能，或独立构成一个叙述模块，或归类于第三叙述模块。我们认为将“东 4”视为一个独立的叙述模块，势必破坏另外三个叙述模块所构成的叙事意义上的联系和互为基础的连带关系，并进而导致东壁画像整体构图意义的模糊乃至混乱，从这个意义上看，后一种可能性是存在的。

需要指出的是，如果将“东 4”归类于第三叙述模块，那么“东 4”的图像类别不可能与第三叙述模块的性质存在抵牾或矛盾。如此，根据第三叙述模块的性质，也就能够对其图像类别给出明确的推断：作为第三叙述模块组成部分，“东 4”即“荆轲刺秦王”画像的性质也应该与乐舞百戏表演有关。

二、从前室四壁画像与载体关系看“荆轲刺秦王”画像表演性质

海宁长安镇画像石墓前室四壁画像中的某些画像，在内容的安排、画像位置的编排和设置等方面，与画像载体如耳室、通道、墙壁方向等因素存在关联。上述情况提示我们，这种内容和设计上的考虑，可能并非仅仅局限在诸如耳室或通道这类具有特殊因素的载体上，而是存在于前室四壁画像整体的内容和艺术布局之中。基于此，东壁“东 4”画像囿于第三叙述模块之中而成为东壁画像乐舞百戏表演内容的认识，或更具说服力。

（1）前室东耳室和北壁至后室通道画像在题材内容上呈现出集中和单一的表现。海宁长安镇画像石墓前室由南、东、北、西四壁构成，其中南壁为墓室大门墙壁，与其相对应的北壁有通道与后室相连，东壁和西壁中部各有耳室伸出。前室东耳室和北壁至后室通道画像，在题材内容上存在着颇为集中的表现，总结起来，如下 3 个方面的情况最值得关注：①东耳室北壁、内壁、南壁皆有画像，《浙江海宁东汉画像石墓发掘简报》认为上述画像“组成一套庖厨图像”。②西耳室三壁画像所描绘的或与练武、嬉戏有关。③前室至

后室通道西壁、东壁画像皆饰有“帷幔”或“垂幔”，说明画像人物活动地点皆在内廷或房间之中。[①]

（2）上述情况说明海宁长安镇画像石墓画像内容的安排和设计是与墓葬建筑形式联系在一起的，并提示我们注意到如下情况：①东、西耳室画像在内容的安排和设计上自成一体，并没有与东、西壁画像构成关联，上述情况提示我们注意到，前室四壁画像内容的安排和设计，可能存在以“墓壁”为单位的独立的思考。②上述情况或说明，海宁长安镇画像石墓前室画像在内容安排和设计上似乎均围绕墓主人于彼岸世界的生活而构拟，但却缘于载体的特殊性质和不同情况而做不同的图像叙述。

（3）根据上述认识而能够对前室四壁画像“不同的图像叙述”得出如下认识。①南壁画像由于直接与墓门相连，致使南壁画像在内容安排和设计上，与东壁、西壁不同而与北壁相对应；北壁画像缘于靠近和通向墓主人“寝所”的缘故，而重在表现祥瑞和孝道亲情的内容，而南壁画像因应“墓门”的因素，自然会将叙述的重点放在墓主人外在的活动上面。②海宁长安镇画像石墓前室西南角和西北角各设置一个祭台，是故，西壁画像在内容安排和设计方面的考虑，或许应该与上述祭台联系起来。值得注意的是，河南密县打虎亭汉墓 1、2 号墓中室西段也有祭台设置，但祭台所在西段墓壁表面粗糙，并无画像，然而在 2 号墓中室西段墙壁发现石凹槽，中有木质腐朽痕迹，推断或有木板镶嵌，并在木板上面绘画，而 1 号墓虽然没有发现这种石凹槽，或推断以悬挂的帷幔代替。[②]从海宁长安镇画像石墓前室西南角和西北角各有祭台而西壁刻绘画像的情况看，打虎亭汉墓 1、2 号墓中室西段或在木板和帷幔上张贴绘画的推断是正确的。③至此，海宁长安镇画像石墓前室四壁画像不同的图像叙述或已清楚：四壁画像在内容安排和设计上各有所重，而东壁迎宾、宴乐、乐舞百戏的画像内容，与南壁、北壁尤其西壁画像形成差异。据此联系东壁“东 4”构图内容，如果以作为表现历史故事的“荆轲刺秦王”画像而置于东壁画像之中，则势必对前室画像内容安排和设计的原则构成破坏。

综上所述，尝试得出如下认识：浙江海宁长安镇画像石墓前室四壁画像在内容选择和安排上可能存在着整体考虑和设计，前室东壁以表现迎宾、宴乐、乐舞百戏三个叙述模块的画像内容为主，而“荆轲刺秦王”画像应该属于乐舞百戏叙述模块，画像内容具有乐舞百戏表演性质，可能是带有叙事性质的表演形式的图像再现，而与历史故事的图像叙述并不相同。

---

① 嘉祥地区文管会、海宁县博物馆：《浙江海宁东汉画像石墓发掘简报》，《文物》1983 年第 5 期。
② 河南省文物研究所编：《密县打虎亭汉墓》，第 16、198-201 页。

第三节　南阳“捞鼎”“升鼎”画像“情境表演”性质讨论

目前所知，汉画像中表现“捞鼎”“升鼎”内容的画像在数量上仅次于“孔子见老子”画像。上述画像所属地域涉及今山东、河南、江苏、四川，在地域覆盖面上仅次于“二桃杀三士”“荆轲刺秦王”画像。说明“捞鼎”“升鼎”画像所反映的历史故事，在汉代具有流传地域广和知名度高的特点。我们所关注的问题是，与传世文献及其他同类画像相比，河南南阳发现的“捞鼎”“升鼎”画像，在构图上出现了乐舞百戏表演场景和田猎场面，使得上述画像在表现传统的“捞鼎”“升鼎”内容时，增添了某种仪式性特点。上述情况的出现，可能不只是图像构图意义上的艺术表现问题，是否涉及乐舞百戏表演意义上的更深层次的问题，需要进一步关注。

一、河南南阳“捞鼎”“升鼎”画像带有仪式性特点

虽然汉画像“捞鼎”“升鼎”画像都是关于“鼎”的构图，但可能反映出不同的内容，并与不同的历史故事或历史事件相关联。作为历史故事或历史事件，秦始皇“泗水捞鼎”知名度最高，似乎也流传最广。从目前所见“捞鼎”“升鼎”画像的出土情况看，表现“泗水捞鼎”内容的画像应该最为丰富。

传世文献对秦始皇“泗水捞鼎”的记载，首推《史记·秦始皇本纪》，其云：“始皇还，过彭城，斋戒祷祠，欲出周鼎泗水。使千人没水求之，弗得。”[①]上述内容于《太平御览》转引时有所增补：“周末有九鼎，徙秦氏：曰太丘社亡而鼎没于泗水彭城下。其后百一十五年而秦兼天下。始皇二十八年过彭城，斋戒祷祀，欲出周鼎，使千人没水求之，不得。”[②]此外，武帝时汾阴得宝鼎，被视为“周鼎”。知传说周鼎沦没而秦皇、汉武求鼎之事，在汉代已成显闻。但从《史记》及《太平御览》相关载记看，秦始皇求鼎事件似乎还没有演变为传说故事，而至《水经注》则发生变化。

《水经注·泗水》云：“泗水又南，获水入焉，而南径彭城县故城东。周显王四十二年，九鼎沦没泗渊。秦始皇时，而鼎见于斯水。始皇自以德合三代，大喜，使数千人没水求之，不得，所谓鼎伏也。亦云：系而行之未出，

① 司马迁：《史记》卷六，北京：中华书局，1982年，第248页。
② 李昉等编，夏剑钦等校点：《太平御览》卷七百五十六，第684上。

龙齿啮断其系。故语曰：称乐大早绝鼎系。当是孟浪之传耳。”[①]《水经注》所言前半部分与《史记》相同，但后半部分引“亦云”和“故语”则已经属于传说故事了。其中“龙齿啮断鼎系”情节，恰是汉画像“泗水捞鼎”画像主要构图内容，可知《水经注》所引“亦云”和“故语”的传说故事，当在汉代既已出现。

据此而论，关于“周鼎”故事，在汉代当有两个版本流传，一为“武帝得鼎”；一为“秦始皇失鼎”。依据《史记·秦始皇本纪》载记，“秦始皇失鼎”故事的出现当早于“武帝得鼎”。然而，从“失鼎”与“得鼎”作为“政治寓言”的角度上看，二者可能又存在关联，亦影响到上述历史故事的产生与流传，二者孰先孰后似乎很难判断。这种情况恰恰与汉画像“捞鼎”“升鼎”画像的存在情况相吻合。

图 14-3 为 1986 年四川彭州市义和乡蒐集“升鼎”画像。画面中部为一大鼎，鼎为圆球形，由半圆鼎身和鼎盖扣合而成。大鼎满饰卷云纹，曲尺形双耳，三蹄形足，环钮，钮上系绳。大鼎两侧各有一人，通过滑轮以手曳长绳用力升鼎。[②]

图 14-3　四川彭州市义和乡蒐集“升鼎”画像

图 14-4 为江苏徐州大庙晋汉画像石墓出土前室东壁画像石，画面下层所表现的即是“捞鼎”故事。画面中央刻一半圆形拱桥，桥前立二柱，伸入桥下，两条绳索搭于柱的顶端。有一人短衣露足，正面站在桥中间，双手扶绳索。桥上两侧各立七人，抓住绳索向后拖拽。桥下有一巨鼎，附耳被两条绳索系住。一龙首现于鼎口，正用利齿咬断其右侧绳索。[③]

值得注意的是，“捞鼎”画像构图中最为简洁明了的，当是四川江安二号魏晋石棺“捞鼎”画像（图 14-5）。画面右侧一人手牵绳索，索上系一鼎，正用力拉鼎，鼎的右下方有一鱼，鼎的下方有一巨龙，咬住绳索。[④]

① 郦道元著，谭属春、陈爱平点校：《水经注》卷二十五，第 384 页。

② 中国画像砖全集编辑委员会编：《四川汉画像砖》，图 154 及“图版说明”，第 66 页。顾森主编的《中国汉画像拓片精品集》第 46 页亦引此图。

③ 徐州博物馆：《江苏徐州大庙晋汉画像石墓》，《文物》2003 年第 4 期。

④ 高文主编：《中国画像石棺全集》引图，第 450-451 页。

图 14-4　江苏徐州大庙晋汉画像石墓前室东壁画像及“捞鼎”画面（局部放大）

图 14-5　四川江安二号魏晋石棺“捞鼎”画像

将上述画像构图进行比较，其最为显著的差异点，是龙是否出现。显然，画面中龙是否出现，与《水经注》“龙齿啮断鼎系”情节相关，也是判定画面构图所表现的是秦始皇“泗水捞鼎”还是汉武帝“汾阴得鼎”的重要根据。

值得注意的是，与上述画像比较，河南南阳发现的“捞鼎”“升鼎”画像，在构图上呈现出某些趋同性特征。如：画面中“桥”的形象、桥上车马出行队伍、乐舞百戏鼓舞场面、狩猎场景、桥下船上跪姿双手举环状物人物形象等。图 14-6 为河南南阳出土“升鼎”画像。画面可分为左右两部分：右面部分刻画一拱桥，桥下二舟，各乘一人，跪姿，手举圆形物，面向出水之鼎；桥两端各有三力士，身体后倾，双手握索，用力拽鼎；桥上为车骑出行的场面，主车乘二人，驾驷马，前有两骑吏，捎棒前导，后有一从车，三从骑，驾二马；桥右端上方，有猎犬逐兔。左端上方置一建鼓，两人执桴边鼓边舞；另有数名骑者。①

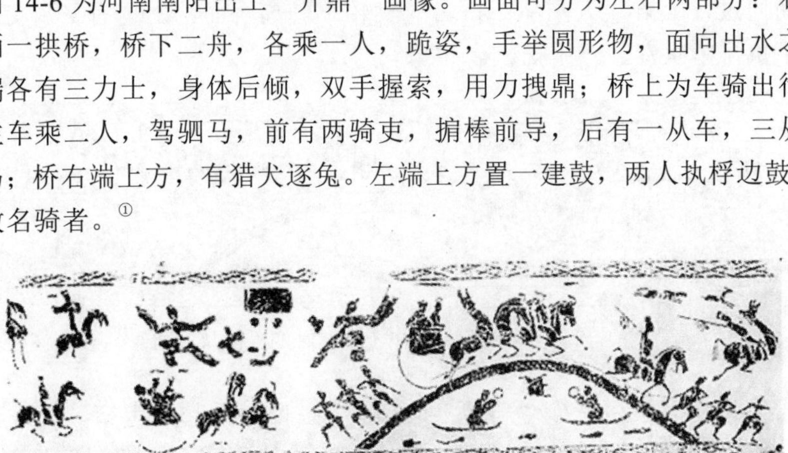

图 14-6　河南南阳出土“升鼎”画像

① 南阳文物研究所编：《南阳汉代画像砖》139 图。

图 14-7 为河南南阳新野出土“升鼎”画像，在构图上与图 14-6 颇为相近。画面中间是一座木制拱桥，有围栏，两端竖表木。桥正中行使一辆轺车，车内坐二人，一御者，一主人。车前二戴冠小吏恭迎，车后一吏执笏恭送。桥面两端三个赤膊力士牵引绳索。桥下一鼎升出水面，四人乘二小舟手持圆环，以助升鼎。桥左凤阙前，一辆轺车奔驰而来，远处二人骑马执弓奔跑，前方一猎犬扑住一野兔。桥右一辆轺车奔驰，二骑吏跟随。①

图 14-7　河南南阳新野出土“升鼎”画像

对上述“升鼎”画像构图情况进行总结，其最为重要的特点，是画面中乐舞百戏鼓舞表演、桥下船中手举圆环状物呈跪姿膜拜者形象。值得注意的是，这种构图情况在“捞鼎”画像中同样存在。

图 14-8 为河南南阳新野出土东汉时期“捞鼎”画像。画面中间是一座木制拱桥，桥下有两柱支撑，柱端施斗拱；桥上有栏杆，两端各竖一表木，桥面正中立一建鼓，羽葆飘扬，二人做鼓舞表演；后有一辆轺车欲驶上桥面；桥两端各有两名力士赤膊执绳牵引鼎。桥下四人分乘两只小舟，手执圆环，对鼎礼拜；鼎已升出水面，一龙跃起，将索咬断；桥左有凤阙，一辆轺车正从阙间通过，上方一人网兔；桥右一辆轺车驶离桥面，上方有二骑吏，二乐伎一手执排箫吹奏，一手摇鼗。②

图 14-8　河南南阳新野出土东汉时期“捞鼎”画像

如果将上面所引三例“升鼎”“捞鼎”画像联系起来考察，上述画像在构图上均以“桥”作为主体架构，同时辅以“车马”“骑吏”“牵引”等固有

① 中国画像砖全集编辑委员会编：《河南画像砖》107 图。
② 中国画像砖全集编辑委员会编：《河南画像砖》106 图。

形象，再与“建鼓乐舞”“执环跪拜”等构图元素相组合，从而呈现出了构图意义上的同质性特征，而区别上述画像内容的构图元素，就只有“龙”的形象了。

如前所述，河南南阳三例“捞鼎”“升鼎”画像最为重要的特点，是画面构图中“执环跪拜”的“礼鼎”形象。上述“礼鼎”形象与“桥”“车马”“骑吏”“引绳升鼎”等固有形象结合起来，遂导致画像整体构图仪式性特点的进一步明确。

需要指出的是，从已知汉画像反映“捞鼎”内容的画像构图情况看，仪式性特点似乎同样存在。如图 14-4 画像构图，以圆形拱桥为基础，以桥前二柱为中心，中立指挥者，两边对称分布升鼎人。类似的构图形式在目前所见山东出土汉画像“捞鼎”画像中普遍存在，似乎已经成为“捞鼎”画像构图上的主要特点。[①]从上述“捞鼎”画像构图情况上看，大都呈现出颇为一致的构图形式，尤其是在以“拱桥”为基础的构图安排上，均以对称的模式呈现“捞鼎”的过程和场景。

如果将上文所引江苏、山东“捞鼎”画像与河南的进行比较，则发现由于河南南阳“捞鼎”“升鼎”画像构图中均出现了“执环跪拜”的“礼鼎”形象，而导致这种仪式性特点更为鲜明。

二、河南南阳画像仪式性特点带有乐舞百戏表演性质

河南南阳“捞鼎”“升鼎”画像具有仪式性特点的同时，还带有表演性特征。上述画像中仪式性特点所以更为鲜明和突出，还取决于画像构图意义上的某些独特变化。在上述画像构图中，由于将“桥上立柱”构图元素省略掉，致使画面空间得到拓展，从而为“建鼓乐舞”表演及“执环跪拜”的“礼鼎”形象的刻画与表现创造了条件，并在构图意义上成功地将“建鼓乐舞”纳入“捞鼎”或“升鼎”构图与意义的表现之中。正是由于表演构图元素的出现并成为画像整体构图的一部分，不但使得画像仪式性特点更为鲜明地呈现出来，而且还在此基础上增添了表演性特征。

① 如：武氏祠左石室东壁下石画像第三层“捞鼎”画像，河上竖立木架，架两侧共七人拽绳拉鼎；早年济宁城南出土画像石右侧画面，拱形桥上置二竖杆，两侧各一列人物引绳升鼎；邹城市郭里乡高李村出土“捞鼎”画像，画面正中拱桥，桥上竖立两根高杆，两立杆之间站立一人，杆左右各一对男女拉绳升鼎；山东嘉祥县纸坊镇敬老院出土“捞鼎”画像，拱桥上立两柱，柱左右各二人引索起鼎；山东嘉祥县城东北五老洼出土“捞鼎”画像，桥上竖立四根杆，两旁各有四人拉绳升鼎；山东嘉祥县城东北五老洼出土“捞鼎”画像，桥上立四柱，柱旁二列人物挽绳升鼎；山东滕州市官桥镇后掌大出土“捞鼎”画像，拱形桥上竖立两根高杆，两旁各五人引绳升鼎，另一人举手指挥；山东嘉祥县城东北五老洼出土画像“捞鼎”画面，拱形桥上立四竖杆，左右两列共五人引绳升鼎。上述画像具体构图情况，参见本章附录所录相关画像图片。

基于上述认识，重新审视河南南阳“捞鼎”“升鼎”画像性质问题，亦即上述画像的性质是对历史故事的图像叙述，还是寓言性演绎（或寓言性表演）仪式的图像描绘。

为了说明这个问题，首先尝试对河南南阳“捞鼎”“升鼎”画像构图方面的情况进行考察。尝试将上述画像主要构图元素确定为“拱桥”“船”“车马”“引鼎”“礼鼎”“乐舞表演”“龙”7种。于是，上述7种构图元素在“捞鼎”“升鼎”画像中的存在情况，即如表14-2所示。

表14-2 河南南阳“捞鼎”“升鼎”画像主要构图元素存在情况

画像	拱桥	船	车马	引鼎	礼鼎	乐舞表演		龙
						建鼓	排箫、摇鼗	
南阳“升鼎”画像	●	●	●	●	●	●		
南阳新野“升鼎”画像	●	●	●	●	●			
南阳新野“捞鼎”画像	●	●	●	●	●	●	●	●

从上述画像主要构图元素存在情况看，有几个方面的情况值得关注：①作为主要构图元素的“拱桥”“船”“车马”“引鼎”“礼鼎”在三幅画像中均存在；②作为主要构图元素的“乐舞表演”，南阳“升鼎”与南阳新野“捞鼎”画像均存在“建鼓”构图元素；③南阳新野“捞鼎”画像在“乐舞表演”构图元素方面更为丰富，出现了“排箫”“摇鼗”构图元素；④作为主要构图元素的“龙”仅在南阳新野“捞鼎”画像中存在。

上述情况自然引出两个方面的疑惑：①“拱桥”“船”“车马”“引鼎”作为主要构图元素，已经能够具体而全面地表现“捞鼎”或“升鼎”的构图意义，“捞鼎”“升鼎”画像均具备上述三项构图要素是可以理解的；然而，“礼鼎”应该是缘于“得鼎”的仪式性表现，却为什么同样出现在表现“失鼎”的画像中。②性质相同，作为主要构图元素的“乐舞表演”同样应该与“得鼎”的构图意义联系在一起，表现“得鼎”的喜庆氛围，却为什么同样出现在表现“失鼎”的画像中，而且还增加了“排箫”“摇鼗”等构图元素。

如果尝试对上述疑惑作出解释，似乎只有两种可能。

河南南阳“捞鼎”“升鼎”画像，在构图上基本上是按照和运用相同的构图元素来结构画面的。如果从画像艺术表现意义上审视这种情况，或将意味着“画工”在刻画“捞鼎”或“升鼎”画面时，采用了相同的构图元素或大致相近的艺术表现形式，而“捞鼎”或“升鼎”区别则是作为主要构图元素的“龙”，它的有无将决定“捞鼎”或“升鼎”的构图内容。基于这种认识，则可以明确：河南南阳“捞鼎”“升鼎”画像构图内容的性质，还是对“秦始皇失鼎”或“武帝得鼎”历史故事的图像叙述。

还存在另一种可能。这种按照和运用相同的构图元素结构画面的构图艺术，是相同的仪式性内容在“捞鼎”与“升鼎”构图艺术上的表现和反映。基于这种认识，则可以明确：河南南阳“捞鼎”“升鼎”画像构图内容的性质，并不是对“失鼎”或“得鼎”历史故事的图像叙述，而是对上述历史故事寓言性演绎仪式的图像描绘。需要指出的是，这种可能性将意味着从仪式的角度将“捞鼎”与“升鼎”两种内容融为一体，亦即“秦始皇失鼎”的失败，也同时意味着“武帝得鼎”的成功。失败与成功联结在一起，表达出鲜明的政治性寓意，而这种情况恰恰是画像仪式性特点带有乐舞百戏表演性质形成的原因：从政治寓意角度上看，对于“失鼎”与“得鼎”来说，不论“失败”或“成功”，都将与“喜庆”构成关联。如此，则可以对河南南阳“捞鼎”“升鼎”画像的性质做出另一种认识：上述画像应该不是对历史故事的图像叙述，而是寓言性演绎仪式的图像描绘。

河南南阳“捞鼎”“升鼎”画像中所出现的这种情况，还同样出现在山东地域的汉画像中。尝试将早年济宁城南出土“捞鼎”画像与南阳“捞鼎”“升鼎”画像主要构图元素存在情况进行比较，或发现上述画像在“乐舞表演”构图元素方面的同质性特征，而上述情况在目前研究者所掌握的东汉早期画像中并没有出现。[①]即如表 14-3、表 14-4 所示。

表 14-3　早年山东济宁城南、河南南阳“捞鼎”“升鼎”画像主要构图元素存在情况

画像	拱桥	船	车马	引鼎	礼鼎	乐舞表演			龙
						建鼓	百戏	排箫、摇鼗	
南阳新野“捞鼎”画像	●	●	●	●	●	●		●	●
南阳“升鼎”画像	●	●	●	●	●	●			
早年济宁城南“捞鼎”画像	●			●		●	●		●

表 14-4　供研究的 16 幅“捞鼎”“升鼎”画像时间背景与主要构图元素存在情况

画像原编号	时间背景	车马	拱桥	船	礼鼎	乐舞百戏			龙
						建鼓	百戏	排箫、摇鼗	
图 4	东汉早期（公元 25—88 年）		●						
图 5			●						

① 按：早年济宁城南出土“捞鼎”画像时间背景为公元 147—189 年。河南南阳画像砖具体时间背景不能明确，相关发掘报告或局限于东汉时期，而从画像构图情况看，上述画像砖均带有东汉晚期的特点和风格。

续表

画像原编号	时间背景	车马	拱桥	船	礼鼎	乐舞百戏			龙
						建鼓	百戏	排箫、摇鼗	
图 6	东汉早期（公元 25—88 年）		●						
图 7			●	●					
图 8			●						
图 13			●						
图 1	东汉晚期（公元 147—189 年）	●		●					
图 2			●			●	●		●
图 3			●				●		
图 9			●	●					
图 14	东汉时期（公元 25—220 年）		●						
图 15		●	●	●	●				
图 12		●	●	●	●	●		●	●
图 16		●	●	●	●	●			
图 10	魏晋时期		●						
图 11									●

根据上面的分析，发现汉画像“捞鼎”“升鼎”画像中具有仪式性特点和表演性特征的构图形式，并不仅仅局限于河南南阳出土的相关画像中，还在山东济宁画像中出现，呈现出了某种跨地域性特点。然而，这样一种构图形式在东汉早期相关画像中并没有出现，大多集中在东汉晚期的画像中，也出现了时间背景意义上的时段性现象。综合上述情况来考量，我们倾向于将人为的可能性排除的意见，并得出如下推断：上述画像的性质是寓言性演绎仪式的图像描绘。

第四节　结论：传统历史故事借助表演形式而获得新的发展和流传

海宁长安镇画像石墓前室东壁“东 8”至“东 12”画像，共同表现了一幅庄园乐舞百戏表演图景，“东 9”则通过具有“行为叙述”意义的图像展示，再现了以“追杀”为主要情节的故事内容，如果将上述内容与“荆轲刺秦王”历史故事联系起来，则意味着上述画像内容具有表演性质，可能是带有叙事性质的表演形式的图像再现。河南、山东出土“捞鼎”“升鼎”画像中出现的带有仪式性特征和表演性特点的画像，可能是对历史故事寓言性演绎仪式的图像描绘。这种可能性将意味着从“仪式”的角度将“捞鼎”与“升鼎”两种内容融为一体，以表达政治性寓意，对于“失鼎”与“得鼎”来说，不论失败或成功，都将与政治性质的“喜庆”构成关联。缘于此，画像构图中的仪式性特征和表演性特点，也便揭示出了画像的情境叙述性质。

上述认识能够启示我们进一步探索汉代文学中传统历史故事借助表演形式而获得新的发展和流传的问题。历史故事是汉画像最为重要的题材，具有广泛的地域分布性，说明历史故事在汉代是一种极具流行性的文学形式，而探寻其原因，传播方式的多样性或是最值得关注的问题。缘于上述研究，或将启发我们关注传统历史故事于汉代借助具有情境表演特点的舞台表演形式而得到新的发展和流传的问题。

藉由上述研究或将引发另一问题的思考，那就是这种寓言性演绎的“情境表演”形式，是否蕴含着戏剧表演元素。上述情况启发我们尝试将这种图像叙述形式出现的原因，与以肢体动作或乐舞表演演绎历史故事或历史事件的“情境叙事”联系起来，进而探讨以“情境表演”形式演绎历史故事的戏剧叙述的文学问题。并提示我们做这样的思考：汉代乐舞百戏中所存在的古代戏剧的早期形态，可能主要存在于这种以“情境表演”的形式演绎历史故事或历史事件的艺术形式中，汉代乐舞百戏“东海黄公”，表现鸿门故事的“公莫舞”，以及汉画像中所反映的稽戏表演，可能都与这种艺术形式存在关联。

本章附录　供研究的16幅汉画像
“捞鼎”“升鼎”画像

（1）武氏祠左石室东壁下石画像。第三层：河上搭一架，架两侧共七人拽绳拉一鼎，鼎中昂起龙首啮断拽绳，拉拽者跌扑。河中四人驾两舟，其中一人举竿托鼎。舟下有鱼和捕鱼者及鸟啄鱼，舟上方有飞鸟，两岸有车骑和观者。中国画像石全集编辑委员会编：《山东汉画像石（一）》，图77。

（原始编号：1）

（2）早年济宁城南出土。右半：拱形桥上置二竖杆，两侧各一列人物引绳升鼎，鼎升出水面，鼎内龙咬断引绳，二竖杆间有三人在接绳，竖杆上有凤鸟两只。中国画像石全集编辑委员会编：《山东汉画像石（二）》，图21。

（原始编号：2）

（3）1990年邹城市郭里乡高李村出土。画面正中一拱形桥，桥上立两根高杆，杆左右各一对男女凭桥栏而立，拉绳升鼎，鼎露出水面，鼎内一龙咬断鼎耳，两立杆之间站一人。桥左一高亭，亭旁四人端坐。桥右立二人，其中一人戴进贤冠，一人怒目挽袖吹须，当为卫卒。桥上空间凤鸟数只，有二长发翼人跪饲。中国画像石全集编辑委员会编：《山东汉画像石（二）》，图60。

（原始编号：3）

（4）1983年嘉祥县纸坊镇敬老院出土。中层：桥上立二柱，柱左右各二人引索，中间鼎已升起，鼎内伸出龙头，咬断绳索。中国画像石全集编辑委员会编：《山东汉画像石（二）》，图113。

（原始编号：4）

（5）1983年嘉祥县纸坊镇敬老院出土。下层：桥上立二柱，柱两边各二人引索升鼎，鼎升至半空，鼎内伸出一龙头，咬断绳索。右上方二人观看。中国画像石全集编辑委员会编：《山东汉画像石（二）》，图115。

（原始编号：5）

（6）早年嘉祥县刘村洪福院出土。下层：桥上立二柱，柱两旁各三人引索拉鼎，柱中央鼎已升出水面，鼎内一龙咬断绳索，上方六人观看。中国画像石全集编辑委员会编：《山东汉画像石（二）》，图 123。

（原始编号：6）

（7）1981 年嘉祥县城东北五老洼出土。下层：桥上竖立四根杆，两旁各有四人拉绳升鼎，鼎至半空，其内伸出龙头，咬断绳，桥旁坐观者当为秦王，其身后三跽者，面前四人躬身行礼，桥下一船，船上一人撑船，一人叉鱼。中国画像石全集编辑委员会编：《山东汉画像石（二）》，图 135。

（原始编号：7）

（8）1981 年嘉祥县城东北五老洼出土。一层：桥上立四柱，柱旁二列人物挽绳升鼎，鼎升出水，其内伸出龙头咬断绳索，鼎欲坠，一人欲托起。上有观看升鼎者数人，中间凭几坐者为秦王。前有三人恭立，后有四人恭手端坐。中国画像石全集编辑委员会编：《山东汉画像石（二）》，图 137。

（原始编号：8）

（9）1982 年滕州市官桥镇后掌大出土。下层：阙下凭几而坐者为秦王，拱形桥上架滑轮，两旁各五人引绳升鼎，另一人举手指挥，桥下鼎升出水面，一龙由鼎内伸出头来，水中有鱼，一人立船上。中国画像石全集编辑委员会编：《山东汉画像石（二）》，图 177。

（原始编号：9）

（10）江苏徐州大庙晋汉画像石墓。前室东壁，下层：中央刻一半圆形拱桥，桥前立二柱，伸入桥下，两条绳索搭于柱的顶端。有一人短衣露足，正面站在桥中间，双手扶绳索。桥上两侧各立七人，抓住绳索向后拖拽。桥下有一巨鼎，附耳被两条绳索系住，一龙首现于鼎口，正用利齿咬断其右侧绳索。《江苏徐州大庙晋汉画像石墓》，《文物》2003 年第 4 期。

（原始编号：10）

（11）四川江安二号魏晋石棺。画面右侧一人手牵绳索，索上系一鼎，正用力拉鼎，鼎的右下方有一鱼，鼎的下方一巨龙，咬住绳索。高文编著：《四川汉代石棺画像集》，图 219。

（原始编号：11）

（12）新野樊集出土。画面中间是一座木制拱桥，桥下有两柱支撑，柱端施斗拱。桥上有栏杆，两端各竖一表木。桥面正中建一鼓，羽葆飘扬，二人双手各持鼓桴边击边舞，一辆骈驾轺车行驶在桥面上，一马因受惊而失足于桥外。桥两端二力士赤膊执绳作牵引状。桥下四人分乘两只小舟，手执圆环，引鼎上升。鼎已升出水面，一龙跃起，将索咬断。桥左一凤阙，一辆轺车正从阙间通过，上方一人网兔。桥右一辆轺车驶离桥面，远处有二骑吏，二乐伎一手执排箫吹奏，一手摇鼗。中国画像砖全集编辑委员会编：《河南画像砖》，图 106。

（原始编号：12）

（13）1981 年嘉祥县城东北五老洼出土。上层：拱形桥上立四竖杆，左右两列共五人引绳升鼎，绳系一鼎耳，桥下五游鱼，桥旁一人坐，身后一侍者，面前一跪者。中国画像石全集编辑委员会编：《山东汉画像石（二）》，图 139。

（原始编号：13）

（14）山东省泰安市出土。第四层：桥上竖一杆，四人在桥上分列左右，拉绳起鼎，鼎已出水面；右侧上端坐一人，似在观望。中国画像石全集编辑委员会编：《山东汉画像石（三）》，图211。

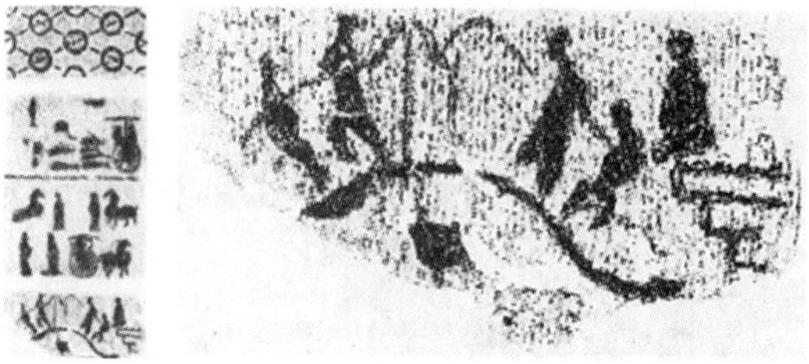

（原始编号：14）

（15）河南南阳新野出土。画面中间是一座木制拱桥，有围栏，两端竖表木。桥正中行使一辆轺车，车内坐二人，一御者，一主人。车前二戴冠小吏恭迎，车后一吏执笏恭送。桥面两端三个赤膊力士牵引绳索。桥下一鼎升出水面，四人乘二小舟手持圆环，以助升鼎。桥左凤阙前，一辆轺车奔驰而来，远处二人骑马执弓奔跑，前方一猎犬扑住一野兔。桥右一辆轺车奔驰，二骑吏跟随。中国画像砖全集编辑委员会编：《河南画像砖》，图107。

（原始编号：15）

（16）河南南阳出土。画中一拱桥，桥下二舟，各乘一人，跪姿，手举圆形物，面向出水之鼎。桥两端各有三力士，身体后倾，双手握索，用力拽鼎。桥上为车骑出行的场面：主车乘二人，驾驷马。前有两骑吏，捎棒前导。后有一从车，三从骑，驾二马。桥左端上方置一建鼓，两人执桴边鼓边舞，桥右端上方，有猎犬逐兔。南阳文物研究所编：《南阳汉代画像砖》，图139。

（原始编号：16）

参考文献

（一）古籍文献

[秦]吕不韦著，高诱注：《吕氏春秋》，《诸子集成》第六册，北京：中华书局，1954年。

[汉]班固：《汉书》，北京：中华书局，2011年点校本。

[汉]崔定著，石声汉校注：《四民月令》，石声汉：《四民月令校注》，北京：中华书局，1965年。

[汉]董仲舒撰，凌曙注：《春秋繁露》，北京：中华书局，1975年。

[汉]泛胜之：《泛胜之书》，万国鼎：《泛胜之书辑释》，北京：中华书局，1957年。

[汉]桓宽：《盐铁论》，《诸子集成》第七册，北京：中华书局，1954年。

[汉]贾谊：《新书》，北京：全国图书馆文献缩微中心，1986年发行拷贝片。

[汉]刘安著，高诱注：《淮南子》，《诸子集成》第七册，北京：中华书局，1954年。

[汉]刘向：《说苑》，向宗鲁：《说苑校证》，北京：中华书局，1987年。

[汉]刘向：《新序》，石光瑛校释，陈新整理：《新序校释》，北京：中华书局，2001年。

[汉]刘向集录：《战国策》，范祥雍笺证、范邦瑾协校：《战国策笺证》，上海：上海古籍出版社，2011年。

[汉]刘珍等：《东观汉记》，吴树平：《东观汉记校注》，郑州：中州古籍出版社，1987年。

[汉]司马迁：《史记》，北京：中华书局，2011年点校本。

[汉]王充：《论衡》，《诸子集成》第七册，北京：中华书局，1954年。

[汉]王符著，汪继培笺：《潜夫论》，上海：上海古籍出版社，1978年。

[汉]应劭：《风俗通义》，吴树平：《风俗通义校释》，天津：天津人民出版社，1980年；王利器：《风俗通义校注》，北京：中华书局，1981年。

[汉]赵晔：《吴越春秋》，周春生：《吴越春秋辑校汇考》，上海：上海古籍出版社，1997年。

[汉]郑玄注，贾公彦疏：《周礼注疏》，上海：上海古籍出版社，2010年。

[晋]常璩：《华阳国志》，刘琳：《华阳国志校注》，成都：巴蜀书社，1984年。

[晋]陈寿：《三国志》，北京：中华书局，2011年点校本。

[晋]干宝撰，汪绍楹校注：《搜神记》，北京：中华书局，1979年。

[晋]郭璞注：《山海经·穆天子传》，长沙：岳麓书社，1992年。

[晋]习凿齿著，谭麟译注：《襄阳耆旧记》，舒焚、张林川校注：《襄阳耆旧记校注》，武汉：湖北人民出版社，1999年。

[晋]袁宏撰，周天游校注：《后汉纪》，天津：天津古籍出版社，1987年。

[梁]沈约：《宋书》，北京：中华书局，2011年点校本。

[梁]萧统：《文选》，北京：中华书局，1977年。

[梁]萧子显：《南齐书》，北京：中华书局，2011年点校本。

[梁]宗懔：《荆楚岁时记》，谭麟：《荆楚岁时记译注》，武汉：湖北人民出版社，1999年。

[后魏]郦道元：《水经注》，长沙：岳麓书社，1995年。

[北齐]魏收：《魏书》，北京：中华书局，2011年点校本。

[隋]虞世南编撰：《北堂书钞》，北京：中国书店，1989年。

[唐]杜佑撰，王文锦等点校：《通典》，北京：中华书局，1988年。

[唐]房玄龄等：《晋书》，北京：中华书局，2011年点校本。

[唐]李吉甫：《元和郡县图志》，北京：中华书局，1983年。

[唐]李林甫等撰，陈仲夫点校：《唐六典》，北京：中华书局，1992年。

[唐]李延寿：《北史》，北京：中华书局，2011年点校本。

[唐]欧阳询撰，汪绍楹校：《艺文类聚》，上海：上海古籍出版社，1999年。

[唐]瞿昙悉达编：《开元占经》，长沙：岳麓书社，1994年。

[唐]徐坚等：《初学记》，北京：中华书局，1962年。

[唐]余知古：《渚宫旧事》，北京：中华书局，1985年。

[唐]长孙无忌：《唐律疏议》，刘俊文：《唐律疏议笺解》，北京：中华书局，1996年。

[唐]魏征等：《隋书》，北京：中华书局，2011年点校本。

[后晋]刘昫等：《旧唐书》，北京：中华书局，2011年点校本。

[宋]范晔：《后汉书》，北京：中华书局，2011年点校本。

[宋]郭茂倩编：《乐府诗集》，北京：中华书局，1979年。

[宋]洪适：《隶释·隶释》，北京：中华书局，1986年。

[宋]李昉等编：《太平广记》，上海：上海古籍出版社，1990年。

[宋]李昉等编，夏剑钦、黄巽斋校点：《太平御览》，北京：中华书局，1994年。

[宋]欧阳修、宋祁：《新唐书》，北京：中华书局，2011年点校本。

[宋]司马光：《资治通鉴》，北京：中华书局，1956年点校本。

[宋]赵明诚撰，金文明校证：《金石录校证》，桂林：广西师范大学出版社，2005年。

[宋]郑樵撰，王树民点校：《通志二十略》，北京：中华书局，1995年。

[元]马端临：《文献通考》，杭州：浙江古籍出版社，2000年影印本。

[明]程荣纂辑：《汉魏丛书》，长春：吉林大学出版社，1992年。

[清]陈立：《白虎通疏证》，《新编诸子集成》第一辑，北京：中华书局，1984年。

[清]瞿中溶著，刘承干校：《汉武梁祠画像考》，北京：北京图书馆出版社，2004年。

[清]阮元校刻：《十三经注疏》，北京：中华书局，1980年影印本。

[清]孙希旦撰，沈啸寰、王星贤点校：《礼记集解》，北京：中华书局，1989年。

[清]孙星衍等辑，周天游点校：《汉官六种》，北京：中华书局，1990年。

[清]汪继培笺，彭铎校正：《潜夫论笺》，北京：中华书局，1979年。

[清]王先谦：《汉书补注》，北京：中华书局，1983年影印本。

[清]王先谦：《后汉书集解》，北京：中华书局，1984年影印本。

[清]翁方纲：《两汉金石记》，清乾隆刊本。

[清]严可均辑：《全上古三代秦汉三国六朝文》，北京：中华书局，1958年影印本。

[清]赵翼：《廿二史札记》，王树民：《廿二史札记校证》，北京：中华书局，1984年。

上海师范大学古籍整理研究所校点：《国语》，上海：上海古籍出版社，1988年。

袁珂校注：《山海经校注》，上海：上海古籍出版社，1980年。

方诗铭、王修龄：《古本竹书纪年辑证》，上海：上海古籍出版社，2005年修订本。

黄怀信：《逸周书校补注释》，西安：三秦出版社，2006年。

费振刚、胡双宝、宗明华辑校：《全汉赋》，北京：北京大学出版社，1993年。

周天游辑注：《八家后汉书辑注》，上海：上海古籍出版社，1986年。

汪文台辑：《七家后汉书》，石家庄：河北人民出版社，1987年。

刘纬毅：《汉唐方志辑佚》，北京：北京图书馆出版社，1997年。

（二）近现代著述（以出版年代为序）：中国古代历史文化法律宗教神话研究方面

丁山：《中国古代宗教与神话考》，上海：龙门联合书局，1961年。

唐长孺：《魏晋南北朝史论丛续编》，北京：生活·读书·新知三联书店，1978年。

安作璋、熊铁基：《秦汉官制史稿》，济南：齐鲁书社，1984年。

钱剑夫：《秦汉赋役制度考略》，武汉：湖北人民出版社，1984年。

栗劲：《秦律通论》，济南：山东人民出版社，1985年。

柳诒徵编著：《中国文化史》，上海：东方出版中心，1988年。

梅新林：《仙话：神人之间的魔幻世界》，北京：生活·读书·新知三联书店，1992年。

王学理、尚志儒、呼林贵等著：《秦物质文化史》，西安：三秦出版社，1994年。

吴荣曾：《先秦两汉史研究》，北京：中华书局，1995年。

张传玺：《秦汉问题研究》，北京：北京大学出版社，1995年增订本。

顾颉刚：《汉代学术史略》，北京：东方出版社，1996年。

马新：《两汉乡村社会史》，济南：齐鲁书社，1997年。

马昌仪：《中国灵魂信仰》，上海：上海文艺出版社，1998年。

王仲荦遗著，郑宜秀整理：《金泥玉屑丛考》，北京：中华书局，1998年。

侯外庐：《中国古代社会史论》，石家庄：河北教育出版社，2000年。

李零：《中国方术考》，北京：东方出版社，2001年修订本。

尚秉和：《历代社会风俗事物考》，北京：中国书店，2001年。

徐复观：《两汉思想史》，上海：华东师范大学出版社，2001年。

彭卫、杨振红：《中国风俗通史·秦汉卷》，上海：上海文艺出版社，2002年。

张鹤泉：《汉明帝研究》，长春：吉林文史出版社，2002年。

田余庆：《秦汉魏晋史探微》，北京：中华书局，2004年重订本。

张金光：《秦制研究》，上海：上海古籍出版社，2004 年。

李学勤：《东周与秦代文明》，上海：上海人民出版社，2007 年。

熊铁基：《秦汉文化史》，上海：东方出版中心，2007 年。

蒲慕州：《墓葬与生死：中国古代宗教之省思》，北京：中华书局，2008 年。

（三）近现代著述（以出版年代为序）：中国古代文学及秦汉考古学研究方面

逯钦立辑校：《先秦汉魏晋南北朝诗》，北京：中华书局，1983 年。

王仲殊：《汉代考古学概说》，北京：中华书局，1984 年。

韩兆琦、吕伯涛：《汉代散文史稿》，太原：山西人民出版社，1986 年。

许结：《汉代文学思想史》，南京：南京大学出版社，1990 年。

李炳海：《部族文化与先秦文学》，北京：高等教育出版社，1995 年。

赵敏俐：《汉代诗歌史论》，长春：吉林教育出版社，1995 年。

韩国河：《秦汉魏晋丧葬制度研究》，西安：陕西人民出版社，1999 年。

李炳海：《汉代文学的情理世界》，长春：东北师范大学出版社，2000 年。

俞伟超：《古史的考古学探索》，北京：文物出版社，2002 年。

黄晓芬：《汉墓的考古学研究》，长沙：岳麓书社，2003 年。

万光治：《汉赋通论》，北京：中国社会科学出版社、华龄出版社，2004 年增订本。

曹道衡、刘跃进：《先秦两汉文学史料学》，北京：中华书局，2005 年。

湖北省宜昌博物馆编著：《当阳岱家山楚汉墓》，北京：科学出版社，2006 年。

张新科：《文化视野中的汉代文学》，北京：中国社会科学出版社，2006 年。

陈斯鹏：《简帛文献与文学考》，广州：中山大学出版社，2007 年。

黄雅峰主编：《南阳麒麟岗汉画像石墓》，西安：三秦出版社，2008 年。

王守功主编，山东省文物考古研究所编著：《鲁中南汉墓》，北京：文物出版社，2009 年。

榆林市文物保护研究所、榆林市文物考古勘探工作队编著：《米脂官庄画像石墓》，北京：文物出版社，2009 年。

蒋晓春：《三峡地区秦汉墓研究》，成都：巴蜀书社，2010 年。

刘尊志：《徐州汉墓与汉代社会研究》，北京：科学出版社，2011 年。

赵敏俐：《两汉诗歌研究》，北京：商务印书馆，2011 年。

（四）近现代著述（以出版年代为序）：简牍帛书铭文画像研究方面

中华书局编辑部编：《云梦秦简研究》，北京：中华书局，1981 年。

李发林：《山东汉画像石研究》，济南：齐鲁书社，1982 年。

吴树平：《秦汉文献研究》，济南：齐鲁书社，1988 年。

李零：《包山楚简研究（占卜类）》，《中国典籍与文化》编辑部编：《中国典籍与文化论丛》第一辑，北京：中华书局，1993 年。

腾壬生编著：《楚系简帛文字编》，武汉：湖北教育出版社，1995 年。

赵超：《中国古代石刻概论》，北京：文物出版社，1997 年。

李零：《李零自选集》，桂林：广西师范大学出版社，1998 年。

信立祥：《汉代画像石综合研究》，北京：文物出版社，2000 年。

李学勤：《简帛佚籍与学术史》，南昌：江西教育出版社，2001 年。

蒋英矩、杨爱国：《汉代画像石与画像砖》，北京：文物出版社，2001 年。

罗二虎：《汉代画像石棺》，成都：巴蜀书社，2002 年。

李振宏：《居延汉简与汉代社会》，北京：中华书局，2003 年。

李零：《简帛古书与学术源流》，北京：生活・读书・新知三联书店，2004 年。

裘锡圭：《中国出土古文献十讲》，复旦大学出版社，2004 年。

朱存明：《汉画像的象征世界》，北京：人民文学出版社，2005 年。

蔡万进：《张家山汉简〈奏谳书〉研究》，桂林：广西师范大学出版社，2006 年。

杨爱国：《幽明两界：纪年汉代画像石研究》，西安：陕西人民美术出版社，2006 年。

朱青生主编，中国汉画学会、北京大学汉画研究所编：《中国汉画研究》，桂林：广西师范大学出版社，2006 年。

李零：《郭店楚简校读记》，北京：中国人民大学出版社，2007 年。

高恒：《秦汉简牍中法制文书辑考》，北京：社会科学文献出版社，2008 年。

高敏：《长沙走马楼简牍研究》，桂林：广西师范大学出版社，2008 年。

黄佩贤：《汉代墓室壁画研究》，北京：文物出版社，2008 年。

陈直：《居延汉简研究》，北京：中华书局，2009 年。

牛天伟、金秀爱：《汉画神灵图像考述》，开封：河南大学出版社，2009 年。

杨振红：《出土简牍与秦汉社会》，桂林：广西师范大学出版社，2009 年。

郑先兴：《汉画像的社会学研究》，开封：河南大学出版社，2009 年。

何如月：《汉碑文学研究》，北京：商务印书馆，2010 年。

晏昌贵：《简帛术数与历史地理论集》，北京：商务印书馆，2010 年。

王静芬：《中国石碑：一种象征形式在佛教传入之前与之后的运用》，毛秋瑾译，北京：商务印书馆，2011 年。

邢义田：《地不爱宝：汉代的简牍》，北京：中华书局，2011 年。

周克林：《东汉六朝钱树研究》，成都：巴蜀书社，2012 年。

蒋英炬、吴文祺：《汉代武氏墓群石刻研究》，北京：人民美术出版社，2014 年修订本。

清华大学汉镜文化研究课题组编：《汉镜文化研究》，北京：北京大学出版社，2014 年。

魏德胜编著：《简帛学档案》，武汉：武汉大学出版社，2016 年。

（五）简牍帛书研究刊物

卜宪群、杨振红主编，中国社会科学院简帛研究中心、中国社科院历史所秦汉魏晋南北朝室编：《简帛研究二〇〇七》，桂林：广西师范大学出版社，2010 年。

蔡先金主编：《中国简帛学刊》第一辑，济南：齐鲁书社，2016 年。

复旦大学出土文献与古文字研究中心编：《出土文献与古文字研究》第五辑，上海：上海古籍出版社，2013 年。

李学勤、谢桂华主编，中国社会科学院简帛研究中心、中国社科院历史所秦汉魏晋南北朝室编：《简帛研究二〇〇一》，桂林：广西师范大学出版社，2001 年。

清华大学出土文献研究与保护中心编，李学勤主编：《出土文献》第三辑，上海：中西书局，2012 年。
武汉大学简帛研究中心主办：《简帛》第六辑，上海：上海古籍出版社，2011 年。
武汉大学简帛研究中心主办：《简帛》第七辑，上海：上海古籍出版社，2012 年。
武汉大学简帛研究中心主办：《简帛》第三辑，上海：上海古籍出版社，2008 年。
武汉大学简帛研究中心主办：《简帛》第五辑，上海：上海古籍出版社，2010 年。
甘肃省文物考古研究所、西北师范大学文学院历史系编：《简牍学研究》（第一至第六辑），兰州：甘肃人民出版社，2008—2016 年。
杨振红，邬文玲主编，中国社会科学院简帛研究中心、中国社科院历史所战国秦汉室编：《简帛研究二〇一四》，桂林：广西师范大学出版社，2014 年。
中国文化遗产研究院编，刘少刚主编：《出土文献研究》第十辑，北京：中华书局，2011 年。

（六）外国学者著作（以出版年代为序）

（日）平中苓次：《中国古代的の田租と税法——秦汉经济史研究》，京都：东洋史研究会，1967 年。
（日）土居淑子：《古代中国の画像石》，京都：同朋舍出版，1986 年。
（日）大庭修：《秦汉法制史研究》，林剑鸣等译，上海：上海人民出版社，1991 年。
（日）吉田祯吾著：《宗教人类学》，王子今、周苏平译，西安：陕西人民教育出版社，1991 年。
（日）大庭修：《汉简研究》，京都：同朋舍出版，1992 年。
（英）崔瑞德、鲁惟一编：《剑桥中国秦汉史——公元前 221 至公元 220 年》，杨品泉等译，北京：中国社会科学出版社，1992 年。
（日）池田雄一：《〈奏谳书〉——中国古代の裁判记录一》，东京：刀水书房，2002 年。
（美）巫鸿著，郑岩、王睿编：《礼仪中的美术：巫鸿中国古代美术史文编》，北京：生活・读书・新知三联书店，2005 年。
（美）巫鸿：《武梁祠：中国古代画像艺术的思想性》，柳扬、岑河译，北京：生活・读书・新知三联书店，2006 年。
（日）池田雄一：《中国古代の律令と社会》，东京：汲古书院，2008 年。
（日）泷川资言会注考证：《史记会注考证》，北京：新世界出版社，2009 年。
（日）工藤元男：《睡虎地秦简所见秦代国家与社会》，广濑熏雄、曹峰译，上海：上海古籍出版社，2010 年。
（日）守屋美都雄：《中国古代的家族与国家》，钱杭、杨晓芬译，上海：上海古籍出版社，2010 年。
（美）巫鸿：《黄泉下的美术：宏观中国古代墓葬》，施杰译，北京：生活・读书・新知三联书店，2010 年。
（美）夏含夷：《重写中国古代文献》，周博群等译，上海：上海古籍出版社，2012 年。

（七）数据资料库文献材料

北京大学汉画研究所汉画像数据资料库
台湾汉学研究中心敦煌学研究论著目录数据库
台湾史语所简帛金石资料库
台湾史语所中国考古学资料库

附　录

课题前期研究成果

一、报刊论文

1、李立：《汉代七言体铜镜铭文文体学意义初探》，《学术交流》2002 年第 6 期。

2、李立：《汉画的叙述：结构、轨迹与层次——叙事学视阈下的汉画解读》，《江西社会科学》2007 年第 2 期。

3、李立：《云梦秦简“牛郎织女”简文辨证》，《长江大学学报》2008 年第 6 期。

4、李立：《论祠堂画像的模块叙述、单元叙述与模糊性叙述：以武氏祠堂前石室（武荣祠）及相关画像为例》，《江西社会科学》2009 年第 3 期。

5、李立：《〈张公神碑歌〉考论：兼论汉代图像文学研究的意义与价值》，《北京师范大学学报》2009 年第 4 期。

6、李立：《张家山汉墓竹简〈奏谳书〉“杜泸女子甲与男子和奸”简文研究》，（韩国）《中国文学研究》2009 年第 39 辑。

7、李立、史培争：《汉画的叙述：四川汉代性题材画像研究》，《江西社会科学》2010 年第 9 期。

8、李立：《以“快乐家园”为“终点”的“生命回归”——论汉画像石墓门楣画像“车马出行”画面构图意义》，《南都学坛》2011 年第 6 期。

9、李立：《七言镜歌：七言诗形成的重要环节》，《中国社会科学报》2014 年 7 月 25 日“文学版”。

10、张玉新、李立：《汉画像乐舞百戏“受众”情况的考察与分析》，《古籍整理研究学刊》2014 年第 6 期。

11、李立：《河南南阳汉画像乐舞百戏构图的戏剧表演元素》，《南都学坛》2015 年第 3 期。

12、史培争、李立：《放马滩秦墓竹简〈墓主记〉志怪故事研究》，《文艺争鸣》2015年第5期。

13、李立：《汉画像历史故事画像地域分布及相关历史故事地域传播情况的考察》，《西泠艺丛》2015年第10期。

14、李立：《洛阳西汉五灵博局纹铜镜铭文考释》，《中原文物》2016年第3期。

15、李立：《考古新文献材料带动秦汉文学研究》，《中国社会科学报》2017年11月14日。

二、会议论文

1、李立：《四川新都德阳画像砖“交合图”研究》，《中国汉画学会第十二届年会论文集》，香港：中国国际文化出版社，2010年。

2、李立：《门楣画像“车马出行”构图在墓葬“叙述结构”中的“点题”作用》，《中国汉画学会第十三届年会论文集》，郑州：中州古籍出版社，2011年。

3、李立：《论“室墓制度”对汉代墓葬画像性质与意义的匡衡》，“汉代石椁画像与汉文化研究”学术研讨会，2012年9月，济南。

4、李立：《汉代墓葬画像图像资料与汉代文学研究——以汉代庄园生活与庄园艺术为例》，《新世纪中国古代文学研究的回顾与反思学术研讨会论文集》，2012年10月，大连。

5、李立：《汉画像巾舞长袖舞存在形态的考察与分析》，《中国汉画学会第十四届年会论文集》，西安：三秦出版社，2013年。

6、李立：《汉画像“荆轲刺秦王”画像与同名历史故事比较研究》，《图像的表征——中国汉画学会第十五届年会论文集》，北京：人民美术出版社，2015年。

7、吴佳、李立：《汉画像“孔子问学”中人物形象演变趋势的考察》，《图像的表征——中国汉画学会第十五届年会论文集》，北京：人民美术出版社，2015年。

8、李立：《告地策与陶瓶朱书所反映的汉代生命信仰与生死观》，首届中国古代文明研究前沿论坛，2016年12月深圳。

后　记

本书是作者2011年度国家社会科学基金项目“考古新资料与秦汉文学研究新视野”最终成果。课题申报时确定为“重点项目”，学科评审组审定为“一般项目”并最后批准立项。由于课题在研究内容的确定和研究框架的设计上，是与“重点项目”定位相对应的，又由于研究内容涉及简牍文献考释和汉画像图像释读等问题，导致课题研究时间拉长，并经批准延期二年，于2016年元月完成。课题研究主要参加人有东北师范大学博士研究生张玉新、史培争，深圳大学师范学院教师史常力，深圳大学硕士研究生吴文耘、李传容、吴佳。他们为课题研究做出了贡献，借此机会向他们致以敬意。

将考古新资料纳入先秦两汉及中古文学研究之中，是本人治学目标，在中国古代神话和先秦文学研究中已有所尝试。如将新发现的战国时期包山、望山楚墓和战国楚简，尤其卜筮祭祷简所反映的祷祠实践，与屈原及屈原所创作的《九歌》《离骚》《天问》研究结合起来；将战国秦汉墓葬考古所反映的社会形态和文化面貌，与相应的文学生态和文学创作联系起来，不失为有意义的学术实践。同时，本人力求将这种研究理念和学术实践引入研究生和本科生教学实践中，为此曾为博士和硕士研究生先后开设“专题研讨班”，围绕“英雄崇拜与英雄神话”“考古新材料与战国荆楚文化和文学”“考古新材料与秦汉文化和文学”“考古新材料与先秦两汉文学史料学”等论题展开系统讨论，并取得了较好效果。其中两位博士和四位硕士的学位论文选题皆由此凝结而出，最终获得相应学位，其中某些学术综论和观点、简牍文献释文、数据统计成果、画像图像释读等内容，课题最终成果亦有所吸纳和使用。

本书部分内容，曾按照课题研究规划纳入本书作者担任指导教师的博士学位论文《汉代考古新资料与汉乐府古辞〈巾舞歌诗〉研究》《汉画像与历史故事研究》及硕士学位论文《汉墓碑文附诗研究》《汉画像“泗水捞鼎”画像与文献所载同名历史故事比较研究》《北大藏秦简“公子从军”文学意义与价值研究》之中，上述情况亦在论文中及论文答辩时由论文作者予以说明，但最终进入本书中的内容则在论文基础上有所丰富、调整、改动和取舍。

本书能够纳入深圳大学人文学院“荔园国学丛书”出版计划，是乃幸事。课题从立项到结项，风雨寒暑，五载艰辛。喜深大国学，犹荔园老树，遒劲常青；赞诸君先进，尚韶华芳龄，高丽无双。

李　立

戊戌狗年春于深圳大学人文学院